DRACONIA

DE LA MÊME ÉCRIVAINE

ESSAIS ÉSOTÉRIQUES
Encyclopédie des Plantes et des Pierres Magiques et Thérapeutiques, Éd. Trajectoire, 2011
Les Quatre Éléments de la Magie Naturelle, Éd. Trajectoire, 2012
Les Pierres et Cristaux Magiques, Éd. Grancher, 2014
Le Coffret des Pouvoirs Magiques des Pierres, Éd. Trajectoire, 2015

ROMANS
Draconia 1 : Sous le Sceau du Dragon, Éd. Édilivre.com, 2011 ; Éd. Valentina, 2014 ; autoédition, 2016
Draconia 2 : Le Glaive de la Liberté, autoédition, 2017
Errances, autoédition, 2019
Draconia 3 : Entre Ombre & Ténèbres, autoédition, 2020
L'Ampleur de nos Destins, autoédition, 2023

NOUVELLES
Souvenirs à Fleur de Peau, (novella) autoédition, 2021
Kaléidoscope, autoédition, 2021
Le Tombeau des Illusions, (ebook) autoédition, 2023

Lise-Marie Lecompte

DRACONIA

**

Le Glaive de la Liberté

ROMAN

Autoédition

Nouvelle édition révisée
© 2024 Lise-Marie Lecompte
Édition : BoD · Books on Demand, 31 avenue Saint-Rémy,
57600 Forbach, bod@bod.fr
Impression : Libri Plureos GmbH, Friedensallee 273,
22763 Hamburg (Allemagne)

Illustration : Meridian

ISBN : 978-2-3224-7829-3
Dépôt légal : Mars 2021

*Pour vous, lecteurs, qui
n'avez jamais cessé d'y croire.....*

PROLOGUE

De la brume s'étendait au-dessus du sol, tel un manteau d'ouate diaphane. Une brise taquina cette nappe avec insistance, sans parvenir à la disperser. Les hirondelles avaient déjà commencé leur gracieux ballet aérien en piaillant dans l'air frais du matin. Les rares étoiles encore présentes estompaient leur faible clarté au fur et à mesure que le ciel s'éclaircissait. À l'Est, le soleil préparait son apparition, sur fond d'une palette variée de teintes roses, oranges, et mauves.

Déjà, quelques rayons dorés effleurèrent les hauteurs d'un manoir niché au creux d'arbres centenaires. Les fins rais de lumière filtrèrent à travers les persiennes avant de se poser sur le visage d'un enfant endormi.

Le jeune garçon au visage mutin fronça le nez et tendit la main à tâtons pour se saisir de sa couette, mais cette dernière avait glissé au sol et ses doigts ne se refermèrent que sur quelques particules qui voletaient, paillettes d'or dansant dans la lueur solaire. Poussant un ronchonnement mécontent, l'enfant replia alors son bras sur ses yeux. Rien n'y fit ; il était réveillé pour de bon. Il décida de se lever pour ouvrir la fenêtre. La lumière du soleil pénétra à flots dans la petite chambre du deuxième étage. L'enfant s'y attendait et avait fermé les yeux pour ne pas se laisser aveugler. Cela faisait un moment déjà que l'enfant avait instauré ce petit jeu avec le soleil. Chaque matin, il y prenait un plaisir renouvelé.

Cette journée commençait comme une autre au manoir. Les autres occupants devaient encore dormir et le petit garçon serait à nouveau chargé de réveiller sa mère qui se trouvait dans la chambre voisine. C'était lui le plus lève-tôt de la communauté.

Si l'enfant n'avait pas eu le réflexe coutumier de fermer

les yeux, il aurait certainement remarqué quelque chose d'inhabituel : des véhicules sombres s'approchaient et se garaient non loin du manoir, tout en restant le plus possible dissimulés par la végétation environnante. Il aurait vu les hommes armés en descendre par petits groupes pour se poster tout autour de l'imposante demeure.

Cette journée commençait comme une autre au manoir. Pourtant, elle prit une tournure résolument tragique à l'instant même où les intrus débarquèrent en force dans la vieille bâtisse.

De ce vacarme, l'enfant n'avait entendu que le fracas des portes défoncées, et les tirs cinglants qui projetaient de violents flashs lumineux à travers la coursive de l'escalier principal qui descendait jusque dans le hall d'entrée. Le premier accès fut pris d'assaut. Les ombres des tireurs et de leurs victimes tombant sous les balles esquissaient d'effroyables fresques sur les murs. Que ce soit au rez-de-chaussée comme au premier étage, les occupants du manoir furent surpris par les hommes qui les abattirent sans sommation. Les rares qui tentèrent de fuir furent fauchés par les autres groupes en faction auprès de toutes les portes, armes aux poings.

Apeuré, l'enfant avait passé la tête par la porte entrebâillée de sa chambre quand une silhouette surgit dans son champ de vision. Il voulut crier, mais une main ferme l'avait déjà bâillonné et maîtrisé. L'enfant ne s'apaisa qu'en reconnaissant le parfum floral de cette personne et la chaleur de sa peau.

— Maman ! s'écria-t-il en pleurs en se blottissant dans ses bras. Qu'est-ce qu'il se passe ? J'ai si peur !

Son petit corps fut secoué par ses sanglots violents tandis que cette femme serrait farouchement son fils tout contre elle.

— Chut... mon chéri, c'est moi. Calme-toi... N'aie pas peur, lui murmura-t-elle à l'oreille.

Alors que l'enfant commençait à se calmer un peu, des bruits en provenance de l'escalier attirèrent l'attention de la jeune femme. Elle se tourna dans cette direction. Inutile d'espérer pouvoir s'enfuir de cet enfer par là. Si elle voulait s'échapper avec son enfant, il lui faudrait trouver au plus vite une autre issue.

Déjà, les autres portes de l'étage s'ouvraient les unes après les autres et quelques personnes furent abattues par le tir des fusils à pompe et des armes automatiques. Les corps sans vie s'écroulaient au sol ou bien étaient propulsés contre les murs dans d'épouvantables projections pourpres.

Une odeur de poudre et de sang, mêlée de soufre, saturait déjà l'air. Émanations sépulcrales aux relents de mort.

La femme couvrit les yeux de son fils avant de tenter quoi que ce soit. Les tueurs n'avaient pas encore atteint leur niveau, et il restait un seul espoir : la buanderie du manoir, là où le linge était plié et repassé après avoir été lavé. Cette pièce comprenait surtout un petit monte-charge très pratique pour acheminer les kilos de linge propre depuis rez-de-chaussée, à l'arrière du manoir. Avec un peu de chance, ils ne seraient pas remarqués en passant par là. Ils pourraient rejoindre le village voisin pour appeler les secours.

Alors que le commando meurtrier avançait déjà dans leur direction, la femme n'eut que le temps de se précipiter dans le couloir. Elle parvint à atteindre l'angle le plus proche et se mis hors de vue. Son cœur battait à tout rompre, mais elle retint sa respiration, de peur que la moindre inspiration n'attire l'attention sur elle et son fils. Mais non, leurs poursuivants étaient occupés à démolir les portes pour massacrer ceux qui s'étaient réfugiés derrière. Ils ne firent pas attention aux deux fugitifs.

La porte de la buanderie était juste à côté, entrouverte. La jeune mère se faufila dans la pièce et verrouilla la porte.

Tremblante, elle accentua la pression de ses bras autour de son enfant dans un espoir vain de le calmer. Pourtant, les tueurs se rapprochaient inexorablement de leur cachette, il ne fallait surtout pas qu'ils se fassent remarquer. Elle aperçut le monte-charge encastré dans le mur, avec les boutons de commande à l'extérieur. Elle pesta en silence ; il faudrait activer le mécanisme et se glisser très vite à l'intérieur avant que le casier métallique ne commence à descendre.

Les bruits de pas se rapprochaient.

Déjà, quelqu'un tentait d'ouvrir la porte avant d'y flanquer des coups de pied. Elle n'offrirait qu'un bref répit avant de voler en éclats.

Sans plus tergiverser, la jeune femme se précipita avec l'enfant dans le caisson du monte-charge. Elle passa le bras à l'extérieur et frappa d'un coup sec le bouton activant la descente. Une brève secousse lui fit lâcher un cri. La porte s'ouvrit alors à la volée et deux hommes entrèrent armes au poing. Ils ouvrirent le feu, sans atteindre leurs cibles qui se dirigeaient déjà vers les étages inférieurs. De rage, ils aboyèrent des ordres à leurs coreligionnaires, mais ne sachant pas où aboutissait le dispositif, ils ne pouvaient se poster par avance pour intercepter ceux qui s'y étaient réfugiées. Le groupe semblait avoir déserté les deux premiers étages pour se concentrer sur ceux du dessus.

Le monte-charge s'arrêta au niveau de la laverie dans un feulement grinçant. La pièce était dotée de deux portes d'accès, dont une donnant sur la cour arrière du manoir, là où était garée sa voiture. La jeune femme marqua un instant d'hésitation, le temps de s'assurer qu'aucun des hommes armés n'avait déboulé en attente de les descendre, elle et son enfant. Elle sortit du caisson en tentant de faire le moins de bruit possible. Son fils suivit son exemple.

— Ne t'en fais pas, on va s'en sortir... Tu verras, chuchota-t-elle. Quand on se sera enfuis d'ici, on n'aura plus rien à craindre. Pour l'instant, nous devons être très discrets. Il ne faut pas faire de bruit, d'accord ?

L'enfant hocha la tête, tremblant de peur, les joues encore striées de larmes.

À pas feutrés, ils longèrent le mur où s'alignaient les imposantes machines à laver. Le tout était d'atteindre leur véhicule sans se faire repérer. Au-dessus de leur tête, le tintamarre des armes à feu ne s'était pas interrompu. La femme porta une main tremblante à ses lèvres au moment où un cri de panique allait lui échapper. Elle se mordit les doigts jusqu'au sang et la pression des doigts de son fils dans sa main l'aida à reprendre pied, à ne pas se laisser submerger par la terreur qui risquait de la tétaniser au plus mauvais moment. Il lui lança un regard. Elle se demanda si sa détresse s'adressait à ceux qui étaient massacrés sans la moindre pitié ou par peur de ce qui pourrait leur arriver s'ils se faisaient attraper par ces gens.

Par chance, la porte extérieure de la laverie n'était pas très utilisée et une imposante nasse de lierre tombant des murs la dissimulait au regard de toute personne à l'extérieur.

La femme exerça une pression sur la vieille poignée cuivrée, le souffle bloqué. Pourvu qu'elle ne grince pas en s'ouvrant ! Non, elle put ouvrir le battant sans bruit. Aussi improbable qu'incongru dans une situation si dramatique, l'espoir fit une percée dans les pensées de la jeune mère. D'un coup d'œil rapide, elle constata que personne ne montait la garde à ce niveau. Elle saisit cette chance inespérée, et s'élança vers son véhicule. Avec l'enfant, elle courut le plus vite possible dans le fol espoir de rester le moins longtemps à découvert. Quelqu'un pourrait très bien les voir à travers une fenêtre. Son enfant et elle offraient alors des cibles faciles. Comme à la fête foraine. En plus macabre.

Plus que quelques mètres, et ils seraient dissimulés par la voiture en bordure du parking. Fébrilement, elle fouilla ses poches à la recherche des clés qu'elle y avait fourrées au moment de quitter sa chambre. Le tintement électrisa sa peur quand une détonation suivie d'une douleur cuisante la traversa de part en part, faisant exploser la vitre devant elle. Une balle du fusil l'avait atteinte entre les omoplates pour ressortir par la poitrine dans une gerbe pourpre. Terrifié par le coup de feu, l'enfant s'était plaqué au sol et glissé sous la voiture. Quelqu'un se rapprochait d'eux à pas vifs, faisant crisser le gravier.

L'enfant, tétanisé, avait les mains sur les oreilles. Ses yeux inondés de larmes ne pouvaient se détacher de la silhouette de sa mère, couchée à plat ventre dans une flaque de sang.

— Maman...

— N'aie pas peur, souffla-t-elle. Je vais bien... Va, Xavier... et cache-toi du mieux que tu pourras. Personne... Ne laisse personne te trouver.

Malgré ses larmes, l'enfant secoua la tête.

— Nan !! J'veux pas ! J'veux rester avec toi !

— Sois un bon garçon et fais ce que je te dis... Va te cacher...

La voix de sa mère lui parvint de plus en plus faiblement.

Les bruits de pas s'étaient arrêtés à leur niveau. L'homme qui se tenait au-dessus d'elle dédaigna son fusil pour un revolver qu'il portait à la ceinture. Il l'arma et le braqua sur sa proie.

Deux détonations retentirent.

L'écho se répercuta aux alentours. Il ne vit pas que l'enfant s'était dégagé du dessous de la voiture pour se réfugier derrière le talus de buis le plus proche. Un autre homme le héla pour qu'il revienne au manoir. Après avoir jeté un dernier regard à la ronde, celui-ci obtempéra.

— T'as de la chance, morveux, mais je te retrouverai.

Il tourna les talons et rejoignit son acolyte qui l'attendait.

Xavier vit le regard de sa mère devenu opaque.

En dépit de son jeune âge, il comprit que la lueur de vie qui l'animait venait de s'éteindre pour toujours.

PREMIÈRE PARTIE

« *La peur de l'inconnu, c'est l'appréhension du connu défiguré par l'imagination.* »
Albert Brie

« *Il existe deux leviers pour faire bouger un homme : la peur et l'intérêt personnel.* »
Napoléon Bonaparte

« *L'ignorance mène à la peur, la peur mène à la haine et la haine conduit à la violence. Voilà l'équation.* »
Averroès

1

Le velours nocturne scintillait de multiples diamants tandis que la lune nimbait d'une lueur laiteuse le paysage environnant. Le doux bruissement du feuillage des arbres soulignait la tranquillité de cet instant.

Sur un sentier, au plus profond d'une forêt luxuriante, de petits cailloux lisses et ronds émettaient un faible éclat qui illuminait le chemin sur lequel une femme s'avançait d'un pas décidé. Elle regarda à l'horizon et son attention fut attirée par une lueur vert émeraude qui semblait venir d'une montagne dont la silhouette lui était familière. La promeneuse marcha sans hésitation vers cette montagne qui semblait l'appeler.

Elle s'émerveillait des lieux chaque fois qu'elle y revenait, inspirant la fraîcheur nocturne printanière. Un petit rire la saisit à l'idée qu'en réalité, c'était le mois de septembre et que les arbres seraient bientôt revêtus de leur parure automnale. Mais pas ici. Cette forêt était singulière, au point de ne pas être atteinte par les saisons du monde extérieur.

Cette forêt était *magique*.

Quand la promeneuse arriva au pied de la montagne, elle vit que la lueur verte provenait d'une petite plaque de pierre ronde et plate, arborant le symbole du yin et du yang avec deux dragons. Le symbole du clan auquel la jeune femme appartenait. La première fois qu'elle était venue ici, la plaque était restée vierge. Elle posa alors sa main gauche dessus. La terre trembla tandis que la paroi rocheuse se transforma petit à petit, évoquant la gigantesque gueule ouverte d'un dragon.

L'Antre de l'Initiation.

D'abord évanescent, le rayonnement vert se propagea, libéré de la roche qui réprimait son éclat. La femme n'en fut pas incommodée, simple question d'habitude puisque ce n'était pas la première fois qu'elle faisait face à ce phénomène. Les flots de lumière semblaient surgir du plus profond de la terre. Même l'air ambiant paraissait avoir été rehaussé de cette nuance émeraude.

Après avoir esquissé un sourire, la jeune femme commença à descendre un plan incliné qui tournait en colimaçon vers les entrailles de la montagne. Quelques instants plus tard, elle aboutit dans une immense salle voûtée, taillée à même la roche et dont la hauteur au plafond était impressionnante. Dans cette pièce étrange, la présence d'entités familières se faisait de plus en plus sentir.

Six portes massives et élégantes se dévoilèrent devant elle. De gauche à droite : de couleur dorée, puis verte, jaune, bleu saphir, rouge et la sixième porte semblait avoir été façonnée dans un limpide cristal de roche blanc. Or, la lumière verte venait de la deuxième porte.

Singulièrement, seules les deux premières portes – la dorée et la verte – étaient bien visibles, les autres semblant moins distinctes, presque immatérielles. À croire que le moment de les franchir n'était pas encore venu. L'espace d'un instant, un trouble se fit dans l'esprit de la visiteuse. Sans même y prêter attention, elle s'était dirigée vers la porte rouge, celle désignant les pouvoirs liés au Feu, alors qu'elle aurait dû rejoindre la verte, liée à la force élémentale terrestre. Même la porte jaune provoqua une impression de déjà-vu. Étrange… car elle ne s'expliquait pas pourquoi elle avait réagi ainsi.

Pour l'instant, la visiteuse s'approcha de la porte verte, ravalant ses doutes. Des mots étaient gravés avec finesse sur un panneau suspendu aux poignées : « *Qu'as-tu appris ?* »

Elle posa la main droite sur son cœur, ferma les yeux et répondit avec la profondeur de son esprit : « *En tant que magicienne draconique, j'applique les Lois Divines Universelles des enseignements dispensés par les dragons, sages et éternels* ».

Quelques instants s'écoulèrent durant lesquels la jeune femme put ressentir le regard des créatures draconiques sur elle, même si elles demeuraient invisibles. Elles mettaient à l'épreuve la sincérité de l'initiée qui se présentait à leur jugement. Le cœur battant à tout rompre, elle craignit de se voir refuser l'accès. Auquel cas, elle ignorait combien de temps elle devrait patienter avant de pouvoir se présenter à nouveau devant les dragons. Mais non. La porte s'ouvrit en grand laissant paraître à nouveau la lumière pulsative qui avait guidé la magicienne jusque là.

Elle entra dans une pièce tout aussi vaste et circulaire que la précédente. Un immense pentagramme enchâssé dans un cercle était gravé à même le sol marbré, couvrant toute la surface de la salle. Sur chacune des pointes se trouvait un dragon vert assis qui regardait avec une attention soutenue la nouvelle arrivante. Ils encerclaient complètement les lieux. L'aspect massif de leur silhouette semblait être contrebalancé par leur port de tête majestueux. Sur le cou élégamment arqué démarrait une grande crête qui se poursuivait tout le long du dos.

La jeune humaine se sentit minuscule en comparaison de ces gigantesques gardiens impassibles. Elle poursuivit néanmoins sa progression vers le centre du pentagramme.

De longues tapisseries étaient tendues sur les murs, reprenant le même motif : un triangle dont la pointe était dirigée vers le bas, traversé en son milieu par un segment parallèle à la base : le symbole de l'Élément Terre. Un chêne était représenté, le tronc émergeant du centre même du triangle, entouré de trois signes du Zodiaque. Celui du Taureau, de la Vierge et du Capricorne.

Cette fois, l'impression de déjà-vu ne pouvait être ignorée plus longtemps. Cette jeune femme n'était pourtant jamais venue dans cette pièce. Avait-elle rêvé de cet endroit auparavant, n'en retrouvant le souvenir qu'à ce moment précis ? Maintenant qu'elle y réfléchissait, elle avait perçu le regard des cinq dragons sur elle. Or l'espace d'un bref instant, elle avait cru déceler du mépris dans leurs yeux d'olivine. Elle se retourna, mais elle avait dû se tromper puisque les entités draconiques avaient gardé la même expression insondable.

J'ai sans doute mal vu, songea-t-elle.

Au centre de l'étoile à cinq branches se tenait un autel sculpté dans la même roche que le reste de la pierre, sur lequel un objet en lévitation brillait d'un puissant éclat. C'était la source de la lumière verte, mais surtout une puissance élémentale défiant l'imagination.

C'était un objet circulaire, plat et à peine épais de un ou deux centimètres pour une quinzaine de largeur. Taillé dans une magnifique agate mousse, avec un pentagramme cuivré gravé à la surface, de la même manière que le symbole au sol de cette pièce. Tout autour, sur la bordure, cinq séries de signes étaient ciselées en brun. La jeune femme les reconnut pour les avoir déjà vus à plusieurs reprises : le Pentacle de la Terre. Pourtant, c'était bien la première fois qu'elle pouvait l'admirer en détail.

N'hésite pas, vas-y.

Encouragée par cette injonction télépathique émanant de l'un des cinq gardiens – et qui sonnait plus comme un ordre qu'une invitation – la magicienne draconique posa sa main gauche sur le pentacle, dont la lumière apaisante et sereine parvint à atteindre jusqu'aux tréfonds de son être. Dès cet instant, elle fut gagnée par une force nouvelle en laquelle elle reconnut la puissance de la Terre.

La voix des dragons résonnait au loin : « *Tu es revenue dans l'Antre de l'Initiation de ton plein gré. Sous l'approbation de tes maîtres, tu es là afin de démontrer l'étendue de tes efforts récents de l'ennoblissement de ton cœur, de ton être et de ton âme. En ce jour, nous avons pleinement conscience de ton élévation tant spirituelle que magique au sein de la draconia* ».

Déjà, l'intensité des forces à l'œuvre diminuait par paliers. Les boucles sombres de la jeune femme voletaient autour de son visage. Elle attendit encore un peu avant de retirer sa main du précieux item magique, encore plongée dans le bien-être de cet instant. Quand elle finit par rouvrir les yeux, ses paupières dévoilèrent l'intensité d'un regard violet parsemé d'étoiles dorées.

Par l'épreuve qu'elle venait d'accomplir, Sylvia Laffargue venait de franchir la seconde étape de son parcours initiatique en tant que *Gardienne d'Obscurité*.

2

Deux ans après la première étape de son initiation à la magie des dragons, Sylvia venait d'atteindre le deuxième degré initiatique. Voilà qui était plutôt encourageant compte tenu du fait qu'elle ne s'y était mis qu'à l'aube de l'été 2010, dans des conditions *difficiles*. Elle avait réussi à récupérer l'item le plus précieux forgé par les dragons. L'Épée Mystique qui recelait une grande puissance magique. Même si les pouvoirs innés de la jeune femme avaient gagné en puissance, elle était encore loin d'être à même de les contrôler. Encore trop novice, sans doute, elle savait que la route serait encore longue et qu'il lui faudrait faire preuve de patience.

Sylvia se tourna vers chacun des cinq dragons autour d'elle et leur adressa la salutation rituelle d'usage entre un magicien draconique et ces créatures fantastiques : le *triple signe*. Déjà, le sentiment de malaise qu'elle avait ressenti venait de refaire surface et la jeune femme n'avait qu'une hâte : se soustraire à leur regard dédaigneux dont elle avait du mal à s'expliquer l'origine. Une fois qu'elle eut complété un cercle après avoir salué chaque dragon, elle rejoignit la grande porte par laquelle elle était arrivée.

Une fois sortie, Sylvia s'adossa au battant en lâchant un soupir de soulagement. L'atmosphère était presque devenue si oppressante qu'elle n'aurait pas tenu davantage.

Un détail attira pourtant son attention : elle n'était pas revenue dans le hall aux six portes massives, comme elle s'y attendait. Au lieu de quoi, Sylvia se trouvait sur une terrasse circulaire sous le firmament étoilé. Elle était peut-être même tout près du sommet de la montagne. Une transition pour le moins insolite.

Dans le ciel, de gracieux dragons volaient autour de la montagne. Plus petits et élancés que leurs comparses verts, les dragons de l'Air étaient d'une couleur allant du jaune pâle au à une nuance plus vive, avec d'amples ailes dont les écailles évoquaient des plumes. Ils étaient tout simplement magnifiques. Contemplant avec émerveillement cet incroyable ballet aérien, Sylvia remarqua qu'un dragon blanc se tenait en bordure de la terrasse. Elle se dirigea vers lui en souriant. Ce dernier avait perçu la présence humaine qui s'approchait, car il tourna vers elle son regard mauve intemporel.

Sans la moindre hésitation, la jeune femme se blottit contre son épaule massive.

— Sha'oren, j'espérais te voir après ce rite initiatique. Ça fait trop longtemps que nous n'avons plus eu l'occasion de discuter, tous les deux.

Le guide spirituel de la jeune femme pencha la tête et lui donna un petit coup de museau contre l'épaule en guise de salutation. Il transmit aussi à sa protégée une onde d'énergie apaisante, dans sa joie de la revoir.

Bien qu'il puisse parler normalement, il s'adressa à elle par télépathie.

— *En effet, cela faisait trop longtemps que je n'avais pas eu le plaisir de ta visite dans l'Antre de l'Initiation. C'est une bonne chose que tu aies réussi à démontrer ta valeur. Si tu ne respectais pas le code en vigueur entre magiciens et dragons, ou si ton cœur n'était guidé que par les ténèbres, tu n'aurais jamais pu parvenir aussi loin. Nous, dragons, savons que tes motivations sont sincères, et que ta conscience s'éveille à nos enseignements.*

Sylvia eut un petit rire spontané.

— Décidemment, tu n'as pas changé ! Tu as l'art et la manière pour soutenir ta disciple, toi. Depuis qu'on se connaît, je me suis toujours dit qu'en cas de noyade, je pourrais compter sur toi pour me demander si l'eau est bonne.

Le dragon blanc savait bien qu'elle plaisantait, même si ce genre d'humour le laissait de marbre... sauf à cet instant. Depuis le temps passé à observer les humains, il arrivait encore à Sha'oren de se laisser surprendre. Il fixait Sylvia qui comprit que l'entité draconique n'était pas là que pour la féliciter. Elle reconnut ce regard pour l'avoir déjà perçu deux ans auparavant, quand le dragon blanc l'avait poussée à retrouver l'Épée Mystique. Elle n'était pas dupe du comportement du dragon blanc, et cela doucha pour de bon son enthousiasme de le revoir.

Ça y est, il a repris son air sérieux des grands jours. À tous les coups, il va me coller une mission à accomplir. Comme si les dernières n'avaient pas suffi…

Tout en maugréant, elle savait pertinemment que Sha'oren pouvait lire ses pensées, et qu'il ne s'en privait jamais. Sauf qu'elle s'en fichait, à cet instant.

— *En vérité, je voulais te féliciter pour ton passage initiatique de l'Élément terrestre, mais aussi t'encourager à poursuivre tes efforts. C'est pourquoi je t'ai invitée ici, au sommet de cette montagne.*

Sylvia, estomaquée, pivota sur elle-même pour admirer la vue extraordinaire qui s'offrait à son regard.

— Alors comme ça, nous sommes bien tout en haut ? Je ne m'attendais pas à ce que ce soit aussi élevé.

À ces mots, elle s'était rapprochée du bord de la terrasse, en évitant de trop s'avancer de peur que le vertige ne la gagne. La curiosité fut néanmoins plus forte que son appréhension et Sylvia voulut apercevoir le paysage d'un tout autre point de vue. Elle en fut pour ses frais parce qu'un banc de nuages dissimulait la vue. Ils étaient même si proches que Sylvia aurait pu en effleurer la surface cotonneuse du bout des doigts. Ce qu'elle fut tentée de faire.

— Dis-moi Sha'oren, sommes-nous si haut que l'on puisse dépasser les nuages ? Je me demande à quelle hauteur on est par rapport au niveau du sol.

L'être draconique eut un petit rire amusé.

— *Alors là, je suis ravi que tu te poses ce genre de question, et figures-toi qu'il n'y a pas trente-six façons d'y répondre. Il va falloir vérifier par toi-même.*

La jeune femme s'alarma aussitôt.

— Attends… Tu ne vas quand même pas faire *ça* ?

— *Bien sûr que si, je vais faire* ça.

— Eh merde.

Sha'oren balaya la terrasse de sa queue et percuta sa disciple dans le dos, la projetant dans les nuages en contrebas. Tout s'était passé comme prévu ; Sylvia était tombée dans son jeu – au sens propre du terme – encore mieux que les fois précédentes. Il n'aurait plus besoin de recourir à de tels stratagèmes pour l'obliger à obtempérer.

Une voix féminine furibarde se fit entendre au loin.

— J'en ai marre !!

Sha'oren esquissa un sourire satisfait.

— *Moi, je ne m'en lasse pas. Ça marche à tous les coups.*

3

La chute libre.

Sylvia ne s'inquiéta pas d'être sans parachute, puisque dans les dimensions éthérées du plan astral, les conséquences pouvaient ne pas être les mêmes que dans la réalité.

Elle traversa différentes couches nuageuses qui lui cachaient la vue, ce qui l'empêchait de repérer l'endroit où elle se trouvait. En même temps, à chaque fois que son corps traversait une nouvelle strate ouateuse, elle pris conscience de la matérialité qui se renforçait de plus en plus en elle. Un vent frais sifflait à ses oreilles et s'engouffrait dans son ample chevelure sombre, faisant perler des larmes à ses paupières. Chaque parcelle de son corps retrouvait petit à petit une consistance *normale*. Ce qui lui fit comprendre que sa chute la conduisait non seulement dans un autre lieu géographique, mais surtout de plus en plus bas à travers les innombrables niveaux du plan astral.

Sylvia finit par s'étaler à plat ventre sur de la pelouse. Même si l'endroit lui avait épargné la mort inévitable que ce genre de chute n'aurait pas manqué d'occasionner, son corps accusait malgré tout des douleurs impossibles à ignorer. Elle se releva en maugréant à l'encontre de Sha'oren et ses méthodes expéditives pour la contraindre à coopérer. Elle prit un bref appui sur ses genoux et jeta un regard surpris aux alentours, car elle venait de reconnaître l'endroit où elle avait été expédiée *manu militari*.

Les bâtiments de style haussmannien du quartier entouraient ce qui avait été le premier square de Paris, dans le 4e arrondissement. Les arbres, ainsi que le nombre de bancs publics avec son lot de touristes et autres promeneurs démontrait que la jeune femme avait vu juste. Elle se mit à marcher sur les sentiers, encore sous le choc de ce qui s'offrait à son regard. Parce que, si elle avait reconnu la silhouette élancée de la tour Saint-Jacques, elle avait plus l'impression d'avoir été projetée dans une photo en noir et blanc aux proportions démesurées. Ce qui provoquait une impression d'étrangeté d'autant plus grande qu'il n'y avait aucun mouvement. Le temps donnait l'impression de s'être figé, et Sylvia eut beaucoup de peine à croire ce qu'elle voyait. Un homme d'une cinquantaine d'années lançait une balle à un fox-terrier, tous deux figés en plein mouvement. Comme pour les pigeons et autres moineaux qui s'éloignaient d'un quignon de pain alors qu'un cycliste passait à proximité. Un enfant à côté de sa mère s'amusait à faire des bulles qui restaient sans la moindre ondulation sur la surface miroitante. Même le flux incessant de la circulation de la rue de Rivoli s'était mis sur pause.

Sylvia réprima un bref frisson qui n'était pas dû au froid. Une sensation diffuse, qu'elle avait appris à reconnaître.

La sensation d'être observée.

Quelque chose remua à proximité. L'ombre qui s'étalait au pied de la tour s'agita au niveau du sol, et Sylvia se mit en position défensive. Une silhouette noire se profila avant de se matérialiser afin de s'affranchir de l'obscurité d'où elle avait surgi. Sylvia n'y prêta plus autant d'attention, car elle venait de percevoir d'autres frémissements dans les ombres environnantes ; encore d'autres silhouettes identiques à la précédente. Des entités qui n'avaient qu'une forme humaine.

La jeune femme remit une mèche de cheveux derrière son oreille et poussa un soupir d'exaspération.

Et c'est reparti ! J'espère bien que c'est la dernière fois.

Sylvia avait déjà eu affaire à ces entités spectrales maléfiques à plusieurs reprises lors de ces dernières semaines, et ce n'était pas la première fois que Sha'oren lui confiait la mission d'éradiquer ces vermines gluantes à différents endroits de Paris. Cette fois, elle avait la ferme intention de dégommer ces affreux avant de demander que le grand dragon blanc colle ces missions à d'autres membres du clan. Ses amis pouvaient se dévouer un peu, pour changer !

La patience, qui n'était pas le fort de Sylvia, vint à manquer.

— Alors, c'est pour aujourd'hui ou pour demain ?!

Comme pour répondre à cette injonction, les silhouettes qui encerclaient leur proie se ruèrent sur elle, en dépit de son petit sourire en coin. Décidément, ils n'avaient toujours tiré aucune leçon des affrontements précédents.

Quels imbéciles.

Sans un mot, elle leva sa main gauche au-dessus de la tête en y concentrant son pouvoir qui se manifesta en une lueur violette. D'un geste ample, elle rabattit son bras devant elle et, s'inspirant d'un de ses mangas préférés, fit surgir une épée d'argent étincelante de sa paume. L'Épée Mystique de la Draconia. Le plan astral étant le seul endroit où elle pouvait faire appel au pouvoir de cette relique dès que nécessaire.

Une fois l'arme sacrée en mains, Sylvia décrivit un simple geste circulaire, ce qui mit à mal la plupart des ombres autour d'elle. Elle l'avait déjà fait maintes fois, et c'était imparable. Elle se mit à courir, tout en fauchant sans mal les ombres humanoïdes à grands coups de lame, comme du blé mûr. Ils s'effritèrent aussitôt en cendre.

Contre toute attente, quelques-uns de ses adversaires se regroupèrent en une vague noire et gluante qui allait l'ensevelir. Une sphère sombre se forma autour d'elle, mais des éclairs dorés cinglèrent violemment avant de faire voler en éclats ce barrage incongru. L'idée aurait pu être intéressante si les pouvoirs de son Épée n'étaient pas venus à bout très vite de ce piège dérisoire.

De ses opposants, il n'en restait plus qu'un.

Cette silhouette n'avait rien à voir avec les autres. Celle-ci n'était pas grossièrement ébauchée dans les boues méphitiques et noires de l'astral, mais arborait plus les caractéristiques d'un homme. Détail encore plus étrange : lui aussi était armé d'une épée à lame noire.

Sylvia perçut très bien l'instant de flottement qui s'en suivit ; chacun semblait jauger l'autre. Autant d'instinct que par observation, elle s'était rendue compte que celui-ci serait plus coriace.

Comme pour répondre à cette pensée, l'inconnu des ténèbres se mit en garde.
Il va y avoir du sport.
Elle resserra la prise sur son arme.
Avant même qu'elle n'ait pu se préparer à attaquer, l'ombre fondit sur elle avec une vitesse et une agilité fulgurantes. La pointe de son épée effleurait le sol en projetant une gerbe de gravillons dans son sillage. Au moment où il allait frapper la jeune femme, la lame noire rencontra celle, argentée, de l'Épée Mystique. Sylvia ne fut sauvée de ce coup puissant que grâce à ce seul réflexe. L'inconnu ne renonça pas pour autant et se lança à nouveau à l'attaque. Prise au dépourvu, Sylvia dut se résoudre à rester piégée en défense, ce qui ne lui était encore jamais arrivé jusqu'à présent. Une situation périlleuse qui pourrait s'avérer fatale.
L'ombre s'interrompit, à la plus grande surprise de Sylvia qui se figea, dans l'expectative.
— *C'est bien ce que je pensais,* finit par dire l'ombre. *Tu n'as aucune technique et la pseudo maîtrise de ton arme n'est qu'embryonnaire. Pas étonnant que tu te fasses battre par le premier venu.*
Sylvia fut étonnée à plus d'un titre. Non seulement parce qu'il avait soulevé un problème dont elle ne s'était ouverte auprès de personne, mais surtout parce que c'était bien la première fois qu'une des ombres du plan astral lui adressait la parole lors d'un combat. Sans compter qu'il avait raison, ce qui ne fit qu'accroître son exaspération. Ses joues rougirent de honte et de colère.
— On ne peut pas être doué dans tout ce qu'on entreprend. Et quand bien même tu dirais vrai, aurais-tu au moins une suggestion à proposer pour y remédier ?
Elle devina que son adversaire esquissait un sourire sardonique. Il semblait avoir une idée sur la question. Il décida de la lui faire partager sans attendre en lui imposant une suite de coups rapides et précis dont Sylvia eut toutes les peines du monde à se protéger. Encore un peu et il la tuerait.
— *En fait, le plus simple serait de chercher à améliorer ce*

qui ne tient pas la route. Pour toi, ça signifie qu'il va falloir très sérieusement travailler ta technique en escrime. Dans l'immédiat, si tu n'es pas en mesure de m'affronter comme il se doit, il ne te reste qu'une seule chose à faire... Meurs !

À ces mots, un choc puissant la frappa de plein fouet. Ses yeux s'étaient écarquillés en voyant que l'arme de son adversaire l'avait empalée à la poitrine.

Un cri s'étouffa dans sa gorge.

4

Samedi 22 septembre 2012
Paris
Avenue Foch

Un cri s'étouffa dans sa gorge et Sylvia rouvrit les yeux, le souffle court. Il lui fallut quelques instants pour recouvrer une respiration plus ample, reprendre possession de son corps, et se réhabituer petit à petit à ce qui l'entourait. Ses pensées, elles, nécessitèrent plus de temps pour se réorganiser, et d'accepter à la jeune femme ce qu'elle n'avait pas compris dans l'instant.

Elle venait de se faire tuer.

Au moment où l'épée noire avait traversé son corps, ce dernier s'était pulvérisé tels d'improbables tessons de verre qui se désagrégèrent avant d'être réduits en poussière. Ce qui mit un terme brutal à la séance de voyage astral que Sylvia avait commencé dans l'après-midi.

Encore un peu désorientée, elle prit quelques minutes à observer la pièce, sans attacher d'importance aux détails. Juste pour reprendre contact avec la réalité. Sylvia eut la confirmation qu'elle était revenue à elle.

Quand qu'elle avait commencé à étudier et pratiquer la magie, sa technique de sortie astrale s'était améliorée depuis qu'elle avait cessé de s'allonger sur le dos afin de permettre à son esprit de quitter son corps. Bien que ce soit pourtant la méthode recommandée par beaucoup, elle y avait renoncé après avoir constaté qu'elle finissait toujours par s'assoupir, ce qui n'était pas le but de la manœuvre. La position assise fut très vite adoptée, parce qu'elle aidait à se relaxer sans y perdre de sa concentration. Sylvia se leva, et effectua quelques étirements. Ce genre de séance provoquait toujours une torpeur musculaire qu'il valait mieux résorber au réveil, comme si elle sortait d'un sommeil profond.

Elle avait trouvé refuge dans la salle de travail que sa jeune amie Thessa Drac avait installée chez elle. Vivant désormais seule en l'absence régulière de ses parents pour leur travail pour l'ambassade du Canada, et depuis la mort de son frère aîné, elle appréciait ces visites inopinées. L'adolescente était encore au lycée, mais Sylvia savait que cela ne la dérangeait pas que ses amis passent en son absence. Sans compter que Thessa était la seule de l'équipe à disposer d'une pièce consacrée à l'ésotérisme dont la bibliothèque s'était encore étoffée grâce aux différents apports des uns et des autres. Il en allait de même pour les jeux de tarot, les minéraux, et d'autres choses encore.

Sylvia sourit en se disant que cette pièce ressemblait de plus en plus à *La Voie Initiatique*, la boutique spécialisée de la famille Tarany, boulevard du Temple. Elle aimait cet endroit pour y avoir travaillé à mi-temps deux ans auparavant. Cela lui semblait si loin déjà.

Tout en se remémorant ce qui s'était passé durant son voyage astral, la jeune femme farfouilla dans son sac pour en sortir un épais livre relié dont la couverture imitation cuir comportait une inscription : *« Journal Secret »*. Un ambigramme que l'on pouvait lire peut importe de tenir le carnet à l'endroit où à l'envers. Ce genre de dessin graphique plaisait beaucoup à la jeune femme qui avait eu un vrai coup de cœur.

Ce recueil servait à noter ses différentes expériences liée à la pratique de la magie : ses rêves, séances de divination, résultats de ses pratiques rituelles, mais aussi un compte-rendu détaillé de ses sorties astrales. Le plus secret de ses écrits, qu'elle ne montrerait à personne. Que ce soit ses compagnons du clan ainsi que Sylvain, son frère jumeau. Certaines choses y étaient trop personnelles pour les partager avec quiconque.

Sylvia s'installa au bureau près d'une fenêtre et ouvrit le journal. La pointe du stylo-feutre noir glissa sur le papier couleur crème, au rythme des notes apposées par la jeune femme qui nota tout ; en commençant par le fait d'avoir franchi le niveau suivant dans son initiation à la magie draconique, sa discussion avec Sha'oren, et la frustration qui la tenaillait d'avoir été encore manipulée. Il trouvait cela sans doute amusant, mais pas elle. Le moment allait venir où elle n'hésiterait plus à remettre les pendules à l'heure.

Ce n'était pourtant pas cela qui l'avait le plus perturbée. Il ne fut pas aisé de coucher sur le papier ce qui s'en était suivi. L'affrontement près de la tour Saint-Jacques et de l'ombre qui s'était distinguée des autres. Celle-ci avait battu la jeune femme à plate couture. Son orgueil encore à vif, elle porta la main à sa poitrine, là où l'épée noire était censée l'avoir transpercée de part en part. Elle ne chercha pas pour autant à minimiser ce qui s'était passé, même si cela n'avait rien à voir avec les autres fois où elle avait infligé une raclée aux entités maléfiques qui avaient eu la mauvaise idée de croiser son chemin.

Sylvia releva la tête, les pensées perdues dans le lointain. Tandis qu'elle tapotait machinalement le bas du stylo contre le papier, elle savait au plus profond d'elle-même qu'elle ne pouvait plus se voiler la face encore longtemps sur ses piètres aptitudes à l'épée, et qu'il faudrait vite y remédier. Surtout si elle traînait dans son sillage une ombre armée bien décidée à en découdre.

Dans un dernier paragraphe, elle mentionna la date du jour de l'Équinoxe d'Automne, dont l'équilibre était en parfaite harmonie avec la balance liée à la durée du jour égale à celle de la nuit. Elle en était à cette réflexion quand elle fut à nouveau troublée par l'étrange sentiment de déjà-vu qui s'était emparé d'elle dans la pièce avec les dragons verts. Elle décida de ne plus y attacher d'importance. Cela ne rimait à rien, puisque c'était la première fois qu'elle s'y rendait.

5

Avenue de France

La pluie et la fraîcheur automnale avaient incité les clients en terrasse à se réfugier à l'intérieur du pub *The Frog & British Library*, situé non loin de la bibliothèque François Mitterrand. Comme c'était un des seuls bars du quartier, il y avait souvent une foule polyglotte qui donnait aux lieux un caractère assez cosmopolite. Les clients venaient d'horizons si différents que l'ambiance sociale en sortait bigarrée ; des étudiants, mais aussi des businessmens, avec une forte proportion d'amateurs de sport venus assister aux retransmissions télévisées.

Sylvia Laffargue, Thessa Drac, Philippe Helm et Coralie Tarany étaient déjà en pleine discussion tout en se réchauffant avec du café pour quelques-uns et du thé pour les autres, le tout accompagné d'une tourte pommes-caramel que Thessa avait commandé et qui avait donné faim aux autres.

Deux hommes s'engouffrèrent à l'intérieur de l'établissement bondé. Ils vinrent s'installer aux places gardées exprès pour eux, juste à côté de cuves à bière en cuivre. À cause des intempéries, ils avaient été copieusement douchés.

Le capitaine Frédéric Laforrest et le lieutenant Sylvain Laffargue avaient pu s'éclipser des locaux de la Police judiciaire, le mythique 36 quai des Orfèvres, après avoir bouclé une affaire. Ils se réjouissaient de pouvoir passer cette soirée avec leurs amis, et de laisser les horreurs de leur profession de côté, même si ce n'était que momentané. Les occasions de se retrouver tous les six étaient devenues trop rares, à cause de leurs emplois du temps.

Alors que les deux officiers de la PJ s'installaient, Sylvia et Coralie rigolaient encore des discussions entretenues par leurs voisins de table qui avaient tendance à parler fort et trop fort. Du reste, le petit groupe n'allait pas s'éterniser. Ils avaient choisi d'aller au cinéma d'à côté, laissant les fans de football à leur sport favori : regarder le match en s'imbibant de bières.

Pour l'heure, ils profitaient d'un peu de la tranquillité toute relative des lieux quand Sylvain sortit un journal gratuit de la veille, déjà ouvert, pour le montrer à sa sœur jumelle. Le jeune homme espérait qu'un article en particulier attirerait son attention. Ce qui arriva puisque Sylvia, sidérée, reposa la tasse de son *cappuccino* pour mieux voir l'article.

— Non, mais ça alors ! J'ai raté ça ? C'est arrivé hier ?

Sylvain acquiesça en savourant la pinte de bière qu'une serveuse sexy à l'accent *so british* venait de lui servir. Même s'il savait que sa sœur ne manquerait pas de tomber sur le bref article qui avait retenu son attention, il ne s'attendait pas à ce qu'elle soit aussi stupéfaite. Pourtant, elle n'en démordait pas.

— Non mais, j'y crois pas ! Le romancier Maxence Lécrivain était en dédicace sur les Champs Élysées ! J'aurais adoré y aller…

Frédéric étouffa un rire amusé, comme les deux autres filles, tandis que Philippe, intrigué, haussa un sourcil en se demandant de quoi il était question. Le capitaine savait ce à quoi Sylvia faisait référence, à l'inverse de son jeune collègue. Il n'avait pas remarqué l'encart publicitaire d'une grande librairie parisienne qui avait retenu l'attention de Sylvia.

Sylvain lui prit le journal des mains pour mieux voir de quoi il retournait quand il tomba à son tour sur l'article promotionnel.

— Attends Sylvia, je ne voulais pas parler de ça, mais de…

— T'inquiète. Je sais très bien de quoi tu voulais parler.

Elle lui adressa un clin d'œil malicieux en tapotant le journal sur un encart discret : « *Une conférence New Age tourne mal* ».

L'envie de faire marcher son frère avait été trop forte pour ne pas céder à la tentation. Néanmoins, elle comprenait pourquoi ce banal fait divers avait retenu l'attention du jeune homme, y compris celle de Thessa et de ses autres amis qui lisaient l'article en question.

Philippe, définitivement intrigué, rejoignit la conversation.

— C'est quoi cette histoire ?

Après un instant de lecture, Thessa fit un résumé à ses amis.

— D'après ce qu'on apprend là-dedans, une conférence a mal fini en province, à Chartres. C'était après les heures d'ouverture, dans une librairie spécialisée en médecines naturelles et en bien-être : reïki, sophrologie, zen, yoga, *New Age*... etc. Seuls les participants, la conférencière et le couple gérant la boutique étaient présents pour l'occasion.

— Quel était le sujet de la conférence ? demanda Coralie.

— Il était question des bases de la lithothérapie,. L'art de soigner au moyen des minéraux. Apparemment, plusieurs participants ont mis tout le monde dehors avant de s'en prendre violemment à la conférencière et aux gérants. Ils ont été roués de coups et menacés de mort s'ils continuaient à mentir aux esprits faibles et leur bourrer le crâne avec, je cite l'article : « *leurs inepties de charlatans démoniaques* ». Bref, ils en ont vu des vertes et des pas mûres avant que l'arrivée des flics ne fasse déguerpir les agresseurs.

Philippe soupira.

— Courageux mais pas téméraires, comme dit votre dicton. Je trouve ce genre d'actes d'une lâcheté pas croyable. Il faut espérer que ces dingues ont été retrouvés et neutralisés.

— Même pas, contra Sylvain. Ils ont disparu de la circulation et les victimes n'ont pas réussi à les identifier. Le choc du traumatisme, peut-être. Les autres participants à la conférence ont été entendus aussi, bien sûr, mais ils ont tous donné des versions si disparates et contradictoires qu'on a du mal à croire qu'ils puissent avoir assisté aux mêmes événements. Comme quoi, les témoins oculaires ont leur importance, mais il leur arrive parfois de ne pas être fiables.

Thessa réprima un frisson.

— Ce n'est quand même pas croyable de voir jusqu'où la violence des gens peut aller. Ça me fiche la trouille d'y penser.

Sur ces mots, elle resserra en tremblant ses mains fines autour de la tasse de chocolat viennois devant elle. Comme si ce simple geste pouvait réprimer la vague d'angoisse qui venait de la saisir.

Sylvia comprit soudain que quelque chose ne collait pas avec le reste.

— Une minute ! Que ces types n'aient pas pu être retrouvés figure bien dans le journal, mais pas que les témoins avaient tenu des propos contradictoires dans leurs dépositions. Comment vous l'avez su, tous les deux ?

Frédéric parvint non sans mal à engloutir une bouchée de tarte sans s'étouffer de rire.

— Et bien, tu n'es pas la frangine d'un flic pour rien parce que tu es redoutable, toi aussi. Nous avons eu vent de l'affaire et on s'est renseigné. Tu sais, les discussions de couloirs vont bon train entre collègues. Surtout que ce n'est pas le premier cas d'agression liée à l'ésotérisme dans le pays.

À ces mots, Sylvia ainsi que Philippe, Coralie et Thessa ne purent dissimuler leur surprise.

Sylvain reprit le journal ouvert à la page des faits divers.

— Cette librairie est la cinquième à faire l'objet d'une agression depuis les trois derniers mois. Avant cela, d'autres enseignes ont eu des emmerdes. À savoir des manifestations virulentes lors de l'ouverture d'une boutique à Quimper, des clients harcelés qui ont fini par détaler comme des lapins dans une librairie de Rennes, deux autres ont été saccagées à Angers et au Mans. Enfin, il y a eu Chartres.

Si ces propos choquèrent leurs amis, les deux officiers de la PJ poursuivirent néanmoins leurs explications.

Le capitaine Laforrest reprit la parole.

— En fouinant un peu, on a découvert que toute cette série de violences et de menaces a été faite à l'encontre de commerces spécialisés en thérapies naturelles, mais surtout les boutiques ésotériques, dit-il d'un air désolé en fixant Coralie. Comme il n'y a pas eu de mode opératoire commun à toutes ces agressions, mais aussi des lieux et des dates trop éloignées les unes des autres, les collègues locaux n'ont pas fait le rapprochement, même si certains ont fini par avoir la puce à l'oreille et ont commencé à en parler entre eux. Ça ne fait pas office de preuve, mais c'est néanmoins très troublant. On ne va pas reprocher à nos collègues de faire preuve d'intelligence, non ? En tout cas, après avoir examiné ces affaires, Sylvain et moi en sommes arrivés à la conclusion qu'elles ont été fomentées par un seul et même groupe d'individus. Pourtant, aucun de ces forfaits n'a été signé. Donc, on ne peut rien faire pour le moment et ce sont les gendarmeries locales qui sont chargées de chacune de ces affaires.

— Je comprends bien que cela soit préoccupant, nota Coralie, mais je ne vois pas trop pourquoi vous vous y intéressez autant. Ce n'est quand même pas comme si ces malades allaient débarquer à Paris un de ces quatre matins.

Les deux policiers échangèrent un regard gêné, puis Sylvain acquiesça en direction de son collègue. Il fallait leur dire ce qu'ils venaient de découvrir. Poussant un petit soupir résigné, le capitaine sortit de son sac un plan du pays qu'il déplia soigneusement. Chacun libéra la place nécessaire et se pencha pour mieux voir.

— Regarde un peu l'emplacement des villes en question, dit Sylvain en se saisissant d'un feutre rouge. D'abord Quimper (dont il entoura le nom d'un cercle), ensuite Rennes, Angers, Le Mans, puis Chartres… Plus ça continue et plus ces types deviennent violents et incontrôlables. Qui peut savoir ce qu'ils vont nous préparer la prochaine fois qu'ils frapperont. Nous, en tout cas, on l'ignore et je n'ai pas envie d'attendre les bras croisés qu'il y ait des morts.

En voyant cela, Coralie hoqueta face à l'ensemble de la situation. Frédéric comprit le regard tétanisé de son amie.

— Oui, confirma-t-il. Ils se dirigent vers l'Est. Ça ne fait aucun doute. Tout nous porte à croire qu'ils se rapprochent de Paris, et qu'ils ne viennent pas faire du tourisme.

6

Lundi 24 septembre 2012
Rue Berger

Déjà le matin, et Sylvia aurait bien voulu prolonger le week-end avec une journée de repos supplémentaire. Au moment de se lever, encore emmaillotée dans la couette, la jeune femme avait envisagé de prendre sa journée. Après tout, faire l'école buissonnière de temps à autre ne faisait pas de mal et la planète ne s'arrêterait pas de tourner pour autant.

Le sketch du clochard analphabète de Coluche, avec ses à peu près désopilants, sembla tout à fait approprié. L'humoriste avait tancé un badaud : « *Allez va bosser, la France a besoin de toi ! Tu lui diras qu'elle ne m'attende pas, j'vais être en retard aujourd'hui !* »

Elle était sur le point de céder à la douce tentation de sécher les cours, quand une seconde sonnerie du réveil faucha net cet accès de *flémingite aiguë*, lui rappelant qu'elle n'était plus étudiante. Sylvia eut toutes les peines du monde à se préparer à affronter cette nouvelle journée de travail qu'elle avait pourtant envisagé d'envoyer bouler. D'autant plus qu'elle ne pouvait s'absenter aujourd'hui ; une importante réunion était prévue dès la première heure en présence de toute l'équipe rédactionnelle au complet. Une absence injustifiée un jour pareil ne passerait pas inaperçue. Sylvia grimaça à la simple idée de se faire remonter les bretelles, comme quand elle avait été surprise à sécher les cours à l'époque du collège.

Elle s'arracha à contrecœur de son lit douillet, avant d'ôter sa nuisette à fines bretelles et se diriger vers la salle de bains pour prendre une douche. Top chrono ! Le contre la montre matinal venait de commencer.

Tant pis, le farniente en semaine sera pour une autre fois.

**

Une fois la double porte vitrée de l'entrée franchie, Sylvia sentit son cœur devenir un peu plus léger, comme souvent, au moment d'entrer dans l'immeuble où siégeait la rédaction du magazine *Le Cercle Magique*. Elle y était devenue une des rares chroniqueuses à plein temps, alors que bon nombre de collègues n'étaient, au mieux, que des pigistes plus ou moins réguliers depuis la création de cette publication mensuelle.

D'un signe de la main, Sylvia salua le gardien au rez-de-chaussée qui lui rendit la politesse avec un grand sourire, ce qui tranchait avec l'indifférence qui lui était le plus souvent adressée. Elle se rendit vers l'ascenseur dans lequel elle parvint à entrer *in extremis* avant la fermeture des portes. Elle monta à l'étage des locaux de la rédaction, avec la certitude que la réunion avait commencé sans elle. Au passage, elle subtilisa deux petits muffins dans une boîte laissée ouverte sur le bureau voisin du sien.

C'est un pousse-au-crime, ça. Je me demande si Sébastien sait que c'est moi qui lui en grappille de temps à autre. Non... Sans doute pas.

Comme Sylvia n'avait pas pris le temps de manger en partant, elle se promit de compenser ce menu larcin auprès de son collègue. Arrivée avec son petit-déjeuner improvisé devant la salle réservée aux réunions, Sylvia tenta d'ouvrir la porte et se faufiler le plus discrètement possible jusqu'à la grande table de conférence. Sylvia eut la confirmation de son pressentiment, et en eut un peu marre d'avoir encore raison. En effet, ses intuitions se vérifiaient un peu trop souvent à son goût ces derniers temps.

Adèle Ogerau – la rédactrice en chef – était à l'une des extrémités, à peaufiner son ordre du jour quand Sylvia se glissa à une place libre. Sans même lui avoir décoché un regard, elle savait que sa supérieure n'était pas dupe parce qu'elle s'était sentie prise en flagrant délit. Comme Adèle ne semblait pas d'humeur à se lancer dans un rappel à l'ordre rébarbatif et même de faire la moindre remarque, c'était plus qu'inespéré.

Adèle s'éclaircit la voix.

— Bon, on va commencer maintenant que tout le monde est arrivé (Sylvia rentra la tête dans les épaules). Vous aurez tout le temps nécessaire pendant la pause café et l'heure du déjeuner pour vous raconter vos folles péripéties du week-end. Là, tout de suite, j'aimerais qu'on aborde différents sujets d'importance. L'air de rien, on a beaucoup de travail et peu de temps pour tout boucler.

Cette entrée en matière eut l'avantage de capter l'attention des collaborateurs. Adèle n'avait même pas besoin de hausser le ton pour cela, et Sylvia apprécia cette manifestation d'autorité : main de fer dans un gant de velours.

Après s'être assurée de l'attention de tous, la rédactrice en chef jeta un coup d'œil à ses notes avant de reprendre la parole.

— Je tenais d'abord à vous féliciter pour l'excellent boulot qui a déjà été accompli depuis la création du *Cercle Magique* sur Internet. Nous n'étions alors qu'un petit webzine diffusé en ligne, élaboré le plus souvent par des participations de bénévoles passionnés. Aujourd'hui, non seulement nous sommes passés *offline* en nous lançant aussi sous format papier et rendus disponibles auprès de la plupart des kiosques, mais nous sommes devenus sans doute la seule publication assez stable pour constituer une équipe d'employés en CDI, à plein temps. Rien que pour ça, vous pouvez être fiers. Vous avez fait de gros efforts et ça a fini par porter ses fruits. Bravo à tous parce que c'est *vous* qui faites vivre ce journal.

Sur ces mots, elle promena son regard brun autour d'elle, observant comment chacun semblait approuver ses propos. Cette réussite était incontestable et d'autant plus inattendue dans le domaine des publications périodiques traitant d'un sujet tel que l'ésotérisme en France.

— Ce que je sais aussi c'est que le mois prochain, nous serons fin octobre. Inutile de vous rappeler ce qui se passe à ce moment de l'année, n'est-ce pas ?

Réaction enthousiaste collégiale.

— C'est Halloween !!

— Et surtout le moment de la sortie du numéro spécial de l'année. Celui qui est le plus attendu par nos lecteurs.

Un silence total tomba. À tel point que l'on aurait pu entendre murmurer les employés du bureau voisin à travers la cloison.

Ah zut, je n'y avais plus pensé, réalisa Sylvia.

Elle se rendit compte au regard gêné de ses collègues qu'ils avaient oublié eux aussi, plus empressé à l'idée de faire la fête.

Adèle avait réussi à recentrer tout ce petit monde.

— En vue de cette publication, beaucoup m'ont suggéré de faire une spéciale *« Fin du Monde »* à cause de la prédiction du calendrier maya. Sauf que c'est tellement du *déjà-vu* que ça finit par lasser. Ça reviendrait à essayer de surfer sur une vague trop insignifiante pour être porteuse. Autant éviter, vous ne croyez pas ? Quelques-uns parmi vous ont proposé des idées correspondant plus dans au thème de cette célébration.

Sébastien DeGuine intervint dans ce sens.

— N'oublions pas qu'à l'origine c'était une fête païenne. Elle était venue d'Europe avant d'être importée par les colons dans le Nouveau Monde et de faire le voyage retour, devenue désormais d'un marketing outrancier des vendeurs de confiseries et de costumes d'opérette.

— C'est vrai, renchérit Adèle. Évitons autant que possible de tomber sur des clichés et le banal à pleurer. Proposons au contraire une espèce de retour aux sources ancestrales de cette célébration. Voici les idées qui ont été sélectionnées : un article expliquant les différences entre l'Halloween actuelle et son pendant ancien qu'est la fête celtique de Samhain… que j'ai toujours du mal à prononcer correctement : *« so-wen »*. L'idée d'évoquer les superstitions du moment pourrait être intéressante, mais ça a déjà été traité en long, en large, et surtout de travers. Notre Inès va nous concocter un rituel entier que nos lecteurs pourront mettre en œuvre chez eux, seuls ou avec d'autres participants. Quelque chose de simple, mais suffisamment documenté quand même. Ça te va comme ça, Inès ?

En réponse, une petite bonne femme d'une cinquantaine d'années approuva sans réserve.

Rassurée de voir deux sujets importants réglés aussi vite, Adèle se prit à espérer que l'attribution des suivants se déroulerait tout aussi vite, et que la réunion ne s'éterniserait pas. Ce fut le cas ; la plupart des chroniqueurs étaient contents des sujets sur lesquels ils auraient à plancher. Miranda Tonnerre – souvent charriée à cause de son nom de famille et du fait que l'emportement lui provoquait toujours de brusques pics d'électricité statique – se vit confier la préparation de recettes thématiques appétissantes. Un sabbat était l'occasion de partager un véritable festin, et la gourmandise touchait un vaste lectorat. Sébastien DeGuine se vit confier un article lié à la divination, l'une des activités majeures de Samhain. Un article concernant la décoration de la maison et un autre sur les propriétés magiques d'une plante, furent ajoutés au tout dernier moment. Adèle était très satisfaite des thèmes sélectionnés ainsi que leur répartition, autant auprès des chroniqueurs que des pigistes. Elle leva soudain un regard surpris sur Sylvia.

— C'est bizarre, mais tu ne m'as envoyé aucune idée de sujet. Comment ça se fait ? D'habitude c'est toujours toi qui déposes tes propositions avant que les autres ne fassent qu'envisager de bouger. Ça ne te ressemble pas. Du coup, tu plancheras sur le dossier spécial de ce numéro, à savoir un article succinct sur la célébration des morts à travers l'Histoire et comment c'est lié à Halloween, pour que ça ne fasse pas trop parachuté.

Sylvia fut stupéfaite de se voir confier une tâche aussi importante, alors qu'elle n'était que la petite nouvelle de l'équipe. Ce serait sans aucun doute l'article-phare autour duquel la une de cette édition serait axée. Déjà, des murmures se firent entendre, preuve que ses collègues se demandaient pourquoi ce n'était pas un ancien qui s'y attèlerait.

Adèle fixa Sylvia dans les yeux, sans se laisser importuner par ces messes basses horripilantes.

— Si je te le demande, c'est parce que tu feras des recherches objectives sans te laisser influencer par un dogme quel qu'il soit, et en faire un condensé qui résumera bien le sujet. Bon, ne va pas nous pondre une encyclopédie de mille et une pages non plus. Dans l'état actuel des choses, tu as carte blanche pour une dizaine de pages de texte dans ce numéro spécial.

La rédactrice en chef enchaîna avec l'autre plus gros sujet à l'ordre du jour, à savoir la proposition de rachat du magazine par Prætorius, un groupe de presse mastodonte. Ce qui provoqua encore plus de rumeurs contradictoires, les uns trouvant que c'était une excellente nouvelle et les autres craignant déjà des licenciements à la rédaction. Adèle Ogerau mit fin à la réunion en expliquant que rien n'était encore décidé. Beaucoup de tractations et de réunions seraient à prévoir avant de tomber sur la moindre décision.

Sylvia, comme beaucoup, ne se faisait guère d'illusion ; si *Le Cercle Magique* devait être racheté par ce géant des médias, il ne ferait aucun doute que la qualité du journal en pâtirait. Sans parler de ceux qui risqueraient d'être virés pour raison économique. Il faudrait surveiller cela de très près.

Après avoir déjeuné sommairement d'un sandwich, Sylvia était retournée à son bureau pour commencer à plancher sur l'article qui lui avait été confié. Elle entreprit de fouiner dans quelques sites sur les sciences humaines et l'anthropologie. Depuis ses années estudiantines à La Sorbonne, elle avait conservé quelques adresses de sites pertinents, avec des articles basés sur une solide documentation dont les références étaient dignes d'intérêt. Il n'était pas rare que Sylvia aille jusqu'à parfaire ses recherches livresques au fin fond d'un lieu dont elle avait toujours la carte : la bibliothèque Sainte-Geneviève.

Sylvia aimait son travail, même si les articles à préparer lui rappelaient parfois les travaux qu'elle avait à rendre à l'école, revenant parfois avec des ratures rouges un peu partout. Elle avait réalisé que partager ses écrits avec les lecteurs du magazine lui apportait quelque chose de plus gratifiant et altruiste. Sans parler de la possibilité d'en apprendre plus sur différents sujets, grâce aux recherches que cela nécessitait.

Au bout de quelques heures de recherches, une pile de documentation commençait déjà à s'élever, tandis que le document ouvert pour la rédaction de l'article restait toujours vierge. Sylvia butait déjà sur un obstacle. Elle se leva pour rejoindre le bureau de Sébastien afin de lui demander conseil. Ce dernier l'observa d'un œil amusé. Depuis qu'ils travaillaient ensemble, il commençait à déceler ce à quoi elle devait songer. En l'occurrence, il crut déceler le fameux *syndrome de la page blanche*.

Le jeune homme eut un petit rictus narquois.

— Alors, t'es tombée sur un os avec ton article sur les morts ?

Blague facile par excellence. Dommage pour lui, mais sa collègue n'était pas d'humeur. Elle parvint à s'asseoir sur le seul coin de son bureau qui ne soit pas encombré de tout un bric-à-brac.

— Oh que c'est drôle, le morigéna-t-elle gentiment. Quel humour, mais quel humour... Gros couillon.

Il fit mine de la sermonner avec une ton taquin.

— Attention, ce n'est pas comme ça que tu parviendras à obtenir mon aide.

Sylvia capitula en soupirant d'un air las.

— Okay, c'est vrai que cet article me pose un problème.

— Donc tu t'es dit que tu pourrais voir ton collègue préféré pour essayer de lui soutirer son aide, pas vrai ?

— On peut dire ça comme ça... avoua-t-elle de but en blanc. J'ai déjà fait quelques recherches, mais ça ne m'a pas aidée à savoir par quel bout m'y prendre. C'est un sujet si vaste que je ne voudrais pas me planter. Et puis, tu pourrais peut-être m'expliquer comment lancer un article d'une telle envergure. Tu es doué pour simplifier les concepts les plus alambiqués.

Sébastien sembla apprécier le compliment sous-jacent.

— C'est vrai qu'on ne s'attelle pas à ce genre de thème sans un minimum de préparation. Le plus simple serait de faire comme tu l'aurais fait avec un devoir pour la fac. De mon côté, la seule chose que je puisse faire, c'est de dresser un plan global qui te servirait de carte routière sur laquelle tu pourrais caser les éléments à traiter. Ça te donnerait une vue d'ensemble d'entrée de jeu.

Le moral de Sylvia repartit à la hausse.

— Oui, ça m'aiderait à articuler les différentes idées que j'ai pu glaner.

— D'après ce qu'on sait des rites funéraires, c'est que ça ne date pas d'hier.

— Mon cher, ne ferais-tu pas des vers sans en avoir l'air ?

— Diantre, ça m'exaspère ! fit-il d'un ton théâtral exagéré.

Tous deux furent pris d'un fou rire spontané.

— Merci, Séb, ça serait sympa. De mon côté, je peux me procurer des livres de base sans parler des références trouvées sur quelques sites qu'il faudrait consulter en bibliothèque.

— Tu pourrais tenter aussi les musées. Ce n'est pas ce qui manque à Paris. En particulier, les départements d'ethnologie et d'anthropologie qui ont des documents intéressants. Des bases de recherches à toutes épreuves.

— Pas faux… Maintenant, je comprends pourquoi Adèle a bien insisté sur le fait de me laisser seulement dix pages, parce qu'avec un sujet pareil, c'est plutôt un parpaing énorme qu'on risquerait d'obtenir.

— Pourquoi pas, après tout ? Rien ne t'empêche d'en faire un bouquin aussi gros qu'un pavé qu'on pourra refourguer ensuite aux Éditions Plomb.

Sur ces mot, il fit mine de lâcher quelque chose de très lourd.

Sylvia ne put s'empêcher d'en rajouter une couche :

— Les éditions qui crèvent le plafond. Avec le poids des mots, attention aux petons !

Les deux compères repartirent dans le genre d'humour idiot qui ne faisait rire qu'eux. Au bout d'un moment, Sylvia fit mine de balancer à Sébastien une taloche derrière la tête qu'il s'amusa à esquiver que par crainte réelle de prendre un coup. Il faudrait un jour qu'elle lui en colle une pour de bon. Cela pourrait être drôle.

— Okay beauté fatale, reprit-il, je vais t'aider à établir la structure de base pour toi, mais ne rêve pas, ça ne t'empêchera pas pour autant d'écrire ton article de A à Z. En tout cas, tu éviteras de perdre ton temps pour rien, et ça devrait être un bon début.

— C'est plus que j'en espérais. En tout cas, je te revaudrai ça. Allez, à plus l'artiste !

Sylvia venait de se redresser d'un mouvement gracieux pour retourner à son bureau, alors que Sébastien ne se privait pas de loucher sur les courbes du corps de la jeune femme qui s'éloignait après avoir pris son sac.

— C'est ça, je te crois ! réagit-il. Je finirai bien par trouver comment me faire dédommager, d'une façon ou d'une autre.

Sébastien eut une moue sans équivoque sur le peu de véracité qu'il accordait aux promesses de Sylvia chaque fois qu'ils avaient travaillé ensemble. Malgré sa réputation de dragueur invétéré, il finissait toujours le bec dans l'eau dès qu'il avait eu des vues sur Sylvia ; elle l'avait rembarré à chaque fois. Pourtant, il ne s'avouait pas vaincu. Il finirait bien par l'amener à passer une nuit torride dans son lit.

Sylvia enfila son manteau d'un geste leste et eut un petit rire amusé au moment de se diriger vers l'ascenseur quand la voix faussement outrée de Sébastien se fit entendre en provenance de l'*open space* de la rédaction.

— Avec ceux d'aujourd'hui, tu me dois un paquet de muffins, espèce de goinfre !

Sylvia ne put s'empêcher de tiquer.

En fin de compte, il savait depuis le début que c'était moi.

7

Mardi 25 septembre 2012
Île de la Cité

Depuis le week-end, les nuages occasionnaient une averse sur l'ensemble de la région, incitant bon nombre de badauds à rester au chaud et au sec. Quelques téméraires s'étaient réfugiés dans les cafés aux alentours, ou à la cathédrale Notre-Dame qui ne désemplissait presque jamais, en raison du déluge.

Il n'y avait presque personne dans le square de l'Île de France, hormis le gardien du Mémorial de la Déportation qui prodiguait son sempiternel laïus de recommandations d'usage aux rares visiteurs qui avaient bravé la pluie.

Non loin de là, face aux arbres, un homme se tenait près des bancs alignés. Abrité sous un parapluie, il observait les environs avec une attention accrue. De toute évidence, il attendait quelqu'un. Des journaux pliés furent balancés sans ménagement contre son torse. Il s'en empara avant de les déplier, et d'en parcourir le titre. C'était l'édition de vendredi dernier de deux quotidiens gratuits. L'homme dirigea les yeux vers celui qui s'était approché, encore à moitié dissimulé sous un parapluie noir.

— Alors comme ça, c'est tout ce qui a résulté des opérations que nous ne devions mettre à exécution qu'après mon retour ? lança le nouveau venu d'un ton énervé. Explique-moi un peu ce qui s'est passé, Sealtiel. C'était trop demandé que de faire preuve d'un peu de retenue ?

L'homme sous le parapluie poussa un soupir las.

— Bonjour à toi aussi Mikael, si tu pouvais éviter de me sauter à la gorge d'entrée de jeu, peut-être que je pourrais te faire un topo sur ce qui s'est passé. Et puis permets-moi de te rappeler en passant que ce n'est pas *moi* qui aie prolongé mon absence à l'étranger. En tout cas, maintenant tu sais que le processus est désormais lancé et qu'il ne s'arrêtera pas en si bon chemin.

— *En si bon chemin* ? s'exclama Mikael avec stupeur. Comment peux-tu dire ça ? Votre action n'a même pas fait les gros titres ! On en parle à peine dans ces torchons qui tapissent les poubelles du métro. Il n'y a pas de quoi pavoiser.

— On a aussi parlé des attaques à la télévision.

Mikael baissa d'un ton en voyant une famille qui passait à côté d'eux, en attendant qu'ils se soient éloignés. Plus encore, il fallait rappeler qui était le leader et recadrer un peu l'équipe.

— Je suis au courant, merci ! Vos actions ont seulement été mentionnées à la va-vite sur les chaînes d'info continue. Quand il ne se passe rien dans l'actualité, il faut bien meubler le vide avec ce qui se présente entre deux pages de pub, même si ce n'est pas grand-chose. Alors, dis-moi, Sealtiel, à qui doit-on l'honneur d'un tel fiasco ? Ou plutôt non, laisse-moi deviner... Ce ne serait pas Gabriel ?

Sealtiel acquiesça, puis les deux hommes se mirent en route vers le square Jean XXIII, juste en face, à côté du pont de l'Archevêché. Mikael s'interrompit à la vue des rambardes encombrées d'une multitude de cadenas en tous genres. À ses yeux, cette mode ridicule dégradait les ponts du centre-ville, et encourageait surtout les gens à se conduire comme des idiots. Pestant en silence contre la niaiserie humaine, Mikael préféra en revenir au véritable sujet de sa conversation avec celui qui était son second.

— Ce cher Gabriel a encore fait des siennes.

Ce n'était pas une question, et Sealtiel confirma en opinant.

— Pour ne rien te cacher, il adore jouer au petit chef, surtout durant tes déplacements professionnels.

— Ce mec ne se fait toujours pas à l'idée que j'aie pu te choisir comme mon second. C'était une bonne idée de ne pas lui confier les rênes durant mon absence, et les événements récents tendent à me donner raison.

— Je ne dis pas que tu as tort concernant Le Mans et Chartres.

Dans ces villes, il y a eu des opportunités que Gabriel voulait à tout prix exploiter pour attirer l'attention. Comme cette conférence. En fait, ça aurait dû marcher. On aurait pu faire les gros titres dans les médias. Je ne comprends pas...

— Il n'y a rien d'autre à comprendre que vous n'étiez pas aussi bien préparés que vous pensiez l'être. En fonçant tête baissée, Gabriel vous a poussé à l'amateurisme le plus flagrant ! À se demander s'il a été formé avec le restant de l'équipe.

— Alors là, t'exagères ! Je te ferai quand même remarquer qu'on n'a laissé aucune trace derrière nous. Rien qui puisse permettre la moindre identification.

— Je confirme, puisque personne ne semble avoir fait le lien avec les précédentes attaques contre ces boutiques de l'occulte... Ces commerces impies.

Les deux hommes déambulaient dans le square, après avoir jeté un regard à la fontaine de l'archevêché, abritant la Vierge à l'enfant de Louis Merlieux. Quelques touristes s'y faisaient prendre en photo, certains faisant les pitres, au point que les deux promeneurs eurent l'espoir non dissimulé d'en voir un trébucher. Ils longeaient l'enceinte de la cathédrale Notre-Dame. Mikael appréciait la proximité du majestueux édifice qui suscitait toujours en lui une force et une spiritualité pures.

— En tout cas, nota Sealtiel, je me demande s'ils ont déjà fait un rapprochement avec ce qui s'est déjà passé dans le pays.

— Qui ça *ils* ?

— Ceux d'à côté.

Sealtiel désignait d'un signe de tête le grand édifice situé au-devant d'eux, juste à côté de la Conciergerie.

Mikael percuta en reconnaissant l'endroit.

— Ah oui, ceux du 36 quai des Orfèvres. Il ne faut pas trop leur en demander non plus et puis, je ne pense pas que la PJ enquêterait sur des boutiques vandalisées. Ce sont les gendarmes locaux qui ont dû être mis sur le coup. Ceux de la Police judiciaire s'occupent d'affaires relevant d'un tout autre niveau. Si on veut que ce soient eux qui s'occupent de notre cas, nous allons devoir rehausser la barre de quelques crans.

— Tu as sans doute raison, mais je pars du principe qu'il vaut mieux ne pas les sous-estimer pour autant. Il n'y a pas qu'un ramassis de flicaillons de base là-dedans, et il y en a même qui doivent être doté d'un semblant d'intelligence. Du moment qu'ils n'ont pas tendance à passer au peigne fin tout ce qui leur saute aux yeux, notre signature ne leur a peut-être pas échappée... Contrairement aux médias qui ne seraient pas fichus de trouver le lien avec ces cas, même si on leur mettait le nez dedans.

— Je n'ai rien lu de tel dans la presse et rien de ce genre n'a été non plus mentionné à la télévision. Bravo, les mecs ! Vous nous avez créé une signature tellement discrète que tout le monde est passé à côté !

La pluie venait de cesser enfin. Sur ces entrefaites, Sealtiel sortit un papier parcheminé plié d'une poche de sa veste et le tendit à Mikael. Ce dernier l'ouvrit et reconnut ce qui y était imprimé.

— C'est déjà épatant d'y être parvenu, mais je persiste à penser que c'est quelque chose de beaucoup trop subtil pour certains. Si on veut espérer faire comprendre la justesse de notre message, il va falloir s'y prendre autrement, et mieux. En tout cas, la prochaine opération fera beaucoup plus de bruit. Je peux te le certifier.

— Marrant que tu abordes le sujet, parce que je voulais te montrer une petite liste de cibles potentielles dans la région. Il y a dix ans, on n'aurait pas su où donner de la tête, vu qu'il y avait encore pas mal de boutiques spécialisées. La crise aidant, elles ont presque toutes fermé. Il y a cependant des irréductibles, comme le *Gibert Jeunes Ésotérisme* qui se trouve à côté du pont Saint-Michel, ainsi que celle installée près de la place de la République : *La Voie Initiatique*. Mais avant ça, il y en a une autre tout près de Paris qui mériterait bien qu'on lui rende une petite visite... Et je voudrais aussi que tu jettes un coup d'œil à ça. Le moins que l'on puisse dire, c'est qu'il va y avoir de quoi s'occuper.

Sealtiel donna une autre feuille pliée à Mikael qui eut un mouvement de surprise en lisant ce qui y figurait.

— Comme tu peux le voir, voici une sorcière qui n'a pas peur de sortir du légitime anonymat dans lequel son engeance pernicieuse devrait pourtant rester terrée, loin des braves gens que nous avons juré de protéger.

— Tu as raison, pesta Mikael. Nous devons poursuivre l'opération qui a été lancée, mais en mettant la barre plus haut si l'on veut que le message finisse par passer. D'un autre côté, je ne vois pas pourquoi on ne pourrait pas aussi s'occuper de ce genre d'individus sournois et malveillants. N'oublions jamais que c'est pour la sécurité des âmes innocentes que nous faisons tout ça. Bientôt, on nous en remerciera. Tu peux me croire. En attendant, on va devoir préparer un plan d'action plus minutieux, histoire de ne pas réitérer le fiasco précédent.

Sealtiel acquiesça en laissant les documents à son comparse. Il était intimement persuadé que leur but ne pourrait être atteint que sous la houlette efficace de leur chef, Mikael. Il savait prendre de bonnes décisions et tous pouvaient compter sur sa capacité d'adaptation hors du commun qui leur permettait de se tirer des situations les plus dangereuses. Cela avait déjà été le cas à l'armée, et il n'y avait pas de raison à ce que cela change dans le privé.

— J'aimerais qu'on s'occupe de la cible que tu as désignée le plus tôt possible, ajouta Mikael. Je me chargerai moi-même de la mettre à exécution avec les autres.

— Okay, mais il faudra que Gabriel réapprenne à filer droit.

— Ce que tu m'as donné devrait lui fournir l'occasion de se racheter pour ses foirades. En plus, ça devrait lui plaire, car c'est pile dans ses cordes. Sinon, tu as bien fait de me mettre au parfum sur son cas ; je l'aurai à l'œil. Donc, on se retrouve comme d'habitude, demain à la première heure. Tout sera préparé avec minutie. D'autant plus qu'ils sont sans défense contre nous.

Sealtiel posa la main sur l'épaule de Mikael en le fixant.

— *Il* est avec nous.

— Ça ne fait aucun doute.

8

Mercredi 26 septembre 2012
36 quai des Orfèvres

Le capitaine Frédéric Laforrest revint à son bureau aussi exténué qu'au moment de le quitter, à peine quelques heures auparavant, suite à une garde à vue assez ardue. Ce n'était pas son genre de rentrer chez lui pour se reposer en pleine journée, mais c'était devenu nécessaire s'il ne voulait pas finir par s'écrouler de fatigue.

Un mari, rendu fou de rage par les infidélités constantes de son épouse, avait tué celle-ci en tentant de faire croire à un vol ayant mal tourné, afin d'empocher son assurance-vie. Durant la garde à vue, l'individu avait même reconnu avoir caché le corps dans le piano, histoire de pouvoir jouer du *« Macchabée-thoven »*. Un concerto en *« si-metière »*, en l'occurrence. Le genre d'humour noir que Frédéric n'avait guère apprécié à sa juste mesure.

Bref, un crime plus crapuleux que passionnel, exécuté à la va-comme-je-te-pousse, avait compris l'officier de police en présence des pièces à conviction. Des éléments lourdement accablants devant lesquels l'accusé se rembarrait dans un déni qui n'avait fini par céder qu'aux premières lueurs du matin.

Son collègue, le lieutenant Sylvain Laffargue était en pleine discussion avec un homme accompagné d'une femme. Le premier était d'une carrure assez impressionnante, avec sa coupe en brosse et son costume anthracite. Celle qui se tenait à ses côtés était blonde, coiffée d'une simple queue-de-cheval, vêtue de jeans et rangers, dont le blouson court ne dissimulait pas son arme de service. Frédéric reconnut aussitôt le couple de flics qu'ils étaient, s'étonnant qu'ils puissent s'intéresser à son jeune coéquipier, même si le tandem faisait partie d'un autre groupe, mené par un tout jeune capitaine.

Ayant aperçu Frédéric arriver, Sylvain prit alors congé de ses collègues qui s'en retournèrent vers l'escalier principal non sans les avoir salués en partant. Si la jeune femme arborait un sourire amical, son compagnon arborait un faciès de roc qui allait de paire avec l'apparence inébranlable qui était la sienne. Il avait salué Frédéric et Sylvain d'un geste de la main.

Les deux équipiers échangèrent une poignée de main franche avant de rejoindre le bureau qu'ils partageaient déjà quand le lieutenant avait rejoint la police sous la fausse identité de Stéphane Flergafau.

— Sylvain, j'ignorais que tu connaissais le requin qui fraye dans les eaux du 36.

Au lieu de dire son nom, Frédéric avait préféré faire référence au squale dont il portait le nom en anglais et qui, tout bien considéré, lui allait parfaitement. Un prédateur acharné qui ne lâchait jamais sa proie.

— Tu ne le croiras jamais, mais lui et sa compagne font partie des rares de la PJ à m'avoir soutenu quand j'ai repassé le concours de lieutenant. Sans oublier le commissaire Berger, bien sûr. C'est génial d'avoir le soutien d'une telle figure de la Crim, tu sais. Alors, si on met de côté ceux qui s'en foutent, le reste de la brigade semble croire que je suis encore une bête curieuse. Certains ont du mal à se rappeler mon vrai prénom. C'est simple : quand on m'appelle « *Stéphane* », je ne réponds même plus.

Sylvain s'amusa de voir Frédéric bâiller comme s'il n'avait pas dormi de la nuit, alors que c'était son cas. Normal après avoir enchaîné autant d'heures de travail.

— Pourtant, fit le capitaine, tes résultats au concours d'admission étaient encore meilleurs que la première fois. Sans parler des épreuves sportives et de tir que tu as réussi haut la main.

Sylvain eut un sourire espiègle à cette idée.

— Tu te souviens de l'examinateur ?

— Comment oublier ? Il tirait une tronche à en bouffer sa

casquette en réalisant que tu venais d'établir les meilleurs scores sur un stand de tir, toutes brigades confondues. T'es un champion doublé d'un tireur d'élite en devenir. Respect !

— Tant que je ne deviens pas un tireur de litres… En tout cas, il y a des collègues qui ne me tiennent pas rigueur d'avoir intégré la PJ sous une fausse identité, surtout après avoir appris pour mon amnésie et la manipulation de celui qui m'avait poussé là. Celui qui avait assassiné nos parents, à Sylvia et moi.

Si Sylvain avait dit cela d'un ton qui se voulait léger, Frédéric ne manqua pas de noter un voile de rancœur dans la voix de son équipier et ami.

— Dis-toi qu'on est quelques-uns à avoir franchi certaines barrières. Et si on prend la carrière de celui à qui tu parlais il y a un bref instant, tu peux considérer qu'il lui est arrivé d'en défoncer quelques-unes. Avec fracas. N'empêche que, fallait oser…

Sylvain approuva, tout aussi admiratif et encore réjoui par la situation, mais encore plus par le fait que le partenariat entre les deux officiers ait été rétabli après sa réintégration au grade de lieutenant. Dans les règles et sous son vrai nom, cette fois.

Les deux compères avaient fêté l'évènement en faisant du trampoline sur le filet anti-suicide tendu dans le grand escalier principal du bâtiment. Un véritable exploit, puisqu'ils ne s'étaient pas fait gauler. Suite à quoi, ils avaient pris une cuite mémorable.

Si quelques-uns étaient contents du retour de la plus jeune recrue que la Police judiciaire n'ait jamais eue, il n'en était pas de même pour ceux qui ne voyaient pas cela d'un œil aussi indulgent. Pour ce que Frédéric en savait, Sylvain s'en fichait pas mal. Il était retourné à son travail sur le terrain avec gratitude, déterminé à donner raison à ceux qui lui avaient fait confiance, aussi peu nombreux soient-ils. C'était pour lui une question d'honneur et de loyauté. Deux qualités devenues rares dans le métier.

Au niveau des gardes à vue, le tandem avait même développé une technique quasi imparable mettant en exergue la symbiose existante entre eux. Le plus souvent, les suspects finissaient par passer aux aveux, avec un tel taux de réussite que Frédéric et

Sylvain furent surnommés *Charybde et Scylla* par leurs collègues de la PJ qui auraient bien voulu égaler l'exploit.

Dans le couloir, ils croisèrent le commissaire Dominique Berger, avec son faux air de Bruno Crémer, en compagnie d'un autre collègue, le lieutenant Gérard Mansoif. D'aspect fluet et doté d'une attitude revêche qui ne lui avait pas attiré beaucoup de sympathie au sein de la Brigade criminelle, malgré des états de services sans faille.

Issu de la même promotion que Frédéric, il avait manqué de peu de monter aussi en grade après l'affaire Carello. Il faut dire que cette année-là, la véritable identité de Sylvain Laffargue venait d'être révélée et son collègue avait eu toutes les peines du monde à soutenir le jeune policier, mais cela avait abouti au final à une réinsertion en bonne et due forme que des opportunistes comme Mansoif avaient encore en travers de la gorge.

Les deux hommes saluèrent donc les nouveaux arrivants quand ils arrivèrent à leur hauteur, mais Mansoif les ignora superbement, occupé à expliquer quelque chose au commissaire.

Frédéric se retourna et inclina la tête de côté, perplexe quant à l'expression qu'il avait cru voir sur le visage de leur supérieur.

— Sylvain, crois-tu que loger une balle dans le genou de Mansoif puisse être considéré comme de la légitime défense ?

— Si c'est moi qui préside le procès, sans doute. Pourquoi ?

— Parce que si j'en crois ce que je viens de voir, on risque d'avoir un meurtre sur le dos dans pas longtemps. Ce Gérard est pire qu'une sangsue ! Depuis que tu as été débarqué de nos services et jusqu'à ton retour, il n'a cessé de chercher à s'attribuer le mérite des opérations qui ont eu lieu. De plus, il est tellement faux-cul qu'en ouvrant le dictionnaire sur le mot *Hypocrisie*, il n'y aurait aucune définition, mais rien que sa photo.

Sylvain rit sous cape alors que les deux autres hommes étaient sur le point de disparaître au détour d'un couloir. C'est alors qu'il héla son collègue :

— Hey, Mansoif ! S'il te reste du cirage, tu ne pourrais pas faire de mes grolles, tant qu'on y est ?

— Va chier, Stéphane ! lui répondit l'intéressé au loin.

Le jeune homme ne parvint pas à se retenir d'éclater de rire malgré le coup d'œil réprobateur de Frédéric, qui esquissait quand même un petit sourire en coin.

— C'est un bon élément, dommage qu'il soit aussi con. Ça n'a pas beaucoup changé depuis qu'on se connaît, tu sais.

— Sans déconner, Fred ?

— Ouais... Il était déjà tellement chiant qu'il lui fallait bien trouver un alibi à son existence.

— La vache ! Tu as encore plus de mérite que je ne l'aurais cru ! Dire que je m'étais imaginé que le fait d'en sortir avec les meilleurs résultats de la promo ne t'avait pas suffi. J'étais encore loin du compte. Rien que pour ça, tu devrais avoir déjà reçu la Médaille du Mérite, avec les honneurs de surcroît !

Le capitaine Laforrest secoua la tête en signe de dénégation.

— Non, quand même pas à ce point. Parce qu'à l'heure où nous parlons, c'est plutôt notre chef qui mériterait cette distinction. Du moins, s'il parvient à passer le restant de la journée sans avoir plombé Mansoif, même si ça pourrait être considéré comme de la légitime défense.

— Alors là, ça relèverait plus du miracle que d'autre chose, si tu veux mon avis.

Les deux amis se retrouvèrent dans la petite pièce qui avait été leur bureau respectif. Des éléments liés à l'affaire dont ils étaient en train de s'occuper y traînaient encore. Ces documents ne tarderaient plus à être confiés au bureau du Procureur de la République, et les deux OPJ pourraient alors passer à autre chose. À croire que les criminels ne prenaient jamais de vacances.

En déplaçant une pile de paperasses à remplir, Frédéric trouva quelques-unes des informations glanées autour des affaires d'agression dont avaient été victimes les gérants de boutiques ésotériques et *New-Age* ces dernières semaines. Son front se barra alors de plis trahissant sa contrariété et Sylvain le comprit en le regardant.

— Tu es sûr qu'on ne peut vraiment rien faire ?

— Rien d'officiel en tout cas. Ce sont les collègues de la gendarmerie qui sont chargés de ces enquêtes. Toutes sont traitées indépendamment les unes des autres, puisqu'il n'y a aucun lien apparent, hormis la nature de ces commerces. On ne sait même pas s'il peut s'agir des mêmes fauteurs de trouble. Certaines personnes commencent néanmoins à se poser des questions.
— Des questions ? Comment ça ?
— Du même genre que les nôtres, je dirais. Il ne faut pas croire non plus qu'on bosse tous avec des œillères dans la police.
— Et tu te bases sur quoi pour avancer ce genre d'idée ?

Le jeune homme croisa les bras sur la poitrine et adopta sa position favorite au boulot : sa chaise en équilibre sur deux pieds. Le capitaine était soucieux et hésitant.

— Sur rien de particulier, pour tout te dire. Une espèce d'intuition serait sans doute plus probable. Quoi qu'il en soit, on est pour l'instant dans une impasse totale.
— Tu crois que ces agressions vont en rester là ?

Frédéric se redressa avant de poser le menton sur ses doigts entrecroisés, accoudé à son bureau.

— Non. Ces gens-là semblent avoir pris goût à ce qu'ils font. Et puis, l'absence de réaction à leur encontre ne fera que les inciter à aller encore plus loin. Puisque personne ne les arrête, pourquoi se priver ? Non seulement ça ne cessera pas de sitôt, mais ces gars-là vont passer à la vitesse supérieure. Qui peut savoir jusqu'où ils iront, cette fois.
— Ce qui m'énerve, c'est que j'en suis moi aussi arrivé aux mêmes conclusions. Autant dire qu'on ne risque pas d'avancer d'un iota avec ça. Tu sais ce qui pourrait nous aider ?
— Savoir où ces mecs pourraient se manifester.
— Oui. Au moins, on pourrait les empêcher de faire des victimes supplémentaires et leur faire avouer dans la foulée que ce sont bien les mêmes qui sont liés aux agressions précédentes.
— Ton idée est intéressante, mais elle souffre de quelques inconvénients. *Primo*, il n'y a pas d'activité officielle à notre niveau. Ce qui m'amène directement au *deuxio*, à savoir qu'on ne

pourrait même pas justifier notre intervention auprès de la hiérarchie. Non, il va falloir trouver autre chose. Va donc savoir quoi…

— Un flag' peut-être. On pourrait se rendre incognito dans une boutique éso susceptible d'être prise pour cible et tomber sur le cuir de nos vandales par la même occasion.

— Pas idiot, mais cela relève plus du coup de chance qu'autre chose. Suppose qu'on surveille un lieu, puis qu'un autre soit attaqué. Je ne vois pas très bien les chefs cautionner que des collègues puissent rester planqués autour des commerces de l'occulte du coin, sous le prétexte d'une simple intuition.

Malgré tout, Frédéric était encore troublé par l'idée avancée par son collègue. L'ennui, c'était que si la PJ n'était pas saisie de ce genre d'affaire, tous deux auraient du mal à justifier une action en dehors de tout cadre légal.

La sonnerie du téléphone tira l'officier de sa réflexion. Quand il décrocha, il tenta d'endiguer la déferlante verbale qui s'abattit sur lui. Il eut du mal à se faire entendre de sa jeune interlocutrice :

— Calme-toi un peu, je n'y comprends rien ! Thessa… Prends le temps de respirer, ça nous permettrait d'y voir plus clair. Okay ?

— *Ça y est ! Je crois savoir à quel endroit ils vont attaquer la prochaine fois ! Toi et Sylvain aviez raison de dire qu'ils viennent vers Paris.*

Frédéric fit signe à son coéquipier de rappliquer au plus vite, et ce dernier ne se le fit pas dire deux fois. Les deux hommes branchèrent le haut-parleur, sans pour autant le mettre trop fort, des fois que des collègues se montrent indiscrets.

— Sylvain vient de me rejoindre, dit Frédéric. Alors, reprends ce que tu viens de me dire… mais plus calmement, s'il te plaît.

— *Salut Sylvain ! Je disais à Fred que je crois avoir trouvé là où aura lieu la prochaine attaque contre une boutique éso.*

— Laisse-moi deviner, c'est ton fidèle miroir aquatique qui te l'a révélé ?

— *C'est vrai, même si d'ordinaire il est presque impossible de voir l'avenir. À moins qu'il ne s'agisse d'un avenir…*

— Très proche, devina Frédéric. Si proche qu'il en vienne à

empiéter sur le champ d'action du présent. Je me trompe ?

— *C'est tout à fait ça. Au point que l'événement pourrait se produire très prochainement, incessamment sous peu, voire même très vite. Mais je n'appelle pas que pour ça en fait. C'est à cause de ce qui est arrivé tout de suite après...*

Au son de sa voix, les deux hommes comprirent qu'il s'était passé quelque chose et que leur jeune amie venait peut-être d'avoir des ennuis. Ils n'avaient encore jamais entendu une telle intonation marquée par la fatigue et l'angoisse accumulées. Ce qui ne contribua pas à les rassurer. Bien au contraire.

Frédéric lui parla d'une voix posée pour l'inciter à se calmer.

— Allez, ma grande, respire un bon coup et raconte-nous.

À travers le combiné, il entendit la respiration saccadée de l'adolescente reprendre un rythme plus lent et régulier.

— *Okay... C'était il y a à peine une heure et je pratiquais quelques exercices de routine, histoire d'entretenir mes facultés d'hydromancie, quand j'ai voulu explorer un peu l'avenir proche. Sans compter que cette histoire de dingue comme ceux dont on a parlé samedi dernier n'a rien fait pour m'apaiser. Tu comprends, je m'inquiète surtout pour Coralie et ses parents.*

Frédéric hocha la tête, compréhensif. En suivant la logique de ce raisonnement, il n'était pas sorcier de deviner qu'elle menait à la détermination de la prochaine cible. Les deux hommes firent part de leur déduction à Thessa qui ne put que confirmer l'exactitude de leur intuition.

— *Jusqu'ici, rien de bien folichon. C'est après que ça devient carrément glauque et bien plus flippant que le roman de Stephen King que je suis en train de lire. Et pourtant, il est gratiné ! Alors que j'étais sur le point d'en savoir plus sur le groupe qui mène ces attaques et après avoir aperçu quelle enseigne ferait les frais de leur intervention, une espèce de vague noire s'est interposée en masquant toute la surface de mon miroir.*

— Comment ça se fait ? s'étonna Sylvain.

— *Je n'en sais rien ! C'était comme si un voile plus obscur que de l'encre de Chine s'était étalé à la surface de l'eau. Mais le pire a été la sensation glaciale venait de s'abattre tout autour de moi. L'air était très froid et oppressant ! Au point que ma respiration provoquait des volutes de vapeur ! Non, mais vous imaginez un peu ? Nous ne sommes que fin septembre ! Et puis la frayeur qui s'est emparée de moi à cet instant. Une terreur sans nom que je n'avais encore jamais connue... et dont je me serais bien passée. C'est bien simple, je n'avais jamais eu autant les jetons !*

Sylvain était perplexe et ne parvenait pas à cerner l'origine d'un tel problème. Du moins, pas avec aussi peu d'éléments. Il faudrait que l'adolescente leur raconte tout depuis le début.

— C'est pour le moins étrange, c'est vrai, mais Fred et moi sommes mal placés pour te dire ce qui a pu t'arriver. La seule chose dont je sois à peu près certain, c'est qu'une force quelconque – difficile d'être précis tant qu'on n'en sait pas plus à ce propos – ne voulait pas que tu pousses tes recherches plus loin. D'où l'idée de te flanquer la trouille pour que tu abandonnes. Or, plus on t'empêche de voir la réalité telle qu'elle est, et moins tu pourras nous aider à identifier ces types. Sans parler que tu t'es fait griller niveau de l'espionnage dans l'astral.

— *Tu as sans doute raison, mais ça ne me dit pas quelle est la marche à suivre dans ce genre de situation. Je fais quoi, maintenant ?*

— Avec ce qui vient d'arriver, la dernière chose à faire serait de rester cloîtrée avec ces énergies malsaines qui se sont manifestées autour de toi. Alors, tu embarques quelques affaires et tu nous rejoins non loin du boulot. On pourra très vite tirer tout ça au clair et voir ce qu'il convient de faire.

— Tout à fait, confirma Frédéric. Viens au café *Bar & Vous* qui fait l'angle entre le quai des Orfèvres et le boulevard du Palais, sur l'île de la Cité. Le patron du café veillera sur toi jusqu'à ce qu'on arrive. C'est un ancien collègue qui a repris ce bistrot, dis-lui que c'est moi qui t'envoie. Tu ne laisses personne t'emmerder à cause de ton âge. Nous, on en a encore pour une ou deux heures avant d'avoir fini notre service. On te rejoindra directement là-bas. Ça te va, miss ?

Malgré la peur dans laquelle cette étrange séance de divination l'avait plongée, Thessa était rassurée de savoir qu'elle avait des amis sur qui compter en cas de besoin.

Après quelques instants où les deux policiers tentèrent d'apaiser les craintes tapies dans son cœur, l'adolescente raccrocha, non sans leur avoir promis de quitter le plus vite possible le vaste appartement qu'elle occupait désormais seule, avenue Foch.

9

Versailles
Rue des Récollets

Une voiture leur fit une queue de poisson pour griller un feu rouge... et tomber droit sur une patrouille de police, sous les yeux étonnés des deux occupants de l'autre véhicule.

Bien fait pour sa pomme, songea avec ironie Sylvia tout en ajustant pour la énième fois son ample chevelure noire en une queue de cheval, laissant quelques mèches libres autour de son visage diaphane.

Sur ce, la jeune femme se tourna vers le conducteur.

— Alors comme ça, puisqu'ils ne peuvent intervenir eux-mêmes, Fred et mon frère nous envoient sur le terrain à leur place, comme des détectives intérimaires ?

— C'est à peu près ça, confirma Philippe. Thessa a obtenu l'adresse du magasin qui pourrait devenir la prochaine cible de ceux qui attaquent des commerces nouvel âge. Mais comme il n'y a rien de sûr, on va juste faire le tour des lieux et peut-être apposer quelques sceaux de protection. Au cas où...

Sylvia eut une moue ironique.

— Autrement dit, toi et moi servons de roue de secours.

Sylvia referma d'un claquement sec l'ouvrage d'histoire des religions qu'elle voulait étudier durant la soirée, agacée que ses projets soient contrariés. À l'origine, elle avait prévu de faire quelques recherches pour son nouvel article.

Prévenu lui aussi par téléphone, leur ami Québécois était venu chercher Sylvia à son travail pour faire route vers les Yvelines, sans plus d'informations que celles qu'ils avaient déjà. Si la jeune femme en était contrariée, Philippe avait pris cette mission au pied levé avec plus de compréhension. Il savait que son expérience magique pourrait être utile, tout comme il espérait que la *Gardienne d'Obscurité* apporterait ses pouvoirs en renfort.

— Disons plutôt que nos deux amis ont l'air de nous faire confiance. Et puis l'info vient de Thessa, alors on sait tous qu'il y a fort à parier que la p'tite ait encore vu juste.

— D'ailleurs, comment va la benjamine de l'équipe ?

— Beaucoup mieux maintenant qu'elle a trouvé refuge chez Coralie pour la soirée. Elle semble avoir été très secouée par ce qui lui est arrivé. D'autant plus que c'est la première fois que ce genre de chose se produit depuis qu'elle pratique la divination avec l'eau. Dès qu'on reviendra à Paris, ce ne serait pas une mauvaise idée d'effectuer un rite de purification complet de son appartement, voire même aussi pour chacun d'entre nous. Ce serait sans doute plus prudent. Qui sait, quelqu'un ou *quelque chose*, tente peut-être de nous atteindre. Et je peux t'assurer que ce n'est pas bon signe quand ça se produit.

— J'avoue. En tout cas, je pense que Thessa ne devrait pas rester seule. Ses parents sont absents souvent et longtemps, depuis que son frère est… ajouta Sylvia d'une voix étranglée.

Philippe l'observa à la dérobée, mais le chagrin de son amie était perceptible malgré tout. Se sentait-elle encore coupable du meurtre de son ex-amant ? Probable, même plus de deux ans après.

Sylvia se reprit et en revint aux raisons de sa venue à Versailles accompagnée de Philippe.

— Et si jamais il devait se passer quelque chose d'inattendu, voire même de dangereux, pendant qu'on est là ?

— On appellera les renforts. De toute façon, on verra bien une fois sur place. Tiens, je vais te proposer un pari : s'il se passe quelque chose ce soir, je t'invite dans un très bon restaurant.

— Mes condoléances à ton portefeuille ! s'amusa Sylvia. Tu sais que j'ai un solide appétit ! Et dans le cas contraire ? S'il ne se passe rien ? C'est toi qui vas me faire payer l'addition ?

— Mieux que ça, puisque tu devras me refaire le même cadeau qu'à Noël dernier, à Montréal. Mais aïeuh..! Pas taper !

Sylvia, les joues rouges, venait de lui flanquer une tape sur l'épaule. Puis, elle soupira. Son ami avait raison d'attendre d'en savoir plus avant de prendre une quelconque décision, même si elle n'aimait pas se retrouver devant le fait accompli sans pouvoir donner son avis ni qu'on lui laisse le choix.

À croire que les méthodes expéditives appliquées par les dragons dans l'astral ont contaminé la façon de faire du clan, et ça ne me plaît pas du tout.

Le feu étant à nouveau vert, les deux amis se remirent en route, guidés par la voix atone du GPS. S'il avait été simple de suivre l'avenue de Sceaux, très arborée, il s'était avéré ensuite plus difficile de manœuvrer dans les petites voies à sens unique typiques du centre-ville, comme la rue du Vieux Versailles. À force de contempler d'un air distrait le défilement des petites boutiques, les deux jeunes gens faillirent passer devant celle qu'ils cherchaient sans la voir. Philippe pesta en constatant que la seule place de parking disponible se situait dans une rue marquée d'entrée de jeu par deux panneaux de stationnement interdit. Il amorça donc une marche arrière très osée pour y garer leur véhicule, juste devant un autre emplacement servant aux deux-roues.

Sylvia descendit de voiture pour observer les lieux, assez dubitative.

Cet endroit n'a rien à voir avec La Voie Initiatique, *tenue par la famille Tarany. On en est même très loin.*

La *Gardienne d'Obscurité* faisait face à un petit bâtiment de deux étages, dont la hauteur jurait entre les deux immeubles deux fois plus hauts qui l'encadraient. La boutique marquait l'angle entre la rue du Vieux Versailles et de la rue des Récollets. D'un beige un peu sale, dotées de trois vitrines avec des pourtours marron dont la peinture s'écaillait par endroits, et des auvents élimés d'un rouge sombre. Juste au-dessus, le nom était peint en blanc, avec des caractères simples : « *Boutique Ésotérique* ».

— En voilà qui ne se sont pas beaucoup foulés. Au moins, les parents de Coralie ont fait preuve de plus d'originalité et de créativité, aussi bien au niveau du nom que de l'esthétique.

Il faudrait faire rappliquer au plus vite un décorateur. Parce que là, ça craint.

Sylvia et Philippe constatèrent que le magasin allait fermer dans moins d'une heure, et qu'ils pourraient se faire passer pour des clients, le temps d'estimer la nécessité d'une action magique quelle qu'elle soit.

Sur ce, ils entrèrent. Il n'y avait pas foule pour un début de semaine. Sans doute l'imminence de la fermeture incitait aussi à l'empressement des achats de dernière minute.

Les deux jeunes gens furent surtout sidérés par l'agencement des lieux. Il fallait se rendre à l'évidence que le minimum syndical semblait avoir été mis en œuvre, avec quelques posters publicitaires, émis par des éditeurs spécialisés. Les étagères, basiques en métal, ne comptaient que peu de livres, ce qui ne manqua pas de décevoir Sylvia ainsi que Philippe.

— Non, mais tu te rends compte qu'il n'y a même pas un seul exemplaire de mon livre de magie draconique icite ?

— Normal que ça ne te plaise pas. Déjà que tu avais fait tout un cirque la première fois que tu en as vu un exemplaire vendu d'occas' chez un bouquiniste.

Philippe se retrancha dans la mauvaise fois.

— Pantoute ! Je m'exprimais, un peu bruyamment c'est vrai, parce que quelqu'un avait osé brader mon œuvre immortelle.

— *Un peu bruyamment* ? T'as oublié les regards bien sentis que tout le monde nous a lancés à ce moment-là. On a dû partir pour ne pas se faire jeter avec perte et fracas.

— Oui, je sais... Toi, c'est *« Perte »* et moi, c'est *« Fracas »*. Un vrai numéro de duettiste ! Tu admettras que le choix n'est pas mirobolant ici. Rien de sérieux, avec des bouquins pour les *newbies* et autres touristes de l'occulte. Des titres qui prétendent qu'avec mille et un rituels de rien du tout, tous nos problèmes peuvent être résolus d'un claquement de doigts.

Sylvia soupira en feuilletant un titre pris au hasard.

— Misère... Regarde celui-là qui explique comment devenir une puissante sorcière en cinq jours. Mais bien sûr ! Non, mais quelle blague.

Philippe examinait un autre livre de magie tout aussi insipide.

— Et celui-là ? Pour le peu que j'en ai déjà vu, les rituels sont dénués des fondements les plus élémentaires en Magie. Mais c'est le genre de trucs qui se vend bien. Les gens ne veulent surtout pas avoir à se fouler, de nos jours.

— N'en dis pas plus, ça va finir par me rendre malade, renchérit Sylvia. Un authentique praticien sait que si la véritable Magie était aussi facile à pratiquer, tout le monde le ferait déjà ! Cette voie réclame beaucoup de travail et d'étude. Ce n'est pas donné à tout le monde, et encore moins à l'*homo feneantus* du 21e siècle.

Après un petit rire, Philippe se remémora quand il avait fait connaissance avec cette jeune femme qui n'avait jamais demandé à connaître quoi que ce soit au surnaturel, et qui s'était retrouvé bien malgré elle à faire face à ce monde dont elle ignorait encore tout.

Oui, s'il y a bien quelqu'un qui sait les difficultés qui jalonnent le cheminement de l'évolution spirituelle, c'est bien elle. Nous savons à quel point ses premiers pas ont été douloureux. Mais nous serons toujours là, aussi bien pour elle que pour n'importe lequel d'entre nous.

Le manque d'originalité de cette pensée était compensé par la sincérité avec laquelle elle était forgée. Philippe trouva cette idée assez réconfortante. Il remarqua que quelque chose semblait bien amuser son amie. Il en eut la confirmation quand elle arbora un sourire espiègle.

— En tout cas, tu avais raison de dire qu'on tombe vraiment sur tout et n'importe quoi en matière de bouquin. Je me demande si ce mec s'y connaît vraiment sur le sujet.

Elle tenait à la main un livre sur la magie des bougies et Philippe reconnut l'un de ses premiers ouvrages. D'abord surpris, il eut un petit sourire en coin, en voyant que son amie n'hésitait jamais à le charrier.

Ils passèrent aussi en revue d'autres produits qui n'avaient rien à voir avec ceux choisis avec soin à *La Voie Initiatique*.

Les plantes n'étaient vendues qu'en boîtiers plastiques opaques blancs. Alors que les encens se résumaient à des bâtonnets ou des cônes, mais pas de résines à brûler. Les chandelles étaient blanches, et colorées à l'extérieur. Bref, l'ensemble du magasin reflétait une méconnaissance flagrante des gérants sur les sciences occultes, s'il fallait en croire la mention *« Huiles essentielles »* désignant des petits flacons clairs, rangés dans des meubles à tiroirs en plastique très coloré réservés au bricolage, qui n'étaient en fait que des huiles végétales, sans doute synthétiques.

Le coup de grâce arriva au petit étalage de minéraux où se trouvaient bon nombre de pierres trafiquées, voire même carrément artificielles… vendues comme étant naturelles et dotées de puissantes vertus magiques. Là, Sylvia faillit clamer son indignation, et flanquer sous le nez des gérants l'article de loi en vigueur à l'encontre de ce genre de charlatanisme éhonté, visant à leurrer les gens en leur extorquant pas mal d'argent.

La jeune femme eut du mal à revenir à la raison de leur venue, à savoir la protection contre des gens qui pourraient vouloir s'en prendre à la boutique. Toute réflexion faite, elle était sur le point de les aider à faire table rase, dans l'espoir que la boutique reparte sur de meilleures bases, mais elle savait que Philippe ne le verrait pas de cet œil.

En faisant mine de s'intéresser à la vitrine contenant quelques sets de tarot aux couleurs criardes, celui-ci observait la gérante.

Il s'agissait d'une femme d'un âge indéfini, avec la coiffure la plus improbable qui soit, avec un brushing effarant. Ce qui la faisait ressembler à un lion famélique échappé d'un sèche-linge. La cliente en face préférait rester à distance. Sylvia nota que le caractère de la gérante correspondait à sa physionomie. Cette femme n'était pas très accueillante ni attentive aux interrogations des clients. Sans doute pour tenter de cacher sa méconnaissance dans ce domaine.

Philippe émit un léger sifflement réprobateur.

— Eh ben… Pour un peu, les clients seraient reçus comme un chien dans un jeu de quilles, comme vous dites. Bonjour l'accueil !

— D'un autre côté, c'est rassurant. On peut être certains que cette boutique ne constituera jamais une concurrence à *La Voie Initiatique*. C'est même étonnant qu'elle n'ait pas encore mis la clef sous la porte. Maintenant, j'en viens à m'interroger quant à la probabilité d'une attaque ici. Je trouve que ça ne casse pas trois pattes à un canard.

Philippe eut un petit rire face aux expressions françaises qu'il trouvait toujours très imagées, même s'il savait que la réciproque était vraie face à son jargon québécois, tout aussi bucolique et parfois incompréhensible pour les cousins de la métropole.

— Tu as raison. C'est à se demander si les proprios ne travailleraient pas pour des pinottes avec si peu de clients.

— Des pinottes ?

— *Anyway* ! Travailler pour des *peanuts*... Des cacahuètes, si tu préfères. En tout cas, reprit-il en voyant Sylvia percuter, ça semblerait peu semblable de voir quelque chose survenir ici. À moins que...

— À moins que ?

— Ce ne soit qu'un coup d'essai avant une opération de plus grande envergure. Sans compter que Paris n'a pas grand-chose à voir avec des villes de province. En s'attaquant à une agglomération telle que Versailles, ceux qui sont derrière ça pourraient vouloir mettre à l'épreuve le niveau de réaction des forces de l'ordre.

Sylvia opina, préoccupée.

— Pas faux. On peut dire que tu as oublié d'être idiot. Si tu veux mon avis, soit il ne se passera rien ce soir et tu peux déjà commencer à chercher l'adresse d'un bon resto. Soit...

— Soit, comme Frédéric l'a supposé, ces types pourraient passer à la vitesse supérieure, au risque de frapper fort. Auquel cas, c'est toi qui va devoir te *mettre à table* avec notre petit pari, dit-il avec un rire amusé. Ce qui ne serait pas pour me déplaire.

Sylvia lui lança un regard surpris qu'il fasse ainsi allusion à ce qui s'était passé entre eux, quand le clan s'était réuni à Montréal pour Noël. Ils avaient fait l'amour, et le jeune homme semblait

avoir gardé un très bon souvenir de cette nuit passionnée.
— Ah oui ? Parce que tu as vraiment envie de remettre ça ?
Philippe frôla les hanches de Sylvia du bout des doigts.
— Tu n'as pas idée, lui chuchota-t-il à l'oreille.

Sylvia frémit autant sous ce contact inattendu que par l'intonation de la voix grave et l'intensité du regard empreint de désir que Philippe lui portait. L'espace d'un instant, des souvenirs de leurs ébats lui revinrent en mémoire, au point qu'elle eut du mal à se concentrer sur l'instant présent. En temps normal, elle l'aurait rembarré sans méchanceté, mais à présent, gênée, elle s'en trouvait incapable. Elle se surprit même à souhaiter l'arrivée d'un danger qui lui permettrait de ne pas mettre à exécution sa part du pari.

La réponse divine ne tarda pas à exaucer son vœu.

Le vrombissement d'une moto de grosse cylindrée vint rompre le silence. Son pilote se gara devant la voiture de Philippe. L'individu mit pied à terre avant d'entrer dans la boutique, encore vêtu d'une tenue de motard en cuir noir. Ses bottes épaisses résonnèrent sur le parquet de la boutique tandis qu'il réajustait de ses mains gantées les lanières d'un gros sac à dos. D'une carrure inquiétante, il imposa par sa seule présence le même genre de silence abasourdi que si un Terminator avait fait son apparition. La dangerosité létale de cet homme ne faisait aucun doute.

— Monsieur, intervint la gérante alarmée, la boutique est sur le point de fermer.

La pauvre femme ne se sentait pas à l'aise à l'idée d'éconduire quelqu'un comme lui. Un sourire pour le moins inquiétant éclaircit le visage du nouveau venu.

— Alors là, je n'aurais pas dit mieux.

Sur ces mots, l'inconnu abaissa un masque à gaz devant son visage. Puis, il reprit d'une voix forte :

— Moi, Gabriel de *Dies Irae*, j'annonce officiellement la fermeture *définitive* de ces lieux impies, et je vais vous faire connaître un avant-goût puissant de l'Enfer auquel vous êtes tous destinés. Puisse Dieu avoir – ou non – pitié de votre âme.

Sur ces mots, il prit en main un objet en métal cylindrique

doté d'un levier dont il retira un anneau d'un coup sec.

Sylvia, abasourdie par une telle entrée, n'eut même pas le temps de se dire que ce type ressemblait à une mouche disproportionnée avec son masque qu'elle vit le type lancer ce qu'il tenait en main. Philippe savait qu'il s'agissait d'une grenade lacrymogène et eut un violent geste de recul en tenant Sylvia contre lui. Ni lui ni personne n'aurait pu empêcher la suite des événements.

La grenade vint rebondir sur le sol avant de s'immobiliser au centre de la pièce. Une importante quantité de gaz fut expulsée aux alentours, et les occupants du magasin commencèrent à suffoquer. Tous s'effondrèrent, pris de convulsions sous l'effet de l'asphyxie.

Gisant sur le dos, le magicien québécois tenait son amie dans ses bras. Le visage niché contre son épaule, elle s'étrangla, cherchant désespérément un oxygène de plus en plus rare.

Juste au moment où elle perdit conscience, elle songea qu'elle aurait préféré perdre son pari plutôt que de périr ici.

10

— *Sylvia...* fit une voix dans sa tête. *Réveille-toi ! Sylvia !!*
Malgré la torpeur qui lui paralysait l'esprit, la jeune femme ne pouvait pas savoir à qui appartenait cette voix impérieuse.
— *Secoue-toi, bon sang ! Il faut à tout prix que tu te réveilles et que tu me libères !*
— Qui est là ? Qu'est-ce que vous me voulez ? parvint-elle à formuler dans son esprit embrumé.
— *Je veux que tu réagisses et plus vite que ça ! Sinon, il sera trop tard ! Sylvia... Je ne peux rien faire sans ton aide. Si tu ne me laisses pas intervenir, tout le monde mourra ! Autant dire que ça n'a rien à voir avec notre petit duel de l'autre jour. Laisse-moi t'aider. Tu ne peux rien faire dans ton état actuel.*
Voilà pourquoi elle reconnaissait cette voix. C'était celle de la silhouette d'ombre qu'elle avait affrontée à l'épée. Pourquoi cherchait-il à la réveiller ainsi ? Qu'est-ce que tout cela voulait dire ?
— Mais que veux-tu faire ? Pourquoi cherches-tu à m'aider après avoir essayé de me tuer ? Tout ça n'a pas de sens…
— *Ça, je te le dirai. Plus tard. Je ne ferai que ce qu'il faut pour nous sortir de là. Mais Sylvia, pour la dernière fois, libèremoi ! Maintenant !!*
Sylvia battit des paupières, et se demanda pourquoi elle avait si chaud avant de percevoir une présence, tapie dans les recoins les plus obscurs de son esprit.
Quelqu'un prenait le contrôle d'elle-même, sans qu'elle ne puisse – ni ne veuille – rien faire pour tenter de l'en empêcher.

**

Philippe ouvrit les yeux, l'esprit encore engourdi par l'attaque qu'il venait de subir, mais son corps était affaibli. Malgré un sentiment d'urgence qui l'avait poussé à s'extraire à tout prix de l'inconscience qui avait eu raison de lui, il lui fallut quelques instants pour reprendre ses esprits afin de mieux appréhender ce qui se passait, et calmer les questions qui l'assaillaient de toutes parts.

Où suis-je ? Que s'est-il passé pour que je sois ainsi par terre ? Pourquoi ai-je tant de mal à reprendre mon souffle, et pourquoi fait-il si chaud ici ? Qui m'a attaché ? Où sont passés les autres ? Où est Sylvia ?

Sans pour autant savoir de qui il était question ni d'où lui venait une telle idée, il se souvenait qu'il y avait des gens avec lui. Au moment de reprendre conscience, il tenait son amie serrée dans ses bras… et elle n'était plus là.

Le jeune homme comprit à la dureté du sol qu'il était étendu sur le côté, les poignets entravés dans le dos. Il fit jouer ses articulations pour jauger de la résistance de ses liens, mais ce qu'il comprit ne contribua pas à le rendre plus optimiste sur ses chances d'évasion. Ce n'était ni de la corde ni des menottes, mais des serflex en plastique fin. Le genre d'anneaux de serrage dont on ne se débarrasse pas facilement, et qui meurtrissent la peau de ceux qui s'échinent à essayer. Sa difficulté respiratoire tenait dans l'étoffe de tissu qui le bâillonnait.

Astis! jura-t-il. *Ça s'annonce mal !*

Philippe roula sur le dos, et vit les volutes de fumées épaisses qui s'accumulaient au plafond. En pivotant la tête, il aperçut deux autres silhouettes sur le sol au milieu de la pièce dans laquelle ils se trouvaient. Le crépitement des flammes avides se fit enfin entendre, comme si le jeune homme venait de recouvrer ses capacités auditives.

Le feu !! Nous allons mourir brûlés vifs !

Le brasier permettait de voir aux alentours que toute possibilité de s'échapper était vouée à l'échec puisque les rideaux de fer avaient été baissés, obstruant la sortie. Du reste, leurs entraves les empêchaient de bouger.

Philippe aperçut un rayonnement violine à côté de lui. Il se retourna autant que possible en étant ligoté de la sorte, et vit la silhouette d'une femme aux longs cheveux noirs dont le corps émettait cette luminosité pour le moins inattendue, mais surtout porteuse d'espoir.

De là où le magicien canadien se trouvait, elle lui apparaissait de dos, tout aussi attachée que lui, et il ne pouvait pas distinguer les traits concentrés du visage de cette femme dont il ne se rappelait pas le nom, alors qu'il était sûr de la connaître. Il vit encore moins le symbole d'une roue avec huit rayons exhalant lui aussi une lumière parme à son front. C'était la seule à s'être redressée. Un genou à terre et l'autre jambe repliée, elle semblait puiser la force nécessaire à leur protection par son seul courage. Parce qu'il constata aussi la présence tout autour d'eux d'un champ de force qui tenait à distance l'épaisse fumée, mais aussi les flammes de l'incendie et la chaleur qui s'en dégageait.

Philippe parvint à se défaire de son bâillon. Au contact des ondes magiques qui sourdaient de la jeune femme à ses côtés, Philippe sentit un prénom franchir ses lèvres : « *Sylvia...* »

Celle-ci tourna son regard vers lui et, si Philippe avait été pleinement conscient, il aurait reconnu cette expression qu'il avait vue chez son amie chaque fois qu'elle était entrée en transe, dominée par son pouvoir. Ses yeux étaient voilés, d'une profondeur sans pareille, comme s'ils étaient entièrement violets, sans l'éclat des paillettes dorées qui y brillaient d'habitude. Pour la toute première fois qu'elle était dans cet état : Sylvia lui parla avec une intonation qui lui parut différente.

— Philippe, tu es enfin réveillé. Joins tes pouvoirs aux miens, sinon je ne pourrai jamais maintenir ce cercle magique assez longtemps pour nous protéger tous. Je ne suis pas assez forte pour tenir jusqu'à l'arrivée des secours. Je t'en prie, aide-*nous*.

L'air était de plus en plus irrespirable et saturé de fumée. Même si le dôme de pouvoir conjuré par Sylvia les avait maintenus en vie jusqu'à présent, sa résistance déclinait petit à petit. Tout le monde serait à coup sûr la proie des flammes quand il disparaîtrait. À moins que l'édifice dans lequel ils étaient prisonniers ne finisse par s'effondrer sur eux. Une perspective aussi peu réjouissante que la précédente.

Mû par son instinct de survie, Philippe sonda en lui-même l'étincelle vivace qui brillait au plus profond de son âme : son noyau magique. La source de ses pouvoirs liés à l'Élément Air. C'était d'un tel automatisme qu'il y parvint sans y réfléchir. Une fois cette étoile de pouvoir détectée en lui, il se concentra pour invoquer une brise subtile à l'intérieur de la sphère énergétique créée par Sylvia qui leur fournirait la ventilation nécessaire à leur survie tout en maintenant à l'écart la violence du feu autour d'eux, sans risquer de l'attiser pour autant. Son corps se mit à émettre une aura de couleur jaune tandis que le symbole de l'Air apparut à son tour sur son front ; un triangle à la pointe dirigée vers le haut, traversé en son milieu, par un segment horizontal.

Tandis que le jeune homme invoquait ses pouvoirs, il ne remarqua qu'avec toutes les matières inflammables, telles que le bois du parquet, les livres, les lourdes tentures aux vitrines, ou encore le plastique des rangements disséminés çà et là, le feu avait encore gagné de l'ampleur. Des cendres incandescentes flottaient en crépitant autour des rescapés et les flammes éclaircissaient les panaches sombres d'une fumée pestilentielle. Sylvia et Philippe, étant les seuls à être sortis de leur torpeur, perçurent la chaleur se propager au niveau du sol comme s'ils allaient cuire. Tous deux échangèrent un regard qui en disait long sur leurs faibles chances de survivre si les secours n'arrivaient pas au plus vite.

Le cercle magique autour d'eux s'étiolait un peu plus au fil des minutes. Déjà, il ne les protégeait plus de la fumée qui les faisait tousser, la gorge à vif, ni des cendres qui leur piquaient les yeux en provoquant des larmes qui leur brouillaient la vue. À moins que celles-ci ne soient dues à la terreur à l'idée de mourir dans ces conditions effroyables.

Déjà, une sourde somnolence provoquée par un début d'asphyxie tendait à saper leur concentration. Ce qui ne fit que réduire encore la force déjà vacillante de leurs pouvoirs. Sans parler de l'énorme quantité d'énergie psychique que ce genre de chose pouvait nécessiter en temps normal. Ce n'était plus qu'une question de minutes avant qu'ils ne se résignent à l'inévitable.

L'air environnant leur parut soudain moins vicié et chargé de fumée. Au sein de cette chaleur infernale qui régnait dans la boutique, la température semblait avoir diminué aussi. L'apparition d'une aura semi-sphérique dorée tout autour d'eux et les esquisses symboliques à la fois complexes et élégantes de la même nuance au sol fit comprendre aux deux praticiens qu'une forme très puissante de magie venait d'être déployée autour d'eux.

Qui a pu faire ça ? se demanda Philippe. *Qui pouvait étendre aussi vite un cercle de protection d'une telle ampleur ?*

Comme pour répondre à ces questions, l'ombre d'une silhouette se dessina à travers le feu. Sans ciller, Sylvia se tourna vers le nouvel arrivant. Elle avait perçu sa présence un peu avant le magicien québécois et elle avait attendu qu'il daigne se montrer.

C'était un homme, à en croire sa stature haute et droite. Presque hautaine. Il entra dans l'enceinte de la demi-sphère dorée qui supplantait sans mal le frêle cercle de protection émis par Sylvia. Elle et Philippe purent voir les traits du nouveau venu.

Il avait une épaisse et longue chevelure d'un blanc strié de gris ramenée vers l'arrière. Malgré un âge indéfinissable, l'individu semblait avoir près de soixante ans, et manifestait une force peu commune pour quelqu'un de cet âge. Son visage n'exprimait aucune émotion particulière, même si l'éclat améthyste de ses yeux reflétait une assurance telle qu'elle frôlait un caractère altier et fier. Un cercle d'or entourait son front. Il portait une simple tunique blanche très ajustée sur son corps musclé, avec un drapé violine en travers de la poitrine, maintenu par une ceinture à la taille avant de retomber jusqu'au ras des pieds. Autour de son cou, pendait une chaîne d'or avec un large pendentif aux motifs occultes complexes.

Le plus frappant chez cet inconnu fut l'aura qui émanait de lui par vagues. Une puissance magique aguerrie et sous contrôle, ce qui n'était pas à la portée du premier venu. Qui qu'il soit, il avait un niveau plus élevé que celui des membres du Cercle du Dragon

Céleste. En temps normal, l'ego de Philippe en aurait pris un coup.

Ce dernier aurait voulu exprimer sa gratitude envers celui qui venait de les aider, mais le regard arrogant qu'il braquait sur lui et Sylvia refoula cette idée. Il se retint aussi de lui poser les questions qui lui brûlaient les lèvres, surtout quant à son identité et sur le pourquoi de sa présence en ces lieux.

L'inconnu tendit une main vers Sylvia qui resta impassible, quand une douleur aussi ténue qu'une piqûre d'aiguille se fit sentir près de son cœur. Les traits tendus par la concentration, l'homme resserra son poing, comme s'il cherchait à s'emparer de quelque chose à détruire. La douleur s'accentua d'un coup sec, et Sylvia sentit sa force se briser en elle quand le cercle magique qu'elle avait tendu s'évapora. D'un seul geste, il avait défait la frêle création qui avait réussi à les maintenir en vie jusqu'à présent. Elle poussa un petit cri avant de s'écrouler, épuisée d'avoir tant fait appel à la Magie. La transe avait été rompue par la même occasion et Sylvia comprit non sans stupeur que l'inconnu avait atteint à distance la source même de ses pouvoirs. Son noyau magique.

Inquiet, Philippe prit appui sur ses mains et vint s'agenouiller près d'elle pour lui installer la tête sur ses genoux. Il vit que la jeune femme avait du mal à reprendre son souffle et, à son regard aux iris violets piquetés d'or, qu'elle était revenue à elle. Il savait que Sylvia n'aurait pas pu soutenir un tel effort plus longtemps, et qu'il ne serait pas parvenu à une telle endurance. Avait-elle puisé au cœur de sa volonté la force de sauver ceux qui l'entouraient ? Auquel cas, il était heureux d'en faire partie. D'un geste tendre, il lui effleura la joue et déposa un baiser sur le front de la jeune femme affaiblie. Des mots auraient été trop insipides pour exprimer toute la gratitude qu'il éprouvait pour elle en cet instant.

Du bruit se fit entendre de plus en plus fort venant de l'extérieur, même assourdi par les rideaux métalliques et le vacarme de l'incendie. Il n'y avait plus de doute possible ; la sirène rugissante des pompiers était reconnaissable entre toutes. Ils entendirent qu'une fenêtre venait d'être brisée à l'étage du dessus.

Philippe serra Sylvia contre lui avec ferveur. Si la fumée ne lui avait pas autant brûlé la gorge, il en aurait hurlé de soulagement, mais aussi sa frustration de ne pas avoir pu protéger son amie, et sa peur indicible à l'idée d'avoir failli mourir avec elle.

L'inconnu qui les surplombait fit volte-face pour sortir du cercle qu'il avait tendu. Il s'en retourna alors à travers les flammes d'où il avait surgi l'instant d'avant.

Philippe tendit la main dans une vaine tentative de le retenir sans même pouvoir lui dire de s'arrêter, mais l'inconnu venait de disparaître... avant de revenir sur ses pas ? Pourtant, la silhouette qui s'en venait vers eux ne ressemblait pas à celle de celui qui venait d'intervenir pour les sauver. Philippe comprit sa méprise quand un homme porteur d'une tenue ignifugée s'avança vers eux. Un soldat du feu qui fut très surpris de trouver des survivants.

Juste avant qu'il ne perde connaissance, Philippe comprit qu'ils étaient sauvés. Le jeune homme se demanda d'où lui venait la certitude étrange qu'il devait inviter son amie à dîner.

**

Sylvia venait d'être étendue sur un brancard, avec un masque à oxygène sur le visage, enroulée dans une couverture de survie qui la faisait un peu ressembler à une papillote sortant d'un four à bois. Limite cuite à point, parce que sa peau la brûlait par endroits, mais ce n'était rien en comparaison avec la joie qu'elle avait d'être ramenée à l'air libre. La fraîcheur de la nuit et la douceur de l'air froid lui étaient plus douces que l'âpreté brûlante des fumées inhalées du brasier.

Elle était toujours en vie, mais encore trop faible pour prendre pleinement conscience de la chance qu'elle-même et ses compagnons d'infortune avaient eue.

Une ambulance fut dépêchée pour prendre la jeune rescapée en charge le plus vite possible, à tel point que cette dernière n'eut même pas le temps de s'interroger sur le sort des gens avec qui elle avait été piégée dans la boutique en feu.

Philippe... murmura-t-elle en se remémorant ses caresses et le doux baiser qu'il lui avait donné.

C'est alors qu'une impulsion nerveuse résonna au plus profond de son esprit. Sylvia se tendit, les sens en alerte, car elle avait reconnu la source de ce signal psychique. Cette vibration s'était manifestée chaque fois que la silhouette d'ombre qu'elle avait déjà côtoyée se manifestait dans son esprit. Celui qui l'avait tuée dans le plan astral et qui avait sans doute contribué à leur sauver la vie en l'aidant à se réveiller à temps.

— *Alors c'est toi*, constata-t-elle en son for intérieur. *Est-ce que des remerciements sont de rigueur ?*

— *Il faut croire que oui, sauf si l'idée de m'être redevable te répugne.*

Sylvia eut un petit rire sec. Cette voix semblait pouvoir lire dans ses pensées avec une facilité déconcertante, ce qu'elle trouva encore plus irritant que la douleur dans ses poumons. Elle lui répondit néanmoins via la télépathie.

— *Tu as raison... Je sais pourtant très bien que je devrais te dire merci de m'avoir secouée et d'avoir insisté pour me réveiller. Mais je me demande à quoi tu joues avec moi. D'un côté, tu me fais comprendre que me tuer ne te dérangerait pas le moins du monde et là, tu me pousses à réagir face à un danger dont je n'aurais pas pu réchapper. Alors, dis-moi pourquoi et qui tu es.*

— *Avec le gaz qui a été employé, tu n'aurais même pas dû te réveiller. Et puis, tu as très bien réagi en incitant ton ami à combiner ses pouvoirs aux tiens. Cela a contribué à ce que vous soyez encore en vie à l'heure où nous parlons. Vous vous êtes entraidés tous seuls.*

Sylvia était perplexe. Elle n'avait aucun souvenir de ce qui était arrivé après le moment où elle avait perdu connaissance.

Que s'est-il passé là-dedans ?

D'autres questions s'additionnèrent à celle-ci, au point que la jeune femme ne parvint même pas à les distinguer les unes des autres. Pour le moment, elle était trop fatiguée pour y réfléchir. Plus tard, sans doute, elle tenterait de faire le tri dans tout cela. Peut-être qu'elle parviendrait à y voir plus clair.

Au moment où les portières de l'ambulance claquèrent et que le véhicule se mit en route, la voix se manifesta à nouveau :

— *Ne crie pas victoire trop vite,* Gardienne d'Obscurité. *Ce n'était là qu'un début, pour ceux qui ont voulu vous tuer, aussi bien que pour moi. Je sens qu'on ne va pas tarder à se revoir. Et ne va pas t'imaginer que tu pourras te débarrasser de moi du jour au lendemain, car je suis plus proche de toi que quiconque ne le sera jamais... Pas même Philippe, bien qu'il ait été ton amant d'un soir. Quant à mon nom ? Tu n'as qu'à m'appeler* « Thorn ».

11

Posté sur le toit d'un bâtiment juste en face de la boutique qu'il avait incendiée, Gabriel suivait les événements avec attention. De là, il avait une vue imprenable lui garantissant toute discrétion ; sa tenue aussi sombre que la nuit lui permettait de se fondre dans les coins d'ombre où il pouvait disparaître de la vue d'éventuels importuns.

Gabriel était allongé à plat ventre. De temps à autre, il utilisa ses jumelles pour mieux distinguer ce qui se passait en contrebas. Jusqu'à présent, tout s'était déroulé selon le plan prévu par Mikael. Leur leader avait beau être un râleur de première, il fallait reconnaître son aptitude hors du commun à la préparation minutieuse de leurs opérations, qu'elles soient en équipe ou en solo.

L'arrivée en force de véhicules des Sapeur Pompiers, toutes sirènes hurlantes, faisait partie de l'équation. Tout avait été prévu en amont. Cela n'empêchait pas pour autant Gabriel d'avoir un pressentiment déplaisant pour la suite à venir. Avec ce genre de plan, un petit rien pouvait enrayer le système le mieux élaboré.

N'ayant encore reçu aucun appel du reste de l'équipe, Gabriel vit d'un œil amusé les soldats du feu se fatiguer à tenter de soulever les lourds rideaux métalliques qui leur bloquaient le passage. Compte tenu de l'heure tardive, ils estimaient peut-être que l'urgence de la situation serait d'ordre matériel, qu'il n'y avait plus personne dans la boutique, et qu'il faudrait surtout empêcher l'incendie de se propager.

Un pompier s'aida d'une échelle pivotante automatique pour accéder aux fenêtres du haut dont il brisa une vitre et pénétra à l'intérieur des lieux enfumés.

Gabriel se figea avec une irritation qui allait *crescendo*.

Ne me dites pas que cet empêcheur de cramer en rond va

mettre à mal nos funestes projets. Il ne manquerait plus que ça.

L'instant d'après, le soldat du feu ressortit avec un chat gris contre lui. Il confia l'animal apeuré à l'un de ses collègues qui l'emmena en lieu sûr. Puis, Gabriel le vit esquisser de grands gestes à l'attention de ceux qui étaient en bas, pour qu'ils se hâtent de venir lui prêter main-forte. Il observa encore les pompiers s'affairer pour entrer le plus vite possible dans le bâtiment.

Gabriel eut beau avoir l'air contrarié, il n'était pourtant pas inquiet quant au bon déroulement des opérations. Sans parler du fait qu'il savait par expérience que les chances de survie des prisonniers étaient nulles en de telles circonstances. Bien sûr, il aurait de très loin préféré que la boutique brûle de fond en comble, qu'il n'en reste que des décombres dont on n'aurait extrait que des carcasses carbonisées méconnaissables, y compris pour un expert médico-légal.

Au rez-de-chaussée, les soldats du feu venaient de découper une ouverture à travers la chape de métal qui ne leur opposa plus aucune résistance. Un fracas caractéristique se fit ensuite entendre, preuve que la vitrine n'avait pas résisté non plus à cette intrusion.

Gabriel pesta devant ce qui se passait sous ses yeux et parce que son téléphone portable se manifesta soudain. Il actionna aussitôt son oreillette Bluetooth afin de prendre la communication. À coup sûr, c'était Mikael.

— Que me vaut l'honneur de ton appel ? Je te manque déjà ?

— *Comme si tu ne le savais pas. Parle-moi plutôt du déroulement des opérations à ton niveau.*

Gabriel s'appuya sur un coude tout en maintenant ses jumelles pour continuer à observer la rue, quand des mouvements de foule se manifestèrent çà et là. Bien sûr, un tel tapage n'avait pas manqué d'alerter des voisins. Beaucoup descendirent dans la rue, poussés par la curiosité autant que l'incrédulité. Déjà, la luminosité propre aux téléphones portables se manifesta un peu partout, en fonction des gens qui immortalisaient la scène pour en faire profiter les réseaux sociaux.

Décidément, l'humanité est fascinante à observer. À moins

que ce ne soit leur nature morbide qui les fasse agir ainsi, pensa Gabriel. *Au fond, tout ce qu'ils espèrent, c'est d'apercevoir un macchabée. Ça tombe bien puisque je vais leur en fournir plusieurs en une seule soirée.*

Cette constatation fit prendre à Gabriel un ton presque badin.

— Et bien, à l'heure qu'il est, un super barbecue a été allumé à Versailles et pas mal de monde se presse déjà pour ne pas en louper une miette. Même les pompiers sont de la partie. Ils viennent tout juste d'investir les lieux. Grand bien leur fasse, si tu veux mon avis. En tout cas, on va parler de cet incendie.

— *Ça, je le vois bien, figure-toi. Raconte-moi plutôt quelque chose qui ne passe pas sur les grandes chaînes d'information.*

— Comment ça, tu le vois ? L'info passe déjà à la télé ?

— *Bien sûr que oui !* s'impatienta Mikael. *Quelques envoyés spéciaux sont en direct au moment même où nous parlons. C'est quand même mieux que les quotidiens gratuits.*

— Ah ouais... T'as raison. Dis donc, ces gens-là ne font pas les choses à moitié.

En braquant ses jumelles vers la boutique dévorée par le feu, Gabriel remarqua la présence de quelques équipes de tournage postées aussi près que possible, même si les forces de l'ordre déployées tentaient de les repousser hors du périmètre de sécurité qu'ils avaient délimité. Les cadreurs firent de leur mieux pour envoyer à leur station les images les plus spectaculaires et surtout les plus exploitables pour faire frémir les téléspectateurs, entre deux pages publicitaires.

Gabriel siffla d'admiration :

— On peut dire qu'ils n'ont pas perdu de temps, ceux-là ! Comment ces mariols de l'info ont-ils pu arriver aussi vite ? Et d'ailleurs, ils viennent d'où comme ça ? Tu ne leur as quand même pas envoyé un carton d'invitation ? Non... Si ?

— *Mieux que ça, puisque toute une meute de journalistes est en train de couvrir le rassemblement officiel de plusieurs chefs d'État au château de Versailles.*

Gabriel était admiratif de la manœuvre de son supérieur.

—Maintenant, je comprends mieux le pourquoi du choix de cette boutique et pas une autre. Bien joué... Vraiment bien joué.

Mikael semblait apprécier le compliment à sa juste valeur.

— *C'était le moyen à la fois le plus simple et le plus efficace pour rassembler les médias en un minimum de temps.*

— Ton idée n'est pas mauvaise. Dès qu'il se passe quelque chose d'un tant soit peu macabre, ces scribouillards en quête de sensationnel rappliquent au plus vite.

Sur ces mots, Gabriel fut intrigué. Il réorienta ses jumelles sur la devanture de la boutique où il semblait y avoir une agitation soudaine. Il fit la mise au point et poussa un juron étouffé en constatant que des pompiers étaient en train d'extraire des brancards portant chacun un corps inanimé. Était-il sur le point de manquer le moment qu'il attendait ?

Au passage des deux premiers, il constata avec dépit qu'ils n'étaient pas ravagés par le feu. L'identification des victimes ne poserait aucun problème, en fin de compte. Dommage. Un homme encore jeune fut évacué quelques instants plus tard.

Gabriel pesta à haute voix en le voyant porter sa main à une blessure au front.

— Bordel de merde ! Ce n'est pas possible !

— *Quoi ?!* tonna Mikael. *Ils sont encore en vie ?! Comment ça se fait ?*

Ce dernier avait dû voir la même chose à la télévision.

— Je n'en sais rien, mais c'est impossible ! Pas avec la quantité de gaz qu'ils ont pris. Putain, j'aurais mieux fait de les plomber d'une balle dans la tête. Ça aurait été plus radical et plus sûr !

— *Ça aurait peut-être mieux valu, en effet... Il a dû se passer quelque chose.*

— Sans doute, mais on ne sait pas quoi dans l'immédiat. Qu'est-ce que je fais maintenant ? Je lève le camp ?

La réponse se fit attendre quelques secondes durant lesquelles Gabriel comprit que son interlocuteur devait réfléchir pour envisager au mieux à la suite des événements, compte tenu des imprévus qui venaient de survenir dans leurs plans.

— Je confirme, tu reviens à la base. Laissons les choses suivre leur cours, et nous finirons bien par apprendre ce qui s'est passé. J'aurais préféré aussi que ces hérétiques périssent, mais nous aurons à nouveau l'opportunité de nous occuper d'eux. Espérons surtout que l'on ne pourra rien tirer d'eux au moment où les flics viendront les interroger.

— Sans vouloir être non plus trop optimiste, je dirais que le gaz aura joué en notre faveur puisqu'il a été choisi pour ses effets secondaires. Et avec ce qu'ils ont pris, ça m'étonnerait que les flics parviennent à leur faire dire ne serait-ce que leur nom.

— On verra bien... quitte à revoir nos plans au cas où. On fera un débriefing avec les autres à ton retour. Ça avance très bien de leur côté et on pourra sous peu passer aux étapes suivantes que nous nous sommes fixées.

— 10-4, confirma l'intéressé avant de raccrocher.

**

Mikael se pencha en avant pour s'appuyer à l'étagère murale surplombant le grand téléviseur. Ce dernier était encore allumé sur la chaîne d'information en continu, toujours en direct de ce quartier de Versailles. D'après les présentateurs, il n'y avait que quatre blessés légers dont le pronostic vital n'était pas engagé, malgré les circonstances. À l'écran, l'effondrement de la bâtisse avait fait sensation, à en croire son passage en boucle.

Même si leurs proies en étaient sorties vivantes, la mission n'était pas un échec complet. L'arme qui avait embrasé les lieux avait fait ses preuves au-delà de toute espérance. Comme prévu, elle ne souffrait d'aucun défaut. Sans doute la seule bonne nouvelle de la soirée, mais cela ne suffisait pas. Dire que Mikael était perplexe n'aurait pas encore permis de dépeindre au mieux l'état d'esprit dans lequel il se trouvait.

Jusqu'ici, tout se passait bien. Pour une fois que cet emmerdeur de Gabriel s'en tenait au plan établi, un grain de sable était venu enrayer la mécanique de leur plan d'action. Non, ce n'est pas possible autrement… Quelqu'un avait dû intervenir. Mais qui ?

Une tierce personne devait s'être invitée dans la partie qu'ils avaient initiée.

En visionnant à nouveau les images de la tragédie, il vit par lui-même que personne n'était entré ou sorti entre le moment où Gabriel avait fait son arrivée dans les lieux quelques heures auparavant, et l'intrusion des pompiers à l'intérieur du local en feu.

Le regard dans le vague, Mikael tenta de se calmer et de recouvrer le calme nécessaire dans ce genre de circonstance. Cela l'aidait beaucoup à réfléchir quand des situations d'urgence faisaient parfois irruption.

Après avoir passé mentalement tous les faits qui s'étaient produits, et compte tenu de ses connaissances en matière d'armes chimiques, l'homme qui continuait à fixer l'écran de la télé comprit que la seule conclusion logique était que quelqu'un était intervenu dans la boutique.

Si Mikael ignorait encore l'identité et les motivations de cet intrus, il savait que ce serait peut-être enfin le *signe* qui était attendu de la part d'une opposition à leurs projets.

Pour lui, il ne faisait à présent aucun doute que leur fauteur de trouble ne pouvait être qu'une des victimes. Plutôt que de s'en contrarier, Mikael y vit la manifestation d'un rival du clan adverse. Quelqu'un faisant appel à la Magie, et qui pourrait apporter du piment à la mission qu'il s'était fixée avec ses hommes.

Maintenant, la partie promet d'être plus intéressante.

12

Jeudi 27 septembre 2012

Le feu avait ravagé les fondations du bâtiment à tel point que les pompiers ne purent qu'empêcher sa propagation. L'effondrement de la boutique avait été filmé en direct, sans qu'il n'y ait plus personne à l'intérieur à ce moment-là.

Les soldats du feu avaient parfaitement conscience que leur survie n'avait tenu qu'à très peu de choses. Ils arpentaient les décombres encore fumants, à la recherche du moindre signe susceptible de provoquer un nouvel embrasement.

Durant ce laps de temps, les équipes de télévision avaient afflué sans discontinuer durant la nuit, à tel point que le sommet politique au château voisin semblait avoir été déserté. Les journalistes avaient été plus avides de scoops sensationnalistes que de poignées de mains savamment mises en scène à l'emporte-pièce.

Il fallut donc attendre les premières heures du matin pour que le périmètre soit assez sécurisé afin de permettre aux enquêteurs de venir sur les lieux. Entre temps, tout ce qui pouvait constituer un indice était répertorié avec soin et laissé tel quel sur les lieux pour les besoins de l'enquête.

Le capitaine Baptiste Vermelin était un homme de terrain et un grand habitué des incendies criminels. Il avait déjà participé à des investigations dans lesquelles plusieurs feux volontaires avaient été provoqués. Plus précisément avec le 36 quai des Orfèvres. Il avait été informé d'une collaboration entre leurs services, sans non plus disposer de l'ensemble des détails.

L'officier était adossé à un fourgon pompe-tonne léger, ou autopompe, un modèle qui le rendait indispensable en cas de feu urbain. Baptiste se roulait une cigarette qu'il se cala sur l'oreille en voyant une berline dotée d'un gyrophare de la police.

D'un naturel méticuleux et prudent, le capitaine n'était pas assez inconscient pour s'amuser à fumer sur les lieux d'un incendie. Non seulement c'était contraire aux règles, mais cela risquait surtout de compromettre une scène de crime et cela l'aurait énervé au plus haut point. Il se redressa et s'en vint à la rencontre des nouveaux venus qui avaient passé les cordons de sécurité à grands gestes pour exhiber leur carte tricolore. En temps normal, la Direction régionale de la Police judiciaire de Versailles aurait pris les rênes, comme c'était souvent le cas.

Parmi les nouveaux arrivants, il y en eut un que Vermelin reconnut comme étant un officier avec qui il collaborait le plus souvent, tandis que d'autres arboraient l'insigne de la brigade criminelle. Tous arboraient le gilet réglementaire doté de l'incontournable dossard blanc avec *Police judiciaire* en noir.

C'est ainsi qu'il fut présenté aux quatre nouveaux venus :

— Messieurs, voici le capitaine Baptiste Vermelin qui va vous briefer sur cet incendie qu'il a eu à déjouer avec son équipe. Les collègues de la Capitale vont diriger l'enquête sur ce coup-là. Vous vous doutez bien que la proximité avec le sommet qui a lieu au château va nous compliquer les choses, et qu'on va sûrement nous coller une pression de tous les diables du côté de la Place Beauvau. Le parquet semble avoir insisté pour que vous nous fassiez profiter de votre expertise du terrain, capitaine.

Vermelin eut une moue amusée. Ainsi donc son expérience avait incité ses supérieurs à prêter main-forte à la cellule d'investigation envoyée de Paris, et la police de Versailles avait été écartée d'entrée de jeu. Ses agents devaient sûrement bouillir de colère, mais les luttes internes pour s'attribuer le mérite d'une affaire ne le concernait pas, en tant que pompier. Tant qu'il pouvait sauver des vies et contribuer à coffrer les pyromanes, c'était déjà suffisant. Il serra donc les mains qui se présentèrent à lui, faisant connaissance avec le commissaire Dominique Berger, le capitaine Frédéric Laforrest, ainsi que les lieutenants Gérard Mansoif et Sylvain Laffargue.

Dominique Berger voulut entrer dans le vif du sujet :

— Capitaine, dites-nous ce que vous avez déjà pu apprendre quant à la cause de l'incendie. D'après vous, qui a pu faire ça ?

— Un autre jour, je vous aurais dit : *« Des rats avec des allumettes »*. La réponse va encore se faire attendre. D'autant plus que ça va être votre boulot de trouver les coupables. Par contre, pour ce qui est de la cause, on peut affirmer haut et clair que ça n'a rien d'un accident. Mon équipe a commencé à réunir tout un faisceau de preuves qu'ils sont en train d'exposer à vos collègues.

— Frédéric et Sylvain, allez voir ça de plus près avec la scientifique. Attendez bien d'avoir leur feu vert avant d'investir la scène de crime, sinon ils vont encore brailler qu'on leur pourrit les lieux avant qu'ils n'aient fini leur boulot.

Les deux hommes acquiescèrent et rejoignirent d'autres officiers vêtus de leur housse spécialement conçue pour ne laisser aucune trace susceptible de compromettre les éventuels indices laissés sur les lieux.

Le capitaine Vermelin resta avec Berger et Mansoif à qui il exhiba les premiers éléments de preuve mis sous scellés en tant que pièces à conviction.

— Quand le 112 a été contacté, le feu s'était déjà déclaré depuis un moment. Les rideaux baissés au rez-de-chaussée n'ont dû laisser filtrer qu'un peu de fumée, mais pas assez, semble-t-il, pour alarmer le voisinage. Ce n'est qu'au moment où les flammes ont commencé à poindre à l'étage du dessus qu'elles ont été enfin remarquées par une femme qui a donné l'alerte.

— Mais comment se fait-il que l'incendie n'ait pas été repéré plus tôt ? demanda Mansoif.

— Parce que la boutique n'était pas aux normes au niveau de la sécurité incendie. Pas de système d'alarme ni même de capteur de fumée ! Ainsi, le feu a pu prendre ses aises. En revanche, ce qui ne nous a pas aidés, c'est que le système mécanique des rideaux métalliques était H.S. Ce qui tend à confirmer l'origine criminelle de l'opération.

— Oui, opina le commissaire Berger. Ceux qui ont fait ça

n'ont pas agi dans la précipitation ni sans une bonne organisation. Ça n'a rien d'accidentel, et encore moins l'œuvre d'un pyromane amateur.

Baptiste Vermelin opina pour confirmer.

— C'est surtout à cause de ça qu'on a perdu un temps précieux à tenter d'entrer.

Le lieutenant Mansoif prenait des notes sur un calepin.

— J'imagine aussi que le fait que la boutique soit fermée au moment où vous avez été appelés ne vous a pas non plus aidés.

— Sans doute. C'est en passant par les fenêtres qu'on a commencé à éteindre l'incendie... ou du moins essayer.

— Pour vous, à ce moment-là, il n'y avait plus personne ?

— Tout à fait. C'est un de mes hommes qui a remarqué que la serrure extérieure avait été bousillée. Et un autre, déjà à l'intérieur, est parvenu à accéder au local commercial du rez-de-chaussée et y a trouvé quatre personnes piégées à l'intérieur du brasier.

— On parle bien des gens, qui ne sont que blessés, que vous avez extraits de là ?

— Sans oublier un chat, ajouta le capitaine en se passant une main dans ses cheveux courts coiffés en brosse. Sans doute celui de la proprio. Ça va faire plaisir à la SPA.

— C'est quand même pas banal d'avoir affaire à des survivants dans ce genre de circonstance, constata le commissaire.

— De toute ma carrière, c'est bien la première fois que je vois ça. Non pas que je m'en plaigne, bien sûr. En tant que sauveteur, j'aime mieux récupérer quelqu'un de sain et sauf, quitte à risquer un procès parce qu'on aurait abîmé sa bagnole pour intervenir, que de ramasser un cadavre. Vous devez connaître ça quand vous avez affaire aux familles de victimes d'homicides.

Dominique opina.

— C'est vrai qu'on préfère empêcher un meurtre que d'avoir à annoncer un décès aux proches. Et là, c'est un quadruple soulagement.

— Pour en revenir aux victimes, poursuivit le lieutenant Mansoif, vous confirmez qu'il n'y en a pas d'autres que celles qui ont été évacuées de la boutique.

— Non. Les habitants voisins sont sortis de chez eux très vite et nous sommes intervenus à temps pour circonscrire l'incendie au maximum. Pas de gros bobos, mais quelques cas de panique sans gravité. J'aimerais bien que toutes nos missions ne comptent aucune perte humaine. C'est le cas cette nuit, et c'est quelque chose qu'on va fêter comme il se doit, mais pas avant de vous avoir montré les lieux. Suivez-moi. La zone est complètement sécurisée. Maintenant que le toit s'est déjà effondré, il n'y a que le ciel qui risque de nous tomber sur la tête.

Le capitaine accompagna les deux OPJ à travers les décombres. Il leur montra le système mécanique des rideaux. Ils constatèrent que le feu n'avait pas pu faire disparaître le fait qu'il y avait eu un sabotage délibéré.

— Il y a autre chose d'inhabituel dans cette histoire, reprit le capitaine. C'est le feu en lui-même. On a eu un mal de chien à en venir à bout ! Vous allez trouver ça aussi dingue que nous, mais on aurait dit que toute la flotte qu'on y a balancée avait intensifié les flammes. On n'avait encore jamais vu ça, et on s'en serait bien passé ! Toute ma compagnie aurait pu y passer si on n'avait pas changé de tactique pour l'étouffer, comme on le fait pour les incendies provoqués par des produits hautement inflammables. Vous savez que dans notre métier, il y a des pompiers qui considèrent le feu comme étant un organisme vivant. Auquel cas, celui qu'on a affronté hier serait alors un vicelard de la pire espèce !

Les policiers apprirent aussi comment les victimes avaient été retrouvées, ligotées et bâillonnées. Il devenait de plus en plus évident que tout avait été fait pour qu'elles périssent brûlées vives.

Les murs qui tenaient encore debout portaient des traces noires si opaques que les policiers comprirent à quel point le feu avait dû être intense. Chercher à l'éteindre n'avait pas dû être une sinécure.

Le trio rejoignit le capitaine Laforrest et le lieutenant Laffargue qui étaient en grande discussion avec un autre officier pompier et l'un des agents de la police scientifique. Ils virent que ce dernier tenait en main deux sachets servant aux pièces à conviction. Ils venaient de trouver ce qui avait provoqué l'incendie.

Dominique Berger se rembrunit.

À tous les coups, ce serait dû à une bombe incendiaire ou un cocktail Molotov que ça ne m'étonnerait pas. De toute façon, ça fait un moment que la thèse de l'accident est partie en fumée... si je puis dire.

Le commissaire héla l'agent porteur d'une blouse intégrale blanche.

— Salut Greg ! Tu t'apprêtais à faire un p'tit topo avec Charybde et Scylla. Or, j'entends bien y prendre part, si ça ne te dérange pas.

Gregory Nova, appartenant à la police scientifique, acquiesça et attendit que les nouveaux arrivants viennent étoffer les rangs avant de reprendre la parole.

— En fouillant les décombres, les pompiers ont cherché à connaître l'origine de l'incendie, et ils sont tombés là-dessus.

Sur ces mots, Nova exhiba l'une des pochettes plastifiées contenant une espèce de tube racorni et brûlé, partiellement écrasé. La présence de ce qui ressemblait à une poignée n'échappa pas aux policiers qui reconnurent ce que pouvait être cet engin.

— On dirait une grenade, remarqua le lieutenant Laffargue.

— Un lacrymogène, je dirais même, ajouta le capitaine Laforrest. Les victimes auraient été d'abord gazées ?

— Peut-être que leurs agresseurs ont tenté de les faire sortir. Puis, voyant qu'ils n'aboutissaient à rien, ils auront finalement opté pour une solution plus expéditive.

— Ben voyons... railla Mansoif. Quand on aura un suspect, on se fera un plaisir de lui poser des questions sur ce truc-là.

Devant le regard lourd de sens que lui adressèrent ses collègues, Greg préféra intervenir :

— Mais ce n'est pas le plus intéressant avec ça. Même si le feu a effacé tout ce qui pouvait être exploitable, on a vu qu'il n'y avait aucune marque permettant d'identifier le fabricant. On peut dire que l'aspect artisanal de l'engin n'aura échappé à personne.

Sylvain se pencha pour regarder l'objet calciné de plus près.

— Comment ça *artisanal* ?

— Ça veut tout simplement dire qu'on a là du *fait maison*. Une variante personnelle de cet engin. Par conséquent, on peut supposer que remplacer le gaz d'origine par un autre de leur composition n'est pas un problème en soit. On en a d'ailleurs retrouvé des traces si infimes qu'on aura beaucoup de chance de pouvoir les analyser en labo. On devrait avoir les résultats en fin de journée.

— Comment se fait-il que ça aille aussi vite ? demanda le capitaine Vermelin. En temps normal, on a le temps de regarder pousser les arbres avant que des résultats d'analyse ne nous parviennent enfin.

Frédéric Laforrest réfléchissait tout azimut.

— Il faut croire qu'on leur colle la pression, à eux aussi. Notre affaire a eu un laissez-passer prioritaire. Rien d'étonnant à ce que nos demandes soient traitées en premier.

— En tout cas, ce genre de pratique ne m'étonnerait pas.

— Mais ce qui en ressort déjà, continua Greg Nova, c'est que le gaz n'a rien à voir avec le lacrymogène utilisé d'habitude et ça, on a pu le remarquer d'entrée de jeu.

Dominique Berger examina à son tour la pochette contenant ce qu'il restait de la grenade.

— Au point où on en est, autant patienter avant d'avoir ces résultats en accéléré. Cela pourrait faire avancer l'enquête. Quand ils auront compris, Place Beauvau, que cette affaire n'a rien à voir avec leur petite sauterie, leur intérêt va retomber plus vite qu'un soufflé sorti du four. Et ça, qu'est-ce que c'est ?

Le commissaire désigna le second sac plastique scellé, tandis que le capitaine Baptiste Vermelin observait à son tour les débris de l'objet avec attention.

— C'est ce bidule de malheur qui semble être à l'origine de l'incendie. Peut-être quelque chose d'assez petit pour ne pas attirer l'attention. Il faudra attendre les résultats du labo pour en être sûrs. En tout cas, ça ne ressemble pas beaucoup à ce que les pyromanes s'amusent à utiliser d'ordinaire. Sans doute du matos customisé. Un gadget spécialement conçu pour un usage spécifique, à savoir provoquer les feux de l'Enfer. Si ça devait être vraiment le cas, alors les personnes qu'on a sorties de là ont eu une chance ahurissante d'avoir survécu.

Gregory confia les pièces à conviction à un de ses collègues qui s'éloigna d'un pas vif.

— Ça file aussi au labo. Avec un peu de chance, on aura la composition de ce truc parce qu'il paraît que vos gars ont pas mal galéré avec celui-là.

— C'est rien de le dire ! confirma Baptiste Vermelin. C'est tout ce que nous avons pour le moment. Avec la scientifique, on vous tiendra informés dès qu'un nouvel élément viendra étayer votre enquête.

— En attendant, on va avoir du boulot.

Sur ces mots, le capitaine Vermelin et Greg Nova s'en retournèrent chacun à leur poste. Les officiers de la Police judiciaire se dirent que les soldats du feu avaient bien mérité de fêter l'absence de décès lors d'une mission qui, annoncée au départ comme banale, avait bien failli tourner au désastre le plus total.

Le commissaire Berger déplia une note que leur avait donnée le capitaine des pompiers et sur laquelle il avait inscrit le nom des quatre survivants.

— Nous aussi avons encore quelque chose à faire ici avant de rentrer à Paris. Bien qu'il ait fallu les hospitaliser pour les garder en observation, on va devoir obtenir l'accord des toubibs avant de pouvoir les interroger sur ce qui s'est passé. Leurs témoignages pourraient apporter des éclaircissements sur le déroulement de la soirée.

Il montra le nom des victimes avec un regard appuyé vers Frédéric et Sylvain d'un air entendu, comme s'il avait compris qu'on avait cherché à le prendre pour un idiot. Les deux hommes prirent instantanément un air contrit.

Sur le papier était mentionné le nom de Sylvia Laffargue et de Philippe Helm.

— Vous deux, il va falloir m'expliquer pourquoi ceux-là se trouvaient dans cette boutique à Versailles. Parce que ça m'étonnerait beaucoup que vous y soyez pour rien..

13

Le Chesnay
Hôpital André Mignot

Les quatre officiers de la PJ venaient d'arriver là où les rescapés avaient été admis en urgence. Durant le trajet, les deux équipiers reconnurent avoir demandé à Sylvia et Philippe de se rendre à la boutique, en observation. Ils ne s'attendaient pas à ce que cette visite prendrait une telle tournure, jurant qu'ils n'auraient jamais mis cette idée en pratique s'ils avaient eu le moindre soupçon qu'une attaque survienne.

Curieusement, le commissaire Berger se montra indulgent. Il comprenait la frustration qui avait saisi ses hommes de ne pas pouvoir intervenir sans enfreindre les procédures judiciaires imposées. Ce besoin impérieux d'agir quand des innocents risquaient d'être en danger. Rien ne s'était déroulé comme ils l'avaient espéré et, pire que tout, ils endossaient la responsabilité d'avoir failli perdre deux personnes qui leur étaient chères.

Dominique Berger savait qu'il devrait leur passer un sérieux savon ainsi qu'un rappel en bonne et due forme des procédures. Cependant, il sut d'emblée que leurs remords allaient les hanter encore un bon moment et que cela constituerait sans doute la pire des sanctions pour eux. Du moins, jusqu'à ce qu'ils parviennent à se pardonner à eux-mêmes, ce qui ne semblait pas prévu pour tout de suite.

Bien sûr, il ne fallait pas s'attendre à autant de mansuétude auprès de Mansoif. Le fait que des civils aient été impliqués dans une enquête en cours l'avait fait bondir. Il exigea que Frédéric et Sylvain soient destitués de l'enquête dans l'instant. Une chose des plus normales quand l'intégrité d'un flic pouvait être remise en question. D'autant plus que la sœur jumelle de Sylvain faisait partie des victimes, et que Philippe avait été mêlé à l'affaire Carello, un peu plus de deux ans auparavant.

Le commissaire Berger se chargea de trancher la question.

— Vu qu'il y a un manuel de police à respecter, c'est vrai que je devrais vous retirer l'affaire *illico*. Vous pourriez ne pas être impartiaux si je vous laissais interroger vos proches. C'est donc moi et le lieutenant Mansoif qui nous y collerons. Par contre, rien ne vous empêche de parler aux deux autres victimes, à savoir la gérante et la cliente qui était aussi sur les lieux. Ça convient à tout le monde ?

— Je persiste quand même à penser que Laffargue et Laforrest n'ont rien à faire dans nos pattes, grinça Gérard.

— Pour avoir déjà rencontré la sœur du lieutenant Laffargue, je peux d'ores et déjà répondre de sa probité. De même pour ce Philippe Helm. Ce n'est pas la première fois qu'ils nous aident au cours d'une enquête criminelle. Et aux dernières nouvelles, c'est encore moi qui dirige les opérations !

Une remarque bien sentie qui cloua le bec à Mansoif.

Frédéric et Sylvain s'en tinrent aux ordres de leur supérieur, soulagés de ne pas avoir été écartés de cette affaire. Ils mirent de côté leur anxiété quant au sort de Sylvia et Philippe, seulement rassurés de les savoir sains et saufs à l'hôpital. Depuis qu'ils avaient vu les informations de la veille au soir, l'ensemble du clan était inquiet et avait hâte d'obtenir des nouvelles de leurs amis.

**

Une fois parvenu au New Pole 6 réservé au service des Urgences, le commissaire Berger réalisa qu'ils allaient avoir droit au secret médical qui les empêcherait d'être renseignés quant à l'état de santé des patients qu'ils abritaient depuis la nuit dernière.

Ce à quoi Sylvain rétorqua qu'il y avait déjà songé en leur présentant un plan B ingénieux, à condition de lui laisser carte blanche. Son supérieur s'enquit quant à l'illégalité ou non de son idée, mais Sylvain se voulut rassurant. Son plan était simple et ne ferait appel qu'à une spécificité qu'il était le seul à détenir.

Au moment d'arriver aux portes des Urgences, le commissaire Berger, accompagné de Frédéric et Gérard durent traverser tant bien que mal la meute de journalistes et autres reporters que la direction de l'hôpital avait interdite de séjour à l'intérieur du bâtiment. Certains tentèrent de soutirer quelques informations inédites aux trois officiers qui restèrent muets en forçant le passage.

Quelques agents de la sécurité filtraient les entrées et la tâche n'était pas facile pour eux de distinguer les personnes ayant réellement besoin d'accéder au service et les petits malins qui se faisaient passer pour des patients afin de glaner des informations en douce. Plusieurs curieux avaient déjà été éjectés, et il était clair que la direction de l'hôpital n'allait plus tarder à refouler ces importuns aux grilles extérieures du complexe hospitalier pour ne plus gêner la bonne marche de l'établissement.

De son côté, le lieutenant Laffargue resta dans leur véhicule banalisé juste le temps de voir ses collègues ressortir, à peine une dizaine de minutes après être arrivés.

Dominique Berger s'installa au volant, à distance respectable de l'attroupement journalistique amassé devant les Urgences.

— C'était bien vu, Sylvain. Dès que le toubib a su que nous étions des flics enquêtant sur l'incendie d'hier soir, il a agité aussi sec le drapeau du secret médical pour se murer dans le silence avant de nous indiquer aussitôt la sortie. Le peu de choses qu'on a réussi à apprendre, c'est qu'il faudra encore attendre pour savoir si les patients seront en état de répondre à nos questions. Ce qui n'est pas le cas pour le moment, même s'il ne nous en a pas dit plus. Au moins, ils sont entre de bonnes mains et à l'abri des journalistes. C'est déjà ça.

Frédéric s'était assis à l'arrière en compagnie de Sylvain.

— Autant dire que ce n'est pas grâce à lui que nous saurons comment vont les rescapés. Tu crois que ton idée va marcher ?

Sylvain venait d'enlever son gilet l'identifiant à la Police judiciaire qu'il confia à son ami, ainsi que sa carte de flic et son arme de service, non sans en avoir ôté le chargeur.

— J'en suis presque sûr. Après tout, je vais me présenter en tant que frère de Sylvia. Sans pour autant lever le barrage du secret médical, le docteur acceptera plus volontiers de me parler. Au moins pour me rassurer sur la santé de ma sœurette. L'occasion de faire d'une pierre deux coups ; prendre des nouvelles tout en posant quelques questions sans avoir l'air d'y toucher.

— Tu parles d'une idée à la con, maugréa Mansoif depuis le siège passager. Tout ce que tu vas réussir, c'est à te faire jeter *manu militari* avant même d'avoir eu le temps de dire « *ouf* ».

— Il faut voir le bon côté des choses. Parce que, ne m'ayant pas vu avec vous, il ne se doutera pas que la police puisse revenir à la charge aussi vite. Au final, ce n'est pas plus mal de m'avoir gardé sur l'affaire, ajouta Sylvain avec un clin d'œil.

Sur ces entrefaites, il s'extirpa de la voiture et vint à son tour fendre la foule pour aller à la rencontre d'un des hommes à l'entrée. Il se présenta à eux, suite à l'appel qu'il avait reçu la veille sur son téléphone portable. On le fit alors entrer dans le hall d'accueil où il patienta quelques instants au milieu des gens déjà présents, attendant leur tour pour être soigné, avant qu'une infirmière ne l'accompagne voir le chef de service. Le jeune homme fut présenté au docteur Simon Folstom qui le reçut dans son bureau et l'informa des soins prodigués à sa sœur.

Comme il s'y attendait, après avoir appris que ce jeune homme était de la famille d'une patiente, le médecin accepta de lui expliquer la situation dans son ensemble.

— À cause de la quantité de fumée inhalée, votre sœur souffre de brûlures thermiques, mais aussi d'irritations broncho-pulmonaires qui sont à l'origine de sa détresse respiratoire asphyxique. Elle est pour l'heure en oxygénothérapie, comme les trois autres patients qui l'ont accompagnée. L'une d'entre elles, qui était la plus atteinte, a même dû subir une intubation endotrachéale. Ce qui n'a pas été le cas pour elle, rassurez-vous, ajouta-t-il en constatant le regard alarmé de son interlocuteur. Cela peut vous sembler barbare rien qu'au nom, mais ce n'est heureusement plus pareil de nos jours ; l'intervention est indolore et permet surtout le dégagement des voies respiratoires quand elles sont obstruées. Le plus rassurant étant qu'il n'a pas été nécessaire de l'effectuer sur les lieux mêmes de la catastrophe, mais à l'arrivée ici. On a donc pu intervenir très vite et faire ce qu'il fallait avant que la situation ne se détériore.

Sylvain ne fut qu'à moitié rassuré.

— Il y a quelque chose qui me laisse perplexe, docteur, et j'espère que vous pourrez éclairer ma lanterne. Quatre personnes sont restées coincées dans un local commercial en feu durant un temps difficile à estimer. À votre avis, le diagnostic qui a été posé à leur arrivée ici correspond-il à des cas similaires que vous avez déjà eu à traiter ?

Le docteur Folstom lui lança un regard appuyé.

— C'est étrange que vous me posiez cette question.

— Pourquoi ça ?

— Parce que c'est précisément l'un des points que je n'ai pas encore réussi à éclaircir... Le simple fait qu'ils soient parvenus en vie jusqu'ici est inexplicable en soit. Ce que j'essaie de vous faire comprendre, c'est que les victimes d'incendies du même genre vont d'ordinaire dans un tout autre service que le mien.

Sylvain posa la question, même s'il craignait d'en connaître déjà la réponse.

— Où sont-ils redirigés ?

— À la morgue. Comprenez qu'à ce stade, ils n'ont plus besoin d'être soignés. Rien qu'avec les émanations de monoxyde de carbone, d'azote et de cyanure, les chances de survies sont quasi nulles. Là, ce sont quatre personnes qu'on me ramène vivantes et, encore plus incompréhensible, n'ayant besoin que de soins légers. Du moins, par rapport à l'état dans lequel elles auraient dû être en temps normal.

— Ce n'est pas banal, en effet. On pourrait dire que ce sont des miraculés.

Le docteur eut un petit sourire las.

— Si vous voulez. Je ne suis pas superstitieux. En général, ça porte malheur. Quoi qu'il en soit, inversement à leur état physique, c'est l'état psychique qui tend à m'inquiéter un peu plus.

— Comment ça ? Ils se sont réveillés depuis leur transfert ?

— Oui, pendant un bref instant. On leur a posé quelques questions après avoir constaté qu'ils étaient conscients. Rien de bien compliqué. Des questions de routine quant à leur identité. Pourtant, c'est là qu'on entre de plain-pied dans l'inexpliqué.

— Pourquoi ça ?

À ces mots, le sang de Sylvain se glaça et il se retint de secouer le médecin pour l'inciter à presser le mouvement.

— Tous sont incapables de se rappeler qui ils sont. Ils ont oublié leur nom, adresse, âge, profession. Bref, ils sont tous amnésiques à un niveau plus ou moins prononcé.

Sylvain retomba contre le dossier de son siège, atterré. Lui-même avait eu un problème similaire, à la suite de l'incendie qui avait détruit la maison familiale dans lequel ses parents avaient péri. Il avait souffert d'une amnésie pendant près de dix ans dont il peinait à se remettre. Aussi, apprendre que Sylvia subissait à présent le même sort lui fit l'effet du plus phénoménal coup de massue qu'il n'ait jamais reçu.

Non, Sylvia... pas toi ! Philippe aussi ? C'est pas possible...

Le praticien avait remarqué le trouble qui s'était emparé de son visiteur et voulut se montrer rassurant. Du moins, autant que possible.

— Quant au cas d'amnésie, il est difficile de faire un pronostic plus précis à l'heure actuelle. Il se peut aussi que cela ne dure pas très longtemps. Cela peut aller de quelques heures, à deux ou trois jours, voire même une petite semaine. Quoi qu'il en soit, on va les surveiller de très près. Des policiers sont passés il n'y a pas longtemps afin de poser des questions à mes patients. Mais compte tenu de leur état, ce n'était pas possible. Même vous, vous ne pourrez pas encore parler à votre sœur tant que je n'aurai pas la certitude qu'elle est en état de vous répondre. Elle a conscience de son état et ça l'a pas mal secouée. Je n'ose imaginer ce qui pourrait se passer si on lui expliquait qu'elle a échappé à un incendie sans doute criminel.

— Qu'est-ce qui vous fait dire ça ?

— Comme beaucoup, il m'arrive de regarder les infos. De plus, la Police judiciaire ne se déplace jamais pour un banal accident. Pour le moment, je préfère qu'ils n'aient pas de visite.

Le jeune homme ne cacha pas sa déception.

— Est-ce que je pourrais au moins la voir ? Vous savez, juste pour me rassurer. C'est ma petite sœur…

Le médecin acquiesça et invita Sylvain à le suivre. Ils arpentèrent différents couloirs avant d'arriver à une salle de réveil où quatre lits avaient été installés à chaque coin de la pièce. Les stores avaient été fermés pour maintenir les lieux dans une pénombre propice au repos. Une vitre carrée était installée à même la porte d'entrée, ce qui permit aux deux arrivants d'observer ce qui se passait à l'intérieur.

Chaque personne était endormie, avec un masque à oxygène, une perfusion reliée au dos de la main, tandis que d'autres appareils mesuraient leurs signes vitaux de façon constante.

Le docteur Folstom désigna un des lits.

— Votre sœur jumelle est ici, la première à gauche.

— Est-ce que je peux entrer quelques instants ?

— D'accord, mais pas plus de cinq minutes. Ils sont sous traitement. Voilà pourquoi ils dorment à poings fermés. Ils ont surtout besoin de repos et de calme.

Le jeune homme acquiesça avant d'entrer, le cœur serré par l'émotion. Sylvia l'aurait oublié, mais Sylvain se remémora l'instant où, au printemps de l'année 2010, il était entré en douce dans la chambre d'hôpital dans laquelle la jeune femme se remettait d'une tentative de meurtre à laquelle, déjà, elle n'avait échappé que de justesse grâce à l'irruption inattendue de sa puissance magique.

Et voilà qu'une fois encore, ma sœur a été aux portes de la mort. Ce n'est pas la première fois que ses pouvoirs interviennent d'eux-mêmes. Peut-être que ça a été le cas la nuit dernière. Qui peut le savoir ? Les seuls témoins sont tout aussi amnésiques qu'elle et aucun ne sera en mesure de nous révéler ce qui a bien pu se passer dans cette fichue boutique.

Outre la vague de colère qui menaçait de submerger Sylvain, d'autres émotions vinrent à la charge ; la tristesse d'avoir failli perdre deux personnes à qui il tenait, mais surtout les regrets lancinants de les avoir mis tous les deux en danger.

Sylvain frémit en pensant aux conséquences que pourrait avoir l'amnésie de sa sœur jumelle. Il esquissa un petit sourire doux-amer, soulagé de la voir dormir, mais aussi inquiet à l'idée de voir dans ses yeux violets piquetés d'or qu'elle ne le reconnaîtrait pas en le voyant. Cette seule idée le rendit malade.

D'une main un peu tremblante, il repoussa une mèche de cheveux de Sylvia quand une voix se fit entendre en lui. Une voix grave et profonde qu'il avait appris à reconnaître depuis qu'il s'était initié à la magie draconique.

Shoren, le grand dragon noir qui était son guide spirituel.

— *Sylvain, je lis la peur tapie dans ton cœur. Ne la laisse pas t'atteindre. Ce que je n'ai pas pu faire pour toi, alors que tu ne savais plus qui tu étais, je le ferai pour Sylvia et Philippe. Sha'oren et moi en avons déjà convenu. Nous pouvons leur rendre la mémoire.*

Le jeune homme n'en revenait pas. Nonobstant l'aspect agaçant de savoir que les êtres draconiques pouvaient s'inviter à tout moment dans le fil de ses pensées, il fallait reconnaître la pertinence d'une telle idée. D'un autre côté, c'était si rare qu'ils décident d'intervenir d'eux-mêmes pour venir en aide à leur équipe… Une chance à ne pas laisser passer en somme, même si le *comment* de la chose venait de l'emporter sur le *pourquoi*.

Après avoir fait le tour des quatre patients dont il toucha brièvement la main, le jeune homme s'en revint vers la porte derrière laquelle l'attendait le docteur. Celui-ci discutait avec une interne. Sylvain fut soulagé que le praticien ne l'ait pas vu faire sa petite manœuvre en douce.

En laissant le battant se refermer derrière lui dans un chuintement pneumatique, Sylvain ne remarqua pas qu'une silhouette humaine noire se démarquait à peine de l'obscurité dans laquelle elle s'était drapée pour surveiller les lieux.

Surveiller les lieux ou bien les occupants qui s'y reposaient ?

14

Vendredi 28 septembre 2012
Paris
Boulevard du Temple

Dans l'arrière-boutique de *La Voie Initiatique*, Coralie profita d'une pause au milieu de la mise en rayon des stocks. Avec une tasse à café dans la main, la jeune femme vint rejoindre ses amis du Cercle du Dragon Céleste. Du moins, ceux qui avaient pu venir en fin d'après-midi ; à savoir Thessa, Sylvain, et Frédéric.

— Alors comme ça, l'interrogatoire des quatre victimes de l'incendie n'a rien donné ? demanda Coralie au lieutenant.

— Nope... Dès que le docteur Folstom a donné son accord ce matin même, le commissaire Berger et Mansoif sont retournés sur place. À mon avis, ils auraient pu éviter de se donner cette peine.

— Pourquoi ça ?

— Le toubib avait vu juste quant à la brièveté de l'amnésie qui avait affecté ses patients. Dès le milieu de l'après-midi, tous se souvenaient de la plupart des événements antérieurs à l'incendie. Pas seulement ça, mais aussi leur identité et leur passé. Par contre, pour ce qui est est arrivé dans cette boutique en flammes, rien. Que dalle ! Nada ! Même un trou noir intergalactique n'aurait pas laissé un tel vide dans son sillage.

— Comment ça se peut ? se demanda Thessa. Vous croyez que c'est une espèce de choc post-traumatique ou quelque chose comme ça ?

Frédéric était préoccupé.

— Va savoir... En tout cas, on peut être rassurés sur le sort de nos deux amis. Malgré ce qui leur est arrivé, ils ne souffrent au final que de brûlures superficielles et leur contamination aux fumées toxiques ne devrait pas laisser de séquelles à long terme, même si ils devront rester vigilants. Tout ce petit monde sortira de l'hôpital dès demain. Quelque chose me dit que les journalistes ne seront pas les bienvenus à ce moment-là.

Sylvain sourit à cette idée.

— En fait, nos guides draconiques auraient une idée pour remédier à ce problème de mémoire. Du moins, pour ma sœur et Philippe.

— Attends, fit Coralie, Shoren ne t'avait pas déjà dit que ce genre de chose n'était pas de leur ressort ? N'oublie pas qu'ils n'ont pas levé une griffe pour toi.

— Tu ne m'apprends rien. J'y ai pas mal réfléchi, et je crois avoir ma petite idée sur la question. Dans mon cas, c'était carrément *tout* mon passé qu'il fallait reconstituer et ce n'était pas possible, compte tenu de la multitude de paramètres que ça comportait. D'ailleurs, depuis que j'ai retrouvé ma sœur, les souvenirs ont commencé à revenir d'eux-mêmes. Sylvia m'aide beaucoup avec les instants que nous avons vécus depuis l'enfance. D'autre part, les réminiscences qui me sont propres reviennent aussi. Le médecin suit mon dossier trouve ça plutôt encourageant, et moi aussi. Par contre, en ce qui concerne ce qu'ont vécu Sylvia et Philippe, il ne s'agit que d'un très bref instant. Si ça se trouve, les dragons peuvent les aider à rétablir leur mémoire défaillante. Ça devrait valoir le coup d'essayer.

Frédéric restait néanmoins dubitatif.

— Mouais… Il ne reste plus qu'à savoir comment ils comptent s'y prendre. J'avoue que je serais assez curieux qu'on m'explique ça, comme si j'avais six ans.

Il releva alors son regard vert émeraude sur Coralie qui se tenait près du rideau de velours séparant la pièce du reste de la boutique. Il sentait le poids de non-dits émanant de la jeune femme aux boucles rousses qui effleuraient à présent ses épaules. Loin de la coupe courte qu'elle arborait au moment où ils avaient fait connaissance. Elle avait troqué aussi ses tenues d'étudiante pour des robes soulignant les courbes de sa silhouette. Son regard s'attarda sur ses jambes galbées. Il aimait ce changement de look qui lui donnait beaucoup de charme. Il ne l'en trouva que plus belle encore.

— À ton avis, comment vont-ils faire ?

Face au mutisme de son équipier, Sylvain lui assena une tape sur l'épaule, ce qui le fit sursauter.

— Allô ! La Terre appelle la Lune !

— Vu comment Fred a l'air ailleurs, rigola Thessa, tu devrais plutôt dire « *la Terre appelle Saturne* ».

Frédéric tenta de reprendre où ses amis en étaient.

— Euh... pardon. Qui va tenter de s'y prendre comment pour faire quoi ?

— Les dragons, reprit Sylvain sur le ton de l'évidence. Comment espèrent-ils s'y prendre pour aider nos deux amis à y voir plus clair ?

— Alors là, je n'en sais rien. N'oublie pas que tu poses ce genre de question à celui qui s'y connaît le moins en Magie et autres bizarreries occultes du même genre.

— Ça ne t'empêche pas pour autant de nous faire profiter de tes intuitions. Il t'arrive assez souvent de tomber juste.

— Tu n'as sans doute pas tort, mais sache que ça ne fait qu'un mois que j'arrive enfin à dire le mot *pentagramme* sans m'emmêler les pinceaux.

Thessa essayait de ne pas sourire trop ouvertement.

— Dommage, ça m'amusait bien. Tu en avais trouvées des variantes assez marrantes. On aurait dû les noter pour la postérité.

— C'est ça, fiche-toi de moi, ironisa-t-il en souriant.

Sur ces mots, le capitaine lui passa un bras autour des épaules et s'amusa à ébouriffer la chevelure blonde de l'adolescente qui éclata de rire à ce simple contact. Elle avait toujours été très chatouilleuse.

Coralie, amusée par la complicité qui s'était nouée entre la benjamine du groupe et le policier, vint s'asseoir juste à côté de ce dernier, en face de Sylvain.

— Pour en revenir à ce dont nous parlions, on ne peut faire

aucune supposition pour le moment. C'est vrai que je voudrais bien savoir non seulement ce qui a pu se passer, et aussi comment les dragons comptent faire remonter ces souvenirs enfouis.

— C'est exactement ce que le docteur Folstom m'a expliqué, s'anima Sylvain. D'après lui, leur mémoire est bien là, sauf que quelque chose les empêche d'y avoir accès. C'est peut-être aussi pour ça que Shoren semble croire qu'il sera plus possible de les aider par rapport à mon propre cas qui était infiniment plus compliqué à résoudre.

— Ça ne nous dit toujours pas comment ils vont s'y prendre.

— Pas encore, c'est vrai.

Au même moment, le silence se fit tout autour d'eux et une onde psychique vibra du plus profond de leur esprit, les faisant tous se taire en même temps. Attentif, chacun tendit ses sens vers la source de cette intervention. Il devait s'agir de l'un des dragons spirituels qui étaient censés veiller sur leurs protégés. Ce qui ne les empêcha pas de se demander ce qu'ils avaient fichu pendant que Sylvia et Frédéric étaient en danger.

La voix de Shoren, le dragon noir.

— *Venez tous nous rejoindre, Sha'oren et moi, au cœur de l'Antre de l'Initiation. Nous vous dirons ce que nous allons faire pour vos amis.*

Impossible d'ignorer cette demande impérieuse, et les quatre magiciens draconiques le savaient très bien. Tout comme ils connaissaient aussi la marche à suivre dans ce genre de cas.

— On aurait dit que le vieux Shoren était assez pressé qu'on se ramène, constata Frédéric.

— Parce qu'ils ne nous ont jamais incités à laisser nos vies respectives en plan chaque fois qu'ils font appel à nous ? ironisa Sylvain. Tu sais mieux que nous que c'est le même cinéma à chaque fois. Heureusement, ça ne leur prend pas non plus tous les quatre matins de nous sonner à tout va pour ces réunions astrales.

— Bon, et maintenant ? ajouta Thessa. On se retrouve chez moi, comme d'habitude ?

— Non, contra Coralie. Pas tant que ton appartement n'aura

pas été assaini et protégé. Quoi qu'il en soit, il serait dangereux d'effectuer un rite qui nous laisse aussi vulnérables dans une pièce où grouilleraient des forces néfastes qui nous sont inconnues. D'ailleurs, ça me fait penser à une chose, ajouta-t-elle en se tournant vers Frédéric et Sylvain. Nos amis ne risquent rien à l'hôpital ? Ça ne me plairait qu'à moitié et encore, de savoir qu'ils pourraient être la proie d'entités maléfiques en tout genre.

Le lieutenant agita l'index comme pour démentir cette idée.

— Non, aucun risque. Le docteur Folstom ne m'a pas vu, mais j'ai tracé un puissant sceau de protection sur les quatre personnes impliquées. Au moins, d'un point de vue magique, ils ne risqueront rien. Ce sceau a l'avantage de m'être lié. Donc, s'il devait leur arriver quoi que ce soit, je le saurais aussitôt.

— Pour ma part, intervint le capitaine Laforrest, je ne peux pas m'empêcher de me poser tout un tas de questions, et je crois que cela risque de me rendre dingue si on n'y apporte pas très vite un semblant de réponse.

— Bon, on arrête de jaspiner et on se met en condition sans plus tarder pour rejoindre l'Antre de l'Initiation. Sans compter qu'en général, les dragons ne sont pas réputés pour leur patience. S'ils nous ont dit de venir, c'est *maintenant*.

Thessa avait sans doute raison, mais Frédéric ne s'était jamais senti très à l'aise avec la sortie astrale. Pragmatique dans l'âme, le policier avait toujours eu du mal à accepter l'existence de la Magie et des sciences occultes. Aussi, apprendre qu'il faisait partie de ce genre de monde avait été dérangeant. Plus encore qu'il ne pouvait l'admettre lui-même ou le faire comprendre à ceux qui étaient devenus ses amis.

Frédéric avait déjà eu l'occasion d'effectuer quelques sorties dans le monde astral, le plus souvent en compagnie de son dragon protecteur qui lui servait aussi de guide. Le fait de savoir que son esprit pouvait s'affranchir ainsi de son enveloppe corporelle était d'autant plus perturbant pour lui qu'il ne pouvait pas s'empêcher d'associer cette idée à celle de mourir. Abandonner son corps derrière lui pour arpenter d'autres univers subtils avait eu quelque chose de traumatisant. Coralie devait avoir perçu ce trouble, puisqu'elle l'aida autant qu'elle le put à vaincre cette crainte qui avait commencé à germer au plus profond de son cœur. La jeune femme fit donc appel à toute sa patience afin de le mettre assez en confiance pour qu'il puisse effectuer une sortie astrale sans aide extérieure, et il y parvint. À présent, il réussissait à sortir de son corps physique presque aussi bien que les praticiens plus aguerris du clan. Le sentiment d'infériorité qu'il ressentait auparavant s'était estompé et, curieusement, il éprouva une certaine fierté d'avoir réussi à le surmonter grâce au soutien de Coralie.

Alors que Sylvain et Thessa repliaient la table de réunion tout au fond de la pièce, en retournant les chaises afin de dégager de l'espace au sol, Coralie s'extirpa hors de l'arrière-boutique pour rejoindre ses parents qui géraient le magasin. Elle allait sans doute leur demander de continuer à veiller sur les clients et surtout, faire en sorte que personne ne s'aventure à l'arrière. Là où tous les quatre s'apprêtaient à faire une sortie astrale en groupe. Durant leur *absence*, la jeune femme savait qu'ils ne risqueraient rien et qu'ils seraient en sécurité.

Sur ces entrefaites, Thessa avait sorti de sa besace une coquille d'abalone à l'aspect extérieur aussi rugueux et brut que l'intérieur pouvait être brillant avec de magnifiques reflets de nacre irisés. Elle y mit un peu de sable ainsi qu'une pastille de charbon qu'elle d'embrasa à la flamme d'une chandelle.

Coralie donna à l'adolescente une petite fiole en verre renfermant un mélange de plantes séchées et de résines végétales.

— Tiens, essaie cet encens. Il a été conçu pour ce genre d'occasion.

Thessa ouvrit le flacon pour en déposer quelques grammes sur le charbon incandescent. Un léger crépitement se manifesta et les plantes s'embrasèrent. L'adolescente referma la deuxième partie de la coquille tandis qu'une fine fumée odorante s'éleva par les trous sur le bord.

Pendant ce temps-là, Sylvain avait tracé un cercle avec du gros sel de Guérande, préalablement consacré, à l'aide d'une feuille de papier roulée en entonnoir. Il délimita ensuite quatre points équidistants les uns des autres pour y placer une chandelle blanche allumée. Ainsi, les points cardinaux servaient à délimiter les Éléments correspondants qui furent l'Air à l'Est, le Feu au Sud, l'Eau à l'Ouest et la Terre au Nord.

Il dirigea la cérémonie préparatoire de purification et de protection indispensable à toute pratique magique. Tous purent ensuite prendre place à l'intérieur du cercle. Philippe étant absent, ce fut Sylvain qui s'étendit sur le dos avec la tête orientée à l'Est et les pieds vers le centre. Ses trois amis vinrent prendre place à leur tour ; Coralie vers le Sud, Thessa vers l'Ouest et Frédéric au Nord. Le cercle était complet, avec les Éléments fondamentaux en équilibre parfait. Chacun puisa en sa force intérieure, et leur aura gagna en intensité jusqu'à ce qu'une brume luminescente entoura leur corps et que le symbole de leur Élément respectif se mit à briller sur leur front.

Grâce à la combinaison des douces vibrations harmonieuses qui l'entouraient, Frédéric se détendit. Il pouvait percevoir les flux de son pouvoir élémentaire lié à la Terre et, comme à chaque fois qu'il y faisait appel, il y puisa une grande sérénité.

Au bout d'un certain temps, le jeune homme n'avait plus conscience de la moindre perception physique. Il ne pouvait plus sentir aucune parcelle de son propre corps, hormis les ondes de son pouvoir magique qui émanaient de lui.

Au même instant, et parfaitement synchrones, les quatre magiciens draconiques se dédoublèrent et parvinrent à laisser leur corps derrière eux. Tous perçurent le déclic caractéristique signalant que leur esprit s'était bien détaché sans encombre. Une sensation étrange s'en suivit alors, comme celle évoquant une coupure d'électricité en eux.

Ils se retrouvèrent tous réunis dans le hall majestueux, au cœur même de la montagne abritant l'Antre de l'Initiation. Là où six portes monumentales de couleurs différentes leur faisaient face et où six êtres draconiques étaient déjà réunis ; Sairys le dragon des vents et des tempêtes, Fafnyr le dragon des flammes et des volcans magmatiques accompagnant Coralie, Naëlyan le dragon des cours d'eau et des océans écumeux avec Thessa, ainsi que Graël accompagné de Frédéric, de Sha'oren le grand dragon blanc et Shoren son comparse aussi noir que l'ébène qui se tenait à côté de Sylvain.

— *Merci d'avoir répondu si vite à notre appel*, dit le dragon noir par voie télépathique. *Avant de commencer, il va falloir faire en sorte que les deux absents puissent nous rejoindre, eux aussi. Nous allons chercher le dépositaire de l'Air et la* Gardienne d'Obscurité *sans attendre, puisque tout pourrait dépendre de ce que vos deux amis ont pu vivre cette nuit tragique.*

Sur ces mots, Sairys et Sha'oren se dématérialisèrent, laissant les autres momentanément seuls. Ils n'eurent à attendre que quelques instants avant que les deux dragons reviennent parmi eux. Philippe Helm descendit du dos de Sairys alors que Sha'oren se tenait assis. Il déplia l'une de ses ailes pour découvrir Sylvia qui se tenait contre l'entité draconique.

— *Maintenant que nous sommes tous réunis*, dit mentalement ce dernier, *nous allons pouvoir commencer*.

Sur ces mots, les six membres du Cercle du Dragon Céleste eurent le regard attiré par une lueur blanche pulsative émanant de la dernière porte.

La cristalline.

Celle qu'aucun d'eux n'avait encore eu la possibilité de franchir depuis les débuts de leur initiation. Pour la toute première fois, ils allaient enfin savoir ce qui se cachait derrière.

15

Alors que les magiciens s'avançaient vers la porte, Sylvia n'avait pas bougé d'un iota, persuadée qu'elle n'était pas digne d'un tel honneur. Ses amis franchissaient déjà la porte cristalline avec son dragon qu'elle hésitait encore à les rejoindre.

Sha'oren s'amusa de la timidité de sa protégée.

— *Allez, vas-y sinon les autres vont te laisser en plan.*

Pour appuyer ses dires, il poussa la jeune femme d'un léger coup de nez dans le dos, ce qui la propulsa en avant pour la faire sortir de sa torpeur.

Humains et entités draconiques venaient de se regrouper dans une salle aux dimensions grandioses, tout aussi circulaire que tapissée de cristaux translucides. Ils brillaient d'une lueur blanche évanescente qui donnait un aspect éthéré à cet endroit hors normes. La seconde particularité de cette pièce tenait en la symétrie des éléments décoratifs où prédominait le noir et le blanc. Lumière et Obscurité en harmonie.

Les praticiens se rassemblèrent autour d'un artefact pour le moins extraordinaire qui tenait la place d'honneur au plein cœur de cet endroit magnifique : un miroir noir. Sans doute le plus grand qu'ils n'aient jamais vu de leur vie. À la fois extraordinaire et mystérieux.

Mesurant pas moins de trois mètres de diamètre, il était ceint d'un pourtour argenté délicat, avec des motifs celtiques et des signes étranges ouvragés à même le métal. Des répliques des quatre pendentifs détenus par le clan étaient disposées à égale distance les un des autres : une fluorine jaune avec un éclat d'améthyste pour l'Air, une opale rougeoyante avec un éclat d'émeraude pour le Feu, une aigue-marine avec un éclat de calcite orange pour l'Eau, et une agate mousse avec un éclat de jaspe brun pour la Terre. Là où il n'y avait qu'une plaque ronde tout en haut, il y avait à présent le blason du Cercle du Dragon Céleste : le symbole du yin et du yang avec deux dragons.

Sylvia se souvenait très bien de la toute première fois où elle avait posé son regard sur cet extraordinaire miroir d'obsidienne. Il lui avait permis de voir comment ses compagnons avaient tous livré bataille contre leur part d'ombre afin d'acquérir les Trésors Sacrés qui leur revenaient. Des objets magiques forgés par la puissance élémentale de leurs propriétaires respectifs..

Pierre de voyance et révélatrice de vérité, l'obsidienne noire de ce miroir avait ensuite montré à la jeune femme apeurée l'identité de sa vie antérieure. Aujourd'hui encore, il lui arrivait de reprocher à cette vision de lui avoir révélé qu'elle était la réincarnation de l'un des plus abominables inquisiteurs que cette époque n'ait jamais connus : Benedict Carpzov. Elle avait conscience d'être en fait la plus à blâmer d'avoir voulu savoir malgré tout. Difficile de jeter la pierre aux êtres draconiques de n'avoir fait qu'accéder à sa requête, même si le résultat lui déplaisait. Elle ne voulait pas faire comme la plupart des gens qui refusaient de faire face à la vérité.

Coralie, Philippe, Frédéric et Thessa reconnurent eux aussi le miroir qui ne fut une véritable découverte que pour Sylvain, le seul à avoir été absent. Consciente de la surprise de son frère, Sylvia lui expliqua la nature incroyable de cet item magique. Ils pouffèrent comme des enfants quand Sylvain fit le parallèle avec le miroir magique de *Blanche-Neige et les Sept Nains*. Une analogie somme toute évidente, mais que la jeune femme avait eu, elle aussi. Devant le regard surpris de leurs compagnons, les jumeaux retrouvèrent un semblant de sérieux.

Sylvia n'était pas très à l'aise en ces lieux, mais la présence de ses amis et de son frère fut suffisante pour l'apaiser un peu. Connaissant la manie, qui l'énervait au plus haut point, que les dragons avaient de lire dans ses pensées comme de s'y immiscer sans demander la permission, la *Gardienne d'Obscurité* comprit qu'il ne servirait à rien de garder quoi que ce soit pour elle ici.

— Shoren, tu as dit que tu connaissais un moyen de nous rendre la mémoire sur ce qui nous est arrivé, à Philippe et moi, quand nous étions à Versailles. Bien sûr, en bon cachottier que tu es, tu ne nous en as pas dit plus que ça. Maintenant qu'on est là, autant nous dire ce qu'il en est.

— *C'est vrai*, approuva le dragon noir. *Comme on vous l'a déjà expliqué, nous autres entités draconiques n'avons aucune influence sur la mémoire humaine. C'est pour cela que nous n'avons pas pu aider le* Porteur de Lumière *à recouvrer l'ensemble de ses souvenirs perdus. En cela, l'aide la plus précieuse qui puisse lui être apportée ne pouvait venir que de la* Gardienne d'Obscurité.

— Bref, ma sœur jumelle, s'impatienta Sylvain.

— *Exact. Mais pour ce qui est du cas de Sylvia et de Philippe, leur amnésie n'est que partielle et ils devraient la recouvrer d'ici peu. Si nous sommes tous ici, c'est pour vous révéler ce qui s'est produit à Versailles. C'est maintenant que vous avez besoin de ces informations, alors inutile d'attendre.*

— *Ce miroir ne fait pas que refléter le présent*, poursuivit Sha'oren. *Il peut aussi nous montrer ce qui a été, ce qui sera, et ce quelque soit le lieu ou l'époque. Avant de commencer, il faut que vous preniez bien conscience d'une chose très importante ; c'est que l'on n'accède pas comme on veut à cette relique. Qui sait, il se pourrait bien que ce soit la dernière fois que vous la voyiez.*

— *Sha'oren*, intima son comparse aussi noir que l'ébène, *il faudrait s'y mettre, non ?*

Le dragon blanc opina tandis qu'ils fermèrent les yeux pour entrer en transe. Une force commença à se faire sentir de façon diffuse tout autour d'eux dans la pièce. Les cinq ornements ceignant le miroir se mirent à pulser d'une lueur de plus en plus vive en écho aux ondes magiques environnantes. De fins filaments dorés se répandirent depuis ces cinq bijoux pour tracer un pentagramme luminescent sur la surface ténébreuse. Une image indistincte commença à apparaître au centre du pentagramme pour gagner de plus en plus en netteté.

Les membres du clan purent apercevoir Philippe et Sylvia déambuler dans la boutique versaillaise. Apparemment, les dragons avaient choisi de ne leur montrer que ce qui s'était passé à partir du moment de l'arrivée en moto d'un homme seul, un peu avant la fermeture.

Frédéric observa bien les traits du nouveau venu, rageant d'autant plus qu'il tenait maintenant une information lui permettant d'identifier ce type. Malheureusement, il ne pourrait la divulguer à personne sans devoir s'expliquer sur le caractère surnaturel de son obtention. Du reste, elle serait jugée irrecevable *illico* et la crédibilité du policier volerait en éclats pour de bon, mettant ainsi en péril sa carrière au sein de la Police judiciaire. Cela le fit bouillir de colère. Son jeune collègue lui adressa un regard compatissant, étant arrivé aux mêmes conclusions.

Dans le miroir, le nouveau venu était sur le point de passer à l'action.

Sylvia, comme les autres, avait tiqué de voir que ce type était non seulement venu à visage découvert et qu'il avait donné son prénom ainsi que l'appartenance à un groupe, avant d'abaisser son masque à gaz qui aurait servi à dissimuler ses traits d'entrée de jeu.

Coralie s'en fit l'écho à haute voix.

— Pourquoi s'y prendre ainsi ? Ça n'a pas de sens de dire qui il est s'il nous cache sa tronche l'instant d'après. Il aurait mieux fait d'arriver déjà masqué.

— Peut-être pour nous faire savoir qu'il était sur le point de mettre fin à nos jours, supposa Sylvia. On ne dévoile ses cartes à l'adversaire qu'en ayant la certitude de l'avoir déjà vaincu.

— Pas faux, concéda son frère jumeau. Ce Gabriel, pour peu que ce soit sa vraie identité, semblait avoir prévu qu'aucun de vous ne sortirait de là vivant.

Philippe frémit en se frottant les bras.

— Pourtant, on est bien là. Et c'est tant mieux.

— Uniquement parce qu'il s'est passé quelque chose auquel il ne s'attendait pas, ajouta Frédéric tout aussi perplexe. Okay, là il vient de lancer un lacrymo et attend bien gentiment que tout le monde soit *hors service*. Alors que se passe-t-il ensuite ?

Certains furent surpris de l'intonation détachée du capitaine. Ils n'avaient que très peu vu leur ami lors de son travail, et seul Sylvain savait que ce n'était là pour Frédéric qu'un automatisme pour ne pas laisser ses émotions interférer lors d'une enquête. Une mise à distance qui lui était salutaire à bien des niveaux et qui garantissait son professionnalisme.

Tous tournèrent leur attention vers le miroir qui montrait Gabriel qui passait d'une personne à l'autre pour les mettre à plat ventre, entraver leurs mains dans le dos, les bâillonner et les rassembler au milieu du local commercial. Délaissant ses proies, l'homme se saisit de son sac à dos duquel il sortit un objet que la fumée ne permettait pas de distinguer, même si Frédéric comprit qu'il devait s'agir de l'arme incendiaire dont lui avait parlé le capitaine Vermelin. Une intuition qui s'avéra exacte ; l'engin avait été judicieusement installé près tentures de l'accueil. Avant de partir, Gabriel verrouilla les rideaux métalliques des vitrines. Sans doute avant de démolir le système de contrôle, comme le supposa Frédéric.

Le piège funeste venait d'être tendu.

Quand l'incendie avait commencé à se propager, les quatre occupants étaient inconscients. Les deux policiers comprirent que le but de la manœuvre consistait à tuer tout le monde par suffocation avant que les flammes ne rendent les corps méconnaissables.

Alors que la fumée toxique provoquée par les flammes commençait à supplanter le gaz balancé plus tôt, le corps de Sylvia fut pris de légers spasmes jusqu'à ce qu'une lueur violine ne se manifeste autour d'elle. Pour avoir déjà assisté à ce phénomène, les autres comprirent qu'il s'agissait d'une manifestation du pouvoir de la *Gardienne d'Obscurité*. L'apparition d'une roue à huit rayons sur le front de la jeune femme vint confirmer cette hypothèse.

Sylvia reconnut aussi la nature de la transe qui venait de la saisir, même si elle n'en gardait aucun souvenir, comme à chaque fois que cela arrivait. Un peu comme si une autre part d'elle-même avait *pris les commandes*. Elle reporta alors son attention sur le miroir, de peur de rater la suite des événements pour avoir été perdue dans ses pensées.

Dans la noirceur du miroir, tous purent voir que Sylvia s'était mise à genoux, sans doute encore trop faible pour se relever complètement. Un rapide coup d'œil lui avait peut-être permis d'analyser la situation. Le regard de la jeune femme était brumeux, presque entièrement violet. Une onde magique se propagea autour des trois autres personnes à ses côtés, invoquant un cercle protecteur spontané, ce qui leur avait évité une mort certaine. Pourtant, elle sentait d'instinct que quelque chose n'allait pas. Même si ce n'était pas rien de monopoliser ses pouvoirs ainsi face au danger, Sylvia avait la certitude de ne pas avoir accédé à la véritable étendue de sa magie. Elle savait d'instinct que ce cercle n'était pas aussi puissant qu'il aurait dû l'être en temps normal. Cela voulait-il dire que ses pouvoirs avaient diminué, d'une façon ou d'une autre ? Décidément, il se passait quelque chose de pas normal, et il allait devenir urgent de s'en préoccuper.

Percevant le regard de Sha'oren posé sur elle, la jeune femme en revint au moment où Philippe s'était réveillé à son tour pour joindre sa force à la sienne. Ensuite, les bruits caractéristiques de l'arrivée des pompiers se firent entendre. Sylvia, à bout de forces, s'était effondrée auprès de Philippe qui lui avait posé la tête sur ses genoux. Après quelques instants, un pompier était parvenu à entrer dans le local en flamme et trouver les quatre personnes en danger. L'image se brouilla, et le miroir redevint noir.

Avec leurs gardiens respectifs, les membres du clan furent stupéfaits de voir ce à quoi Sylvia et Philippe avaient échappés d'extrême justesse, grâce à l'union de leurs aptitudes magiques qui leur avait permis de survivre jusqu'à l'arrivée des secours.

Sylvain culpabilisa de plus belle d'avoir ainsi exposé leurs amis à un tel danger. Il en fut de même, bien sûr, pour Frédéric et les dragons entrevirent leurs tourments.

— *Cessez donc de vous en vouloir*, leur dit Graël. *Même si vous aviez su ce qui risquait de se produire, vous n'auriez rien pu faire pour l'empêcher.*

— *Là, il n'y a eu aucun blessé grave*, renchérit Shoren.

Sylvain, toujours aussi vindicatif, n'en démordait pas.

— Tout ce que vous pourrez dire ne nous enlèvera pas l'idée que nous avons failli envoyer ma sœur et Philippe à une mort certaine ! J'aurais préféré, et Frédéric encore plus, que nous ayons pu nous rendre nous-mêmes sur place et cueillir ce dingue avant qu'il ne fasse du mal à qui que ce soit !

Le capitaine Laforrest croisa les bras sur le torse.

— Non seulement je suis d'accord, renchérit-il, mais j'enrage à l'idée que ce Gabriel ne nous ait pas laissé plus d'indice qui nous permette de l'identifier, lui et ses petits camarades. Parce que s'il prétend être de *Dies Irae*, je suis prêt à parier mon salaire de misère qu'il n'agit pas seul, et que quelqu'un est aux commandes de tout ce bazar. Okay, on a un bref signalement de son visage... Sauf qu'on ne pourra même pas exploiter cette info dans le cadre légal de l'enquête sans avoir à justifier la provenance de ces informations. Et quand on saura l'aspect surnaturel de la chose, autant dire qu'elle ne sera jamais prise au sérieux.

— Sans parler du fait qu'on se fera éjecter de l'affaire, soupira Sylvain. Je suis sûr que Mansoif en serait très heureux.

— Ne m'en parle pas ! grimaça Frédéric avec dégoût.

— Sinon, qu'est-ce qu'on fait maintenant ? demanda Coralie. On ne peut tout de même pas laisser ce *« Die-Je-ne-sais-quoi »* continuer à agir sans rien faire.

— *Dies Irae*, corrigea Frédéric. Ça me dit vaguement quelque chose... Et si ma mémoire des cours de latin est bonne, ça devrait vouloir dire par *« la colère de Dieu »*. On pourrait commencer à chercher à partir de ça.

— Et comment vas-tu expliquer cette piste, plus qu'aléatoire, sortie de nulle part ? ironisa Sylvain.

Frédéric eut un haussement d'épaules montrant qu'il ne le savait pas encore.

— De toute façon, ce sera toujours mieux que rien. Et puis on finira bien par trouver un indice quelconque qui nous mettra sur cette piste de façon plus officielle. En attendant, rien ne nous interdit d'avancer avec le peu d'éléments qu'on a déjà.

— En tout cas, ce n'était pas une si mauvaise chose que d'avoir pu assister au déroulement de l'incendie, ajouta Thessa. Sylvia, Philippe… Dire que vous avez réussi à vous sauver vous-même, sans l'aide de personne. Vous avez tenu bon jusqu'à ce qu'on puisse vous faire sortir de là et j'en suis heureuse. Sinon nous aurions perdu deux de nos meilleurs amis, ajouta-t-elle le regard humide.

Cet aveu d'amitié émut Sylvia qui serra Thessa dans ses bras. Depuis qu'ils avaient fait connaissance, l'adolescente était devenue comme une petite sœur, et ils étaient heureux de pouvoir compter sur elle.

Coralie fit remarquer que le moment était venu de réintégrer le monde réel. De son côté, Sylvia semblait perdue dans ses pensées. Quand son amie voulut la ramener au moment présent, elle parut surprise d'être encore face au miroir d'obsidienne.

— Alors, tu envisages de prendre racine ? la taquina Coralie.

— Non Cora, mais partez sans moi. J'aimerais rester un peu ici pour réfléchir à certaines choses… toute seule, compléta-t-elle à l'attention du grand dragon blanc.

Ce dernier inclina la tête en signe d'assentiment.

Dès lors qu'il fut certain que la réunion venait de prendre fin, chacun des membres du clan rejoignit son dragon protecteur avant de s'éclipser les uns après les autres, y compris Sha'oren.

La *Gardienne d'Obscurité* se retrouva face à elle-même en se regardant dans le miroir noir.

Du moins, c'est ce qu'elle crut.

Sylvia se figea devant l'étrangeté qui venait de se produire : son reflet venait de lui adresser un clin d'œil. Impossible, et pourtant…

La silhouette dans le miroir se mit à bouger en tendant la main devant elle, rencontrant la surface lisse qui se mit à onduler comme l'eau d'un lac tranquille. Le double de Sylvia traversa le miroir d'obsidienne, tandis que son apparence se modifia en changeant de réalité. Pas que l'apparence, mais aussi le genre puisqu'un homme se tenait à présent devant elle.

Il était à peu près de la même taille que son frère jumeau, de longs cheveux noirs lissés et brillants étaient retenus en une queue de cheval, attachés sur la nuque par un simple lien de cuir sombre. Ses traits étaient fins et délicats, avec un regard améthyste étrange. Le jeune homme était vêtu de noir, de façon sobre, mais élégante. Il émanait de lui assurance, dangerosité, ainsi qu'un soupçon de malice.

Bien que Sylvia contemplait son visage pour la première fois, elle sut d'emblée qui il était.

— Thorn...

— Oui. Nous nous rencontrons enfin.

— Pourquoi avoir attendu si longtemps avant de te montrer.

— Pour faire simple, disons que ce genre de contact psychique me demande beaucoup d'énergie. Du coup, la qualité de la perception qu'on a de moi s'en ressent et je préfère souvent altérer mon apparence si cela suffit à maintenir le contact. À mon tour de te poser une question. Peux-tu me dire pourquoi les dragons vous ont menti ?

— Comment ça ? Ils viennent de nous montrer ce à quoi Philippe et moi avons échappé dans cette boutique en feu. Du reste, ce miroir ne peut dire que la vérité. Je le sais pour l'avoir déjà vérifié quand...

— ... il t'a révélé ta vie antérieure, ça je le sais aussi bien que toi. Mais je peux te dire que vous n'avez eu qu'une vision tronquée de ce qui s'est passé à Versailles. Aussi, je suis certain que toi et tes amis n'avez vu que ce que les dragons ont bien voulu vous montrer. Après tout, Philippe a été le premier à reconnaître que ça leur arrivait souvent d'être cachottier.

— Et toi, tu serais en mesure de me montrer ce qui se serait *réellement* passé ?

Thorn contemplait le miroir non sans une certaine perplexité.

— Non. Même si tu te joignais à moi, nos pouvoirs combinés ne suffiraient pas... surtout à cause des tiens qui ne sont plus que l'ombre de ce qu'ils étaient. En revanche, je peux te dire de source sûre qu'une autre personne est intervenue à Versailles, un peu avant que la cavalerie ne débarque. Va donc savoir pourquoi, Sha'oren et ses copains n'ont pas jugé utile de vous en informer.

Sylvia affichait une mine boudeuse, encore une fois frustrée de tout le mystère que Thorn s'amusait à entretenir. Une attitude sans nul doute puérile, mais, compte tenu de ce qui lui était arrivé, elle estimait en avoir un peu le droit. Surtout, c'était soit afficher sa contrariété, soit attraper Thorn et lui distribuer autant de baffes que nécessaire pour lui faire dire ce qu'il savait pour se calmer les nerfs.

Sans plus se soucier des états d'âme de la jeune femme, Thorn posa la paume de sa main sur le miroir tout en se concentrant. Le visage d'un homme d'âge mûr aux cheveux blancs s'esquissa alors. La jeune femme se demanda d'où lui venait l'impression de l'avoir déjà vu. Se pouvait-il que Thorn dise vrai ? Son humeur vindicative fut remplacée par une profonde perplexité.

— Est-ce que son visage te dit quelque chose ? demanda Thorn.

— Non... Pourtant, je suis sûre de l'avoir déjà vu quelque part, mais impossible de le situer. En quoi serait-il lié à l'incendie survenu à Versailles ?

— Parce qu'il vous a sauvé la vie, ce soir-là. Sylvia, même avec les forces de Philippe, ton cercle magique se désagrégeait trop vite pour vous protéger plus longtemps. Je le sais puisque ce n'est pas la première fois que j'interviens à travers toi grâce à la magie qui nous lie. Vous alliez mourir et deviez l'avoir déjà compris à ce moment-là. Ce type est alors arrivé au milieu des flammes. Non seulement il a étendu un autre cercle bien plus vaste et puissant que le tien, mais il a brisé d'un seul geste la connexion qui nous liait l'un à l'autre.

— Ça alors... Mais est-ce qu'il a dit quoi que ce soit ? Ne serait-ce que son nom, ou pourquoi il nous était venu en aide ?

— Non. Il n'a rien dit du tout. Il s'est contenté de vous observer de haut un petit instant avant de retourner de là où il était venu. En tout cas, ce n'est pas un bleu question Magie. Et si on vous cache son existence, c'est sans doute...

Sylvia percuta aussitôt, en suivant le fil de la pensée que Thorn venait d'énoncer à haute voix.

— Parce qu'on le connaît déjà ! Soit on l'a déjà rencontré avec les autres membres du clan, soit il a déjà eu affaire à nous. Logique... Mais ça ne m'explique pas pourquoi on ne nous l'a pas montré dans le miroir. Cet homme nous a sauvé la vie. La moindre des politesses serait de le remercier pour son geste, sauf...

Ce fut au tour de Thorn de compléter l'idée en suspens.

— Sauf s'il ne veut pas que vous le retrouviez. Il a donc dû demander aux dragons, qu'il semble manifestement connaître aussi, de ne rien vous révéler à son sujet.

— On peut dire que ça se tient comme argument, sauf que ça ne nous dit pas comment on va faire pour le retrouver. Si les dragons ne nous l'ont pas montré dans le miroir, il ne va pas falloir s'attendre à ce qu'ils nous donnent sa carte de visite.

— Alors ça, vois-tu, ce sera *votre* problème. En plus de savoir pourquoi les dragons s'amusent à vous mentir sans vergogne. Qui peut savoir ce qu'ils ont bien pu encore vous cacher d'autre. Quoi qu'il en soit, ton frère et son ami Frédéric auront déjà fort à faire avec *Dies Irae*. On dirait bien que vous vous êtes trouvé de nouveaux ennemis hauts en couleurs autant qu'en dangerosité. Sois très prudente si jamais tu devais avoir à leur faire face. Il faudra te battre pour protéger ta vie et celle de tes amis.

— Me battre...

Sylvia venait de se remémorer tout autre chose, et Thorn semblait avoir suivi le même cheminement qu'elle.

— D'ailleurs, ça me fait penser à notre petit duel à l'épée de l'autre jour. Est-ce que tu vas songer à t'améliorer de ce côté-là ? Ou vas-tu attendre comme une gentille fille de te faire tuer par le prochain adversaire qui sera résolu à te massacrer ?

— Non, fit-elle d'un ton absent.

— Je ne comprends pas... *Non* quoi ?

— Non, je n'ai pas encore eu le temps de m'en préoccuper ces jours-ci ! s'énerva-t-elle. Au cas où tu l'aurais déjà oublié, je viens d'échapper à une tentative de meurtre et ce n'est pas une épée qui aurait pu m'aider à me protéger contre un gaz lacrymogène et une bombe incendiaire balancés par un fou furieux !

Thorn esquissa un sourire narquois.

— Si tu réagis comme ça, c'est que je dois sans doute avoir raison. En tout cas, réfléchis très sérieusement à ce que je viens de te dire. Sur ce, *ciao* et à la prochaine !

Sylvia fulmina, et décida que Thorn devait avoir un effet levure sur son système nerveux pour réussir à la gonfler autant !

Peut-être parce que cela l'énervait qu'il puisse avoir raison.

16

Samedi 30 septembre 2012
Boulevard Saint-Michel

— Sais-tu ce que j'adore avec les médias, en général ? demanda Frédéric en souriant.

— Non, mais quelque chose me dit que tu ne vas pas tarder à me le dire, répondit Sylvain.

— Tout juste. Quand on bosse sur une affaire qui fait rappliquer les journalistes comme autant de mouettes sur une benne à ordures, il suffit qu'un autre scoop survienne au même moment pour détourner leur attention de façon très efficace.

— Ce qui nous laisse amplement le temps de bosser.

Frédéric acquiesça tandis que le lieutenant Laffargue réceptionnait le café dont il venait de passer commande.

Les deux policiers quittèrent un *coffee shop* non loin de la place Saint-Michel avec leur commande. Bien qu'ils fassent partie des officiers à être d'astreinte ce week-end, ils n'allaient pas se priver d'une pause gourmande avec un énorme capuccino et de muffins caramel au beurre salé, encore tout chauds en cette heure matinale.

Autour d'eux, la *Ville Lumière* émergeait des ténèbres de la nuit, baignée dans la lueur douce et nacrée de l'aube. Les deux hommes apprécièrent d'autant plus ce calme avant l'arrivée des hordes de touristes encore présents en ville.

Sylvain sirota une gorgée de café.

— En plus de l'attention des journalistes, notre affaire semble ne plus intéresser tout autant en haut lieu, place Beauvau.

— Toi aussi, t'as remarqué ? nota le capitaine de police.

— Ce n'était pas très difficile ; le téléphone ne sonne plus toutes les cinq minutes et on n'exaspère plus notre chef pour avoir des rapports constants sur l'évolution de l'enquête. Pourquoi ?

— Parce que le ministère de l'Intérieur a eu la confirmation, dont on s'était douté dès le départ, que l'incendie d'une petite boutique du centre n'avait aucun lien avec le meeting politique au château de Versailles. Comme avec les médias, leur attention est en train de retomber aussi sec.

— Ce qui veut dire aussi que l'on avancera moins vite sans l'appui logistique qui nous avait été accordé jusqu'à présent.

— Alors là, ça reste à voir. J'ai eu un e-mail de Gregory Nova de la police scientifique. Il s'était chargé d'examiner ce qui restait de la grenade lacrymogène ainsi que les débris laissés par l'engin utilisé par Gabriel. Apparemment, il a déjà réussi à trouver des éléments intéressants. Je lui ai demandé de passer afin de nous expliquer ses trouvailles. Qui sait… Peut-être qu'il aura du neuf et enfin une piste tangible à explorer pour retrouver ces malades.

— En tout cas, on verra bien à ce moment-là.

Les deux OPJ étaient dans leur bureau tandis que Sylvain récupérait jusqu'à la moindre miette de sa pâtisserie, Frédéric but une gorgée de son *noisette macchiato* avec une délectation non feinte. À tel point que son équipier devina que ce café n'était pas la seule raison qu'avait le capitaine de se réjouir alors qu'ils allaient travailler tout le week-end.

— Allez… Raconte-moi ce qui t'amuse autant depuis tout à l'heure. Ce n'est pas cool d'avoir une raison de te marrer sans même m'en faire profiter.

— T'as raison, d'autant plus que ça va te plaire. Tu sais que toute l'équipe du commissaire Berger est tenue d'être au boulot pour aujourd'hui et demain.

— Ouais… Et alors ?

— Et bien, tu n'as pas remarqué que quelqu'un brille déjà par son absence ?

Sylvain gambergea quelques secondes, sans comprendre et réalisa à son sourire malicieux que son collègue ne l'aiderait en aucune façon. Soudain, il percuta.

— Mansoif ! Comment se fait-il que cet emmerdeur ne soit pas là ? On aurait pourtant dû l'entendre râler, celui-là.

— Apparemment, le grand chef lui a accordé son week-end.

Sylvain gloussa.

— Il va se faire mal voir en revenant lundi matin.

— Sans doute pas, et j'ai comme dans l'idée que Dominique voulait qu'on puisse avancer sur ce dossier sans avoir un boulet dans les pattes pour nous ralentir. C'est plutôt un super cadeau qu'il nous a fait.

— Envisagé sous cet angle, tu as raison. Et on va aussi bosser au calme.

Frédéric approuva d'un signe de tête en levant son gobelet pour boire une gorgée de café qu'il manqua de recracher quand quelqu'un toqua à la porte de leur bureau.

— Ça m'aurait étonné qu'on passe plus de cinq minutes tranquilles.

Sa contrariété s'estompa néanmoins quand l'intrus s'avéra être Gregory Nova.

Le policier avait rejoint la scientifique depuis quelques années, afin de compiler sa passion pour le domaine des sciences appliquées aux techniques propres à la résolution d'enquêtes criminelles. Pour avoir été aussi un membre de la PJ, il avait acquis une bonne réputation auprès des officiers qui avaient déjà travaillé avec lui.

L'espace d'un bref instant, Frédéric avait craint que son agaçant collègue ne décide de venir malgré tout au bureau aujourd'hui. Voir celui qu'il appelait affectueusement *« mon ami Nova »* lui remonta le moral.

— Alors, tu débarques aux aurores ? s'exclama le capitaine.

— D'habitude, ce sont toi et tes copains qui vous invitez à six heures du mat' pétantes chez les gens, et pas pour leur apporter le petit dej' au lit.

Il s'installa devant le bureau de Frédéric. Avant que ce dernier ait eu le temps de dire *« ouf »*, le technicien s'était emparé du dernier muffin qu'il dévora avec gourmandise. Dès qu'il s'agissait de nourriture, le laborantin avait des réflexes surhumains.

— Hey ! s'offusqua Frédéric. C'était à moi !

— Tu as trouvé le mot juste : « *c'était* ». 'Fallait pas le laisser traîner sous mon nez.

— Quand je m'amusais à te donner un surnom qui sonne un peu comme un yaourt, j'aurais dû préciser au bifidus actif parce que ça t'arrive d'être chiant !

Gregory, qui en avait vu d'autres, ne se laissa pas impressionner pour autant. Tant pis pour le capitaine qui n'avait pas été assez prudent.

— Ben dites donc, la journée commence bien par chez vous, même pour un samedi matin. En plus, j'suis crevé après les dernières heures passées au labo. D'autant plus qu'on a fait quelques découvertes intéressantes. Je me suis dit que ça vaudrait le coup de faire un petit détour pour vous faire voir tout ça. L'avantage que nos bureaux respectifs soient voisins.

— Ne nous fait pas languir. Balance ! s'exclama Sylvain.

Gregory arbora une indignation exagérée.

— Moi ? Voyons, ce serait mal me connaître.

— C'est ça, prends-moi pour une buse ! ajouta Frédéric

Le capitaine n'était pas dupe, ce qui fit sourire Sylvain.

Le laborantin retrouva un semblant de sérieux.

— Okay ... C'est en rapport avec les deux pièces à conviction que nous avons déjà réussi à analyser. Les résidus de la bombe ont très vite livré leurs secrets quant à sa composition, mais nous sommes tombés sur quelque chose à la fois de très sophistiqué et d'assez bizarre. D'ordinaire, on pourrait s'attendre à des petites choses comme du formaldéhyde, ou encore du pentaérythritol. Les deux étant utilisés dans la fabrication d'explosifs bien sympathiques, dont le RDX ou la cyclonite. Bref, des armes incendiaires que nous avons déjà côtoyées et dont la réglementation nous permet une assez bonne traçabilité pour cerner ceux qui chercheraient à s'en procurer. Mais là...

— Vous êtes tombés sur quelque chose de très différent, c'est ça ? demanda Sylvain.

— Je n'avais rien vu de tel. À la fois très ingénieux, et d'une grande complexité. En plus, on est tombé sur un cocktail de composés qui sort de l'ordinaire puisqu'on a des traces de naphta, de résine de pin, mais aussi de l'oxyde de calcium, du soufre et du salpêtre. Des produits artisanaux tellement courants et en vente libre que l'on va galérer pour tenter d'en découvrir la provenance. Sans compter qu'on ne parvient pas à reconstituer l'engin.

— À tous les coups, ces mecs se seraient approvisionnés dans des grandes enseignes de matériaux que ça ne m'étonnerait pas.

— C'est ça. Alors, faute de piste, nous nous sommes concentrés sur l'engin en lui-même parce que ça n'a rien à voir avec un pyromane amateur. Ce n'est pas le genre de petit bricolage improvisé grâce à un tuto sur YouTube, façon *« Fabriquer une bombinette pour les nuls »*.

— Tu penses que c'est un travail de pros ?

Gregory opina.

— Ça pourrait être une bonne piste, parce que ce genre de formation n'est pas prodigué au coin de la rue. Ce qui me fait penser à des gens qui auraient été dans l'armée ou la Légion étrangère. Tiens, pourquoi pas des mercenaires, milices privées et autres groupuscules paramilitaires ? La liste peut être vaste en tout cas...

— Bref, le genre à savoir jouer avec le feu, ajouta Sylvain.

— Le genre de feu qui fait sacrément des dégâts, si on en croit le capitaine Vermelin. Lui et ses hommes ont galéré pour l'éteindre, et même l'eau semblait n'avoir aucun effet. Ce qui m'amène à supposer que la boutique qui a cramé aurait pu servir à tester une arme incendiaire qu'on n'avait encore jamais vu.

Sylvain jeta son gobelet vide, et se rembrunit.

— Un test grandeur nature. Oui... Ça pourrait être crédible, en tout cas.

— Ce n'est pas la seule chose que l'on ait apprise, ajouta Nova. En désossant ce qui restait de la grenade lacrymogène pour la passer au crible, on est tombés sur quelque chose d'inattendu.

Sur ces mots, Gregory porta la main dans la poche intérieure de son blouson en cuir et en extirpa un petit document scellé dans une pochette de pièce à conviction. Il tendit l'objet à Sylvain qui l'observa avec une attention accrue. Frédéric délaissa son café pour de bon, et se rapprocha pour mieux voir lui aussi.

C'était un simple feuillet parcheminé qui avait été enroulé sur lui-même. Une fois bien à plat, il y avait ce que Frédéric reconnut comme un QR code. Comme ceux qui avaient fleuri sur les campagnes d'affichages publicitaires un peu partout ; dans les couloirs du métro, sur les bus ainsi qu'aux arrêts... etc.

Quant à la seconde moitié du document, il arborait ce qui semblait être une signature, avec au centre une croix celtique avec l'inscription *Dies Irae*. Sylvain faillit réagir en voyant cela, mais son collègue lui fit un signe infime de ne surtout rien dire devant Gregory. Embarrassé d'avoir manqué de se faire griller malgré lui, le lieutenant parvint à tenir sa langue. Néanmoins, ce nom titillait furieusement sa curiosité.

— Vous avez vu ça ? fit-il à ses deux collègues en pointant du doigt le diagramme en haut du parchemin. On dirait un QR code.

— Bien vu, l'aveugle, ajouta Gregory. En tout cas, je me demande sur quoi on va tomber avec ça. J'attendais d'être avec vous pour en discuter.

— La meilleure façon de le savoir reste de l'essayer.

Sur ce, Frédéric utilisa son smartphone pour scanner le code. Survint alors ce que les gens détestaient à l'heure actuelle : devoir attendre.

Le policier vit l'écran de son téléphone être redirigé vers YouTube. Un peu interloqué, ce dernier se demanda sur quoi ils allaient bien pouvoir tomber. Une fenêtre noire s'afficha alors, avec un autre curseur tournant sur lui-même. Encore, attendre...

Après quelques instants, une vidéo s'enclencha, affichant le même emblème qu'au bas du document qui avait été trouvé dans la grenade. Une musique symphonique tonitruante résonna alors à travers les haut-parleurs. Le début d'une symphonie, plus exactement la *Messa da requiem* de Giuseppe Verdi. Le premier morceau étant intitulé *Dies irae - Quantus tremor*. Une espèce d'opéra religieux évoquant un aspect quasi spectaculaire de la mort et très éloignée de l'idée que l'on se fait d'une messe pour le repos de l'âme.

Un texte rédigé en caractère gothiques blancs défila alors en surimpression, alors que chœurs féminins et voix de baryton s'entremêlaient harmonieusement au rythme des mélopées latines :

« Le Mal ne cessera de croître.
(La Bible, Matthieu 24.12)

Depuis le passage à l'an 2000, on nous rabâche sans trêve sur l'avènement de "l'Ère du Verseau" ainsi qu'avec le New-Age et ce au point que les médias, mais aussi l'éducation, la musique, les divertissements et autres spectacles s'en sont vus infestés du jour au lendemain. Ce phénomène gagne la planète tout entière, la France y compris. Ce New-Age honnit qui prétend que l'être humain soit à la recherche d'un absolu. Ce dernier ayant renié Dieu, il croit maintenant en l'homme supérieur qui devrait enfin lui procurer la paix.

Ne soyez pas dupes pour autant, car c'est nul autre que Satan qui est le cerveau véritable, dissimulé sournoisement derrière la pensée New-Age. Son but étant de reconditionner et reprogrammer le monde à l'aube du 3e Millénaire. Et s'il y a des gens qui voient le Diable partout, il y en a hélas bien plus qui ne le voient plus nulle part. Notre désir est d'attirer votre attention sur les techniques mises en place par le Diable pour vous tromper et vous mettre sur des liens occultes, concernant les médecines dites "parallèles."

L'heure est venue de lâcher la Colère de Dieu sur cette infamie !

Suivre la voie de l'occultisme, de la magie et des mancies, quelles qu'elles soient, revient à s'engager sur un terrain ennemi et interdit, où Dieu ne garantit plus Sa Protection à qui que ce soit. Le contact avec l'occultisme est toujours dangereux, car il est une désobéissance à Dieu, mais surtout un mépris de ses Commandements et un rejet de son Amour.

Vous êtes en grand danger !

Nous, Dies Irae, les Soldats de Dieu, avons fait le serment solennel de vous protéger contre la menace perverse que l'occultisme et le New-Age font peser sur vos âmes. Sans même en avoir conscience, d'ailleurs. Si vous ne vous soumettez pas et si vous osez résister à la déferlante de la nouvelle religion universelle qui se propage, tel un virus pandémique, ils vous menaceront de violence... et même d'extermination.

Vos ennemis sont devenus les nôtres : l'occultisme, la magie (qui est somme toute démoniaque), la méditation et l'astrologie ; le yoga et autres arts martiaux ; les religions orientales avec leurs gourous et les voies néo-païennes impies ; la guérison par l'imposition des mains et toutes formes aberrantes de médecines alternatives gangrénées d'escrocs.

De nombreuses sorcières modernes sont trompées, par ignorance ou par imprudence, en étant persuadées d'utiliser une force cosmique de l'Antiquité pour activer la magie. Derrière cette force, se trouvent Satan et ses démons, déguisés en êtres de lumière ou tout autant d'anges gardiens. Il s'agit là d'une terrible ruse de Satan qui abuse de la vacuité spirituelle de notre époque troublée. Leur but est d'éloigner les âmes pieuses de Jésus-Christ en se substituant à Lui.

"Qu'on ne trouve chez toi personne qui fasse passer son fils ou sa fille par le feu, personne qui exerce le métier de devin, d'astrologue, d'augure, de magicien, d'enchanteur, personne qui consulte ceux qui évoquent les esprits ou disent la bonne aventure, personne qui interroge les morts. Car quiconque fait ces choses est une abomination à l'Éternel. " (Deutéronome 18:10-12) »

Les policiers observèrent l'écran, médusés. Dès que la musique s'arrêta sur le logo de *Dies Irae*, des flammes apparurent en surimpression. Sylvain se redressa soudain et entreprit de fixer l'écran de son propre téléphone qu'il enclencha avec un sentiment d'urgence.

— Tu es sûr que tout va bien ? lui demanda Frédéric.

— Tout est okay, soupira-t-il rassuré. Nous sommes bien au 21e siècle et non au Moyen-âge, comme j'ai pu le craindre en lisant ces conneries. À tous les coups, le *Malleus maleficarum* doit être le livre de chevet de ces pervers.

Ils étudièrent les informations relatives au détenteur du compte qui avait partagé ce document. Un dépositaire qui se faisait appeler *Dies Irae*, et dont l'icône était identique à celle affichée sur le parchemin, mais réduit aux initiales *D* et *I* devant une croix celtique. Les informations complémentaires ne faisaient que reprendre le texte de la vidéo. Ce qui acheva de sidérer les trois hommes fut de voir que la date de mise en ligne remontait au 23 juin 2012.

Une information qui n'échappa pas à Sylvain.

— Vous avez vu ça ? C'est la date où les agressions du commerce lié à l'ésotérisme ont débuté en province.

Frédéric acquiesça avec gravité.

— Pourtant, elle n'a été vue qu'une seule fois. C'est bizarre.

— Ouais, à croire que personne n'y a accédé avant nous.

— Je parierais plutôt sur le fait que personne n'a dû trouver ce QR code, tenta Nova.

Le technicien prit alors la place de Sylvain, qui lui céda son siège, et commença à faire quelques manipulations sur l'écran. Il devint clair pour les policiers que cette vidéo n'était pas ouvertement accessible à tous les utilisateurs de YouTube, mais que le seul moyen de la visionner passait par ce document qui en était la clef. Or, tout laissait croire que c'était la première fois que ce lien était utilisé.

Pris d'une inspiration subite, Frédéric téléphona aux gendarmeries qui travaillaient sur les précédentes affaires non élucidées. L'idée était de savoir si leurs collègues ne seraient pas tombés, même sans le savoir, sur ce genre de document avec le QR code de

Dies Irae. On lui promit à chaque fois de le recontacter si jamais leur recherche devait s'avérer fructueuse.

Il se redressa contre le dossier de son siège, pas mécontent de l'avancée que venait de prendre cette affaire, tandis que Gregroy farfouilla dans sa sacoche pour en sortir une liasse de feuilles qu'il tendit au capitaine.

— Qu'est-ce que c'est que ça ? Un rapport d'expertise chimique ? Tu nous as pourtant déjà informés sur les produits retrouvés dans ce qui restait de l'engin explosif en arrivant.

— Je le sais bien. Sauf que là, cela concerne la grenade. Il n'y avait qu'un espoir infime de pouvoir y retrouver des traces à peu près exploitables.

Frédéric émit un bref sifflement admiratif.

— Et vous y êtes parvenus ? Eh ben... Toi et ton équipe êtes vraiment les rois du labo ! Allez, résume-moi tout ça comme si j'étais nul en chimie.

— Tu as toujours été un cancre dans ce domaine. Avec un collègue qui a été dans la Légion, on a eu la confirmation quant à l'aspect bidouillé de la grenade. C'était bien un produit fabriqué en série, et le fabricant nous a fourni les composants d'origine. Or, ce que nos analyses ont relevé n'a strictement rien à voir. *Dies Irae* a dû mettre une de leurs compositions, là-dedans.

— Ce qui tendrait à confirmer ce que tu disais tout à l'heure sur leur professionnalisme, nota Sylvain.

— C'est ça, confirma Gregory. En tout cas, la seule chose que je puisse dire, c'est que les lacrymogènes qu'on utilise dans les forces de l'ordre sont déjà catalogués comme armes chimiques. Mais là, ceux qui étaient dans la boutique ont eu droit à un gaz neurotoxique assez balèze. Le peu qu'on a pu comprendre des résultats d'analyse, c'est qu'il doit provoquer une inconscience totale sur une durée de quelques heures, tout en s'accompagnant d'effets secondaires peu sympathiques.

— Comme des amnésies partielles ? devina Frédéric.

— Oui, plus deux ou trois petites choses sans gravité. En tout cas, ceux qui se sont servis de ce genre d'engin voulaient s'assurer de parvenir à leurs fins.

— Ou à celle de leurs victimes, fit Sylvain avec ressentiment. En tout cas, à chaque fois, on retombe sur l'expérience pro de ces mecs-là. Le bidouillage d'une grenade, la conception d'une arme incendiaire inconnue aux registres, la maîtrise d'un gaz neurotoxique, sans compter un fanatisme religieux qui n'a rien à envier aux plus dingues de chez Civitas. Rien qu'avec ça, on devrait pouvoir commencer à faire des recherches.

Frédéric se tenait assis, avec sa chaise en équilibre arrière.

— Au final, on va avoir de quoi s'occuper ce week-end.

Le plus important pour lui et son jeune collègue, était d'être officiellement chargés de cette affaire. Il serait assuré de pouvoir à nouveau compter sur de bons éléments comme Bertrand Questin, un petit génie de l'informatique, mais aussi sur Gregory Nova qui faisait toujours un travail très méticuleux dans ses analyses. Or, pour une affaire aussi complexe que celle-ci, le capitaine voulait pouvoir s'entourer des meilleurs éléments.

Pour un samedi matin, ce n'étaient pas moins de quatre pistes que Frédéric et Sylvain avaient à explorer. En espérant qu'elles permettraient d'aboutir à l'identification et l'arrestation de ce mystérieux groupe.

17

Lundi 1er octobre 2012
Rue Berger

Sylvia percevait la chaleur environnante se propager jusqu'aux tréfonds de son corps. L'air en était saturé et l'oxygène ne faisait qu'alimenter les impressionnantes flammes qui la cernaient. Des ombres effroyables dansaient par-delà le feu, tel un ballet fantasmagorique à la terreur palpable.

Les forces de la jeune femme s'affaiblirent petit à petit. Elle passa la langue sur ses lèvres déshydratées, mais elle avait la bouche si sèche que cela ne la soulagea guère. Elle n'en ressentait qu'un goût de cendres et aurait été prête à se damner pour une grande bouteille d'eau, si jamais elle y survivait.

Un bref cri de désespoir se perdit dans le néant, sans doute consumé par le feu, alors qu'elle tentait de s'échapper. Seul le chuintement du brasier dans lequel elle était piégée lui répondit. Après tout, quand un animal blessé appelait à l'aide, les seuls à répondre étaient des prédateurs avides de se repaître de leur proie.

La Gardienne d'Obscurité *cherchait une quelconque échappatoire, mais elle ne pouvait pas se mettre à courir sans savoir ni quelle direction prendre ni où elle pourrait ainsi aboutir. Elle risquait surtout de s'embraser au contact des flammes avides qui semblaient vouloir s'emparer d'elle.*

L'air était saturé de fumées suffocantes. Déjà des volutes obscures s'enroulaient autour des flammèches complices. Les poumons de Sylvia en étaient obstrués. Elle toussa, en quête d'un oxygène qui se raréfiait inexorablement.

Une boule de feu explosa, et la violence de l'onde de choc

étouffa le hurlement de Sylvia tandis que son corps s'embrasa.

Sylvia fut arrachée *in extremis* au cauchemar qui était sur le point de la détruire.

Ce n'était pas la première fois depuis la nuit où elle s'était réveillée à l'hôpital, suite à l'incendie criminel de la boutique ésotérique où elle se trouvait avec Philippe. Depuis, il ne se passait pas une nuit sans qu'elle ne fasse ce rêve effroyable. Elle releva son avant-bras qui lui masquait la vue, et prit le temps de s'habituer à la lueur environnante. Les pâles rayons du soleil levant lui indiquèrent qu'il devait être encore tôt.

La jeune femme pivota pour s'asseoir au bord du lit et, d'une main tremblante, elle s'empara d'une bouteille d'eau posée sur la table de chevet, sur le seul coin à ne pas être encombré d'une pile de livres. Elle but quelques gorgées qui parvinrent à évacuer l'arrière-goût de cendres qui lui restait de son cauchemar.

Un souvenir du feu qui marquait un peu trop son existence, ces derniers temps. Cette simple idée la laissa perplexe. À croire que le feu la suivait à chacun de ses pas depuis bien des années.

Voire même bien avant... pensa-t-elle en faisant référence à sa vie antérieure ; celle d'un inquisiteur fanatique qui avait envoyé tant de personnes au bûcher.

Là encore, le feu.

Sylvia se redressa en réajustant sa nuisette en coton pour se rendre dans la salle de bain. Après une douche qui la détendit, elle refit les pansements qui couvraient ses avant-bras ainsi que son épaule gauche où elle avait été brûlée au deuxième degré. Les infirmières lui avaient expliqué comment s'y prendre avant de quitter l'hôpital. Certaines de ses blessures ne lui laisseraient aucune séquelle, quand l'épiderme se serait renouvelé en profondeur. Seul le pansement de gaze stérilisée sur sa main droite demeurait visible malgré les pulls et les chemises à manches longues qu'elle portait. À tous les coups, en revenant à la rédaction du *Cercle Magique* le lendemain, ses collègues ne manqueraient pas de la bombarder de questions qu'elle préférerait éviter.

Ils devaient être au courant de ce qui lui était arrivé. La veille, Adèle Ogerau lui avait même téléphoné pour lui dire de prendre sa journée afin, selon elle, de se remettre du choc de l'agression. Bien qu'un peu gênée, elle fut flattée de constater que sa rédactrice en chef puisse s'inquiéter de son sort.

Elle s'habilla avant de prendre place dans le fauteuil du salon, en proie à une profonde réflexion. Beaucoup de choses s'étaient produites jusqu'à cette matinée.

Samedi, en début d'après-midi, elle était sortie de l'hôpital avec Philippe. Coralie était venue chercher ses amis pour les ramener chez eux. Le soir même, les six membres du clan s'étaient retrouvés chez Thessa afin de procéder à un rite de purification de son domicile. Bien que ce soient Philippe et Coralie qui aient mené le rituel, Sylvia avait compris à quel point sa force magique était en deçà par rapport à la normale. Cela la contraria de voir son intuition être confirmée dans les faits, mais ses amis n'y avaient guère prêté attention, supposant que leur amie devait être encore impactée par les événements. Pourtant, le magicien québécois avait été présent avec elle, et il ne semblait pas subir le moindre contrecoup. Cette simple constatation n'eut pour effet que de décupler sa perplexité quant à son propre cas, et elle s'en voulut de ne pas être en mesure de s'expliquer ce qui n'allait pas avec sa magie.

C'était si gênant… Comment en parler à qui que ce soit ? Aux dragons ? Sans doute pas. Elle avait très vite compris que l'écoute compatissante n'était pas l'apanage de ces entités mystiques. À ses amis du clan ? Non plus. Elle aurait trop honte de leur révéler ce qu'elle vivait comme un échec personnel. Sans compter que l'opinion qu'ils avaient d'elle comptait beaucoup, au point qu'elle se sentirait humiliée de leur révéler cette faiblesse. Même Thorn ne pourrait lui être d'un grand secours. Sans compter qu'il commençait à l'agacer à s'immiscer dans les replis de son esprit à la moindre occasion. De préférence, quand il avait la certitude de lui taper sur les nerfs.

Sylvia avait besoin d'aide pour y voir plus clair.

Son regard tomba sur un petit coffret en bois de cèdre avec un motif celtique gravé sur le couvercle, posé sur une étagère en face d'elle.

Son Tarot divinatoire.

Pourquoi n'y ai-je pas songé tout de suite ?

C'était le seul objet lié à l'ésotérisme qu'elle gardait à portée de main. Sans non plus en arriver à le consulter pour un oui ou pour un non, le Tarot lui avait souvent permis de savoir où elle en était dans sa vie, et ce qui pourrait résulter de ses actes à plus ou moins long terme. Peut-être qu'il pourrait l'aider, une fois encore.

Sylvia récupéra la boîte, avant de s'installer en tailleur sur le tapis du salon.

L'étape difficile ne consistait pas en l'interprétation des lames, mais dans la formulation de la question qui leur était posée. Sylvia le savait, et prenait toujours le temps nécessaire à une brève séance de méditation. C'était l'idéal pour apaiser son mental et faire le point. Elle n'avait ainsi jamais eu à reprocher au Tarot de ne lui avoir montré que ce qu'elle voulait voir. Au lieu de quoi, elle se serait plutôt blâmée de n'avoir pas su énoncer sa question au mieux ou d'avoir laissé ses émotions interférer.

Dans l'état actuel des choses, ce n'était pas aussi simple, puisque Sylvia avait l'impression de nager dans le brouillard. Après mûre réflexion, elle opta pour l'idée suivante : se baser sur un tirage dont le schéma spécifique lui permettrait d'être moins confuse.

Forte de cette résolution, elle farfouilla dans le coffre contenant son matériel occulte et, parmi les quelques ouvrages de référence, elle prit un livre sur les tirages du Tarot. C'était un bouquin qui lui avait servi dès son acquisition, en hiver 2010, quelques mois à peine avant de rencontrer la Magie, ainsi que les êtres draconiques et ceux qui étaient devenus ses plus proches amis. Ce livre ne comptait que des méthodes d'agencement des cartes, en fonction des thématiques abordées. Aussi, Sylvia s'intéressa à un tirage qui n'exigeait que l'utilisation des vingt-deux arcanes majeurs du Tarot, selon une disposition de sept cartes.

Rien que le nom était évocateur : *Le Tirage des Ténèbres*.

Elle ouvrit ensuite un coffret en bois de cèdre qui contenait son jeu préféré. Elle en avait deux qui suffisaient amplement, même si elle n'utilisait plus beaucoup le *Dragon Tarot* en dehors des pratiques spécifiques à la magie draconique. Elle préférait utiliser son autre Tarot dont elle appréciait plus le graphisme, et plus facile à appliquer à une vie quotidienne que les lames fantasmagoriques des mythiques créatures reptiliennes.

Sylvia se concentra le temps de formuler en silence sa demande pour y voir plus clair dans sa vie à venir. Elle fit ensuite le vide dans son esprit. Une étape primordiale qui permettrait à son inconscient de s'exprimer à travers la symbolique des cartes.

Elle commença à mélanger les vingt-deux arcanes majeurs avant d'être étalées dans une vaine tentative d'égaler la gestuelle stylée des pros qui obtenaient un éventail parfait. Du reste, pour la jeune femme, l'important était de pouvoir accéder à chacune d'elles du bout des doigts.

Tout en passant la paume de sa main droite au-dessus des cartes, elle en sélectionna quelques-unes qui furent disposées sur le tapis en suivant la disposition expliquée dans le livre. Sylvia commença par retourner les cartes en prenant celle du haut.

Alors qu'elle basculait chaque carte de la gauche vers la droite, une pensée amusante lui vint à l'esprit :

Il n'y a que dans les séries télévisées et dans les films où des gens font semblant de tirer les cartes du Tarot. Ils se plantent à chaque fois en les retournant du haut vers le bas. Ce qui non seulement fausse la lecture, mais leur garantit de tomber sur la carte la plus terrible de tout le jeu : celle de la Mort. Avec une petite musique bien flippante pour nous faire comprendre qu'un des personnages risque de passer un sale quart d'heure. Juste après la page de pubs, de préférence.

Sylvia se figea aussitôt, parce que la carte qui venait d'apparaître lui donna moins envie de rire. C'était précisément celle qui représentait un squelette armé d'une faux déambulant dans un cimetière où ne poussaient que des ossements humains et des pierres tombales.

XIII - La Mort.
Pire encore : la carte était à l'endroit.
Le sens le plus terrible qu'elle pouvait prendre, même si beaucoup de cartomanciens savaient qu'elle n'était jamais annonciatrice d'un décès à venir. En revanche, elle restait très difficile à vivre, surtout dans un contexte qui ne se prêtait pas à la positivité, comme c'était le cas dans ce schéma. Ici, *La Mort* annonçait des changements aussi drastiques que mal vécus. Découragement, défaite suite à une lutte conduisant à la perte de ce qui était destiné à s'effondrer, mais aussi faire face à une vérité difficile à accepter.

De mieux en mieux. Maintenant, je sais que ma vie va carrément péricliter dans pas longtemps. Mais est-ce que les lames me révèlent bien mon avenir, ou bien ne font-elles que ressasser mes peurs inconscientes ? Là est toute la question. Ce qui ne m'aide pas à y voir plus clair dans tout ce fouillis. En d'autres termes, les cartes révélaient que les événements qui venaient de se produire ne seraient que les signes avant-coureurs d'une crise bien plus grave encore, et que bien des choses risquaient de vaciller sur leurs fondations.

Réprimant un frisson au moment de rassembler les cartes, Sylvia comprit que le pire pourrait être à venir.

Peut-être même dans un avenir très proche.

18

Seule une lumière blafarde des néons du plafonnier inondait une grande pièce aux murs clairs. Selon les occupants du lieu, c'était comme la manifestation de la plus stricte vérité, quitte à déplaire à certains. Une pièce aussi vaste qu'impersonnelle, avec quelques écrans plats au mur de cette salle réservée aux réunions.

Cinq hommes étaient autour d'une grande table ovale et chacun d'entre eux était équipé soit d'un ordinateur portable, soit d'une tablette numérique. Ces mêmes équipements étaient reliés via un réseau WiFi d'un haut niveau de sécurité pour faire partager à tous les documents qui étaient examinés.

Dans cette pièce à l'aspect neutre et aseptisé, une silhouette svelte et musclée se tenait debout à l'une des extrémités de la table. Mikael était plongé dans un examen de plans techniques complexes, paraphés de notes encore plus pointues sur les implications chimiques des différents composés utilisés.

Il se tourna vers son équipe.

— Alors, que peut-on tirer de l'expérience à Versailles ? Malthiel ?

— D'après les informations réunies autant par Gabriel à son retour que par les forces de l'ordre qui sont intervenues sur place, les résultats sont très positifs. En tout cas, nous avons la certitude que le *Feu Divin* est pratiquement sous contrôle et sa stabilité a été confirmée.

— Parce que tu n'en avais aucune certitude ? s'alarma Gabriel. T'aurais quand même pu me prévenir que je me trimbalais une bombe qui risquait de péter au moindre nid de poule !

— Inutile de me faire cet air mauvais. Le *Feu Divin* est très stable, mais nous n'en avions pas encore eu la confirmation. Et puis ce n'est quand même pas aussi délicat que la nitroglycérine.

— Sauf que j'éviterais d'en mettre dans un shaker. À moins de vouloir redessiner les cartes topographiques de la ville.

— Sinon, aucun souci à l'activation ? demanda Sealtiel.

Celui-ci avait choisi d'intervenir pour en revenir au sujet initial, et surtout pour éviter de voir la discussion dégénérer quand Gabriel était d'une humeur massacrante. Autrement dit, à peu près tout le temps.

— Non. D'un autre côté, il n'y avait pas besoin d'un plan Ikea. J'ai installé l'engin comme prévu, et tout a marché comme sur des roulettes. Le minuteur ne nous a pas joué le coup du blocage inopiné, et tout ne m'a pas sauté à la gueule.

— Dommage… murmura Malthiel entre ses dents.

— C'est vrai qu'une explosion prématurée aurait mieux collé avec tes piètres performances sur le terrain, ironisa Gabriel.

Mikael asséna un coup de poing sur la table.

— Ça commence à bien faire, tous les deux !

Le matériau en verre polarisé vibra sur toute la surface en faisant tinter la vaisselle disposée non loin de là. Il attendit que le calme soit enfin revenu.

— La seule chose qui m'intéresse, c'est de savoir si notre petite bombe a bien réussi sa grille de tests en intégralité.

— C'était d'ailleurs le but initial de cette opération à Versailles, admit Malthiel. Un premier essai grandeur nature. La bonne nouvelle, c'est que tout s'est déroulé comme prévu. Si j'en crois les premières réactions des pompiers, ils n'avaient encore jamais affronté un feu de ce genre auparavant, et il s'en est fallu d'un rien pour qu'ils n'en viennent pas à bout. Pourtant, le capitaine Vermelin est loin d'être un bleu en la matière. Ils ont étouffé le feu, comme s'ils avaient fini par comprendre que leurs lances à incendie ne faisaient qu'attiser les flammes. Ils sont malins, mais ils ont quand même failli y rester.

— Donc, on peut conclure que pour une première sortie…

— … c'est un plein succès. Du moins pour cette variante portable avec un minuteur. D'autres tests sont à prévoir afin de rendre le *Feu Divin* opérationnel en toutes circonstances.

Sur ces mots, Mikael se pencha sur la tablette pour refermer les documents à l'écran et en afficher d'autres pour que tout le monde puisse les voir. D'autres images s'affichèrent, telles que des photos montrant les décombres de la boutique ésotérique, avec les pompiers s'activant tout autour et à l'intérieur. La vue en accéléré leur donnait l'impression de voir la vie hyperactive d'une colonie de fourmis.

Sans un mot, le leader du groupe afficha en surimpression la photo de quelques hommes avec leur identité. Le leader de *Dies Irae* les présenta comme étant les policiers impliqués. Parmi eux figuraient les clichés du commissaire Dominique Berger, du capitaine Laforrest, du lieutenant Laffargue, mais aussi de Gregory Nova et du capitaine Vermelin.

— Qu'est-ce que ces types ont découvert ? s'enquit Gabriel.

— Avec certitude : notre signature.

Mikael se tourna vers son subordonné.

— Tu en es sûr, Sealtiel ?

— Affirmatif. Notre vidéo a été visionnée au tout début du week-end. Et les relevés de mes logiciels espions indiquent que la source provenait du 36 quai des Orfèvres. Dommage que leur système anti-intrusion ne m'ait pas permis de savoir qui exactement avait eu accès à cette vidéo. Cependant, je suis prêt à parier sur ces deux-là, ajouta-t-il en pointant son pouce en direction de la photo de Frédéric et de Sylvain.

— Ils ont fini par trouver notre petit Kinder Surprise dans la grenade, ajouta Gabriel avec malice. J'ai adoré l'idée d'y planquer notre QR code. Cela nous a peut-être fait perdre un peu de volume de gaz, mais la structure de l'engin aura protégé notre message…

— Tout en faisant en sorte que les flics finissent par le trouver, acheva Mikael sans relever le compliment qui lui était implicitement adressé. Tel que je les connais, il y a fort à parier qu'au moins l'un d'eux aura fait le rapprochement avec les précédentes agressions, et qu'il va chercher à se rencarder auprès des collègues chargés de ces affaires. Alors là…

— Ils risqueront d'entendre la *Colère de Dieu* un nombre

incalculable de fois, nota Malthiel. D'un autre côté, on aurait pu tomber sur pire comme musique. Le *Requiem* de Verdi est sensationnel, en plus de bien correspondre à notre message. Il n'empêche que j'aimais bien le *Dies Irae* de Mozart. Mais bon... il fallait choisir.

Le leader du groupe n'eut aucun mal à revenir au sujet principal de leur réunion.

— Nous avons encore d'autres tests à effectuer sur le *Feu Divin* grâce à des cibles plus spécifiques. L'autre jour, Sealtiel a porté un cas à ma connaissance. Une sorcière qui vit à Puteaux, dans un quartier pavillonnaire. Ce qui me semble parfait pour faire un autre essai.

— Qu'as-tu en tête exactement ? demanda Gabriel. Je vais devoir à nouveau me coller une mission en solo ?

— Non... C'est Malthiel qui se chargera de ce cas.

Mikael fit glisser une enveloppe kraft jusqu'à l'intéressé qui l'intercepta.

— Tu vas devoir apporter quelques modifications au *Feu Divin* pour ce cas de figure en particulier.

— Il va de soi que j'ai carte blanche ?

— Naturellement. Libre à toi d'employer la méthode qui te conviendra le mieux, selon ce que tu décideras. Seul le résultat importe : abattre la *Colère de Dieu* sur les hérétiques.

Son acolyte acquiesça avant d'ouvrir le courrier qui venait de lui être remis. Il examina quelques-uns des documents d'un coup d'œil, comme les plans d'architecte d'une maison particulière et d'autres relevés, mais il ne s'y attarda pas davantage.

Mikael examinait avec soin quatre esquisses que son homme de main lui avait remises le lendemain de l'attaque menée à Versailles. Sa bonne mémoire visuelle avait été mise à contribution pour effectuer un portrait robot des gens qui auraient pu faire échouer une opération soigneusement préparée. Les personnes qui avaient été piégées dans l'incendie.

Gabriel, pour cette fois, n'avait rien à se reprocher sur le fait que leurs proies aient survécu. Après avoir fait son rapport avec le restant de *Dies Irae*, tous avaient convenu ce que Mikael avait déduit d'entrée de jeu. Puisque personne n'avait été en mesure d'entrer ou de sortir du local commercial en feu, c'était qu'une des personnes emprisonnées avait dû trouver le moyen d'intervenir, d'une façon ou d'une autre.

Sealtiel prit la parole, après avoir affiché les quatre dessins sur l'écran principal, en plus de quelques vidéos surveillances et des reportages télévisés sur les écrans annexes.

— Durant les dernières quarante-huit heures, nous avons essayé d'en savoir plus concernant ces individus. On a bien tenté de les récupérer à leur sortie de l'hôpital, mais le dispositif des forces de l'ordre nous a fait manquer l'occasion. D'autant plus qu'ils sont toujours sous surveillance policière depuis leur retour au bercail.

— Donc, il est à craindre que Gabriel se fasse balancer, si l'un d'eux parvenait à l'identifier, demanda Malthiel.

— Pas du tout. Nous savons par l'une de nos sources qu'aucune des victimes n'a été en mesure de se souvenir de quoi que ce soit.

— Et puis je n'ai laissé aucun élément compromettant qui leur permettrait de remonter jusqu'à moi… pour peu qu'ils en soient capables, ces branques ! renchérit Gabriel.

— Compte tenu de l'amateurisme dont tu as fait preuve ces derniers temps, tu m'excuseras si j'ai encore des doutes quant au sérieux de tes interventions.

— Malthiel… gronda Gabriel avec animosité.

— Fermez vos gueules !! explosa Sealtiel. Je commence à en avoir marre de vos prises de bec ! N'oubliez pas que s'il y avait eu une quelconque foirade, Gabriel aurait dû s'en expliquer avec moi. Or, ce n'est pas le cas. Revenons-en à nos victimes. C'est déjà assez perturbant de savoir que des gens ont réussi à échapper au *Feu Divin*, mais il est surtout à craindre que l'une de ces personnes soit celle qui a fait capoter notre plan de l'intérieur de la boutique. Autant savoir qui et comment elle s'y est prise.

— C'est vrai, ajouta Mikael d'un air absent. C'est forcément l'un d'entre eux qui est intervenu, même si l'on ne peut dire ni qui ni comment. Il va falloir recourir aux bonnes vieilles spéculations.

— Alors, on parie sur qui ? demanda Sealtiel.

— Très franchement, je crois qu'on peut éliminer d'entrée de jeu la gérante avec sa coupe de cheveux discutable.

— Du coup, il ne nous reste plus que trois personnes à vérifier. Tu parles d'une avancée majeure, grommela Malthiel non sans une touche d'ironie.

— C'est déjà mieux que rien, le rabroua Gabriel. En tout cas, Sealtiel a déjà croisé ces portraits robots avec les fichiers internationaux des forces de l'ordre.

— Parce que tu penses que ces personnes pourraient être fichées par les flics ?

— Pourquoi pas, songea Sealtiel qui était en pleine réflexion en fixant les portraits. Cela nous a déjà permis d'identifier deux d'entre eux. Mais surtout, je me suis rappelé avoir vu leurs noms associés à une affaire criminelle, il y a un peu plus de deux ans. Quand un tueur en série avait pris des sorcières pour cible dans la Capitale.

— Je m'en souviens, ajouta Mikael en se dirigeant vers l'écran. Ces deux-là avaient été auditionnés par la police, avec le statut de témoins lors d'un meurtre. Sans compter que la femme avait été prise pour cible à deux reprises. Enlevée par le tueur, elle avait réussi à lui échapper après qu'il soit mort en tentant de lui remettre le grappin dessus.

— Et comment s'appellent-ils, si nous avons leur identité ?

Le dirigeant de l'équipe montra le portrait d'un jeune homme aux cheveux bruns, courts, et coupés en bataille, ainsi que celui d'une jeune femme au visage fin dont les yeux violets piquetés d'or brillaient d'un éclat singulier.

— Voici Philippe Helm et Sylvia Laffargue. Le comble de la coïncidence, c'est que son frère jumeau est dans la Police judiciaire. Lui et son plus proche collègue, le capitaine Frédéric Laforrest, sont non seulement chargés d'enquêter sur l'incendie à Versailles, mais ils avaient aussi travaillé sur l'affaire Carello, le tueur de sorcières. Tout porte à croire que ce sont eux qu'il va falloir surveiller de près.

— Et concernant notre plan ? demanda Sealtiel. Tu les crois capables de nous poser des problèmes ? Imagine un peu qu'ils viennent sans crier gare fourrer leurs grands pieds dans le plat. Ne me dis quand même pas que tu vas les inviter à danser !

— Non, j'ai d'autres projets pour eux. Figure-toi que j'espère bien les voir se jeter dans nos bras. Et puis, j'avoue être assez curieux de voir comment ils pourront essayer de vaincre le *Feu Divin*. Mais j'ai encore plus hâte de les voir enfin à ma merci. Ils comprendront que personne, je dis bien *personne*, ne peut se soustraire à notre volonté et encore moins à la Sienne.

Sur ces mots, Mikael se tourna de nouveau vers l'écran au mur. En activant une commande de sa tablette tactile, celui-ci fut envahi par un rideau de flammes qui dévora le portrait des deux jeunes gens.

19

Lundi 8 octobre 2012
Saint-Denis
Rue des Trémies

Une semaine venait de s'écouler sans que personne du clan ne s'en rende compte. À croire que les quelques jours qui venaient de passer n'avaient laissé aucune marque dans leur vie respective, alors que bon nombre de choses s'étaient pourtant produites.

Frédéric et Sylvain s'étaient lancés à la recherche d'informations sur *Dies Irae*, et ils avaient amassé assez de renseignements pour rédiger un documentaire sur l'étendue du fanatisme religieux de nos jours, en France. De plus, ils ne négligeaient pas la piste professionnelle qui pourrait caractériser ce groupe. Malheureusement, leurs recherches ne les avaient menés qu'à une impasse concernant l'armée nationale ou encore la Légion étrangère. Ils allaient devoir se tourner vers les groupuscules privés de mercenaires vendant leurs services au plus offrant. Des hommes d'autant plus dangereux qu'ils échappaient à toute loi morale, voire même aux lois, tout court.

En plus de ses cours au lycée, Thessa donnait un coup de main à Bertrand Questin pour extirper des informations liées à la vidéo fournie par le QR code de *Dies Irae*. Sans grand résultat, mais elle refusait d'abandonner, ce qui forçait l'admiration du cyberpolicier à l'égard de l'adolescente. Il envisageait très sérieusement de lui proposer un stage dans son unité de cybercriminalité.

Forte des recommandations des deux policiers du clan, Coralie parvint à convaincre ses parents d'installer un système de sécurité comprenant des caméras de surveillance et autres détecteurs de mouvement. La police espérait ainsi pouvoir en exploiter les vidéos au cas où un type louche y viendrait en repérage. La jeune femme était néanmoins inquiète, craignant que ceux de *Dies Irae* n'en viennent à détruire *La Voie Initiatique*. Pour la première fois, elle prit peur de l'Élément igné et de sa puissance destructrice.

Frédéric multipliait les rencontres et les appels téléphoniques avec les parents de Thessa. Il effectuait aussi d'autres visites en compagnie de Sylvain, mais sans jamais avoir encore expliqué aux autres ce qu'ils pouvaient manigancer. De toute évidence, il poursuivait une idée fixe, mais Sylvia ne savait pas s'il s'agissait de l'enquête en cours, ou de tout autre chose. Plutôt que de harceler le tandem de questions, ce qui n'aurait abouti qu'à un mutisme définitif, elle décida de leur faire confiance. Si c'était quelque chose de vraiment grave, Frédéric et Sylvain n'attendraient pas pour en informer le clan.

Pour l'heure, Sylvia était occupée avec l'article qu'elle devait rendre pour le numéro spécial d'Halloween du *Cercle Magique*, et cela la stressait.

Depuis la précédente réunion à la fin septembre, les faits étaient allés plus vite que les rumeurs ; le groupe Prætorius avait eu gain de cause, et le magazine *Le Cercle Magique* venait de rejoindre la collection pléthorique du catalogue de presse appartenant à cette entreprise tentaculaire.

Une nouvelle réunion était prévue ce jour-là, et Sylvia s'y rendait à reculons. Elle était certaine que cela n'apporterait rien de bon et que Prætorius allait sûrement en faire une publication aseptisée dénuée du moindre intérêt, comme c'était déjà trop souvent le cas dans la presse écrite française. Au lieu d'aider à relever le niveau, la qualité des articles risquait de s'effondrer pour s'aligner au lectorat ciblant la masse populaire.

Au moment d'entrer dans la salle de réunion, la jeune femme se figea soudain en réalisant qu'elle avait déjà éprouvé ce genre de pressentiment. L'impression tenace que quelque chose était sur le point de se produire.

Ça y est, je me souviens d'avoir déjà perçu ça. Je venais

d'avoir ma toute première vision prémonitoire, alors que Rowanon allait tuer Coralie et Frédéric, à La Sorbonne.

L'espace d'une microseconde, la vision d'une image de l'arcane du Tarot s'imposa à son esprit : *XIII - La Mort.*

Elle était encore perdue dans ses pensées quand quelqu'un la bouscula, sans s'excuser pour autant.

— Eh bien ! Tu comptais entrer ou te reconvertir en statue ? demanda Sébastien.

— Je n'en sais rien… Tout ce dont je suis sûre, c'est que je voudrais être n'importe où ailleurs, sauf là.

Même le plus épouvantable niveau de l'astral lui aurait semblé plus sympa à vivre que ce qui adviendrait derrière cette porte.

D'autant plus que j'en ai déjà eu un aperçu.

Sébastien esquissa un sourire narquois.

— On dirait presque que t'es sérieuse. Allez hop, on y va ! Si ça se trouve, tout va bien se passer, Mademoiselle *« Je-m'inquiète-pour-un-rien »*.

Sur ces mots, il poussa le double battant de la porte avant de propulser sa collègue à l'intérieur d'une main dans le dos. Pour une fois, elle n'était pas la dernière à arriver. Elle fut soulagée de ne pas attirer l'attention d'entrée de jeu. Elle prit place à côté de son collègue à la table de réunion. La présence d'un second siège avait été remarquée d'emblée.

Adèle Ogerau était en grande discussion avec Inès et, une fois que tout le monde eut pris place, elle se posta debout à la place qu'elle occupait avant de s'éclaircir la voix.

— Bonjour à vous tous. Autant entrer dans le vif du sujet par la confirmation officielle de ce dont vous vous doutez déjà, à savoir l'acquisition de notre magazine par le groupe de presse Prætorius. D'où la réunion d'aujourd'hui. Nous devons discuter de pas mal de choses sur ce que notre nouvel employeur attend de nous. C'est pourquoi le groupe a mandaté un intervenant extérieur, autant pour établir un lien avec Prætorius que pour envisager ce qui pourrait changer à l'avenir pour nous. Aussi, laissez-moi vous présenter celle qui va nous accompagner durant quelque temps dans notre travail.

Adèle se dirigea vers la double porte et invita la nouvelle arrivante qui entra d'une démarche ferme. Tous se déplacèrent pour mieux l'apercevoir : une femme ayant plus de la quarantaine, au port altier qui paraissait presque hautain. Autant la rédactrice en chef était proche de son équipe, autant la nouvelle arrivante semblait appartenir à la catégorie des dirigeants qui ont l'habitude de se faire obéir. À croire que deux mondes, diamétralement opposés, venaient d'entrer en collision. Les deux femmes prirent place à l'extrémité de la table de réunion.

— Bonjour, fit la nouvelle arrivante. Je m'appelle Marylise Cox, et j'ai été envoyée par le groupe Prætorius afin de vous aider à établir une ligne éditoriale correspondant au monde très restreint des publications financièrement rentables. Compte tenu de la crise économique, vous vous rendrez vite compte qu'il n'y en a pas pléthore qui peuvent prétendre au titre. Pour l'instant, nous ne nous connaissons pas. C'est pourquoi mon rôle consistera dans un premier temps à seconder votre rédactrice en chef, tout en observant votre façon de travailler. Je crois savoir que vous préparez en ce moment un numéro hors-série, n'est-ce pas ?

— Tout à fait, confirma Adèle. Un numéro spécial sur Halloween qui sera publié à la fin du mois. Le rendez-vous est déjà pris avec l'imprimeur, et les chroniqueurs qui sont réunis aujourd'hui réalisent différents articles prévus pour l'occasion. Ce numéro est très attendu par nos lecteurs, puisque c'est à cette période de l'année que nous observons un pic d'activité au niveau des abonnements.

— C'est une bonne chose. Qu'en est-il des annonceurs ?

— Nous avons déjà été contactés pour la réservation d'espaces publicitaires dans le numéro spécial, mais il y en a certains qui ont été refusés d'entrée de jeu. Par manque de sérieux le plus souvent. Il y en a encore qui croient que *Le Cercle Magique* n'est qu'une vaste blague et non un magazine sérieux sur la spiritualité néo-païenne. Néanmoins, nous travaillons avec certaines boutiques ésotériques, comme *La Voie Initiatique*, quelques voyants de confiance, ainsi que des éditeurs qui nous ont présenté des titres très intéressants susceptibles de convenir pour l'occasion. Sans compter que ce nouveau hors-série aura pour thème principal le retour aux sources d'une célébration qui est encore mal connue du grand public.

— Avec un dossier spécial, j'imagine.

Adèle désigna Sylvia qui se figea en sentant le regard de Marylise Cox.

— Oui. Voici celle qui s'est vu confier ce travail. Elle prépare un article très complet sur la célébration des morts tout au long de l'Histoire. Connaissant son implication dans chacun des articles qu'elle a eu à traiter, je n'ai aucun doute quant au sérieux qu'elle y apportera.

Autant la jeune femme se sentit flattée de la confiance que lui portait celle qu'elle considérait un peu comme un mentor, autant la présence de Marylise la mit mal à l'aise, sans qu'elle parvienne à s'expliquer pourquoi. Sans savoir pourquoi, Sylvia ne l'appréciait pas. Or, il en fallait beaucoup pour éprouver ce genre de sentiment pour quelqu'un qu'elle ne venait de rencontrer. Bien sûr, il lui était déjà arrivé de se tromper. Sauf que là, un pressentiment lui souffla que ce n'était pas le cas.

— Le plus difficile avec ce genre de thème, ajouta Marylise, c'est qu'il faut être à la fois sérieux sans être rébarbatif non plus, instructif sans tomber dans un jargon académique qui ferait fuir les lecteurs. Vous n'êtes pas tombée sur le sujet le plus réjouissant qui soit, mademoiselle. Aussi, j'attends beaucoup de votre papier.

— Mon article avance très bien. Ce n'est pas la documentation qui manque et, dans l'immédiat, mon principal souci consiste à tout faire tenir dans le format qui m'a été imposé. D'autant qu'il y a un nombre incalculable de photos et autres illustrations dignes d'intérêt. Le plus difficile étant d'obtenir les autorisations nécessaires.

— Sur ce point, le groupe Prætorius devrait pouvoir vous venir en aide puisque nous disposons de l'une des plus importantes banques d'images au monde. Je transmettrai votre requête au service concerné pour vous donner les autorisations nécessaires. Il ne vous restera plus qu'à vous connecter à notre site pour relever les références dont vous avez besoin. Cela vous convient ?

Sylvia ne s'attendait pas à cette conciliation.

— Oui… C'est plus que je n'aurais osé espérer. Merci.

Après avoir pris quelques notes sur son agenda, l'intéressée le referma d'un geste sec tout en fixant Sylvia dans les yeux.

— Il ne faut jamais se limiter à ce que l'on pourrait faire, mais s'efforcer de faire ce qui doit l'être. En retour, j'espère que vous nous préparerez un article top niveau. Et méfiez-vous, car j'ai un niveau d'exigence très élevé. Je n'ai pas sorti d'affaire d'autres titres de la presse par hasard. Tenez-le-vous pour dit.

Sébastien se pencha vers Sylvia.

— On peut dire qu'elle n'y va pas par quatre chemins, celle-là. Maintenant, tu sais qu'elle vient de te coller la pression, quelque chose de bien. Bonne chance, ma grande. Tu risques d'en avoir besoin.

— Nous en aurons *tous* besoin, rectifia Sylvia.

— Allons, un peu d'optimisme ici. Après tout, Adèle reste maître à bord, et elle nous a confirmé qu'aucun licenciement n'aurait lieu dans l'équipe. C'est déjà ça !

— Comme tu dis… *Le Cercle Magique* est une si petite structure qu'il aurait été facile de la jumeler avec un autre groupe.

— Mais agir de la sorte aurait occasionné des doublons sur certains postes. Et ça m'étonnerait fort que même un groupe aussi puissant s'amuse à en payer deux au lieu d'un. Dans ce cas…

— Des emplois finiraient par sauter. Quelque chose me dit qu'on ferait mieux de rester sur nos gardes. Je ne la sens pas, voilà tout.

D'autres chroniqueurs furent présentés à Marylise Cox qui continuait à prendre des notes sur sa tablette numérique, prenant aussi quelques photos afin de garder en mémoire qui ferait quoi pour le magazine en préparation.

L'information stipulant le maintien des postes actuels fut ensuite confirmée, sous réserve d'éventuelles modifications à prévoir à la suite de la période d'observation qui venait de commencer. Après un bref soulagement, une certaine tension devint presque palpable pour tout le monde. Sylvia y vit une confirmation du pressentiment qui l'avait saisie au début de la réunion.

Pour conclure la session du jour, une collation fut servie sur une table voisine. Des macarons et des muffins, accompagnés de tout un assortiment de boissons fraîches et chaudes telles que thé et café subirent l'assaut de la gourmandise des employés du magazine. L'occasion de faire retomber la pression autant qu'instaurer un de ces moments de partage que l'équipe appréciait tant.

Après avoir échangé quelques mots avec la rédactrice en chef, Marylise Cox vint discuter un peu avec quelques-uns des intervenants qui lui avaient été présentés durant la réunion afin de leur demander quelques précisions sur les sujets qui leur avaient été confiés. Sylvia n'eut pas grand-chose à dire, mais fut surprise de voir leur nouvelle intervenante s'entretenir longuement avec Sébastien. Quelques sourires fugaces avec des coups d'œil à peine discrets dans sa direction suffirent à accroître le sentiment de malaise que cette femme provoquait chez elle.

Qu'est-ce qui me prend ? Ce n'est pas parce que deux personnes papotent en me regardant qu'elles parlent forcément de moi. Je ne suis quand même pas aussi égocentrique que ça !

Décidant qu'elle se faisait des idées, la jeune femme tourna son regard vers la baie vitrée près de laquelle se tenait Adèle Ogerau. Celle-ci semblait perdue dans un abîme de réflexion. Sur une impulsion, Sylvia décida de rejoindre sa supérieure, lui proposant un mélange de jus d'ananas et d'orange pour engager la conversation.

— J'adore cette combinaison. Allez savoir pourquoi, mais je me sens toujours de bonne humeur après en avoir bu un verre.

Adèle accepta la boisson en esquissant un petit sourire.

— C'est vrai que ça fait un cocktail plutôt sympa. Merci. L'air de rien, j'en avais besoin après cette réunion. Ça ne s'est pas trop mal passé, non ?

— Je n'en sais rien, admit Sylvia. Mes impressions vont du

soulagement à une tout autre direction.

— Comme une sorte de méfiance. Une mise en garde dont tu ne parviendrais pas à cerner précisément l'origine ni le pourquoi ?

— Exactement. Ne m'en veuillez pas, Adèle, mais je ne peux pas m'empêcher de penser que cette femme est plus dangereuse qu'elle n'y paraît. Pourtant, je ne suis pas du genre à juger les gens sur les apparences.

— Moi non plus. Mais il ne faut pas oublier que Madame Cox gravite parmi les plus grands noms des médias du pays, et on n'y parvient pas sans faire de dégâts au passage. En comparaison, notre petite publication doit lui sembler insignifiante. Espérons que Prætorius n'ait pas prévu déjà son anéantissement. Parce que certains titres ont fini par disparaître, coulés de l'intérieur par quelqu'un du groupe.

20

Puteaux
Rue Monge

    Élodie Sarrey s'étonnait encore de l'amusement qu'elle avait en rentrant chez elle. Le quartier de La Défense avait beau être tout près, la petite maison où elle résidait contrastait avec les tours qui s'élevaient dans les environs. La plus proche étant de l'autre côté du périphérique voisin. Même si son quartier était plus résidentiel, il n'y avait pas loin à aller pour s'aventurer dans un monde ressemblant plus à Manhattan qu'à Paris.
    Si la jeune femme appréciait de prendre des cafés à son *coffee shop* préféré en se plaisant à rêver de New York, elle aimait davantage la tranquillité sereine de la rue où se situait sa maison. Là où le bâtiment le plus élevé ne dépassait pas quatre étages, avec des pavillons sur toute la rue. Si jamais l'envie lui prenait de rejoindre le quartier de La Défense, un passage souterrain facilitait le trajet, d'autant plus qu'Élodie faisait la plupart de ses déplacements en vélo.
    Pour l'heure, elle rentrait de la station de métro avec son fidèle vélocipède, heureuse de l'entretien qu'elle venait d'avoir. Après avoir mis pied à terre, elle entreprit d'ôter son casque. Madame Roland, sa voisine, vint à sa rencontre avec un paquet entre les mains.

— Hello, Élo ! Comment allez-vous ?

— Très bien, merci. Le facteur n'a pas réussi à faire entrer ce colis dans ma boîte aux lettres, à ce que je vois.

— Ne m'en parlez pas ! Des fois, je reçois des avis de passage alors que je travaille chez moi. Il faut quand même être gonflé pour prétexter l'absence du destinataire plutôt que de faire son boulot.

Mais le plus drôle, ou le plus navrant, c'est qu'une de mes amies m'a dit qu'un paquet avait été retourné au destinataire parce qu'il n'avait pas pu lui être remis... pour cause de décès. Non, mais j'vous jure !

— Là, ça devient n'importe quoi. Au pire, j'ai parfois eu droit à un second avis de passage sans n'avoir jamais reçu le premier.

Les deux femmes eurent un soupir de lassitude. Élodie appuya son vélo contre le portail pour soulager Madame Roland du carton qu'elle déposa dans le panier avant de sa bécane.

— C'est gentil de m'avoir gardé ce colis. Ça m'évitera d'avoir à aller le chercher au bureau de poste.

— C'est tout naturel de s'entre-aider, quand on le peut, et je sais que vous feriez la même chose pour moi.

— Voilà qui est bien vrai, confirma Élodie avec sincérité.

La jeune femme n'accordait que peu sa confiance aux gens du coin, mais elle savait qu'elle ne se trompait jamais en la matière. Compte tenu de son métier, elle ne s'étonnait plus de la défiance qu'elle suscitait en ville. De toute manière, elle ne s'en préoccupait pas outre mesure. Après tout, qu'elle soit une sorcière n'était un secret pour personne.

Il n'y avait pas de plaque mentionnant une activité professionnelle aussi peu conventionnelle, mais la jeune femme ne s'en cachait pas non plus. Seul un pentagramme entouré d'un cercle était visible sur la porte d'entrée. Après son emménagement, il ne fallut que peu de temps pour qu'elle soit bien intégrée à la vie du quartier. Quelques habitants du coin faisaient appel à elle pour la lecture des cartes ou l'acquisition de talismans magiques favorisant la santé, l'amour ou encore la protection. Ses activités liées à l'occulte, doublées d'un talent certain pour la confection de pâtisseries et de chocolats, lui valurent très vite du succès auprès des enfants au moment d'Halloween. D'ailleurs, il lui faudrait retrouver ses emporte-pièces thématiques pour cuisiner des sablés cette année.

— Alors, comment s'est passé cet entretien à Paris ?

— Vraiment très bien, c'est gentil de demander. Les gérants

de cette boutique ésotérique sont sympas, et la greffe semble avoir pris avec leur fille qui travaille avec eux. On a regardé mon site web, et ils m'ont posé quelques questions sur mes activités, comme la divination, ou encore mes différents livres en auto-publication. D'après ce que j'ai compris, un projet de maison d'édition pourrait être envisagé et l'on me proposerait alors de sortir mes ouvrages pour les vendre à la boutique. En plus de mes consultations sur place, on me demanderait aussi de créer des produits exclusifs.

— Ben dites donc ! Vous n'allez pas avoir l'occasion de chômer avec tout ça ! Il va falloir faire attention au surmenage.

— Ça, c'est sûr ! D'un autre côté, c'est très gratifiant de voir quelqu'un s'intéresser à ce que je fais et de vouloir me donner l'occasion d'exprimer ma créativité à un niveau professionnel. En tout cas, si je ferme boutique chez moi, ce ne sera que pour mieux travailler à Paris. Bosser chez moi a des avantages, mais ce défi me plaît quand même mieux.

— L'important, c'est de faire ce qu'on aime, non ?

Sur ces mots, Élodie dit au revoir à sa voisine. Elle poussa le portail pour entrer dans le jardin, puis rangea son vélo non loin de la petite verrière, au niveau de la porte d'entrée de la maison. Bien qu'heureuse du déroulement de sa journée, elle était fourbue, et se réjouissait à l'avance d'un bain chaud et d'une tasse de thé.

Madame Roland était sur le point de rentrer chez elle quand une idée lui revint en mémoire.

— J'allais oublier ! Quelqu'un est passé en votre absence.

Élodie venait de déverrouiller la porte d'entrée. Elle se figea, sans entendre un petit cliquetis métallique qui s'était déclenché.

— Ce n'était pas le facteur ?

— Non, mais un genre d'ouvrier.

— Ça ne pouvait pas être un client, puisque j'ai décommandé tous mes rendez-vous de la journée, en vue de l'entretien.

— Le type est arrivé dans une camionnette municipale. Il m'a expliqué que c'était pour une inspection des installations du gaz. Alors, comme vous n'étiez pas là et que vous m'aviez confié un double des clés, je l'ai laissé accéder au compteur. Cinq minutes après, il m'a rendu les clés avant de partir. Un monsieur bien élevé, si vous voulez mon avis.

— Juste comme ça… Il n'était pas beau gosse aussi ?

— Ah oui, il vous aurait plu ! Grand, bien charpenté, cheveux châtains coiffés n'importe comment, et des yeux noisette qui donneraient à une femme l'envie de se prendre pour un écureuil.

— Effectivement, ça donne envie. Merci encore.

Élodie se félicita d'avoir une voisine aussi sympathique. Il faudrait trouver quelque chose pour la remercier, quand un détail troublant émergea soudain.

Maintenant que j'y pense… Aucune inspection n'était prévue au niveau du gaz. Et pour cause : elle avait eu lieu le mois dernier. Et puis, on reçoit une note à l'avance, sans compter que j'aurais prévenu ma voisine. Décidément, il y a quelque chose d'étrange dans tout ça.

Élodie fut distraite par la curiosité de savoir ce qu'il y avait dans le paquet. Sur le colis qu'elle tenait sous son bras, il y avait une croix avec un cercle et deux initiales : « D.I. ». Elle ouvrit le carton qui contenait un livre épais. Une édition récente du *Malleus Maleficarum*. Le genre d'ouvrage qu'il était de mauvais goût d'offrir à une sorcière.

Un papier plié en deux avait été glissé entre les pages. En l'ouvrant, elle lut le seul mot inscrit en lettres capitales : « *BOUM !!* »

Dès l'instant où la porte d'entrée se referma, un second cliquetis précéda une explosion dont la déflagration se répercuta jusqu'à Paris.

DEUXIÈME PARTIE

« *Nous avons juste assez de religion pour nous haïr, mais pas assez pour nous aimer les uns les autres.* »
Jonathan Swift

« *Le fanatisme est une peste qui reproduit de temps en temps des germes capables d'infester la terre.* »
Denis Diderot

« *En comptant tous les dieux, demi-dieux, quarts de dieux... il y a déjà eu 62 millions de dieux depuis les débuts de l'humanité ! Alors, les mecs qui pensent que le leur est le seul bon...* »
Coluche

21

Le capitaine Laforrest et le lieutenant Laffargue se rendirent sur les lieux au plus vite, mettant un terme à leur journée de congé. Ils avaient été sommés d'aller toutes affaires cessantes à Puteaux, où une explosion venait d'avoir lieu.

Les deux hommes se demandaient qui pouvaient bien avoir besoin d'eux, là où une autre équipe aurait pu intervenir. Pour l'heure, ils ne pouvaient qu'attendre de savoir de quoi il retournait. Du reste, ils commencèrent à se faire une petite idée de la chose, quand ils aperçurent la silhouette du capitaine Baptiste Vermelin.

Ce dernier émergea d'un groupe de sapeurs pompiers, derrière la rubalise derrière laquelle des curieux s'étaient agglutinés. Le pompier leur fit signe de les rejoindre, mais les deux OPJ durent traverser des journalistes avides de nouvelles déclarations.

Certains envoyés spéciaux faisaient état de la situation, indiquant qu'un pavillon avait été détruit, et que toutes les vitres dans un rayon d'une centaine de mètres avaient volé en éclats. Par chance, la surface des tours de verre de La Défense avait à peine frémi. Ce qui écarta le risque d'avoir encore plus de blessés à cause des débris qui seraient tombés sur les passants. Une volée de questions s'abattit sur les deux officiers.

— Capitaine Laforrest, pourquoi fait-on appel au 36 quai des Orfèvres ? Ce serait lié à une de vos affaires en cours ?

— Non, et vous pouvez me citer.

— Pensez-vous que cette explosion ait un rapport avec ce qui s'est passé à Versailles ? À votre avis, pourquoi le groupuscule *Dies Irae* s'en serait pris à un domicile résidentiel et non à une boutique ésotérique, comme la dernière fois ?

— Je n'en sais rien. Nous venons juste d'arriver et...

Le capitaine se figea quand son collègue le retint par le bras, tout aussi interdit que lui.

— Minute ! D'où sortez-vous le terme *Dies Irae* ? Comment avez-vous eu accès à cette information ?

Le journaliste baissa le nez, confus et gêné par le regard impérieux du capitaine. Alors que ses collègues ne perdaient rien de l'échange houleux qui se profilait, il sortit son smartphone, et afficha une photo montrant le QR code de *Dies Irae*. Le même que celui retrouvé dans la grenade de gaz employée à Versailles.

— Nous avons reçu ça par e-mail, alors qu'une dépêche de l'AFP venait de nous parvenir. C'est anonyme et nous n'avons pas su qui en était à l'origine. On a donc flashé le code qui nous a conduits à une vidéo flippante sur YouTube. Des flashs infos ont déjà commencé à être diffusés sur la plupart des chaînes d'info continue et sur le Net.

Les deux policiers furent pris au dépourvu et furieux d'apprendre que *Dies Irae* venait d'être propulsé sur le devant de la scène médiatique, alors que c'était précisément ce qu'ils avaient cherché à éviter.

— Alors, que pouvez-vous nous apprendre de plus ? demanda avec insistance une autre reporter.

— Que je vais finir par m'énerver pour de bon si vous nous empêchez de rejoindre la scène de crime.

— Et qu'en général, ce n'est pas bon signe pour vous, renchérit Sylvain.

Frédéric et lui fendirent la foule composée de micros, caméras et autres téléphones portables tendus vers eux. En jouant un peu des coudes, les deux hommes parvinrent enfin à retrouver le capitaine des pompiers. Après ce que les journalistes venaient de leur apprendre, ils furent encore plus surpris de voir un officier des pompiers de Versailles œuvrer à Puteaux. Non pas qu'ils soient mécontents de le revoir, mais ils s'interrogeaient néanmoins sur le pourquoi de sa présence ici.

Baptiste vint leur serrer la main.

— Salut, vous deux. Avant que vous ne me demandiez ce que je fous ici, il faut que vous sachiez que ce sont mes collègues du coin qui ont demandé que je vienne en renfort. Un peu comme j'ai insisté pour que vous participiez aux réjouissances. C'est à moi que vous devez d'être là.

— Et si tu commençais par le début, demanda Laforrest.

Vermelin tourna la tête par-dessus son épaule pour leur montrer une civière portant un corps enveloppé dans une housse mortuaire.

— Une maison du quartier a été soufflée par une explosion. Malheureusement, une seule occupante se trouvait à l'intérieur quand ça a sauté. Le résultat se trouve derrière moi. On ne peut par avoir de miraculé à chaque fois, souffla-t-il avec résignation. Une voisine a volé dans le décor, à cause du souffle de la déflagration. Par chance, elle n'a que des égratignures bénignes. Là où ça se complique, c'est quand les collègues ont tenté d'éteindre l'incendie. Les gars m'ont dit qu'ils n'avaient encore jamais vu de feu qui soit attisé par des lances à eau.

Le lieutenant Laffargue fut interloqué.

— Tu veux dire que plus ils arrosaient, et plus les flammes prenaient de l'ampleur ?

— C'est ça. Comme ils savaient que je m'étais colté un cas similaire, ils m'ont demandé conseil pour vaincre cette saloperie, et j'ai rappliqué. Ça a fait tilt et j'ai repensé à la boutique cramée de Versailles. Il a fallu procéder comme avec un feu dans une usine de produits hautement inflammables. Ce n'est pas le genre de cas que l'on rencontre tous les quatre matins.

— *Dies Irae…* fit Frédéric à mi-mot.

— Ouais, c'est ce que j'ai fini par me dire aussi. On a aussi trouvé un QR code pas loin de l'explosion. Il y avait un carton projeté sur la pelouse, avec un bouquin et un papier dedans. Au verso, il y avait une seule onomatopée : « *BOUM!!* » Alors que le recto comportait les mêmes détails que ce que la scientifique avait déniché dans la grenade trouvée à Versailles. J'en ai pris une photo sur mon téléphone, mais il faut croire qu'on l'a piraté pour que les journalistes aient eu l'info avant que vous n'arriviez.

— Je me doute bien que ce n'est pas toi qui t'amuserais à

balancer à tout va des infos aussi importantes, nota Frédéric.

— Non, quand même pas ! s'indigna le soldat du feu. Pour le moment, on est parvenu à éteindre l'incendie, encore une fois non sans mal, et les gars de la police scientifique ont déjà commencé à farfouiller les décombres pour tenter de retrouver des traces de l'engin explosif. Parce qu'à la lumière des premiers éléments...

— Et le livre, d'où sort-il ? fit Sylvain en désignant l'objet. Il y a peut-être une piste à suivre de ce côté-là. Non ?

Un autre agent vint se joindre à la conversation.

— Pas trop, j'y avais déjà pensé. Ce bouquin a été acheté dans une chaîne de librairies qui vend aussi bien du neuf que de l'occas'. Le moins que l'on puisse dire, c'est que ceux de *Dies Irae* sont des radins. C'est un livre de seconde main. L'étiquette est encore sur la couverture. J'ai donc téléphoné à la boutique et l'achat a pu être retrouvé. En tout cas, ça a débouché sur un cul-de-sac puisque l'achat a été réglé en cash. Bref... On n'a que dalle.

Le jeune officier fut sommé de rejoindre son groupe, alors il salua brièvement les deux OPJ avant de les rejoindre un peu plus loin.

— Bordel ! lâcha Frédéric. Ça valait quand même le coup d'essayer. Pour en revenir à ce qui s'est passé ici, on peut oublier la thèse de l'accident.

La plupart des gens autour de lui acquiescèrent.

— Que sait-on déjà sur la victime ? Si *Dies Irae* a vraiment fait le coup, il est à craindre que cette personne ait fricoté avec le monde de l'occulte.

Le capitaine Vermelin fit signe à un policier de les rejoindre.

— Voici l'agent qui s'est chargé d'interroger la voisine. Allez, vas-y. Dis-nous ce que tu as découvert.

— Madame Roland était la dernière personne à avoir parlé avec la victime tout juste avant l'explosion. Comme elle n'était pas encore rentrée chez elle, le souffle l'a jetée à terre. Plus de peur que de mal, mais elle a quand même tenu à me raconter ce qui s'était passé pendant qu'on lui soignait ses blessures. Alors voilà, il n'y avait qu'une seule personne résidant à cette adresse.

Une femme de trente-six ans, nommée Élodie Sarrey. Fille unique ayant perdu ses parents l'an dernier dans un accident de la route. Arrivée en ville voilà près de cinq ans. Bien intégrée, même si elle se faisait parfois gentiment charrier sur son métier.

— Voilà le détail qui devrait vous intéresser, fit Vermelin.

— Là, ce sera à vous de le dire. En tout cas, cette femme était surtout connue pour être la sorcière locale. Elle exerçait à domicile. Séances de divination, travaux magiques en tous genres chez les particuliers, mais aussi préparation de différents produits tels que talismans et autres gris-gris que les gens s'arrachaient sur le Net. Elle tenait une boutique en ligne, dans lequel on retrouve aussi les livres qu'elle a écrits.

Sylvain fut interloqué.

— Une sorcière qui s'affichait publiquement.

Frédéric opina en croisant les bras d'un air grave.

— Normal que *Dies Irae* ne finisse par lui tomber dessus. Si la plupart des pratiquants œuvrent dans l'anonymat, cette femme sortait du lot, et a fini par attirer l'attention de ces détraqués.

— Comme on ne change pas une équipe qui gagne, on a aussi fait appel à vos experts scientifiques préférés pour passer les lieux au peigne fin. Ils pourraient confirmer que ces *fous de Dieu* auraient pu faire le coup ou non… même si je n'ai aucun doute à ce sujet.

Le capitaine Laforrest tourna son regard vers un petit groupe doté des équipements de protection permettant de se mouvoir dans une scène de crime. Parmi eux, il reconnut la silhouette élancée de Gregory Nova qui dirigeait sa fine équipe pour effectuer tous les prélèvements nécessaires. En se retournant, il vit à son tour l'officier et vint à la rencontre du trio qu'il constituait avec le lieutenant Laffargue et le capitaine des pompiers. Il venait de prendre connaissance d'informations de dernière minute, et tenait à les faire partager. Les quatre hommes se saluèrent avant d'entrer dans le vif du sujet.

— Vous avez sûrement eu droit à un petit débrief' en arrivant, mais on vient d'en apprendre un peu plus sur l'origine de l'explosion. Un engin semble avoir été raccordé au système du gaz de la maison. Déjà, rien que ça a suffi à faire pas mal de dégâts. Mais là où le piège était imparable, c'est que le détonateur a été fixé sur la porte d'entrée. En croisant ce qu'on a trouvé sur place avec le témoignage qui a été recueilli, on peut supposer que la bombe a été armée au moment où Élodie est entrée chez elle, et tout a sauté quand la porte a été refermée. Il faut croire que ça a déclenché une espèce de circuit électrique lié au détonateur. Simple, mais foutrement redoutable.

— Ensuite, compléta Vermelin, j'ai expliqué à Nova les difficultés que les gars ont eues à éteindre les flammes. Lui aussi a pensé au cas de Versailles.

— Oui. Ça nous a alors incités à chercher s'il y aurait eu des similitudes au niveau de l'engin par rapport à celui utilisé dans la boutique éso. Bien sûr, il faudra attendre les résultats des analyses, mais on risque de ne pas d'avoir beaucoup de surprises de ce côté-là. Déjà, la seule chose qu'on puisse dire à partir des débris qu'on vient de trouver, c'est que l'engin est à peu près aussi complexe que celui utilisé à Versailles. Bref, ça ne ressemble en rien à ce qui se fait d'ordinaire, au niveau des engins incendiaires.

— D'un autre côté, nota Sylvain, ceux de *Dies Irae* semblent avoir réussi à nous faire comprendre qu'ils ne feraient jamais rien comme les autres. Se démarquer du lot semble important pour eux.

Frédéric repensait aux propos tenus par les journalistes à leur arrivée sur place.

— Tout comme de faire passer leur message fanatique. Il faut croire qu'ils ont enfin réussi à attirer l'attention des médias sur eux. Dire que je voulais empêcher ça, c'est raté ! À ton avis, Greg, tu crois que les mecs de *Dies Irae* puissent compter un hacker parmi eux, ou bien une faille est-elle à craindre du côté de la cybersécurité ?

— L'idée d'un hacker qui s'amuserait à semer le bordel dans notre travail ne me plaît pas des masses. Surtout s'il est assez doué pour couvrir ses traces. En revanche, que l'un de nous puisse refiler des infos en douce, même si ça n'a rien de nouveau, est encore pire puisqu'on ne sait pas de qui il pourrait s'agir. Vous savez aussi bien que moi qu'il est difficile de le prouver sans déclencher une enquête interne, et on n'a pas besoin de ça en ce moment.

— Pas faux... concéda Sylvain. Dans l'intervalle, rien ne nous empêche de demander à ce que Bertrand Questin aille fouiner de ce côté-là. S'il y a bien quelque chose qu'il sache dénicher, ce sont les p'tits malins qui pensent pouvoir lui échapper. Ce qui ne s'est pas arrangé depuis que Thessa est venue en renfort. Il faut croire qu'ils se sont trouvés, ces deux-là.

L'espace d'un instant, alors que Vermelin et Nova discutaient des recherches qu'ils avaient encore à mener, Frédéric surprit le visage fermé de son jeune collègue. Il reconnut là le signe indéniable que quelque chose devait le préoccuper, et il pensait savoir quoi.

Après Versailles, *Dies Irae* poursuivait sa progression vers l'Est. Maintenant, ils étaient aux portes de Paris.

Il n'en faudrait pas plus pour que *La Voie Initiatique* ne rejoigne la liste de leurs cibles.

22

Dans les heures qui suivirent l'attentat, la plupart des médias s'étaient engouffrés dans la brèche. À force d'insistance, ils finirent par obtenir la confirmation que le groupuscule *Dies Irae* avait non seulement exécuté cette opération près de La Défense, mais aussi d'autres attaques de boutiques ésotériques, depuis le Finistère jusqu'à Versailles. Ce qui ne laissait aucun doute quant au fait qu'ils n'allaient pas s'arrêter en si bon chemin dans leur *croisade*.

La musique de Verdi résonna en boucle sur toutes les chaînes d'information, mais aussi lors d'émissions spéciales durant lesquelles furent invités un grand nombre de spécialistes des religions et du fanatisme. Par contre, il fut plus compliqué de trouver des intervenants acceptant de venir s'exprimer sur les sciences occultes, à cause de *Dies Irae* qui risquait de s'en prendre à eux. Certains journalistes déplorèrent un tel désistement qui n'alimentait pas assez à leur goût les débats.

Tout ce tapage médiatique eut pour résultat de pousser les membres du clan à se couper des informations, puisqu'ils n'y apprendraient rien de plus qu'ils ne sachent pas déjà grâce aux deux policiers du groupe. En temps normal, ces derniers n'étaient pas censés transmettre des révélations sur une enquête en cours, mais les évènements récents les avaient incités à reconsidérer la question. Du reste, par loyauté, les autres membres du clan savaient garder le silence.

Aucun ne prenait plus le risque de sortir seul. Philippe escortait Thessa au lycée, de même qu'elle passait chercher le Canadien à la sortie de son travail. Frédéric, poussé par Sylvain, aurait souhaité accompagner Coralie, mais, comme elle le lui avait rappelé, le fait de résider au-dessus de son lieu de travail rendait cette initiative quelque peu inutile. Le capitaine ne parvint pas à dissimuler sa déception aux yeux de son jeune collègue. Quant à lui, il accompagnait sa sœur jumelle dans ses déplacements, ce qui leur permettait de veiller l'un sur l'autre. Sylvia le taquinait en lui certifiant que c'était lui qui en profitait pour se faire protéger. Celui-ci affichait alors une expression d'incrédulité qui faisait rire la *Gardienne d'Obscurité*.

Après avoir quitté les locaux du *Cercle Magique*, les deux jeunes gens cheminaient à pied, le long des trottoirs de Saint Denis, en discutant des récents évènements.

— Vous ne savez pas encore qui aurait réussi à se procurer une copie du QR code créé par ces malades ? demanda Sylvia.

— Le capitaine des pompiers, Baptiste Vermelin, pense qu'un hacker aurait pu pirater son portable puisqu'il avait pris une photo du document trouvé sur les lieux de l'explosion, à Puteaux. Un raisonnement qui se tient, puisque l'on est très peu porté sur la sécurité des infos enregistrées dans ces appareils. On a l'habitude de protéger son ordinateur plus que son téléphone. J'ai envie de demander à Questin, le plus breton de nos experts informatiques, de se pencher sur la question.

— Ce que tu dis est loin d'être faux, mais n'avez-vous pas envisagés, Fred et toi, que quelqu'un lié à l'enquête aurait pu sciemment revendre des infos en douce ? Ça a dû arriver, non ?

— Je pense que ni Frédéric ni moi ne voulons envisager cette éventualité. Parce que si ça devait être exact, ce quelqu'un pourrait d'ores et déjà numéroter ses abattis en priant de n'avoir affaire qu'à une enquête interne. Ce serait toujours moins pire que de faire face à mon partenaire, dans ce genre de cas. Mais sinon, tu ne voudrais pas me dire ce que nous fichons au fin fond du 93 ?

— Une de mes amies au journal m'a transmis l'adresse d'un centre spécialisé non loin d'ici qui proposerait le genre de service dont j'ai besoin, fit Sylvia sans avoir l'air d'y toucher. Depuis qu'on a récupéré l'Épée Mystique de la Draconia, j'ai réalisé qu'il me manque les compétences nécessaires pour la manipuler. Mais ce n'est pas facile de trouver un endroit qui propose ce genre d'exercices d'escrime. Tu comprends ?

— Sans souci. Et puis tu as raison de vouloir t'améliorer à ce niveau. Le seul hic, comme tu le dis, c'est que le gabarit de notre Épée n'a rien à voir avec le fleuret. Là, on est plus dans le combat comme on le voit dans des films comme *Le Seigneur des Anneaux*, *Pirates des Caraïbes*, ou encore *Star Wars*... si jamais tu veux manipuler un sabre laser.

— Je n'irai pas non plus prétendre vouloir d'un prof comme Jack Sparrow ou Obi-wan Kenobi, pourtant ça me plairait bien. Bref, tu ne trouves pas ça à tous les coins de rue. Ah... voilà, normalement, cela ne devrait plus être loin. J'ai beau y venir depuis plus d'une semaine, j'arrive encore à me planter d'adresse.

Tout en marchant, Sylvia restait penchée sur un plan du quartier sur lequel figurait l'emplacement qui lui avait été indiqué à la rédaction.

Sylvain saisit le col du manteau de sa sœur pour l'obliger à s'arrêter.

— Au point de passer devant sans même voir l'entrée.

Juste en face d'eux se trouvait un bâtiment haut de deux étages, avec une porte métallique à doubles battants au-dessus de laquelle l'enseigne du centre avait été peinte au pochoir ; à savoir deux épées croisées. Le seul centre sportif des environs proposant un vaste choix d'activités liées au combat et au maniement d'armes telles que l'épée, le fouet, le bâton ou encore le tir à l'arc.

— Bon... Tu ne veux toujours pas me dire pourquoi ça te prend soudain de vouloir me faire venir dans ce genre d'endroit ?

Sylvia se rembrunit.

Ce n'est que sur mon lit de mort que tu sauras que c'est à cause d'un certain Thorn qui a tendance à me taper sur les nerfs, et à qui je veux plus que tout donner tort.

— Non.

Sur cette réponse aussi définitive que laconique, les jumeaux s'aventurèrent à l'intérieur. Le hall d'accueil était simple, voire même minimaliste, avec d'innombrables affiches annonçant différents évènements liés aux sports de combat. Une femme était installée derrière le comptoir de l'accueil, occupée à classer des dossiers, quand deux arrivants se présentèrent à elle. Celle-ci fut étonnée de voir que l'un d'eux faisait voulut sortir quelque chose de la poche intérieure de son manteau quand celle qui l'accompagnait retint son geste en pouffant de rire.

— Tu ne vas quand même pas dégainer ta carte de flic ici, tout de même ? s'esclaffa Sylvia.

— Excuse-moi, simple déformation professionnelle. Sinon, je peux faire appel à mon arme de service.

— Pardon, Julie, mais mon frère a parfois un sens de l'humour qui devrait être interdit par le Code pénal.

— Ça te va bien de dire ça, alors que t'es pire que moi ! s'indigna faussement Sylvain.

Taquine, Sylvia gratifia son frère d'une bourrade amicale.

— Ce n'est rien, fit Julie en souriant. Du reste, un revolver ne sert pas à grand-chose, puisque la plupart des instructeurs seraient capables de vous désarmer sans même vous laisser le temps d'appuyer sur la gâchette. À condition, bien sûr, que vous puissiez être encore en mesure de le faire.

Comme pour illustrer ses propos, la lame affûtée d'une épée vint se loger contre le cou du policier qui s'immobilisa sous l'effet de la surprise. Celle-là, il ne l'avait pas vue venir.

— En voici une flagrante démonstration, d'ailleurs, fit une voix masculine non loin d'eux. Bonsoir, je suis Daniel Bruno. Le gérant de ce centre sportif. Pardon de vous avoir fait peur, mais je n'ai pas pu résister à la tentation de m'inviter à la discussion.

Celui-ci abaissa son arme avant de la ranger dans le fourreau en cuir qu'il tenait à la main.

— Pas de mal, même si j'ai eu un peu peur d'être rasé au plus près de toute ma vie. Sylvain Laffargue, Police judiciaire.

Le jeune homme serra la main du nouvel arrivant, après s'être assuré que ce geste ne lui coûterait pas ses doigts au passage.

— C'est pour une enquête officielle ?

— Non, ajouta Sylvia. Je voulais montrer à mon frère comment j'occupais mon temps libre, depuis peu.

Le lien de parenté entre ses deux visiteurs sembla amuser

Daniel, même s'il ne l'évoqua pas à haute voix.

— Alors, vous venez en simple spectateur ou bien allez-vous vous inscrire ? Votre sœur n'est là que depuis quelques jours, mais elle a très vite acquis les bases de défense à l'épée. Maintenant qu'elle peut se protéger, nous allons voir les techniques basiques d'attaque.

Passée la surprise d'avoir été conduit dans un tel lieu, l'intérêt du lieutenant reprit le dessus.

— Comment un tel centre a-t-il été créé ?

— Cela fait un peu plus d'un an qu'on a ouvert, expliqua Daniel. Depuis le début, nous sommes cinq... non, six, à avoir fondé le club. On m'en a confié la gérance puisqu'il semblerait que je sois le seul à ne pas trop mal me dépatouiller avec tout ce qui est administratif. Quant aux quatre autres, ils sont devenus instructeurs. Nous sommes surtout des professionnels qui avons décidé de faire partager nos compétences au grand public.

— Et quels genres de clients avez-vous ?

— Un peu de toutes les catégories sociales, et des tranches d'âge assez diverses, même si ce sont le plus souvent des jeunes, entre vingt et trente-cinq ans, qui sont majoritaires. Tous ont des motivations différentes les uns par rapport aux autres. Il y en a que le maniement des armes fascine au plus haut point, tandis que d'autres y voient un exutoire à leur quotidien. Il y a aussi des mecs qui veulent épater la galerie lors de parties de jeux de rôles grandeur nature. Ceux-là sont capables de nous ramener leurs armes bizarroïdes pour qu'on leur apprenne à se taper sur la tronche avec. Pire que des mômes ! Mais bon... On ne va quand même pas les refouler, vu que ce sont nos meilleurs clients.

Cette remarque amusa beaucoup les jumeaux, ce que ne manqua pas de remarquer Daniel avant de reprendre le fil de son explication.

— Les autres instructeurs ont déjà pas mal de cours sur leurs plannings. J'ai donc pris sur le mien pour m'occuper de Sylvia. N'ayant qu'une élève, son apprentissage s'en trouve renforcé et accéléré. Je crois que vous devriez nous accompagner pour assister à la séance de ce soir. Qui sait, cela vous donnera peut-être l'envie de vous y mettre aussi.

Sylvain opina, curieux de voir comment cet instructeur parvenait à gérer sa sœur.

Le temps pour elle de passer au vestiaire pour y enfiler une tenue plus adaptée, et qui n'avait rien de différent par rapport à celui des adeptes des salles de gym, si ce n'était par le port de protections aux articulations ainsi qu'un gilet conçu pour amortir les coups. En voyant sa sœur ainsi harnachée, le premier réflexe de Sylvain fut de tenter de réprimer, bien maladroitement, un fou rire. Il chercha son téléphone portable pour immortaliser cette vision incongrue sur la page Facebook qu'il partageait avec les autres membres du clan. Un signe de tête négatif d'une Sylvia irritée lui fit comprendre que ce ne serait pas une bonne idée. Encore amusé malgré tout, il obtempéra, se promettant de réussir à prendre une photo en douce.

Quand Daniel vint les rejoindre, tous deux virent qu'il tenait deux épées factices en bois d'un gabarit semblable à celui de l'Épée Mystique.

Le jeune homme, qui n'était là qu'en simple spectateur, vint prendre place sur l'un des bancs disposés contre les parois de la petite salle d'entraînement.

— En temps normal, je me sers des plus grands emplacements dont nous disposons dans ce bâtiment. On peut y tenir plusieurs cours en même temps. Comme des cours ont déjà commencé, il ne nous reste plus que cette salle. On n'y donne pas de cours parce qu'elle sert aux associés qui viennent pour s'entraîner. Heureusement qu'il n'y a personne, ce soir.

Daniel Bruno venait à peine de soupirer de soulagement que la porte d'entrée s'ouvrit à la volée sur un nouveau venu qui remarqua la présence de deux autres personnes..

— Ah... Tiens, Danny. Je ne savais pas que tu serais là.

— Salut Aurélien ! Tu avais prévu de t'exercer ce soir ? Dans ce cas, j'espère que tu voudras bien patienter une petite heure, le temps d'un cours. Ensuite, on te foutra la paix.

— Okay... Il n'y a pas le feu, non plus. Et puis tu me surprends, Daniel, ce n'est pas dans tes habitudes de prendre des clients.

— Ce n'est pas comme si j'en avais plusieurs à gérer. Disons que cette demoiselle a eu une requête qui a titillé ma curiosité, puisqu'elle veut apprendre à manier une épée en peu de temps.

Le dénommé Aurélien eut un petit rire sarcastique.

— Encore une fana de manga qui veut se la péter dans un cosplay à la *Japan Expo* ?

— Eh bien non, figure-toi. Je te présente Sylvia Laffargue. Elle est venue accompagnée de son frère qui semble curieux de ses activités extra-professionnelles. Ça fait un peu plus d'une semaine qu'elle travaille avec moi, et je peux te dire qu'elle me sidère au plus haut point. Elle a déjà acquis les bases de la défense. À partir d'aujourd'hui, je pensais lui apprendre quelques attaques basiques, histoire de varier les plaisirs.

— Intéressant... En fait, j'ai assez envie d'évaluer par moi-même le niveau de cette demoiselle.

Avant même que la première intéressée ne puisse réagir, Aurélien s'empara des épées en bois avant d'en lancer une à Sylvia qui la rattrapa de justesse.

Daniel était encore sous le choc de la surprise.

— Euh... T'es pas sérieux, là ? Il faut croire que si... ajouta-t-il avant de se tourner vers Sylvain. Venez, il ne vaut mieux pas rester dans ses pattes quand il s'est mis une idée dans la tête. Il lui arrive d'être plus entêté qu'un troupeau d'ânes bâtés quand ça lui prend.

Il enjoignit Sylvain à garder ses distances avant de le rejoindre sur l'un des bancs le long du mur.

— Mais qui c'est, ce mec ?

— Aurélien Buchard. L'un de mes associés et cofondateurs de ce club, même s'il n'a pas le statut d'instructeur. En général, il travaille avec le monde du spectacle, dès qu'on a besoin d'un cascadeur sachant manier les armes. Il s'est surtout fait connaître dans le milieu du cinéma, avec des sagas telles que *Le Seigneur des Anneaux* ou encore *Pirates des Caraïbes*. Il y a fait de la figuration à l'épée avant de se retrouver à former les premiers rôles.

— Ah quand même. Ce n'est pas un petit joueur, contrairement à ce qu'on pourrait penser en le voyant.

— Je sais. Plusieurs ont déjà fait cette erreur de jugement avant vous, et ils s'en mordent encore les doigts. D'ailleurs, je vais peut-être finir par en faire autant après l'avoir laissé jauger votre sœur. À moins que vous ne m'abattiez avant.

Sylvain eut un mouvement de tête dubitatif.

— Il faut voir. Pourquoi dites-vous ça ? Vous ne le croyez pas à la hauteur d'un simple cours ?

— Disons que la pédagogie n'est pas son fort. En tout cas, avec d'autres personnes que ses semblables, des cascadeurs professionnels aguerris et non des amateurs. Il n'a jamais su s'y prendre avec les gens. D'où mon inquiétude. Si on lui confiait l'une de nos classes, il serait capable de faire fuir nos clients à une telle vitesse qu'on pourrait mettre la clé sous la porte en moins d'un mois. Voilà pourquoi ce sont mes associés et moi qui gérons les cours.

Sur l'instant, Sylvain comprit pourquoi Daniel avait buté sur le nombre de ses associés, les faisant passer de six à cinq, en soustrayant son embarrassant collègue.

Pendant que les deux hommes discutaient, Aurélien fit face à une Sylvia un peu décontenancée par la tournure des évènements. Cet homme n'était pas très grand, mais musclé sans non plus n'être que de l'esbroufe, avec une silhouette mince démontrant une certaine agilité en contradiction avec sa carrure. Rien qu'à le regarder, il semblait être un oxymore à lui tout seul, doublé d'un être pétri de contradictions, le tout réuni en un seul individu. Un bien curieux mélange. Ses cheveux noirs étaient noués en queue de cheval au niveau de sa nuque, et ses yeux gris acier brillaient d'un éclat qui sembla familier à la jeune femme, sans qu'elle parvienne pour autant à se rappeler ni où ni quand elle aurait pu croiser cet homme alors qu'elle le rencontrait pour la première fois.

— Tu t'appelles Sylvia, c'est ça ? On va commencer par une petite révision de ce que Daniel t'a appris, niveau défense.

Cela devrait suffire à ne pas te faire tuer. En garde ! Bien... apprécia-t-il en voyant Sylvia empoigner son épée. Tu as une posture d'autant plus intéressante que tu es gauchère. Le genre de truc qui déstabilise pas mal les droitiers qui pourraient se laisser surprendre. Pas de bol pour toi, je suis ambidextre. C'est moi qui initie l'attaque.

Il prit tout le monde par surprise en abaissant son arme pour effleurer le sol avec la pointe tout en chargeant. Le coup fut d'une violence inouïe, mais la jeune femme parvint à le bloquer, non sans mal, en tenant son arme d'une poigne ferme avec les deux mains. Aurélien ne lui laissa pas le temps de se réjouir, car il poursuivît son attaque par des coups vifs et précis qui furent tous parés par Sylvia qui avait retrouvé sa concentration.

Contre toute attente, cet échange la grisait, l'obligeant à donner le maximum de ses capacités face à cet homme qui ne lui semblait pourtant pas inconnu. À croire que ce n'était pas leur premier affrontement à l'épée.

Ils se retrouvèrent face à face, leurs armes bloquées l'une contre l'autre au-dessus de leur tête, tous les deux profitant de cette accalmie pour reprendre leur respiration. Leurs visages si près l'un de l'autre que chacun put percevoir le souffle de l'autre sur sa peau, se fixant du regard. Si Sylvia était encore surprise par la combativité de son adversaire, Aurélien semblait ravi de voir une novice ayant assez de cran pour lui tenir tête. Une chose qui lui arrivait rarement, les apprentis étant plutôt timorés.

D'un geste ample, il écarta l'arme de son adversaire, brisant ainsi leur connexion.

— En fin de compte, tu as une certaine technique, et la maîtrise de ton arme n'est pas qu'embryonnaire. En tout cas, tu ne risques pas de te faire battre par le premier venu, puisque tu as entrepris la démarche de vouloir améliorer ce qui ne tient pas la route. Je vois que Daniel ne s'est pas vanté pour rien. Ce n'est pas mal, mais pas suffisant pour que je ne finisse par te désarmer, poupée.

Ces mots... J'ai déjà entendu ça, tiqua Sylvia.

— Qui sait, je pourrais très bien te surprendre.

Avant même de lui laisser le temps de réagir, elle entreprit une séquence qui surprit son adversaire qui faillit lâcher son épée.

— Et puis, je déteste qu'on m'appelle « *Poupée* » !

Aurélien eut un petit rire avant de répliquer en attaque. Les deux jeunes gens enchaînèrent les coups sous les yeux stupéfaits de Sylvain et Daniel qui assistaient à l'échange. Très vite, Aurélien parvint à déloger l'épée en bois des mains de Sylvia avant de lui plaquer sa lame contre la gorge. Ce simple contact la tétanisa plus vite que si une lame métallique l'avait réellement blessée.

Aurélien murmura à l'oreille de Sylvia dont le cœur manqua quelques battements au contact du corps de cet homme.

— Tu es morte. Mais pour une première, on peut dire que tu ne t'en es pas trop mal tirée. Voudrais-tu peut-être savoir où ta dernière parade a foiré ?

Elle eut du mal à ravaler son trouble, et l'étrange magnétisme exercé par Aurélien n'en était pas la seule raison.

— Oui. Tout est allé si vite que je n'ai pas eu le temps de comprendre.

Sylvia eut beau vouloir donner le change, elle devait bien reconnaître qu'elle avait du mal à se remettre de la frayeur dont elle avait déjà fait l'expérience, mais pas dans cette réalité. Aussi, se remettre au travail sans attendre l'aiderait sans doute à ne plus éprouver cette boule au ventre qui menaçait à tout moment de la tétaniser. Une faiblesse dont seul Thorn avait été le témoin, dans le plan astral, et que Sylvia s'était juré de ne jamais montrer à l'avenir. D'où l'intérêt soudain de se perfectionner en escrime.

Aurélien et Sylvia exécutaient à nouveau ladite séquence de leur duel, mais plus lentement en détaillant bien chaque action.

Sylvain était encore stupéfait par la prestation à laquelle il venait d'assister.

— Eh ben… Je n'avais rien vu de tel. Ce mec est incroyable !

Daniel Bruno acquiesça, les bras croisés.

— Il est naturellement doué, mais il a aussi de qui tenir.

— Comment ça ?

— Son grand-père comptait de nombreuses médailles, tous métaux confondus, tant en individuel qu'en équipe, aux Championnats du monde, d'Europe et aux Jeux olympiques, entre 1924 et 1936. Il fait encore partie des rares Français à avoir décroché le plus de récompenses sur un podium. Il faut croire que son descendant n'a rien à lui envier, même s'il a préféré les superproductions hollywoodiennes à la compétition internationale. Il a commencé par de la figuration dans la saga de Peter Jackson avant de finir par former les acteurs de la trilogie du *Hobbit*. Il est intervenu aussi dans la dernière adaptation des *Trois Mousquetaires*, en entraînant Logan Lerman et Milla Jovovich. À mon avis, elle ne jouera plus que dans des comédies bien pépères, après ça.

Sylvia et Aurélien avaient fini leur échange, et l'élève semblait avoir bien assimilé la séquence qui l'avait désarmée. Le jeune homme lui parla un instant. Après un silence stupéfait, elle prit un temps de réflexion avant de marquer son approbation d'un hochement de tête tout en le regardant droit dans les yeux. Satisfait de cette réaction, ce dernier se dirigea vers les deux spectateurs qui s'étaient levés pour venir à sa rencontre.

— Désolé, Daniel, mais tu viens de perdre une cliente.

— Oh non… Qu'est-ce que t'as encore fait ?

— C'est moi qui vais reprendre sa formation.

— De quoi ?! s'exclamèrent Daniel et Sylvain.

— C'est bien ce que tu as entendu.

— Mais, Aurélien… Ça va être compatible avec tes engagements professionnels ? Tu risques de devoir repartir sans crier gare, et ton élève resterait sans le moindre cours pendant ton absence entre deux tournages. Sans parler des phases d'entraînement qui ne manquent jamais dans ces occasions.

— Aucun souci à ce niveau. Pour le nouveau film du *Hobbit*, les scènes d'action sont déjà tournées, et il ne leur reste plus que la post-prod. Je ne repars que dans deux ou trois mois avant mon prochain contrat. Durant ce laps de temps, je peux très bien prendre en main quelques cours.

— Moi, ça me va, si t'es sérieux et que tu ne fais pas faux

bond à Sylvia. On dirait que je me retrouve avec des créneaux horaires de libres. Sylvain, est-ce que ça vous tenterait de vous entraîner ? Cela vous serait profitable, à vous aussi. Vous pourriez vous exercer tous les deux, en famille. Croyez-en mon expérience en la matière, rien de tel qu'une bonne rouste à l'épée pour consolider les liens fraternels.

Sylvain lâcha un petit rire et vit que l'idée amusait sa sœur.

— Pourquoi pas, en fin de compte... Ça serait plus marrant d'avoir une activité commune.

À ces mots, cette dernière ne chercha pas à dissimuler sa joie de voir que son frère approuvait ce qu'elle faisait, au point de partager cela avec elle. Tout sourire, malgré une petite difficulté à reprendre son souffle, elle acquiesça, puis se passa une serviette éponge autour des épaules.

— Excusez-moi, je vais prendre une douche et je vous rejoins après.

Sylvia pris ses affaires avant de rejoindre le vestiaire des dames.

Aurélien venait de ranger les épées factices avant de déverrouiller un casier métallique et d'en sortir une impressionnante, en métal cette fois-ci. Après quelques gestes pour s'accoutumer à ce nouveau gabarit et à son poids, le jeune homme commença une série d'exercices. D'abord lents et maîtrisés, ses gestes gagnèrent en vélocité. Le métal tranchait l'air dans un sifflement caractéristique, alors que la lame prenait encore plus de vitesse.

Sylvain était assez impressionné, tant par sa technique que son aisance à manier cet artefact, comme s'il s'agissait du prolongement naturel de son bras.

On dira ce qu'on voudra, mais ça n'a rien à voir avec de l'esbroufe, et je ne voudrais pas me trouver face à un tel adversaire s'il révélait son véritable potentiel au combat.

Daniel incita Sylvain à le suivre jusqu'au bureau d'accueil.

— Vous semblez surpris par ce qui s'est passé avec Aurélien.

— Pour être franc, je ne m'attendais pas à ce qu'il s'intéresse soudain aux apprentis tels que votre sœur. Même si je suis flatté qu'il ait reconnu la qualité du travail qu'elle a accompli depuis son arrivée ici, je me demande si c'est une bonne idée de l'avoir laissé me remplacer, et comment elle va réussir à le supporter.

— Connaissant ma sœur, c'est plutôt moi qui vais me demander comment il va réussir à la gérer. N'allez pas croire, mais il lui arrive d'avoir un fichu caractère quand ça lui prend.

— Quoi qu'il en soit, j'étais sérieux en vous disant que j'avais du temps libre. Ça vous dirait de tenter l'expérience ? Allez, pour être sympa, je vous accorde à tous les deux une ristourne de 20% sur vos deux abonnements.

— Okay, ça marche ! En plus de l'épée, est-ce que vous pourriez aussi m'apprendre les rudiments du bâton de combat ? J'en ai reçu un l'été dernier. Ce serait dommage de ne pas savoir l'utiliser, pas vrai ?

Daniel approuva, trouvant que ces deux jeunes gens étaient très surprenants et intéressants. En tout cas, ils sortaient de l'ordinaire et cela valait bien qu'il prenne la peine de leur consacrer un peu de son temps.

23

Mardi 9 octobre 2012
Saint-Denis
Rue des Trémies

Dans les locaux du magazine *Le Cercle Magique*, la rédaction ressemblait à une ruche bourdonnante d'une activité de plus en plus frénétique avec l'imminence de la date butoir. Celle fixée pour la remise des articles du numéro spécial d'Halloween. La plupart des chroniqueurs connaissait chaque étape conduisant à l'arrivée d'une revue sur les étals des marchands de journaux. Ce qui comprenait la validation définitive des articles, la mise en page de la maquette et sa confirmation, puis l'envoi à l'imprimeur avant la distribution. C'était en général le rôle du rédacteur en chef de valider le « *bon à tirer* » avant la production du magazine. Même si l'équipe n'en était pas encore à ce stade des opérations, la date fatidique semblait arriver à vitesse grand V.

Chacun à leur bureau respectif, les membres de l'équipe travaillaient d'arrache-pied pour que leur article soit non seulement prêt dans les temps, mais surtout à la hauteur des attentes de leur supérieure. Son opinion comptait pour eux, et personne ne voulait la décevoir.

Si l'estime qu'Adèle Ogerau avait acquise auprès de son équipe ne laissait aucune place au doute, on pouvait dire que l'inverse était tout aussi vrai quant à l'envoyée du Groupe Prætorius : Marylise Cox. Ce jour là, après avoir longuement discuté avec la rédactrice en chef, celle-ci avait fait le tour de la rédaction pour s'assurer par elle-même de l'avancement de chaque sujet. Ce qui ne manqua pas d'occasionner quelques crispations, voire même une tension qui n'était pas du goût de tout le monde. Le genre d'ambiance dans laquelle personne n'appréciait de travailler.

Inès avait presque disparu de la vue de ses collègues, son bureau étant pratiquement enseveli sous un amas de livres anglo-saxons sur le Sabbat du moment, mais aussi des recueils de rituels et autres célébrations magiques. C'est ainsi qu'elle obtenait le plus souvent des rites à la fois simples et complets que les lecteurs pourraient pratiquer seuls ou en petit groupe.

Miranda Tonnerre se référençait plus à des sources bibliographiques issues du *scrapcooking* et autres fantaisies culinaires. En général, elle allait jusqu'à effectuer quelques tests chez elle avant de demander aux autres chroniqueurs de servir de cobayes, ce qu'ils attendaient tous avec une certaine impatience. Miranda savait y faire en cuisine et il émanait parfois de la rédaction du *Cercle Magique* une odeur alléchante qui donnait faim à tout l'étage. À croire que la chroniqueuse avait loupé sa vocation de cuisinière.

Le bureau de Sébastien DeGuine, quant à lui, n'aurait rien eu à envier à une boutique de voyance, à en croire les articles liés à la divination qui y étaient entassés, sans compter sur une abondante documentation. Des magazines, mais aussi une série de livres sur les Tarots, les runes nordiques, les boules de cristal et autres supports divinatoires.

Sylvia n'était pas en reste par rapport à ses collègues puisque son espace de travail souffrait aussi d'une crise du logement, compte tenu de la kyrielle de documents qui l'encombraient ; un bloc-notes dont les pages étaient couvertes d'une écriture fine, des revues sur l'histoire des religions, mais aussi différents livres. Parmi eux, Sylvia avait fait un ajout de sa bibliothèque personnelle : un épais ouvrage d'anthropologie en édition limitée signée par l'auteur, Gwendal Duenerth, qu'elle avait eu la chance de pouvoir commander via *La Voie Initiatique*. Ayant la mort pour thème, l'ouvrage avait été une source d'inspiration inépuisable. Avec des illustrations issues de banques d'images en ligne, Sylvia aurait un aperçu global de ce à quoi son article ressemblerait, une fois terminé. Pour sa version définitive, elle travaillait sur un document intitulé « *article_de_base* » sur son disque dur. Du reste, chaque ordinateur était verrouillé par un mot de passe permettant d'identifier son utilisateur. Sylvia ne s'inquiétait pas outre mesure, puisque ses collègues avaient déjà fort à faire sans en venir à s'intéresser à l'avancement de son travail. Elle avait presque terminé, et il ne lui restait plus que les ultimes corrections à peaufiner. Au bout du compte, elle avait fini par y arriver, comme sa rédactrice en chef l'en avait assurée au moment de lui confier cette tâche. Elle en ressentit une pointe de fierté.

Marylise Cox venait aussi de passer près du bureau de la jeune femme qui renonça aux étirements salvateurs qui auraient permis d'évacuer les courbatures dont elle souffrait depuis le matin. Apparemment, la séance de la veille avec cet Aurélien n'avait pas été sans conséquence ; son nouvel entraîneur avait été très exigeant, et elle avait mal partout. Celle que la jeune femme qualifiait intérieurement de vautour venait de repartir, lui semblait-il, en quête d'une autre carcasse à dépiauter. Elle céda alors à l'envie qui l'avait saisie quelques instants auparavant. Elle se leva et effectua quelques mouvements tout en se dirigeant vers Sébastien, impressionnée de voir le bazar qui avait pris possession de son poste de travail.

En la voyant arriver, Sébastien interrompit ce qu'il faisait à l'écran, dissimulant le site Internet sur lequel il était occupé.

Sylvia désigna le bric-à-brac du jeune homme.

— Dis, Sébastien, t'as l'intention d'ouvrir un cabinet-conseil en ligne ? Tu n'envisages une reconversion dans l'univers de la consultation astrologique en ligne ? Tu ne manquerais pas de clientèle, avec ton culot légendaire.

— Quand même pas, même s'il faut reconnaître que je vais devoir y songer si jamais mon papier était refusé.

Elle lui posa une main sur l'épaule en gage de soutien.

— Ne t'en fais pas trop pour ça, c'est plutôt moi qui risque d'être sur la sellette.

— Pourquoi, tu n'as toujours pas fini ? Et moi qui croyais que tu avais déjà bouclé ton article, voire même écrit quelques chapitres du livre que je t'avais suggéré de faire sur le sujet ensuite... s'interrompit-il après que Sylvia lui ait flanqué un léger coup de poing sur le bras. Non, mais quelle brute ! s'indigna-t-il.

— Ça t'apprendra à dire des conneries plus grosses que ton ego, qui est pourtant déjà assez balèze comme ça.

— Mais alors, où en es-tu, en vérité ?

— Puisque tu veux le savoir, j'étais en train de me prendre la tête avec la banque d'images à laquelle Marylise Cox m'a donné accès. Si je lui en suis reconnaissante pour le principe, je ne pensais pas que ça allait me compliquer autant la tâche.

— Pourquoi ? Il n'y a aucun document qui puisse illustrer ton article ? Tu vas galérer pour obtenir les autorisations en temps et en heure, si jamais tu décidais d'en choisir d'autres.

— Non, ce n'est pas ça... bien au contraire. Je croule littéralement sous les références. C'est pire qu'avec les informations trouvées sur les différents cultes de la mort à travers l'Histoire !

— Moi, je manque de photos et d'illustrations pour mon article sur la divination. On pourrait peut-être se rendre service ? Je t'aide à sélectionner les documents photo les plus pertinents pour ton papier, et tu me laisses avoir accès à la banque d'images, juste le temps de faire mon shopping. Après tout, Marylise Cox n'a pas précisé que tu en aurais un accès exclusif, non ?

— Pas faux. Allez, c'est d'accord. Tu peux squatter mon ordi, comme ça tu transféreras directement les photos sur le dossier que j'ai créé pour cet article. Je t'indiquerai comment y accéder.

— Okay, ça marche ! Mais c'est bien parce que c'est toi qui le proposes si gentiment.

Le regard de Sébastien s'illumina d'une étincelle victorieuse que Sylvia ne remarqua pas, puisqu'elle venait de retourner à son bureau. Le jeune homme la rejoignit avec une clé USB. Il prit place au bureau de sa collègue et la laissa entrer ses identifiants personnels pour déverrouiller son ordinateur. Sébastien se cacha le visage avec les mains, dans une gestuelle un rien exagérée pour montrer qu'il ne verrait rien de sa manœuvre. Ce qui fit sourire Sylvia qui ne se lassait jamais de ses gamineries puériles.

— Voilà... Je t'ai affiché le site en question et tu y as désormais libre accès. C'est une bonne idée, cette clé USB, parce que je me voyais mal faire transiter tous les documents que tu aurais pu vouloir via mes e-mails.

— Ça laisserait des traces, et tu aurais été embarrassée d'avoir à l'expliquer.

— Non, c'est parce que ta boîte mail aurait vite saturé.

Sylvia fut soulagée que Sébastien soit aussi compréhensif.

— Pendant que je monopolise ton ordi, pourquoi n'irais-tu pas nous prendre un café ? Tu ne croyais quand même pas que j'allais oublier comme par magie les muffins que tu m'as piqués.

— Pour être franche, c'est ce que j'espérais.

— Vilaine ! Face à tant d'honnêteté, tu n'auras qu'à prendre un assortiment au *coffee shop* au coin de la rue. Leurs pâtisseries sont à se damner et j'avoue être accro à leur *cappuccino*.

La jeune femme eut un léger sourire rêveur qui ne trompait personne. Elle était très gourmande, et ne s'en cachait pas.

— C'est vrai que les gâteaux sont bons, là-bas.

— Alors il ne te reste plus qu'à t'y mettre. Le temps que tu fasses le trajet pour revenir ici, j'aurai sûrement fini. Ensuite, je pourrais t'aider à mon tour.

D'abord réticente, Sylvia finit pourtant par être d'accord avec Sébastien. Bon gré mal gré, elle se prépara à sortir avant la cohue habituelle, en fin d'après-midi.

Sébastien inséra son unité de stockage dans la prise prévue à cet effet et patienta quelques secondes que le périphérique soit reconnu pour entamer des manipulations informatiques plus complexes qu'un simple transfert d'images depuis un site Internet. D'ici que la jeune femme soit de retour, il aurait eu le temps nécessaire pour faire ce qu'il avait prévu, et même d'effacer toute trace de ses opérations. Sylvia n'y verrait que du feu, et même un informaticien s'y laisserait prendre. Un travail d'orfèvre, selon lui.

Merci pour cet accès direct, ma jolie... Encore mieux qu'en passant par le bon vieux piratage. C'est un petit cadeau qui me tombe du ciel. Merci, Père Noël.

24

Paris
36 quai des Orfèvres

Suite à l'attentat de Puteaux, la cellule chargée d'enquêter sur *Dies Irae* organisa une réunion menée par le commissaire Berger. Il y avait aussi le capitaine Laforrest, les lieutenants Mansoif et Laffargue. Le capitaine des pompiers, Baptiste Vermelin, ainsi que Gregory Nova et Bertrand Questin.

En voyant une équipe aussi hétéroclite, Sylvain songea spontanément que les effectifs manquaient de collègues féminines. Il soupira en percevant la tension ambiante, le temps que leur chef ouvre le bal. Compte tenu des évènements, ils allaient avoir fort à faire.

Dominique Berger attaqua le vif du sujet.

— En temps normal, il n'y a que moi et mes trois collègues qui auraient été conviés à ce genre de réunion. Seulement, nous avons besoin de toutes les informations possibles et de vos compétences respectives. C'est pourquoi nous avons fait appel à vous pour tenter d'y voir plus clair, mais aussi pour cerner des éléments qui seraient susceptibles de mettre les coupables sous les verrous. Sur ce, ajouta-t-il en consultant les éléments d'un dossier ouvert devant lui, le mieux serait de commencer par une récapitulation des évènements dans l'ordre chronologique.

— Alors, on démarre avec l'incendie de la boutique à Versailles ? demanda Mansoif.

— Pas tout à fait objecta Laforrest. On avait commencé à s'intéresser à différents cas d'agressions sur des commerces liés aux sciences occultes et aux thérapies alternatives survenues en province depuis quelques mois.

— Et peut-on savoir en quoi ça concerne ce qui nous occupe ?

— Tout simplement à établir que les faits n'ont pas débuté avec ce qui s'est passé à Versailles, mais bien avant ça. *Dies Irae* a revendiqué ces interventions, après l'attentat de Puteaux.

Mansoif était sur le point d'y trouver à redire quand le commissaire Berger, agacé, fit signe au capitaine Laforrest de poursuivre. Celui-ci opina, autant par gratitude pour cette intervention que pour développer son raisonnement.

— À l'origine, nous nous étions penchés sur le cas d'une conférence à Chartres, survenue fin septembre, durant laquelle des gars avaient semé la panique auprès des organisateurs et des participants. En partant de là, on a découvert qu'il s'agissait déjà du cinquième cas survenu en trois mois. Avant ça, il y a eu d'autres actes du même genre à Quimper, lors de l'inauguration d'une boutique *New-Age*. Ensuite, on a eu des clients harcelés dans une librairie de Rennes, et deux magasins qui ont été dévastés à Angers et au Mans. Avant d'en arriver à Chartres.

— Jusqu'alors, enchaîna le lieutenant Laffargue, nous n'avions pu établir aucun lien entre ces différents cas qui sont épars aussi bien d'un point de vue géographique, méthodologique et dans le temps. Ces affaires étaient considérées au registre des faits divers, et les gendarmeries locales ont dû tenter de les résoudre elles-mêmes. Du moins, jusqu'à Versailles. C'est comme si cet incendie avait marqué un cap décisif. Pas seulement pour l'enquête, mais au sein de ceux qui se cachaient derrière.

— Et qu'est-ce que vous permet de croire que ces faits épars puissent être rattachés d'une façon ou d'une autre à *Dies Irae* ? fit remarquer Dominique.

— À cause du QR code imaginé par ces gars, répondit Sylvain. Celui trouvé dans la grenade lacrymogène à Versailles.

— Disons que nous n'avons pas attendu celui découvert à Puteaux pour s'y intéresser de plus près.

— C'est ça, compléta Sylvain. Et après avoir visionné la vidéo sur YouTube liée à ce document, on a cherché à savoir s'il n'aurait pas été trouvé aussi sur les lieux des précédentes agressions. C'est la preuve indéniable que tous ces cas ont été provoqués par les mêmes personnes. Puisqu'il ne fait aucun doute que nous avons affaire à un groupe, et non à une personne isolée.

— Avec quel résultat ? railla Mansoif. Ormis une phénoménale perte de temps ?

Une attitude mesquine que Sylvain ne releva même pas.

— La preuve que *Dies Irae* est bien à l'origine de toutes ces affaires. Les collègues nous ont confirmé la présence d'un QR code similaire à ceux que nous avons trouvés à Versailles et Puteaux. Comme ces documents ressemblaient aux prospectus distribués dans ces boutiques, personne n'avait imaginé qu'ils puissent être une espèce de signature laissée par les agresseurs. Normal qu'ils n'aient pas été remarqués à ce moment-là, ni même intégrés à la liste des pièces à conviction. Ce qui est maintenant chose faite. De leur côté, les gendarmes chargés de ces affaires continuent à pister les agresseurs, ce qui pourrait nous aider à enfin les identifier.

Bertrand Questin posa sur le bureau deux pochettes plastifiées contenant chacune un exemplaire dudit document. Force était de constater que si les enquêteurs n'avaient pas su qu'ils provenaient de leurs collègues en province, ils les auraient pris pour ceux déjà trouvés en région parisienne.

— Je les ai reçus très rapidement, et je peux vous confirmer qu'il s'agit bien du même code que celui que nous connaissons déjà. Le labo a décelé qu'ils provenaient du même fabricant, que nous essayons de retrouver. Mais les chances sont plutôt minimes, compte tenu des sites proposant l'impression en ligne de ce genre de tracts. Ils peuvent tout aussi bien avoir fait appel à un service situé à l'étranger. Ce qui risque de nous compliquer la tâche.

Vermelin tapota l'extrémité d'une cigarette qu'il gardait éteinte.

— Qu'est-ce qui vous a amenés à penser que l'incendie survenu à Versailles était différent des cas dont vous avez parlé ?

— Je crois comprendre… percuta le commissaire. Si nous avions été jusque là qu'en présence de banales agressions, nous avons eu à faire à quelque chose de différent à Versailles. C'est encore une boutique ésotérique qui a été ciblée, sauf que là, ça a été beaucoup plus violent. Non seulement à cause de l'incendie, mais surtout à cause de la volonté de tuer. C'est bien ça ? fit-il en voyant Frédéric et Sylvain acquiescer. D'ailleurs, il s'en est fallu de peu pour qu'il y ait des morts, alors que tout avait été fait pour. Ce qui nous amène à l'attentat à Puteaux. Le labo m'a fait parvenir le résultat des analyses des débris laissés par l'engin explosif. On a la liste des composants et, le moins qu'on puisse dire, c'est qu'on ne croise pas ça tous les jours.

À ces mots, le capitaine Laforrest et son jeune collègue échangèrent un regard entendu.

— Laissez-moi deviner un peu, énonça ce dernier. C'est du naphta, du soufre, de la résine de pin, du salpêtre et de l'oxyde de calcium. Ou quelque chose du même genre.

— C'est ça, confirma Gregory Nova. Et si ça vous semble familier, c'est parce que ce sont les mêmes composants que ceux utilisés pour la bombe incendiaire à Versailles.

Sylvain Laffargue s'adossa à son siège.

— On dira ce qu'on voudra, mais ce n'est pas une coïncidence. Ouais, Fred… même notre pompier de service sait ce que tu penses des coïncidences.

Baptiste Vermelin opina, et le capitaine lança un regard torve à son équipier, lui promettant que cette petite pique ne resterait pas impunie.

Gregory eut un petit rire avant de redevenir sérieux.

— D'autant plus que l'engin en lui-même ne correspond à rien de ce qu'on connaît déjà en matière d'explosif. C'est à la fois très professionnel, tout en gardant un côté artisanal assez étrange. La seule chose dont je sois sûr, c'est que, même s'il y a quelques variantes entre les deux engins découverts à Versailles et à Puteaux, ils ont dû être assemblés par les mêmes personnes. En tout cas, j'ai lancé mon équipe sur la piste de ce genre de cocktail explosif. On devrait pouvoir déterminer s'ils n'ont pas été déjà employés en d'autres occasions.

— Avec quel résultat ? s'enquit Dominique Berger.

— Un truc de dingue... Vous n'allez jamais le croire, mais ce genre d'arme incendiaire ne date pas d'hier. C'est le moins que l'on puisse dire. Ses premières utilisations remonteraient à l'Antiquité. Dans l'Empire byzantin, pour être exact.

— Non, mais c'est quoi ce délire ? s'exclama Gérard. Tu vas aussi nous dire que les crétins de *Dies Irae* ont loué une machine à remonter le temps pour s'en procurer ? T'es pas sérieux, là !

— Oh la ferme ! lança Sylvain. On pourrait au moins laisser Greg aller au bout de son explication, non ? Je suis certain que c'est très important.

— Je persiste quand même à dire qu'on nage en pleine connerie ! fulmina Mansoif.

— Bon, je peux continuer ?

— Oui, Greg, bien sûr. Alors, si je comprends bien, tu es en train de nous dire les premières utilisations d'un engin de ce genre remonteraient à si loin dans le temps ? Des siècles ?

— Pas la structure de base, en tout cas. Si le procédé semble ancien, je soupçonne néanmoins une adaptation plus moderne dans son assemblage.

— Mais alors, de quoi s'agit-il ?

— On appelait ça le *feu grégeois*. C'est l'un des secrets militaires les mieux gardés de tous les temps. Les étapes de fabrication et d'utilisation étaient tellement cloisonnées que personne n'en connaissait les détails dans sa totalité. De sorte que la méthode originelle a été perdue à jamais. Bien des tentatives d'analyses et de reconstitution ont abouti, au mieux, à une liste partielle de ses composants. Au pire, à des répliques plus ou moins approximatives qui n'ont jamais égalé les performances de l'original. Ce qui en a amené plus d'un à douter de son existence, parce qu'ils ne parvenaient pas à le reproduire.

— Alors, c'était une arme militaire ? demanda Dominique.

— Quelque chose comme ça. C'est un système d'arme complet doté de plusieurs éléments qui étaient censés marcher ensemble pour être pleinement efficace. Selon la légende, on ne peut pas l'éteindre avec de l'eau parce que cela aurait intensifié les flammes. Comme les deux fois où les pompiers en ont fait la cuisante expérience.

Ce que le capitaine Vermelin confirma avec gravité.

— C'est vrai. Plus on rajoutait de flotte, et plus le feu prenait de l'ampleur. Quelque chose de dingue ! Il a fallu l'étouffer sous une quantité impressionnante de mousse carbonique pour en venir à bout. Comme pour des incendies impliquant des produits chimiques hautement inflammables. Si c'est ça votre truc ancien, je peux confirmer que c'est une véritable saloperie.

Gregory soupira face à l'ampleur du phénomène.

— On peut craindre que ceux de *Dies Irae* soient parvenus à en retrouver les bases, et n'allez pas me demander comment. Au contact de l'eau, le phosphure de calcium relâche de la phosphine qui s'enflamme spontanément. Le fort potentiel destructeur du *feu grégeois* est incontestable. C'est une arme redoutable, et c'est une bonne chose que son procédé se soit perdu. Mais là…

— C'est comme si quelqu'un cherchait à le remettre au goût du jour, dit Frédéric. Pourtant, Greg, tu avais l'air de dire que ce n'est pas la première tentative pour le recréer.

— Non, en effet, et tous sont tombés plus ou moins le bec dans l'eau. On s'accorde à dire que la seule qui aurait eu toutes les chances d'aboutir remonte au 18e siècle. Antoine Dupré, un joaillier grenoblois l'aurait redécouvert par hasard, et aurait communiqué sa découverte à Louis XV en 1759. Les effets étaient si terribles que, par humanisme, le roi décida d'ensevelir ce secret dans l'oubli et acheta le silence de Dupré en lui accordant une rente viagère. C'est la dernière fois que quelqu'un aurait pu reconstituer cette arme effroyable. Reste à savoir comment un tel procédé à fini par arriver jusqu'à nos fanatiques pyromanes.

Alors que les intervenants présents dans le bureau du commissaire Berger tentaient de digérer cette information pour le moins incroyable, le lieutenant Laffargue était en pleine réflexion.

— Le *feu divin*…

— Ce n'est pas ce terme que *Dies Irae* a utilisé dans leur

vidéo ? remarqua Mansoif. Ils disaient vouloir faire tomber la punition divine sur quiconque se livrerait à un commerce diabolique tel que la sorcellerie et autre maléfice du même genre. Alors, tu penses que leur *feu divin* serait la version réactualisée d'une arme issue de l'Antiquité ?

— Vous avouerez que ça se tient, non ? Une arme incendiaire que personne n'a su répliquer depuis des siècles, qui brûle sur tout et n'importe quoi, que l'eau attise au lieu d'éteindre. Je ne sais pas ce qu'il te faut de plus pour vous convaincre. Parce que si jamais tu voulais déclencher une vague de terreur dans les milieux ésotériques de la Capitale, ce serait l'arme idéale.

Baptiste Vermelin venait de consulter les dossiers devant lui.

— Il y a autre chose. Si on part du principe que c'est bien ce genre de feu qui est à l'origine des deux attentats survenus ces dernières semaines, leurs effets sont différents. Autant à Versailles, on a eu à lutter contre un incendie, certes d'origine criminelle avec un engin déclencheur, autant l'explosion de Puteaux a été provoquée par une véritable bombe reliée à la distribution de gaz.

— Et tout ça nous mène à quoi ?

— Je n'en suis pas sûr. Pour moi, c'est comme si ceux de *Dies Irae* avaient cherché à mettre à l'essai différentes variantes du *feu grégeois*.

Le commissaire Berger admit que c'était pertinent.

— Je vois… Ces malades auraient peut-être retrouvé le secret de cette arme terrifiante, et voudrait la tester de différentes façons.

— C'est ça l'idée. D'un autre côté, ça tomberait sous le sens, puisque personne à l'heure actuelle ne semble pouvoir dire quelles sont ses capacités. Donc, ils expérimentent plusieurs versions avant de déterminer laquelle est la meilleure… Enfin, celle qui fait le plus de dégâts.

Sylvain trouvait que cet argument se défendait.

— Ils ont non seulement changé de méthode, puisqu'on a encore affaire au feu, mais à une façon différente de le déployer, sans parler de la cible. Jusqu'à présent, ils ne s'en prenaient qu'à des commerces *New-Age* et ésotériques. Alors qu'à Puteaux, c'est une maison particulière qui a été détruite, en tuant celle qui y résidait. Pourquoi un tel revirement ?

— Ça n'a rien de logique, on est d'accord, dit Mansoif.

— Merde alors… soupira Sylvain. Je n'aurais jamais cru que ça finirait par arriver, En tout cas, c'est vrai que s'en prendre à Élodie Sarrey a changé la donne. Elle s'adonnait aux sciences occultes, et ne s'en cachait pas. Rien que pour ça, sans pour autant le cautionner, ça expliquerait pourquoi *Dies Irae* voulait sa mort. À moins que…

— À moins que quoi, lieutenant Laffargue ? demanda le commissaire Berger. T'as une idée sur la question ?

— Plus une hypothèse, je dirais. Peut-être que *Dies Irae* a des cibles préétablies à l'avance, puisqu'on a pu suivre leur déplacement d'Ouest en Est, jusqu'à la région parisienne. Pourtant, là, ils s'en prennent à une personne seule, à son domicile. Je suppose que cette demoiselle ne faisait pas partie de leurs plans et qu'ils ont fini par découvrir son existence avant de décider de passer à l'action. Non seulement ils ont éliminé une sorcière qui s'affichait comme telle, mais ils en ont profité aussi pour tester une autre application de leur *feu divin* par la même occasion. Une manière comme une autre de faire d'une pierre deux coups.

Le capitaine Laforrest réprima un frisson de dégoût.

— Ce qui rend *Dies Irae* encore plus dangereux, à présent. Parce que si à l'origine, on pouvait s'attendre à ce qu'ils n'attaquent que les commerces ésotériques, on pouvait encore tenter d'anticiper les attaques possibles. Alors que là…

— Encore heureux qu'il n'y en ait pas autant que de pharmacies ! ironisa Sylvain.

— Tu as raison, même si ça mobiliserait beaucoup de monde. Sauf que là, depuis qu'ils ont frappé à Puteaux, on ne peut plus du tout anticiper ce qu'ils pourront prévoir pour la suite.

— Comment ça ? fit Mansoif. Ils n'ont donc pas fini de semer le bordel, ces emmerdeurs ?

— Tout porte à croire que non. Ils ne s'arrêteront pas en si bon chemin, et leur violence ira encore *crescendo*, à partir de maintenant.

Frédéric Laforrest ne pouvait qu'être d'accord.

— Ce qui nous ramène à ce dont nous parlions, à savoir que l'incendie à Versailles a marqué un tournant significatif. On a vu que cela concernait autant la méthodologie de *Dies Irae*, mais aussi du degré de violence qui a, pardonnez-moi l'expression, explosé. Mais je vois aussi un autre changement par rapport à ce qu'ils ont fait avant. L'idée me trottait dans la tête depuis la fin du mois dernier, mais c'est devenu plus évident à présent.

— De quoi s'agit-il ? demanda Sylvain.

— L'impact médiatique. Jusqu'à l'agression à Chartres, on ne peut pas dire qu'on ait beaucoup entendu parler de ces attaques, qualifiées de marginales. Pourtant, l'incendie à Versailles a eu droit à la une des journaux, sans parler des heures de présence sur les chaînes d'info en continu ou encore des flashs spéciaux sur la plupart des grandes chaînes. Merci à la conférence des chefs d'État qui, comme par le plus grand des hasards, avait lieu dans la même ville. Du coup, je me suis demandé…

— Si ce n'était pas seulement dû au hasard ?

— Oui, parce que la coïncidence était trop énorme. Comme nous ignorions à ce moment-là l'identité des responsables, les médias ne l'ont pas su non plus, ce qui était une très bonne chose. Après avoir découvert le QR code, je m'étais personnellement assuré que le nom de *Dies Irae* ne filtre pas, et nous étions les seuls à avoir vu leur manifeste en vidéo. Mais au regard de ces éléments, je ne peux pas m'empêcher de penser que c'est la reconnaissance médiatique que ces mecs-là doivent chercher depuis le début. Ils veulent qu'on parle d'eux et de ce qu'ils ont accompli. Ils veulent attirer l'attention sur eux, sur leur *noble* combat contre les hérésies qui nous menacent, selon leurs délires obscurantistes.

Dominique Berger posa quelques journaux pliés sur la table de réunion. Tous traitaient des mêmes sujets à la une : *Dies Irae* et leurs crimes les plus récents.

— Et le moins qu'on puisse dire, c'est que c'est réussi ! Maintenant, tout a fuité. Le nom de ces malades, mais surtout le QR code et leur fichue vidéo. On n'arrête pas de parler d'eux, et des spécialistes à deux balles se sont empressés pour disserter à tout va. Sinon, pas moyen de faire retirer la vidéo de la plateforme ?

— Non, répondit Bertrand. Ce n'est pas faute d'avoir essayé, mais les gars auxquels nous avons affaire ne sont pas de petits joueurs. Ils ont utilisé une plate-forme de partage, certes, mais depuis un pays étranger qu'il est quasi impossible de définir, tant ils ont bien couvert leurs traces. Bref, je ne peux pas supprimer cette vidéo, pas plus qu'elle ne peut servir à retracer ceux qui l'ont mise en ligne. À croire qu'ils ont réussi tout ce qu'ils ont entrepris depuis qu'ils ont commencé à sévir.

— Pas tant que ça, contra le capitaine Laforrest. N'oublions pas que leurs victimes ont échappé à l'incendie de Versailles. On peut craindre qu'elles soient encore en danger, si l'envie prenait à *Dies Irae* de vouloir finir ce qu'ils ont commencé. Hormis leur fanatisme anti-ésotérisme, on n'a pas la moindre piste pour les identifier et les trouver. Il s'est forcément passé quelque chose pour que le groupe se radicalise soudain, au point de semer la mort à chacune de leur apparition. Mais qu'est-ce qui a pu changer ? Parce que ça m'étonnerait beaucoup que ces types ne cherchent qu'à tester une improbable arme incendiaire. Non, ils ont sûrement d'autres plans !

— En tout cas, leur fanatisme pourrait bien nous aider à mettre le grappin dessus ! tonna Dominique. On va continuer à creuser cette piste, puisque c'est la seule qui nous reste.

— Quant à moi, ajouta Frédéric, je m'inquiète aussi de ce que *Dies Irae* pourrait nous préparer à l'avenir, hélas. La seule chose dont je suis sûr, c'est que quand ils frapperont à nouveau… il n'y aura pas qu'un seul cadavre.

25

Mercredi 10 octobre 2012

Paris *Ville Lumière*, mais surtout *ville gruyère* aurait dit Mikael et ses hommes n'auraient pas dit le contraire. Entre les catacombes et autres souterrains abandonnés, la Capitale regorgeait littéralement d'endroits inconnus de la plupart des gens, comme l'emplacement choisi pour les réunions de leur groupe. *Dies Irae* pouvait se targuer d'avoir trouvé un endroit parfait, situé au cœur de la ville, tout en restant à l'abri des importuns. L'idéal pour une discrétion sans faille.

Les sept hommes s'étaient approprié les lieux, disparus du cadastre depuis longtemps. Personne n'en aurait soupçonné l'existence. Au moment de leur arrivée, le groupe n'avait pas lésiné sur la logistique pour rendre cet endroit habitable. Au début, des groupes électrogènes servirent à l'éclairage, le temps d'effectuer les premiers travaux. Ils furent remplacés par un raccordement d'alimentation électrique aussi puissant que d'une discrétion telle qu'il était impossible que *Dies Irae* se fasse repérer ainsi. Plusieurs espaces cloisonnés furent ainsi aménagés en différentes salles, dont une de réunion, d'entraînement, de même qu'un laboratoire d'expérimentation comprenant aussi le plus gros de leur installation informatique hautement sécurisée.

Pour l'heure, Mikael avait demandé à deux autres membres de son équipe de le rejoindre en salle de réunion. Malthiel et Jehudiel arrivèrent à l'heure convenue, et chacun apportait ce que leur chef avait demandé : des documents, dont certains étaient enroulés dans des tubes en carton. Leur leader les incita à prendre place en face de lui.

— Malthiel, je ne t'avais pas cru quand tu disais que le *Feu*

Divin pourrait aussi être utilisé sous forme d'explosif incendiaire. Non seulement tu m'as donné tort, mais j'ai été surtout bluffé par l'ingéniosité que tu as eue de relier l'engin au réseau du gaz, en couplant un détonateur radio à la porte d'entrée. Du grand art.

Pour ne pas être du genre démonstratif, le ton admiratif qu'il venait d'avoir fut apprécié par son interlocuteur.

— Dans une maison, le plus difficile est de pouvoir situer par avance où la cible se trouvera, pour être certain qu'elle n'échappera pas à la déflagration.

— T'aurais dû piéger les toilettes, s'amusa Jehudiel.

— Et faire un mauvais remake du film *L'Arme Fatale 2* ? Quand même pas ! On sait tous comment a fini la scène des latrines explosives. Autant réinventer le concept.

— En tout cas, reprit Mikael, grâce à cette intervention inopinée, nous allons pouvoir étoffer le champ des compétences du *Feu Divin*. C'est tout ce qui compte. Pour en revenir au plan, autant dire carrément que la première phase est une quasi-foirade puisque ces attaques en province ont été bâclées et mal préparées. Heureusement qu'on a pu se rattraper ensuite, avec le cas de Versailles et puis l'intervention inattendue à Puteaux. Jusque là, malgré quelques légers ratés, on peut dire que la *Phase 1* de notre plan finit mieux qu'elle n'a commencé. Ce n'était pas prévu dans nos plans d'origine, mais ça aura eu des répercussions intéressantes, au point de me donner quelques idées quant à ce que nous pourrions faire à partir de maintenant.

— Pour la *Phase 2* ? Ça y est ? demanda Jehudiel.

— Tout à fait.

— J'espère quand même que ça ne va pas trop nous détourner de nos objectifs initiaux. Je te rappelle quand même que c'est toi qui as conçu ces plans. Cela risquerait de tout faire capoter, et j'ai assez bossé comme ça pour laisser une telle chose arriver.

— Votre manque de foi me consterne, trancha Mikael.

Ce dernier n'avait pas remarqué le rictus amusé qu'arboraient ses deux subordonnés qui, eux, avaient reconnu la référence à la saga cinématographique *Star Wars*.

— Okay, Dark Vador… s'amusa Malthiel, vas-tu nous expliquer ce à quoi tu as pensé ?

— L'un des problèmes de la phase précédente a tenu dans notre incapacité à faire connaître notre carte de visite auprès des flics et des médias.

Jehudiel venait de se servir un verre d'eau quand il suspendit son geste, perplexe.

— Le QR code que Raphaël a mis au point ? Il a pourtant fait du très bon boulot, sur ce coup-là.

— Oui, c'est vrai, et je suis sûr que même l'unité cybernétique des flics doit galérer pour tenter de faire supprimer la vidéo. Et le mieux dans tout ça, c'est qu'après l'attentat de Puteaux, il y a eu une nouvelle explosion, mais cette fois du nombre de visionnages. Notre signature a enfin filtré dans les médias, et c'est bien pour faire connaître l'étendue du combat que nous menons contre les pièges du Malin pour attirer les âmes innocentes dans ses filets. Comme nous nous en sommes pris à une hérétique isolée, il m'est avis que ça a dû aussi changer la donne auprès des forces de l'ordre qui ne doivent plus savoir où donner de la tête puisque…

— Puisqu'on donne l'impression d'avoir changé de cible, ajouta Malthiel.

— Ouais… En tout cas, il serait somme toute logique qu'on doive faire face à un accroissement du niveau d'alerte du plan Vigipirate. Ce dont on se fout éperdument, mais le plus intéressant se situe dans le fait que la police semble ignorer où et comment nous pourrions frapper ensuite. Les boutiques *ésotérico-new-age* ne semblant plus être nos seules cibles à présent. C'est là que nous pouvons changer notre fusil d'épaule.

— Et que nous allons intervenir.

— Bien vu. Malthiel, je vais te charger d'une mission annexe, mais qui nous servira à bien des niveaux dans l'avancement de nos projets. Tu vas garder les flics à distance en leur donnant un nouvel os à ronger.

— Diviser pour mieux régner ?

— L'adage est assez approprié, hein ? fit remarquer Jehudiel.

Mikael reporta son attention sur les plans d'un bâtiment.

— Avec Jehudiel, nous allons nous concentrer sur la suite, et poursuivre nos plans, comme prévu. Et quoi de mieux que de jouer sur le registre de l'émotionnel pour manipuler les gens à loisir ? La peur étant le meilleur levier qui soit, et ce depuis des temps immémoriaux. Nous allons semer une telle vague de terreur auprès des hérétiques qu'ils finiront bien par subir à leur tour le châtiment qu'ils méritent. Et comme le *Feu Divin* a passé ses ultimes tests avec succès, Quant à toi Malthiel, je ne doute pas que tu sauras assurer pour ce qui t'attend. Tu va travailler indépendamment, mais j'insiste bien pour que tu restes en contact constant avec moi.

Malthiel acquiesça, tout en restant préoccupé.

— Tu ne crains pas que m'envoyer sur autre chose pourrait ralentir l'exécution de la *Phase 2* ? De plus, je ne suis pas très rassuré de voir que Gabriel puisse encore ajouter son grain de sel, au risque de tout faire foirer, comme c'est déjà arrivé.

— Ne t'en fais pas pour celui-là. Je saurai le cadrer, et il va devoir filer droit pour ne pas servir de cobaye au *Feu Divin*. Et puis les préparatifs que nous devons faire vont prendre du temps. D'ici là, tu peux très bien te rendre utile, sans pour autant compromettre nos chances de réussite.

Malthiel opina, flatté de la confiance de son supérieur.

Mikael s'intéressa aux documents éparpillés au centre de la table de réunion. Il y avait des plans architecturaux, quelques magazines astrologiques et sur l'ésotérisme, des prospectus publicitaires, mais aussi des photos de surveillance. Les deux autres examinèrent le tout avec beaucoup d'attention. Depuis le temps qu'ils travaillaient avec leur leader, ils comprenaient d'emblée l'importance que pourrait avoir le moindre détail. Ils remarquèrent quelque chose. Mikael avait-il agi ainsi pour tester leur réaction ? Le connaissant, c'était plus que certain.

— C'est ça ma nouvelle cible ? demanda Malthiel.

— Si c'est le cas, elle ne faisait pas partie de la liste d'origine, observa Jehudiel. Je ne savais pas qu'on s'attaquerait aussi à un groupe de presse.

— Ça ne veut pas dire qu'il ne faille pas les secouer un peu, contra Mikael. Les gens s'émeuvent facilement, et ils ont tendance à voir leurs réactions décuplées dans ces moments-là. On peut dire qu'ils peuvent mettre le feu aux poudres pour un rien, une fois qu'ils ont perdu tout bon sens. Voilà qui va nous servir pour leur faire mettre les hérétiques au ban de la société... par la société elle-même. Vous allez leur fournir le bouc émissaire à sacrifier. En temps de crise, la délation peut très bien opérer grâce aux haineux en tous genres. L'Histoire regorge d'exemples du même acabit. Nous ne faisons que nous en inspirer pour mener à terme la neutralisation des hérétiques.

— Ton idée a tout pour plaire, fit Jehudiel, mais je remarque que tu y as inclus les gothiques. Ils n'ont pas grand-chose à voir avec l'hérésie sorcière, même si j'ai tendance à penser que leur mode de vie, musical, esthétique et vestimentaire constitue une grave atteinte au bon goût. Pourquoi les ajouter à la liste ?

— Ce que j'adore avec la masse populaire, c'est qu'elle fonctionne toujours avec un catalogage systématique de ce qu'elle ne connaît pas, avec des idées toutes faites à l'emporte-pièce... même si leur ignorance du sujet est totale. C'est formidable, non ? Ils ne connaissent strictement rien à la magie et la sorcellerie, mais ils s'imaginent qu'avoir lu, ou vu l'intégrale d'*Harry Potter* et de *Charmed* suffit à les rendre experts en la matière.

— En gros, on va jouer sur les amalgames ?

— Oui. De toute façon, les gens que nous visons sont tout aussi paumés dans leur tête, et il y en a qui confondent aussi pas mal de choses. Au moins, nous allons nous assurer qu'ils ne contamineront plus la moindre âme innocente.

Jehudiel prit appui sur les mains pour se pencher et examiner les différents papiers disséminés devant lui. En vérité, il ne les observait pas. Ses yeux étaient plutôt dans le vague, comme s'il réfléchissait sur les propos de Mikael.

— Le *Feu Divin* risque encore de servir de plus en plus, mais c'est quelque chose de compliqué et délicat à produire. J'aimerais autant qu'on évite de l'utiliser pour un oui ou pour un non.

Quelque chose me dit que le requiem de Verdi n'a pas fini de se faire entendre.

— Tu as raison, sauf sur un détail. Je ne veux pas non plus utiliser notre meilleure arme à tort et à travers. D'autant que nous ne tarderons pas à avoir besoin de tout le stock disponible au moment de mettre à exécution la *Phase 2*. Du reste, je compte aussi sur vous pour vous renseigner sur deux personnes en particulier, ajouta-t-il en dévoilant deux photos montrant un homme et une femme de moins de trente ans.

Jehudiel les reconnut sans mal pour les avoir déjà vus après la réunion qui avait suivi l'opération à Versailles.

— Mais... Ce ne seraient pas eux qui nous ont échappé ?

— Philippe Helm et Sylvia Laffargue... souffla Malthiel.

— Après quelques recherches, il s'avère que ce type fricote avec l'occulte depuis des années, au point qu'il s'en vante sur son site web, mais il écrit aussi des livres, dont un sur une magie impliquant les créatures démoniaques que sont les dragons. Quant à la fille, elle a travaillé quelque temps dans une des boutiques que nous avons ciblées à Paris, mais le mieux est qu'elle travaille maintenant pour un magazine que nous avons dans le collimateur. Nous avons acquis la certitude que Sylvia et Philippe se connaissent tous les deux, et que d'autres personnes sont liées par la magie à ces satanés dragons. Dans l'immédiat, je pense à son frère, le flic, mais peut-être aussi son équipier.

— Tu n'as aucune certitude pour ce qui est des autres, ni de combien ils pourraient être au final, fit remarquer Malthiel.

— Tout n'est que spéculations, et c'est bien pour ça que je vais avoir besoin que vous approfondissiez les recherches à leur propos. Raphaël ne pourra pas le faire, puisqu'il va bosser avec nous sur la *Phase 2*, surtout avec la vague de piratages de blogs et sites en tous genres. Ce qui risque de l'occuper plus qu'à plein temps. Considérez cela comme une petite mission bonus en plus de celle de semer la panique chez les hérétiques. Vous allez avoir de quoi vous amuser d'ici là avec la populace.

— Et s'ils s'attaquaient malgré tout à des gens qui n'ont rien à voir avec tout ça ? demanda Jehudiel. Il y en a qui se sont déjà servi de la délation pour régler leurs comptes, et ce n'est pas du tout ce que nous cherchons à obtenir. Bien des innocents pourraient en pâtir.

— Tu as raison de le faire remarquer. Mais moi, je te rappelle que nous sommes en guerre. En temps de guerre, il y a toujours des victimes collatérales. Personne n'y peut rien. Après tout… *« Tuez-les tous, et Dieux reconnaîtra les siens »*.

26

Vendredi 12 octobre 2012
Avenue Foch

Pour se remettre des évènements de la semaine, les six membres du clan se réunirent chez Thessa afin de passer la soirée en sa compagnie. Même si elle avait dû apprendre à vivre seule depuis peu, la jeune fille trouvait les visites de ses amis très réconfortantes. D'autant plus qu'il leur arrivait de bien s'amuser tous ensemble. Les chamailleries qui ne manquaient jamais de se produire lui rappelaient la complicité qui existait entre eux.

Pour le dîner, Frédéric avait fait l'unanimité de ses talents culinaires en préparant des lasagnes gratinées à souhait. Un plat qui n'avait pas fait long feu, accompagné d'un délicieux tiramisu. Thessa avait carrément léché son assiette sous les yeux ébahis de ses amis.

— Eh ben... On peut dire que t'avais une faim de loup ! s'exclama le capitaine Laforrest.

— Okay, la bouffe est dégueu à la cafèt' du bahut et je m'autodigérais depuis tout à l'heure. Sérieux, vous n'aviez pas entendu le *« Concerto pour Estomac Vide »* en arrivant ?

— Je crois qu'on peut remettre cette assiette telle quelle dans le vaisselier, observa Philippe.

— Cette fois, c'est définitif, tu as loupé ta vocation de chef cuistot, ajouta l'adolescente à l'aîné du groupe.

— Alors là, j'avoue, renchérit Coralie.

Elle fit un signe discret à l'adolescente pour lui faire remarquer la présence incongrue d'une trace de tiramisu au bout du nez.

— Et je suis d'avis que si jamais Frédéric voulait quitter les rangs de la police, il pourrait toujours ouvrir son restaurant.

— D'ailleurs, qui t'a appris à cuisiner ? demanda Sylvia.

— Pourquoi veux-tu le savoir ? Pour t'inscrire au cas où je voudrais donner des leçons particulières ? M'est avis que tu en aurais besoin, en plus.

Sylvia, piquée au vif, lui lança une boulette de pain au visage.

— Hey ! Ça ne se fait pas, ça ! Quand on veut éviter un malheur, on ne jette pas de nourriture sur le chef. Sinon, je me mets en grève et c'est toi qui devras me remplacer en cuisine.

Une menace qui ne manqua pas d'occasionner une réaction collégiale aussi inquiète que spontanée.

— Ah non, alors !!

La jeune femme accusa le coup face à un tel peloton d'exécution. « Gardez-moi de mes amis » disait un dicton populaire.

Frédéric retrouva son sérieux.

— Mais pour répondre à ta question de savoir qui m'a appris à cuisiner, c'est moi. J'ai appris tout seul. C'était une question de survie, si l'on peut dire. Ma mère n'a jamais été douée dans ce domaine, et mon père ne valait pas mieux. Tu vois, ma grande, tu n'es pas la seule dans ce cas-là. Et puis, j'aime bien préparer des petits plats pour régaler ma famille et mes amis.

— Est-ce que tu saurais confectionner des sushis ? demanda Coralie pleine d'espoir.

— Ou des pizzas ? tenta Philippe.

Sylvain eut un petit rire, après avoir fini son verre de chianti.

— Là, Fred, t'es bien parti pour ouvrir un resto. Ne serait-ce qu'avec nous.

— Remarque, ça ne me dérange pas trop quand il s'agit, comme ce soir, de se retrouver tous ensemble pour dîner. Il suffit que vous fassiez les courses, je m'occupe du reste et il ne vous reste plus qu'à mettre les pieds sous la table. Pour ce qui est des sushis, je n'ai jamais essayé, mais ça me plairait d'apprendre. Quant aux pizzas, je devrais pouvoir me débrouiller, même si je n'ai jamais réussi à lancer la pâte en l'air comme le font les vrais pizzaïolos, sans me la prendre sur la tête.

Tous rirent de bon cœur rien qu'en imaginant la scène. Les tasses de café et de thé marquèrent la fin de ce repas pantagruélique. Après avoir aidé leur jeune amie à débarrasser la table et faire la vaisselle, ils vinrent tous se réunir dans la pièce réservée aux pratiques occultes.

Coralie avait usé de son pouvoir pour allumer toutes les bougies couleur crème situées dans la cheminée ainsi que sur le linteau, à l'aide d'une seule allumette. Ce qui ne manquait jamais d'émerveiller les autres membres du clan. Ces petites lueurs vacillantes apportaient de la chaleur, mais aussi une certaine touche de charme à ces lieux, au point qu'il n'était pas nécessaire d'allumer le plafonnier.

Un espace avait été dégagé au centre, aménagé de gros coussins confortables où chacun put s'installer à son aise.

Les filles avaient improvisé un atelier coiffure, et Coralie s'était amusée à nouer les cheveux blonds de Thessa en forme d'un nœud papillon qui laissait une partie de sa chevelure relâchée. Ce qui la changeait de sa queue de cheval. Là, ce fut au tour de Sylvia de se tenir à genoux par terre, pendant que ses deux amies divisaient l'ample chevelure noire en cinq mèches avant de les tresser toutes, puis de les réunir en une seule natte avec un ruban violine. Sylvia aimait bien le résultat. Elle avait eu l'impression de revivre une scène du film d'animation *Raiponce*, à ceci près qu'elle n'avait pas une telle chevelure et qu'elle était brune.

Pendant ce temps, les autres membres du clan discutaient de choses et d'autres, en particulier de *Dies Irae* qui occupait les deux policiers de police.

Thessa frissonna à cette évocation, sans compter qu'elle redoutait encore de se rendre dans cette pièce depuis qu'elle avait fui les lieux à cause d'une présence qu'elle pressentait comme étant maléfique. Heureusement, les actions du rituel de purification et la présence de ses amis l'aidèrent à venir à bout de son inquiétude. Ils la rassuraient et ce sentiment fut tel qu'elle ressentit le besoin de s'en ouvrir à eux. Pourtant, elle ne savait pas trop encore comment lancer le sujet, jusqu'à ce que Sylvain et Philippe n'en viennent à évoquer le sujet par eux-mêmes.

Philippe était interloqué, non seulement à cause des faits qui s'en étaient suivis, mais surtout parce que cela résonnait avec un écho de déjà-vu pour lui aussi.

— C'est tout de même étrange d'avoir vécu une expérience quasi similaire, fit-il remarquer.

— Ou comment être plus clair en deux leçons faciles, s'amusa Coralie. Peux-tu préciser, pour ceux qui viennent de prendre cette passionnante série télé en cours de route ?

L'occasion que l'adolescente attendait.

— L'intervention d'une entité maléfique, expliqua-t-elle. Ce qui m'est arrivé alors que je tentais une séance divinatoire avec mon miroir aquatique. Vous savez qu'il s'agit de ma méthode favorite. Pourtant, une ombre plus sombre encore que les ténèbres a réussi à interférer dans ma séance et c'était sacrément flippant.

— Et bien, je viens de réaliser que quelque chose d'assez semblable m'était arrivé aussi, ajouta Philippe.

— En pratiquant un art divinatoire ? s'enquit Coralie.

— C'est ça. Étant lié à l'Élément Air, j'obtiens d'ordinaire de bons résultats avec le vent et la fumée de l'encens. J'adore ce support, surtout avec la combustion d'un mélange de plantes et de résines adaptées dans ce but. Mais là, tout ne s'est pas passé comme d'habitude, puisque les ténèbres se sont infiltrées dans les effluves odorants. Des volutes sombres et aussi suffocantes que des nuages de cendres encore incandescentes ont pris leur place. Un sentiment de peur m'a saisi au même instant. Tout comme ce que Thessa a décrit. Une présence malveillante s'efforçait à ce que je ne pousse pas mes questions plus avant. Tout ça en plus du fait que ça m'a rappelé l'incendie à Versailles… Bref, j'ai eu la frousse comme pas possible.

Sylvia avait l'impression de nager en pleine confusion.

— Mais tout ça pour quoi, au final ?

Frédéric semblait avoir son idée sur la question.

— D'après ce que j'ai compris, ça ressemble plus à une forme de mise en garde volontairement terrifiante pour que vous arrêtiez votre séance *illico*. Moi, je ne vois que ça. Comme Thessa et Philippe sont les plus forts de notre clan, il peut sembler normal qu'on puisse chercher à entraver leurs visions de ce qui pourrait arriver dans un avenir proche. Et sans leurs visions prémonitoires, on risque d'avancer à l'aveuglette, face à des ennemis qui pourraient tenter d'en profiter.

Sylvain était épaté par son coéquipier.

— Tu me sidères quand ça te prend d'avoir des intuitions pertinentes en Magie, alors que c'est pas le domaine que tu maîtrises le mieux.

Frédéric ne releva pas, tandis que Thessa était perplexe.

— Donc, ça voudrait dire que quelqu'un, ou *quelque chose*, tenterait de nous intimider pour nous empêcher de fouiner en utilisant nos pouvoirs ?

— C'est assez bien résumé en ce qui me concerne, répondit Sylvain. Pourquoi ne pas nous en avoir parlé avant, Philippe ? Tu sais, on aurait pu t'aider, comme on l'a fait avec Thessa.

— Sauf qu'on n'a pas vraiment réussi à lever le blocage sur mes pouvoirs, nuança l'adolescente. Force est de constater que rien n'a changé, à ce niveau.

Philippe passa une main frémissante sur sa nuque.

— Pour moi non plus, la divination ne donne rien de probant. Quoi que je fasse, rien ne vient. Les images émanant du passé sont floues, le présent est incertain… Quant à l'aperçu de l'avenir, j'aime mieux ne pas en parler. Les images et autres impressions sont éparses, comme pour nous narguer un peu plus, puisqu'elles n'ont absolument rien à voir avec quoi que ce soit de vrai. Tout n'est qu'illusions et faux-semblants.

Sylvia songeait à sa propre séance de taromancie qui n'avait rien révélé de très probant. Est-ce que cela voulait dire qu'elle était aussi atteinte que Thessa et Philippe ? Comme une espèce d'épidémie hautement contagieuse au sein du Cercle du Dragon Céleste. La *Gardienne d'Obscurité* se rendit pourtant à la seule évidence qui s'imposait.

— On veut nous rendre aveugles…

— Sans doute, nota Philippe. En ce qui me concerne, j'avais trop peur de ne plus correspondre à l'instructeur que j'étais devenu pour vous. Et puis, je craignais aussi que vous ne me croyiez pas.

Tiens, voilà quelque chose que je pourrais tout à fait comprendre, venant de lui, songea Sylvia alors que son frère jumeau approuvait aussi.

Thessa y vit la confirmation que d'autres membres du clan avaient subi cela. Outre la petite satisfaction – un peu perverse –, de ne pas avoir été la seule dans ce cas, elle réalisa que c'était peut-être quelque chose d'autre. De plus grave.

— En partant de là, on peut supposer que ça pourrait être une manœuvre de prise de contact avec chacun d'entre nous. Sauf que personne ne s'est jamais entretenu avec une entité autre que les êtres draconiques que nous connaissons déjà.

À ces mots, Sylvia réprima un frisson en songeant à Thorn avec qui elle avait déjà parlé à quelques reprises, aussi bien dans les limbes du plan astral qu'au niveau télépathique.

— Sauf que ça pourrait être très dangereux, s'inquiéta Philippe. Les entités de l'astral sont souvent trompeuses. On ne peut jamais savoir si leurs intentions sont néfastes ou non, à moins qu'elles ne se décident d'elles-mêmes à tomber le masque. Le problème, c'est qu'au moment où ça arrive, il est déjà trop tard. Croyez-moi, j'en parle d'expérience. Le mieux à faire consiste encore à les éviter comme la peste. Heureusement qu'on peut compter sur les dragons pour nous protéger contre eux. Ça fait partie de leurs tâches en tant que nos gardiens spirituels.

Tiens, c'est vrai que ni Sha'oren ni les autres dragons ne m'ont dit quoi que ce soit concernant les visites inopinées de Thorn... pensa Sylvia. *Pourquoi ? Si ce mec était vraiment dangereux, le grand dragon blanc ne l'aurait quand même pas laissé m'approcher... et encore moins réussir à me tuer, même pour de faux, dans l'astral ? Nan, il y a un truc qui ne va pas dans tout ça ! Peut-être que c'est Thorn qui a tenté de s'en prendre à mes amis afin d'entraver leurs aptitudes, et les affaiblir aussi. Si ça se trouve, c'est lui qui est à l'origine de la diminution de mes pouvoirs. Le salopard ! Il va avoir intérêt à me les rendre...*

La jeune femme était tellement empêtrée dans l'écheveau de ses pensées qu'elle eut un temps de retard et se rendre compte que les autres avaient poursuivi la conversation.

Non, mais il faut vraiment que j'écoute ce dont mes amis sont en train de parler ! À croire que j'ai vraiment le niveau de concentration d'une amibe, ces temps-ci...

Thessa s'amusait à diminuer la quantité d'eau dans le verre que Frédéric s'apprêtait à boire, puis la faire remonter ensuite. Le policier lui lança un regard faussement furieux. L'adolescente s'esclaffa, ravie de voir qu'elle parvenait encore à faire cette petite blague. Quelque chose la préoccupait néanmoins.

— Tu crois que c'est la nature de mes pouvoirs qui me rendent plus vulnérable aux attaques psychiques comme celle qui m'est arrivée ?

— C'est toujours une possibilité, admit Coralie. L'Élément Eau est lié aux domaines émotionnels. Sans non plus dire qu'une sensiblerie excessive te caractérise désormais, il semblerait que tu sois plus réceptive que nous aux phénomènes magiques.

Philippe fixait Thessa, les avant-bras posés sur les genoux.

— Ce qui pourrait faire de toi une cible facile pour ceux qui voudraient en tirer profit. Et on ne va pas rester sans rien faire, si jamais tu es en danger.

— Tout à fait, renchérit Frédéric. Ce qui va me conduire à ce dont je voulais vous parler aujourd'hui. Pas seulement à Thessa, mais à chacun d'entre vous. On a pas mal discuté avec Sylvain au sujet du fait que nous sommes tous disséminés aux quatre coins de la ville. Outre que ça coûte les yeux de la tête de se loger à Paris, ce serait un plus de se réunir sous le même toit.

Frédéric s'interrompit en réalisant que les autres le regardaient d'un air ébahi.

— Attends une seconde, fit Coralie qui tentait de comprendre. Si je te suis, tu es en train de nous proposer de tous squatter chez l'un d'entre nous ? Ce n'est pas pour dire, mais l'appartement de mes parents au-dessus de *La Voie Initiatique* n'est pas extensible, et ceux qui vivent en studio n'ont pas des murs qu'on puisse repousser à l'envie. Donc, il ne resterait qu'ici, chez les parents de Thessa. Mais ils pourraient ne pas trop apprécier de nous voir tous débarquer ici avec des milliers de cartons.

— Là n'est pas l'idée, contra Frédéric. Je vous fait la proposition d'emménager en colocation dans un appartement assez grand pour tous nous caser. Maintenant, je peux vous dire sur quoi on était occupés ces derniers temps. Avec Sylvain, nous avons prospecté des endroits correspondant à nos attentes, et je voudrais vous les proposer. Puisque l'idée est d'habiter tous ensemble, c'est normal que chacun puisse avoir son mot à dire. Il faut qu'il y ait une chambre pour chacun d'entre nous, un grand salon avec une pièce libre dont on pourrait faire une salle de pratiques magiques, comme celle-ci, et...

— Un home cinéma ? proposa Philippe.

— Assez de salles de bains pour qu'on ne se marche pas dessus chaque matin ? ajouta Thessa.

— Soit une buanderie, soit un accès à une laverie, fit Sylvia. Parce qu'à six, ça va en faire du linge à laver, et je refuse déjà d'entrée de jeu de me farcir la corvée de repassage !

— Ça, c'est un cri du cœur ! s'exclama son frère avec amusement. Puisque vous réagissez ainsi, cela voudrait-il dire que l'idée d'une cohabitation vous tente ?

— Ouais, pourquoi pas ? fit Sylvia. C'est vrai qu'on pourrait veiller les uns sur les autres en restant ensemble. Ainsi, personne ne resterait seul.

En disant cela, la jeune femme pensait surtout à Thessa. La jeune fille vivait dans ce grand appartement vide et cela ne rassurait pas du tout les autres membres du clan, en particulier Frédéric et Sylvain, déformation professionnelle oblige. Les parents de l'adolescente n'étaient presque jamais à Paris, ou durant si peu de temps. Maintenant que son frère aîné n'était plus là, c'était au tour de ses amis de veiller sur elle.

— Frédéric... fit la jeune fille. Crois-tu que mes parents seraient d'accord pour que je vienne habiter chez vous ? Que feraient-ils de cet appart' si je n'y vis plus ?

— C'est pour ça que j'ai pris la liberté d'entrer en contact avec eux, au Canada. Ils sont en ce moment à Vancouver, et nous avons longuement discuté. Crois-le ou non, mais ils sont partants pour que tu ne restes pas ici toute seule en permanence. Et puis ça les a rassurés de savoir qu'il n'y aura pas moins de deux flics avec toi. Ils vont donc revendre cet appartement, et bloquer l'argent de la vente pour toi, pour que tu puisses acquérir ton logement, quand tu auras décidé de voler de tes propres ailes.

Une vive émotion serra la gorge de Thessa.

— Wow... On peut dire que vous avez été hyper discrets dans vos démarches, parce qu'on ne s'est rendu compte de rien.

Le capitaine Laforrest se pencha vers sa jeune amie et tendit la main vers sa joue sur laquelle perlait déjà une larme. La jeune fille apprécia ce contact délicat qui lui rappela que son père faisait le même geste pour la rassurer.

— Thessa... Tes parents t'aiment plus que tout au monde, n'en doute jamais. Comme leur éloignement est tel qu'ils ne peuvent être souvent auprès de toi, ça les tranquilliserait de savoir que tu pourras vivre avec des amis. Ce n'est pas tout. Pour suppléer à leurs devoirs légaux vis-à-vis de toi, ils ont entrepris les démarches pour faire de moi ton tuteur jusqu'à ta majorité. Ainsi, je pourrai intervenir avec l'autorité nécessaire en cas de besoin.

— Non... Toi ? Devenir mon tuteur ?

— Depuis le temps qu'on se connaît, on te considère tous comme notre petite sœur. La benjamine de l'équipe, en quelque sorte. Je deviendrais comme un grand frère de substitution.

Thessa, émue au-delà du possible, eut une pensée reconnaissante pour ses parents qui lui manifestaient une confiance sans bornes pour décider du chemin qu'elle voudrait suivre à l'avenir. Elle était aussi ravie du nouveau rôle que Frédéric aurait à tenir auprès d'elle.

Sylvia lui posa une main amicale sur l'épaule.

— Est-ce que cela te convient, Tessa ? On peut trouver pire que lui comme tuteur, non ?

— Oui, confirma-t-elle les joues ruisselantes de larmes. Ça me convient même très bien comme ça. Merci, Fred !

Thessa se jeta dans les bras de Frédéric qui la serra contre lui en riant. Il ne tarda pas à la déloger en douceur de son torse pour la regarder dans les yeux.

— Une dernière chose. Dès que je disposerai d'une autorité quasi parentale sur toi, ça me donnera l'opportunité de buter n'importe quel garçon qui te manquerait de respect. Et figure-toi que ton père est d'accord avec l'idée.

— D'autant plus que je suis là, moi aussi, ajouta Sylvain en repliant les doigts en revolver.

Sylvia observa du coin de l'œil les trois hommes du groupe qui chahutaient avec Thessa, Philippe insistant pour ne pas se trouver en reste.

— Eh ben… ça promet cette idée de cohabitation. Pas vrai, Sylvia ? s'amusa Coralie. Comme je vis au-dessus de la boutique, ça ne me tente pas trop de déménager pour habiter plus loin. Ne pas avoir à prendre les transports est une plaie dont je me passerais bien, tu vois.

— Rien ne t'oblige à venir nous rejoindre, mais ça serait sympa qu'on soit tous ensemble, non ? Comme une famille, nous veillerions les uns sur les autres. On a tous vécu la perte d'un proche, et nous pourrions surmonter cela tous ensemble. Réfléchis-y quand même. Moi, je compte bien accepter l'offre et il m'est avis que les autres aussi.

— Et ton studio ? Tu vas le mettre en vente ?

— Non. Il pourrait encore prendre de la valeur sur le marché, alors ce serait idiot de m'en défaire. Par contre, je pensais le sous-louer. Il y a toujours des gens que ça pourrait intéresser et ça me ferait une petite rentrée d'argent que je pourrais mettre de côté pour l'entretien.

Coralie hocha la tête, trouvant que l'argument de son amie tenait la route. Elle était tout aussi amusée par la façon dont les choses évoluaient entre les membres de cette petite communauté. Comment certains liens se tissaient entre les gens, comme la complicité adorable liant Frédéric et Thessa, ou l'amitié qu'elle partageait avec Sylvia.

Pourtant, dans un recoin secret du cœur de la rouquine, brûlait toujours la petite flamme de l'attirance qu'elle éprouvait pour celui qui était devenu un capitaine de la Police judiciaire.

27

Samedi 13 octobre 2012
Boulevard du Temple

La fin de semaine était la période où *La Voie Initiatique* comptait le plus de clientèle. Alors que les autres jours étaient un peu plus calmes, ce qui permettait de remettre de l'ordre dans les rayons, de disposer de nouveaux produits, ou encore de boucler quelques tâches administratives. D'ailleurs, Liliane Tarany s'était bien juré d'employer quelqu'un pour effectuer cette corvée à sa place. Malheureusement, ce ne serait pas pour tout de suite. La brave femme s'occupait des achats de deux clientes quand Sylvia entra au son délicat de la harpe éolienne suspendue à la porte.

La *Gardienne d'Obscurité* aimait beaucoup cet endroit, à l'image des propriétaires ; chaleureux et accueillant. Il n'y avait aucune malice ici, ni aucun artifice ou faux-semblant. La présence de frises décoratives végétales mordorées s'accordait parfaitement avec les tentures parées d'ornements celtiques disposés çà et là. Même ici, les couleurs de l'automne orchestraient la décoration saisonnière. Quelques chandelles et autres petites bougies brillaient dans leur récipient en verre, à l'écart de toute matière inflammable, et des bâtonnets d'encens embaumaient l'air de leurs fragrances délicates. Sylvia reconnut ce parfum léger mêlant pin et citron. Une senteur qui lui plut d'emblée. Peut-être du copal. Une résine judicieusement choisie, puisqu'elle servait à purifier les lieux et y apporter un caractère magique. Une ambiance mystique complétée avec un titre de Corvus Coran : *Mile Anni Passe Sunt*. Ces petits détails se combinaient en une harmonie très agréable qui plaisait toujours autant à Sylvia, chaque fois qu'elle y revenait.

Liliane sortit le nez de ses papiers et aperçut la jeune femme.

Retrouvant aussitôt le sourire, elle vint accueillir la nouvelle arrivante avec joie. Elles s'étreignirent, la mère de Coralie étant devenue pour Sylvia et son frère une seconde famille.

— Bonjour, Sylvia. Cela faisait un moment que tu n'étais pas venue nous voir, mais tes visites nous font toujours autant plaisir. Viens, j'ai fait du thé. Est-ce que tu en veux ?

— Oh oui, merci. C'est quel thé ?

— Orange-cannelle.

— Une combinaison irrésistible.

— Allez viens, on va passer derrière pour discuter un peu.

Cela rappela à Sylvia le temps où elle avait travaillé ici à mi-temps, durant ses études universitaires, et cela lui manquait par moments.

Liliane se dirigea vers le comptoir de l'herboristerie pour y prendre les papiers qui y traînaient avant d'accompagner son invitée à l'arrière-boutique. Au moment d'en franchir la lourde tenture représentant des constellations combinées aux signes du zodiaque, Liliane interpella son mari qui finissait d'étiqueter toute une série de flacons d'encens.

— Chéri, regarde qui est venue nous voir.

— Oh Sylvia ! Quelle bonne surprise.

La jeune femme laissa Robert Tarany la serrer dans ses bras.

— Je suis contente de vous voir ! Tout le monde va bien ?

— Oui, rassure-toi, même si on est un peu en sous-effectif chronique ces temps-ci. Qu'est-ce qui t'amène ?

— Et bien, en plus de vous voir, j'espérais pouvoir déjeuner avec Coralie. J'ai un entraînement à Saint-Denis juste après.

Les parents de Coralie échangèrent un regard gêné.

— Cora n'est pas là, avoua Liliane. C'est dommage, tu l'as ratée de peu. Frédéric aussi, d'ailleurs. Il est parti quelques minutes avant que tu n'arrives.

— Comment ça ?

— Disons que ce n'est pas la première fois qu'il cherche à inviter Coralie, quand on lui laisse le temps d'une pause déjeuner décente. Sauf qu'elle préfère se rendre ailleurs.

— Vous ne savez pas où elle est ? Je pourrais la rejoindre.

— En fait, ajouta Robert, nous savons où elle est. Mais...

— ... elle nous a fait promettre de ne le dire à personne, compléta Liliane. Pas même à vous.

Sylvia était quelque peu étonnée de l'apprendre, d'autant plus qu'elle ne comprit pas tout de suite le pourquoi d'un tel comportement. Les cachotteries n'étaient pas dans les habitudes de son amie. À moins que... Elle commença à envisager qu'elle puisse vouloir passer quelques instants d'intimité avec quelqu'un d'autre. Cette idée était déconcertante à bien des niveaux, puisque personne du clan ne semblait l'avoir vue venir. *A fortiori*, Frédéric non plus. Autant qu'il n'en sache rien.

— Je suis déçue, bien sûr, mais Coralie doit avoir besoin d'être un peu tranquille, elle aussi. Tant pis pour le déjeuner. Je m'achèterai un panini avant d'aller à mon entraînement.

— Excuse-nous, mais nous ne voulons pas rompre notre promesse, fit Liliane. Sinon, toujours partante pour du thé ?

— Ah ça oui.

— Ça marche. Robert, je vais prendre une pause avec Sylvia. Tu voudrais bien veiller sur la boutique pendant ce temps. Si jamais tu as du monde, tu m'appelles en renfort. D'accord ?

— Sans problème.

Robert se leva, et s'apprêta à quitter l'arrière-boutique quand il s'arrêta près de Sylvia pour lui faire la bise.

— Reviens nous voir quand tu veux. Tu sais que tu es toujours la bienvenue ici.

— Oui, merci...

À chaque fois, Sylvia était émue par l'affection qu'elle portait à cette famille qui avait un peu remplacé la sienne. C'était sans doute cela qui avait autant rapproché les enfants Laffargue des parents Tarany, chacun trouvant chez l'autre ce qui leur avait été arraché ; les uns ayant perdu leur fille aînée, tandis que les autres avaient été privés de leurs parents. Ensemble, ils avaient recréé une nouvelle famille où chacun veillait les uns sur les autres, avec amour et bienveillance.

Les deux femmes prirent place à la table au centre de la petite pièce. L'épais rideau de velours étouffait un peu les bruits environnants, mais il n'était pas rare de pouvoir percevoir malgré tout les murmures des discussions ainsi que la musique d'ambiance en sourdine, ce qui permit à Sylvia de reconnaître un des titres favoris de Loreena McKennitt : *Ancient Pines*.

Elle prit place sur l'une des chaises, tandis que Liliane s'affairait pour préparer le thé. L'eau était encore à bonne température, et Sylvia s'amusa de voir qu'elle avait choisi un mug à l'ancienne, écru, avec un blason parcheminé amusant : *« Witch's Brew »*, un mélange de sorcière.

Un détail qui n'échappa pas à la gérante des lieux.

— C'est une cliente qui va souvent aux USA qui nous a ramené ce mug de la ville de Salem. J'évite de l'emporter à la boutique. Tu sais pourquoi, pas vrai ?

— Oh que oui ! À peu près tout le monde voudrait l'acheter. D'ailleurs, ça serait sympa d'en trouver ici.

— On essaie de trouver un distributeur qui pourrait nous fournir ce modèle, voire d'autres et qu'on pourrait proposer à la vente, mais sans résultat. Et puis, nous sommes tellement justes au niveau du personnel que ça nous laisse encore moins de temps pour ce genre de recherches. Malgré le taux de chômage en France, ce n'est pas facile de trouver quelqu'un de fiable, surtout dans notre domaine d'activité. La plupart des gens qui ont déjà postulé croient que nous tenons un commerce pour faire des tours de magie lors des soirées, tandis que d'autres ont cru que nous allions recréer une boutique Harry Potter. Non, mais je te jure… Le plus triste dans tout ça, c'est que nous avions enfin trouvé la perle rare. Non seulement c'était la candidate rêvée pour travailler avec nous, mais elle aurait pu nous aider aussi à développer les activités de la boutique.

— Ah oui ! réalisa Sylvia. Je me souviens que Coralie m'en avait parlé. Elle avait passé un entretien lundi dernier, non ? Dans ce cas, vous avez dû embaucher sur-le-champ votre nouvelle recrue. Elle n'est pas là ? À moins qu'elle n'ait pas encore commencé à travailler.

Un voile de tristesse passa dans le regard de Liliane.

— Elle ne viendra plus chez nous, car... elle est morte.

— Quoi ? Mais que s'est-il passé ?

— Tu as dû en entendre parler dans les médias.

La jeune femme blêmit quand elle finit par percuter.

— Non. L'attentat du côté de La Défense ?

— Oui. La victime de ce crime abject s'appelait Élodie Sarrey. C'était une sorcière, et nous lui avions proposé de venir travailler chez nous. À l'origine, elle devait non seulement proposer un nouveau service, avec quelques séances de divination chaque jour, mais aussi développer toute une gamme de produits exclusifs. Des bougies, de l'encens, et peut-être aussi quelques objets et bijoux personnalisés avec des minéraux. Enfin bref, quelle tristesse... Élodie était très enthousiaste à l'idée de travailler avec nous. Bien sûr, elle n'avait pas autant de pouvoirs que vous, les membres du Cercle du Dragon Céleste, mais je reste persuadée qu'elle aurait fait merveille.

Troublée, Sylvia pianotait son mug du bout des doigts

— Ah oui, effectivement... Avec un CV pareil, ça va être coton de trouver quelqu'un d'autre qui soit au niveau. Elle avait placé la barre très haute, sur ce coup-là.

— Et les candidatures vont se faire encore plus rares, surtout depuis qu'ils ont débarqué dans le secteur.

— Qui ça, *ils* ?

— Ces fanatiques de *Dies Irae*, ajouta Liliane comme s'il s'agissait d'une évidence. Coralie est déjà assez préoccupée comme ça à cause d'eux, mais je n'ai jamais osé lui avouer qu'ils me font peur. Ils pourraient débarquer ici pour tout brûler, mais je ne vois pas tellement les forces de l'ordre remuer le petit doigt pour nous. Sauf Fred et ton frère, bien sûr ! s'empressa-t-elle d'ajouter devant la mine stupéfaite de son invitée. Mais tu avoueras quand même que s'il s'agissait d'une mosquée ou d'une synagogue, on verrait déjà des militaires en patrouille jour et nuit. Sauf qu'on ne les dérange pas pour une minorité spirituelle si restreinte qu'elle en est totalement marginalisée par rapport aux « *sectes officielles* » que sont les plus grandes religions monothéistes. L'ésotérisme et les sciences occultes ont été assez discrédités comme ça par tout un tas d'amalgames aussi nuls qu'éhontés. C'est pour ça qu'on se bat pour tenter de remettre de l'ordre dans tout ce fatras, et apporter des enseignements de qualité à nos clients. Mais les vieilles superstitions ineptes et les idées préconçues ont toujours eu la vie dure. Ça ne date pas d'hier.

— Et ouais, soupira Sylvia à travers la vapeur émanant de son thé. Que veux-tu… C'est une vieille tradition populaire : la coupable, c'est la sorcière. On reporte notre haine sur *l'autre* qu'on accuse de tous les maux, quitte à détruire cet *autre* en s'imaginant que ça résoudra tout. Paradoxal pour des gens qui dénigrent tant la magie, puisqu'il s'agit bel et bien d'un acte rituel. Sans doute l'une des formes de magie les plus anciennes qui soient.

Liliane se resservit une tasse de thé, et constata ce faisant que la bouilloire était vide.

— « *Damnant quod non intelligunt* »… Quoi ? s'exclama la brave dame, devant la mine sidérée de Sylvia. Ne va pas croire, mais je me défends en latin. Pour en revenir à ce dont nous parlions, c'est une forme comme une autre de déresponsabilisation, si tu veux mon avis. Tant que les gens entretiendront cette peur atavique et quasi viscérale de l'inconnu, ils resteront esclaves de leurs appréhensions. Ils ne risquent pas de sortir de cette impasse de l'ignorance. Sans doute l'origine de leurs idées toutes faites sur tant de choses… dont ils ignorent tout.

— Comme tu as dit, ils condamnent ce qu'ils ne comprennent pas, mais tu pourrais rajouter : « *Fere libenter id quod volunt credunt* ».

Liliane émit un petit sifflement admiratif.

— « *Les hommes croient ce qu'ils veulent croire* ». Ton niveau en latin n'est pas mal non plus. En tout cas, c'est toujours plus rassurant que d'avoir à assumer leur ignorance sur bien des choses qu'ils ne parviennent pas à appréhender. D'autant plus si ça sort un tant soit peu de la vision tronquée qu'ils ont du monde qui les entoure.

Cette idée n'était pas pour déplaire à Sylvia qui retrouvait là des propos qu'elle aurait pu tenir elle-même. Aussi, se contenta-t-elle d'opiner tout en terminant sa boisson.

— Pour en revenir au fanatisme de *Dies Irae*, reprit la mère de Coralie, ils se disent être des guerriers au statut divin, missionnés par Dieu lui-même, pour venir à bout des pièges tendus par le diable pour harponner les âmes innocentes dans le charlatanisme ésotérique. Ce qui me fait doucement rigoler, c'est que le diable en lui-même n'existe pas.

— Pure invention du christianisme, c'est ça ?

— On peut dire ça, en effet. Si le Mal, avec la majuscule, existe sans l'ombre d'un doute, le diable n'aura été que la personnification des fautes et de toutes les pires bassesses humaines. Encore un réflexe typique de vouloir tout restreindre à une forme que l'on puisse mieux comprendre, avec le faible niveau spirituel qui caractérise nos sociétés contemporaines, certaines de tout savoir mieux que tout le monde. Tout cela est d'une telle bêtise... Là où, au Moyen-âge, la bigoterie et les superstitions régnaient en maîtres, ce sont le matérialisme et le conformisme qui ont supplanté la raison, le bon sens et l'intuition.

— Quoique les superstitions soient toujours d'actualité, même de nos jours. D'ailleurs, je ne suis pas superstitieuse. Ça porte malheur, fit Sylvia avec un clin d'œil espiègle.

— En tout cas, je n'arrive pas à m'ôter de la tête que les hérétiques en tous genres sont tombés à pic pour le Vatican. Le diable et Satan étant devenus les meilleurs amis que les catholiques aient pu avoir. Sans eux, il y a belle lurette que l'Église aurait mis la clé sous la porte.

Sylvia faillit s'esclaffer en imaginant la scène d'un Vatican désert, avec un panneau *« À vendre »* sur la porte de la basilique Saint-Pierre.

À en croire la mine facétieuse de Liliane, elle devait avoir eu la même idée.

— Que ce soit l'Inquisition des temps passés ou *Dies Irae*

aujourd'hui, la même arme demeure : la peur de la colère divine. Si, dans le passé, on la brandissait à l'encontre des fidèles tentés de s'écarter du droit chemin, on peut dire que la méthode n'est plus la même à présent, vu que ce sont les milieux ésotériques que l'on menace directement.

— L'Église a toujours vu d'un mauvais œil tout autre culte qui grignote les parts de leur commerce du sacré. C'est surtout pour ça que les autres formes de spiritualité ont été continuellement éradiquées de par le monde. La peur de l'inconnu s'étant invitée dans la danse, ça a donné les guerres de religion et autres conversions forcées qui ont jalonné l'Histoire. Tout ce qui était considéré comme hostile s'est retrouvé affublé du symbole satanique. Le catholicisme a déployé son autorité toute puissante par la coercition, la force et la peur. Certains de ses dirigeants s'adonnaient aux pires excès qui puissent exister. Bref... Cela me laisse penser que ces incarnations diaboliques dont il est question ne devaient être en réalité que le spectre de ceux qui avaient alors sombré dans l'extrémisme le plus total. Son côté obscur, si l'on peut dire. Aux antipodes du pardon, de la compassion et de l'amour prônés par Jésus Christ. Quant aux vœux de chasteté et de pauvreté, je n'en parle même pas ! Il y en a même pour dire que si Jésus se pointait parmi nous, de nos jours, la plupart des gens seraient devenus satanistes. Les contraintes pieuses auraient été trop rigoureuses pour notre société actuelle.

Sylvia comprit que son côté historienne, remontant à ses études à la fac, avait pris le dessus dans la conversation.

— Ce qui me fait penser qu'aux environs du 12e siècle, les cathares avaient eu la très mauvaise idée de reprocher aux prélats de Rome leur haut niveau de corruption et d'enrichissement éhonté sur le dos des fidèles qui se faisaient voler leurs faibles ressources. D'ailleurs, les victimes de l'Inquisition ont pratiquement toutes été dépouillées de leurs biens avant de disparaître. Une façon comme une autre de s'en mettre plein les poches pour l'Église.

— Tu parles d'une bande d'hypocrites, ironisa Liliane.

— Pas tous, non plus, mais il devait y en avoir un bon paquet à la tête du Vatican. Il m'est avis que quiconque aurait voulu réformer la Curie romaine verrait son espérance de vie terrestre réduite à peau de chagrin. Inutile de te rappeler ce que les cathares sont devenus…

— En effet. Si je me souviens bien, le pape Grégoire IX a instauré l'Inquisition et légitimé la torture pour obtenir des aveux ainsi que des dénonciations, toutes plus arbitraires les unes que les autres.

— Tout à fait. Une fois reconnus coupables, ce qui ne manquait jamais d'arriver, les hérétiques étaient envoyés au bûcher. Leurs âmes étant désormais libres de retourner à Dieu et à sa Miséricorde. Rien qu'à cette époque, les conséquences de ces *« chasses aux sorcières »* sont difficilement quantifiables. Tout ça grâce à l'ignorance, à l'obscurantisme, à la cruauté et aux multiples ambitions, aussi égocentriques que perverses.

Cette dernière pensée la plongea dans un abîme de réflexion que Liliane remarqua en plus d'en comprendre l'origine.

— Mais c'était il y a longtemps… Pas autant, par rapport à l'ensemble de l'Histoire de l'Humanité, je le sais aussi bien que toi. Crains-tu que cette barbarie puisse recommencer au 21e siècle ? Cela me semble peu probable, ma chérie.

Sylvia réprima, non sans mal, un frisson d'inquiétude.

— J'aurais été tentée de le croire avant de faire la connaissance de *Dies Irae* et de leurs méthodes dévastatrices à Versailles. N'oublions pas non plus la recrudescence du fanatisme religieux, quel qu'il soit.

Rien qu'à l'évocation de ce à quoi elle-même, Philippe et les deux autres personnes avaient échappé de justesse, le cœur de Sylvia se serra de frayeur. Elle eut du mal à réprimer le tremblement de ses mains. Une chance que son mug de thé fut vide. Sinon, elle en aurait renversé le contenu sur la table. Remarquant son trouble, Liliane lui prit l'objet pour le poser et saisit les doigts frémissants de la jeune femme entre ses mains. Ce simple contact chaud et doux suffit à apaiser Sylvia qui prit une ample inspiration avant d'expirer non seulement l'air de ses poumons, mais aussi ce sentiment de panique qui ne la quittait plus depuis les événements survenus dans la boutique en feu.

Jusqu'à ce qu'une onde glacée tétanise l'esprit de Sylvia.

Elle se figea, les sens en alerte, au point qu'elle pouvait percevoir les battements de son cœur qui s'étaient emballés.

Depuis quelques instants déjà, elle sentait que quelque chose n'allait pas, mais sans parvenir à déceler quoi avec précision. Maintenant, elle le savait avec certitude.

Un danger approchait.

Une pulsation psychique violente explosa non loin d'ici.

Sylvia prit appui sur ses mains pour se redresser sans même se soucier d'avoir renversé la chaise sur laquelle elle s'était installée. La stupéfaction d'avoir eu affaire à cette manifestation magique était telle qu'elle avait presque supplanté le sentiment d'alarme qui retentit au plus profond de son être.

Autour d'elle, rien n'avait changé, mais, en même temps, tout lui semblait différent et familier à la fois.

Toute couleur avait disparu pour ne laisser la place qu'à un nuancier de gris allant du plus pâle au plus sombre. Aucun bruit ne se faisait entendre, hormis la respiration saccadée de Sylvia.

Le temps venait de se figer.

Plus rien ne bougeait, y compris la fumée d'un cône d'encens sur une étagère voisine, jonchée de livres et de sets de Tarot. Sylvia marqua un temps, avant de se tourner vers Liliane qui restait immobile, comme tout ce qui l'entourait.

Sylvia savait ce qu'il venait de se produire. Elle l'avait déjà vécu à plusieurs reprises, dans les limbes du plan astral, mais pas dans le monde réel.

Si tout se passait comme dans ces moments-là, il fallait s'attendre à ce qu'*ils* arrivent très vite.

28

Oh non ! Ça ne va quand même pas recommencer ici ? s'indigna Sylvia. *Non seulement je ne suis pas d'humeur, mais je ne pourrais jamais invoquer l'Épée Mystique sans les pouvoirs des autres membres du clan.*

— Sha'oren ! Qu'est-ce qui te prend de me faire ça, tout à coup ? Tu sais très bien que sans l'item magique que tu nous as confié, je n'ai aucune chance face aux entités maléfiques qui risquent de rappliquer ! Est-ce que tu m'entends ? Sha'oren !!

Seul le silence lui répondit.

Là où la jeune femme s'inquiéta encore plus, c'est qu'elle ne percevait même pas la présence du grand dragon blanc dans son esprit. Alors que normalement, elle pouvait ressentir en permanence la vibration familière du dragon qui veillait sur elle.

Du moins, qui était *sensé* veiller sur elle.

Maintenant que j'y pense, ça fait déjà un moment que cette espèce de reptile inutile est aux abonnés absents.

Les ombres environnantes se mirent à frémir. Les silhouettes que Sylvia redoutait commencèrent à surgir autour d'elle. Dans l'astral, ces entités n'étaient que du concentré de ténèbres ayant pris vaguement forme humaine. Sauf que dans ce monde, leur apparence et leurs aptitudes pouvaient changer du tout au tout. Elles étaient plus fortes et résistantes. Ce n'était guère prometteur.

Au fur et à mesure, l'apparence de ces intrus se fit de plus en plus précise. Ce n'étaient plus des ébauches à peine esquissées, mais bel et bien des silhouettes d'apparence masculine, tous identiques : costumes et cravates noirs, chemises blanches et lunettes de soleil impersonnelles pour compléter le tableau. Un groupe de ces clones improbables cernaient toutes les issues.

Même si Sylvia ne se faisait plus d'illusion, elle fit une

nouvelle tentative pour tenter d'invoquer des renforts.

— C'est quand tu veux pour me prêter main-forte, Sha'oren !

Encore une fois, l'entité draconique ne se manifesta pas.

Bon... Que suis-je censée faire dans ce genre de cas ?

C'était bien la première fois que la jeune femme se retrouvait face à de tels ennemis, sans arme pour se défendre. Une situation inconfortable dont elle ignorait comment s'extirper. Seule une magie brute et instantanée pourrait s'avérer efficace, sauf que cela nécessitait énormément d'énergie psychique. Peut-être que le bijou à main qui lui servait de catalyseur pourrait l'aider. Dommage que l'objet en question soit au fond de son sac à main ! Cette parure était aussi singulière que trop visible, et Sylvia ne voulait pas prendre le risque d'attirer l'attention. Sentant la pression continuer à monter, la jeune femme plongea la main dans son sac pour percevoir du bout des doigts la pochette de velours renfermant le bijou magique. Le sortir ne fut pas compliqué. Du moins, jusqu'au moment d'enfiler les cinq anneaux à ses doigts. Les mains tremblantes, elle ne put mettre que celui prévu pour l'annulaire, avec une fluorine jaune. Elle n'aurait jamais le temps de se parer des autres.

Les entités venaient de se lancer à l'attaque ! Ils se jetèrent sur Sylvia qui ne put que projeter la main en avant, en y relâchant son pouvoir en direction de ses opposants. Ils ricochèrent contre un mur invisible entourant désormais Sylvia. Un symbole argenté et jaune scintilla devant ses yeux, et elle y reconnut là une des runes draconiques que Philippe leur avait fait apprendre en leur expliquant que s'il devait n'y en avoir qu'une à mémoriser en urgence, c'était celle de *Liwanen*. La rune de protection avait gardé les entités en noir à distance, mais plus pour longtemps.

Pourtant, ce qui surprit le plus Sylvia outre cette manifestation de magie quasi instantanée fut que le bijou qu'elle tentait d'enfiler ornait à présent le dos de sa main gauche. Le symbole de *Liwanen* brilla encore quelques instants sur la pierre noire autour de laquelle la silhouette argentée d'un dragon était enroulée. Elle fut tout aussi sidérée de voir que ses opposants s'étaient étalés, certains sur le sol, tandis que d'autres avaient été projetés contre des étagères et autres meubles d'appoint.

Si le combat continue, ces ahuris polycopiés vont tout casser !

Comprenant aussi que les occupants des lieux pourraient pâtir des dégâts collatéraux, Sylvia n'avait plus d'autre choix que de tenter d'entraîner ses adversaires dans un endroit moins fréquenté, où elle serait libre de ses mouvements. Elle ne savait toujours pas comment les vaincre, mais elle se préoccupait davantage de ne pas impliquer qui que ce soit d'autre. Du reste, il ne faisait aucun doute qu'elle était la seule visée par ces imitations des *Men in Black*.

Alors que les entités noires revenaient à la charge, Sylvia se concentra afin d'accroître le pouvoir qui lui serait salvateur. Une seconde rune draconique scintilla à travers l'obsidienne ornant sa main gauche, de même pour l'agate de feu à son majeur. La pierre liée aux instincts guerriers. Le nom de cette rune vibra au plus profond de son être, tel un brasier ardent. Si le Feu avait marqué des instants de terreur dans sa vie, la *Gardienne d'Obscurité* sut que cette force lui permettrait de faire la différence. Une légère aura rouge entoura son corps tandis que le nom de la rune invoquée franchit ses lèvres : *Athihan*.

Elle gardait le regard fixé sur la porte d'entrée qui n'était plus qu'à quelques pas seulement, mais sans pour autant négliger ses opposants qui se ruaient sur elle. Elle raffermit la prise sur son sac, et en asséna un grand coup circulaire qui faucha deux assaillants qui furent catapultés contre le mur d'en face, détruisant la borne de CD de musiques d'ambiance.

L'un d'eux parvint à se faufiler dans le dos de la jeune femme pour lui passer un bras sous la gorge tout en lui maintenant le bras bloqué derrière elle. Il crut la partie gagnée en commençant à l'étrangler, mais Sylvia parvint à le déséquilibrer d'un coup de pied à la cheville avant de l'agripper avec sa main libre pour le propulser par-dessus son épaule en un magnifique roulé-boulé qui le fit atterrir sur le sol où il eut la bonne idée de rester étendu.

— Merci à mon frangin de m'avoir appris les bases du self-défense.

Un autre se précipitait déjà qui fut stoppé en plein vol par le poing de la jeune femme qui vint s'écraser au milieu de son visage. Le choc fut très violent.

— Ça, c'est Fred qui m'a enseigné comment retourner la force d'un adversaire contre lui.

Une fois que les plus proches furent écartés, Sylvia se rua vers l'extérieur en esquivant ceux qui tentaient de lui barrer le passage. L'un avait essayé de lui porter un uppercut, mais elle l'évita, tout en le gratifiant au passage d'un coup de coude dans le dos qui le projeta par terre.

Une fois qu'elle eut dévalé l'escalier menant à la boutique, elle se figea de stupeur.

La ville entière s'était immobilisée, comme un film en noir et blanc mis à l'arrêt. Cette situation lui était familière depuis que les êtres draconiques l'avaient fait combattre à différents endroits de la ville, mais dans le plan astral. Aussi, vivre la même chose à ce niveau de réalité lui semblait trop invraisemblable pour être vraie.

Des bruits de pas précipités se firent entendre. Les hommes en noir n'avaient pas déclaré forfait, et il y avait fort à parier qu'ils s'y emploieraient jusqu'à ce qu'ils aient mis leur proie à terre une bonne fois pour toutes.

Sylvia sauta par-dessus l'une des palissades métalliques encerclant la Place de la République, et se mit à courir vers le centre, bienheureusement peu fréquentée à cette heure, grâce aux travaux en cours depuis plusieurs mois. Les hommes en noir devaient être près d'une centaine. Sylvia se préoccupait plus de savoir comment leur échapper que d'en faire le décompte exact.

Éperdue, elle savait que ses chances étaient quasi nulles sans l'Épée Mystique. Cela ne signifiait pas non plus qu'elle se rendrait sans se battre. Elle était pourtant réaliste quant au niveau de ses pouvoirs ; elle ne pourrait plus recourir à la magie des runes draconiques.

C'est vraiment mal barré... songea-t-elle avec amertume. *Je ne vais pas pouvoir courir et mes forces psychiques vont s'amenuiser à toute vitesse si ça continue comme ça. Même un ultime assaut avec la rune* Athihan *ne pourrait me sauver. Il ne m'aura pas fallu bien longtemps pour m'en rendre compte toute seule. C'est pathétique d'avoir de telles pensées à un moment pareil, mais ce n'est pas le genre de chose qu'on peut ignorer.*

Sylvia regarda alors autour d'elle ce qui pourrait faire office d'arme, regrettant à ce moment-là l'absence d'un représentant des forces de l'ordre à qui elle aurait pu emprunter son revolver. Après tout, elle l'avait déjà fait, et cela ne lui avait pas trop mal réussi. Bon gré, mal gré, elle jeta son dévolu sur une longue barre en métal qu'elle pourrait manipuler comme une épée. Serait-ce suffisant pour que les entités maléfiques gardent leurs distances ? Pas sûr, mais l'occasion de tester cette idée se présenta au moment où ceux qui entouraient la jeune femme se jetèrent sur elle.

À défaut de pouvoir faire appel au plein potentiel de sa magie, Sylvia se servit de son entraînement récent en défense. Si ces entités avaient été capables de sentiments, ils auraient été très surpris par la pugnacité dont elle était capable, en dépit des circonstances défavorables.

Enchaînant les coups, et les ripostes à l'encontre de ses adversaires, elle ne se rendit pas compte que Thorn venait de joindre ses forces aux siennes, déjà défaillantes. Ses gestes gagnèrent en précision et en vélocité. Plusieurs silhouettes noires s'étendaient çà et là, de plus en plus nombreuses. Malheureusement, le nombre à surgir de tous les coins restait encore impressionnant. Sous l'effort autant physique que spirituel, Sylvia sentait ses forces s'amenuiser. Elle serait incapable de tenir une telle cadence encore longtemps.

Les entités noires semblaient avoir compris que leur proie serait sous peu à bout de force. Tentant le tout pour le tout, ils se réunirent en une seule vague obscure qui submergea Sylvia, prise au piège de cette consistance noirâtre qui commençait déjà à l'enliser, et dont la sensation d'une froide moiteur sur ses jambes était écœurante.

— Purificatio Draconis !! fit une voix autoritaire et puissante.

En l'espace de quelques secondes, toutes les entités maléfiques furent balayées par un rayon d'une force magique incommensurable. Il n'en restaient plus que de fines particules qui se désagrégèrent pour disparaître complètement.

Sylvia gisait sur le dos, la barre métallique encore serrée dans la main, quand un coup sec la fit lâcher et qu'un second la propulsa, hors d'atteinte. Elle tenta tant bien que mal de reprendre ses esprits. Rien n'avait changé autour d'elle. Le monde était encore en mode *photo noir et blanc*, hormis un élément nouveau.

Il s'agissait d'un homme aux cheveux mi-longs d'un blanc argenté. Son attitude altière et sa force peu commune ne permettaient pas de lui donner un âge précis. Pour le peu que Sylvia puisse l'estimer, il devait avoir dans la soixantaine. Un cercle d'or entourait son front, en faisant ressortir la couleur améthyste de ses yeux. Un regard froid et insondable qui la fit frémir. Rien qu'en la dévisageant ainsi, il parvenait à la mettre mal à l'aise.

Reprenant de plus en plus possession de ses moyens, Sylvia commença à se relever, tout doucement, pour éviter d'accroître la sensation de vertige qui s'était emparée d'elle. Elle dut prendre appui avec la paume de ses mains sur les genoux jusqu'à ce que la crise soit passée. L'inconnu n'avait pas bougé d'un pouce durant ce temps-là.

Curieux, c'est comme si j'avais déjà vu ce regard quelque part... Mais où ? Surtout que cet homme me rappelle vaguement quelqu'un. Est-ce que c'est lui qui vient d'intervenir ? Cela voudrait-il dire qu'il m'a sauvé la vie ?

Cette seule idée l'aida à recouvrer la mémoire. Outre le fait de rencontrer quelqu'un qui n'ait pas été figé comme les autres personnes aux alentours, elle se souvenait maintenant où elle avait déjà vu cet homme. Dans le miroir d'obsidienne, quand Thorn lui avait expliqué qu'il s'agissait de celui qui était intervenu à Versailles, dans la boutique en flammes.

À présent, c'était évident qu'il venait de lui venir en aide. À nouveau. Dire que Sylvia avait souhaité le retrouver pour le remercier de son intervention, ainsi que celle d'aujourd'hui. La réalité s'avéra bien différente, hélas. L'élan de gratitude de la jeune femme venait d'être balayé par le regard dédaigneux que cet individu lui adressait. La douche froide par excellence qui lui avait fait changer d'avis. Elle n'aurait même pas accepté la main qu'il lui aurait tendue pour l'aider à se relever. Chose qu'il ne fit pas d'ailleurs, et Sylvia eut au moins cette satisfaction. Il lui suffisait de le regarder pour que Sylvia ne comprenne qu'il savait avoir été reconnu, et que cela avait suffi à le surprendre.

— Oui, je crois savoir où je vous ai déjà vu, lui dit Sylvia sans préambules. C'est vous qui êtes intervenu à Versailles. Vous nous avez alors sauvé la vie, et vous avez fait en sorte qu'on ne se souvienne pas de votre intervention. Vous vouliez que nous vous oubliions. J'irais même jusqu'à dire que vous vous êtes entendu avec les dragons pour qu'ils ne nous révèlent pas votre implication, à quelque niveau que ce soit. Je me trompe ?

— Non, vous avez vu juste me concernant. Je vous ai déjà sauvé la vie à deux reprises. Vous m'êtes donc doublement redevable, mais ne je vais vous demander qu'une chose en retour : ne cherchez pas à nous rejoindre.

— Comment ça ? Qui êtes-vous, en réalité ?

— Je m'appelle Christian Leto, et je suis surtout le Grand Maître de la Loge Blanche de France.

Sylvia fut sidérée. Depuis des mois, Philippe avait expliqué à ses amis l'existence de ce groupe, à l'opposé de la Loge Noire *Eternam Tenebrae* à laquelle ils avaient déjà eu affaire. Le magicien québécois cherchait à les trouver dans l'espoir qu'ils acceptent d'intégrer le clan à leurs effectifs. En vain. Aussi, la jeune femme était étonnée que leur plus haut représentant ait daigné se déplacer en personne pour lui venir en aide, alors qu'il n'avait répondu à aucune des demandes de Philippe.

— Pourquoi être venu à moi, alors que vous ignorez superbement mon ami qui a tenté de vous contacter ?

— La réponse est pourtant évidente, et même Philippe Helm est assez intelligent pour comprendre une fin de non-recevoir. Quant à la raison de mon intervention, c'est précisément pour confirmer que la Loge Blanche n'a pas besoin de vous. La magie draconique n'a rien à apporter à notre confrérie. Vous avez dû remarquer que nous en maîtrisons les sorts principaux.

Le moral de Sylvia venait de faire une chute en piqué.

— Y compris le *Purificatio Draconis* que je croyais pourtant être la seule à connaître, sans compter que vous l'avez lancé sans l'Épée Mystique de mon clan. Je suis bien obligée d'avouer que mon ego en prend un coup. Depuis que vous nous avez sauvés de la boutique en flammes, j'avais le fol espoir de vous retrouver pour vous remercier... Mais maintenant, je suis presque écœurée de vous être redevable, même une seule fois et non deux. Ça en fait déjà une de trop. C'est vous qui avez demandé aux dragons de ne pas nous révéler votre intervention à Versailles ? Quelle surprise... ironisa-t-elle en voyant son interlocuteur acquiescer. Ce que je ne comprends pas, c'est comment vous pouvez connaître nos protecteurs draconiques, alors qu'ils ne nous ont pas parlé de vous.

Christian Leto remarqua le trouble de Sylvia. Pour lui, il ne faisait aucun doute qu'elle venait de mettre le doigt sur un problème plus grave. À savoir, à quel point le Grand Maître de la Loge Blanche pouvait connaître les esprits draconiques liés au Cercle du Dragon Céleste. Plus important encore : si les dragons étaient vraiment chargés de veiller sur leurs protégés, pourquoi n'étaient-ils pas intervenus quand ceux-ci étaient en danger ?

— Le temps presse, *Gardienne d'Obscurité*, ajouta-t-il pour ramener la jeune femme à l'instant présent. Il faut que tu retournes là où tu étais, sans plus tarder. Très exactement là où tu étais quand le monde a changé autour de toi.

— Mais... pourquoi ? Ces types en noir n'ont pas fait dans le détail, et la boutique de la famille Tarany est sens dessus dessous.

— C'est moi qui ai étendu cette barrière dimensionnelle parallèle. Quand elle se résorbera, tu verras à quel point la Loge Blanche connaît son sujet en la matière. Attends-toi à quelques surprises. Sur ce...

Pour la première fois, Sylvia vit Christian esquisser un demi-sourire qui eut le mérite de le faire paraître moins prétentieux, voire même plus humain. Cela lui rappela définitivement quelqu'un qu'elle avait déjà rencontré, mais elle ne parvenait pas à se souvenir de qui en particulier.

— Sylvia, il y a une dernière chose dont je dois te parler. Je sais qu'une ombre s'est attachée à tes pas. Apparemment, ça ne date pas d'hier et son emprise sur toi s'accroît de plus en plus chaque jour. Telle que je te vois là, il y a une autre silhouette qui se superpose un peu à la tienne. Ce doit être *lui*. Car tu sais de qui il s'agit, n'est-ce pas ?

— Thorn ?

— C'est donc ainsi qu'il se fait appeler. Méfie-toi de lui. Il est fourbe, et ne fera que se servir de toi pour obtenir ce qu'il veut. Ensuite, il n'aura plus qu'à te jeter comme un Kleenex, et je sais qu'il le fera. Toute la question étant de savoir quand. Ses interventions ne sont pas désintéressées.

— Il n'en reste pas moins que Thorn est intervenu pour me sauver, à la place du dragon qui devait me protéger. Même si je vous suis redevable, je ne vais pas ignorer Thorn pour autant. Et puis, j'ai tendance à ne pas prendre pour argent comptant les prétendues mises en garde émanant de quelqu'un qui a voulu éviter de se faire connaître. Qui sait, c'est peut-être de *vous* dont je devrais me méfier.

— Toujours aussi entêtée, à ce que je vois. Très bien, dans ce cas, je n'ai plus qu'à voir où tout ça te conduira. J'avoue être assez impatient de voir l'expression qu'arborera ton visage le jour où tu réaliseras que tu as eu tort... sur un bon nombre de choses.

Sur ce, Christian Leto fit volte-face et s'éloigna de la jeune femme. Celle-ci constata que la silhouette du magicien commençait à s'estomper, devenant de plus en plus floue et immatérielle. Elle se frotta les yeux pour en chasser la désagréable sensation de picotements qui venait de la saisir. Sa stupéfaction fut totale en découvrant que l'étrange individu avait disparu.

— Non, mais c'est trop cool comme sortie ! J'aurais dû lui demander quel est son truc.

— *En tout cas, il ne porte pas son titre pour faire joli sur le papier à lettres.*

— Thorn ! À croire que tu attendais le départ du Maître de la

Loge Blanche pour te manifester.

— *Eh oui, c'est moi. Et ce type a été assez fortiche pour percevoir ma présence à tes côtés, là où tes amis n'ont rien remarqué.*

— Qui te dit qu'ils ne t'ont pas découvert, eux aussi ? Ils n'ont peut-être pas trouvé comment aborder le sujet, voilà tout.

À l'entendre, Thorn semblait pas en croire un traitre mot.

— *Mais bien sûr... Par contre, notre ami qui adore rester encore plus dans l'ombre que moi a raison sur un point.*

— Lequel ? Que je sois une entêtée de première ?

— *Ah, oui, ça aussi... Mais surtout en te disant de revenir là où tu étais, avant que cet espace parallèle ne soit résorbé. Autant dire que le plus vite serait le mieux.*

— Pourquoi, à la fin ?! Tu vas finir par cracher le morceau ?

— *Sûrement pas !* s'esclaffa Thorn. *C'est trop marrant comme ça. Mais il va falloir qu'on parle tous les deux. Ça devient urgent, au vu de ce qui vient de se produire.*

Malgré son envie d'étrangler Thorn, compliquée par son immatérialité, Sylvia fut contrariée d'admettre que cet enquiquineur avait raison. Elle se promit de lui garder un chien de sa chienne dès qu'elle le reverrait.

— Au fait, où et quand voudrais-tu que je vienne te rejoindre alors que tu me colles sans cesse aux basques ?

— *Retrouve-moi dans le plan astral. C'est le seul endroit où nous pourrons discuter sans craindre que qui que ce soit ne vienne jouer les intrus. Pourquoi pas ce soir ?*

— Okay, va pour ce soir.

Elle ne parvenait pas à dissimuler son trouble à l'idée de faire face une fois de plus à cet individu étrange.

Sans chercher à tergiverser davantage, la jeune femme rajusta sa tenue en époussetant la poussière qui s'y était accumulée durant le combat qu'elle venait de livrer.

— On peut savoir à qui tu parles ? fit une voix familière.

— Coralie ? Comment es-tu arrivée jusqu'ici ? Toi aussi, tu n'es pas figée ?

— Non, et ne me demande pas d'explication, parce que je ne

comprends rien à ce qu'il se passe.

— Idem pour moi, mais retournons vite à la boutique de tes parents. Je t'expliquerai en chemin ce qui s'est passé, et tu me raconteras ensuite ce qui t'est arrivé.

— D'accord... Quelque chose me dit qu'on doit se dépêcher de revenir au plus vite à *La Voie Initiatique*.

Comme pour les presser, l'air se chargea d'une onde vibratoire laissant planer le risque de voir le monde aux alentours reprendre vie et mouvement à tout instant. Les deux filles se hâtèrent avant que cela ne se produise.

29

Rue Berger

Le soleil venait à peine de disparaître à l'horizon quand Sylvia était revenue avec Coralie de son entraînement. Cela lui avait permis d'évacuer l'excès d'adrénaline qu'elle avait accumulé depuis l'affrontement face aux entités maléfiques, sans oublier l'envie de meurtre due à sa rencontre avec le Grand Maître de la Loge Blanche. Toutefois, son entraîneur avait encore mis la barre plus haut, rendant chaque séance plus ardue que la précédente. Là, elle en avait bavé et Aurélien l'avait *tuée* à plusieurs reprises. Dans son for intérieur, Sylvia s'était juré de lui rendre la courtoisie.

Elle s'interrogeait encore sur ce qui s'était passé au moment de revenir à *La Voie Initiatique*, elle avait à peine eu le temps de reprendre sa place aux côtés de Liliane dans l'arrière-boutique que le mode figé en noir et blanc s'était estompé, et que le temps avait repris son cours… au moment précis où il s'était interrompu. Elle s'en était étonnée, mais il ne restait aucune trace des hommes en noir ni des dégâts qu'ils avaient provoqués. Coralie ne s'expliquait pas non plus cet état de fait.

À présent que le soir était tombé, les deux filles se faisaient face, dans la cuisine chez Sylvia, et celle-ci raconta ce qui lui était arrivé depuis le jour de l'équinoxe d'automne. De *tout* ce qui s'était passé, y compris concernant Thorn qui ne la lâchait plus d'une semelle depuis leur rencontre fatidique dans le plan astral.

Si le fait de dire la vérité avait eu un effet libérateur pour Sylvia, il n'en était pas de même pour Coralie, à en croire la mine perplexe qu'elle arborait. C'était plus qu'évident : elle ne la croyait pas. Peut-être se préoccupait-elle de la santé mentale de son amie ?

Ce fut au tour de Sylvia de s'inquiéter.

— Cora, un tel silence est plus qu'inhabituel chez toi. Allez, dis quelque chose. J'ai besoin de savoir ce que tu penses de tout ça.

— Et que crois-tu que je puisse vouloir dire après ce que tu viens de m'apprendre ? Qu'à la suite de ton récent passage initiatique auprès des dragons, à la fin du mois dernier, tu t'es à nouveau retrouvée embarquée malgré toi dans une de ces missions d'épuration confiées par Sha'oren, et que tu t'es fait un nouvel ami qui ne te lâche plus ?

— C'est un résumé assez succinct, mais néanmoins exact.

— T'en as parlé aux autres ? Je me doutais bien que non, dit-elle en voyant Sylvia faire un signe négatif de la tête. Et tu ne sembles pas non plus vouloir leur en parler.

— C'est vrai et je compte sur toi pour garder le secret.

— Je n'en reste pas moins persuadée que c'est une très mauvaise idée de leur faire des cachotteries comme ça. Tu devrais vraiment en parler aux autres. Qu'as-tu as à perdre ?

— Peut-être le dernier espoir qu'il me reste de paraître à peu près saine d'esprit.

À ces mots, Coralie se retint d'éclater de rire.

— 'Faut pas exagérer, non plus. Sinon, je serais la plus barge de l'équipe. Non... reprit-elle plus sérieusement. Ce qui m'intrigue le plus, c'est ce mystérieux Thorn.

— J'espère que tu ne vas pas croire que j'aie pu inventer un personnage pareil, parce que j'ai passé l'âge d'avoir un ami imaginaire, figure-toi.

— Bon, j'avoue l avoir envisagé. Mais je m'interroge plus sur sa nature en tant que telle. Qui est-il, et surtout *qu'est-il* ? Ça m'étonnerait beaucoup que ce soit un être humain ordinaire, et encore moins un magicien doté de capacités spirituelles hors normes. D'après ce que tu m'as raconté, je pense plus à un être immatériel. Qui n'a pas d'enveloppe corporelle dans notre monde.

— Tu ne penses quand même pas à un fantôme !

— Pourquoi pas ? En tout cas, c'est clairement une entité qui gravite à loisir dans le plan astral comme dans un bocal.

— Parce qu'il tourne en rond ?

Ce genre d'humour avait tendance à exaspérer Coralie.

— Sois un peu sérieuse, je te prie ! Par ailleurs, on peut avoir des doutes quant à la véracité de ses intentions.

— À moins que semer le bordel dans ma vie en fasse partie intégrante. Dans ce cas-là, félicitations, car c'est réussi. La seule chose dont je sois sûre, c'est qu'il n'a pas l'air de me vouloir du mal. Sinon...

— ... ça serait déjà fait ? Désolée, mais ça ne me convainc pas des masses comme argument. Thorn a l'air de très bien te connaître, et pour ça, je n'entrevois que deux possibilités : soit c'est un allumé qui a trouvé le moyen d'entrer en résonance avec tes pensées qu'il ne fait que refléter pour que tu croies que tout ça vient de toi, soit il s'est harmonisé avec ton psychisme en profondeur. Ce qui est plus problématique, puisque c'est la voie royale pour tout connaître d'un individu. Et quand je dis tout, c'est bel et bien *tout*, y compris les squelettes qu'on préfèrerait laisser au placard. Des vérités si obscures que la plupart des gens ont la trouille à la seule idée d'y penser. J'espère pour toi que ce Thorn appartient à la première catégorie.

— En tout cas, il faut reconnaître que tout ce qu'il a fait jusqu'à présent colle avec l'idée qu'il puisse se soucier de moi.

— Y compris en t'empalant avec la lame noire d'une épée ?

— C'est pas vrai, pesta Sylvia. Est-ce que tu vas continuer à me jeter ça au visage à la moindre occasion ?

Coralie esquissa un sourire moqueur.

— Effectivement, c'est mon intention ! Cependant, ça ne nous dit pas ce qu'il convient de faire dans l'immédiat.

— Il me l'a dit lui-même. Si je veux pouvoir lui parler, je vais devoir aller à lui.

— Dans l'astral... Tu veux le rejoindre dans l'astral. Rien de plus simple, en effet, ironisa Coralie.

— Oui, sauf que je ne sais pas trop comment m'y prendre. Et c'est là que tu pourrais peut-être m'aider à trouver un rituel qui collerait avec ce genre de demande. Tu as toujours eu un faible pour les livres de sortilèges en tous genres. On devrait pouvoir y trouver quelque chose d'utile, non ?

— Sans doute...

Sylvia regardait son amie, mais sans vraiment la voir non plus. Les yeux dans le vague, elle était plongée dans un abîme de réflexion. Se rendre dans le plan astral pouvait être relativement simple, grâce aux êtres draconiques qui leur servaient de guides. En revanche, il ne faudrait pas s'attendre à la moindre aide de leur part, cette fois-ci. Pour espérer localiser une entité dans cet univers quasi infini, il leur faudrait plutôt un sort tellement précis qu'elles n'auraient plus qu'à le créer de toutes pièces. Ce qui ne serait pas une mince affaire.

Au bout de quelques heures de travail et de discussions, Coralie et Sylvia étaient tombées d'accord sur la marche à suivre pour tenter de retrouver Thorn. Elles avaient convenu de recourir à un bain magique. L'eau étant un canal universel, cela rendrait un peu plus facile la transition entre les dimensions spirituelles.

Ce procédé étonna Sylvia.

— Je croyais que ce genre de pratique consistait à faire couler un bain chaud, et y mettre des plantes, tout en faisant brûler des bougies autour de la baignoire.

— J'avais quinze ans la première fois que je me suis amusée à faire ça. Maman a débarqué sans crier gare dans la salle de bains. Elle m'a crue en pleine cérémonie vaudou ! Elle avait flippé grave. Par ailleurs, si on suivait ton idée, tu ne ferais que macérer dans une tisane géante, sans oublier que l'eau chaude finirait par t'assoupir. Donc, on oublie.

— Ouais... On n'aboutit pas à grand-chose, en fin de compte. Alors, qu'est-ce que tu proposes ?

— On reste avec le principe de base d'un bain, mais avec de l'eau limite tiède pour maintenir ta concentration. Plus la température est élevée, et moins l'eau conserve ses propriétés magnétiques. En dessous de la température corporelle, on va pouvoir la charger d'une intention particulière. Une fois immergée, tu n'auras plus qu'à focaliser ton pouvoir qui entrera en harmonie avec la charge qui aura été conférée à l'eau.

— Comme je vais mettre en pratique ce rituel dès cette nuit, on devrait pouvoir faire appel aux influences planétaires du jour.

Coralie consulta son almanach de sorcellerie, à la date du jour.

— Oui. On est samedi, il s'agit donc de Saturne. Il faudra aussi tenir compte de la phase lunaire du moment, et savoir aussi si la lune sera ou non présente dans le ciel à ce moment-là. C'est pourquoi on doit toujours prendre le temps de ne négliger aucun détail lors des préparatifs. Sinon, on risque de se planter en beauté et de se retrouver avec des conséquences potentiellement problématiques. Autant éviter, pas vrai ? Bon... Tu as bien revu la formule végétale qui va servir d'encens ?

— Au lieu de faire brûler un mélange en poudre qui va, à coup sûr, enfumer mon appartement, j'aimerais mieux employer des huiles essentielles dans un brûle-parfum. Ça devrait revenir au même et je ne risquerais pas de suffoquer.

La remarque de Sylvia était pertinente.

— En effet, à condition d'avoir ce qu'il faut en stock. Parce qu'à cette heure-ci, tout est maintenant fermé à Paris, y compris *La Voie Initiatique*. On n'est quand même pas ouverts vingt-quatre heures sur vingt-quatre.

Sylvia étouffa un rire, et se replongea dans la liste que Coralie venait d'établir... avant de s'inquiéter d'en reconnaître une.

— Attends, tu crois que la belladone soit vraiment nécessaire ? Je croyais que c'était une plante toxique.

— C'en est une, confirma Coralie.

— Encore heureux que tu ne voulais pas me faire boire ça en infusion ! J'avais oublié qu'il t'arrivait d'avoir des idées parfois assez tordues.

— T'inquiète, une dose infinitésimale suffira. La belladone t'apportera un soutien indéniable lors de cette projection astrale et déclenchera l'état de transe nécessaire. J'hésitais entre ça et le chanvre. Puis, je me suis dit que ça ne te plairait qu'à moitié de voir des éléphants roses pour finir complètement stone.

— C'est le moins que l'on puisse dire, en effet. Voyons... De la bourse-à-pasteur. Ça développe les pouvoirs psychiques ?

— Et ça apaise sur le plan émotionnel. Compte tenu de ton état nerveux rien qu'à l'évocation de ce mystérieux Thorn, retrouver une certaine paix de l'esprit ne devrait pas te faire de mal. En tout cas, moi, ça me tranquilliserait.

— D'accord, fit Sylvia en reprenant sa lecture. Du camphre, autant pour la protection que la purification.

— C'est le plus puissant qui soit dans ce domaine. Si Thorn s'avérait être une entité maléfique, ça le fera dégager aussi sec. Sinon, la plupart des plantes favorisant la projection astrale sont toxiques à des niveaux très différents. Le plus difficile fut de choisir la moins dangereuse pour toi, tout en apportant les propriétés magiques nécessaires. De plus, les influences lunaires du camphrier apportent un contrepoids aux pouvoirs saturniens qui vont être déployés. Il m'est avis que quelques gouttes de citron ou de lavande ne seraient pas du luxe, sans compter que ça sent bon. Tu as le parchemin ?

— Oui, le voilà.

Sur ces mots, Sylvia déposa sur la table un carré d'environ une dizaine de centimètres de côté sur lequel un talisman avait été réalisé, à partir d'une encre magique fabriquée par Coralie, et les deux filles étaient satisfaites du résultat.

Pendant que Sylvia se préparait dans sa chambre, Coralie s'occupait des préparatifs dans la salle de bains. Heureusement qu'il y avait une baignoire. Faute de quoi, ce rituel aurait été plus compliqué à être mis en pratique sous une douche. Si la baignoire était trop étroite pour l'entourer complètement d'un florilège de chandelles violettes et noires, il y avait un petit guéridon juste à côté et qui servirait d'autel improvisé. Après tout, il s'agissait d'y disposer trois chandelles en triangle autour du parchemin sur lequel serait disposé un brûle-parfum distillant le mélange d'huiles essentielles. Afin de canaliser les énergies saturniennes, tout en leur conférant moins d'ardeur et plus de spiritualité, ainsi qu'une force protectrice, Coralie avait opté pour un galet d'améthyste à la translucidité quasi parfaite. Le pouvoir serein de ce cristal ne serait pas de trop au cours de cette opération délicate.

— Jolie pierre, commenta Sylvia.

Elle venait d'entrer dans la salle de bain, vêtue d'un peignoir, et elle avait relevé son ample chevelure noire en un chignon maintenu avec une simple baguette en bois.

Coralie confirma son choix d'un hochement de tête.

— Les minéraux ont une vibration très particulière qu'on peut focaliser pour un rituel magique. Alors, autant utiliser ce qui est à notre portée, tu ne crois pas ? Il suffit que tu la gardes sur le front. Ça devrait t'aider à déverrouiller les images psychiques qui pourraient te venir. En plus, elle apaise l'esprit. Ce qui ne sera pas de trop, compte tenu de ton caractère soupe au lait, ajouta-t-elle sans avoir l'air d'y toucher.

Une réaction qui en engendra une autre, puisque Sylvia assena un coup de serviette éponge sur la tête de Coralie. Celle-ci capitula en riant avant que son amie ne décide de lui faire plonger tête dans l'eau pour en vérifier la température. Elle s'apprêtait à sortir de la pièce avant de se tourner vers Sylvia.

— Prends tout le temps dont tu as besoin. Avec la Magie, il vaut mieux ne pas agir précipitamment. Je t'attendrai dans le salon.

Après que Sylvia ait opiné, Coralie laissa son amie seule.

Sylvia acheva de se dévêtir avant de tremper un pied dans l'eau, réprimant à peine un frémissement. Elle s'immergea petit à petit, pour laisser le temps à son corps de s'habituer. Elle s'accommodait du mieux possible de la situation, et commençait même à l'apprécier.

Sylvia ferma les yeux, tout en se laissant bercer par la sérénité qui venait de la gagner après qu'elle eut penché la tête en arrière, en appui contre une serviette repliée sous la nuque. Elle déposa l'améthyste sur son front. Même sa crainte d'être intoxiquée par la belladone s'en trouva atténuée. Son sentiment de bien-être ne fit que s'accroître, amplifié par la pierre en contact avec sa peau, mais aussi par les fragrances végétales libérées dans l'air ambiant de la petite salle de bains.

Des lieux qui, de façon assez étrange, semblaient s'être étendus. Sylvia se serait crue au beau milieu d'un lac…

30

Le décor avait changé, Sylvia n'aurait pas pu dire le contraire. Elle réalisa que son corps flottait sur le dos, au milieu d'un lac immense. D'abord inquiète de se savoir aussi éloignée de la rive, la jeune femme fit au mieux pour éloigner les pensées d'anxiété qui saperaient la réussite du sort dans lequel elle s'était plongée, sans mauvais jeu de mots. Dans ce monde onirique, étape intermédiaire avant de rejoindre le plan astral, il était primordial de maintenir son niveau de concentration. Sylvia garda donc une respiration ample et sereine, tout en s'attardant sur l'observation des lieux. Après tout, le paysage environnant était magnifique et empreint de sérénité.

D'une superficie difficile à estimer, la *Gardienne d'Obscurité* comprit néanmoins que le lac devait être circulaire, à en croire l'étendue forestière qui en bordait les rives. Le clapotis de l'eau était apaisant.

Tout comme le chant du vent à travers les feuillages dont Sylvia reconnut la mélodie. Elle l'avait déjà entendue plusieurs fois, la toute première remontant au moment où elle avait fait la connaissance de Shoren et Sha'oren. Sylvia, rassérénée, entreprit de reprendre dans un murmure cette chanson à la mélodie enchanteresse.

Par ailleurs, le paysage semblait tout aussi magique. L'eau du lac était lisse au point d'en refléter son environnement, comme un miroir gigantesque. Il devenait même difficile de déterminer où commençait le ciel et où s'achevait la terre. Une fine pellicule de brume stagnait à la surface de l'eau, faisant croire qu'il y avait deux images identiques, superposées, sans parvenir à en distinguer la démarcation. Pour un peu, Sylvia aurait cru qu'une seconde étendue d'eau se situait à la place du ciel.

Pourtant, l'heure n'était pas à l'émerveillement et encore moins à la rêverie. Sylvia se reprit en songeant à ce qui l'amenait ici : retrouver Thorn.

Un étrange ondoiement se répercuta dans le ciel.

La jeune femme focalisa son pouvoir sur une image mentale de Thorn tel qu'il lui était apparu la dernière fois qu'elle l'avait vu.

Une autre onde parcourut le ciel au-dessus d'elle. Cette fois-ci, il ne faisait aucun doute que cela ressemblait aux cercles qui se propageaient dans l'eau.

Ce que Sylvia vit apparaître dans ce ciel étrange acheva de la stupéfier, car il s'agissait d'une planète du système solaire reconnaissable entre toutes. Surtout en la présence de ses anneaux caractéristiques : Saturne.

La sphère planétaire émettait un halo violine, et Sylvia comprit en tendant la main dans sa direction qu'il en était de même pour elle. La manifestation de son pouvoir. Elle n'eut aucun mal à imaginer qu'à son front, le symbole qui lui était familier venait de faire son apparition. Elle reporta son attention sur la planète, qui venait d'obscurcir le ciel environnant. C'était surréaliste !

Est-ce un rêve ? Ou bien une prodigieuse illusion ?

Pour ajouter encore à l'étrangeté de ce tableau, Sylvia sentit le niveau de l'eau s'accroître encore à une vitesse aberrante, propulsant son corps pétrifié de stupeur vers le ciel… qui descendait tout aussi vite vers elle. C'était bien une seconde masse d'eau qui finit par percuter celle dans laquelle la jeune femme se trouvait, les deux s'unissant dans un maelström incontrôlable. À ce contact aussi brutal qu'inattendu, le cristal d'améthyste fut délogé du front de Sylvia. Son contact avec l'eau engendra une colonne violine qui emporta la *Gardienne d'Obscurité* dans son sillage, en un tourbillon de puissance magique.

Désorientée, sous l'emprise des forces colossales qui venaient de se déchaîner en ces lieux, elle ne pouvait plus rien faire, hormis se laisser emporter dans les profondeurs.

**

Sylvia reprit conscience et retrouva les perceptions de son corps, non sans mal. Estimant que sa tentative de rallier le plan astral avait échoué, elle s'étonnait de réaliser qu'elle n'était plus dans la baignoire de la salle de bains, et encore moins dans un lac. Au lieu de quoi, la surface froide et sèche qu'elle percevait lui fit comprendre qu'elle était étendue sur le flanc, sur un sol métallique un peu rugueux. Quoi qu'il en soit, l'obscurité environnante ne l'aida pas à comprendre où elle était.

De deux choses l'une... Si ce n'est pas chez moi, où suis-je ? Serait-ce le plan astral ou un autre niveau intermédiaire ?

Elle voulut mieux voir ce qui l'entourait, mais elle se redressa un peu trop brusquement, et fut prise d'un vertige, l'obligeant à s'interrompre le temps que passe le malaise. Avant qu'une idée incongrue ne lui vienne à l'esprit. Si elle était nue dans l'eau de la baignoire, puis dans ce lac étrange, elle devait l'être tout autant à l'heure actuelle. Elle piqua un fard. Inquiète, elle baissa la tête pour voir qu'elle portait une robe blanche à fines bretelles, la même que celle qui lui arrivait de porter quand elle se rendait dans l'Antre de l'Initiation. Assez bizarrement, elle fut soulagée de ne pas jouer les nudistes forcées.

Tout autour d'elle, il n'y avait que l'obscurité d'un ciel, sans lune ni étoiles, où gravitait la planète Saturne. Le plus étonnant résidait en la multitude de rouages d'un métal cuivré usé, voire même rouillé çà et là, rappelant le mécanisme d'une monumentale horloge. Les cliquetis étouffés parvenaient à intervalles irréguliers aux oreilles de Sylvia, tel le rythme laborieux d'un temps à l'agonie.

La jeune femme constata que le sol était une plaque circulaire bordée de créneaux. Toute une série d'arabesques et de symboles occultes évoquaient un mandala cosmique estompé par le temps.

— Alors, on se réveille enfin ? demanda la voix d'un homme.

Sylvia se leva et pivota dans la direction d'où semblait provenir cette voix dont l'intonation lui était inconnue.

Ce n'est pas Thorn... Sur qui suis-je tombée ?

Elle faisait face à la silhouette d'un homme installé dans un siège en pierre minimaliste, sur une seconde plaque métallique similaire à celle sur laquelle se tenait Sylvia.

L'individu portait une tunique grenat ornée d'une capuche qui couvrait ses traits. Pourtant, Sylvia ne pouvait attribuer ce timbre de voix, à la fois grave et un peu rauque, à aucune des personnes qu'elle connaissait.

— Qui êtes-vous ? Ne le prenez pas mal, mais j'espérais rejoindre quelqu'un d'autre que vous… qui que vous puissiez être.

— Je crois que tu sais très bien qui je suis en réalité, jeune fille. Parce que, aussi invraisemblable que cela puisse paraître – même pour moi –, je ne suis qu'un des fragments que ton âme a déjà incarné sur cette Terre.

— En d'autres termes moins alambiqués ?

— Tu devrais te souvenir que Thomas Carello, qui fut mon ultime descendant, t'avait fait écrire tout un devoir sur l'époque où je m'étais fait connaître le plus.

À ces mots, l'homme remonta ses mains à la bordure de la capuche qu'il rabattit en arrière pour révéler son visage.

Sylvia fut interdite, car elle était impliquée dans un face à face tellement incroyable qu'elle ne pouvait pas y croire, que ce soit dans cette réalité ou une autre. Pourtant, dans les limbes du plan astral, Sylvia Laffargue se trouvait bel et bien en présence de Benedict Carpzov, l'inquisiteur fanatique qui avait scellé la perte du Cercle du Dragon Céleste au 17e siècle. Celui dont Sylvia était à présent la réincarnation.

Elle était en proie à une incompréhension totale.

— Non. Ça ne peut pas être vous. Comment se fait-il que ce soit vous ?

— Sache que je ne le sais pas plus que toi. En ce qui me concerne, c'est comme si j'avais été convoqué malgré moi sans savoir qui serait mon interlocuteur… ou interlocutrice, en ce qui te concerne. Je suis en tout cas aussi surpris de te voir que tu peux l'être me concernant.

— Sauf que ça ne m'explique pas pourquoi c'est à vous que je m'adresse, là, au lieu de la personne à qui je souhaitais parler à l'origine. À croire que le rituel a foiré quelque part …

— Parce qu'en plus, tu as fait appel à la magie pour un tel résultat ? s'étonna Bénédict. Quel aboutissement, en effet ! J'avais déjà eu du mal à avaler que ma réincarnation ait fini par intégrer un clan que j'avais moi-même conduit au bûcher. Là ça dépasse tout.

— Parce que vous croyez être le seul à avoir du mal à assumer cet état de fait ? s'étrangla Sylvia sous le coup de l'émotion. Vous ne pouvez pas imaginer le choc que ça m'a fait quand j'ai fini par apprendre la vérité ! Moi, que tout le monde prenait pour celle qui allait faire ressurgir les pouvoirs du clan au grand jour n'était autre que la réincarnation du pire ennemi qu'il n'ait jamais eu ! Il m'a fallu un temps incroyable, ne serait-ce que pour réussir à l'avouer aux autres, alors que je craignais plus que tout qu'ils ne finissent par me rejeter à cause de ça. Pire encore, j'avais une frousse de tous les diables que cette facette de mon passé ne finisse par parasiter mon présent, en mettant mes amis en danger malgré moi.

Benedict Carpzov, impassible, ne s'était guère laissé émouvoir par l'emportement de Sylvia, et encore moins par ses larmes. Il lui était déjà arrivé de voir des gens impies dont les suppliques larmoyantes ne l'avaient pas influencé par le passé. Fussent-elles sincères ou non.

— Quant à moi, je ris jaune du destin qui fut infligé à ma nouvelle incarnation. Non seulement d'avoir été enfermé dans un corps de donzelle, sacrilège à mes yeux de pieu croyant, mais en plus d'être tombé sur celle qui a permis à ces dragons impies de recouvrer leur puissance, juste avant de faire passer leurs praticiens de vie à trépas. Ce dont je ne reste pas peu fier, même s'il n'en reste que l'amertume d'avoir agi en vain.

— Notre dégoût quant à ce que vous étiez et ce que je suis devenue est bien la seule chose sur laquelle nous soyons d'accord en ce moment même. Incroyable… C'est à ce parasite de Thorn que je voulais parler. Non pas à une âme revenue du temps où la torture et le fanatisme religieux régnaient d'une main de fer dans un gant de cruauté.

— Quelle cruauté ? s'indigna Benedict. Comment oses-tu

parler de ce que tu ignores ? Nous autres, membres de l'Inquisition avions pour mission sacrée de traquer les engeances du démon, et d'en purger les miasmes qui avaient pris possession d'âmes pieuses que nous avons ainsi délivrées ! Nous n'agissions que par compassion.

L'inquisiteur était en colère, même s'il se contrôlait encore. Sylvia ne comptait pas le laisser s'en sortir à si bon compte.

— Qu'en est-il des accusations sans preuves, des dénonciations à tout va, de la spoliation des biens des accusés, mais aussi des viols et de l'usage de la torture ? Ça y allait de bon cœur, pas vrai ? En plus, l'Église avait mandaté des bourreaux pour ne pas avoir à mettre les mains dans un sang qu'elle avait pourtant juré de ne pas verser.

— Le bien général prévalait alors sur la sauvegarde de quelques individus. Après tout, nous sauvions des âmes. Une fois délivrées, elles étaient libres de retourner à Dieu.

— Vous m'en direz tant... J'imagine que le fait de détruire des vies à la pelle n'entrait pas trop en considération.

— Aucunement. Du reste, je n'ai pas à me justifier, et encore moins vis-à-vis de toi. D'ailleurs, allons-nous continuer un débat stérile qui ne changera rien au cours de l'Histoire ? Ou bien vas-tu enfin me dire ce que tu pourrais attendre de moi, à cet instant ? Parce que je serais très surpris d'avoir été convoqué ici pour voir quelqu'un qui n'aurait rien à me dire sur les ombres qui jalonnent son existence à l'heure actuelle.

— Je ne sais pas ce que je pourrais attendre de vous, admit Sylvia d'une voix blanche. Thomas Carello n'avait commis des meurtres que pour s'approprier le pouvoir de l'Épée Mystique que mon clan avait pour tâche de protéger. Il n'avait aucune motivation autre que celle-ci, exécutant ce plan pour le compte de mages noirs aux pouvoirs maléfiques. Rien à voir avec le fanatisme que vous avez vous-même incarné dans le passé. De même pour *Dies Irae* qui sévit à présent.

— Cela risque de te surprendre, mais puisque nous partageons la même âme, il se trouve que je sais tout ce que tu sais. Donc, à en croire les agissements de ce groupe étrange, tu penses qu'il s'agit d'une nouvelle forme violente d'inquisition moderne, étant donné qu'ils ne s'en prennent qu'à des commerces et des gens ouvertement impliqués dans les sciences occultes ?

— Pourquoi pas ? Cette hypothèse en vaut bien une autre.

— Sauf que quelque chose ne va pas concernant ces gens. Je les sens animés par une forte volonté de faire respecter les Lois du Seigneur sur les hérétiques, comme nous autres inquisiteurs l'avons fait avant eux. Et pourtant…

— Quelque chose ne colle pas avec ce tableau.

Benedict Carpzov leva les yeux au ciel.

— Dieu que ça m'énerve quand nous sommes d'accord sur ce genre de détail. Si la sincérité et la piété marquent sans l'ombre d'un doute les trois quarts de leurs intentions, je perçois pourtant tout autre chose, mais… je ne parviens pas à déterminer quoi et encore moins d'où vient ce genre d'intuition. Parmi ceux de *Dies Irae*, il se pourrait bien qu'il y en ait un qui nourrisse des motivations divergentes de celles du groupe.

— C'est ce qui semblerait logique, envisagé sous cet angle. Même si ça ne me dit pas ce que je devrais faire dans l'immédiat.

L'inquisiteur partit d'un rire franc qui décontenança Sylvia, au point de l'irriter de cette réaction aussi inattendue qu'inappropriée.

— En tout cas, ce n'est certainement pas à moi qu'il faut s'adresser dans ce genre de cas ! Tu sais que tout ce qui a trait à la magie et autres sortilèges du Malin me révulse au plus profond de mon être. Je n'ai aucune implication dans le monde actuel.

— Ce n'est donc pas vous que je dois remercier pour la subite dégringolade de ma force magique ? J'étais pourtant persuadée du contraire.

— Au moins, tu auras eu le mérite de bien me faire rire, et je ne serais pas étonné que tu puisses parvenir à tenir tête aux entités trompeuses que toi et tes amis avez sciemment choisi de servir. Pour un peu, j'en viendrais à prier pour le salut de vos âmes, mais j'ai dans l'idée que cela ne servirait pas à grand-chose. Vous êtes déjà damnés pour avoir voué votre existence à ces viles créatures ailées. Réfléchissez-y... Qui vous dit que *Dies Irae* ne seraient pas dans le vrai dans leur lutte contre les bassesses humaines qui jalonnent le monde répugnant des sciences occultes ? Vos dragons ne sont que de fausses idoles dont vous devriez vous défaire au plus vite.

C'était plus que la *Gardienne d'Obscurité* ne pouvait en supporter. Elle prit une ample inspiration qui eut pour effet de tempérer quelque peu la colère qui courait dans ses veines. Dans l'astral, de telles préoccupations n'avaient pas lieu d'être. Quoi qu'il en soit, son interlocuteur était parfaitement méprisable aux yeux de la jeune femme qui sentit de plus en plus l'urgence de quitter ces lieux, sous peine de perdre le contrôle de ses nerfs.

— Décidément, nous ne pourrons jamais nous comprendre... soupira-t-elle de lassitude. Je n'ai même pas envie d'essayer. Je veux encore moins d'une vie dans laquelle n'importe quel dogme s'érigerait en un mode de pensée unique. Non, impossible pour moi et mes amis de vivre dans une société privant les individus de leur libre arbitre.

— Bel état d'esprit libertaire, ma chère. Malheureusement, il va bien falloir ouvrir les yeux sur les réalités qui vous entourent, toi et tes amis. Tu serais très décontenancée de voir de quel bois pourrissant la vérité peut être constituée... Il m'est avis qu'une ombre s'est déjà immiscée dans cette affaire de *Dies Irae* à laquelle font face tes amis des forces de police.

— Arrêtez ça de suite ! Tel que je commence à vous con- naître, vous pourriez chercher à m'imposer un genre de contrôle et je ne le permettrai jamais !

Sylvia tourna alors le dos à son étrange interlocuteur et se concentra pour retrouver celui qu'elle était véritablement venue retrouver : Thorn. Sous les yeux interdits de l'inquisiteur, une aura violette entoura la silhouette de la jeune femme. Celle-ci s'évanouit sous la forme d'une myriade de papillons violets et noirs. Un spectacle magnifique et magique en soi, alors que Sylvia venait de se remettre à la recherche de Thorn. Un garçon auquel elle s'était promis de dire ses quatre vérités, de façon bien sentie, ne serait-ce que pour lui avoir fait perdre du temps face à une de ses vies antérieures. En espérant ne pas avoir à faire face à toutes les autres.

Une fois seul, Benedict Carpzov poussa à son tour un soupir de soulagement. Entre l'entêtement de la *Gardienne d'Obscurité* et sa propre rigueur morale, leur rencontre improbable ne pouvait être que chaotique. Il était néanmoins content d'avoir fait sa connaissance, et voulut prier pour le salut de cet esprit courageux. Pour que Sylvia puisse surmonter les dangers menaçant son âme éternelle, mais aussi sauver ses amis.

Une silhouette humaine se profila sur le rouage sur lequel Sylvia s'était tenue quelques instants auparavant. Carpzov se tourna avec une curiosité vers le nouvel arrivant qui prit la parole.

— Pourquoi ne pas avoir parlé de moi à Sylvia, puisque tu sembles savoir que j'étais là depuis le début ?

— Si cette sorcière n'a pas été en mesure de percevoir ta présence, toi qui dis t'appeler *Thorn*, ce n'était pas à moi de l'en informer.

Ce dernier hocha la tête avec compréhension.

— C'est de bonne guerre. En tout cas, j'ose espérer que tu ne comptes pas interférer dans mes plans.

Benedict Carpzov leva les mains en signe de rédition.

— Oh non, sois tranquille à ce sujet. Je n'ai plus aucun rôle à jouer. Depuis le 17e siècle que cela dure, c'est très bien comme cela ! C'est maintenant à Sylvia de se débrouiller.

— Voilà qui me convient parfaitement. Sur ce…

Thorn salua son interlocuteur d'un signe de tête.

Au moment où sa silhouette sombre s'estompa à son tour, Carpzov s'adossa plus encore dans son siège, le visage relevé vers le ciel nocturne au-dessus de lui.

Adieu à toi aussi, Thorn… fragment de mon âme.

31

Sylvia reconnaissait cette forêt pour l'avoir déjà arpentée au début de son initiation, quand des sorties astrales lui faisaient retrouver Sha'oren dans une clairière *magique*. Cet endroit se situait non loin d'une margelle de pierres surplombant la surface d'un lac reflétant l'obscurité nocturne en plein jour et un ciel ensoleillé durant la nuit.

La jeune femme se pencha au-dessus de l'eau, s'attendant presque à apercevoir le reflet de son dragon protecteur apparaître derrière elle, mais ce ne fut pas le cas.

Poussant un petit soupir de contrariété, elle se redressa et contempla le sous-bois qui avait changé par rapport à l'éternel printemps qui semblait régner en ces lieux. Ce n'était pas la première fois que les arbres s'étaient parés des tons mordorés de l'automne, mais c'était quelque peu inquiétant, puisque le grand dragon blanc avait expliqué que Sylvia était la seule responsable de ce changement de saison qui reflétait alors la nature de son psychisme. Un scénario qui semblait se répéter à nouveau.

Encore une preuve, s'il en fallait une, que quelque chose ne tourne vraiment pas rond chez moi.

Elle évoluait dans un décor où l'automne avait même pris de l'avance par rapport au monde réel. De gros nuages lourds d'humidité obscurcissaient la douce clarté laiteuse de la lune qui ne parvenait plus à éclairer l'endroit. Aucun vent ni même la moindre petite brise ne caressaient les feuillages dont les couleurs oscillaient du brun, au doré, en passant par une myriade de nuances oranges et rouges.

Sylvia frissonna et se frotta les bras pour tenter de se réchauffer un peu. Comme la fois précédente, ce fut le silence qui la mit le plus mal à l'aise, sans parler de la solitude.

J'avais au moins espéré que Sha'oren serait là. Il y a tant de questions qui restent sans réponses, que je me contenterais même des explications tarabiscotées dont il a le secret. À croire que les siècles durant lesquels les dragons ont vécu ne leur ont pas laissé le loisir d'apprendre à s'exprimer simplement.

Après avoir tourné en rond dans la clairière, à attendre que quelqu'un daigne se manifester, Sylvia commença à se lasser de se faire mener en bateau par les entités désincarnées en général. Le dragon blanc et Thorn se disputant la première place du podium. Des entités qui se croyaient tout permis et qu'elle aurait été tentée d'envoyer promener à la première occasion. Simple question de principe.

Sylvia vint s'asseoir au bout de la margelle de pierres. De là, elle pouvait se pencher et contempler les profondeurs de l'eau, rendues encore plus saisissantes par la nébulosité de la nuit. Elle ne se rendit pas compte de suite que son visage n'était plus qu'à quelques centimètres de la surface. Ce qu'elle y vit acheva de la stupéfier. Non seulement le paysage reflété dans l'eau n'était pas celui baigné par la lueur du jour, mais surtout parce que le visage qui se reflétait dans l'eau n'était pas le sien. Un visage diaphane, de longs cheveux noirs lisses ramenés en une queue de cheval sur la nuque, et des yeux violets d'une profondeur insondable. Thorn.

— *Il paraît que tu me cherches ?* dit-il via la télépathie. *On dirait que tu as réussi à me trouver, en fin de compte. Je commençais à me demander si tu viendrais jusqu'à moi.*

Sylvia n'eut même pas le temps de s'étonner que Thorn lança sa main à travers la surface, pour saisir la jeune femme à la gorge, d'un geste vif et puissant.

— *Maintenant, ma chère, tu vas venir me rejoindre et nous pourrons enfin discuter sans que quiconque puisse venir s'immiscer dans notre conversation ni l'espionner en douce.*

Sur ces mots prononcés d'une voix suave, il raffermit sa prise afin de faire basculer sa captive qui fut entraînée dans l'eau.

— Non, mais j'en ai ma claque de toute cette flotte !

Thorn relâcha Sylvia et fut pris d'un petit rire insolent en la voyant encore assise par terre, les jambes repliées sous elle. D'abord surprise d'avoir franchi aussi aisément ce passage sans être trempée dans la foulée, elle fut encore plus abasourdie de voir que cette traversée inopinée ne l'avait pas fait passer en *mode journée*, comme cela aurait pourtant dû être le cas. La forêt était encore cernée par la nuit.

Elle ne comprenait plus rien à ce qui se passait. Elle énuméra pour elle-même des faits qui suscitaient, au mieux, de l'irritation et, au pire, des ennuis plus ou moins graves.

— Voyons un peu... Déjà, mes pouvoirs qui ne sont plus que l'ombre de ce qu'ils étaient en temps normal, ensuite Sha'oren qui est aux abonnés absents en me laissant plusieurs fois en danger. Enfin, cerise douteuse sur ce gâteau indigeste, l'environnement du plan astral qui tend à prouver que quelque chose ne tourne pas rond avec moi. Qu'est-ce que j'oublie encore ? Ah oui ! Un groupuscule adepte du fanatisme religieux ultra-violent en tourisme à Paris, et un faux mage blanc qui vient me tartiner des leçons de morale à deux balles ! Voilà, j'ai fait le tour.

— Tu oublies qu'il y a moi, reprit Thorn. Moi qui te suis, encore pire qu'une ombre, y compris dans l'astral. Moi qui cherche à te tuer tout en te sauvant la vie à maintes reprises.

— Tiens, merci de me le rappeler. Euh... Comment ça *à maintes reprises* ? À ce que je sache, tu n'es intervenu qu'à l'incendie à Versailles. Pas de quoi déranger le pluriel pour si peu.

— Ben merde, alors ! Ce n'est pas la gratitude qui t'étouffe ! Et pourtant, tu me dois la vie, car je suis intervenu souvent pour te sauver plus que n'importe qui d'autre de toute ta vie !

Cette fois, Thorn était en colère. Il étendit la main en direction d'une Sylvia incrédule qui retomba à genoux, suffocante. Une poigne d'airain s'exerçait sur sa trachée, à distance. Il était en train de l'asphyxier ! En panique, elle chercha à se défaire de cette emprise effroyable, mais l'absence de contact direct sur sa gorge rendait la manœuvre vaine. Elle étouffait.

Thorn n'était plus que colère et incompréhension.

— Depuis le temps que nous avons établi le contact, toi et

moi... J'aurais espéré que ça t'aurait rafraîchi la mémoire concernant les autres fois où je m'étais manifesté auprès de toi. Force est de constater que, soit tu as oublié, soit tu n'as même pas eu conscience de ma présence à tes côtés.

Cette constatation lui étant venue à l'esprit à l'instant, il se calma un peu. Assez pour libérer sa captive qui se laissa choir sur les mains, penchée vers le sol, le visage crispé par la douleur, en tentant de reprendre tant bien que mal une respiration normale.

— Chaque fois que tu as cru perdre le contrôle de tes pouvoirs, c'était moi, en réalité.

— Comment ça, c'était toi ? souffla Sylvia.

— Tu m'as bien compris. Ça remonte même au printemps 2010 pour être précis. C'est là que j'ai commencé à interagir auprès de toi. À ton insu, je ne le réalise que maintenant.

— Qu'as-tu fait pour me sauver la vie, comme tu le prétends ?

Son interlocuteur lâcha alors un soupir de lassitude faisant face à une Sylvia qui semblait être tombée en catatonie.

— Pas comme je le prétends, mais comme je l'ai fait, précisa-t-il. Fouille un peu dans tes souvenirs. N'y a-t-il pas eu des moments où tout t'a échappé en magie ? Quand tu semblais n'avoir plus aucun contrôle sur tes pouvoirs ? Eh bien oui, c'était moi. Chaque fois que tu as eu la sensation que quelqu'un prenait les commandes en toi... C'était pour te sauver, et c'est bien ce qui s'est passé, pas vrai ? Réfléchis un peu.

Éperdue, Sylvia rassembla les réminiscences de ce qui s'était passé à cette période. Quand elle avait été impliquée malgré elle dans une affaire de tueur en série dans Paris et que le Cercle du Dragon Céleste s'était reconstitué, après être resté en dormance des siècles.

— Je me souviens que tout avait commencé par un cauchemar à la bibliothèque... Et puis, il y a surtout eu la chute en piqué où j'ai failli m'écraser au sol et qui m'a valu aussi des visions que je ne comprenais pas. Ça venait aussi de toi ?

— Les visions et les cauchemars, non. C'était autre chose. Mais, le vol plané... oui.

La jeune femme s'agaça en se remémorant cette mésaventure.

— Même si la chute dans les broussailles m'a fait écoper de quelques contusions douloureuses.

— Tu rouscailles pour pas grand-chose ! L'important, c'est que tu aies survécu, non ? Ce qui t'a aidée à sauver Coralie et Frédéric. N'oublions pas non plus quand tu t'es retrouvé aux prises avec ce Rowanon, qui s'apprêtait à te tuer, si mes souvenirs sont bons. Là encore, j'ai pris les choses en mains pour te sauver.

— Tu sais ce qu'elles te disent, les choses ? s'emporta Sylvia en toute mauvaise foi.

— Pas merci, en tout cas.

— Je serais prête à te dire merci si tu avais fait mieux que de sauver ma petite personne !

Elle ne pouvait réprimer son amertume. Avec les souvenirs de ces moments effroyables, la douleur et la culpabilité, d'avoir survécu à ceux qui avaient péri était revenue.

— Oui, tu m'as sûrement arrachée aux griffes de la mort un nombre de fois incalculable, mais ça sert à quoi si tu n'as pas levé le petit doigt pour les autres ? Hein ? Pour le flic tué à la Sorbonne, pour Nathan ou pour Alexandre ? Pourquoi moi et pas eux ?

— Parce que c'est à toi que je suis lié. À personne d'autre. Rien n'aurait pu changer le cours des évènements tels qu'ils se sont produits. Quand Rowanon vous retenait toi et ton frère que tu venais juste de retrouver, une autre de mes interventions magiques a empêché que ce dernier ne soit tué, non ?

— Bravo au héros... ironisa Sylvia d'un ton las.

— Alors ça, ma belle, je m'en fiche comme d'une guigne.

Son intonation sans appel jeta Sylvia dans le désarroi, et Thorn poursuivit.

— Une fois l'affaire Rowanon classée, il n'y avait plus à maintenir cette protection que j'avais étendue sur toi. Y compris quand ce bon vieux Sha'oren a commencé à te parachuter à différents endroits de Paris pour t'obliger à jouer la nettoyeuse de l'astral. Tu ne te débrouillais pas trop mal, mais ça me démangeait de te faire savoir ma façon de penser sur ta manière d'employer ton Épée magique.

— Et c'est là que tu m'as *tuée*, fin septembre ? Pour me donner une leçon en la matière ?

— Ouais ! Et il faut croire que ça a porté ses fruits, puisque tu suis les cours d'un mec qui s'y connaît grave en la matière. L'air de rien, tu as fait d'énormes progrès, si j'en crois ce que j'ai pu voir aujourd'hui. De ça, je ne suis pas peu fier, fanfaronna-t-il en croisant les bras.

— Si l'absence de gratitude à ton égard me caractérise, on ne peut pas dire que ce soit la modestie en ce qui te concerne.

— On fait ce qu'on peut, dans la vie.

La jeune femme se figea tandis qu'une constatation venait de se faire jour. Elle porta la main à son front, en proie à ce qui aurait pu être la plus épouvantable migraine qu'elle n'avait eu à supporter de toute sa jeune existence. Parce qu'elle venait de réaliser quelque chose avec un gros temps de retard.

— Attends... Non... Quand ces psychopathes clonés ont attaqué tout à l'heure, c'est toi qui as uni tes forces aux miennes pour m'aider à les vaincre ?

Thorn opina, à la plus grande consternation de la jeune femme. Non seulement elle était redevable à ce Christian Leto pour ses deux sauvetages, alors que cela l'irritait au plus haut point, mais voilà que la liste des remerciements à adresser à quelqu'un qui lui tapait sur le système comptait quelques lignes de plus, à son plus grand désarroi.

Tout de suite, j'ai envie de m'expatrier le plus loin possible... Sur une autre planète, ça serait pas mal. Nan, encore mieux : carrément au fin fond d'une autre galaxie ! La plus lointaine, au fin fond de l'univers, de préférence.

— Et qu'est-ce que je suis censée faire pour te montrer l'étendue de ma gratitude ?

Rien qu'à sa voix, il était évident que Sylvia démentait le moindre enthousiasme à cette seule idée.

— Pour commencer, il suffit que tu acceptes de te faire à l'idée que ça fait longtemps que je suis avec toi.

— D'ailleurs, comment se fait-il que tu me colles à ce point ? Tu n'aurais pas envie d'aller voir ailleurs si je n'y suis pas ?

— Pas tant que ça, non. Même si tu faisais tout ton possible pour te débarrasser de moi, ça ne marcherait pas comme tu le voudrais. Alors, autant faire en sorte que ça se passe au mieux, entre nous. Tu ne crois pas ?

Oh misère... Ce que je crois pour l'instant, c'est que ça va être mal barré de me défaire de cette fichue ventouse astrale.

— Pour te montrer ma bonne foi, je suis prêt à faire un autre geste pour toi. Sans tenir compte de toutes ces fois où je t'ai sauvée, bien sûr. Ça, on en reparlera un autre jour. Je sais que je pourrais peut-être t'aider sur quelque chose qui te préoccupe.

— Tu identifierais ceux de *Dies Irae* ? Alors là, tu ferais très fort et tu remonterais dans mon estime, par la même occasion.

— Je parle de tes pouvoirs, espèce de buse empaillée !

Sylvia était trop médusée pour réagir à l'insulte volaillère.

— Hein ? Qu'est-ce que tu sais à ce propos ?

— Ça aurait peut-être à voir avec le fait que les dragons t'aient raconté des bobards, en plus de t'avoir laissée tomber. Je dis ça comme ça, ce n'est qu'une intuition. Je me rappelle encore très bien du niveau de ta magie avant l'invocation de l'Épée Mystique, durant l'éclipse solaire d'il y a deux ans. Je peux te confirmer qu'il a fichtrement diminué.

La mauvaise humeur de la *Gardienne d'Obscurité* laissa la place à une profonde perplexité, car cet homme mystérieux venait d'évoquer quelque chose dont elle se doutait au plus profond d'elle-même. Qu'elle le veuille ou non, Thorn en était le témoin direct. Sa décision fut prise ; puisque le grand dragon blanc faisait la sourde oreille, elle pouvait toujours tenter sa chance avec Thorn.

— Okay, mister *Je-sais-tout*... Admettons que je te crois. Comment pourrais-tu m'expliquer la véritable raison de la décroissance de mes pouvoirs et, accessoirement, comment les récupérer ?

Thorn se fendit d'un large sourire, son entrain retrouvé.

— Eh bien voilà ! Est-ce que ça t'a fait si mal que ça de me demander de l'aide ?

Une balayette aux chevilles et le faisant tomber par terre fut la seule réponse qu'il obtint en retour. Encore surpris, Thorn se redressa sous le regard malicieux que Sylvia lui adressait, les poings sur les hanches.

— Oui... constata-t-il. Je vois à quel point ça te coûte.

— Allez, abrège !

— D'accord. En poussant un peu mes investigations, quelque chose m'a semblé bizarre la dernière fois que tu as franchi l'une des étapes de ton cheminement initiatique. Tu te rappelles ?

— Tu veux sans doute parler du moment où je me suis présentée au regard des dragons de la Terre ?

Sur un bref acquiescement, il poursuivit son idée.

— Ton impression de déjà-vu m'avait alors interloqué, puisque j'ai éprouvé la même. J'ai donc mené quelques petites recherches de mon côté. Là, je suis tombé sur du lourd.

— Ce qui veut dire ?

— Ce ne sont pas des informations au sens propre du terme, mais plus des impressions. J'ai fini par découvrir que tout ce qui concerne la régression de ta magie se cache en toi, derrière un impressionnant rideau de feu.

Encore le feu, murmura la jeune femme en proie à une inextinguible contrariété.

— Il semblerait que ce soit récent, mais pas autant que ça non plus. Tout se brouille un peu dans ma tête aussi. Je n'ai eu que des images assez éparses ; toi et tes amis réunis en cercle, un ciel d'orage, un éclair qui s'abat et un grand sceptre blanc surgissant du sol. Voilà tout ce que j'ai pu récupérer à ce propos. Il a dû se passer quelque chose ce jour-là... mais j'ignore quoi. En tout cas, je crois dur comme fer que les dragons y sont pour quelque chose. Leur défection à ton égard découle sans doute de là.

— Tes images mentales minimalistes sont déjà un début, concéda Sylvia. Même si ça ne m'aide pas à y voir plus clair, dans l'immédiat.

— Vu que tu as déjà parlé de moi à ton amie Coralie, elle devrait pouvoir prendre le relais, non ? N'est-ce pas elle la dépositaire des pouvoirs du Feu du clan ? D'autant plus qu'étant déjà chez toi, ça sera plus simple d'engager la conversation au sujet d'un rituel que vous auriez accompli tous ensemble, et qui aurait foiré quelque part.

— Tu as raison, une fois de plus. Et ça me gave, mais grave.

Sylvia se détourna pour ne pas voir le petit sourire satisfait que Thorn affichait sans retenue.

32

La nuit était déjà bien avancée quand Sylvia sortit de la salle de bains où elle avait réintégré son enveloppe charnelle, après son expérience déconcertante dans l'astral. À commencer par la rencontre inattendue avec Benedict Carpzov, mais surtout à cause de ce que Thorn avait révélé à son sujet et sur la cause de la perte de ses pouvoirs.

La jeune femme avait eu un peu de mal à renouer avec l'instant présent. Trop d'émotions à digérer en même temps. Le décor familier environnant ne lui fit pas éprouver pour autant le moindre réconfort.

Sylvia frissonna en sortant de l'eau, puis se frictionna vigoureusement avec une serviette en fibre de bambou pour se réchauffer. Elle attrapa un peignoir qu'elle revêtit avant d'entrouvrir la petite fenêtre pour aérer.

En arrivant dans le salon, elle constata avec un sourire attendri que Coralie s'était assoupie sur le canapé. La jeune femme fut touchée par la sollicitude de son amie qui n'avait pas voulu la laisser seule au cours de cette expérimentation magique. Sylvia farfouilla dans un des deux gros tiroirs sous le sofa et en sortit un plaid tout doux dont elle couvrit la rouquine.

Sylvia rechignait à lui imposer un réveil brutal. En revanche, l'idée de préparer du café lui sembla plus agréable. Une idée qu'elle s'empressa de mettre à exécution, en silence. Sylvia revint ensuite au salon, et posa un mug plein d'arabica près du visage de Coralie, escomptant que l'arôme torréfié la réveillerait.

En attendant, Sylvia ouvrit le coffret qui lui servait de table basse et dans lequel elle rangeait son matériel de Magie, y compris un gros livre relié de cuir qu'elle avait pour tâche de conserver chez elle ce mois-ci : le grimoire commun à l'ensemble du clan.

Chacun devait en assurer la protection à tour de rôle.

L'odeur du café eut raison de la torpeur de Coralie qui se redressa, laissant glisser la couverture qui la recouvrait. L'esprit encore ensommeillé, elle comprit qu'elle devait cette petite attention à son amie, et en fut touchée. Elle avisa la tasse non loin d'elle et s'en empara pour la porter à ses lèvres, mais grimaça au contact du breuvage encore trop chaud. Elle vit alors que Sylvia, assise en tailleur dans un fauteuil, était plongée dans la contemplation de l'énorme grimoire commun du clan. Elle en feuilletait les pages, semblant pourtant ne pas trouver ce qu'elle cherchait.

Cela n'échappa pas à Coralie quand elle vint la rejoindre. Depuis qu'elles se côtoyaient, elle savait quand son amie était préoccupée. Elle vint se pencher non loin d'elle pour voir aussi.

La *Gardienne d'Obscurité* ne l'avait pas vue approcher. Ce qui ne l'empêcha pas pour autant de percevoir sa présence, puisqu'elle demanda sans préambules :

— Pourquoi il y a des pages blanches qui traînent au beau milieu de ce grimoire ?

Coralie ne s'était pas attendue à cette question, et cela l'intrigua. Elle voulut voir de quoi il retournait, et comprit que Sylvia disait vrai ; plusieurs pages blanches étaient nichées entre deux cérémonies rituelles consignées par écrit.

Pourquoi autant de pages vierges là où il ne devait pas y en avoir ? Telle était la question qui taraudait Sylvia. À l'origine, elle voulait consulter cet ouvrage et y trouver un rituel qui aurait été pratiqué par l'ensemble du clan. Ce qui était plutôt rare, même depuis que Philippe Helm était venu s'installer en France. Le premier rituel qu'elle avait conçu pour une pratique en groupe.

Coralie observait Sylvia feuilletant les pages rapidement.

— Qu'est-ce que tu cherches là-dedans ?

— Le compte-rendu d'un rituel qu'on avait effectué tous ensemble par une nuit d'orage. Ça te dit quelque chose ? Tu ne te souviens de la date ?

—Okay... C'était le 20 juin dernier, je crois. Dans le bois de Vincennes. Pourquoi me demandes-tu ça ?

— Je cherchais la retranscription du rite dans notre grimoire, sauf que...

— Sauf que ?

Sylvia referma le livre d'un claquement sec.

— Il n'y est pas ! Et pourtant, j'ai regardé partout. Rien ! Au lieu de ça, je suis tombée sur ces pages vierges en plein milieu de celles déjà écrites. Tu ne trouves pas ça bizarre, toi ?

Coralie regarda un instant la couverture au cuir repoussé qui représentait deux dragons face à face, les pattes et la queue se croisant, les ailes déployées derrière eux.

— Tu sais, c'était une cérémonie improvisée, réalisée dans l'urgence de l'instant. Et après ce qui t'est tombé dessus – au sens littéral du terme – normal que tu n'aies pas réussi à en retranscrire les détails. Pour ce qui est de ces pages blanches... J'avoue que je ne comprends pas non plus ce qu'elles font là. Si ça se trouve, on n'a simplement pas fait attention au moment de rédiger les notes suivantes. Tu voix, rien de mystérieux là-dedans.

Agacée par cette réponse, Sylvia dut néanmoins en admettre la pertinence. Elle porta la main à sa tempe, en proie au doute.

— Tu as sans doute raison, mais alors pourquoi je me souviens d'avoir tout noté dans ce grimoire ? Je me souviens du fait d'écrire, mais pas les détails de cette soirée, alors que j'ai le sentiment que c'est très important.

Sans compter que Thorn suppose que la perte de ma force magique pourrait avoir un lien avec ce rituel en particulier. Et s'il avait été effacé ? Ça expliquerait les pages blanches.

La nonchalance de Coralie à ce propos était inversement proportionnelle à l'importance que Sylvia lui accordait. Sans trop savoir pourquoi, d'ailleurs.

— Ce n'était pas si vital que ça, en fin de compte, mais plutôt quelque chose d'accompli à la va-comme-je-te-pousse.

Sylvia était éperdue. Comment se rappeler si la seule preuve écrite n'avait en fait jamais existé ? Elle prit la main de son amie pour l'inviter à s'asseoir sur la table basse, hésitant malgré tout à la regarder en face, dévorée par la honte et la détresse.

— Je t'en prie, aide-moi. Mes souvenirs sont tellement confus, et je ne comprends pas pourquoi ça me perturbe autant.

— Moi non plus, à vrai dire.

Elle hésitait et Sylvia s'en rendit compte.

— Allez, s'il te plaît. Raconte-moi cette soirée.

Coralie soupira, résignée.

Après tout, si ça peut l'aider à passer à autre chose.

— Très bien. Comme tu dois t'en souvenir, nous venions de recevoir ce grimoire que nous avions commandé à un artisan. Un tome personnalisé tout à fait unique.

Sylvia eut un petit rire à ce souvenir et hocha la tête tout en contemplant le motif de la couverture.

— Nous l'avions tous choisi parmi les différents modèles présentés et on a même eu un mal fou à se mettre d'accord. Encore pire que pour une élection papale !

— C'est vrai. Tu avais surtout réussi à nous impliquer dans un sort de protection qui rendrait ce livre vraiment magique. Un sort très particulier qu'il faut mettre en œuvre avant même d'inscrire quoi que ce soit à l'intérieur et…

— … qui le protégerait si jamais quelqu'un d'autre que nous tentait de s'en emparer. Notre empreinte magique l'imprégnerait de façon indélébile. C'est bien ça ?

— Oui. Je ne sais plus trop d'où ça t'est venu. Alors qu'il existe déjà pas mal de rituels disponibles sur le Net et dans bon nombre de recueils rituéliques, tu en as trouvé un très différent de ce qui se fait d'habitude. Il ne comportait qu'un seul impératif : avoir lieu durant un orage, à l'extérieur de préférence.

Un orage… Ça y est, les pièces du puzzle dont Thorn m'a parlé vont reprendre forme.

Coralie sentait que son amie commençait à se souvenir des circonstances de cette soirée. Il était impossible de pratiquer ce rituel ailleurs qu'en forêt. Le bois de Vincennes avait été sélectionné parce que le clan y avait trouvé un lieu adéquat qui leur garantissait surtout la tranquillité nécessaire, sans craindre de voir des importuns débouler sans crier gare. Certains détails se firent alors de plus en plus précis pour Sylvia.

— Un kiosque à musique, au centre d'une grande clairière.

— Je m'en souviens aussi. Ça nous a pris un peu de temps pour mémoriser ce que chacun aurait à faire précisément. Un genre de répétition générale, si tu préfères. Et quand tous les détails furent au point, nous avons eu un coup de bol de tous les diables, parce qu'un gros orage était annoncé pour le 20 juin. Un sévère, accompagné d'une alerte orange par les services météorologiques.

— Pour couronner le tout, ce jour-là tombait lors du solstice d'été. L'apogée des forces solaires. C'est bien ça ?

— Calme ta joie, parce qu'avec la chape de nuages au-dessus de nos têtes, on a profité d'une absence de luminosité solaire.

— Donc, ce soir-là, nous sommes tous allés au lieu choisi.

— Pas tous, non : notre Canadien préféré n'était pas là.

— Ah oui, ça me revient, il n'avait pas pu se joindre à nous. Un empêchement de dernière minute, c'est ça ? Du coup, c'est mon frère qui avait pris sa place.

Sylvia n'était pas parvenue à se défaire du regret que Philippe fût absent. En désespoir de cause, Sylvain l'avait donc remplacé.

Après avoir hoché la tête, Coralie reprit la suite de son récit.

— Le choix d'un kiosque à musique s'est avéré très judicieux. Même si nous étions au centre d'un espace dégagé, nous avons été relativement bien protégés. Nous avons réussi à y faire tenir un vaste cercle. Une table de jardin pliante a servi d'autel sur lequel on avait déposé le grimoire ainsi que tous les outils nécessaires. Il a fallu aussi prévoir des lampes tempête pour éviter que le vent éteigne les bougies.

Ça me revient, je m'étais même dit que le spectacle promettait d'être particulièrement monumental. Autant dire que nos incantations n'ont pas arrangé les choses... loin de là.

Plus Coralie racontait cette soirée et plus les détails revinrent à la mémoire de Sylvia, comme des bulles d'air remontant à la surface des eaux de l'oubli dans lequel elles avaient stagné.

Ce soir-là, les nuages s'étaient accumulés durant la journée, et l'air était de plus en plus pesant à l'approche de l'orage.

Au bois de Vincennes, il n'y avait plus grand-monde pour se promener. Chercher à accomplir un rituel dans ce genre d'endroit comportait le risque non négligeable de se faire surprendre par des badauds, qu'ils soient à pieds ou à vélo, promenant aussi bien des marmots que des chiens en laisse, et ce n'était pas l'idéal. Par chance, le temps épouvantable les avait incités à regagner leurs pénates.

Le kiosque avait alors constitué un abri assez large pour que le groupe puisse s'y tenir en cercle, tout en laissant un espace pour que le vent et l'averse ne les atteignent pas. Là, chacun s'affaira. Une fois la table dépliante installée au centre, recouverte d'une étole aux motifs celtiques complexes, les Trésors Sacrés y avaient été disposés en fonction de l'orientation d'où venait l'orage. Une corde blanche démarquait le cercle à l'intérieur duquel les membres du clan allaient se tenir. Thessa s'était assuré de la cohérence de sa forme tout en vérifiant que les extrémités soient à l'intérieur. Frédéric avait pris sur lui de rajouter quatre lampes tempête pour y disposer les chandelles représentant les Éléments.

— Mais ta tête est pleine de ressources insoupçonnées ! l'avait gentiment taquiné son jeune collègue.

— Et la tienne est parfois pleine d'eau, répliqua Frédéric avec un sourire moqueur. Ça évitera que les chandelles soient soufflées au moindre coup de vent.

— Rien de tel pour interrompre notre concentration et on n'a pas besoin de ça, renchérit Sylvia. Tu as eu une très bonne idée, Fred et c'est pour ça que j'adore le travail en équipe. On finit toujours par trouver ensemble des solutions auxquelles nous n'aurions peut-être pas pensé en étant seuls.

Sur ces mots, elle posa une main amicale sur l'épaule de l'officier de police qui lui adressa un clin d'œil complice. Sylvia recula vers l'autel que son frère finissait d'installer, afin d'avoir une vue d'ensemble. Jusqu'ici, tout allait bien. Sur l'autel, un cierge noir trônait à gauche, tandis qu'un blanc figurait à droite.

Un éclair déchira soudain le ciel. Le moment était venu,

et Sylvia avait mis fin aux préparatifs en disposant le Grimoire au milieu de l'autel.

Coralie but un peu de café avant de poursuivre.
— Voilà comment tout a commencé. Nous étions tous les quatre au bord du cercle, tandis que tu te tenais près de l'autel.

La jeune femme reposa sa tasse sans pour autant cesser de regarder Sylvia qui semblait perdue dans ses pensées. Certains aspects du rituel ne lui étaient toujours pas revenus en mémoire, à en croire son expression d'égarement.

— Tes souvenirs te font défaut, c'est ça ? Sache que c'est aussi notre cas ; on ne retrouve pas les détails de cette cérémonie. D'un autre côté, on n'avait pas eu l'occasion d'en reparler.

— Ça m'énerve de ne pas me rappeler ce qui s'est passé, à ce moment-là. À croire que j'ai tout oublié. Les incantations qu'on a prononcées, ce qui a pu se passer quand...

— ... quand un éclair t'es tombé dessus ?

Sylvia se figea à l'idée qu'elle avait même oublié cela.

— Ce... Ce n'est pas possible ! La foudre m'a...

— C'est pourtant ce qui s'est produit, après avoir invoqué la force des quatre Éléments pour protéger le Grimoire. J'avais fait appel au feu céleste des éclairs, Sylvain, lui, aux vents impétueux, Thessa à l'ondée de la pluie, et Frédéric à la Terre-Mère. Au moment précis où tu allais utiliser tes pouvoirs, un éclair t'est tombé dessus ! C'était comme s'il t'avait visée en particulier. On se demande encore comment ça a pu arriver. C'était démentiel !

— Mais je ne m'en souviens pas... Dis-moi pourquoi je ne suis pas morte sur le coup ?

— Alors ça, c'est la question qu'on se pose encore. Figure-toi qu'on s'est pas mal interrogé à ce propos. Tu gisais sur le sol, inconsciente, et tu tenais dans les mains une espèce de sceptre qu'on n'avait encore jamais vu. Blanc, avec un éclat de cristal de roche à une extrémité et délicatement ouvragé sur toute la longueur. Sylvain a demandé d'où il venait, mais le plus urgent était de s'assurer que tu étais toujours en vie. Frédéric t'a examinée et nous a dit que tu avais survécu à l'impact.

Sylvia porta les mains à ses tempes, désorientée.

— Et ce sceptre ? D'où provenait-il ? Et où est-il à présent ? Rhaaa… J'en ai marre d'avoir la mémoire pleine de trous ! Tu crois que c'est dû à la foudre ?

— Il faut croire. En tout cas, on t'a emmenée à l'hosto et les médecins ne t'ont laissée sortir que le lendemain, après t'avoir fait passer toute une série d'examens. Ta cervelle semblait n'avoir pas trop disjoncté malgré la décharge. Enfin, c'est ce que je croyais, jusqu'à ce que tu évoques ces blancs dans ta mémoire. Compte tenu de ce à quoi tu as survécu, on peut dire que les dégâts collatéraux semblaient minimes.

Sylvia, pour sa part, n'en était pas aussi sûre.

— Mouais, si tu le dis…

— Je comprends que tu sois sceptique par rapport à tout ça, mais tu n'as pas à l'être. Quant au sceptre, tu l'as donné à ton frère.

— C'est donc lui qui l'a ? Il pourrait me le montrer ?

— Non, parce qu'il a disparu dès que Sylvia l'a eu entre les mains. Un peu comme avec l'Épée Mystique, après l'avoir invoquée la toute première fois. Depuis, elle reste cachée dans le plan astral, en attendant que nous fassions appel à son pouvoir. Avec Philippe et Thessa, on en a conclu que ça pourrait être pareil pour ce sceptre, et que Sylvain devrait l'invoquer en cas de besoin. Désormais, il sera sans doute le seul à pouvoir y faire appel. Compte tenu de ce qui s'est passé, tu comprends qu'on ait oublié de recopier ce rituel dans le grimoire du clan.

Sylvia acquiesça, le visage arborant une profonde perplexité. Elle savait maintenant à quel moment de sa vie correspondait ce dont Thorn lui avait parlé. Elle eut du mal à l'admettre, mais tout ce qu'il avait pu dire, ou faire, avait été confirmé par les évènements. Qu'elle le veuille ou non, il lui avait dit la vérité.

Sylvia ne pouvait s'empêcher de songer au gouffre abyssal que sa mémoire était devenue par rapport à cette cérémonie magique sous l'orage. Bien que Coralie l'ait aidée plus ou moins à recoller les morceaux, elle était consciente des manques subsistants. Ne sachant pas de quoi il pouvait s'agir, elle se promit d'y réfléchir plus tard.

Il y avait plus perturbant encore. Alors que c'était Thorn qui l'avait mise sur la piste de cette cérémonie magique pour le moins étrange, Sylvia ne comprenait toujours pas en quoi cela serait lié avec le niveau actuel de sa magie, et encore moins pourquoi les dragons donnaient l'impression de l'avoir abandonnée depuis peu. C'était déjà un début de piste.

— Coralie... Est-ce qu'il y a autre chose dont tu voudrais me parler ? demanda Sylvia.

Depuis quelques instants, celle-ci fixait son amie avec une expression embarrassée.

— En effet... Il s'est passé quelque chose de bizarre pendant que tu étais en train de macérer dans ton bain. Les autres m'ont envoyé des tas de SMS pour raconter ce qui leur était arrivé.

— Mais, de quoi veux-tu parler ?

— D'un moment étrange qui a eu lieu aujourd'hui. Le moment où, en plein milieu de la journée, toute la ville semblait s'être figée autour de nous.

— D'ailleurs, ça m'avait étonnée de voir que ce Christian Leto et toi pouviez bouger, là où tout était resté pétrifié.

— Nous n'étions pas les seuls. C'est arrivé à moi, mais aussi aux autres membres du clan. Exactement au même instant. Une autre chose que nous avons eue en commun, c'était l'attaque d'un nombre incalculable de ces *« Men In Black d'opérette »*, comme tu les as appelés.

— Ce n'est pas croyable, souffla Sylvia. Alors, ils s'en sont pris à chacun d'entre nous ? Mais pourquoi ?

— Sans doute pour tenter de nous détruire sans la présence des autres pour nous épauler, comme nous le faisons toujours en cas de danger. Quoi qu'il en soit, il s'est passé la même chose à chaque fois. Les mecs en noir ont attaqués, et nous avons tenté de les repousser en utilisant les glyphes que Philippe nous a appris.

— Tiens, exactement ce que j'ai fait aussi.

— Ça a bien marché un moment, mais cette utilisation de la

magie n'aurait pas été efficace très longtemps, alors nous avons demandé à notre dragon protecteur de nous apporter notre Trésor Sacré dont on a pu se servir comme d'une arme.

— Quoi ? Ne me dis quand même pas que les rois draconiques vous sont venus en aide ?

— Euh si... ajouta Coralie sur le ton de l'évidence. Non seulement ils ont apporté ce que nous leur avions demandé, mais ils sont intervenus en combinant leurs forces aux nôtres. Ce qui nous a permis de faire la différence, parce que les autres mariols étaient trop nombreux.

— Alors là, j'y crois pas ! s'insurgea Sylvia. Sha'oren m'a gentiment laissée seule dans la mouise, sans même pouvoir invoquer l'Épée Mystique. Et toi, tu me racontes que les dragons vous ont prêté main-forte ? C'est n'importe quoi, là !

— J'ai seulement évoqué les faits, fit Coralie d'un air peiné. Et je suis vraiment désolée que ton dragon blanc ne soit pas intervenu pour toi. Ça pourrait vouloir dire qu'il te fait assez confiance pour savoir que tu pouvais t'en sortir seule.

Ou, au contraire, que les êtres draconiques se sont bel et bien détournés de moi. Pas du clan en général. Juste de moi. Il a dû se passer quelque chose. Quelque chose qui a tout changé pour eux vis-à-vis de moi. Seulement, pas moyen de savoir ce que ça peut être, et il y a fort à parier que je ne dois pas compter sur eux pour me dire ce qu'il en est. Vu qu'ils ont clairement décidé de me laisser tomber.

Coralie finit sa tasse de café, alors que celle de Sylvia continuait à tiédir.

— Le plus important, c'est que personne n'a été blessé. Et puis, ça m'aurait fait mal que des innocents subissent des dommages à cause de ces entités maléfiques. Appelons-les par ce qu'elles sont, à défaut de savoir à qui nous devons le plaisir de leur compagnie.

— Tu as raison. Il faudra ajouter une ligne à tout ce que les évènements de ces derniers jours... non, de ces dernières semaines, nous ont fait voir.

À ces mots, Coralie esquissa un sourire fatigué et se réinstalla dans le canapé. Histoire de se changer les idées, elle remit le son du téléviseur qui était resté une chaîne d'informations en continu. Il y était question d'un fait divers survenu à Paris en fin d'après-midi. Ce qui intrigua les deux amies puisque, selon l'envoyé spécial sur les lieux, les faits étaient arrivés précisément lors de l'instant figé et de l'attaque des clones en noir sur ceux du clan.

L'animateur sur le plateau s'adressait à un homme dont on voyait le visage dans un encart, en haut à gauche de l'écran.

— *Est-ce que vous pouvez nous en apprendre plus sur cet incroyable accident de la route ?*

— *Oui, en effet. Même si le pont que vous voyez derrière moi garde encore des stigmates témoignant de la violence du choc au moment de l'accident, au niveau du pilier central. Les forces de l'ordre se refusent à tout commentaire. Toutefois, des témoins avancent l'hypothèse selon laquelle la personne au volant aurait perdu le contrôle du véhicule. Ce qui l'a fait entrer en collision avec l'édifice surplombant le périphérique, heureusement peu fréquenté à cette heure de la journée.*

— *Et avez-vous des nouvelles de cette personne ?*

— *Oui. Les secours ont pu intervenir très vite pour sécuriser les lieux en interrompant la circulation dans les deux sens. Ce qui a sans doute contribué à ce qu'il n'y ait pas d'autres véhicules impliqués. Là, on ne compte qu'une victime qui n'a pas survécu. Le décès a été confirmé pendant son transfert à l'hôpital. Son identité n'a pas été divulguée par les forces de police qui souhaitent d'abord contacter sa famille. Quant à la confirmation d'une éventuelle consommation d'alcool ou de stupéfiants, les enquêteurs veulent se montrer prudents et ne pas s'avancer en l'absence des résultats d'analyses toxicologiques.*

Coralie eut de la peine pour l'accidentée qui avait vu sa vie s'éteindre ainsi, mais seule Sylvia fut prise d'effroi au moment où les caméras retransmirent à l'écran ce qui restait du véhicule.

— Non… Ce n'est pas possible. Ça ne se peut pas. Ça ne peut pas être elle !

— Qu'est-ce qui se passe ? Tu sais qui c'est ?

— Oui, je le sais. Parce que j'ai reconnu cette voiture, même si la plaque en a été floutée. Il y a des stickers que je lui ai ramenés d'Angleterre l'an dernier. C'est le véhicule de ma rédactrice en chef au *Cercle Magique* : Adèle Ogerau.

— Non... C'est d'elle dont il serait question aux infos ?

— J'en suis sûre. Adèle m'avait déjà ramenée chez moi, quand il nous arrivait de finir tard au boulot. C'était pour me remercier de ne pas compter mes heures, quand la publication d'un numéro prenait du retard et que l'imprimeur nous en faisait voir de toutes les couleurs.

— Alors, c'est bien elle qui s'est tuée aujourd'hui sur le périphérique. Oh, Sylvia, je suis désolée ! Je sais que tu l'appréciais beaucoup.

Quelque part au plus profond d'elle-même, une digue finit par céder. Sylvia fut emportée par la déferlante. Elle ne parvint pas à retenir les larmes qui roulaient sur ses joues. Elle ne se rendit pas compte de suite que Coralie venait de la serrer dans ses bras.

Tandis que son amie tentait de la réconforter, la chaîne télévisée continuait à déverser des images de cet accident. Des flammes montaient haut, et des éclats de verre jonchaient la voirie.

Des éclats, plus ou moins gros, qui étaient parvenus à refléter les silhouettes identiques vêtues de noir postées non loin de là, aussi bien sur le pont que sur les bâtiments voisins.

33

Dimanche 14 octobre 2012

Sylvia n'avait accepté les sédatifs qui lui avaient été proposés qu'à contrecœur. Elle ne prenait jamais ce genre de médicament, mais Coralie avait insisté sur son besoin de repos après l'expérience pour le moins mouvementée dans le plan astral, quand elle avait fait face aux révélations troublantes de son incarnation passée et de Thorn. Sans parler de la nouvelle qu'elle avait apprise juste après : sa rédactrice en chef, Adèle Ogerau, s'était probablement tuée dans un accident de la route. Vaincue par la fatigue, Sylvia avait fini par capituler. Le soleil était déjà haut dans le ciel, tandis que la jeune femme dormait encore. Une preuve de son état d'épuisement.

Pour l'heure, Coralie se tenait les bras croisés, appuyée contre le chambranle de la porte menant à la chambre de Sylvia. Les rideaux avaient été tirés pour que la lumière ne réveille pas celle qui s'y reposait.

Coralie était préoccupée par la présence de Thorn aux côtés de son amie, alors que même Sha'oren ne se manifestait plus à celle qu'il était censé protéger. Sans oublier les révélations de Benedict Carpzov quant aux véritables intentions de *Dies Irae*, mais surtout la mort d'une femme au moment précis où la ville semblait avoir été mise sur pause par des hommes en noir. Outre le fait qu'ils s'en étaient pris à chacun des membres du clan, il y avait maintenant un décès. Celui d'une personne importante au sein de la rédaction d'un magazine affichant ses tendances néo-païennes. Un magazine qui faisait état de la présence de la Magie dans notre société pétrie de certitudes cartésiennes.

Là où il y a du feu, on peut considérer que ces fous dangereux de Dies Irae *ne sont jamais très loin.*

Cette idée n'avait rien d'extravagant compte tenu du profil de cette femme. Le même genre d'hérétique aux yeux de ces fanatiques que celle qu'ils avaient tuée à Puteaux, dans l'explosion de sa maison. En tout cas, cela valait le coup d'en parler aux policiers de l'équipe. D'ailleurs, une fois informés, ces derniers ne mirent pas longtemps à se mettre en route.

Entre temps, Sylvia avait fini par se réveiller, l'esprit quelque peu embrumé par les somnifères. Ce ne fut qu'après une bonne douche revigorante qu'elle rejoignit son amie dans le salon où elle apprit l'arrivée imminente de Frédéric et de Sylvain. Même si elle était toujours contente de les voir, elle s'interrogeait sur la raison de leur visite. Ce qui fit réagir Coralie au quart de tour.

— Ils s'inquiètent pour toi, bien sûr ! Et puis, je leur ai demandé de venir pour une raison bien précise.

— Qui n'a rien de personnel, je suppose ?

— Tu supposes bien, parce qu'on pourrait avoir besoin de faire appel à leur expertise.

Sylvia se laissa choir dans le fauteuil.

— Okay... À présent, il ne nous reste plus qu'à les attendre.

Elle n'eut même pas fini sa phrase que son estomac se manifesta de façon retentissante. Depuis la nuit dernière, elle n'avait pas mangé et il était déjà près de treize heures.

Coralie lâcha un petit rire amusé.

— T'inquiète, les deux autres ne devraient plus tarder. Je les ai aussi chargés du ravitaillement. Par contre, enchaîna-t-elle en retrouvant une expression plus sérieuse, je crois qu'il va falloir leur parler de ce Thorn. Tant qu'on ignore quelles pourraient être ses véritables motivations par rapport à toi, je ne suis pas rassurée à l'idée de le savoir si près de toi.

— Parce que tu crois que ça m'amuse, peut-être ? Ce type est constamment avec moi, où que j'aille et quoi que je fasse, à toute heure du jour et de la nuit. À croire qu'il a élu domicile dans mon esprit ! D'ailleurs, je suis prête à parier qu'il ne loupe rien de cette discussion, à l'heure même où nous parlons.

— C'est bien là le problème : le fait qu'il soit en permanence avec toi. Tant qu'il semble décidé à te venir en aide, comme tu persistes à vouloir le croire, ce n'est pas encore trop grave. En revanche, là où ça devient plus inquiétant, c'est de supposer qu'il puisse vouloir un jour vendre ses services au plus offrant, comme *Dies Irae*. Ou pire. Si jamais Thorn passait à l'ennemi… comme la Loge Noire. On n'aurait vraiment pas besoin de ça.

Rien qu'à cette idée, Sylvia réprima un frisson d'angoisse.

— Ça risquerait de faire des dégâts, compte tenu de ce qu'il peut apprendre à travers moi. J'en ai conscience, figure-toi, mais je ne peux rien faire contre lui. Il a vraiment accès à tout…

— D'où l'importance d'en parler aux autres. Surtout à Philippe et Thessa. Ils pourraient peut-être t'aider. Comment ? Peut-être en t'aidant à élever des barrières mentales ou quelque chose de ce genre. Ça empêcherait Thorn de t'atteindre, et ça serait déjà un bon début.

Sylvia adressa à Coralie un regard interrogatif.

— Au pire, reprit la rouquine, ils devraient pouvoir t'apprendre une parade qui serait efficace pour garder tes pensées secrètes, et les masquer totalement.

Les deux filles en étaient là dans leur discussion quand la sonnerie de l'entrée les fit sursauter. Elles vinrent ouvrir aux deux nouveaux arrivants, et constatèrent que Sylvain portait un sac bien rempli, tandis que Frédéric avait pris une sélection de boissons en cannettes.

— Salut ! claironna Sylvain. Comme Fred avait un gros reste d'un pastrami à se damner, il nous a préparé des bagels. De mon côté, j'ai acheté le dessert. J'espère que vous avez faim, les filles.

Ces seuls mots suffirent à rappeler à sa sœur jumelle à quel point elle était affamée.

Les deux hommes se rendirent dans la petite cuisine pour y déposer leurs provisions, suivis par une Sylvia dont les pieds semblaient ne plus toucher terre, tant l'odeur des sandwiches était alléchante.

Tous s'installèrent au salon, autour de la table basse qui était devenue un buffet improvisé. Sylvain avait apporté un succulent cheesecake nappé de caramel. Tout en mangeant, les deux filles racontèrent ce qui s'était passé depuis la veille au soir ; à savoir la création d'un rituel pour retrouver une entité dans l'astral ainsi que les révélations que Sylvia y avait eues.

Cette dernière eut plus de difficulté à aborder le sujet de Thorn. Jusqu'où pouvait-elle révéler ce qu'elle savait de lui à ses plus proches amis et à son frère ? Si leur cacher une partie de la vérité ne lui plaisait guère, elle ne parvenait pas pour autant à se livrer complètement. Elle raconta alors ce qu'elle avait déjà dit à Coralie. Ainsi, même son amie ne pourrait deviner qu'elle lui cachait quelque chose, à elle aussi.

Pourquoi j'hésite autant ? Est-ce par ce que Thorn avait raison depuis le début en disant qu'il serait plus proche de moi que quiconque ne le serait jamais ? Ou parce qu'il n'a fait qu'être dans le vrai depuis qu'il a commencé à intervenir dans ma vie ?

Le fait qu'il lui ait sauvé la vie plusieurs fois, y compris face à Haliphas Rowanon, n'arrangeait rien. Elle devait bien finir par accepter de voir les choses en face, même si cela lui était pénible à admettre ; elle lui était redevable à un point qui rendait les choses encore plus difficiles, maintenant qu'elle devait parler de lui.

Bon... Inutile non plus d'évoquer cette dette que Thorn fait peser sur moi ni qu'il ait pu voir juste quant au fait que les dragons se soient détournés de moi, pour une raison qui m'échappe encore. Et s'il y a bien quelqu'un qui puisse m'aider à récupérer mes pouvoirs, ça ne peut être que lui.

— Huston, nous avons un problème... fit Coralie. Nous avons perdu le contact avec Sylvia Laffargue dont les pensées vont finir en orbite d'un moment à l'autre... Ah non, c'est déjà fait.

Elle fixa son amie devant le visage de laquelle elle secoua la paume de la main pour essayer de la ramener à l'instant présent.

— Excuse-moi, mais je réfléchissais...
— On a vu ça ! s'amusa Frédéric.

Sylvain opina après avoir fini une canette de panaché.

— Bref, conclut Coralie, tout ça pour dire que la nuit n'a pas été de tout repos. Même si Sylvia a pu récupérer ce matin. D'ailleurs, tu vas mieux, maintenant ?

Celle-ci répondit par l'affirmative avant de prendre un autre bagel au pastrami, en se réjouissant que Frédéric ait réussi à les maintenir au chaud.

Les images de l'incident lui revinrent à l'esprit dans toute leur violence, au point qu'elle en eut la respiration momentanément coupée et que l'appétit lui passa aussitôt. Elle reposa le sandwich d'un air gêné avant d'avaler de l'eau à petites gorgées.

Un trouble qui n'était pas passé inaperçu de ses amis, et encore moins de son frère jumeau. Il la connaissait assez bien pour comprendre qu'il s'était passé autre chose que ce dont les filles leur avaient déjà parlé. Quelque chose de grave. Sûrement la véritable raison de leur visite impromptue. Ce fut pourtant Coralie qui aborda le sujet en premier.

— Avez-vous regardé les infos d'hier soir ?

Les policiers firent non de la tête, étonnés et curieux d'en savoir plus.

— Les chaînes d'infos continues ont annoncé qu'un accident a eu lieu sur le périphérique, au niveau d'un pont. Une voiture s'y est encastrée, tuant sa conductrice sur le coup.

— Attends un peu, fit Frédéric. *Sa conductrice ?* Les médias savaient déjà que c'était une femme qui était au volant ?

— Il faut croire que oui. En tout cas, seule son identité n'a pas été révélée, mais Sylvia a fini par comprendre de qui il s'agissait.

La jeune femme fut gênée par le regard que lui portaient à présent les deux hommes.

— J'ai fini par reconnaître la voiture. Je crois que la victime de cet accident pourrait être Adèle Ogerau, la rédactrice en chef du magazine pour lequel je travaille. Il y a quelque chose qui me trouble beaucoup et j'ai besoin d'en parler avec vous.

Frédéric la fixait avec une intensité peu coutumière. Sylvia l'avait déjà vu avec ce regard, quand son côté flic prenait le dessus.

— De quoi s'agit-il ?

— D'après les vidéos de surveillance du périf' dont on a vu

des images à la télé, le time code indique que ça s'est produit très exactement quand toute la ville a été figée en noir et blanc. Ça ne peut pas être qu'une banale coïncidence ! Avec Coralie, on se demandait si la police n'aurait pas quelques éléments que les médias ignorent encore.

Les deux hommes échangèrent un regard surpris. Outre que les affaires relevant de la circulation n'entraient pas dans leur juridiction, le fait qu'il y ait eu décès n'impliquait pas forcément l'intervention de la Police judiciaire.

Frédéric s'en fit l'écho.

— En fait, la police n'intervient pas... Pas que je sache.

— Comment ça ? s'étonnèrent les deux filles.

— Aussi triste que ce soit pour la victime, ce n'est qu'un accident de la route.

— *Dies Irae* pourrait y être pour quelque chose ? se risqua à demander Coralie.

— Vous pensez que ces fanatiques auraient pu avoir Adèle Ogerau dans le collimateur ?

— Pourquoi pas ? Après tout, elle semble correspondre à leur profil d'hérétique, si on en croit leur précédente victime, Élodie Sarrey. Sans être non plus une sorcière, elle dirigeait la rédaction d'un magazine dont le thème était centralisé autour des célébrations et autres pratiques néo-païennes. Pas le genre de publication qui soit en odeur de sainteté chez ces *« fous de Dieu »*. Quand on a déjà fait sauter une maison, ce n'est pas une bagnole qui va poser problème, non ? Ce que je veux dire, s'empressa-t-elle d'ajouter en voyant la mine blessée de son amie, c'est un point de vue qui pourrait se tenir, non ?

— Pas faux, concéda Sylvain.

Il avait posé son visage sur ses mains dont les coudes étaient en appui sur les genoux. Quant à Frédéric, il réfléchissait, renversé contre le dossier du canapé. Il avait croisé les bras derrière la tête, ce qui soulignait la silhouette athlétique que son pull vert sombre ne parvenait pas à dissimuler.

— Votre théorie est intéressante, mais un tout petit détail

vient la faire voler en éclats. Là où *Dies Irae* tend à signer ses actions de façon avérée, on n'a pas retrouvé de QR code sur les lieux. D'autant plus qu'aucun engin incendiaire n'a été impliqué. Nous savons le genre de dégât que peut occasionner leur *feu divin*, et ce n'est pas le cas. Sinon, croyez bien qu'on serait sur le coup.

— Peut-être un simple sabotage ? suggéra Sylvain.

— Pourquoi pas... Mais on aurait fini par le remarquer.

— Dans ce cas, ne pourrait-on pas imaginer qu'une tierce personne ait pu intervenir ? demanda Sylvia.

— Pure spéculation, contra Frédéric. Dis-moi, pourquoi tiens-tu tant que ça à ce que la mort de cette femme soit d'origine criminelle ? La conclusion accidentelle a été validée de façon officielle, à présent. Il n'y a rien qu'on puisse faire à quelque niveau que ce soit. Je suis désolé, mais il va falloir te faire à l'idée que ce genre de tragédie puisse arriver sans crier gare.

Sylvia poussa un soupir résigné.

— Je n'en sais rien. Trop de faits se sont accumulés ces derniers temps pour que je puisse accepter quelque chose en apparence d'aussi simple. Le magazine vient tout juste d'être racheté par le groupe de presse Prætorius qui nous a collé une observatrice sur le dos. Adèle m'en avait un peu parlé et j'ai moi aussi de très mauvais pressentiments à ce sujet. Et voilà qu'elle meurt, à la veille du jour où on devait boucler la remise des articles prévus pour le hors-série d'Halloween. Sans parler du fait que c'est arrivé au moment où ces types en noir nous sont tombés dessus. Vous admettrez que ça fait une concentration de détails trop proches les uns des autres pour que ce soient de simples coïncidences. Frédéric, ce sont tes bêtes noires, si je me souviens bien.

Le capitaine hocha la tête, toujours en pleine réflexion.

— En effet... ajouta Sylvain. Envisagé sous cet angle, je me poserais aussi des questions. Alors, si on suit la théorie d'un meurtre, que nous reste-t-il comme option ?

— Tout bien réfléchi, tenta sa sœur, la piste des entités astrales me semble logique. D'après ce que nous savons, nous avons tous été attaqués séparément. Au départ, j'avais envisagé que ce soit pour éviter que nous nous regroupions pour mieux nous défendre. Mais maintenant, je me demande s'il ne s'agissait pas d'une diversion.

— Quoi ? s'étonna Coralie. D'après toi, quelqu'un s'en serait pris à nous pour nous empêcher de nous intéresser à autre chose ?

Frédéric comprit où Sylvia voulait en venir.

— Un *quelque chose* qui pourrait avoir un lien avec la rédactrice en chef d'un périodique qui s'est fait tuer sur le périf' au même moment ? Nous étions les seuls à pouvoir bouger dans cette dimension parallèle *entre gris clair et gris foncé*. Alors, nous aurions pu sauver Madame Ogerau, sauf qu'on nous a empêchés d'intervenir.

Cette remarque du policier arracha un demi-sourire amer à Sylvia qui se remémorait ce que Coralie avait fini par lui dire à ce sujet. À savoir que leur dragon protecteur était intervenu pour chacun d'eux, mais que Sha'oren n'avait pas daigné répondre à son appel, ne serait-ce que pour lui dire de se débrouiller toute seule.

Charmante intention...

— En tout cas, reprit Sylvain, on sait que là où il y a ces gugusses en noir, c'est qu'un praticien des arts occultes est dans le coup.

— Ce qui reste aussi à prouver, trancha Frédéric. Hein ?

Il s'interrompit, déconcerté par le même regard résolu que les deux femmes posaient sur lui. Un regard sans équivoque qui semblait lui dire : « *Eh bien vas-y, prouve-le* ».

34

Il fallut quelques heures aux policiers pour trouver la preuve dont ils avaient besoin pour se convaincre que la mort d'Adèle Ogerau n'était pas accidentelle. Ils s'étaient rendus au seul endroit où ils pourraient examiner un élément concret : la casse auto où avait été entreposé ce qu'il restait du véhicule de la victime. Une voiture qui ne serait jamais expertisée à cause du compte-rendu officiel concluant à la thèse de l'accident.

Une chance que Frédéric connaisse sur place un employé qui lui était redevable. L'occasion était venue de lui faire tenir sa promesse en leur laissant le libre accès à une épave... qui avait chuté sur Laforrest, sous les yeux horrifiés de son équipier.

Plus de peur que de mal, ainsi qu'une belle dose de chance puisque se retrouver coincé dans l'habitacle avait permit à Frédéric de trouver quelque chose de pas banal. Même le gardien des lieux avait été sidéré. Non seulement que la voiture se soit écrasée sur le capitaine, mais aussi qu'il s'en soit sorti indemne, alors qu'il aurait dû être tué sur le coup.

Le seul problème résidait dans le fait que les policiers avaient agi en dehors de tout cadre légal, et auraient dû en répondre à leur hiérarchie. Sans compter que leur trouvaille les avait laissés plus perplexes que jamais. Il ne leur restait plus qu'une option.

**

— Je n'y crois pas ! s'étonna Coralie. Vous vous êtes barrés en catimini, comme des voleurs ? Bravo, pour des flics !

Après avoir échangé un coup d'œil penaud, les deux hommes acquiescèrent sans grand enthousiasme. Ils savaient qu'il n'y avait pas lieu d'en être fiers, mais c'était pourtant la seule solution qui s'était imposée à eux, compte tenu des circonstances.

Ils avaient rejoint Sylvia et Coralie pour leur faire part de leurs découvertes. Ils avaient aussi squatté la salle de bains le temps de prendre une douche, faisant un sort au ballon d'eau chaude. Pendant ce temps, Sylvia avait mis leurs vêtements, trempés et couverts de boue, à laver et à sécher. Chacun vêtu d'un peignoir, les deux policiers se réchauffèrent grâce au mug de café que Coralie leur avait servi.

— Remarque, ajouta Frédéric, je me voyais mal expliquer au gardien que nous voulions examiner l'épave d'une bagnole pour vérifier si elle n'avait pas été trafiquée pour tuer sa conductrice, que nous agissions en douce, et que j'ai failli être aplati sous ladite guimbarde.

— C'est vrai qu'envisagé sous cet angle… admit Sylvia.

— Ce n'est même pas le fait que Fred s'en soit sorti sans dommage qui a sidéré le gardien de la casse auto, mais plutôt la forme qu'a prise l'habitacle au moment de retomber par terre.

— Tout ça à cause de la forme du bouclier magique qui m'a protégé lors de l'impact. Ça a fait autant de raffut qu'un énorme gong, et la voiture s'est aplatie contre la surface arrondie. D'où les irrégularités de la structure après ça.

Coralie, de son côté, avait encore du mal à réprimer l'angoisse qui l'avait étreinte à l'idée que Frédéric ait pu être en danger mortel, et qu'elle puisse risquer de le perdre.

— Tu as eu de la chance d'avoir pu compter sur ta magie au bon moment.

— J'avoue… souffla ce dernier avant de boire un peu de café.

Il était perturbé que la Magie l'ait protégé *in extremis* d'une situation qui aurait pu lui coûter la vie et par l'inquiétude manifeste de Coralie à son égard. Savoir que l'on pouvait compter pour quelqu'un était une chose, mais en recevoir une manifestation aussi directe en était une autre. Il ne pouvait pas y rester indifférent. Sa gêne était manifeste, à en croire la façon dont il cherchait à se donner une contenance devant la jeune femme.

— Et que va-t-il se passer pour le gardien ? demanda Sylvia.

— Ce ne sera pas facile pour lui d'expliquer ce qui s'est passé aujourd'hui, constata son frère. À sa décharge, si je puis dire, il n'aura pas de mal à rappeler que son boulot est de surveiller les lieux, et qu'il n'a pas les mêmes compétences que les employés chargés de manœuvrer ces bagnoles. Et puis je crois qu'ils auront d'autres chats à fouetter d'ici peu de temps. Pas vrai, Fred ?

Les deux équipiers échangèrent un coup d'œil complice.

— Ouais... Les caméras n'apporteront aucune preuve de ce qui s'est passé, puisque le système est HS depuis des lustres. La vérité est que cette casse n'est pas aux normes. L'état plus que pitoyable de la grue en est une preuve flagrante. On pense très sérieusement à faire parvenir un courrier aux autorités compétentes pour qu'ils puissent intervenir dans les plus brefs délais. D'ailleurs, je ne serais pas étonné qu'ils ne démantèlent pas un circuit parallèle de pièces détachées issues de voitures volées par la même occasion.

— Ce qui clôt le débat les concernant, et nous fait revenir à ce qui nous intéresse le plus, non ?

— Tu as raison. Il est grand temps que nous parlions du meurtre d'Adèle Ogerau.

Une remarque qui interpella Sylvia.

— Attends... En partant d'ici, tu étais persuadé qu'il ne s'agissait que d'un tragique accident de la route, et Sylvain avait tendance à partager ton point de vue, même s'il s'était montré un peu plus enclin à supposer le contraire.

— Que nous vaut cette volte-face ? demanda Coralie. Tu as sûrement dû trouver quelque chose, là-bas.

Le capitaine Laforrest acquiesça. Il se pencha vers sa sacoche en cuir au pied du canapé pour en ressortir un coffret en bois sombre sur lequel deux symboles avaient été peints en noir : un pentagramme enchâssé dans un cercle et l'emblème de la planète Saturne. Les deux filles eurent un léger mouvement de recul après avoir reconnu ce dont il s'agissait.

— Quoi ? grimaça Coralie. Tu as carrément fait appel à *ça* ?

— Un peu de respect, s'indigna le jeune homme. Je te

rappelle que ce sont Thessa et Philippe qui ont contribué à la fabrication de ce KAMS tout à fait unique. Et compte tenu de ma petite découverte dans cette casse auto, je crois pouvoir dire que l'on en avait besoin plus que jamais.

La boîte trônait à présent sur la table basse.

Sylvain regardait l'objet sans être trop rassuré non plus.

— Le « *Kit Anti Mauvais Sort* », comme on l'a baptisé.

— Vous et vos acronymes... soupira sa sœur jumelle.

— Il n'empêche que si j'y ai fait appel, ce n'était pas sans raison, objecta Frédéric.

— Tu as raison, murmura Sylvain. Rien que d'ici, on peut percevoir des émanations maléfiques subtiles. Si elles parviennent à fuiter ne serait-ce qu'un tout petit peu de la boîte, je n'ose pas imaginer ce que ça pourrait donner à pleine puissance.

Frédéric s'éclaircit la voix, attirant l'attention de tous.

— Quand la New Beetle m'est tombée dessus, le bouclier du Pentacle de la Terre, m'a sans doute sauvé d'une mort certaine. Mais surtout, j'ai pu trouver quelque chose qui était dissimulé dans l'habitacle. Ça ne faisait aucun doute qu'il était question de magie noire, et qu'il m'était impossible de vous le montrer sans prendre toutes les précautions nécessaires.

— D'où le KAMS ? fit Coralie.

— D'où le KAMS, confirma le policier. Le plomb et le bois de cet écrin, spécialement conçu pour absorber toute forme de magie négative, ont fini par en neutraliser la plus grande partie. À présent, on va pouvoir l'ouvrir sans en subir les effets résiduels.

Sur ces mots, il déverrouilla le coffret avant d'en relever le couvercle. L'intérieur était tapissé de velours noir. Frédéric en sortit un mouchoir en tissu blanc, replié plusieurs fois pour envelopper quelque chose. Il utilisa la pointe d'un stylo pour déplier une espèce d'étoffe de couleur sombre. L'intérieur n'était qu'un assemblage bizarre de symboles, de plantes séchées, d'une pierre que Coralie reconnut comme étant de l'onyx noir, une serre de corbeau séchée, mais surtout une photo d'Adèle et une mèche de cheveux. Le tout avait été cousu à même le tissu, qui comportait encore des marques d'adhésif.

Les autres étaient incrédules face à ce qu'ils savaient être un exemple typique de ce que la talismanie pouvait produire comme mauvais sort.

— Ça alors, souffla Coralie. Vous pensez que c'est ce qui a pu causer la sortie de route d'Adèle ?

— À bien y regarder, fit Sylvia, je ne le crois pas capable d'influer sur la mécanique d'une voiture. C'est plutôt le genre à s'en prendre à une victime humaine. La photo prouve que ce sort n'était destiné qu'à une cible bien précise. Qu'a-t-il pu provoquer ?

— Rien de bon, tu peux en être sûre. Pourtant, ce genre de chose n'est pas dans les habitudes de nos amis de la Loge Noire, ces gris-gris et autres artifices qui pourraient être identifiables. En général, ils sont plus malins et surtout plus discrets.

— Comment ça, *identifiables* ?

— Parce que chaque praticien des arts magiques apporte une signature énergétique qui lui est propre, expliqua Sylvain.

— En plus, murmura Coralie, je ne ressens pas les vibrations propres à la clique des exécutants de la Loge Noire. D'ordinaire, ils sont une vingtaine. Mais là, je ne perçois que la trace d'un seul intervenant. C'est à coup sûr l'œuvre d'un solitaire.

— Pourrais-tu savoir de qui il s'agit ?

Coralie ferma les yeux, ses sens psychiques tendus au maximum, mais sans grand résultat. Elle fit signe que non de la tête.

— Désolée, mais je ne perçois rien de probant.

Frédéric aurait préféré le contraire, même s'il n'en montra rien. Il savait qu'elle avait fait de son mieux pour tenter de l'aider. Il ne lui en tint pas rigueur.

— Ce n'est pas grave, Cora. Merci d'avoir essayé. À croire que c'est dû à l'atteinte qui a été portée aux capacités médiumniques des membres de notre clan. Pour qu'on ne puisse pas savoir ni ce qui risque de se passer ni remonter à la personne qui aurait forgé ce mauvais sort. C'est bien pensé.

— Pas la peine non plus d'être admiratif, fit remarquer Sylvain. Ceux qui sont derrière ça sont des pourritures, point final.

— La piste magique s'est peut-être refroidie, mais il nous reste à espérer que des prélèvements de preuves pourront nous conduire à la personne qui a fabriqué ce truc-là. Vous avez remarqué qu'il y a encore des traces d'adhésif, ajouta Frédéric alors que les trois autres opinaient avec attention. Je ne sais pas pour vous, mais utiliser du scotch en portant des gants n'a rien de pratique. Alors, on peut espérer que notre apprenti sorcier nous aura laissé un petit souvenir.

— Mais que va-t-on faire de *ça*, concrètement ? demanda Sylvain en désignant le talisman ensorcelé.

— Une fois dans ce coffret, ses pouvoirs sont neutralisés. On ne risque rien à le garder avec nous. D'autant plus que ce n'est pas le genre de chose qu'on puisse intégrer comme pièce à conviction, puisqu'il n'y a pas d'enquête, et encore moins à le présenter à un juge d'instruction. Pour ce qui est des prélèvements, je vais voir avec Gregory Nova s'il ne pourrait pas m'aider. Officieusement, bien entendu.

— Tu crois qu'il va accepter sans en informer ses supérieurs ?

— On peut toujours tenter le coup. Au pire, il nous enverra bouler, et au mieux, il nous aidera à obtenir une preuve concrète qu'Adèle Ogerau a été victime d'un meurtre. Qui sait… On pourrait peut-être remonter jusqu'à celui qui a fabriqué ce sort.

Sylvain restait quelque peu sceptique.

— Tu ne crois pas que *Dies Irae* nous occupe déjà assez comme ça ? Si on se rajoute des cas annexes, on risque de s'emmêler les pinceaux, et ça ne nous mènera à rien de bon.

— C'est vrai que cette histoire tend à se compliquer un peu plus chaque jour, confirma Coralie. Déjà, on a *Dies Irae* qui semble avoir repris le flambeau de l'Inquisition en s'en prenant à des adeptes de la Magie. Là dessus, on a la Loge Blanche qui nous fait bien comprendre que nous ne sommes pas de taille par rapport à eux… Bonjour la modestie ! Il y a Thorn qui joue au chat et à la souris avec Sylvia. Enfin, on a un mage noir qui vient jouer le chien dans un jeu de quilles. C'est à se demander qui est notre véritable ennemi dans tout ce bazar.

— Tout le monde, sauf nous ? tenta Sylvia. Et puis, je ne me risquerai pas à vouloir trouver des connexions là où il n'y en a sûrement pas. On aurait pu croire que la mort d'Adèle a été provoquée par des fanatiques, comme ceux à qui on a affaire, mais on dirait que ce n'est pas le cas. Sinon, Frédéric aurait remarqué quelque chose impliquant l'intervention de *Dies Irae*. Et bien non. Quelqu'un d'autre l'a tuée, et sans doute pour une raison différente que celle à laquelle on aurait pu s'attendre.

— Reste encore à trouver laquelle, ajouta son frère jumeau. Je vais prendre des photos pour découvrir à quelle fin ce machin-là a pu être créé.

Pendant que Sylvain s'affairait, Frédéric en profita pour demander de lui envoyer des copies, via leur canal de discussion privée sur Facebook. Comme Philippe et Thessa n'assistaient pas à cette réunion, ils seraient ainsi informés des récents évènements. Il fut ensuite décidé que Sylvain aurait la garde du gri-gri ensorcelé, devenu inoffensif grâce au *Kit Anti Mauvais Sort* dans lequel il avait été scellé.

Sylvia ne fut rassurée qu'au moment de ne plus le voir.

Adèle Ogerau...

Elle ne pouvait s'empêcher d'appréhender la journée du lendemain, date à laquelle une réunion avait été prévue pour la remise des articles du numéro spécial d'Halloween. L'instant fatidique où la rédactrice en chef donnait son accord ou non. Qui s'en chargerait maintenant que la détentrice de ce poste avait péri ? Qu'allait-il advenir du magazine et de son équipe ?

Autant de questions qui se mêlaient à d'autres dans l'esprit confus de la jeune femme, même si le sentiment de peine supplantait celui de la perte de celle qui était considérée avec estime. Qui d'autre s'en était montré digne à ses yeux ? Pas beaucoup, excepté bien sûr les membres de son clan. À savoir, son frère et ses amis.

35

Lundi 15 octobre 2012
Saint-Denis
Rue des Trémies

Sylvia n'aurait jamais pu prévoir ce qui allait se passer lors de la toute première réunion rédactionnelle gérée par Marylise Cox. Celle-ci venait d'être nommée rédactrice en chef du *Cercle Magique*, suite au décès d'Adèle Ogerau. Envoyée par le groupe Prætorius, le nouveau propriétaire du magazine, il fallait s'attendre à quelques changements significatifs.

Mais pas à ce point-là… réalisa Sylvia.

Elle était plus que sidérée par la tournure des évènements.

La réunion avait commencé avec l'annonce de la reprise du poste. La nouvelle arrivante se fendit d'une brève allocution visant à rendre hommage à la défunte, même si cela avait sonné faux. À tel point que c'était évident pour beaucoup. Il fut prévu qu'une page de condoléances serait ajoutée au magazine, émanant de l'équipe rédactionnelle. Suite à quoi, chacun des chroniqueurs ayant un article pour le numéro hors série était tenu de présenter sa copie afin qu'il soit validé.

Inès, qui avait fait lire son rituel, venait de quitter la pièce en claquant la porte, les joues rouges de honte et des larmes aux yeux. Marylise avait observé la scène avec un dédain magistral, alors que la plupart des autres collaborateurs étaient encore choqués d'avoir vu leur consœur être humiliée de la sorte.

— Laissez-la donc faire sa petite crise d'ego mal embouché, en espérant qu'elle nous préparera cette fois-ci un papier plus proche de la nouvelle ligne éditoriale que j'attends de vous tous.

— Inès a rédigé un très bon article ! contraa Miranda. Son

rituel est complet, bien construit et les incantations ont une certaine poésie. Je ne vois pas ce qu'il vous faut de plus et…

— Que vous n'en rajoutiez pas serait déjà un bon début.

Sur ce, elle écrasa le mégot de sa cigarette dans un imposant cendrier en marbre qui trônait de façon grotesque, avant de fixer celle qui avait eu l'audace de remettre en question son jugement.

— Ce n'est pas parce que votre papier est pour l'instant le seul à avoir reçu ma validation que cela vous donne le droit de contester mes choix. Me suis-je bien fait comprendre ?

Le regard noir qui accompagna cette question ne laissait aucun doute quant à la seule réponse acceptable. Réprimant sa colère, Miranda serra les poings afin de calmer le flux d'électricité statique qui s'était accumulé et qui risquait de devenir très vite incontrôlable.

— Me suis-je bien fait comprendre ? répéta-t-elle.

Un silence de mort s'en suivit. Les chroniqueurs dont le tour n'était pas encore arrivé redoutaient de savoir à quelle sauce ils allaient être mangé, mais tous savaient qu'elle serait infecte.

La rédactrice en chef sembla satisfaite par une telle absence de réaction et s'intéressa aux articles qu'il restait à traiter.

— La divination… Quand je pense que c'est à vous, mon cher Sébastien, qu'on a confié un thème aussi abracadabrantesque. Cela dit, c'est pas mal du tout. Plus pertinent que je ne l'aurais cru au départ. Vous avez donc mon feu vert pour la publication finale.

Le principal intéressé poussa un soupir de soulagement aussi discret que possible. À ceci près que son interlocutrice n'en avait pas encore tout à fait terminé.

— Cependant, il faudrait rajouter une touche *halloweenesque*, avec par exemple un jeu de Tarot qui soit plus dans le thème. Je sais que ça doit sûrement exister. Je voudrais aussi que vous rajoutiez un supplément concernant la cristallomancie et le spiritisme. L'utilisation de la planche Oui-jà et autres, tant que ça fiche la pétoche aux gens un peu trop timorés pour se lancer dans de telles pratiques.

À ces mots, le sang de Sylvia ne fit qu'un tour. Son timide

« *Excusez-moi* » eut comme effet de figer l'ensemble de l'assistance dans un silence empreint de stupéfaction à l'idée que quelqu'un puisse avoir eu le toupet d'interrompre leur nouvelle dirigeante qui se tourna néanmoins vers la chroniqueuse.

— Le spiritisme et la cristallomancie ? Adèle Ogerau n'a jamais voulu qu'on aborde ce genre de sujet. Du moins, pas tant qu'un véritable dossier informatif complet ne soit finalisé à ce propos. Ce ne sont pas des pratiques anodines, et nous n'avons jamais voulu les présenter sans que nos lecteurs soient informés au mieux des risques possibles. Pour qu'ils puissent choisir de les mettre en pratique ou non, en toute connaissance de cause.

Suite à une telle interruption à laquelle elle ne s'attendait guère, la rédactrice en chef toisa la jeune femme à la longue chevelure noire comme s'il s'agissait rien de moins qu'un insecte. Elle décida d'emblée de leur montrer que personne n'empiéterait sur ses plates-bandes, maintenant qu'elle avait pris les commandes de ce magazine, et surtout pas ce genre d'impertinente.

— À moins que vous n'ayez un problème, mademoiselle Laffargue, vous êtes priée de rester à votre place durant ce tour de table. D'autant plus que le sujet qui doit être examiné est le vôtre. Celui-ci est d'autant plus important qu'il ne constitue rien de moins que la pierre angulaire de ce numéro spécial. Un sujet sur la célébration de la mort à travers l'Histoire ? Voilà qui promet d'être très intéressant. Encore faut-il que votre travail ne soit pas tombé à côté de la question.

Dit comme ça, songea la jeune femme, *on dirait que mon article est particulièrement nul. On peut dire que la confiance règne ici.*

— Étant à présent chargée de reprendre en main le bon fonctionnement du *Cercle Magique*, sachez d'entrée de jeu que j'ai surtout été affectée ici pour faire en sorte que cette publication soit plus rentable. Nous n'avons pas les moyens de maintenir à flot un titre qui soit en déficit perpétuel, uniquement pour le bon plaisir de quelques-uns qui se complaisent dans un élitisme qui n'a plus lieu d'être. Les articles qui seront proposés à partir d'aujourd'hui ne doivent plus être destinés qu'à de rares initiés, mais bel et bien au plus grand nombre. Aux profanes. Parce que c'est d'eux que viendra le plus gros de notre financement et surtout, soit dit en passant, de votre rémunération. Ce n'est quand même pas difficile à comprendre. Alors, si vous tenez tant que ça à faire une publication spécialisée qui sera un échec commercial, écrivez donc un bouquin. En attendant, passons donc à votre dossier spécial, en espérant qu'il ne soit pas trop *mortel*.

De son poste, la rédactrice en chef pouvait avoir accès à tous les ordinateurs de ses collaborateurs, ce qui rendait leurs dossiers plus facilement accessibles et évitait surtout une prolifération somme toute inutile de clés USB que l'on avait tôt fait d'égarer au plus mauvais moment. Même si certains pouvaient s'offusquer d'une telle intrusion dans leur travail, cela n'avait rien d'illégal. Pourtant, un sentiment diffus de malaise venait de s'emparer de Sylvia. Si elle n'aimait pas Marylise Cox depuis le premier jour, le sentiment de méfiance qu'elle ressentait d'ordinaire à son égard venait de céder la place à un trouble lancinant. Une impression qui vint s'accentuer rien qu'à voir la mine de la rédactrice passer de l'incompréhension à la stupeur, puis à une profonde contrariété.

— Dites donc, jeune fille, est-ce que vous cherchez à mesurer l'étendue de ma patience, ou bien êtes-vous simplement inconsciente ? Quoique l'un n'aille pas sans l'autre. Vous allez devoir vous expliquer, et plus vite que ça !

Un silence pesant venait de s'abattre sur l'assemblée, dont tous les regards venaient de se river sur Sylvia, comme si elle avait le pouvoir de leur faire comprendre une situation qui lui échappait à peu près tout autant qu'à eux. Elle réalisa que demander ce dont il était question ne serait pas une bonne idée, à moins que de provoquer l'ire de la rédactrice en chef. Sans s'en rendre compte, elle avait retenu sa respiration, tant le regard accusateur de Marylise la rendait malade. Quand son interlocutrice vit qu'elle n'obtenait aucune réponse, si ce n'est qu'un silence qu'elle prit pour de l'arrogance, elle finit par en venir aux faits en tentant de réprimer sa colère.

— Je suis en ce moment même connectée à votre ordinateur, sur lequel devrait figurer l'article prêt à être publié. Adèle Ogerau vous avait donné ce sujet en toute confiance. Comment osez-vous insulter sa mémoire à ce point ?!

Sylvia se serait presque crue revenue en enfance, comme quand elle avait été prise en flagrant délit de ne pas avoir fait ses devoirs par l'institutrice, mortifiée devant toute la classe. Un sentiment très perturbant, surtout dans ce genre de circonstances.

— Mais comment ça ?

— Ne vous fichez pas de moi, en plus de ça ! C'est déjà intolérable de voir un tel manque de professionnalisme pour que vous en rajoutiez en jouant la comédie. Maintenant, il va falloir m'apporter une explication des plus simples à ceci.

Sur ces mots, elle fit pivoter l'écran de son ordinateur portable. Il affichait le dossier commun sur lequel chaque chroniqueur devait mettre son texte définitif.

Or, le fichier de l'article écrit par Sylvia n'y était pas.

Le choc fut tel qu'en comparaison, un coup de massue aurait été moins dévastateur. L'incompréhension était totale pour Sylvia. Elle n'avait quand même pas oublié de faire quelque chose d'aussi important, tout de même !

— Mais… Ce n'est pas possible ! J'avais bien enregistré la toute dernière version de mon article, avec un dossier annexe pour les illustrations accompagnées des autorisations nécessaires vendredi dernier. Je suis même restée plus tard pour tout vérifier encore une fois. Consultez les différents historiques des moteurs de recherches et du logiciel de traitement de texte. Vous verrez que je dis vrai. Aucun chroniqueur n'a accès à ces historiques pour éviter qu'ils ne soient effacés par mégarde.

Marylise venait d'effectuer ces manipulations pour vérifier la véracité de ces propos.

— Pas par mégarde. Parce que votre ordinateur semble avoir été complètement reformaté. En d'autres termes, il n'y a plus rien là-dedans. Une coquille vide. Tout comme votre avenir au sein de cette publication, d'ailleurs. Car ce que vous venez de commettre n'est rien de moins qu'une faute grave pour laquelle je pourrais demander votre licenciement immédiat.

La jeune femme blêmit, le cœur au bord des lèvres.

— Non...

— Et pourtant si. Sylvia Laffargue, vous êtes virée !

Les jambes flageolantes, la jeune femme retomba sur son siège, le souffle court.

La rédactrice en chef fixait sur elle un regard plus dur que l'airain, le menton posé sur ses mains croisées, les coudes appuyés sur la surface froide du bureau.

— Il faut que vous compreniez à quel point votre geste est grave et lourd de conséquences. Pas par rapport à moi, mais pour tous vos collègues qui, eux, ont travaillé dur pour que ce numéro spécial Halloween soit prêt dans les temps malgré la mort d'Adèle Ogerau. Votre article était non seulement très attendu, mais surtout l'élément principal de cette publication. Je pense que, même vous, vous devez réaliser tout ce que cela implique, n'est-ce pas ?

— Ce n'est pas possible...

— Pourtant, si. Quittez les lieux immédiatement. Il n'y a aucun préavis, pas plus que vous ne bénéficierez d'indemnités de licenciement. Vous recevrez votre courrier en bonne et due forme dans les plus brefs délais. Estimez-vous heureuse que je sois magnanime au point de ne pas vous réclamer de dommages et intérêts en réparation du préjudice que votre faute fait subir au *Cercle Magique*.

— Non, vous n'avez pas le droit de me faire ça !

— Je vais me gêner, trancha Marylise d'un ton impassible. En plus, je viens juste de le faire. Maintenant, disparaissez. Il me reste à voir avec vos collègues, pardon... vos *ex-collègues*, comment on va rattraper la pagaille dans laquelle vous venez de nous mettre. Videz votre bureau, je vais vous faire accompagner par un vigile.

— Des fois que je me perde ? fit Sylvia d'un ton acerbe.

Un vertige s'était emparé d'elle, mais elle risqua malgré tout un coup d'œil aux autres membres de la rédaction. Tous avaient le nez rivé au sol, au point qu'il en devenait impossible de savoir si c'était pour éviter la gêne de croiser le regard de celle qui venait être ainsi frappée du sceau de l'infamie, ou plus par crainte de s'attirer les foudres de la nouvelle maîtresse des lieux. À moins que ce ne soit un peu des deux. Si le but de cette manœuvre perfide avait été de faire un exemple, il fallait reconnaître que c'était une réussite. Pour Sylvia, cet abandon fut encore pire que ce que Marylise venait de lui infliger. Seul Sébastien DeGuine ne s'était pas plongé dans la contemplation des motifs de la moquette. Debout près des fenêtres, il avait le regard rivé vers l'extérieur, comme si la scène qui venait d'avoir lieu n'avait aucune importance à ses yeux. Cette indifférence semblait avoir balayé les instants de complicités que Sylvia avait crus partagés avec lui.

La jeune femme ravala son trouble tant bien que mal pour se retourner en sentant le poids du regard noir maintenu rivé sur celle qui venait d'être détruite sans l'ombre d'un remord.

Dès lors, entre l'apathie de ceux qu'elle croyait connaître et la mise à mort par laquelle elle venait de passer, le chagrin et la honte firent place à la colère.

Une colère viscérale.

36

Sylvia arpentait les rues de Saint-Denis à grandes enjambées, une rage encore bouillonnante au cœur et un carton rempli sous le bras. Ce qui s'était passé durant cette matinée épouvantable continuait à brouiller son esprit en lui renvoyant sans cesse des images de ce qui était devenu sa dernière journée à la rédaction du *Cercle Magique*.

Durant la fin de matinée, elle avait procédé au rangement de son bureau pour récupérer ses affaires personnelles. Une palanquée de questions tourbillonnait dans son esprit. Comment l'ensemble de ses fichiers avait-il bien pu disparaître du jour au lendemain ? Elle avait la certitude inébranlable d'avoir fait les sauvegardes nécessaires tout au long de la préparation du dossier, ainsi que celle prévue pour la présentation du jour. Elle en vint à se demander si elle n'avait pas, par erreur, lancé le formatage de l'ordinateur avant de quitter le bureau vendredi soir.

Je ne suis pas assez stupide pour avoir fait ça, quand même ! Réfléchis ! Réfléchis ! Allez, réfléchis espèce de nulle ! Qu'est-ce que t'as bien pu faire de ces fichiers ? Tu n'as pas pu t'amuser à saborder ainsi autant d'heures de recherches et d'écriture ! Ça ne te ressemble pas de faire preuve d'autant d'amateurisme !

Au bord des larmes, elle avait fouillé l'ensemble du système informatique et tenté aussi quelques techniques de récupération de fichiers que Thessa avait appris à ses amis. Sans résultat. Le disque dur était revenu à son état d'origine. Autrement dit : vide. En l'absence de preuve attestant de sa bonne foi, Sylvia n'avait eu aucune chance de pouvoir se défendre, face à une telle accusation. Il fallait au moins reconnaître que Marylise Cox avait été assez franche pour lui éviter le genre de discours suintant d'hypocrisie du message bien connu de ceux qui se sont fait jeter : « *Bonne-*

chance-et-bon-débarras ». Du moins, le passage où l'on souhaite la meilleure chance à l'infortuné qui avait été obligeamment jeté.

Dans l'*open space*, personne ne s'était proposé pour l'aider à trier ses affaires. La jeune femme s'était donc mise seule à la tâche, réalisant qu'à peine virée avec pertes et fracas, elle était déjà devenue une espèce de paria dont il fallait éviter le contact. Seule Miranda était venue, sous prétexte de lui rendre des livres. L'occasion d'échanger quelques mots, après avoir vérifié que la Cerbère était occupée ailleurs.

— C'est quand même dégueulasse ce que cette espèce de charognarde a osé te faire.

Sylvia laissa échapper un soupir résigné.

— Ce qui l'est plus encore, c'est que je ne m'explique toujours pas comment mes dossiers ont pu disparaître comme ça, par magie, fit Sylvia en claquant des doigts.

— Et maintenant, que vas-tu faire ?

— Je n'en sais rien. En tout cas, je me vois mal me pointer à Pôle Emploi en chantant gaiement : « *Hello, hello ! Je cherche du boulot !* », surtout après une telle sortie de piste.

— En attendant, je pourrais toujours essayer de t'aider à découvrir le fin mot de l'histoire.

— Non, ce n'est pas la peine. Mais, merci quand même.

— Dommage de ne pas pouvoir en faire plus. Bonne chance, Sylvia.

Sur ces mots, elle posa une main amicale sur l'épaule de la jeune femme qui fut touchée par ce simple geste.

— Bonne chance à *vous*. Quelque chose me dit que ça ne sera pas un luxe, avec cette harpie.

Sentant le regard désapprobateur du vigile, Miranda était retournée à son bureau, non sans promettre à la jeune femme de garder le contact, ne serait-ce que par l'intermédiaire des réseaux sociaux. Sylvia apprécia le geste, même si elle n'était pas dupe de ce qu'il en serait, en réalité.

Il ne lui avait pas fallu beaucoup de temps pour remplir un carton de ses affaires personnelles. Elle ne parvenait toujours pas à croire que tout cela venait de se produire. Elle n'acceptait pas que ses espérances professionnelles puissent avoir été pulvérisées ainsi, en quelques instants.

Le vigile avait veillé sur les opérations en s'assurant que rien qui puisse appartenir à l'entreprise ne soit emporté. Il avait même raccompagné la jeune femme jusqu'à l'ascenseur, après avoir passé le contenu de son carton au crible une toute dernière fois.

Les portes de l'ascenseur se refermèrent sans bruit. Une fois à l'abri des regards, Sylvia s'était appuyée le dos contre la paroi, cherchant tant bien que mal à refréner la digue émotionnelle qui menaçait de lâcher. Elle avait fait au mieux pour se contenir, parce qu'elle ne voulait pour rien au monde offrir à celle qui venait de la virer la satisfaction perverse d'être parvenue à la briser. La froideur impersonnelle de cet immeuble n'y contribua qu'un tout petit peu, mais il n'en faudrait plus beaucoup pour qu'elle ne finisse par craquer. Sans un mot, la jeune femme sortit de la cabine pour rejoindre la sortie, le nez rivé sur le contenu du carton qu'elle portait contre elle. Son contenu n'était pas lourd, mais elle tenait beaucoup à cette espèce de petit bric-à-brac qui avait fait partie de son quotidien depuis qu'elle avait rejoint l'équipe des chroniqueurs du magazine.

En temps normal, à cette même heure, elle avait pris l'habitude de se rendre dans un petit restaurant italien du quartier pour se régaler d'un panini garni de fromage fondant au pesto. Cependant, ce jour-là, la jeune femme arborait un tout autre visage, fermé et livide. Avec ce qu'elle venait de vivre, elle avait l'estomac trop noué pour manger quoi que ce soit.

Sylvia parcourait maintenant les rues à grandes enjambées, la rage au cœur, et surtout avec la ferme volonté d'en découdre. À défaut d'avoir cédé à la tentation de recadrer celle qui venait de provoquer sa déchéance, elle savait où se rendre afin d'évacuer le trop-plein d'adrénaline, rendue aussi impétueux et dévastateur qu'un flot de lave en fusion.

Sa destination : le centre d'entraînement. Julie, qui planchait sur du travail administratif, fut étonnée de voir Sylvia arriver si tôt, alors que son cours était prévu en fin d'après-midi. Celle-ci déposa son carton sans ménagement sur le comptoir avec un bruit sec qui rompit le silence.

— Julie, sais-tu si Aurélien est là ?

Si la réceptionniste fut ébranlée par le regard étrange que son interlocutrice posait sur elle, elle préféra ne rien montrer. Car à cet instant précis, la jeune femme qui lui faisait face n'avait rien à voir avec celle qu'elle connaissait.

— Oui, il est là. Par contre, je crois qu'il est dans le bureau, en réunion avec...

— Merci.

Elle se dirigea d'emblée dans la direction indiquée.

Une fois seule, Julie s'autorisa un soupir de soulagement.

Ça alors... Sylvia peut être sacrément flippante avec un tel regard. Je n'ose pas imaginer sa réaction à l'absence d'Aurélien. Si elle vient à lui dans cet état, j'en viendrais presque à m'inquiéter pour lui.

Julie lança un coup d'œil au carton qui avait été abandonné sur le comptoir, en se demandant ce qu'elle allait en faire.

Daniel et Aurélien discutaient de part et d'autre du bureau en bois vernis sur lequel étaient disposés différents modèles d'affiches. Les deux hommes les examinaient en détail quand la porte fut ouverte à la volée. Stupéfaits, ils virent entrer une Sylvia plus déterminée que jamais. Sans accorder la moindre attention à Bruno, elle fixa Aurélien d'un regard ardent qui parvint à le surprendre autant qu'à le déstabiliser.

— Ramène-toi en salle d'entraînement, fissa !

Ce dernier fit pivoter son siège vers elle, le pied posé sur sa cuisse opposée et les avant-bras sur les accoudoirs, d'un calme olympien.

— Je n'ai pas le souvenir que nous ayons un cours prévu si tôt aujourd'hui. Pourquoi tu tiens tant que ça à en avancer l'heure ?

— Je veux te coller une tannée ! Ça te va comme raison ?

Elle repartit dans un tourbillon de mèches sombres en claquant la porte derrière elle.

Le jeune homme, encore amusé par cette entrée fracassante, dut admettre qu'il avait été agréablement surpris par l'éclat flamboyant dans les yeux de son apprentie.

Ça devient de plus en plus intéressant.

Une fois dans la salle d'entraînement, Aurélien eut toutes les peines du monde à faire respecter à Sylvia quelques exercices d'échauffement préalables. Ces derniers ne suffirent pas à venir à bout de la colère qui sourdait dans les veines de la jeune femme. Nerveuse, elle n'eut de cesse de rajuster l'épaisse tresse dont s'échappaient quelques mèches rebelles. Elle s'impatienta.

— Bon... Ne pourrait-on pas zapper les préliminaires, et passer enfin aux choses sérieuses ?

Le jeune épéiste émit un sifflement admiratif.

— Eh bien, eh bien... C'est sans doute la chose la plus sexy qu'une femme ne m'ait jamais dite.

Sylvia sentit le rouge lui monter aux joues.

— Comme quoi, il y a un début à tout dans la vie. Euh... Qu'est-ce que tu fiches ?

Plutôt que de prendre les épées d'entraînement en bois, Aurélien venait d'arriver avec deux armes métalliques au tranchant bien réel.

Elle n'avait jamais utilisé de lame en acier. Ce qui contribua à doucher quelque peu le feu de la violence en elle, comme quand la lave d'un volcan se déverse dans la fraîcheur de l'eau. Une rencontre néanmoins impressionnante.

— Tu ne vas quand même pas te servir de ce genre de chose ? demanda-t-elle en craignant de connaître déjà la réponse.

Aurélien fit face à Sylvia avec une épée pointée vers elle.

— Puisque tu déboules à ta guise jusqu'ici pour me provoquer en duel, sur *mon* terrain, devrais-je te le rappeler, ça me laisse au moins le choix des armes. Si ça ne te convient pas, tu peux toujours revenir à l'heure normale de ton cours pour enchaîner quelques pichenettes avec des jouets en bois. Mais là, maintenant, je te rappelle que tu es ici pour apprendre à te battre. C'est à prendre ou à laisser. Alors, que décides-tu ?

Sylvia fixa la lame miroitante tendue vers elle. Cela suffit à faire ressurgir la flamme indomptable du défi. Sa soif de vengeance ne s'était pas tarie. Loin de là. L'Eau n'avait pas pu défaire le Feu.

Elle releva alors les yeux, d'un violet sombre comme jamais, sur Aurélien en signe d'assentiment.

— Bien... Tu as le bon regard. Cette session devrait être intéressante.

Sylvia s'empara d'une arme et fut surprise du poids au bout de son bras. Elle n'y était pas habituée et espérait surtout pouvoir tenir la cadence avec un entraîneur aussi exigeant. Si ce dernier semblait avoir décidé de booster la cadence en élevant le niveau à ce point-là, il ne fallait pas s'attendre à ce qu'il ne lui fasse pas de cadeau.

— J'aime mieux utiliser de vraies armes, expliqua-t-il, parce qu'elles enseignent la maîtrise autant que la précision. La moindre erreur se paie au prix fort avec elles. Tu es prête ?

Sylvia acquiesça, tentant de ravaler son trouble. Elle avait pris sa décision et devrait l'assumer, quoi qu'il en coûte.

— De toute façon, prête ou pas, en garde ! Pour une fois, c'est toi qui vas lancer l'attaque.

Sylvia puisa dans sa colère pour avoir la force de porter un coup puissant à son adversaire, mais elle manqua son but, sans doute par crainte de blesser son instructeur. Celui-ci s'en rendit compte rien qu'en parant ce coup sans effort.

— Non, non, non ! s'énerva-t-il. Avec des chiquenaudes aussi ridicules, tu n'arriveras jamais à rien !

Il se lança à son tour à l'offensive et elle eut beaucoup de peine à bloquer les coups qui s'abattaient sur elle. À la différence, il n'hésitait pas à lancer des attaques qui auraient pourfendu des adversaires plus coriaces.

— Si tu ne veux pas te faire embrocher, il va falloir que tu te défendes mieux que ça, ne serait-ce que pour me désarmer. Cesse un peu de ne me voir que comme un instructeur ! En ce moment précis, je ne suis qu'un adversaire qui cherche à te terrasser.

Alors, réagis en conséquence ! Sinon, je te tuerai.

Le tintement des lames s'entrechoquant reprit de plus belle. Sylvia esquiva plusieurs coups, ne devant son salut qu'à ses seuls réflexes. Elle cherchait à obliger Aurélien à lâcher son arme plutôt que d'avoir à le blesser. Pourtant, malgré toute sa bonne volonté, la colère qui sourdait en elle reprenait le dessus. Après avoir volté pour éviter un coup, elle plongea en avant et parvint à entailler l'épaule de son adversaire qui s'interrompit, surpris d'avoir été touché. Par contre, elle en fut atterrée. Elle lâcha son épée qui émit un bruit sec en tombant au sol et voulut se précipiter vers lui, inquiète. La pointe de l'autre arme plongea vers sa poitrine, au niveau du cœur, ce qui la fit stopper net. La lame venait d'érafler la peau délicate de la jeune femme, juste au-dessus de l'ourlet de son haut moulant à bretelles fines, entaillant l'épiderme. Assez pour laisser perler une trace de sang. L'expression d'Aurélien manifestait aussi bien de la surprise, mais aussi une certaine admiration.

— Eh… Pas mal, gamine. C'est bien la première fois que je me laisse surprendre. On peut dire que tu as eu du bol.

— Quoi ? De ne pas t'avoir tué ?

Il épongea la coulée de sang sur son bras avec un bandana dont il entoura le haut de son bras.

— Non, mais d'avoir réussi à m'atteindre. Pour ce qui est de la blessure, ce n'est qu'une éraflure superficielle. Il m'est arrivé bien pire, tu peux me croire. Pas besoin d'en faire tout un pataquès, non plus. On reprend !

Sylvia fut à peine rassurée en voyant son adversaire se remettre en garde, prêt à en découdre. Si elle se fiait à son regard, il ne rechignerait pas à lui rendre la pareille.

Entre son licenciement et cette séance qui commençait à tourner en un véritable duel, la jeune femme en vint à se demander à partir de quel instant le sens de rotation de la Terre s'était inversé quand Aurélien la ramena à l'instant présent.

— Au fait, tu espères me battre à mains nues ?

Il lui fallut quelques secondes pour réaliser.

— Mon épée ! Attends, je la récupère.

— Même pas en rêve !

Il fondit sur elle, tel un rapace sur sa proie. La lame ne s'arrêta qu'à quelques centimètres de son visage. Les mains à plat de part et d'autre de la surface aiguisée, Sylvia n'avait trouvé que cette parade pour s'en sortir. Sans même laisser à Aurélien le temps de réagir, elle abaissa l'arme de son adversaire d'un mouvement ample. Elle lui décocha un coup de pied sauté dans l'épaule blessée, ce qui le fit reculer. Elle mit à profit ce bref répit pour s'élancer en une pirouette inversée au moment même ou la lame vint la frapper. Elle se réceptionna en manquant de s'étaler, mais elle parvint à se saisir de son arme pour parer une autre attaque. La gestuelle était osée, mais elle avait vu Aurélien en faire autant, et cela l'avait inspirée au bon moment. Celui-ci était d'ailleurs épaté que son apprentie se soit souvenue de la manœuvre au point de la mettre à son tour en application.

— Pas mal du tout. Tu es assez impressionnante.

Ils étaient tous deux le souffle court. Sylvia se laissait gagner autant par l'intensité de cet affrontement hors norme que par l'étrange magnétisme animal qui commençait à se faire sentir. Le débardeur du jeune homme ne dissimulait rien du roulement des muscles sous la peau satinée. Soudain, le désir s'empara de Sylvia, irradiant son corps d'une intensité nouvelle. Elle aurait même voulu qu'Aurélien jette à bas son épée avant de la plaquer au sol en pesant de tout son poids sur elle, en scellant ses lèvres de baisers avides.

Était-elle la seule à percevoir que l'air ambiant venait de se charger d'une subtile tension érotique ? Il fallait croire que oui, quand Aurélien eut tôt fait de lancer une nouvelle attaque qui faillit la surprendre.

Leur combat dura encore, mais elle commençait à souffrir du poids de l'épée. Si son adversaire continuait à cette cadence, elle ne pourrait plus suivre encore longtemps. Malheureusement pour elle, ce dernier avait toujours la même ardeur. Il n'eut aucun mal à la forcer à se tapir en position défensive, lui ôtant ainsi toute possibilité de le désarmer.

Passant soudain derrière son dos, il bloqua son épée et vint se coller à elle. Il la maintenait d'un bras ferme, juste en dessous de sa poitrine. De l'autre, il tenait sa lame près de la gorge de son élève. Elle se figea en retenant son souffle, troublée par la sensation contradictoire qu'elle percevait, entre la chaleur du corps contre le sien, et le froid de l'acier sur sa peau en sueur.

Les lèvres d'Aurélien effleurèrent l'oreille de Sylvia.

— Tu es morte...

Elle lâcha son épée qui tomba avec un tintement mat.

Aurélien marqua un temps d'arrêt afin de reprendre son souffle, toujours le visage près de celui de la jeune femme qui n'osa plus le moindre geste pour se défaire de son emprise. Contre toute attente, être en son pouvoir la grisa.

— Ça y est, Sylvia ? Tu t'es calmée ?

Surprise, elle se tourna vers Aurélien qui dardait sur elle un regard pénétrant et elle s'interrogea quant à la nature du trouble dont elle avait cherché à se défaire. S'agissait-il de la colère consécutive à ce qui lui était arrivé le matin même ? Ou bien était-il question de toute autre chose qui serait survenue durant cette séance d'escrime hors normes ? Elle opta pour la franchise.

— Je ne sais pas... Qu'en dis-tu ?

Impossible pour elle de faire abstraction de la promiscuité de leurs corps chauds l'un contre l'autre. Aurélien lâcha un soupir.

— Quelque chose me dit que tu voulais te débarrasser de toute la rage et de la peine que tu portais en arrivant ici. Or, en cherchant à te libérer de ces émotions violentes, elles ont dû céder la place à autre chose de tout aussi ardent. Je me trompe ? Il faut croire que non. Si la vague de colère a bien fini par refluer, tu ne t'es pas calmée pour autant.

À ces mots, il enfouit son visage au creux du cou de Sylvia qui frémit à ce contact.

— Et qu'est-ce que tu préconises dans ce genre de cas ? On ne va quand même pas entamer un second round ! Je n'en ai pas la force. Tu es trop fort pour moi. À tous les niveaux.

— Voilà qui est parfait.

Avec un petit sourire satisfait, il fit pivoter le visage de Sylvia vers lui du bout des doigts. Il lança son épée qui vint se ficher dans le plancher avec un claquement sec. La jeune femme eut à peine le temps de s'en étonner qu'Aurélien plaqua ses lèvres sur les siennes. Il avait pris possession d'elle avec exaltation, et para toute tentative de dérobade d'une main ferme sur sa nuque, les doigts dans sa chevelure ébène. Il profita que la jeune femme entrouvre les lèvres pour forcer le passage de sa langue pour se lier à celle de Sylvia en un ballet torride.

Un baiser qui embrasa ses sens tandis qu'Aurélien l'enserrait contre lui. Il remonta la main qu'il referma sur l'un de ses seins. Cela ne faisait aucun doute qu'il la désirait, vu comment il se plaquait contre son corps frémissant. Il apprécia le contact des muscles de son torse contre la peau du dos de la jeune femme.

Aurélien finit pourtant par se reculer assez pour laisser à sa captive le temps de retrouver une respiration à peu près normale. Il lui murmura d'une voix rauque à son oreille, se voulant la voix de la raison.

— Il vaut mieux qu'on en reste là. Sinon, je ne vais plus pouvoir répondre de mes actes encore très longtemps. Et là, je crois qu'il faudrait revoir la nature du paiement de mes cours.

Aurélien libéra soudain Sylvia dont les jambes flanchèrent et elle tomba à genoux. Sans un regard pour elle, il quitta la salle en laissant la jeune femme plus ébranlée que jamais.

37

Mardi 16 octobre 2012
Paris
Square du Vert-Galant

Même s'ils s'étaient faits plus discrets ces derniers temps, *Dies Irae* continuait à occuper la cellule d'enquête créée à la suite de l'incendie à Versailles. Les officiers de la Police judiciaire travaillaient aussi en étroite collaboration avec les gendarmes sur les sites des agressions menées par le mystérieux groupuscule à l'encontre de commerces ésotériques.

Frédéric et Sylvain pouvaient aussi compter sur les autres recrues venues en renfort, qu'ils soient issus de la cyberpolice, ou de la scientifique, et même des pompiers tels que le capitaine Baptiste Vermelin, qui avait apporté son expérience pour avoir déjà affronté le *feu divin*. Une arme conçue par *Dies Irae* à partir d'un équipement militaire incendiaire ancien : le *feu grégeois*. Une équipe hétéroclite qui avait été constituée autour du commissaire Berger. Depuis le début de l'affaire, tout le monde avait renoncé au décompte des heures supplémentaires effectuées.

Si Mansoif doutait qu'ils se fassent coffrer un jour, Laforrest n'avait pas renoncé au plaisir infini qu'il aurait quand lui et son équipier leur passeraient les menottes. Ils seraient alors déférés devant le Procureur de la République pour une ribambelle de chefs d'accusation allant de la simple agression au meurtre prémédité, en passant par les attentats incendiaires dont le groupuscule s'était rendu coupable. Avec un tel palmarès, ces individus risqueraient à coup sûr de prendre cher. Très cher.

En plus de ce dossier épineux, Frédéric et Sylvain s'étaient chargés en secret d'une autre requête, à la demande expresse de

Sylvia et de Coralie : résoudre le meurtre d'Adèle Ogerau. Selon les vidéosurveillances du périphérique, la thèse de l'accident ne faisait aucun doute. Cependant, un examen du véhicule avait révélé la présence d'un mauvais sort dont la défunte aurait pu avoir été la cible. Même s'il y avait eu du feu, il ne semblait y avoir aucun lien avec les fanatiques de *Dies Irae*. Il faudrait donc chercher ailleurs. Pour l'heure, la meilleure piste des deux hommes tenait dans le talisman qu'ils avaient déniché, en dehors de toute procédure légale. Le genre d'agissement qui pouvait avoir des répercussions déplaisantes si jamais les deux équipiers venaient à se faire surprendre dans leurs agissements.

Pour déjeuner, les deux hommes avaient préféré déserter leur bureau où ils étaient dérangés sans interruption. Ils rejoignirent la pointe est de l'île de la Cité, non loin du Pont-Neuf. Même à cette période de l'année, les couleurs automnales rendaient ce jardin public encore très attractif, mais les deux policiers préféraient s'installer à l'extrémité de la saillie bétonnée, au plus près de la Seine, dont ils pouvaient percevoir la force tranquille du courant.

Ils mangèrent en silence, en profitant de l'ambiance sereine des lieux, ce qui contrastait grandement avec l'activité incessante des locaux de la Police judiciaire. Un peu de répit était le bienvenu, du moins jusqu'à ce que Gregory Nova ne les rejoigne.

— Salut les mecs ! fit ce dernier en s'installant près d'eux. C'est donc là que vous vous planquez pendant votre semblant de pause déjeuner ? C'est plutôt sympa comme idée.

Le nouvel arrivant esquissait un geste que Frédéric avait anticipé, vu comment il mit son déjeuner hors de portée.

— Ouais, c'est ça ! Je te vois venir. Je ne vais quand même pas me faire avoir à tous les coups avec toi, espèce de morphale !

Sylvain ne put retenir un rire étouffé en voyant l'expression déconfite du laborantin.

— On ne peut pas gagner à tous les coups… ou presque.

Nova venait de chiper le deuxième club sandwich de Sylvain à qui cela coupa toute envie de rire, à l'inverse de Frédéric que la situation amusait beaucoup.

— Hey ! 'Faut pas se gêner !

— Pour une fois que ça ne tombe pas sur moi ! s'esclaffa Frédéric Laforrest.

— Oh, ça va, hein ! T'as de la chance qu'on ait besoin de lui. Sinon, il serait déjà au fond de la Seine. M'est avis que l'eau doit être fraîche en cette saison.

Gregory avait englouti son trophée sans le moindre remord.

— Merci pour ta généreuse contribution, quoique involontaire, Sylvain. Vous allez devoir m'expliquer pourquoi vous ne voulez pas qu'on se voie dans votre bureau. N'allez pas croire, mais on croule sous le boulot, nous aussi, et je ne vais pas avoir toute la journée à vous accorder.

Les deux policiers se dévisagèrent, cherchant dans le regard de l'autre l'assentiment nécessaire. Vu où ils en étaient, leurs options étaient désormais très limitées et ils devaient s'en remettre à leur collègue, en espérant que ce dernier se montrerait digne de la confiance qu'ils lui témoignaient.

— C'est bien simple, expliqua Frédéric, nous comptons sur ton entière discrétion sur ce qui va suivre. Quoi qu'il puisse arriver, tu ne devras le révéler à qui que ce soit ni le faire figurer sur le moindre document, qu'il soit manuscrit, imprimé ou numérique.

L'expression de Gregory devint sérieuse, tout à coup.

— Nous avons besoin de ton expertise pour examiner deux objets... Comment dire ? Assez *particuliers*. Ils semblent avoir été adressés à deux personnes, mais nous pensons qu'ils ont pu avoir été fabriqués par une seule et même personne.

— Okay, vous voulez une identification rapide.

— Exact. Et surtout, la plus discrète possible.

— Pourquoi ne pas avoir envoyés vos trucs au labo ?

— C'est une requête trop personnelle pour passer par la procédure classique, et surtout trop étrange, mais tu le comprendras mieux en voyant de quoi il retourne.

Sur ces mots, Sylvain extirpa de son sac les deux pochettes plastifiées dans lesquelles se trouvaient deux objets étranges et similaires. Il s'agissait fois d'une pièce de tissu grossièrement découpée en une bande large d'environ six centimètres sur un peu plus d'une vingtaine de longueur, d'après ce que le technicien de la police scientifique pouvait estimer *« à vue de nez »*, comme il s'amusait souvent à le dire. De la bande adhésive était restée collée par endroits, mais c'étaient surtout les diverses choses cousues à même le tissu qui ébranlèrent Gregory ; la photo d'une jeune femme, avec une mèche de cheveux, mais aussi des symboles qui lui étaient inconnus, une griffe d'un oiseau sombre et une pierre noire.

— Non, mais qu'est-ce que c'est que ces conneries ? Vous croyez peut-être que je n'avais pas reconnu ces deux personnes ? Sur la première, il s'agit de la femme qui s'est tuée sur le périf' samedi dernier et pour qui je vous avais transmis le rapport des analyses toxicologiques. Quant à la seconde, impossible de ne pas reconnaître ta sœur jumelle, ajouta-t-il en fixant le lieutenant Laffargue. Alors, vous allez m'expliquer ce qu'il se passe et, surtout, où vous avez trouvé ça.

— J'imagine qu'on n'a pas trop le choix, soupira Sylvain.

Frédéric fit un léger signe négatif de la tête.

— Non, c'est vrai. Si on veut que tu nous aides, on ne va pas te mentir. Comme tu t'en doutes à présent, ce qui ressemble à des gris-gris de sorcellerie vaudou a été façonné pour nuire à ces deux femmes. On sait que ça a marché, au moins pour la première. Nous l'avons trouvé dans l'épave de la voiture qu'elle conduisait. Or, comme le rapport d'enquête a déjà conclu à un accident, il n'y aura jamais d'expertise sur cette guimbarde. Et puis, tu avoueras que ce n'est pas ce genre de chose qui risque de relancer cette affaire.

— Non, sans compter qu'on vous prendrait pour des dingues avec ça. Normal que tu l'aies planqué, même si ce n'est pas ton genre de chouraver des pièces à conviction.

— Sauf que ce n'est pas le cas, contra Sylvain. Pour ce qui est du deuxième exemplaire, c'est ma sœur qui l'a trouvé planqué dans son bureau, à la rédaction du magazine d'où elle s'est fait licencier. Elle ne s'en est rendu compte qu'après être rentrée chez elle. Alors, je ne sais pas pour toi, mais ce sont deux éléments trop proches les uns des autres pour ne pas avoir un lien quelconque. Seulement, on ignore lequel.

Gregory se saisit des deux pochettes plastifiées, non sans dissimuler l'expression de méfiance que leur contenu suscitait en lui, et les deux policiers se doutèrent du pourquoi de cette suspicion. Pas envers eux, mais à l'encontre de ce qu'il supposait être des mauvais sorts dont il craignait de faire les frais.

Sylvain lui posa une main amicale sur l'épaule.

— Tu n'as rien à craindre. Ces trucs-là ont été confectionnés pour nuire aux personnes qui y figurent. Un service personnalisé, en somme. Il n'y a aucun risque pour toi. Par contre, sans vouloir te presser, nous aurions besoin de tes conclusions dans les plus brefs délais.

Il rangea prestement les deux pochettes dans sa sacoche en opinant. Après tout, c'était extrêmement rare que ces deux-là lui demandent ce genre de service, et il n'avait jamais eu que de bonnes relations avec eux lors des affaires où ils avaient collaboré.

— Je ne vous promets rien, les gars, mais je ferai au mieux.

— Merci, on te revaudra ça, ajouta Frédéric. N'utilise pas nos moyens de communication professionnels, mais passe par nos numéros personnels. Si jamais on te posait des questions, tu pourrais faire passer ces appels pour des conversations privées.

— Ce dont je te saurai gré, ajouta le laborantin.

Celui-ci se leva, prêt à retourner auprès de son équipe. Au passage, il en profita pour chiper le macaron que Sylvain croyait avoir mis à l'abri et s'enfuit avec, non sans adresser à sa malheureuse victime un salut de la main.

Le lieutenant ne décolérait pas.

— Non, mais c'est pas vrai ! Cette espèce de goinfre m'a piqué la moitié de mon déjeuner ! Arrête de te marrer, Fred !

Son comparse venait de céder au fou rire que la situation n'avait pas manqué d'occasionner.

— Toutes mes condoléances, mon vieux ! Mais la coopération de mon *« ami Nova »* vaut bien quelques sacrifices nourriciers, non ? D'autant plus il est d'une opiniâtreté qui n'a rien à envier à la mienne. Qui sait... Il pourrait relever des choses auxquelles on ne s'attendait pas. Il peut être très surprenant, par moment.

— Eh ben ton « *ami Nova* », comme tu l'appelles, n'oublie pas d'être chiant !

La mimique contrariée de Sylvain aurait pu accroître l'hilarité de Frédéric qui lutta pourtant pour retrouver son sérieux, surtout au moment où il vit son collègue porter la main à son holster.

— Tu veux que je te descende, histoire de te calmer ?

Son coéquipier préféra capituler, les mains en l'air.

— Non merci, ça ira.

**

Durant l'après-midi, les deux policiers avaient rejoint leur bureau. Frédéric, assis dans sa position favorite, avait passé un casque audio relié à son téléphone portable pour mieux entendre les propos tenus par le médecin légiste qui lui communiquait les ultimes détails concernant l'autopsie d'Adèle. Malheureusement, rien ne tendait à confirmer la présence d'alcool ou de toute autre substance prohibée qui aurait pu expliquer une telle perte de contrôle du véhicule.

— Ça ne va pas du tout, conclut le capitaine. On n'a rien permettant d'ouvrir une enquête pour meurtre.

À ces mots, le lieutenant Laffargue abandonna un instant la rédaction d'un rapport d'intervention presque aussi épais que le roman *Guerre et paix*.

— En effet, ça ne nous aidera pas à mettre la main sur celui qui a fait le coup.

— Non... On sait que quelqu'un est derrière tout ça, mais on ne peut rien prouver. Ça m'énerve !

Le lieutenant connaissait assez le flegme légendaire de son équipier pour savoir que ce genre de réaction en disait long sur sa contrariété.

— Il n'y a plus que du côté de Greg qu'on pourrait obtenir quelque chose. Qui sait, ça pourrait donner un début de piste.

Ça serait toujours mieux que rien.

— Oui, on peut toujours rêver. Parce qu'à présent, la seule chose qui pourrait lancer une véritable enquête serait que le criminel se pointe chez nous pour passer aux aveux. Alors, t'imagine si c'est arrivé souvent…

— Certes, je ne crois pas aux miracles, pas plus qu'au jour où les impôts cesseront de nous saigner à blanc. En revanche, je sais qu'on peut toujours tomber sur de bonnes surprises. En parlant de ça, qu'est-ce qu'on a sur l'affaire *Dies Irae* ?

— On peut dire que nous sommes un peu au point mort. Examiner chaque cas de groupes de sécurité privée demande un temps et des moyens considérables. D'autant plus que nous n'avons pas grand-chose qui puisse nous aider à les identifier à coup sûr. Et comme ils semblent se tenir à carreau, on a tendance à relâcher la pression, même si j'essaie de faire en sorte de maintenir nos efforts. Ceux qu'on cherche sont de vrais fantômes. Ils ont forcément été entraînés par des professionnels.

— Fred, tu crois qu'ils ont mis un terme à leurs activités ? Ou bien faut-il s'attendre à ce qu'ils préparent un nouveau coup ?

— Plutôt la seconde option, selon moi. Depuis le début, ils nous ont prouvé qu'ils pouvaient aller toujours plus loin et frapper plus fort. On est passé de simples agressions à des attentats minutieusement préparés. Bref, je me méfie de l'eau qui dort.

— Pas rassurant, en tout cas.

Le téléphone portable de Frédéric se mit à sonner. Un appel de Gregory Nova auquel le policier répondit sans attendre.

— Dis donc, t'as marqué un nouveau record de rapidité ! fit le capitaine, admiratif.

— *J'ai pu profiter d'une rare accalmie grâce à un pot de départ d'un collègue pour mener mes petites investigations. Autant dire que j'ai eu une paix royale.*

— Avec quels résultats ?

— *Vous avez un gagnant.*

— Bordel ! Vas-y, raconte !

Il s'empara à la hâte d'un stylo et du premier papier qui lui tomba sous la main.

— *Déjà, tu avais raison pour tes gris-gris. Le tissu, le fil, et le scotch sont les mêmes. Ils portaient tous des empreintes digitales exploitables. Il faudrait expliquer à votre gars qu'il aurait eu tout à gagner en portant des gants. Le relevé s'est fait sans accroc, tout comme l'identification.*

— Vas-y, donne-moi un nom. Et ne va surtout pas dire que c'était à mes parents de le faire ! s'impatienta Frédéric, anticipant l'humour vaseux de son confrère.

— *Okay. Votre gagnant figure dans nos fichiers. Il s'appelle Pavlov Gassama. Je t'envoie son dossier via ton e-mail. Ne t'inquiètes pas pour les traces, notre ami Questin m'a appris quelques trucs pour envoyer des mails dont on ne peut pas trouver l'origine.*

— Alors là, bravo, tu as fait du très bon boulot ! On va passer récupérer ce qu'on t'a confié avant d'aller rendre une petite visite à ce monsieur. Je crois qu'il va avoir un tas de choses à nous raconter. Allez, va siffler une coupe de champagne en l'honneur de ton collègue sur le départ, tu l'as bien mérité.

Frédéric mit fin à la conversation, étonné par l'expression perplexe qu'arborait son collègue.

— Pavlov Gassama... D'où je connais ce nom ?

— Tu sais de qui il s'agit ?

— Pas du tout, mais j'ai déjà entendu ce nom quelque part.

Le jeune homme, en pleine réflexion, croisa les bras, concentré sur sa mémoire qu'il souhaita ne pas être trop défaillante.

— Pavlov... Voyant, non... Grand maître Pavolv, non plus...

Frédéric s'amusa un instant de la confusion dans laquelle son ami semblait pédaler. Cela en aurait presque été mignon s'ils ne devaient pas retrouver cet individu qui pourrait être lié à la mort d'Adèle et aux ennuis professionnels de Sylvia.

— Alors, ça te revient, ton Ruskoff ? Ou bien attends-tu le dégel du permafrost à cause de l'effet de serre ?

Une soudaine illumination vint éclairer la lanterne du lieutenant qui s'écria « *Grand professeur Pavlov Gassama* » !

Frédéric, surpris, manqua de tomber de sa chaise.

— Quoi ? Ton gars est un prof ? Pas dans une université parisienne, j'espère ! On a déjà donné avec Thomas Carello.

— Hein ? Mais non ! Le mec se faisait appeler comme ça dans ses pubs qu'il refourguait sur des tracts, dans le 10e arrondissement, pas loin du métro Château d'eau. Un pote de la police du quartier m'en avaient envoyé des photos par mail, tellement ces pubs étaient truculentes. Attends que je te retrouve ça...

Le lieutenant retrouva les dossiers qu'il cherchait sur son ordinateur. Il afficha à l'écran un document scanné qui éberlua Frédéric. Déjà parce que la photo ne correspondait absolument pas à l'image qu'il s'était faite de cet individu. Lui qui s'attendait à voir un caucasien caractéristique d'Europe de l'Est, il en fut pour ses frais en voyant que le Pavolv en question avait plus à voir avec l'Afrique noire. Le texte, qui comptait près des deux tiers de fautes d'orthographe et à peu près tout autant d'approximations, faillit lui provoquer un AVC.

— Non mais, on nage en plein surréalisme ! J'ai les yeux qui saignent rien qu'en lisant ça.

— Je sais, admit Sylvain d'un ton compatissant. J'en suis passé par là, moi aussi. Sa pub a déclenché l'hilarité chez bon nombre de personnes. À se demander s'il n'a pas eu plus d'internautes se fichant de sa gueule que de clients.

— Surtout qu'il y a de sacrées perles : *« secrets et dons héréditerres, dépucelage et repucelage... sous GHB, carte SIM serrure eh tout ce qui bloke »*. Il résout vraiment tous les *« pwoblémes »* ton gugusse ! Tu te rends compte qu'il peut même donner les bons numéros du Loto le soir même ?

Sylvain lança un regard désabusé à son équipier.

— Comme n'importe qui... après le tirage au sort à la télé.

— Non, mais sérieux. Tu crois vraiment qu'un crétin pareil pourrait être à l'origine des artefacts ensorcelés qu'on a retrouvés ? Il ne me semble pas du tout capable d'accomplir ce genre de chose.

— Il n'y a pas trente-six solutions, il va falloir qu'on aille lui parler, de toute façon. Alors, allons-y. On pourrait aussi demander à Sylvia de nous accompagner. Comme elle a été prise pour cible par l'un de ces maléfices, elle serait à même de nous en dire plus si on fait face à celui qui l'a fabriqué.

— Autant le dire tout net, ça ne me plaît pas d'impliquer encore ta frangine dans tout ça., mais tu as raison aussi. On passe la chercher, puis on ira voir cet énigmatique Pavlov. D'ailleurs, il faut que je lui demande d'où lui vient son prénom parce que ça reste une énigme pour moi.

38

Rue Cernuschi

La Mustang noire de Frédéric remontait le boulevard Malherbes avant de bifurquer dans une petite rue perpendiculaire. Avec des voitures bordant les deux côtés de la voie, le policier se demandait où il allait pouvoir se garer. Sur le siège arrière, Sylvia jetait des coups d'œil curieux aux alentours. Il lui était déjà arrivé de se rendre dans l'appartement huppé des parents de Thessa, avenue Foch, mais elle avait du mal à croire qu'elle se trouvait dans un des quartiers les plus opulents de la ville.
Sylvain se tourna vers sa jumelle.
— Tu sais frangine, ces façades magnifiques dissimulent quelques-uns des plus beaux hôtels particuliers des environs. Nos collègues des stups' y font parfois de belles prises.
— Et c'est là que vivrait ce Pavlov Dassama ? Eh ben... Y en a qui ne se refusent rien.
— Ouais, je sais ce que tu te dis. Pas mal du tout pour un sorcier de bas étage qui sévissait dans le 10e arrondissement.
Le trio arriva au niveau de la rue de Toqueville. Là, ils avisèrent une place libre, mais juste devant le portail de l'adresse où ils se rendaient. Frédéric amorça un créneau sous les yeux admiratifs de son équipier.
— Dis donc, c'est qu'on se gare à un emplacement interdit ! On se dévergonde, capitaine ?
— Venant de toi, c'est l'hôpital qui se fout de la charité. Et puis, ce n'est que le temps d'une petite discussion avec notre « *grand professeur* ». Comme ça, si l'envie lui prenait de jouer les filles de l'air, il ne risquera pas d'aller loin. Et puis, je pourrais prendre mal qu'il esquinte ma caisse.

Les trois passagers descendirent, puis se dirigèrent vers la porte d'entrée. Pendant que les deux officiers présentaient leurs accréditations respectives au majordome qui venait de leur ouvrir, Sylvia se perdit dans la contemplation de la devanture. Celle-ci était artistiquement ouvragée et ressemblait plus à un manoir qu'à un bâtiment de quatre étages. Un de ceux classés au patrimoine historique datant de la fin du 19e siècle.

— Tu comptes prendre racine, ou vas-tu te décider à te joindre à nous, frangine ?

Elle remarqua que Frédéric avait déjà suivi le majordome dans le hall.

Sylvain s'approcha pour lui dire discrètement :

— En nous présentant, nous avons fait exprès d'utiliser un *nous* global qui t'inclut automatiquement, afin que tu puisses aussi poser quelques questions, comme si tu étais des nôtres.

La jeune femme apprécia la subtilité de la manœuvre.

— Merci.

Le majordome remarqua un détail important.

— Vous n'avez pas de commission rogatoire, capitaine. Dois-je en conclure que vous n'êtes pas là pour interroger Monsieur ?

Frédéric préféra opter pour la franchise.

— Ce n'est pas pour un interrogatoire formel, en effet. Nous avons quelques questions à lui poser. Il pourrait avoir des informations susceptibles de nous aider pour une enquête en cours.

Sylvain reconnut bien là une des techniques de son collègue, qui incitait au dialogue pour en apprendre le plus possible sur une personne qu'ils soupçonnaient, même sans le précieux sésame délivré par un juge d'instruction. Document sans lequel bien des portes claquaient au nez des enquêteurs et où les gens se refermaient plus hermétiquement que des huîtres. S'y prendre ainsi s'avérait plus efficace, tout en évitant d'éveiller la méfiance. En tout cas, l'intervention du capitaine Laforrest temporisa le comportement, jusqu'ici serviable – mais quelque peu dédaigneux – d'un majordome trop zélé.

— Très bien. Monsieur reçoit d'ordinaire ses invités dans le salon privé. Si vous voulez bien me suivre.

Le trio insolite emboîta donc le pas à celui qui les guida dans cette demeure magnifique.

Se rappelant ses cours d'histoire de l'art, Sylvia apprécia l'élégance des lieux, constituant un subtil mélange de classicisme et de modernité. Ils arrivèrent devant une double porte ouverte qui conduisait à un salon dans lequel se trouvait un homme près de la fenêtre. Dès que son majordome eut annoncé les visiteurs, ce dernier se tourna vers eux.

— Tiens donc. Voilà que la police criminelle vient me rendre visite. Soyez les bienvenus, à moins que vous n'ayez une mauvaise nouvelle à m'apprendre.

Pavlov Dassama leur serra la main à tous, tout en marquant un bref temps d'arrêt en apercevant Sylvia, qui se tenait en retrait par rapport à ses compagnons. Il désigna les canapés qui entouraient une cheminée à l'ancienne.

— Prenez place. Henri, ayez l'obligeance de nous apporter quelques boissons. Café, thé... un peu de tout, en somme.

Ce dernier inclina la tête en signe d'assentiment et s'en alla après avoir refermé la porte derrière lui.

Frédéric remercia Monsieur Dassama de les recevoir.

— En temps normal, je vous demanderai de m'appeler par le nom que je me suis donné dans la profession, mais ça ira pour aujourd'hui. Voilà maintenant quelque temps que je ne suis plus *Grand professeur*. À présent, je me fais appeler Baron Samedi. Ou Baron, pour faire plus court.

Rien que ça ? s'amusa Sylvia. *Monsieur donne dans le luxe.*

Cet individu était vraiment très surprenant, même pour les deux OPJ. Vêtu d'un costume trois-pièces sur mesure, du genre de confection coûteuse qui ne pouvait provenir que d'un tailleur de qualité, autrement dit hors de prix. Le sorcier avait tout d'un dandy, jusque dans ses manières. Il avait pris goût à l'argent et au luxe auquel il donnait accès.

— Peut-être pourriez-vous m'expliquer en quoi la Police judiciaire aurait besoin de mes services ?

Avant que Laforrest en vienne au fait, Henri revint au salon, porteur d'un plateau chargé d'une cafetière, de trois tasses de fine porcelaine et d'un assortiment de biscuits. Le policier attendit que le majordome se soit retiré pour en revenir au vif du sujet.

— Monsieur Dassama, mes collègues et moi-même avons eu l'occasion de trouver deux artefacts sans nul doute occultes.

— Vous éveillez ma curiosité. De quoi s'agit-il ? Si, toutefois, il vous est permis d'en parler.

— Cela est d'autant plus permis que nécessaire, puisque nous voulons avoir votre avis à ce sujet. Je vais donc vous montrer les objets en question.

Il sortit de sa sacoche en cuir les deux gris-gris ensorcelés qu'il avait récupérés auprès d'un Gregory Nova plus que ravi de s'en débarrasser. Chacun était encore sous un scellé plastique, mais cela n'empêchait pas de les déplier afin d'en exposer le contenu. Le policier continua sur sa lancée.

— Nous avons tout lieu de croire qu'ils ont été façonnés dans un seul but, à savoir nuire aux personnes qu'ils représentent.

— Et dont l'une d'elles est ici présente, ajouta Dassama.

À ces mots, il dévisagea la jeune femme qu'il avait reconnue sur la photographie.

— Exact. Il faut croire que leur efficacité laisse un peu à désirer... Sans offense bien sûr, s'empressa-t-il de préciser devant le regard ébahi de Sylvia. Quoi qu'il en soit, devant ce genre de conception assez similaire, nous avons cherché à savoir qui a pu les façonner. Heureusement que ledit praticien ne semble pas avoir pris de gants avec eux. Au sens littéral, puisque ce sont *vos* empreintes que nous y avons trouvées. Vous ne pouvez pas nier qu'ils soient passés entre vos mains.

— Vous avez raison. C'est moi qui les ai réalisés.

Les deux policiers furent surpris que leur homme le reconnaisse de but en blanc. Frédéric fut le premier à retrouver une certaine contenance.

— Il faut reconnaître que vous avez un talent artistique certain. Ce que j'aimerais savoir, c'est le pourquoi de la chose.

— Tout simplement parce qu'un client me l'a demandé. C'est même lui qui m'a fourni les éléments personnels de chaque cible, à savoir la photo et la mèche de cheveux. Inutile de chercher à savoir comment il se les est procurés, parce que je ne lui ai pas demandé.

— Peut-être que vous pourriez simplement nous dire qui est votre client ? demanda Sylvain. Ça nous aiderait à ne pas vous incriminer pour complicité dans une affaire de meurtre.

— Mais voyons ! se défendit Pavlov avec un sourire. L'identité de mes clients tient de la confidentialité. Vous pouvez sûrement comprendre ça.

— En effet, admit Frédéric alors que son équipier était stupéfait. Ce que je comprends aussi, c'est qu'en apprenant que vous avez eu la visite de la police, votre client pourrait mal prendre le fait que vous nous ayez parlé de ces petites créations que vous avez exécutées pour son compte. Si jamais cela devait arriver, il y a fort à parier pour qu'il se montre déjà moins compréhensif que nous. Alors, autant vous préserver en nous expliquant de vous-même de qui il s'agit et pourquoi on vous a demandé de faire une telle chose.

Contre toute attente, leur hôte eut un petit rire amusé.

— N'insistez pas, vous n'obtiendrez rien de moi, et mes clients savent très bien qu'ils peuvent compter sur mon entière discrétion. Il faudra vous y prendre autrement pour connaître le nom du commanditaire. Moi, je ne suis qu'un humble exécutant.

— *Humble* est un mot qui ne convient pas tellement à ce genre d'endroit, enchaîna Sylvain quand il comprit que Frédéric n'arriverait à rien. Peut-être que vous pourriez nous expliquer la nature de votre profession.

— Grand bien vous en fasse. Vous n'êtes pas sans savoir que j'ai mes entrées dans le monde du Paris occulte. J'ai acquis des connaissances et des pouvoirs que j'ai choisi de mettre au service des gens qui pourraient en avoir besoin. Ma porte est toujours ouverte à ceux qui le demandent.

— Surtout si leur portefeuille bien garni n'a rien contre un petit nettoyage par le vide, en contrepartie ? observa Sylvia.

— Vous êtes plutôt directe, mademoiselle, et un brin impertinente aussi. J'aime bien ça. Mes services ne sont pas gratuits, j'en conviens, mais il m'arrive de demander d'autres formes de paiements à mes clients. Certains sont riches à millions, je ne vous le cache pas, tandis que d'autres me font profiter de leurs réseaux d'influences. Il y en a même qui excellent à me trouver des artefacts magiques intéressants. Je deviens alors une espèce d'intermédiaire pour quiconque désirant acquérir quelques raretés occultes, pour peu d'y mettre le prix. Vous pouvez d'ailleurs en voir sur l'étagère derrière vous. Chacune de ces pièces est unique au monde. Seuls les vrais connaisseurs savent les apprécier.

Si Sylvia s'était plongée dans la contemplation des items entreposés, son frère ne parvenait pas à comprendre que l'on puisse débourser de telles fortunes pour des objets sans doute surévalués, voire même carrément contrefaits. Ce Baron devait être une sommité de l'arnaque.

— J'ai toutefois une dernière question à vous poser. Est-ce que *Dies Irae* vous évoque quelque chose ?

Pavolv but une gorgée de café avant de reposer sa tasse sur la table basse en face de lui.

— Oui, c'est même difficile de les ignorer, à en croire les médias. Et, au cas où vous ne parlez pas de ces fanatiques fous furieux qui pourraient bien détruire mon commerce, je mentionnerais alors l'œuvre symphonique grandiose de Verdi. Ces dingues ont au moins un raffinement musical indéniable.

— Ma question va être simple et je vous saurais gré d'y répondre. Vous ne l'éludez pas, vous ne mentez pas. Vous jouez franc jeu.

— D'accord, capitaine. Posez donc votre question, même si je crois savoir de laquelle il s'agit.

— Est-ce que vous avez eu le moindre contact avec *Dies Irae* et font-ils partie de vos clients ?

— Ça pourrait compter pour deux questions, mais vous avez de la chance car je vais tenir ma promesse. Non, je ne les connais pas et je ne souhaite pas les connaître. D'ailleurs, j'aimerais éviter d'avoir affaire à leur *feu divin*. Par conséquent, il n'est pas envisageable que je puisse vouloir de ces gens parmi ma clientèle.

Sylvia était plongée dans la contemplation d'un jeu de Tarot aux cartes métallisées. Étalées sur une étoffe de velours noir, les subtilités raffinées des illustrations étaient telles que la jeune femme fit glisser la première du bout du doigt pour apercevoir la suivante.

Le Baron avait remarqué son geste.

— Attention, mademoiselle. Ces cartes ne portent pas le nom de *lames* sans raison. Chacune d'elle est plus affûtée qu'un scalpel, et je serais désolé que vous y laissiez des phalanges.

Cela fut suffisant pour qu'elle retire sa main en toute hâte, vérifiant qu'elle ne s'était pas coupée par inadvertance.

Alors que Dassama se resservait en café, Frédéric se tourna vers Sylvain qui était à côté de lui, tandis que sa sœur venait de s'asseoir sur l'accoudoir du même canapé que les deux hommes. Elle n'aurait voulu en aucun cas s'approcher davantage du propriétaire des lieux. Sans même savoir pourquoi, il la répugnait.

Le capitaine Laforrest reprit la parole.

— En plus de vos activités de pourvoyeur d'items ésotériques, vous avez une prédilection pour les travaux magiques, pas vrai ?

— Tout à fait. Mon travail est dûment déclaré au fisc et autres institutions légales. Il n'y a rien de fait en douce, sachez-le.

— Je ne demande qu'à le croire, mais mon boulot consiste plus à résoudre des meurtres que donner dans la fraude fiscale.

Henri, le majordome, toqua à la porte.

— Pardonnez-moi de vous déranger, Monsieur, mais votre prochain client vient tout juste d'arriver et vous attend dans le bureau. Dois-je lui dire de revenir un autre jour ?

Le capitaine Laforrest se leva, imité par Sylvain et sa sœur.

— Monsieur Dassama, je ne vais pas vous déranger plus longtemps, si vous avez d'autres obligations. Je vous remercie beaucoup de nous avoir accordé un peu de votre temps.

Les deux hommes se serrèrent la main.

— C'est plutôt moi qui suis désolé de ne pas avoir pu vous en dire plus pour vous aider dans votre enquête. J'espère qu'elle ne vous pourrira pas trop la vie au quotidien.

— Alors là, ça reste à voir.

Sylvain sourit à cette remarque ironique que le Baron n'avait pas remarquée.

— Mon majordome va vous reconduire.

— Ne vous donnez pas cette peine. Merci aussi pour le café, il était excellent.

Au moment où le trio se dirigea vers la porte du salon, Henri s'approcha discrètement de Pavlov.

— Risquent-ils de vous causer du tort, Monsieur ? Ne devrions-nous pas les laisser sans surveillance dans la résidence ?

— Non, aucun problème les concernant. Ils n'ont rien de concret. Sans commission rogatoire, ils ne peuvent pas fouiller ces lieux. Laissons-les repartir par eux-mêmes, mais veillez tout de même à les suivre à distance. Juste au cas où il leur prendrait l'envie de fouiner.

Dans les couloirs, Frédéric et les jumeaux évoluaient d'un pas tranquille. Ils avaient remarqué qu'ils étaient suivis, ce qui les obligea à rester assez proches pour se parler à voix basse.

— Alors, qu'en penses-tu ? demanda Sylvia à Frédéric.

— Qu'il ne mentait pas en disant ne pas être rattaché à *Dies Irae*. Il ne les connaît pas et ne semble pas très chaud de faire leur connaissance. En revanche, je suis plus perplexe quant à l'identité de son client, pour cette histoire de mauvais sorts. J'espère bien en savoir un peu plus une fois que j'aurai réussi à passer un appel téléphonique à quelqu'un qui pourrait nous renseigner. En tout cas, il va falloir m'expliquer quelque chose à laquelle on pense tous.

— Comme si tu avais six ans ? s'amusa Sylvain. Je crois savoir où tu veux en venir. Tu te demandes comment il peut avoir les moyens de mener un train de vie aussi luxueux, compte tenu de ses antécédents d'arnaqueur de bas étage.

— Exact. Non, mais regarde un peu ce petit palais en plein 17e arrondissement, non loin de la place Wagram et de l'avenue des Champs Élysées. Il doit y avoir pas moins de trois cents mètres carrés habitables, plein de pièces avec ascenseur, dans un édifice de quatre étages, d'après ce que j'ai pu voir. Vous rendez-vous compte que, sur le marché de l'immobilier, cela pourrait valoir plus de trois millions d'euros ? Alors, oui, je me demande ce qui a bien pu arriver au *grand professeur* devenu *Baron* pour se permettre de dépenser autant de fric. Sans parler de son costume extra chic et sa montre ultra chère. Tout ça ne me dit rien qui vaille.

— Si son commerce de babioles occultes ainsi que ses petits travaux magiques marchent bien, comme il le prétend, je ne serais pas étonné qu'il fricote avec la magie noire et pas qu'un peu.

— Qu'est-ce qui te fait dire ça, Sylvain ? s'enquit sa sœur.

Frédéric lui tenait galamment la porte d'entrée ouverte devant elle et son collègue. Une fois dans la rue, celui-ci se rendit compte que quelqu'un les observait en douce depuis l'une des fenêtres.

— S'il y a une chose que les années passées avec Rowanon m'ont apprises, c'est qu'en Magie, faire le mal rapporte plus que de venir en aide à son prochain. Envoûter quelqu'un coûte une blinde par rapport à un désenvoûtement, même si ce n'est pas sans risque pour le praticien qui s'y colle. Les consultations *données*, si je puis dire, par Pavlov doivent se facturer à prix d'or. En cash, bien sûr. Plus il se fait payer cher, et plus les gogos ont l'impression d'en avoir pour leur argent. Ce qui n'est pas garanti sur facture... d'autant plus qu'il n'y a jamais de facture. Du coup, il y en a pas mal qui en profitent pour taxer lourdement la cupidité, l'absence de toute morale, et surtout la stupidité de ceux qui font appel à eux.

— Par contre, remarqua Frédéric, je veux bien croire que la soudaine bonne fortune du Baron ne vienne plus de ses accointances avec l'occulte qu'autre chose, mais je reste persuadé qu'il doit y avoir autre chose. Allez, venez... On va se prendre un autre café dans le coin. Mais avant, j'ai quelques appels à passer.

Quelques instants après, le trio avait pris place dans un *coffee shop*, attablé devant de grands gobelets d'un capuccino débordant d'une mousse de lait saupoudrée de cacao et de tout un assortiment de muffins, dont le dernier choco-banane qui faillit occasionner un fratricide auprès de Sylvain qui dut lâcher l'affaire, sous les yeux amusés de son équipier. Le capitaine avait utilisé son téléphone portable pendant que son équipier était au volant. Il n'avait pas fallu très longtemps pour qu'on ne le rappelle pour lui transmettre les informations demandées. Frédéric n'avait pas pu réprimer sa surprise.

— On n'a plus besoin d'obliger le Baron Samedi à nous livrer le nom de son client. Celui qui aurait commandité des mauvais sorts pour Adèle Ogerau et toi, Sylvia.

— Alors, on sait qui c'est ? La vache ! T'as été rapide !

Si l'étonnement du lieutenant Laffargue était marqué d'un certain enthousiasme, l'expression de son collègue reflétait une tout autre histoire. Entre contrariété et inquiétude.

— Oui et ça ne va pas vous plaire. Parce qu'il est question de Samuel Prætorius en personne.

— Non ! s'étrangla Sylvia. Le grand patron du groupe de presse ? C'est lui qui a racheté *Le Cercle Magique*.

— Lui-même.

— Comment t'as réussi à savoir ça ? demanda Sylvain. Vas-y, apprends-moi tes astuces.

— J'ai appelé Bertrand en lui demandant tout ce qu'il pouvait trouver concernant l'adresse où nous étions. Ce genre de bien immobilier appartient plus à des compagnies privées qu'à des particuliers, aussi friqués qu'ils puissent être. Or, cette demeure est la propriété du groupe. Pavlov a peut-être reçu la permission d'occuper les lieux en échange de quelques petits *services*.

— Ça alors, s'étonna Sylvia. C'est Prætorius qui aurait commandé des sortilèges à un sorcier de bas étage pour nous évincer, Adèle et moi. Si ça se trouve, le mauvais sort qui m'était destiné aurait dû avoir le même genre de résultat : ma mort. Imaginez un peu que je me sois suicidée depuis le septième étage où se situent les locaux de la rédaction. Les fenêtres de *l'open space* donnent sur le périf'. Heureusement qu'il a été trouvé avant qu'il n'agisse.

Frédéric fixa la jeune femme avec gravité.

— Qui nous dit que ce n'est pas déjà fait ? Ta rédactrice en chef vient à peine de mourir que déjà, elle est remplacée au pied levé par quelqu'un qui va manifestement tirer le niveau des publications à venir vers le bas. Or ; celle qui aurait pu l'empêcher a été virée dans la foulée. Je ne sais pas pour toi, mais *Le Cercle Magique* vient d'être sabordé par quelqu'un de l'intérieur.

Ces mots firent frémir la jeune femme, d'autant plus qu'ils ne lui étaient pas étrangers. Ils faisaient écho à ce dont Adèle Ogerau lui avait parlé en aparté.

Une sombre prémonition qui venait de se réaliser.

39

Vendredi 26 octobre 2012
Rue Berger

Sylvia percevait la chaleur environnante se propager jusqu'aux tréfonds de son corps. L'air en était saturé et l'oxygène ne faisait qu'alimenter les impressionnantes flammes qui cernaient la jeune femme. Par-delà le feu, dansaient des ombres effroyables, tel un ballet fantasmagorique à la terreur palpable.
L'air était saturé de fumées suffocantes et de vapeurs pestilentielles. Des volutes obscures s'enroulaient autour des flammes complices. Ses poumons en étaient obstrués. Elle toussa, à la recherche vaine d'un oxygène qui se raréfiait autour d'elle.
Quand une boule de feu explosa alors et son corps se mit à brûler, l'onde de choc étouffa ses hurlements déchirants.

Le réveil fut tout aussi brutal. Elle se redressa dans son lit, étouffant *in extremis* le cri qui lui était monté à la gorge, tandis qu'elle cherchait à reprendre son souffle.
Encore ce fichu cauchemar !
Si ce dernier semblait ne plus lui pourrir aussi souvent ses nuits, il était revenu à la charge depuis peu. Ce dont la jeune femme se serait bien passée.
Elle s'assit en tailleur au milieu des draps froissés par une nuit plus agitée que reposante. Elle étendit la main jusqu'à son téléphone portable en cours de rechargement sur la table de chevet et afficha l'heure à l'écran. Trois heures et demie du matin. Une fois encore, la nuit allait être longue. Son long tee-shirt lui collait à la peau, et elle était en nage. Maintenant que sa respiration avait retrouvé son rythme régulier, elle se leva, bien décidée à évacuer

les bribes de ce mauvais rêve récurrent par une douche chaude.

Quand elle ressortit de la salle de bains, vêtue d'un peignoir, elle se servit du lait d'amande bien frais avant de prendre place dans le salon, comme à chaque fois qu'une insomnie du même genre survenait. Dans ces moments-là, Sylvia s'occupait de différentes façons ; il lui arrivait de lire, mais aussi de suivre un échange d'e-mails qu'elle avait commencé peu de temps auparavant avec Gwendal Duenerth. Un magicien breton qui avait écrit un livre passionnant sur le culte des morts dont elle avait un exemplaire dédicacé auquel elle tenait beaucoup.

Sylvia avait commencé à lui écrire le lendemain soir de son renvoi et elle avait été agréablement surprise de voir qu'il avait répondu dans la foulée. Depuis, ils s'envoyaient des mails au cours desquels ils apprirent à se connaître. Elle y trouvait des réponses à bon nombre de questions qu'elle se posait sur la Magie, mais sans qu'elle ose interroger Philippe, qui était déjà lui-même très pris, à la fois par son travail et l'écriture d'un second opus sur la magie draconique.

Elle n'avait jamais parlé de Gwendal à quiconque, tout comme elle ne lui avait pas parlé de Thorn. Un Thorn qui semblait avoir renoncé, du moins momentanément, à se mêler de ce qui ne le regardait pas. Ce qui lui fut d'autant agréable qu'elle voulait prendre le temps de réfléchir au sens que sa vie allait prendre.

Ses journées étaient plutôt chargées ; entre ses recherches d'emploi, ses participations aux travaux du nouvel appartement que le clan allait occuper, sans oublier les séances d'escrime avec un Aurélien plus ambigu que jamais dans ses corps-à-corps avec elle. Pourtant, il ne cherchait pas à séduire son élève. Cela ressemblait plus à un jeu énigmatique. Quasi animal. Du même genre qu'entretiendraient un prédateur et sa proie. Leurs duels n'en étaient que plus intenses et Sylvia devait y mettre beaucoup plus de force et de vélocité pour tenir tête à l'épéiste professionnel. Sous sa tutelle, elle faisait des progrès inouïs, même si elle en ressortait immanquablement courbaturée, sans compter les quelques coupures superficielles qui s'additionnaient sur sa peau. Une chance que son instructeur soit maître de son arme et sache retenir ses coups.

Dans un tout autre registre, les mots de Gwendal avaient quelque chose d'apaisant. Grâce à cette correspondance amicale, Sylvia avait une autre façon de voir son appartenance à la magie draconique. Compte tenu de l'abandon manifeste de Sha'oren, c'était agréable. Bref, elle s'étonna d'avoir passé ainsi près de deux semaines dans une relative tranquillité, du moins au niveau des interventions inopinées dans ses pensées. Si cela avait quelque chose de reposant, elle commençait à trouver ce silence mental de plus en plus pesant. Un paradoxe contradictoire qui l'agaçait quelque peu.

Son Tarot divinatoire était posé non loin de son journal personnel, sur le canapé. En feuilletant les pages, elle relut en diagonale le résumé de sa vie d'étudiante des arts magiques. Elle retrouva les notes du tirage qu'elle avait effectué sur elle-même, quelques semaines auparavant. Jusqu'à présent, les prédictions du *Tirage des Ténèbres* s'étaient avérées exactes. Elle qui avait cru jusqu'alors qu'elles étaient erratiques. Au milieu des pages manuscrites, elle avisa le schéma qu'elle avait résumé des cartes.

La carte *VI - L'Amoureux* pouvait bien se résumer à une prise de décision déterminante pour une partie de son avenir, voire même d'une partie complète de son existence. Sauf qu'il lui restait encore à savoir laquelle. *XVIII - La Lune*, quant à elle, avait vu juste concernant l'anxiété et l'incertitude qui vrillaient l'existence de la jeune femme depuis qu'elle avait pris conscience de bon nombre de choses qui s'étaient avérées fausses, révélant au passage le fanatisme de *Dies Irae*. Sylvia n'oublia pas pour autant que cette carte n'avait pas fini de transmettre son message, à savoir le risque de trahison, de pièges, voire même d'enlèvement. *XIII - La Mort* s'était avérée très difficile à vivre, de par les changements aussi drastiques que mal vécus par son renvoi qu'elle estimait injuste. Thorn incarnait en tout point la carte *XV - Le Diable*. Si c'était vrai qu'il l'avait aidée jusqu'à présent, rien ne garantissait non plus que cela continuerait et encore moins jusqu'à quand.

S'il fallait ajouter la diminution de ses pouvoirs, il n'y avait donc rien de bien étonnant à son désarroi.

Il ne lui fallut que quelques instants pour prendre note de l'enseignement qui pouvait être interprété de ce genre de tirage de cartomancie, avec le recul qui était nécessaire. Qui sait, d'ici quelque temps, son interprétation pourrait différer de ce que les cartes semblaient chuchoter hier encore.

La jeune femme avisa alors les cartons qui jonchaient son petit appartement. Toutes ses affaires avaient été empaquetées, hormis quelques petites choses dont elle pourrait avoir besoin durant les derniers jours où elle allait occuper ce logement, avant de rejoindre son nouveau logis, en colocation avec Frédéric, Thessa, Philippe et son frère Sylvain. Même si elle comprenait très bien les raisons invoquées, elle regrettait un peu que Coralie ne se soit pas jointe à eux.

Mais bon... Tu aurais fait la même chose à sa place. Quand on réside aussi près de son lieu de travail, ce serait dommage d'aller vivre plus loin. Surtout si ça oblige à prendre les transports en commun. Pourquoi vouloir se compliquer la vie ?

Un rendez-vous avait été pris avec un déménageur pour faire acheminer tout ce fatras et elle avait hâte de prendre possession des lieux à la nouvelle adresse. Surtout qu'elle avait déjà prévu d'organiser une pendaison de crémaillère dès les premiers jours de novembre, pour fêter leur emménagement. Du moins, si les derniers travaux étaient achevés à temps, bien sûr. Certaines pièces avaient nécessité une nouvelle décoration, ainsi que quelques installations, pour correspondre aux besoins de cette maisonnée assez hétéroclite.

Pour l'heure, elle revint à son ordinateur qui était encore allumé sur sa boîte mails. Elle préféra se concentrer sur un projet de livre qui lui tenait d'autant plus à cœur qu'elle le rédigeait en concordance avec la période de l'année : un ouvrage sur la célébration d'origine néo-païenne de Samhain. Elle s'était lancé le défi d'écrire un livre, simplement pour savoir si elle parviendrait au bout de son projet. Sans même chercher un éditeur qui pourrait vouloir publier sa prose, elle ne visait que le plaisir de voir un manuscrit prendre forme.

Après tout, qui peut savoir ce que l'avenir nous réserve ?

TROISIÈME PARTIE

« *La liberté, c'est dangereux. Ce qui est sécurisant, c'est de rester à sa place !* »
Woody Allen

« *Les peuples une fois accoutumés à des maîtres ne sont plus en état de s'en passer.* »
Jean-Jacques Rousseau

« *Qui ne s'est jamais laissé enchaîner / Ne saura jamais ce qu'est la liberté.* »
Serge Gainsbourg

40

Boulevard du Temple

Après la fermeture de *La Voie Initiatique,* Sylvia était restée avec Coralie et ses parents. Tous étaient installés dans le bureau, autour de l'ordinateur dont l'écran affichait deux pages Internet côte à côte, l'une française et l'autre américaine.

Coralie avait mûrement réfléchi à son projet et tenait à maîtriser le sujet avant de le proposer.

— Depuis que la boutique est ouverte, il faut reconnaître que les affaires marchent de mieux en mieux. D'autres enseignes ésotériques ont profité de cette opportunité pour se faire connaître.

Sylvia hocha la tête en signe de compréhension.

Ravie que son amie suive, Coralie continua sur sa lancée.

— Pour en revenir à *La Voie Initiatique* telle qu'elle est, il ne faut pas se voiler la face ; on ne fait que fournir aux clients les produits de grossistes et de diffuseurs qui proposent les mêmes choses aux concurrents. Ce qui résulte aucune originalité qui nous permettrait de nous démarquer du lot, si ce n'est le désir qui nous anime de tirer le niveau qualitatif vers le haut, ou encore les outils rituels que nous sommes les seuls à avoir en magasin. En dehors de ça, on vend pratiquement les mêmes bougies, encens, poudres ou huiles que les autres et il faudra bien que…

— Excuse-moi, intervint Liliane, mais on fait venir les plantes séchées de producteurs bio de la région. Il ne faut pas oublier non plus les sélections drastiques quant au choix des minéraux.

— Bien sûr que non, maman. Tu comprends néanmoins l'idée générale. À savoir, le manque d'originalité et l'uniformisation de l'offre dans les boutiques ésotériques du pays.

Son père se gratta le menton, perplexe.

— Ce que tu dis est loin d'être faux, concéda-t-il. Seulement, tu remarqueras qu'il n'y a pas des masses de fournisseurs qui puissent offrir des produits de qualité sans chercher à gonfler leurs marges. Ça limite notre champ d'action.

À ces mots, Coralie eut un sourire malicieux et Sylvia, connaissant son amie, se doutait qu'elle devait s'attendre à ce genre d'argument.

— Dans ce cas, on en revient à l'idée de créer notre propre ligne de produits. C'est à ça qu'on aurait dû aboutir avec Élodie Sarrey. Rappelez-vous qu'avant d'en arriver à cette idée, en surfant sur le Web, j'étais tombée sur les pages qui sont devant nous. La première est tenue par une jeune femme d'un talent dingue qui propose des produits païens magnifiques qu'elle fait elle-même : bougies, bijoux fantaisies, pendules, coffret et boîtes décorés façon celtique, des sels et autres encens, sachets et talismans magiques. Bref, une véritable caverne d'Ali Baba et j'envisage très sérieusement d'embaucher la Webmistress pour venir travailler chez nous. Mais bon, je sais très bien que ce ne sera pas possible. Dommage. Ensuite, j'ai découvert ce site américain. *Grosso modo*, c'est le même genre que le précédent et les produits proposés sont tout simplement magnifiques ! Non, mais regardez un peu ces petites merveilles !

Sur ces mots, elle fit défiler plusieurs photos. Comme elles n'étaient pas issues de l'affichage de la page Internet du site en question, Sylvia supposa que son amie était tellement sous le charme qu'elle avait téléchargé l'intégralité des photos pour les avoir à portée de vue. D'ailleurs, il fallait bien admettre que cela donnait beaucoup d'idées intéressantes, créatives, et elle comprenait mieux l'intérêt d'un tel projet.

De grosses bougies pilier étaient parsemées d'herbes et de résines au sommet et entourées d'un ruban orné d'une petite breloque argentée en fonction du thème. La jeune femme eut aussi un vif intérêt pour les coffrets rituels qui contenaient tout le matériel nécessaire pour effectuer un sortilège, sans avoir à se ruiner pour en réunir les composants. L'emploi de flacons en verre décorés de ces mêmes breloques donnait aux produits une finition des plus esthétiques, aussi bien pour les poudres et résines que pour les macérations oléagineuses. En tout cas, d'un attrait incontestable par rapport aux emballages plastiques vendus à l'heure actuelle.

Coralie avait raison ; avec de bonnes idées de recettes créées par leurs soins, il deviendrait possible de faire des compositions uniques, voire même de réaliser des commandes personnalisées, en fonction des demandes d'une clientèle connaisseuse et plus exigeante. En somme, de quoi satisfaire tout le monde, du débutant au praticien confirmé.

Tout à ses pensées, Sylvia ne percevait que par brides la conversation tenue par les Tarany sur les tenants et les aboutissants de son projet ; sur l'emploi de jolis bocaux en verre disponibles pour un prix peu onéreux, la réalisation d'étiquettes aux couleurs de la boutique, ou encore de pages au format A4 sur différents thèmes et que les clients pourraient insérer dans leurs grimoires. Elle avait eu cette idée lors du Noël dernier, quand tous les membres du Cercle étaient allés à *Charme & Sortilèges*, sans doute une des plus belles boutiques liées à l'ésotérisme et la sorcellerie de Montréal, au Canada.

Curieusement, le fait de songer à cette incroyable boutique *New-Age*, la jeune femme eut une pincée de nostalgie à l'évocation d'une autre échoppe qui avait d'autant plus marqué son évolution spirituelle qu'elle s'y était rendue sans la présence des autres membres du clan, en Angleterre.

L'Angleterre... Londres... soupira-t-elle, nostalgique.

— Vous voyez, poursuivit Coralie, ce projet est en lui-même totalement réalisable. Comme nous le savons déjà, le seul ennui majeur tient en la création d'un poste supplémentaire. Celui qui aurait dû avoir été occupé par la sorcière que nous avions recrutée, et qui a malheureusement été tuée par *Dies Irae*. Du coup, il est assez difficile d'embaucher quelqu'un qui saurait faire du travail d'écriture et de mise en page, mais aussi les préparations qui seraient vendues ensuite. Or, ce genre de personne ne se trouve pas à tous les coins de rue. En tout cas, je ne me vois pas débouler à

Pôle Emploi avec ce genre d'annonce : « *Recherche sorcière expérimentée pour fabrication d'articles magiques dans une boutique ésotérique. Balai et chaudron fournis par l'employeur* ». C'est un truc à se faire jeter direct.

L'expression de Sylvia reflétait une certaine gravité.

— Voire même se faire offrir un aller simple pour le bûcher. Avec ces tordus de fanatiques qui traînent encore on ne sait où…

Quand je pense que tout ça tombe dans ce que je sais déjà faire, songea-t-elle en retrouvant son sérieux. *La solution est simple : c'est à moi qu'il faudrait confier ce boulot.*

La jeune femme mit quelques secondes à réaliser que trois visages incrédules la fixaient comme si ils réalisaient qu'elle était toujours avec eux dans la pièce.

— Attends… Tu es en train de nous dire que tu saurais faire tout ce dont nous avons parlé ? Des encens, bougies, mélanges d'huiles, sels de bain et tout ça ?

Oups. Elle avait dû parler à haute voix sans s'en rendre compte. Du reste, il était trop tard pour ravaler ses paroles, devant une évidence devenue impossible à nier.

— C'est ça l'idée, avoua-t-elle.

Liliane ne put s'empêcher de faire une remarque.

— D'accord, tu as travaillé avec nous à mi-temps, quand tu étais encore à la fac, mais ça ne fait qu'un peu plus de deux ans que tu as commencé à pratiquer la Magie. Pardonne-moi, mais tu manques d'expérience pour qu'on te confie un poste d'une telle complexité.

Robert approuva les arguments que sa femme venait d'avancer, et Sylvia sentait que leur fille allait les conforter dans leur opinion. Logique. Elle dévoila alors son atout secret.

— Dans ce cas, une expérience professionnelle pourrait s'avérer déterminante ?

Devant l'acquiescement unanime des Tarany, elle poursuivit :

— Vous vous souvenez du reportage que j'avais fait sur une communauté wiccane anglaise et qui m'a valu d'être embauchée au *Cercle Magique* ? J'étais restée deux mois, en avril et mai 2011.

Durant ce laps de temps, il a bien fallu me débrouiller pour vivre sur place. Si mon contact m'avait offert le gîte et le couvert, j'ai surtout travaillé dans une boutique de sorcellerie locale. À votre avis, qu'est-ce qu'on m'a appris à faire là-bas ? Exactement les produits que vous souhaitez inclure au catalogue. Mettez-moi à l'épreuve, et vous verrez ce que je sais faire.

Alors que la famille Tarany semblait avoir perdu l'usage de la parole, Sylvia se remémora comment son séjour à Londres l'avait conduite à intégrer un coven wiccan, un cercle consacré à cette religion néo-païenne célébrant les cycles annuels de la Nature.

Son voyage en Angleterre s'était précisé en mars 2011, quand elle avait appris que Brocéliande, une amie de lycée partie étudier là-bas, avait rejoint un cercle pratiquant la Wicca : *The Blue Moon Coven*. Plusieurs échanges de mails avec la Grande Prêtresse avaient été nécessaires pour expliquer le but poursuivi, à savoir la rédaction d'un dossier pour le compte d'un magazine qui ferait mieux connaître cette religion en France. Sylvia avait été autorisée à suivre les activités du groupe durant près de deux mois pour éviter tout risque d'incompréhension et de confusion. La cerise sur le gâteau avait été d'être invitée à l'un des huit sabbats de l'année wiccane. Celui du 1er mai : Beltane.

La boutique dans laquelle s'approvisionnaient la plupart des *witches* de la ville s'appelait *WitchCraft* (avec un croissant de lune à la place du C majuscule), située au cœur de Monmouth Street, dans Covent Garden. Dès qu'elle y avait mis les pieds, Sylvia avait été étonnée de voir à quel point l'ambiance lui plaisait, lui rappelant à la fois ce qu'elle avait ressenti les premières fois qu'elle s'était rendue dans *La Voie Initiatique*, mais aussi la faim avide de connaissances qui l'étreignait chaque fois qu'elle prenait conscience qu'une étape importante de son apprentissage était sur le point d'avoir lieu.

Selena, la Grande Prêtresse, s'était d'emblée prise de sympathie pour cette jeune Française, encore novice dans l'art magique, porteuse d'un grand potentiel et dotée d'une curiosité insatiable. Elle avait donc prit Sylvia sous son aile. Celle-ci s'était montrée très intéressée par différents domaines qu'elle n'avait pas encore étudié en France.

Son enthousiasme avait convaincu le gérant de *WitchCraft* qui l'avait embauchée pour travailler sur les préparations faites sur place. Sous la tutelle de WitheRowan, l'employé qu'elle devait seconder, elle avait appris différentes préparations à base de plantes : encens en poudre, bougies, sachets talismaniques, savons et huiles parfumées. Par la même occasion, elle avait renforcé ses connaissances sur les végétaux et les minéraux dont elle tirait des élixirs que des huiles chargées de leurs propriétés. Elle avait fait pas mal de rencontres en Angleterre, dont OakStar – Richard de son vrai prénom – qui l'avait séduite durant la nuit de Beltane.

Encore plongée dans sa rêverie, elle eut du mal à se reconnecter avec la conversation qui animait la famille Tarany. Cette escapade londonienne lui avait tellement apporté. C'était même déroutant de songer au fait qu'elle en avait plus appris sur la Magie avec les membres de ce coven britannique en quelques semaines qu'avec ses amis du clan en plus d'un an. Sans être devenue une adepte de la Wicca, elle y avait trouvé plus de compréhension et d'échanges que lors des occasionnelles cérémonies plus procédurales et complexes de la magie draconique.

La magie naturelle pratiquée alors au sein du coven *The Blue Mohon Circle* résonna à nouveau en elle comme une évidence ; sa véritable voie spirituelle était ailleurs.

— Mais aïeuh !

Coralie venait d'asséner une petite tape sur l'épaule de Sylvia pour la ramener à l'instant présent.

— Ça y est, tu es de retour parmi nous ?

En une fraction de seconde, le rouge était monté aux joues de Sylvia, surtout à cause de l'embarras qu'elle eut de s'être laissée distraire de la discussion en cours, au point qu'elle craignait que l'on puisse lire ses émotions comme dans un livre ouvert.

— Tu étais *vraiment* ailleurs. Tu n'as même pas entendu que mes parents étaient d'accord pour que tu fasses un essai.

L'attention de la jeune femme était à nouveau au maximum.

— C'est vrai ?

— Bien sûr que oui. Pour ça, tu devras nous fabriquer une bougie normale et une autre chargée d'un sort spécifique, histoire de noter la différence entre les deux Libre à toi de choisir le genre de sortilège qui te plaira. Amour, protection, guérison, chance… etc. Quand ce sera prêt, mes parents et Philippe feront office de jury. Ça te va ?

— D'accord ! J'ai même hâte de m'y mettre.

— Tu as une semaine pour nous remettre tes créations.

Sylvia approuva avec un enthousiasme qu'elle pensait ne plus éprouver depuis les récents événements. Elle commençait même à réfléchir sur la période de l'année, ainsi que sur la phase lunaire du moment, afin d'envisager sur quels thèmes travailler. Cela lui mit du baume au cœur d'avoir une chance de démontrer son savoir-faire, en espérant se montrer digne de la confiance qui venait de lui être accordée par des gens à qui elle tenait beaucoup.

Peut-être que la phase sombre d'incertitudes et de doutes dans laquelle elle s'était engluée avait fini par se résorber.

En tout cas, elle voulait y croire.

41

Coralie avait proposé à Sylvia de se régaler de sushis à volonté, accompagné d'un succulent thé vert servi dans de la porcelaine traditionnelle japonaise. Elles étaient installées côte à côte devant un tapis roulant qui serpentait dans toute la salle, et sur lequel circulait une ribambelle d'assiettes de différents plats plus appétissants les uns que les autres.

Sylvia, affamée, s'empara d'emblée d'une assiette de nigiri sushi au saumon qu'elle savoura sans bouder son plaisir. Le personnel s'étonnait non pas de voir une occidentale manger avec les doigts, mais de réaliser qu'elle savait très bien que ce n'était pas inconvenant. Coralie avait jeté son dévolu sur un tamagoyaki, une omelette roulée qu'elle découpa en deux avec ses baguettes.

— Tu as réussi à convaincre mes parents de te donner une chance. Bravo ! Parce qu'après la mort d'Élodie, c'était mal parti pour qu'ils se risquent à mettre quelqu'un d'autre en danger.

— Comment ça ? s'étonna Sylvia. Liliane et Robert n'ont pas à se sentir coupables de ce qui s'est passé. Ce n'est pas comme si c'était eux qui avaient posé la bombe chez elle. Non, seuls les fanatiques de *Dies Irae* sont responsables. Si le fait de vouloir m'investir dans vos projets pour développer *La Voie Initiatique* devait donner de l'urticaire à ces malades, ça ne serait pas pour me déplaire, crois-moi.

Coralie eut un petit rire face aux propos tenus avec véhémence par son amie.

— J'oublie parfois que tu n'es pas du genre à te défiler dès qu'un défi émoustille ton intérêt, comme c'est le cas. Je suis contente que ça te tienne à cœur.

— Pour être franche, cet enthousiasme est dû au fait que je vous adore toi et tes parents, ainsi que cette boutique qui a marqué le début de mon initiation en Magie. Cependant, c'est assez galère de retrouver un travail par les temps qui courent. Alors, autant pouvoir m'activer dans un domaine qui me plaît. Parce que j'étais sur le point de postuler dans la restauration rapide afin de joindre les deux bouts. Qui sait... Cette période chômée est peut-être sur le point de prendre fin.

— Dis-moi sincèrement... Comment tu vis ce qui s'est passé avec *Le Cercle Magique* ?

— Finalement, j'en viendrais presque à me dire que c'était un mal pour un bien. Avec l'arrivée de Prætoruis aux commandes, il fallait s'attendre à ce que la qualité des parutions en pâtisse, même si je ne m'attendais pas à ce que ça arrive aussi vite. Maintenant, je me désole davantage sur ce que le magazine risque de devenir si on se met à tirer la qualité vers le bas, tout ça pour plaire au grand public. Or, c'est exactement ce qu'Adèle voulait éviter. Tu vas voir que ça va virer aux articles prémâchés et bâclés, sans aucun véritable sens profond. En tout cas, dès que le numéro d'Halloween sortira, j'en prendrai un exemplaire, en espérant m'être trompée... même si je crains que ce ne soit pas le cas.

— Et le déménagement ? On dirait que ça avance plus vite qu'on ne l'aurait cru au départ. Vous devriez pouvoir investir les lieux dès début novembre, non ?

— Oh que oui ! Frédéric et Sylvain n'ont pas mis longtemps à nous trouver un appart' en colocation qui a plu à tout le monde.

— Et qu'est-ce que tu fais de ton studio, rue Berger ? Tu vas le vendre ?

— Non, je ne crois pas. C'est toujours un bon quartier et les prix risquent encore d'augmenter, quand les travaux du quartier des Halles seront terminés. Sinon, je pensais le sous-louer. Ça me ferait une petite rentrée d'argent. J'ai eu aussi tout le temps nécessaire pour faire un gros tri par le vide avant d'empaqueter mes affaires, tout en donnant aussi un coup de main pour la déco de notre nouveau logis.

— Rappelle-moi où c'est, déjà ?

— Boulevard de la Poissonnière. Tout près du Grand Rex.

Au moins, on saura où passer nos soirées ciné ! En plus, il y a parfois des avant-premières. Ça pourrait être marrant à observer. L'appartement est sensationnel. Chacun aura sa chambre et la mienne est assez grande pour y faire installer une salle de bains privative. Il y en a une autre attenante dans la chambre du bas, puisqu'il s'agit d'un duplex, ainsi que deux autres : une pour les filles et l'autre pour les garçons. Le salon est vaste, et on a même réussi à garder une salle pour nos pratiques magiques.

— Je parie que Thessa doit être folle de joie à l'idée d'emménager avec vous, non ?

Sur ce, Coralie regarda sa pile d'assiettes, surprise d'avoir autant mangé de sashimis fondants et de tempuras croustillants.

Sylvia prit le temps de finir son poulet frit avant d'acquiescer.

— Ses parents nous ont beaucoup aidés pour les démarches administratives auprès du propriétaire en se portant garants. Bref, tout ça pour dire que nous allons emménager bientôt, même si j'ai déjà pris possession des lieux, histoire de faire quelques aménagements dans ma chambre, ajouta-t-elle avec un clin d'œil malicieux. Comme tu peux t'en douter, on a donné carte blanche à Fred pour ce qui est de l'installation de la cuisine. Après tout, on avait déjà décidé qu'il en serait le maître incontesté.

— Ça vaut mieux comme ça, j'imagine. D'ailleurs, dit Coralie sur un ton confidentiel, tu as sans doute remarqué qu'on est plutôt gâtées question beaux mecs. Pardonne-moi, mais ton frère n'est pas mal du tout. Philippe ne dépare pas non plus, et Frédéric a une classe folle.

Sylvia posa son visage sur les mains, les coudes sur la table. La simple évocation d'un souvenir avec le policier la rendit un peu rêveuse. Même si ce n'était là qu'une façade, car elle avait une idée en tête en suivant son amie sur ce terrain.

— En parlant de lui, je suis étonnée qu'aucune nana n'ait encore réussi à lui mettre le grappin dessus. Pourtant, j'ai déjà eu l'occasion de constater qu'il n'est pas attiré par les mecs. Ses mains sont fermes et chaudes, sans oublier que la douceur de ses lèvres tend à confirmer cette opinion.

Coralie ne s'était pas contentée de mordre à l'hameçon, elle l'avait carrément gobé. Elle manqua de s'étrangler, et la chaleur du thé vert que la serveuse venait de lui servir n'y était pour rien.

— Quoi ? La douceur de ses… Non, mais attends, toi ! T'es en train de me dire que Frédéric t'aurait déjà embrassée ?

— On peut dire ça, et il m'a même un peu pelotée, par la même occasion… ajouta Sylvia avec un brin de perversité.

L'astuce n'avait que trop bien marché ; les braises de la jalousie venaient de prendre plus d'ampleur qu'un feu de broussaille bien ventilé. Aussi, ne voulait-elle pas détromper la rouquine trop tôt, quitte à en ajouter une couche au passage. C'était trop amusant ainsi. Cette réponse laconique de Sylvia venait de pétrifier Coralie sur place, et c'était encore loin d'être terminé.

— D'ailleurs, ce n'est un secret pour personne, puisque tu étais là quand ça s'est produit. Non… En fait, les autres en ont été témoins, eux aussi.

— J'hallucine ! Mais c'était quand et où ?

— Fin juin 2010, quand j'ai failli y passer après la cérémonie d'invocation de l'Épée Mystique. Tu ne te rappelles pas ?

Coralie fouilla dans ses souvenirs, poussant un soupir de soulagement à peine voilé lorsqu'elle se remémora les circonstances exactes de ce *contact labial*.

— Mais oui, ça me revient. Tu avais perdu connaissance et Fred venait de constater que tu n'avais plus de pouls. Il t'a donc fait un massage cardiaque et…

— La respiration artificielle. Même si ce n'était pas désagréable, ce n'en était pas un véritable baiser pour autant. En tout cas, pas un de ceux que s'échangent des amoureux.

Sylvia riait d'avoir fait enrager Coralie. À la fois embarrassée d'avoir eu des soupçons vis-à-vis de son amie, mais surtout soulagée qu'il ne se soit rien passé entre elle et Frédéric, Coralie se releva un peu pour lui asséner une taloche derrière la tête.

— Non mais, t'es pas possible de m'infliger une trouille pareille ! Ça devrait être interdit par la Convention de Genève !

Sylvia se mit à rire de plus belle.

— Tu parles, c'était vraiment trop marrant de voir la tête que t'as fait ! Mais plus sérieusement... Même si l'expérience que j'ai eue ce jour-là n'a rien de comparable, je n'en reste pas moins persuadée que Frédéric doit savoir s'y prendre avec les femmes et qu'il doit embrasser divinement. Alors, tu devrais te remuer un peu plus que ça si tu ne veux pas le voir filer avec une autre.

— Arrête un peu tes conneries, tu veux bien ! Je sais qu'il n'y a rien entre vous deux, et puis Thessa est trop jeune. Il la voit comme une petite sœur.

Sylvia n'en croyait ni ses yeux ni ses oreilles.

— Espèce de terrine de bécasse à la dinde ! Je ne parle pas des filles dans notre clan, mais de toutes celles qui pourraient remarquer que Fred est plutôt beau gosse, en plus d'être encore célibataire. Elles ne vont pas s'encombrer de détails pour tenter de se l'accaparer. Tu crois peut-être qu'il va rester à t'attendre éternellement ? Secoue-toi un peu, sacré nom d'un chien ! En plus, je sais qu'il cherche à t'inviter à déjeuner assez souvent. Comme tu n'es pas là, la plupart du temps, tu n'as pas dû le remarquer. Quant à lui, il te respecte trop pour te harceler de questions comme il ne doit pas manquer de le faire lors d'une garde à vue.

La sonnerie du téléphone de Sylvia se manifesta, et elle s'empressa de répondre en constatant que c'était son frère.

— Que se passe-t-il, frangin ?

Elle nota d'emblée la nervosité émanant de la voix qui lui parvenait, ce qui ne contribua pas à apaiser l'inquiétude qui venait de s'emparer d'elle. Coralie, quant à elle, se demanda de quoi il pouvait bien être question.

— *Dis-moi où tu es.*

— Dans un resto japonais, place de la République. Cora est avec moi, d'ailleurs. Vas-tu te décider à me dire ce qui te prend ?

— *Il me prend que tu ne me croirais pas si je te le disais au téléphone. Est-ce qu'il y a un téléviseur où tu te trouves ?*

Coralie en remarqua un situé dans un angle et qui diffusait des images d'estampes japonaises traditionnelles en diaporama, avec un fond musical coordonné. Elle le désigna à Sylvia qui confirma à son frère qu'il y en avait bien un.

— *Demande à ce qu'on mette une chaîne d'infos, peu importe laquelle. De toute façon, ça tourne en boucle et ça ne va pas aller en s'arrangeant.*

— Tu ne veux vraiment pas me dire de quoi il retourne... soupira-t-elle. T'es désespérant.

— *Contente-toi de faire ce que je dis !*

Avec un soupir d'exaspération, Sylvia demanda au personnel de faire ce que le jeune homme avait demandé avec insistance. Il y eut bien sûr quelques protestations, mais l'ensemble des clients aussi bien que le personnel du restaurant furent figés d'incrédulité devant les images apocalyptiques qui leur parvenaient.

Un monde de feu venait d'apparaître, occultant presque les mots « *En direct* » affichés en haut à droite de l'écran. Une banderole faisait défiler quelques informations en temps réel tandis que le speaker continuait à énoncer les faits qui se déroulaient au même moment. Une caméra parvint à faire la mise au point sur un manoir qui était devenu la proie des flammes.

Sylvia crut qu'elle allait avoir envie de vomir.

— Okay, Sylvain... Tu as toute mon attention.

Tandis que les gens autour d'elles tentaient de comprendre les détails de la tragédie en train de se dérouler sous leurs yeux, Coralie s'approcha de Sylvia qui lui tendit son téléphone portable pour qu'elles puissent suivre la conversation en même temps.

— *Nous sommes déjà sur place, avec toutes les équipes de secours qu'on a pu trouver dans le secteur. Les sapeurs pompiers sont à pied d'œuvre, mais un feu de cette ampleur n'a rien de facile à maîtriser, tu penses bien.*

— Surtout s'il s'agit de ce que nous croyons, nota Sylvia.

Coralie lui adressa un regard lui signifiant qu'elle avait aussi compris de quoi il était question.

— Le *feu divin*, supposa-t-elle.

— *Oui. On est parti du principe que c'est bien ce qui est en train de détruire cette maison. D'ailleurs, le capitaine Vermelin ne devrait pas tarder à arriver. Il sera le plus à même d'expliquer à ses collègues comment on vient à bout d'une telle saloperie.*

Le présentateur continuait d'annoncer la prise de parole d'envoyés spéciaux, de plus en plus nombreux, autour du périmètre de sécurité déployé par les policiers. Seuls les véhicules de secours étaient autorisés à y entrer, et les journalistes étaient à l'affût de la moindre nouvelle informations, mais ils en furent pour leurs frais. Une carte de la région parisienne faisait état d'un attentat incendiaire ayant détruit en intégralité un petit manoir du département des Yvelines et qui servait de lieu de résidence aux membres d'une communauté néo-païenne. Un bilan, déjà lourd, voyait le nombre de personnes décédées s'accroître de plus.

Les deux filles, incrédules, restèrent les yeux rivés à l'écran. Leur interlocuteur se doutait bien qu'elles étaient toujours en ligne, même s'il fallait s'attendre à ce qu'elles soient en état de choc.

— *Il s'agissait d'une espèce de communauté religieuse, même s'ils étaient plus proches d'adeptes de l'écologie, de l'agriculture bio et d'un folklorisme un peu désuet aux consonances celtiques. En tout cas, après une période de surveillance, même les plus pointilleux de chez Miviludes n'ont pas réussi à trouver quoi que ce soit qui puisse les relier à un quelconque mouvement sectaire. Des doux dingues, mais pas méchants, en somme.*

Sylvia asséna un coup de poing rageur sur la table.

— Maintenant, on sait pourquoi *Dies Irae* s'était mis en *stand-by* depuis ces derniers temps !

42

Samedi 27 octobre 2012
Poigny-la-Forêt

L'aube pointait à l'horizon lorsque les pompiers parvinrent à vaincre l'incendie qui faisait rage depuis la nuit dernière. Les premiers rayons du soleil dispersèrent les ténèbres nocturnes pour révéler l'ampleur des dégâts.

Bon nombre des secouristes étaient exténués et surtout démoralisés face à ce combat perdu d'avance. Même si le capitaine Vermelin avait fini par les rejoindre, il était désormais trop tard pour espérer tirer de cet enfer le moindre survivant. Une fois les dernières flammèches vaincues, l'examen des lieux prouva qu'il n'y avait plus personne à sauver des décombres. Un espoir qui ne dura qu'un instant, quand les hélicoptères survolant la zone prirent des clichés effroyables. La police faisait tout pour qu'ils ne filtrent pas jusqu'aux médias qui en feraient aussitôt leurs choux gras.

Juste à côté des décombres du manoir, des corps avaient été disposés en cercle au centre d'une clairière. Tous morts. Femmes et hommes avaient été placés ainsi sans doute avant que le feu ne dévore le bâtiment qui était devenu leur sépulture. Des traces brûlées marquaient le centre. Il fallait regarder de haut pour voir le motif qu'elles formaient.

Les initiales de *Dies Irae* entourant une croix celtique.

Ces photos avaient abouti à l'arrivée de la cellule d'enquête menée par le commissaire Berger pour venir en renfort aux forces de l'ordre locales déjà à pied d'œuvre. Autant dire que la nuit fut longue pour tout le monde.

Le commissaire Berger venait d'avoir un entretien avec le maire de la bourgade voisine, malgré l'heure tardive. L'officier de police avait été reconnaissant de la diligence accordée par l'équipe municipale et les informations qu'elle avait pu transmettre à propos des victimes. D'abord, on avait craint un scénario de suicide collectif, façon Ordre du Temple solaire ou autre groupe sectaire dont les membres avaient mis fin à leurs jours. Sauf que dans le cas présent, un incendie doté d'un pouvoir destructeur similaire à ce que pouvait occasionner le *feu grégeois* et la découverte du sigle de *Dies Irae* eurent tôt fait d'écarter cette hypothèse. Une idée à laquelle n'adhérait pas le maire, ni même l'ensemble des personnes à qui le commissaire avait pu parler. Il venait à peine de revenir non loin du manoir calciné, au poste des opérations érigé à proximité qu'il retrouva les officiers Laforrest et Laffargue en conversation avec le pompier. Leurs traits étaient tirés et leurs yeux cernés témoignaient du peu de repos qu'ils s'étaient accordé durant les dernières heures.

Les trois hommes virent le véhicule de Dominique se garer et, avant que son occupant n'en descende pour les rejoindre, Frédéric se dirigea vers lui.

— Qu'avez-vous appris à la mairie ? demanda le capitaine.

— Il s'agissait bien d'un genre de communauté spirituelle. Ils possédaient ce manoir en copropriété, ce qui leur garantissait une répartition équitable des frais. En tout cas, ils ne se débrouillaient pas mal. Chaque famille avait son appartement, tout en menant des activités communes. Ils entretenaient eux-mêmes les lieux.

— Ce n'était donc pas une secte ? s'étonna Sylvain.

— Pas au sens où on l'entend habituellement, non. Ils ont été surveillés durant un premier temps, bien sûr. Mais dès que les preuves furent faites qu'ils ne collaient pas au schéma habituel, vous savez, la séparation avec la famille et les proches, l'embrigadement, le dépouillage financier, et touti quanti, la surveillance n'a plus eu lieu d'être. Bref, ces gens ne faisaient pas d'histoire. Leurs familles et leurs proches venaient souvent en visite et il n'y avait aucun culte de la personnalité autour d'un quelconque gourou à la noix qui leur aurait bourré le crâne d'inepties à dormir debout.

— Dans ce cas, qui dirigeait la communauté ? demanda

Frédéric. Il devait pourtant bien y avoir une personne responsable auprès de qui il était possible de s'adresser.

— Oh, c'était le cas. Le maire m'a expliqué leur fonctionnement. Tous les ans, aux environs des Fêtes de Fin d'Année, la communauté élisait deux représentants : un homme et une femme. Sans doute pour respecter la parité. Ils officiaient à la tête de leur communauté aussi pour les célébrations rituelles.

— Ce n'est pas idiot, commenta Sylvain. Ça évite que leurs représentants ne finissent par choper la grosse tête, et prennent goût au pouvoir.

— Pas faux, reprit Dominique. En tout cas, je n'ai entendu aucun écho négatif à leur propos. Bien sûr, on peut toujours trouver quelques aigris pour médire des gens qui ne suivent pas bêtement le même troupeau. Normal de s'attirer les foudres de quelques oiseaux de malheur, mais c'étaient vraiment des gens simples. Ils n'étaient pas repliés sur eux-mêmes, en témoignent les visites qui étaient faites aux résidents du manoir et ils organisaient même plusieurs célébrations dans l'année, calquées sur leurs sabbats, mais version tout public pour montrer qu'il n'y avait aucune forme d'embrigadement.

— Ah oui, je vois le genre… Une crêpe party pour la Chandeleur, une chasse aux œufs en chocolat lors du printemps, aussi bien que des célébrations pour Halloween et Noël.

— Une façon de créer un lien avec le village voisin, tout en célébrant leurs croyances, mais sans chercher à les imposer aux autres, confirma Dominique. Il faut croire que s'intégrer était très important pour eux. Et ça marchait, puisque le plus grand nombre des villageois acceptaient leur présence.

— Donc, cette communauté vivait en paix, jusqu'à ce que *Dies Irae* ne pointe son nez, souffla Frédéric. J'ai eu une discussion avec l'équipe médico-légale qui a commencé à examiner les corps retrouvés près des décombres. Ils ont tous été abattus avant l'incendie. Certains ont même été truffés de balles de calibres différents. Les pompiers ont retrouvé un nombre impressionnant de douilles de munitions alors qu'ils combattaient l'incendie. À croire qu'ils ont subi un canardage en règle, là-dedans.

— Ce qui laisse supposer que les occupants ont été abattus par *Dies Irae* avant que leurs corps n'aient été déplacés à l'extérieur. Je me demande pourquoi ils se sont donné autant de mal pour une telle mise en scène.

— Peut-être pour nous dire qu'ils n'ont rien à craindre et qu'ils semblent devenus intouchables, par la Grâce d'un Dieu qui les pousse encore plus loin dans leur folie macabre.

Alors que les policiers discutaient, Dominique donna une feuille de papier repliée au capitaine des pompiers qui s'empressa d'en prendre connaissance. Il était pétrifié de stupeur.

— Ces mecs sont des monstres de la pire espèce ! s'écria Baptiste en manquant de froisser le papier dans son poing. Ce n'est pas tant pour qu'on sache qu'ils avaient buté tout le monde que les occupants des lieux ont été mis en cercle.

Frédéric sentit son sang se figer.

— Mais, alors pourquoi ?

— Pour que nous puissions faire l'appel. La mairie disposait d'un listing complet de ceux qui vivaient ici. Je viens de voir que ça ne colle pas avec le nombre de victimes rassemblées à l'extérieur. Regardez un peu ces photos prises depuis les hélicoptères, et puis la liste qu'on vient d'avoir. Vous ne remarquez rien ? On ne voit que les femmes et les hommes ici. Qu'est-ce qu'il peut bien manquer d'après vous ? Ils devaient être une dizaine.

— Oh non... comprit le capitaine Laforrest en blêmissant.

Dominique comprit où le soldat du feu voulait en venir.

— C'est pourtant vrai, il n'y a que des adultes. Où sont donc passés les enfants ?

43

Dès qu'il fut avéré qu'aucun enfant de la communauté ne faisait partie des victimes, une opération de vaste envergure fut aussitôt mise sur pied. La liste fournie aux autorités locales allait permettre aux forces de l'ordre de lancer autant d'Alertes Enlèvement que possible. Des barrages furent établis dans la région afin de retrouver ceux qui avaient pu kidnapper ces enfants, âgés entre sept et onze ans. Le procureur de la République se démena avec le juge d'instruction afin d'accélérer les procédures dont les lenteurs auraient pu entraver le travail des enquêteurs. Trop de jeunes vies étaient en péril.

Les officiers Laforrest, Laffargue, Mansoif, et le capitaine Vermelin participèrent à la battue dans la forêt de Rambouillet, tout autour du périmètre de ce qui restait du manoir. Une pause fut instaurée pour permettre aux participants de se reposer un peu avant de reprendre les recherches. Jusqu'ici, leur ratissage méthodique n'avait abouti à rien, hormis pour Gérard qui garderait un souvenir cuisant du sumac vénéneux des environs.

Sylvain s'entretenait avec un officier de la brigade canine, dont un groupement avait été joint à l'effort collectif pour retrouver ces enfants disparus. Les deux hommes s'étaient installés non loin d'un bosquet dense d'où ils s'amusaient à observer l'animal qui, bien qu'étant sagement couché à terre, fixait les mouvements que faisait son maître, levant un regard envieux vers les sandwiches dévorés par ses compagnons bipèdes. Une autre odeur attira alors subitement son attention et le chien redressa la tête. Le museau pointé en l'air, il huma cette fragrance nouvelle. Un comportement qui interpella aussitôt son maître. Celui-ci lâcha ce qu'il avait en mains en voyant l'animal se lever d'un bond pour fixer son attention sur l'épais feuillage non loin d'eux.

— On dirait que mon vieux complice a trouvé quelque chose. En espérant que ce ne soit pas encore une bestiole crevée. Ce ne serait pas la première fois qu'il me fait le coup et ça ne m'amuse plus des masses.

Tendu comme un arc, le chien faisait face à un buisson.

Un buisson qui tremblait.

Le lieutenant Laffargue n'eut même pas le temps de s'étonner de ce phénomène étrange que le chien échappa à la vigilance de son maître, et plongea dans les fourrés.

— Reviens ici ! Au pied !

Une forme indistincte émergea en trombe, interceptée par Sylvain qui fut percuté de plein fouet. Une fois encaissé le choc de la collision, quelle ne fut pas sa surprise de voir un petit garçon qui tentait de fuir de toutes ses forces. Sylvain referma ses bras autour de lui pour tenter de l'apaiser, tout en murmurant des paroles réconfortantes. L'enfant était dans un tel état de panique que le policier ne savait pas s'il parviendrait à le calmer. Le chien avait suivi le gamin de près et il fut récupéré par son maître qui lui rattacha sa laisse pour le tenir à distance, mais le chien n'était pas menaçant. Bien au contraire.

— Tu n'as plus rien à craindre, murmura Sylvain. Nous sommes tous les deux de la police, et nous ne laisserons personne te faire du mal. Même le chien a l'air d'accord.

— Pourquoi t'as pas sauvé ma maman ?!

Il éclata en sanglots dans les bras d'un Sylvain en plein désarroi. Il se tourna néanmoins vers son collègue de la brigade de recherches.

— Va chercher les autres de mon unité. Qu'ils nous rejoignent ici, mais le plus discrètement possible. Je ne crois pas que ce gamin soit en état de subir un interrogatoire. Moi, je reste pour m'occuper de lui.

— Okay, mais mon Balou reste avec vous.

Il saisit son chien par l'oreille dans un geste aussi vif que doux. Après lui avoir soufflé quelques mots, l'officier se releva et s'apprêta à ramener des renforts quand il se tourna vers le policier.

— Je lui ai dit de vous protéger en mon absence. Quiconque essaiera de s'approcher de trop près sera renseigné quant à l'existence ou non d'une vie après la mort.

Sylvain constata que son jeune protégé avait fini par s'apaiser contre lui. Il lui tendit un paquet de mouchoirs en papier. L'enfant en accepta volontiers et commença à sécher ses larmes.

— Merci... renifla-t-il.

— De rien. Je m'appelle Sylvain Laffargue. Je suis officier de police à Paris. Veux-tu me dire comment tu t'appelles ?

— Xavier... Xavier Doruet.

— Dis-moi, pourquoi te cachais-tu dans cette forêt ? Est-ce que tu habites par ici ?

— Ils ont fait du mal à maman ! Elle m'a dit de me cacher et de ne laisser personne me trouver. Alors je me suis mis à l'abri dans la forêt. Elle m'a protégé des méchants qui ont tué tout le monde.

— De quoi parles-tu ?

— Oui, mon garçon, raconte-nous ce qui s'est passé.

Dominique Berger venait d'arriver dans la clairière, accompagné par Frédéric et l'officier de la brigade canine. Celui-ci s'agenouilla aux côtés de son fidèle compagnon qui le gratifia d'une léchouille sur le visage, faisant sourire l'enfant.

D'un regard, Frédéric regarda son équipier qui comprit la question muette qui venait de lui être adressée. L'officier s'empressa donc de faire les présentations.

— Ce sont aussi des policiers, et ils travaillent avec moi. Voici le commissaire Berger. C'est mon chef. Voici le capitaine Laforrest. Mon collègue et ami.

Encore un peu impressionné, l'enfant se tourna néanmoins vers les nouveaux venus. Frédéric s'accroupit et s'appuya sur ses genoux pour regarder l'enfant dans les yeux. Le meilleur moyen, du moins l'espérait-il, d'attirer son attention et de le rassurer. En lui posant doucement la main sur l'épaule, il lui insuffla un peu de son énergie calme et sereine. Une manifestation de son pouvoir qui apaisait les gens sous l'emprise de leurs émotions.

— Xavier, raconte-nous ce que tu as vu, s'il te plaît. Aide-nous à comprendre ce qui s'est passé. Nous devons savoir qui a fait du mal à ta mère et à tous ces gens. Tu veux bien ?

L'enfant, encore blotti contre Sylvain, hocha la tête au plus grand soulagement de Frédéric. Il n'avait jamais été très doué pour interroger des enfants aussi jeunes.

— C'était très tôt le matin. Je m'étais levé à peu près en même temps que le soleil. C'était devenu comme un jeu entre nous De savoir qui de nous deux se réveillerait le premier. J'allais voir maman, quand il y a eu beaucoup de bruit dans toute la maison et des cris atroces. Avec maman, on a essayé de s'enfuir. On est même passés par le petit ascenseur qui sert pour le linge. On a couru dans le parking jusqu'à la voiture de maman, et…et…, balbutia-t-il entre deux sanglots. Des gens nous ont suivis. J'ai eu si peur que je me suis caché sous la voiture. Maman était blessée et je voulais l'aider. Mais elle n'a pas voulu, et m'a dit de me cacher.

Frédéric posa une question discrète à son chef de groupe.

— Comment ça ?

— Si je comprends bien, murmura Dominique, sa mère était mourante et son ultime geste a été de protéger son enfant. C'était noble et courageux. Dis-moi bonhomme, est-ce que tu étais seul avec ta maman ? Tu comprends ? Il faut que nous sachions si d'autres personnes ont pu s'échapper.

Xavier tourna un regard triste vers le commissaire avant de faire signe que non.

Pauvre gosse… songea Frédéric. *Il a dû survivre à un véritable enfer et voilà que nous sommes obligés de le lui faire revivre pour qu'il puisse nous raconter ce qu'il a vu.*

Le capitaine invita le commissaire à s'éloigner pour discuter sans que leur jeune témoin entende leur conversation. Non pas pour lui cacher quoi que ce soit, mais plus pour le protéger des évènements traumatisants auxquels il avait échappé.

Sylvain comprit et apprécia la manœuvre. Il vit aussi que l'enfant semblait fasciné par quelque chose qu'il portait. Baissant son regard sur ce qui avait attiré son attention, il constata qu'il s'agissait du pendentif qu'il avait autour du cou. Un cadeau de sa sœur pour son dernier anniversaire.

— C'est ça que tu as vu ?
— Oui. C'est joli. Tu es un Gémeau, toi aussi ?
— Comment connais-tu ça ?

D'un geste, il fit ressortir le bijou en argent mat. C'était un pendentif ajouré représentant le signe des Gémeaux que l'enfant avait reconnu d'emblée. Un bijou d'inspiration celtique auquel le policier tenait beaucoup.

— Maman m'a dit qu'à cause du jour de mon anniversaire, le Gémeau était mon signe.
— C'est quel jour ?
— Le 27 mai.
— C'est la veille de mon anniversaire, s'amusa Sylvain.
— Pour de vrai ?
— Mais oui. D'ailleurs, j'ai une sœur jumelle qui s'appelle Sylvia et qui est née le même jour que moi. Tu sais, c'est elle qui m'a offert ce collier.
— Waouh ! Alors ça, c'est trop cool d'avoir eu une sœur comme cadeau d'anniversaire !

Une idée qui fit sourire le policier.

— Ouais, je trouve aussi. C'est vrai que ton signe astrologique est celui des Gémeaux. Nous avons le même, toi et moi.
— Qu'est-ce que tu fais ? demanda l'enfant.

Sylvain passa les mains derrière sa nuque afin de défaire l'attache de la chaînette d'argent, puis il le retira pour le montrer à Xavier qui le regarda avec émerveillement.

— Tiens, je t'en fais cadeau.
— Mais je peux pas, c'est ta sœur qui t'as donné ça. Elle sera triste si tu ne l'as plus.
— Au contraire, je crois qu'elle serait heureuse qu'il t'appartienne. Et puis je veux que ce soit toi qui le portes.

Avant que l'enfant ait pu protester encore, Sylvain lui passa la chaîne du médaillon.

— Ce sera un secret entre toi et moi. Tu me le promets ?

Pour la première fois, le petit Xavier esquissa un sourire ravi en opinant.

— Promis !

L'enfant dissimula le pendentif sous le col de son pull. Quand des bruits de pas attirèrent leur attention. Frédéric et Dominique revenaient vers eux.

Sylvain les vit approcher avec inquiétude.

— Alors, qu'avez-vous appris de notre jeune protégé ?

— J'ai passé quelques coups de fil pour confirmer l'identité de cet enfant. J'ai le regret de vous dire que Laura, sa mère, est parmi les victimes. Par contre, nous n'y avons pas trouvé son père.

— C'est plutôt une bonne nouvelle, non ? Ça veut dire qu'il a réussi à déguerpir de ce traquenard, lui aussi. Dans ce cas, c'est à se demander pourquoi son fils n'était pas avec lui.

— Mes parents sont séparés, expliqua Xavier. Papa ne vivait pas avec nous à cause de son travail. Il pilote des avions partout dans le monde. Du coup, il peut pas venir nous voir souvent.

— Exact. Xavier, nous avons pu appeler ton papa. Il s'inquiète beaucoup pour toi, mais nous l'avons rassuré en lui disant que tu allais bien et il est très content de te savoir en sécurité. Il ne va pas tarder à revenir. En attendant, tu vas rester avec nous.

Alors que l'enfant acquiesçait, son estomac se mit à grogner, trahissant à quel point il avait faim.

— Depuis quand tu n'as pas mangé ? demanda Sylvain.

— Je ne sais plus…

— Nous allons remédier à ça. Tu veux bien me lâcher un petit peu, le temps que je regarde ce qu'il nous reste ?

L'enfant s'exécuta et regarda le policier chercher dans son sac à dos dans lequel il avait empaqueté son repas. Par chance, il lui restait la moitié de son sandwich, un petit paquet de chips et de l'eau que Xavier s'empressa de boire à même la bouteille avant que quiconque ait pu lui proposer un gobelet. Il devait avoir encore plus soif que faim, mais la peur le lui avait fait oublier.

Les autres de la battue apprirent la découverte d'un jeune survivant à la tragédie. D'emblée, ils se cotisèrent aussi sur les restes de leur repas, Dominique lui donna même les quelques bonbons qu'il gardait en réserve depuis qu'il avait arrêté de fumer.

Pendant que l'enfant mangeait, sous l'œil protecteur de Balou et de son maître, Sylvain vint rejoindre son équipier et le commissaire, mais en faisant en sorte d'être toujours en vue de Xavier.

— On dirait que tu t'es fait adopter, s'amusa Frédéric. Qui aurait cru que tu deviendrais comme un héros pour ce môme ?

— Après ce qu'il vient de vivre, je suis même étonné qu'il m'ait fait confiance aussi vite. Désolé de ne pas avoir repris la battue, mais sa sécurité me semblait plus importante.

— Et tu as très bien fait, confirma Dominique. On était assez nombreux pour ça, même si ça ne donne toujours rien. Par rapport au moment où les actes ont eu lieu, il a pu se passer tant de choses. Quoi qu'il en soit, il me semble que nous ne trouverons personne d'autre dans les environs. Il va falloir se rendre à l'évidence : les autres enfants ne sont plus là.

— Ils peuvent même être loin à l'heure qu'il est, dit Frédéric d'un ton las. Mais je me demande bien pourquoi *Dies Irae* s'est encombré avec des enfants.

— Alors ça, ça va devenir la question du jour… fit remarquer Sylvain. Et pour ce qui est de Xavier. On va le rendre à son père ?

— Ce serait le mieux pour lui, maintenant que sa mère est morte. En tout cas, Antoine Doruet devrait arriver en France en début de soirée. Nous enverrons des officiers le chercher et nous le ramener. Non seulement pour retrouver son fils, mais aussi pour qu'il puisse nous aider à y voir plus clair dans cette histoire.

44

Dimanche 28 octobre 2012
Paris
Boulevard Poissonnière

Si pendant la semaine, seule Sylvia avait avancé sur l'aménagement ainsi que la décoration du duplex, l'ensemble du clan mettait la main à la pâte durant le week-end. Depuis la découverte macabre du nouvel attentat perpétré par *Dies Irae*, Sylvain et Frédéric faisaient la navette entre les lieux du sinistre et le 36 quai des Orfèvres. Leurs amis s'attendaient donc à ne pas les voir pendant encore quelques jours. À moins qu'ils ne finissent par tomber d'épuisement.

Pourtant, les quatre membres restants du clan eurent une surprise le matin. Ils virent que leurs meubles avaient été disposés dans l'ensemble des pièces.

— Mais, qui a pu faire ça ? s'interrogea Coralie.

Philippe lut une note qui avait été scotchée en évidence.

« Avec Sylvain, nous sommes désolés de vous laisser en plan. Pour essayer de nous faire pardonner et que l'installation ne prenne pas trop de retard, nous avons fait appel à des déménageurs pour les meubles que nous avons gardés. Ça devrait vous faire gagner un peu de temps. Bon courage et haut les chœurs !
~Frédéric. »

— Eh ben ça alors, s'étonna Thessa. On dirait qu'ils ont eu pitié de toi, Philippe ! Étant le seul homme de la troupe, c'est toi qui aurais dû écoper du plus lourd à porter !

— Maudite ! s'insurgea faussement le Québécois. C'est toi

qui aurais eu à porter tes milliers de cartons de livres.

— Effectivement... envisagé sous cet angle, c'est aussi bien ainsi. Tiens, en parlant de cette invasion de cartons. Où sont-ils ?

Coralie venait d'examiner l'endroit avec curiosité, puisqu'elle serait la seule de l'équipe à ne pas s'y installer. Elle apprécia cependant l'agencement des lieux. Bien sûr, elle avait tenu à aider ses amis pour leur emménagement, même si elle déplorait l'absence de celui avec qui elle aurait voulu passer du temps.

— Dans la pièce qui va nous servir d'Occultum. À l'étage, non loin de la chambre de Sylvia. C'est cool, il ne reste plus qu'à les ranger. Encore faut-il se rappeler du système de classement qui avait été mis en place chez toi, Thessa.

— Pourquoi ne pas profiter de l'occasion pour le simplifier ? fit remarquer le Québécois. Avec les livres qu'on va ajouter, j'espère qu'il y aura assez de place.

— On verra bien à ce moment-là. En attendant, il y a du pain sur la planche... ou plutôt, des cartons sur le plancher. Répartissons-nous les tâches. Je propose de commencer par l'installation des meubles, puis de passer au rangement général, avant de peaufiner le tout avec un peu de ménage avant d'en arriver à la phase déco proprement dite...

— Du moins, si on a fini les autres étapes avant, fit remarquer l'adolescente. Je suis peut-être en vacances scolaires depuis hier, mais je ne vais pas passer mes journées sur cet emménagement.

— Ben quoi ? s'étonna Sylvia. C'est pourtant ce que je fais déjà ! Ça m'aurait plu d'avoir un peu de compagnie. On avancerait plus vite et ça serait déjà plus sympa avec toi.

L'ensemble du clan s'amusa de cette idée avant de se disperser dans l'ensemble des pièces. Ils s'entraidèrent pour ce qui était de déplacer les meubles ou d'en fixer certains aux murs, surtout dans la cuisine ou les salles de bains.

Coralie et Thessa s'émerveillèrent de l'installation de la chambre de Sylvia. La pièce avait été séparée en deux parties, dont un tiers avait été légèrement surélevé pour y installer une salle de bains privative avec un lavabo, une baignoire à l'ancienne en résine qui donnait à la décoration un charme un peu suranné que la jeune femme aimait beaucoup. Même s'il y avait largement la place au salon, elle avait quand même installé une grande bibliothèque montant jusqu'au plafond pour y ranger la kyrielle de romans qu'elle voulait garder dans son espace personnel. Comme elle y venait quotidiennement, sa chambre était l'une des pièces les plus abouties, ce qui lui permit de concentrer ses efforts pour venir en aide à ses amis.

Un observateur aurait été amusé de s'apercevoir que tout le monde avait enclenché son téléphone portable pour diffuser de la musique, chacun manifestant des goûts musicaux assez disparates. Ce qui donnait un imbroglio symphonique pour le moins étrange, plus amusant que dérangeant, en vérité.

Pour le déjeuner, les parents de Coralie apportèrent un énorme panier-repas pour nourrir l'équipe qui ne se le fit pas dire deux fois. Les sandwiches et autres salades de pâtes étaient succulents et Coralie finit par faire avouer à ses parents qu'ils devaient ce festin gargantuesque aux bons soins de Frédéric qui s'était activé aux fourneaux avant de repartir pour la forêt de Rambouillet.

— C'est définitif, fit remarquer Philippe, on va afficher *« Domaine exclusif réservé à Frédéric »* dans la cuisine !

— C'est lui le chef cuistot de l'équipe, renchérit Coralie.

— Il faudrait ajouter : *« Prière à Sylvia de s'abstenir ! »* suggéra Thessa en gloussant.

— Non mais, c'est fini, oui ?

La jeune femme eut beau faire mine de s'offusquer, elle était la première à rire de cette mise en boîte sur sa personne.

La fin du repas se passa dans une bonne humeur générale. À la grande surprise de leur fille, Liliane et Robert insistèrent pour les aider durant le restant de la journée.

— Tu n'as pas à t'inquiéter, mon ange, expliqua sa mère. La boutique est fermée le dimanche et le lundi. Alors, on peut vous donner un coup de main pour l'installation de tes amis.

— C'est très gentil de faire ça, mais vous devriez profiter de ce temps libre pour vous reposer. Vous vous êtes pas mal démenés ces derniers temps.

— Nous n'aimons pas rester à ne rien faire, objecta Robert.

— Mais, papa...

— Il n'y a pas de « *Mais* » qui tienne. Nous restons pour aider tes amis, un point c'est tout.

Liliane posa une main affectueuse sur l'avant-bras de sa fille, ce qui la fit taire sur-le-champ.

— Ma chérie, tu connais ton père quand il est comme ça et qu'il a pris une décision.

— Oui, rien ne le fera changer d'avis. Toi aussi, t'as le même genre de tempérament.

— Tout à fait ! Allez, viens m'aider au salon, j'aimerais examiner un ou deux petits détails.

Le trio Tarany commença dans la pièce principale, en effectuant quelques commentaires quant à la disposition des meubles et des éclairages. Coralie disposait différents coussins et plaids assortis qui donneraient envie à quiconque de se pelotonner dans les fauteuils et le grand canapé d'angle. La jeune femme s'étonna surtout que ses parents insistent pour garder un coin de la pièce vide. Elle ne comprenait pas le pourquoi de la chose et ses parents éludèrent ses interrogations en attirant son attention sur d'autres pièces, telles que la cuisine ou l'entrée. Vraiment bizarre, mais Coralie n'eut pas le temps de s'appesantir sur le sujet.

Pendant ce temps, les autres membres du clan s'activaient dans le reste de l'appartement. Thessa donnait un coup de main à Philippe pour réorganiser la bibliothèque de leur futur Occultum, Sylvia rangeait aussi des livres, mais dans sa chambre. Elle réalisa que les romans, qu'ils soient grand format ou de poche, avaient fini par trouver leur place, elle était plus perplexe concernant sa petite collection d'essais qu'elle tenait à ranger non loin de son bureau.

Elle fut gagnée par une contrariété de plus en plus manifeste.

Ça ne va pas... Il en manque un. Un de mes livres est aux abonnés absents, et je ne suis même pas fichue de me rappeler duquel il s'agit.

Une vérité se fit jour dans sa mémoire. Le livre disparu était celui sur la célébration des morts dans l'Histoire de Gwendal Duenerth. Or, quand Sylvia voulait retrouver quelque chose qu'elle venait d'égarer, il lui suffisait en général de se remémorer la toute dernière fois où elle s'était servie de l'objet en question. Elle se souvint du moment où elle avait eu ledit ouvrage entre les mains et manqua de s'administrer des baffes quand elle comprit. Elle était pourtant persuadée de l'avoir rapporté avec ses autres affaires au moment de son départ précipité.

Quelle cruche je suis ! J'ai dû laisser mon livre à la rédaction du Cercle Magique *! Maintenant que j'ai été virée, ça ne va pas être possible d'y retourner pour le récupérer. Encore moins avec ce vigile aussi sympa qu'une porte de prison. À moins que…*

En regardant l'heure à sa montre, elle constata que l'après-midi touchait à sa fin et qu'il n'y aurait personne sur les lieux un dimanche, hormis un gardien qui surveillait les bureaux depuis le hall d'accueil de l'immeuble. Avec un peu de chance, il serait plus compréhensif, et accepterait peut-être de lui ouvrir les portes des bureaux de la rédaction.

Ce n'est pas la mer à boire. Je veux seulement reprendre ce qui m'appartient. Par ailleurs, il y a la dédicace en première page pour le prouver. Ce n'est pas comme si j'allais commettre un crime, tout de même.

Forte de cette idée, Sylvia se préparait à sortir quand elle aperçut son ami Canadien dans le couloir, occupé à suspendre des affiches encadrées. Elle le prévint de sa démarche avant de prendre sa veste en cuir suspendue à la patère de l'entrée et quitter le duplex. Se rendre sur place ne devrait pas prendre beaucoup de temps et elle espérait ne pas revenir trop tard dans la soirée pour continuer à aider ses amis pour l'aménagement de l'appartement.

45

Saint-Denis
Rue des Trémies

Grâce au temps passé dans le métro et le RER, Sylvia mesura à quel point le trajet pour se rendre à Saint-Denis se serait accru depuis son emménagement rue Poissonnières. L'itinéraire était plus direct quand elle vivait dans le quartier des Halles.

Qu'est-ce qui me prend d'avoir des pensées aussi nulles, alors que je ne travaille même plus là-bas !

La jeune femme était perdue dans ses réflexions, s'interrogeant encore sur la façon de présenter sa requête sans risquer de se faire éconduire. Ses pas finirent par la mener à l'entrée principale de l'édifice qu'elle avait fréquenté pendant si longtemps. Elle se revoyait, entrant ici chaque jour, enthousiaste à l'idée d'exercer un métier qui lui plaisait, mais l'heure n'était pas à la nostalgie. Ce pan de sa vie appartenait au passé, dorénavant. Seul le moment présent devait compter, sous peine de ne plus évoluer et risquer de rester engluée dans un marasme passéiste aussi vain qu'inutile.

Sylvia s'approcha encore des portes vitrées et ne fut pas surprise de constater qu'elles étaient fermées. Par contre, le véritable problème résidait en l'absence du gardien à son poste. Se serait-elle trompée ? Elle se maudit de ne pas avoir pensé à se renseigner d'abord par téléphone, prévenant du pourquoi de sa visite par la même occasion.

Bravo, bien joué. Comme d'habitude, tu as foncé tête baissée sans penser à ce qui se passerait ! se morigéna-t-elle. *En plus, il n'y a personne. Si ça se trouve, tu vas devoir revenir demain, ce qui pourrait t'amener à croiser des gens que tu ne veux pas revoir.*

Une porte s'ouvrit et un homme en uniforme fit son apparition en achevant de mettre ses gants. Il s'interrompit en apercevant une femme qui l'observait depuis l'extérieur. Sylvia ne l'avait encore jamais vu, mais elle ne manqua pas de remarquer qu'il n'était pas mal du tout. Grand, à peu près la trentaine, les cheveux châtains et les yeux noisette. Elle lui adressa un timide signe de la main, soulagée de voir qu'il se saisissait d'un trousseau de clés à la ceinture tout en s'avançant vers elle. Avec un peu de chance, il allait pouvoir l'aider.

Le gardien ouvrit la porte vitrée en grand pour permettre à la jeune femme d'entrer dans le hall principal.

— Bonsoir, mademoiselle, je crois que vous êtes fichtrement en avance pour venir au bureau.

En dépit de sa gêne, Sylvia trouvait amusant de constater que cet homme avait le sens de l'humour.

— Euh... Non, en fait, je ne viens pas pour ça. En fait, je ne travaille plus ici.

À ces mots, le regard du gardien perdit sa lueur malicieuse.

Un changement d'humeur déstabilisant, certes, mais Sylvia poursuivit :

— J'étais à la rédaction du magazine *Le Cercle Magique* il y a deux semaines. Comme j'étais en plein déménagement, je ne me suis rendue compte qu'aujourd'hui avoir oublié un objet personnel ici. C'est quelque chose auquel je tiens beaucoup et je venais pour le récupérer. Aussi... J'espérais que vous accepteriez de...

— De vous donner l'accès à votre ancien bureau pour voir si ce que vous cherchez ne serait pas resté là-bas. C'est ça ?

— C'est tout à fait ça. Ma carte d'accès a été détruite et mon code supprimé.

C'était mal parti. Visiblement, le gardien, qui ne devait pas être arrivé depuis très longtemps, hésitait sur le comportement à suivre dans ce genre de cas. Sylvia perçut cela sans mal, comprenant qu'elle allait faire face à une fin de non-recevoir. Elle tenta une dernière approche, basée sur sa seule sincérité.

— S'il vous plaît. Je ne veux pas vous causer d'ennui, vous savez. Juste cinq petites minutes. J'entre, je récupère ce que je suis venue chercher et je repars, ni vue ni connue.

— Je dois m'assurer que vous ne repartirez pas avec quoi que ce soit qui ne vous appartienne pas. C'est mon job, après tout.

— Normal, mais je peux prouver que l'objet en question est à moi. C'est un livre dédicacé par l'auteur, à mon nom. C'est un ouvrage en édition limitée, et ça me coûterait une blinde de le racheter sur Internet. Voyez, j'y tiens assez pour me déplacer jusqu'ici, un dimanche soir.

D'abord réticent, le jeune homme se passa la main sur la nuque, encore perplexe, mais semblant prêt à obtempérer.

— Bon, d'accord… Cinq minutes, pas plus. Par contre, je n'ai pas le droit de quitter mon poste. Il va falloir que je vous fasse confiance. Les portes de la rédaction peuvent être ouvertes depuis ici. Allez… fit-il d'un geste encourageant. Dépêchez-vous avant que je ne change d'avis.

La jeune femme ne se le fit pas dire deux fois.

— Merci.

— Ne me remerciez pas trop tôt, car l'envie pourrait me prendre de vous enfermer sur place et d'appeler les flics.

Sylvia se figea face à cette menace qu'elle n'avait pas envisagée. Blême, elle se tourna vers lui, le sentant capable de mettre son idée en pratique. Mais le clin d'œil taquin qu'il lui adressa fit retomber l'angoisse qui venait de l'étreindre. Il avait retrouvé son humour *très* particulier.

Le jeune homme, prénommé Matthieu – à en croire le badge épinglé au revers de sa veste –, retourna derrière la console tout en invitant la visiteuse à rejoindre les ascenseurs.

Malgré le soulagement d'avoir réussi à entrer, Sylvia ne pouvait pas empêcher les images de son licenciement de lui revenir, de même que la tempête émotionnelle qui l'avait ébranlée.

Voir l'*open space* qui lui était si familier ne fit rien pour atténuer son amertume. Sans Marylise Cox, Sylvia travaillerait encore ici, en compagnie d'une équipe qu'elle aimait, bien malgré tout, y compris cet opportuniste de Sébastien DeGuine. Trêve de tergiversation, il ne lui restait plus beaucoup de temps avant de voir si le vigile était sérieux avec son idée de faire rappliquer les flics. Sylvia arriva à ce qui avait été son bureau. À ceci près qu'il avait été complètement débarrassé, hormis une lampe. En l'allumant, la jeune femme prit conscience que tout ce qui avait marqué sa vie ici avait dorénavant disparu. Les tiroirs étaient vides, et la jeune femme en arriva à se demander si elle ne s'était pas trompée en s'imaginant que son livre était resté ici.

Non, il n'y a pas d'erreur. La dernière fois que j'en ai eu besoin, c'était pour vérifier des références bibliographiques, ainsi que la justesse des citations. Il est sûrement ici... Il ne reste plus qu'à trouver où.

Cet *open space* ne comptait que peu de rangements, qui servaient le plus souvent au stockage de dossiers et autres fournitures de bureau, mais pas de livres. Du reste, elle n'aurait jamais laissé son précieux ouvrage au milieu d'un tel bric-à-brac.

L'esprit un peu à la dérive, elle se tourna vers les bureaux de ceux qui avaient été des collègues. En fonction de ce qui y traînait, elle s'amusa à en reconnaître certains, jusqu'à celui de Sébastien. Il y avait encore la couverture d'un dossier qui couvrait quelque chose d'assez volumineux. Ce détail attira aussitôt l'attention de la jeune femme qui découvrit un bouquin énorme.

Mon livre ! Qu'est-ce qu'il fout là ? Je ne l'avais prêté à personne. À moins que Seb ne l'ait pris avant que je ne me fasse jeter. Si c'est le cas, cette espèce d'enflure va entendre parler de moi !

Imaginer la réaction de son ex-collègue face aux capacités martiales de la jeune femme fut assez amusant pour la distraire de l'envie de meurtre qui venait de la saisir. L'espace de quelques secondes, l'envie lui prit de démolir son ordinateur, mais elle avait mieux à faire que de s'abaisser à une quelconque vengeance envers un abruti qui n'en valait pas la peine.

Pour Sylvia, le but de sa venue était pleinement atteint et elle devait repartir, non sans avoir prouvé sa bonne foi au vigile qui devait l'attendre au rez-de-chaussée. Elle rejoignit l'ascenseur avant de rentrer chez elle. Ce qui l'obligea à passer devant la porte au verre opaque du bureau de la rédactrice en chef.

Sylvia ne voulant surtout pas faire face à la peine due au décès d'Adèle Ogerau, pas plus qu'elle ne voulait raviver la colère que pouvait susciter Marylise Cox. Sylvia continua sa progression sans même ralentir le pas et sans le moindre regard à ces lieux où elle avait connu des joies, mais aussi la pire humiliation de sa vie.

Sylvia vit en sortant de l'ascenseur que Matthieu était toujours à son poste et que, soulagement, il n'avait pas décroché le téléphone pour appeler la police, comme il avait menacé de le faire. Il leva son regard sur elle et arbora un sourire malicieux.

— On peut dire que vous avez pris votre temps, là-haut.

— Oui, j'ai eu du mal à retrouver ce que je cherchais. Merci de ne pas avoir mis votre idée en pratique.

— En fait, je plaisantais en disant ça. À moins que vous n'ayez collé un virus informatique aux ordinateurs, laissé une bombe à retardement, ou encore assassiné quelqu'un.

Sylvia fut troublée, en espérant que Mathieu plaisantait. Dans l'immédiat, elle montra l'épais bouquin signé par l'auteur.

— Rien de tout ça, vous pouvez me croire. Comme je vous l'ai dit, ce livre m'est assez précieux à cause de ceci.

Sur ces mots, Sylvia ouvrit le recueil à la première page avec la dédicace de l'auteur faite à son nom, mais aussi le numéro inscrit à la main attestant qu'il s'agissait ici d'une édition limitée numérotée. Quelque chose de rare.

— En tout cas, vous êtes quelqu'un de parole. Tenez, je vais vous raccompagner pour vous ouvrir la porte. Soyez prudente sur le retour. On ne sait jamais sur quels genres de dingues vous pourriez tomber. Je peux vous sembler désuet, mais...

— J'aurais plutôt dit charmant. Ne vous en faites pas. Je n'en ai peut-être pas l'air, mais je sais me défendre. Merci encore.

— Je vous en prie. Bonne soirée.

Matthieu laissa passer la jeune femme avant de verrouiller la double porte vitrée derrière elle. Il la vit se retourner après quelques pas pour le saluer de la main. Puis, elle reprit sa progression vers la gare avoisinante.

Quand elle eut disparu de son champ de vision, l'expression

du gardien changea du tout au tout. D'attitude ouverte et affable, il était devenu fermé et plus sérieux. Il s'empara d'un téléphone portable qu'il savait crypté par les bons soins de son collègue Raphaël. Il actionna un numéro automatique pour appeler son chef.

— C'est bon, Mikael, elle est venue, mais il s'en est fallu de peu qu'elle me surprenne.

— *La mission est accomplie ? C'est tout ce qui m'importe.*

— Le boulot est fait.

— *Bien, Malthiel. Alors, ne reste pas sur place plus longtemps, et viens rejoindre Jehudiel à l'endroit habituel. Vous avez encore beaucoup de travail qui vous attend, tous les deux.*

— 10-4.

Sur ce, l'homme de *Dies Irae* raccrocha et rangea l'appareil dans une de ses poches. Il passa à nouveau dans la pièce voisine d'où il ne ressortit que quelques instants plus tard, portant cette fois-ci un pull noir ajusté avec un jean brun foncé et des chaussures de sport tout aussi noires. L'uniforme qu'il portait avait été mis dans un sac poubelle. Il quitta à son tour le bâtiment, mais non sans avoir pris le temps de se débarrasser du sac dans une benne à ordures jonchée de déchet malodorants. Il savait que les éboueurs passeraient tôt le lendemain matin, et que personne n'irait fouiller à la déchetterie.

Dans les locaux du *Cercle Magique*, dans le bureau de Marylise Cox devant lequel Sylvia était passée quelques instants auparavant, un corps inanimé était étendu sur l'épaisse moquette.

Le corps d'une femme baignant dans son sang.

46

Lundi 29 octobre 2012
Boulevard Poissonnière

Sylvia était installée douillettement près du radiateur le plus proche de la vitrine du *coffee shop*, situé en face de l'immeuble où se situait le duplex. Elle sirotait un *capuccino* accompagné d'un bagel à la crème de spéculoos. Une folie pour les gourmands de son espèce. Elle pensait à Coralie et Frédéric qu'elle avait laissés seuls. Pour l'heure, il n'y avait personne d'autre à l'appartement, jusqu'à ce que les autres ne viennent en fin d'après-midi.

Ces deux-là ont bien mérité d'avoir un peu d'intimité. Après tout, ça fait trop longtemps qu'il aurait dû se passer quelque chose entre eux.

Cette pensée d'avoir peut-être offert à ses amis l'occasion de s'ouvrir enfin aux sentiments qu'ils nourrissaient l'un pour l'autre lui arracha un sourire doux-amer. Après tout, qui était-elle pour donner des conseils en amour ? Alors que sa propre vie sentimentale se situait à la limite du statut de célibat à durée indéterminée. Pas vraiment un modèle à suivre, en somme.

Deux ans auparavant, elle avait vu Nathan – qui avait été son premier amour d'adolescente – se faire tuer sous ses yeux, tout comme elle avait perdu Alexandre, le grand frère de Thessa dont elle était en train de tomber amoureuse. Sans oublier la brève liaison qu'elle avait eu avec Philippe… qui faillit brûler vif dans cette boutiques incendiée à Versailles. À croire que l'amour et la mort accompagnaient les pas de Sylvia. Un sordide destin devant s'abattre sur quiconque s'éprendrait d'elle.

Seul le tintement de la cuiller contre la faïence de la tasse vint rompre un instant le silence mental qu'elle tentait d'instaurer en elle. Ce n'était pas facile à l'intérieur d'un endroit bondé et bruyant, mais elle parvint à canaliser sa concentration, et ce jusqu'à ce que ce flot tumultueux s'apaise enfin.

Soudain, une pensée parvint jusqu'à l'esprit de Sylvia qui y reconnut la voix de Coralie. Elle ne dépassait pas l'intensité d'un murmure, mais des mots lui étaient pourtant parvenus de façon claire et limpide : « *Sylvia était loin du compte, car Fred embrasse comme un dieu ! Ses lèvres sont si douces et ses mains chaudes sur ma peau. Ça fait longtemps qu'on aurait dû passer à l'acte. Bon sang, il a l'air chaud pour un deuxième round. Ce mec est increvable ! Je me laisserais bien tenter...* »

Sylvia s'étrangla et manqua de recracher son café, brisant dans la foulée sa concentration mentale. Le rouge aux joues, elle ne se serait jamais attendue à être en mesure de percevoir un jour les pensées d'un autre membre du clan en dehors du plan astral.

Encore moins de ce genre-là !

Elle était encore troublée par l'intensité de la passion qu'elle avait perçue malgré elle. Le souffle court, la jeune femme engloutit d'un trait le verre d'eau qu'elle avait demandé quand la sonnerie du téléphone retentit. Sylvia constata qu'il s'agissait de son frère.

— Que se passe-t-il, Sylvain ?

— *Salut ! Je cherche à joindre Frédéric, mais je n'arrête pas de tomber sur sa messagerie. Tu sais où il a bien pu passer, celui-là ? Aux dernières nouvelles, tu étais avec lui et Coralie.*

Sylvia grimaça en se pinçant l'arrête du nez, contrariée.

Bravo, c'est ce qu'on appelle mettre les pieds dans le plat !

— Euh... Disons que... Il n'est pas joignable pour le moment.

Sylvia se racla la gorge, gênée d'avoir à expliquer la raison pour laquelle son collègue avait sans doute éteint son portable.

Sylvain poussa un soupir d'exaspération. À croire que lui aussi était au courant de ce qui se passait. Aurait-il pu lire dans ses pensées ? Elle espérait que non.

— *On peut dire qu'il a choisi son moment pour jouer au Casanova ! Si le chef apprend qu'il s'amuse à faire le joli-cœur alors qu'on est sur la brèche, ça va barder pour son matricule !*

— Pourquoi cherches-tu à le joindre ? Normalement, il est de repos aujourd'hui.

— *Plus maintenant. Tu es au courant pour les gamins qui ont disparu suite à l'incendie d'un manoir ?*

— Comment ne pas l'être ? Toutes les chaînes de télé ne font qu'en parler en boucle. C'est vraiment atroce.

— *Oui, tu as raison. Je t'avais parlé d'un môme qui a été récupéré là-bas. Là, je suis en ce moment même sur une scène de crime et... disons qu'on vient de retrouver l'un d'entre eux. Quelque chose me dit que ce ne sera pas le dernier.*

Le sang de Sylvia manqua de se figer dans ses veines.

— Pourquoi dis-tu ça ?

— *Parce qu'il est mort. Et je crains que ce ne soit pas le seul à avoir subi le même sort. J'ose à peine te dire dans quelle circonstance on vient de le retrouver.*

Mort ? Non ! Sylvia crut que son cœur venait de flancher.

— *Maintenant tu sais pourquoi on risque d'avoir besoin de Fred pour tenter d'y voir un peu plus clair dans tout ce micmac. Alors si tu le vois, dis-lui de rebrancher son portable illico. Ça devrait lui faire tout drôle. Attends un instant, je viens de recevoir un SMS. Bordel ! C'est bien ce que je craignais*, jura-t-il en reprenant la communication. *Pas moins de deux autres enfants ont été retrouvés, assassinés, avec une mise en scène identique. Je vais devoir te laisser, sœurette. À plus.*

Sur ce, le jeune homme raccrocha en laissant Sylvia entre dégoût, effroi, et une certaine perplexité. Comment parvenir à joindre son ami sans risquer une intrusion des plus embarrassantes. Quand une solution lui parut limpide ; puisqu'elle avait réussi à capter les pensées de Coralie, peut-être qu'elle pourrait lui envoyer un message par le même moyen. Après tout, cela serait sans doute plus efficace que d'avoir droit, elle aussi, à une longue conversation avec une messagerie vocale.

Elle se concentra afin de visualiser le visage de Coralie et de Frédéric, le plus difficile étant de ne pas se laisser distraire par des pensées plus torrides. Enfin, elle parvint au niveau de calme mental requis pour tenter de les joindre : « *Euh... Je suis désolée de vous déranger. Il vient de se passer quelque chose d'effroyable et Sylvain a besoin de son équipier. Il faudrait qu'il le contacte de toute urgence* ».

**

Sylvia était encore au *coffee shop*, rejointe par une Coralie encore shootée au plaisir après avoir fait l'amour avec Frédéric. Son amie fut d'autant plus navrée d'avoir à jouer la rabat-joie en lui communiquant les nouvelles tragiques qu'elle venait d'avoir par son frère jumeau.

Cette matinée qui avait si bien commencé venait de sombrer dans le macabre. Déjà, les chaînes d'informations relayaient l'effroyable découverte des enfants assassinés en plein Paris. Les deux filles s'interrogeaient sur le but que *Dies Irae* pouvait avoir en tête avec ce genre de démonstration sinistre.

— Mais d'abord, fit remarquer Coralie, comment peut-on être sûrs que c'est bien ce groupe de fanatiques qui a fait ça ? À quoi ça rime de kidnapper des enfants, pour les assassiner ensuite ? Sans parler d'une mise en scène pareille ?

— On sait que c'est eux, depuis qu'ils ont massacré les occupants du manoir près de Rambouillet. D'autant plus que c'était signé et puis les enfants disparus sont ceux qui vivaient sur place. Par contre, c'est vrai que ça ne rime à rien d'abandonner leurs jeunes victimes un peu partout en ville. C'est peut-être une façon de détourner l'attention, en faisant croire que le coup aurait été fait par les adeptes des sciences occultes que ces mariols détestent tant. Histoire de les diaboliser encore plus.

— Tu pensais à une façon d'orienter l'opinion publique en leur faveur ? s'enquit Coralie.

Elle n'osait plus toucher au cookie aux pépites de chocolat qu'elle avait commandé. Elle avait le ventre trop noué pour cela. Quant à Sylvia, elle avait renoncé à prendre un autre café.

— Je n'en sais rien, mais ça ne me plaît pas des masses.

Sylvia s'étonna alors de voir que son amie fixait un écran télévisé non loin d'elle.

— Tiens, on dirait qu'il y a eu du grabuge à Saint-Denis. Dis, ce n'est pas l'immeuble où tu travaillais ?

Intriguée, la jeune femme dut se rendre à l'évidence que c'était bien ce bâtiment que les caméras montraient à l'écran, ainsi que le ballet de véhicules de police au bas du même édifice.

— Ah mais oui… Tiens, que s'est-il passé là-bas ?

À l'écran, la vue d'ensemble des deux immeubles jumeaux de chaque côté du périphérique était reconnaissable pour ne laisser aucune place au doute.

La voix du chroniqueur se fit alors entendre un peu plus distinctement alors qu'il annonçait l'intervention imminente d'un envoyé spécial sur place. L'image d'un reporter apparut à l'écran.

— *Nous sommes actuellement devant l'entrée d'un édifice de bureau où, très tôt ce matin, le corps d'une femme d'un peu plus d'une quarantaine d'années a été trouvée morte. C'est un des techniciens de surface qui font le ménage dans ces bureaux, avant l'arrivée des employés, qui l'aurait trouvée et immédiatement prévenu la police.*

— *Est-ce que l'identité de la victime a été rendue publique ?*

— *Absolument, puisqu'il s'agit de la rédactrice en chef d'un magazine dont les locaux se situent précisément dans cet immeuble. D'après les informations qui nous sont parvenues, la victime s'appelle Marylise Cox et elle avait repris depuis peu la direction du magazine* Le Cercle Magique, *racheté par le groupe de presse Prætorius. Contacté par téléphone, le PDG Samuel Prætorius a déclaré être très choqué. D'après lui, sa collaboratrice avait pour habitude de ne pas compter ses heures, travaillant même certaines fois le week-end. Il semblerait qu'elle soit d'ailleurs restée à son bureau une bonne partie de la journée d'hier afin de boucler une édition spéciale avant l'impression.*

Sylvia était tétanisée d'apprendre la nouvelle.

— *Et que savons-nous des circonstances du drame ?*

— *Il n'y a pour l'instant aucune confirmation à quelque*

niveau que ce soit, mais il semblerait qu'un intrus soit entré dans la rédaction du magazine et aurait surpris Marylise Cox dans son bureau. Or, nous savons que personne n'est entré après elle, hormis quelqu'un qui aurait été aperçu dans les locaux en début de la soirée d'hier, via les surveillances. Les images ont été confiées à la PJ qui devrait pouvoir identifier un, ou plusieurs, suspects éventuels.

— Une piste est-elle privilégiée pour le moment ?

— Le Procureur de la République a déclaré, il y a quelques instants, ne suivre aucune piste en particulier, même si la thèse d'une vengeance personnelle semble privilégiée. Nous devrions en savoir plus au cours des prochaines heures.

— Merci, et n'hésitez pas à intervenir si jamais vous avez de nouveaux éléments à nous communiquer.

Sylvia était blême, avec la main sur les lèvres.

Coralie la regarda, et demanda en pesant ses mots.

— Rappelle-moi où tu étais hier soir.

— J'étais... là-bas... Pour récupérer un bouquin. Mais je n'ai rien vu. Si ça se trouve, en partant, je suis passée à côté d'elle sans même voir qu'elle était morte. Si je l'avais vue, j'aurais peut-être pu appeler les secours. J'aurais...

— Tu aurais surtout évité de te retrouver en première ligne sur la liste des suspects.

— De quoi ?!

— Sois un peu réaliste, je t'en prie ! La police va te voir sur les vidéos. Le vigile que tu as rencontré parlera de ta visite sur place et confirmera que l'heure était proche du moment où ce meurtre a été commis. De là, les flics ne vont pas y aller par quatre chemins et présumer que tu aies cherché à te venger de celle qui t'a virée. Pour eux, tu auras eu le mobile, l'opportunité, et il n'en faudra pas plus pour que ça aboutisse à une inculpation.

— Oh non... ça n'a vraiment aucun sens ! Il n'y avait personne dans l'*open space* de la rédaction. Seuls ceux qui ont un code d'accès peuvent y entrer.

— Ce n'est pas ce que la police croira. Il va leur falloir un coupable et, compte tenu des autres découvertes macabres qui se passent en ce moment même, les flics se ficheront bien de coffrer ou non la bonne personne, tant que le Ministère de l'Intérieur peut donner l'impression de rassurer le bon peuple dans les médias en montrant qu'ils ont quelqu'un dans le collimateur. Sylvia, ils vont te tomber dessus pire que la misère sur le monde ! On dirait que tu n'as pas l'air de comprendre. Il se pourrait même que Frédéric et ton propre frère soient chargés de ton arrestation !

47

36 quai des Orfèvres

Sylvain venait à peine de revenir de la scène de crime sur laquelle il se trouvait que Frédéric vint le rejoindre dans la salle de réunion qui était devenue une ruche infernale grouillante d'officiers, sous le raffut des sonneries de téléphone. Une folie furieuse semblait avoir pris possession aussi bien des lieux que des gens qui s'y trouvaient. À en croire le peu de temps qu'il lui avait fallu pour arriver, le lieutenant comprit que son coéquipier avait dû faire un usage intensif du gyrophare.

Dans un contexte différent, Sylvain n'aurait pas manqué de charrier copieusement son collègue. Frédéric était arrivé en trombe, avec les cheveux en bataille, et son air extatique ne trompait personne. À n'en pas douter, il avait passé un très bon moment avec Coralie. S'admonestant à plus de professionnalisme, Sylvain se promit de remettre à plus tard son envie de taquiner Frédéric sur sa vie sexuelle. Pour l'instant, ce n'était pas le moment et le capitaine était préoccupé.

— Salut, je n'ai pas voulu y croire quand ta sœur nous a annoncé que les mômes disparus étaient en train d'être retrouvés.

— Moi non plus. Pourtant, la réalité est encore pire que ce que nous aurions pu imaginer.

— J'ai déjà eu les grandes lignes durant le trajet, mais autant que ce soit toi qui me transmettes les détails qui manquent encore.

— À vos ordres, chef. Jusqu'à présent, nous avons retrouvé quatre de ces gamins. Lieux différents, mais *modus operandi* identique pour chacun, y compris la mise en scène. Ces enfants faisaient partie de ceux que nous recherchions. Chacun a été tué de deux balles en plein cœur, à bout portant, comme pour une exécution. Leur corps a été ensuite mutilé *post-mortem* avant d'être pendu là où ils ont fini par être trouvés.

— Mais, c'est horrible !

— Tout à fait d'accord, ça me répugne.

— Mais attends, une minute... Tu as bien dit qu'ils avaient été mutilés. Qu'est-ce qu'on a osé leur faire après les avoir butés ?

— Tous avaient un chiffre inscrit sur le front. Au scalpel, semble-t-il. Avec tout ça, on ne sait plus trop où donner de la tête. La moitié de l'unité à déjà la tête sous l'eau. Et moi, j'suis carrément noyé. Ça te dirait de boire la tasse, toi aussi ?

— Pas trop, mais ce n'est pas comme si on avait le choix. Pourquoi on a gravé un chiffre sur le front de ces gamins ?

— Alors, ça... Je n'en sais fichtrement rien. Par contre, m'est avis que nous devrions prévenir les collègues qu'ils n'étaient pas les seuls à avoir disparu, et qu'on pourrait faire face à d'autres découvertes tout aussi macabres. Ce que je ne comprends pas non plus, c'est qu'ils arrivent presque de partout. Attends un peu...

Sur ces mots, Sylvain se releva pour rejoindre la plaque de liège qui leur servait de panneau d'affichage. Un plan de Paris en grand format y était épinglé, chacun comportant à présent quatre chiffres suivants : 7, 4, 8 et 1, tous entourés par un cercle.

— Ce qui est curieux, c'est que la localisation des corps n'a rien de cohérent avec quoi que ce soit de connu. Regarde ça.

Joignant le geste à la parole, il s'empara d'un marqueur noir qu'il déboucha avant de se tenir tout près de la carte murale. Il désigna l'est de la ville, non loin de la place de la Bastille.

— Le premier enfant tué a été découvert sur un balcon donnant sur le boulevard Richard-Lenoir, portant le n°7. Un chiffre de sang gravé à même la peau. Des gars ont été envoyés sur place pour examiner tout ça, quand l'identification a confirmé qu'il s'agissait bien de l'un des enfants disparus.

— Et les deux autres ? Les numéros 4 et 8 ?

— Ici, ajouta le jeune homme en désignant cette fois-ci le coin nord-ouest de la carte, au niveau du 8e arrondissement, en plein dans le parc Monceau. Le petit avait le chiffre 4. Quant au suivant, il a été retrouvé plus au sud, dans le 15e, dans le quartier de la gare Montparnasse, portant le n°8.

Il pointa ensuite son crayon au niveau du 5e arrondissement.

— Pour finir, en continuant par ordre de leur découverte, une jeune fille a été retrouvée sur le toit du HIA Val-de-Grâce, boulevard de Port-Royal. La pauvre portait le n°1.

— L'hôpital d'instruction des armées ?

Sylvain soupira avec amertume, tout en rebouchant le marqueur qu'il garda en main.

— Ouais… C'est pour ça aussi que je crains le pire, et que d'autres corps ne soient encore à découvrir.

— Qu'est-ce qui te fait penser ça ?

— Une bonne vieille intuition. Tu m'as toujours incité à en tenir compte. Jusqu'à présent, je ne suis pas souvent tombé à côté de la plaque… Pas vrai ?

Frédéric acquiesça. Il avait confiance en son jeune collègue.

— Mais surtout, reprit ce dernier, ce sont les chiffres qui me font dire ça. S'ils sont aussi disparates, il faut malheureusement s'attendre à ce qu'il y ait les chiffres manquant entre certains d'entre eux. Comme par exemple…

— Les chiffres 2 et 3, ou encore le 5, 6 et 7. C'est bien ça ? Sans compter qu'on ne sait pas jusqu'où ça pourrait aller.

— Exact. C'est donc loin d'être fini. Mais tu sais ce qui me turlupine le plus dans tout ça ? C'est qu'on a affaire à quelque chose d'à la fois très nouveau et en même temps d'un peu familier. Est-ce que tu me suis ? Parce que si l'institut médico-légal a déjà pu confirmer, c'est que l'endroit où les victimes ont été trouvées…

— … n'est pas le lieu où elles ont été tuées, acheva Frédéric. Tu as raison, on a déjà vu ça auparavant.

— Ça, je m'en rends compte. Mais je ne sais pas du tout à quoi tout ça peut bien rimer. Ce n'est pas comme quand Rowanon avait semé des victimes en reprenant la forme d'un pentagramme pour nous coller un mauvais sort. Pourtant, j'ai l'impression que ça a un rapport avec l'occulte, et j'enrage de ne pas savoir en quoi !

Le capitaine Laforrest partageait les sentiments de Sylvain, puisqu'il éprouvait les mêmes. Le regret de n'avoir pas pu retrouver ces âmes innocentes à temps, et la colère face à la cruauté sans nom de ceux qui les avait fait passer de vie à trépas, pour une raison qui leur échappait encore.

Tandis que Sylvain était plongé dans la contemplation d'un plan qui le laissait perplexe. Il se figea soudain, en proie à une peur aussi subite qu'implacable.

— Xavier ! Si l'ensemble des mômes qui ont disparu du manoir ont été assassinés, comme on est en droit de le craindre, alors l'enfant que nous avons retrouvé est sûrement en danger, lui aussi. Fred, tu as l'adresse de son père ?

Ce dernier chercha dans les notes de son téléphone.

— Trouvé !

— Alors, on file là-bas !

Sans demander leur reste, les deux officiers se précipitèrent hors du bâtiment, après que Sylvain eut récupéré sa veste et que Frédéric eut mis la main sur ses clés de voiture, prêts pour un départ sur les chapeaux de roues.

Sur le trajet, Sylvain multipliait les appels téléphoniques à Antoine Doruet… qui ne répondait pas. Le policier tombait d'emblée sur la messagerie vocale, et il n'était pas du genre à cumuler des messages en vain.

— Ça ne répond toujours pas ! Il n'y a même pas de sonnerie. C'est bizarre. À croire que le téléphone a été éteint.

— Il faut aussi envisager que la batterie soit vide. Ça nous est déjà arrivé à tous d'oublier de recharger son téléphone ou de n'avoir pas pu le faire.

Sylvain observa un instant son coéquipier dont il enviait la capacité de garder la tête froide, malgré l'urgence de la situation. Cela contribua à le rasséréner un tout petit peu.

— Il n'empêche que ça me fiche une angoisse pas possible. Je le sens… Il a dû se passer quelque chose, et je n'aime pas me sentir aussi impuissant.

— Normal. Moi non plus, je n'aime pas ce qui se trame en ce moment. Quelque chose d'énorme semble être à l'œuvre dans cette ville. Une force malveillante laisse le champ libre à nos adversaires et vient se dresser contre nous. Comme si on avait besoin de ça !

Tandis que Sylvain contactait des renforts pour joindre monsieur Doruet, Frédéric mit le pied au plancher, toutes sirènes hurlantes.

Sylvain priait pour ne pas arriver trop tard.

**

Les deux policiers se précipitèrent dans le hall de l'immeuble où se situait l'appartement occupé par Antoine Doruet et son fils. Ils coururent dans les escaliers jusqu'au troisième étage. Ils s'arrêtèrent d'un seul mouvement, en découvrant un flic en uniforme accroupi près de deux autres silhouettes inanimées au sol, portant la même tenue que le jeune homme qui prenait leur pouls. Les bruits de pas le fit se retourner, l'arme au poing.

— Tout doux ! Nous sommes de la PJ ! annonça Frédéric

Il exhiba sa carte tricolore en même temps que Sylvain brandissait la sienne.

— Déjà là ? La vache ! Vous êtes voyants ou quoi ? J'étais justement sur le point d'alerter mes supérieurs pour qu'ils fassent venir quelqu'un de chez vous au plus vite.

— Que s'est-il passé ?

— Je ne sais pas, puisque je viens d'arriver. Je me demandais pourquoi mon collègue, qui était en mission de protection ici, ne répondait pas à mes textos. Comme je devais aussi relever son collègue, je suis venu sur place et j'ai vu ça, ajouta le gendarme en désignant les corps devant lui. J'étais même sur le point d'entrer pour vérifier.

— On y va, souffla Frédéric. Restez ici pour sécuriser les lieux et faites rappliquer au plus vite l'unité de scène de crime. Des renforts ne devraient plus tarder.

— Okay.

Leur revolver tendu devant eux, les deux policiers entrèrent dans l'appartement dont la porte était entrouverte. Ce qui n'était jamais bon signe. Quelques objets jonchant le sol ne firent rien pour contredire cette impression qu'ils n'avaient déjà que trop vue. Se couvrant mutuellement, ils avancèrent dans le couloir pour examiner chaque pièce. Le salon, la cuisine et la chambre principale étaient vides, mais l'ombre d'une silhouette dans l'angle du couloir les fit tressaillir. Les impacts de balles révélaient le sort qui avait été réservé à cet homme.

— C'est Antoine Doruet. Il a été tué ! Xavier ! Xavier !! C'est Sylvain ! Réponds-moi !

— Arrête ! Quelqu'un est passé avant nous. Ils ont pris Xavier et abattu son père. Il a sans doute essayé de protéger son fils.

Sur ces mots, il désigna l'état de la chambre de l'enfant à son équipier en panique.

Un désordre, qui n'avait rien à voir avec la joyeuse pagaille caractéristique des enfants, régnait sur les lieux. Des traces de lutte, à n'en pas douter. Le jeune homme frémit en constatant la présence de quelques taches de sang. Ceux qui avaient enlevé l'enfant l'avaient peut-être frappé. Le policier serra le poing, se jurant de rendre les coups au centuple à ces agresseurs. Non seulement pour Xavier et ses parents, mais aussi pour chacune des victimes que *Dies Irae* avait laissées dans son sillage effroyable. Il fallait qu'ils paient.

— On doit le retrouver, ce petit. Je ne peux pas accepter de le laisser aux mains de ces dégénérés !

Frédéric posa une main sur l'épaule de son ami.

— Et je ne te le demanderai jamais. Pour l'instant, il faut réagir. On peut encore faire quelque chose. Regarde autour de toi. Ces mecs ont agi dans la précipitation. Ils n'avaient pas dû prévoir dans leur plan qu'il y aurait un rescapé du massacre dans la forêt de Rambouillet. Ils ont eu à réajuster leurs plans pour récupérer ce môme. Rien de tout ça n'était planifié. Avec un peu de chance, ils auront commis *la* petite erreur que nous pourrons exploiter pour arrêter cette bande de malades, une bonne fois pour toutes. Laissons faire la scientifique. S'il y a quelque chose à trouver… ça ne manquera pas de leur sauter aux yeux, crois-moi.

— Je te crois sans peine, Fred, et tu as raison.

Sylvain enfila alors une paire de gants et se pencha pour s'agenouiller auprès d'une armoire située non loin de la porte. Il tendit la main sous le meuble pour ramasser un objet qui avait attiré son attention : un téléphone portable.

D'abord surpris, Frédéric revint vers la dépouille d'Antoine et entreprit de vérifier s'il avait toujours le sien, en s'assurant de ne rien faire pour contaminer la scène de crime.

— Oh la vache ! s'exclama Sylvain. Si ça se trouve, cet appareil appartient à ceux qui ont attaqué les Doruet.

— Il faut vite le répertorier comme pièce à conviction. Bertrand saura lui faire cracher ses secrets.

Les deux policiers s'attelèrent à la tâche et les renforts promis finirent par arriver plus vite que prévu. L'info circula quant à la disparition du petit Xavier et du meurtre de son père. Rien ne fut laissé au hasard et le téléphone trouvé fut remis en urgence à la scientifique. En attendant, les deux policiers aidaient leurs collègues dans une enquête de voisinage qui ne donnait rien de probant, quand le portable de Frédéric se mit à sonner.

Un appel du commissaire Berger.

— Oui, nous sommes chez les Doruet. Antoine a été tué et tout porte à croire que son fils a disparu. Les deux policiers affectés à leur protection ont aussi été tués. Il est à craindre que Xavier soit en danger immédiat et qu'il ne subisse le même sort que les autres enfants qui ont déjà été retrouvés. Hein ? Répétez ça…

Le capitaine Laforrest était livide. Seul le ton de sa voix suffit à statufier Sylvain sur place, le cœur au bord des lèvres. Il devait attendre la fin de cet appel.

— Oui, je comprends… Très bien… Où exactement ? Ce n'est pas possible ! Oui, nous nous rendons sur place tout de suite.

Sylvain l'aurait volontiers secoué pour qu'il en vienne aux faits. De toute évidence, son partenaire aurait donné cher pour être ailleurs, et n'avoir jamais pris cet appel.

— Il nous faut aller sur une scène de crime située au centre-ville. Des touristes ont trouvé un enfant pendu, avec aussi un chiffre gravé sur le front. Le n°5. Des gendarmes de proximité sont intervenus avant de contacter le 36. L'enfant portait ton pendentif.

Sylvain crut qu'il allait se décomposer.

— Oh non... Xavier... Je suis arrivé trop tard. Je n'ai pas pu le protéger.

Frédéric ne pouvait rester indifférent au désarroi du jeune homme qui s'était manifestement attaché à cet enfant. Peut-être parce qu'ils avaient été tous les deux des survivants de l'incendie qui avait détruit leurs maisons respectives.

— Allez, viens. Nous sommes attendus sur place.

— Et où Xavier a-t-il été retrouvé ?

— À la tour Saint-Jacques.

48

Mardi 30 octobre 2012

Au plus grand désarroi de Sylvia, les mises en garde de Coralie s'étaient avérées.

Les enregistrements de vidéosurveillance de la soirée du dimanche montrèrent que la jeune femme avait été la seule personne extérieure à avoir été présente sur les lieux lors du créneau horaire instauré par le médecin légiste. Ce fait aurait pu n'être qu'anecdotique, mais son licenciement ne mit pas très longtemps à surgir dans le cadre de l'enquête, fournissant ainsi aux enquêteurs un mobile solide.

À cause de leurs liens, qu'ils soient filiaux ou amicaux, avec celle que la police considérait maintenant comme suspecte, les officiers Laffargue et Laforrest furent immédiatement dessaisis de l'affaire. Ce à quoi ils s'étaient attendus, même s'ils enrageaient. Pourtant, ils le comprenaient très bien d'un point de vue professionnel ; tous les deux ne pourraient pas être objectifs. En revanche, que ce soit le lieutenant Mansoif qui se voie attribuer ce dossier avait fait bondir les deux hommes. Ils se mirent à espérer que Sylvia ne tomberait jamais entre ses mains, sous peine de passer d'innocente présumée à coupable.

Alors que la sarabande infernale des enfants pendus à différents endroits de la ville semblait s'être arrêtée au bout de neuf victimes, l'enquête concernant le décès de Marylise Cox était reléguée au second plan, voire même plus loin derrière, mais Mansoif ne comptait pas baisser les bras, surtout depuis que la sœur jumelle du collègue qu'il ne pouvait pas piffrer était liée à cette affaire.

Le labo avait passé le bureau de la rédactrice au peigne fin, y compris sur l'objet insolite qui était l'arme du crime. Un rectangle

fin métallisé représentant une carte de Tarot.
XIII - La Mort.
Une démarche qui avait abouti au relevé d'une empreinte digitale parfaitement lisible. Il ne restait plus qu'à attendre une éventuelle correspondance dans les fichiers numérisés. L'attente s'avérerait longue et avec un risque de n'aboutir à rien, pour peu que la personne détentrice de cette empreinte ne figure pas dans les fichiers des personnes recherchées ou arrêtées.

Une attente que Sylvain ne comptait pas gaspiller en vain. Il usa de la télépathie pour contacter sa sœur. Une chance qu'elle ait pu lui apprendre les bases durant la soirée précédente. Au bout de quelques heures d'un travail acharné, les membres du clan pouvaient communiquer les uns avec les autres. Soit au cours d'une discussion globale, soit en ciblant son interlocuteur, afin que personne ne puisse s'immiscer dans la conversation.

Voulant éviter à sa sœur de rejoindre la liste des innocents ayant eu à subir les tourments d'une erreur judiciaire, il l'avait incitée à empaqueter quelques affaires et à se cacher, juste le temps pour lui et son équipier de mener en douce une contre-enquête qui pourrait les conduire au véritable meurtrier. Car il ne faisait aucun doute dans l'esprit du jeune homme que Sylvia avait été piégée, même si Frédéric restait un peu plus mesuré dans cette opinion.

Afin de garantir sa sécurité, le policier avait fait promettre à sa sœur de ne révéler à qui que ce soit où elle aurait pu trouver refuge, lui y compris, et cela pour deux raisons. La première étant pour ne pas avoir à inciter les autres membres du clan à mentir au cas où on viendrait à les interroger. Une plausible dénégation, en quelque sorte. La seconde touchait surtout le fait de soustraire la jeune femme à ses poursuivants. Il ne faisait aucun doute qu'il ne faudrait pas beaucoup de temps pour qu'un mandat d'arrêt ne soit délivré contre elle, et elle aurait alors à fuir l'ensemble des forces de l'ordre du pays.

Par chance, elle connaissait un endroit parfait pour se planquer. Un endroit connu d'elle seule et où personne n'aurait l'idée de la chercher. Pour plus de sécurité, elle s'était débarrassée de tout ce qui pourrait l'identifier et la localiser. Dans sa fuite de chez elle, elle avait abandonné son téléphone portable, mais elle avait réussi à emporter un ordinateur crypté grâce auquel elle pourrait se connecter discrètement à Internet pour mener quelques recherches. Parce qu'elle n'allait pas rester les bras croisés. C'était contraire à son caractère, et l'étude des sciences occultes avait accru ce trait de sa personnalité.

Comme elle savait que les deux policiers n'avaient pas accès aux mêmes données que leur collègue quant au meurtre de Marylise Cox, elle orienta ses investigations sur les enfants assassinés. Il y en avait neuf à présent, répartis dans différents arrondissements de Paris. Une telle répartition la laissa perplexe. Un plan de la ville avait été épinglé sur le mur, et l'emplacement où chaque enfant localisé y avait été noté avec soin. Elle avait bien eu l'idée de relier chacun des chiffres les uns aux autres, mais cela ne suivait pas un symbole occulte. Pas comme le pentagramme inversé de Rowanon en 2010. Rien. Cela la faisait enrager.

— Mais à quoi pouvait penser *Dies Irae* avec une mise en scène aussi abominable ?

— *Peut-être aux quelques coups d'avance qu'ils semblent avoir sur tout le monde.*

La *Gardienne d'Obscurité* se figea. Cette voix, surgie du plus profond de son esprit, cette présence. Cela faisait longtemps qu'elle ne s'était plus manifestée.

— Thorn...

— *Eh oui, c'est bien moi. Je ne suis jamais très loin de toi, tu sais. La preuve. Comme j'ai à cœur de te protéger, ce n'est pas moi qui irais te balancer à la police. D'ailleurs, jolie planque. Personne n'aurait l'idée de te chercher là.*

Même si elle se sentit flattée par le compliment, l'énergumène lui tapait déjà sur le système.

— N'en rajoute pas, s'il te plaît !

— *En effet, ne nous dispersons pas. J'ai bien regardé la répartition de ces chiffres. Comme tu le sais, c'est trop régulier pour ne pas être délibéré. Par contre, tu sais déjà que ça n'a rien à voir avec ce que toi et tes amis avez déjà connu. Quelque chose me dit que c'est encore plus simple que ça.*

En disant cela, Thorn prit en douceur le contrôle de la main de Sylvia qui tenait un épais marqueur noir et lui fit dessiner un carré qui entrait en tous points dans l'espace de la ville. Elle le sentit ensuite relâcher son emprise, qui n'était que légère, pour regarder à nouveau la carte. Force était de constater que ce qu'elle voyait à présent n'avait plus du tout la même signification.

— J'ai déjà vu ça... J'ai déjà vu ça, mais je ne me souviens plus de quoi il s'agit. Ça m'énerve parce que c'est familier, du point de vue symbolique, et aussi parce que ça cache autre chose dont j'ai du mal à me souvenir.

Thorn semblait comprendre où Sylvia voulait en venir. À croire qu'il avait suivi un raisonnement très similaire.

— *Tu sembles sur la bonne voie, c'est déjà ça. En tout cas, tu avoueras que ce n'est pas irrégulier et trop carré, organisé.*

C'est alors que la jeune femme finit par percuter. C'était d'une telle évidence.

— C'est vrai, t'as raison ! C'est un carré.

— *Euh... Pas besoin non plus d'avoir fait Mat' Sup' pour voir ce qui saute aux yeux.*

— Ah bon ? T'as fait Maternelle Supérieure ? Mais non, ce n'est pas ça ! Regarde mieux.

Avec le marqueur, Sylvia traça deux traits verticaux et deux autres horizontaux, à l'intérieur de la figure tracée sous l'influence de Thorn. Chaque chiffre était à présent dans une petite case, et le carré en comptait neuf en tout, avec trois pour chaque côté.

Mais oui, c'est plutôt bien vu.

— Le Carré Magique de Saturne. Voilà pourquoi ça me semblait familier. Philippe m'avait fait lire un livre de Papus avec les sept Carrés Magiques. Celui de Saturne est le plus petit.

— *Encore heureux que ces malades n'aient pas reconstitué celui de la Lune. Il compte neuf cases de chaque côté. Là, ils auraient dû carrément buter quatre-vingt-un mômes.*

— Thorn ! Non, mais, tu te rends compte de ce que tu dis ?

— Ben quoi ? Tu sais que j'ai raison. Et à part d'être un p'tit jeu arithmétique dans l'Antiquité, à quoi sert un Carré Magique ?

— Je me souviens qu'on les trouve surtout en talismanie. Une fois les chiffres reliés d'une certaine façon, il peut constituer un sigil planétaire et devenir une *carte routière* pour des entités occultes liées à la sphère planétaire évoquée par le Carré Magique. Wow... Je viens de comprendre...

— *Que le Carré Magique auquel nous avons affaire est lié à Saturne. Pas l'une des planètes les plus sympathiques au niveau magique. Ce carré, comme tu l'as deviné, n'a été établi que dans un seul but : concentrer un pouvoir à travers le symbolisme qu'il renferme. Vu qu'il s'étend sur toute la ville, il va falloir s'attendre au pire. Le pouvoir qui va s'accumuler n'aura rien de bénéfique, car il aura été invoqué par le sang des enfants qui ont été tués. Même si les corps ont été enlevés, la marque du sang sur les lieux, elle, demeure. Et tu connais ces lieux. Pas vrai, Sylvia ? Tu les as déjà vus.*

Ces mots n'avaient rien d'anodin. Ils faisaient référence à quelque chose de trop précis pour qu'elle en vienne à se rendre à l'évidence. Surtout quand celle-ci sautait aux yeux. Faire face à cette cinglante vérité fut pénible, mais ce n'était qu'un début.

— Oui, c'est vrai que je les connais... Tous. Je suis déjà allée là où chaque enfant a été abandonné. Ce sont les dragons qui m'y ont conduite. Tous les emplacements sur cette carte correspondent aux endroits de Paris où j'avais été envoyée dans l'astral pour éradiquer la négativité qui y stagnait. Non, mais tu te rends compte, Thorn ? Quelle horreur ! Tu sais mieux que moi que toute cérémonie rituelle nécessite une purification des lieux ?

— *Très juste, étant donné que ce Carré de Saturne a été tracé dans un but maléfique. Après tout, je ne t'apprends rien. Seule la Lumière peut invoquer les Ténèbres.*

— Et c'est *moi* qui ai fait place nette dans la ville ! C'est comme si je leur avais mâché le travail ! Si ces malades parviennent à leurs fins, ce sera à cause de moi !

Thorn savait qu'elle venait de subir un choc émotionnel

violent. Il fallait absolument qu'elle parvienne à le surmonter.

— *Sylvia ! Reprends-toi ! Ce n'est pas le moment de se laisser aller à la culpabilité. Ça n'y changera rien. Le plus constructif serait plutôt de trouver le moyen de contrer les plans de* Dies Irae. *Pour l'instant, on sait qu'ils ont établi un Carré Magique de Saturne assez étendu pour concentrer une énergie phénoménale. Laquelle ? Nous l'ignorons. Il va falloir faire de plus amples recherches sur la magie talismanique, si nous voulons découvrir ce qui se trame. Oui, ils se sont servis des purifications que tu as menées récemment, mais ce n'est pas comme si tu l'avais fait en sachant que des gens aussi pervertis et sadiques se serviraient de toi et de ce que tu as accompli.*

Sylvia essuya les larmes qui perlaient à ses paupières du revers de sa manche. Thorn avait réussi à l'apaiser quelque peu, même si elle vivait très mal le fait d'avoir été, même à son insu, l'instrument qui permettrait à un rituel magique aux conséquences incommensurables de se déployer.

— Merci... renifla-t-elle d'un air penaud avant de réaliser ce qu'elle venait de dire et surtout à qui. Je n'arrive pas à croire que je viens de te dire ça.

Dans son esprit, la voix se fit un peu plus ironique.

— *Ouais... La fin du monde est peut-être sur le point d'avoir réellement lieu, en fin de compte.*

Cette taquinerie eut le mérite de faire esquisser un sourire à la jeune femme.

— C'est fini, oui ? Si c'était vrai, elle serait en avance, puisque le calendrier maya précise que ça aura lieu le 21 décembre prochain. Dans l'immédiat, à part continuer à nous informer, que pouvons-nous faire ?

— *Rectification. Qu'est-ce que* tu *peux faire ? Ne le prends pas mal, même si je sais que ça va être le cas, mais ce n'est pas avec tes pouvoirs que tu peux espérer tenter quoi que ce soit.*

— Et que recommandes-tu de faire, Cochise ?

— *Fais donc appel à ceci. Abracadabra !*

Sous les yeux stupéfaits de la *Gardienne d'Obscurité*, la

Baguette du Feu venait de faire son apparition dans un tourbillon de flammes entre ses mains.

— *Viens me rejoindre dans l'astral. Il est temps de récupérer ce qui t'a été pris.*

D'abord interloquée, elle en vint à se ranger à l'avis de son mystérieux interlocuteur. Après tout, il ne lui avait jamais menti et il l'avait toujours aidée face au danger. Il n'y avait pas de raison pour que cela change.

Elle s'installa à même le sol, en tailleur, avec la Baguette du Feu posée au creux de ses mains, avant de se préparer à entrer en méditation profonde. Elle se vit alors, installée de la même façon, non loin d'une barrière infranchissable de flammes. La chaleur ne l'incommodait pas. Là, la silhouette de Thorn ne tarda pas à se matérialiser. Il vint rejoindre Sylvia en prenant la même position, juste en face d'elle.

— Pour commencer, il nous faut savoir ce qui s'est réellement passé quand tes pouvoirs ont diminué. Comme le Feu semble être un fil conducteur, je me suis dit que ceci ne serait pas de trop.

Sylvia se demanda comment Thorn était entré en possession de cet item sacré, sans subir les dommages qui n'auraient pas manqué si quelqu'un d'autre que sa propriétaire légitime venait à y toucher. Cependant son désir de comprendre où Thorn voulait en venir se fit le plus fort dans l'esprit de la jeune femme.

— Que dois-je faire, exactement ?

— Nous allons nous concentrer sur la date où ce rituel avait eu lieu, l'été dernier, sous l'orage. Surtout, sur ce qui est arrivé après. C'est ce qui nous intéresse. Maintenant, ferme les yeux.

Sylvia s'exécuta, et put néanmoins sentir les mains de Thorn se poser sur les siennes.

La vision désormais devenue coutumière du rideau de flammes venait de se matérialiser une nouvelle fois aux yeux de Sylvia. La première fois qu'elle avait tenté d'élucider l'origine possible de ce cauchemar, elle avait envisagé qu'il était dû à sa vie antérieure. Sans oublier que c'était par un rêve assez similaire que la jeune femme s'était retrouvée embarquée dans toute cette histoire, deux ans et demi auparavant, mais ce n'était pas le cas. La seconde hypothèse, toujours puisée du passé, l'avait renvoyée au moment du décès de ses parents dans l'incendie de la demeure familiale et dont seuls les enfants étaient sortis vivants. Là encore, ce n'était qu'une fausse piste. Pourtant, elle restait persuadée que ce rêve avait un rapport avec quelque chose qui était arrivé dans son passé. Si cet évènement n'était pas lié à sa vie antérieure ni à son adolescence, c'était qu'il avait dû se produire plus récemment. Grâce à l'interaction de Thorn avec ses pouvoirs, elle était maintenant en mesure de remonter à la source et, pourquoi pas, de savoir enfin pourquoi ses pouvoirs avaient soudain diminué.

Assis en tailleurs, face à face, leurs genoux en contact, tous deux s'inclinèrent afin que leurs fronts se touchent. Thorn espérait faire voir à la jeune femme tout ce qu'il avait découvert à ce sujet. Malgré toutes les mises en garde qui avaient été faites à son encontre, il était le seul à avoir fait preuve de franchise en lui disant toujours la vérité, quitte à y aller cash. De toute façon, elle préférait être écorchée par la vérité que torturée par les mensonges.

Était-elle pour autant prête à y faire face ?

Pas si sûr…

49

Thorn perçut les hésitations qui s'agitaient dans le cœur de Sylvia, tels des papillons affolés. Avec le temps, leur lien psychique s'était renforcé. Aussi, il était à présent la seule personne qui connaisse aussi bien la *Gardienne d'Obscurité*. Il avait décidé de l'aider à ouvrir les yeux sur les évènements récents dont elle avait du mal à se souvenir. Si elle voulait savoir et comprendre, il faudrait bien en passer par là, aussi pénible que cela puisse être pour elle.

Unis par contact physique, les ondes magiques des deux jeunes gens se synchronisèrent.

— Maintenant, ensemble… murmura Thorn. Remontons dans le passé. À ce qui s'est passé au début de l'été dernier.

La combinaison de leur volonté eut tôt fait de plier la barrière qui les maintenait devant le rideau flamboyant. Bientôt, la vision de Sylvia s'altéra un bref instant, au moment où l'obstacle incandescent s'effondra devant elle et Thorn.

Tous les deux furent propulsés dans le passé de Sylvia et purent voir ce qu'elle avait vécu, comme s'ils en avaient été les témoins invisibles.

Sylvia parvint à se resituer par rapport à la marche du temps. C'était le mercredi 20 juin dernier et elle faisait face aux six portes massives, dans le hall démesuré de la caverne dont l'entrée évoquait la gueule béante d'un dragon. Autour d'elle, la lumière était d'un rouge éclatant, comme si des rubis issus d'une gemme la plus pure en étaient à l'origine. Alors que les deux portes en partant de la droite – à savoir la bleue et la cristalline – paraissaient indistinctes, comme floues, celles qui avaient déjà été franchies semblaient normales. Y compris la rouge qui pulsait d'une énergie peu commune.

La porte liée aux forces du Feu.

Le Feu ? s'interrogea la Sylvia qui observait cette scène issue du passé. Pourtant, lors de l'équinoxe d'Automne, j'ai franchi la verte, liée à la Terre. Quand est-ce que j'ai franchi celle d'avant, celle de l'Air ? Ça ne rime à rien !

En constatant l'hésitation de son alter ego du passé, elle en conclut que celle-ci venait peut-être d'avoir une pensée similaire avant de tendre la main vers le battant, qui s'ouvrit sans bruit.

Elle regarda la projection de son passé entrer. À cet instant, chacune des deux versions d'elle-même devait se demander à quoi il faudrait s'attendre.

Elle entra donc et la porte se referma, comme à chaque fois qu'elle était déjà venue en ces lieux pour franchir une nouvelle étape de son parcours initiatique. Ce qui était d'ailleurs le cas en ce jour du Solstice d'Été. Chaque fois, la pièce dans laquelle elle entrait était en adéquation avec l'Élément du moment. Il y avait eu une vaste grotte sombre pour la Terre... Mais c'était quoi pour l'Air ? Sans doute la terrasse surplombant la montagne. Ici, dans l'antre du Feu, il n'y avait aucune place au doute ; les murs étaient d'un ocre presque rouge. Pour un peu, la jeune femme se serait crue dans la scène du film Le Seigneur des Anneaux, *à l'intérieur de la Montagne du Destin. Face à elle, une longue saillie rocheuse se prolongeait avec de gigantesques flammes tournoyantes. Elle n'eut même pas besoin de se pencher pour savoir qu'une épaisse lave en fusion bouillonnait juste en dessous. La chaleur était étouffante et rendait l'air très sec.*

D'autres impressions lui parvinrent, comme une sensation pesante dans l'air et une émanation olfactive curieuse. Une odeur dont la fragrance semblait émaner des fumées environnantes, denses et terreuses. On aurait dit qu'un encens était en train de se consumer. Une résine aux parfums âpres, puissants, et entêtants.

Ce qu'elle percevait dans l'air ambiant mettait tous ses sens en alerte. Alors qu'elle était venue ici dans l'espoir que les dragons partageraient l'enthousiasme soulevé par son récent rituel d'orage, au cours duquel elle avait façonné un item puissant, seul un silence pesant lui parvenait. De plus en plus mal à l'aise, elle s'avança au cœur des flammes quand elle finit par apercevoir le mur du fond.

Un cercle avait été creusé à même la roche et le symbole du Feu y avait été gravé et teint d'un rouge vif, ainsi qu'une flammèche jaillissant de la pointe du haut, avec les trois signes astrologiques qui lui étaient liés : Bélier, Lion et Sagittaire.

Juste au bout de la saillie rocheuse, lévitait en suspension un item magique que Sylvia reconnut sans peine comme étant l'un des Trésors Sacrés remis par les dragons : la Baguette du Feu.

À cette vue, la Sylvia du présent resserra les doigts sur l'item magique qu'elle tenait.

Lors des cérémonies du groupe, c'était Coralie qui pouvait la manipuler et invoquer les pouvoirs du Feu. Cependant, lors d'une initiation, le praticien en apprentissage auprès des dragons devait prendre l'item en main afin de s'ouvrir aux puissances ardentes et tenter d'apprivoiser le pouvoir démesuré du Feu à l'état brut.

L'étrangeté de ce qui se passait lui fit comprendre enfin ce qui différenciait tant cette cérémonie de celles auxquelles elle avait déjà participé. C'était si évident qu'elle ne l'avait pas noté au passage : il n'y avait pas le moindre dragon.

Normalement, cet endroit devrait grouiller de ces créatures ignées, témoins impassibles de ce nouveau passage initiatique. Sauf que leur absence conférait quelque chose d'étrange à cet instant. Comme s'ils ne voulaient pas la voir. Pourquoi était-elle toute seule en ces lieux à un moment comme celui-ci ? Si Sylvia devait résumer les bizarreries, elle aurait pu noter l'absence de plaque murale et de question dont la réponse ouvrait la porte, le fait qu'aucun dragon n'assiste au rituel, et enfin que nulle voix ne se fasse entendre pour donner les directives à suivre.

Un mauvais pressentiment l'étreignit. Comme si elle n'avait pas le droit d'être là. Pourquoi l'avait-on laissée entrer ?

Alors qu'elle se contentait d'admirer les reflets des flammes environnantes sur la baguette magique, les mains de Sylvia s'animèrent d'elles-mêmes soudain pour agripper fermement l'item en lévitation devant elle, lui arrachant un cri de surprise. Elle tenta bien d'y résister, mais sans succès. Ses mains y étaient maintenues de force.

Une étincelle rouge flamboyant aussi brillante qu'une étoile apparut avant de projeter une colonne de lumière écarlate intense. Celle-ci était parcourue d'étincelles aussi belles que de minuscules rubis tourbillonnants dans les airs.

Subjuguée malgré tout par la beauté qui se manifestait, Sylvia n'eut pas le temps de s'émerveiller davantage qu'une étrange fumée remonta le long de la colonne de lumière. Les volutes obscures se resserraient de plus en plus, cherchant à étouffer la lueur écarlate.

S'en suivit un coup violent, donnant à Sylvia l'impression d'avoir été frappée au niveau du diaphragme. Le chakra du cœur. Elle suffoqua sous la violence de l'impact, comme si elle avait été prise, elle aussi, par la même fumée noirâtre qui cherchait à éteindre inexorablement sa flamme intérieure.

Elle comprit avec effroi le sort qui lui était infligé : la Baguette du Feu était en train d'absorber ses pouvoirs !

Le souffle court, elle ne pouvait pas empêcher sa force magique de s'amenuiser, prise dans l'étau de cette émanation obscure. La jeune femme tomba à genoux, les mains toujours rivées à la baguette qui lui brûlait la paume des mains. À bout de souffle et de force, elle était sur le point de s'évanouir. Juste avant de perdre connaissance, sa vue se brouilla. Tout ce qu'elle parvint à apercevoir, c'était la colonne de fumée noire qui avait presque complètement asphyxié la lumière rouge dont il ne restait que quelques étincelles éparses.

Une vague d'énergie explosa alors, lui faisant lâcher la baguette, et le corps inanimé de Sylvia fut projeté en arrière. Il roula jusqu'à l'autre extrémité de la saillie rocheuse par laquelle elle était arrivée quelques instants auparavant.

La silhouette d'un dragon rouge au regard d'un grenat incandescent se matérialisa à peine, encore translucide à travers la fumée et les flammes. De son souffle, il projeta une vague de feu sur la jeune femme prostrée. Il la fixa, scellant à jamais la malédiction qu'il venait de lui jeter, tandis que sa voix de stentor résonna contre les parois rocheuses de la caverne :

« *Sylvia Laffargue,* Gardienne d'Obscurité *au sein du Cercle du Dragon Céleste, toi qui étais sur le point d'accéder au quatrième palier de ton évolution de la Draconia, tu es aujourd'hui punie pour ton péché d'orgueil. Pour avoir fait un usage abusif du pouvoir qui t'a été confié en fabriquant une arme magique sans notre autorisation, tu as été reconnue coupable par les Rois draconiques. Par conséquent, la sentence vient d'être exécutée et tes pouvoirs t'ont été arrachés. Tes forces resteront ainsi, sans que tu puisses faire appel à la puissance qui était la tienne. Il en va de même pour tes connaissances et ton savoir magique. Ne pouvant plus évoluer, te voici condamnée à régresser au second niveau d'initiation, à savoir celui de la Terre. Mais pour que tes amis ne puissent jamais soupçonner l'ampleur de ton déshonneur, nous affecterons aussi leur mémoire, comme la tienne. Ton châtiment ne sera levé qu'au moment où tu te seras repentie à nos yeux, et que ta loyauté sans faille à notre égard aura été rétablie ».*

Le rideau de flammes près de la jeune femme s'intensifia pour redevenir le mur infranchissable qu'il était auparavant.

Sylvia et Thorn avaient réussi. En combinant leurs forces, ils avaient été en mesure de passer outre le sort qui avait été jeté à la magicienne, pour qu'elle prenne toute la mesure de ce qu'elle avait subi en ce jour du Solstice d'Été.

Elle en fut atterrée à plus d'un titre.

La jeune femme reprit tant bien que mal ses esprits. Elle suffoquait, comme si elle ressentait à nouveau l'extirpation violente de ses pouvoirs. Elle se passa une main tremblante sur le front, rejetant sur l'épaule une mèche de cheveux. Même son énigmatique compagnon semblait avoir du mal à revenir au moment présent. Sylvia se releva et s'éloigna de quelques pas, en chancelant. Il lui fallait rétablir un espace vital dans lequel elle pourrait tenter de réfléchir à ce qu'elle venait de voir. De digérer ce qui lui avait été révélé par cette vision.

Les souvenirs de ce jour affluaient en un tsunami dévastateur et les pièces éparses d'un puzzle aberrant commencèrent à se regrouper, pour esquisser un improbable tableau dont elle était le sujet principal. Une effroyable fresque dont elle venait d'avoir enfin une vue d'ensemble.

À y repenser, elle se souvenait d'avoir été malade à cette période de l'année, mais sans parvenir à se souvenir de la cause de ces malaises. Depuis sa discussion avec Coralie concernant le rituel d'orage, elle avait supposé que ce n'était là que les séquelles de l'éclair qui lui était tombé dessus. Pourtant, il n'en était rien.

Sylvia avait fini par s'habituer au flux magique harmonieux qui s'écoulait en elle, fluide et impétueux. Or, lors de ce premier jour d'été, elle s'était réveillée par terre, tel un arbre qui a été déraciné par les bourrasques, pourrissant de l'intérieur. Mort. Elle s'était sentie comme le lit d'une rivière desséchée, sans même savoir pourquoi. La soudaine diminution de ses pouvoirs avait laissé en elle un vide abyssal. Depuis, elle avait souffert de migraines et de difficultés respiratoires persistantes. Une véritable canalisation obstruée. À présent, elle en comprenait la raison.

C'était l'image même d'une trahison… mais pas la sienne.

Car l'amère vérité venait de lui être révélée au grand jour. L'impact de cette vision lui fut cuisant. Elle cilla, dans une vaine tentative de retenir ses larmes, mais c'était inutile et elles roulèrent sur ses joues. Tant pis si Thorn pouvait les voir.

Oui, elle avait été bel et bien manipulée et trahie par ceux en qui elle avait eu une confiance aveugle depuis ses tout premiers pas sur la Voie Magique.

Les dragons, et personne d'autre, étaient responsables de lui avoir dérobé ses pouvoirs, de même que tout le savoir qu'elle avait emmagasiné depuis plus de deux ans. Ils avaient piégé la jeune femme qui perçut cette agression comme rien de moins qu'un viol de tout son être. Ses pouvoirs arrachés et entravés qui avaient fini par la mettre en danger, ses souvenirs falsifiés pour s'assurer qu'elle ne se rappelle pas ce qu'elle avait vécu.

Sylvia laissa libre cours à la rage qui venait d'exploser dans son âme en un cri soudain.

Ils avaient osé lui faire ça !

Elle ne leur pardonnerait jamais… Jamais !!

50

Mercredi 31 octobre 2012
36 quai des Orfèvres

Frédéric et Sylvain n'en finissaient plus d'examiner dossiers et rapports provenant de tous les coins de la ville, sur les enfants assassinés.

— Je ne sais pas pourquoi, soupira ce dernier, mais je sais qu'aujourd'hui sera une journée épouvantable.

Surpris par une telle certitude, le capitaine leva le nez du rapport qu'il était en train de rédiger et fixa son jeune coéquipier.

— Qu'est-ce qui te fait dire ça ? La quantité de paperasse que notre boulot ne manque pas de générer à chaque enquête ?

Sylvain soupira en s'adossant un peu plus à sa chaise, les mains derrière la nuque.

— Mais non. Je te parle de la situation en général. Depuis que *Dies Irae* a mis le feu au manoir après avoir décimé la population adulte qui y vivait, ils ont emporté les enfants pour les tuer et faire une disposition étrange qui n'est pas sans rappeler un lien avec le surnaturel. L'œuvre du Malin, selon ces mecs... pas malins. Le Proc et le commissaire Berger ont eu beau multiplier les communiqués de presse, il y en a de plus en plus qui se sont mis dans la tête que ce sont des adeptes de la magie noire qui ont fait le coup. Pas moyen de les faire changer d'avis.

— Dès que des enfants sont impliqués, surtout dans une affaire aussi sordide, les gens réagissent toujours à l'émotionnel. Ils ne réfléchissent même plus. Du coup, la population est à cran et la moindre petite étincelle suffit à mettre le feu aux poudres. Pour l'instant, il faut reconnaître que nous avons du bol, puisque aucune piste ne s'est démarquée par rapport aux nombreuses scènes de crime que la scientifique doit examiner. Les gars sont en train de multiplier les demandes de prélèvements, mais pour un résultat bien décevant, si tu veux mon avis.

— Pourquoi ?

— Tu ne devines pas ? À cause du coût faramineux que représenteraient ces analyses. Sans parler du temps que ça prendrait. En cherchant à être réaliste, il faudrait compter plusieurs mois avant d'obtenir le moindre indice. Et encore...

— Ce n'est pas comme dans les séries télé où les résultats d'analyses tombent avant les pubs, tout en faisant croire que ça leur a pris un temps de dingue.

Frédéric eut un petit rire sans joie.

— Tu as raison, on ferait mieux d'exploiter la seule piste que ces mecs nous ont laissé : le téléphone portable. D'où l'idée de le confier à notre expert high-tech, *alias* le super limier du Net. S'il y a quelque chose à dénicher dans les circuits de cet engin, tu peux compter sur Bertrand pour le trouver. Sauf que j'aimerais bien qu'il se dépêche un peu, celui-là.

— D'un autre côté, il est plus que surbooké en ce moment. Il ne manquerait plus qu'il nous fasse un *burning out*.

— Tu crois qu'il pourrait nous faire une crise de surmenage ?

— Perfectionniste comme il est, il préférera en faire le plus possible, plutôt que déléguer aux autres et prendre le risque d'un travail bâclé, quitte à y laisser sa santé.

— Pas faux, et c'est ça qui m'inquiète. D'où l'idée de le faire bosser uniquement sur le portable qu'on a trouvé. Après quelques recherches, on a eu la confirmation que ce n'était pas celui du père de Xavier. On peut en conclure que c'est l'un des agresseurs qui l'a perdu. L'ennui, c'est qu'il n'est enregistré au nom de personne en particulier. Sans doute un appareil volé qui aura été trafiqué pour ne pas être identifiable. Tu parles d'une déveine.

— Et tu t'attendais à quoi ? À des fiches détaillant l'identité des mecs de *Dies Irae*, gentiment classées dans l'ordre alphabétique dans le répertoire, avec photo et coordonnées complètes ?

Frédéric eut un rire amusé à cette idée, mais restait réaliste.

— Quand même pas ! Mais on peut être en droit d'espérer une bonne nouvelle. Merde, je vais être en retard ! s'exclama-t-il après avoir jeté un coup d'œil à sa montre.

Sylvain observa son équipier se hâter de rassembler ses affaires, en affichant un sourire taquin.

— Quoi, tu nous quittes déjà ? Un autre rendez-vous galant avec Coralie ? Vous rattrapez le temps perdu ou quoi ?

— Crois bien que j'aurais préféré, mais non. J'ai un pote qui bosse dans une boîte de sécurité privée du type paramilitaire. C'est un ancien de la Légion étrangère qui a trouvé un poste de formateur. Comme il est rarement de passage en France, autant en profiter pour lui expliquer notre cas *Dies Irae*. Vu le profil de ces mecs-là, il pourrait peut-être avoir des infos les concernant.

— Vu sous cet angle. Attends, je viens aussi.

Le capitaine Laforrest enfila son holster et la veste en cuir pendue au dossier de son siège.

— Non, ce n'est pas la peine. Mon contact est de nature timide et extrêmement méfiante. Il ne voudra parler qu'à moi seul. Autant que tu restes sur place, des fois qu'un nouvel élément ait la courtoisie de pointer son nez. Je ne sais pas pour combien de temps je vais en avoir, mais ça ne devrait pas être long. De toute façon, tu sais comment me joindre.

— Donc, je reste là et j'attends ?

— On peut dire ça comme ça. À plus !

Sur ces mots, Frédéric s'en alla.

Il était très rare que le tandem ne travaille pas ensemble. C'était d'ailleurs cette proximité de tous les instants qui avait fini par les rendre aussi proches et plus complices que deux frères. Sylvain aimait beaucoup son collègue, tout autant qu'il le respectait pour ses qualités humaines et professionnelles. Tous les deux constituaient désormais l'une des meilleures équipes de la PJ, et c'était déjà très satisfaisant en soi. Le lieutenant Laffargue en était là dans ses pensées, quand la sonnerie de son téléphone portable fit sursauter le jeune homme qui s'empressa de répondre.

— Tiens, Bertrand ! C'est marrant, avec Fred, on parlait de toi il n'y a pas cinq minutes.

— *Justement, je cherche à le joindre, mais il ne répond pas. Du coup, je t'ai appelé. Tu peux me dire ce qu'il fout à ne pas prendre ses appels ? Tiens, passe-le-moi, ce sera plus simple.*

— C'est que... Frédéric n'est pas avec moi. Il est parti rencontrer un de ses indics. Il a dû éteindre son téléphone pour ne pas attiser la méfiance de son contact.

— *Bordel, ce n'est pas le moment ! Je suis en train de bosser sur les données GPS du téléphone que vous m'avez confié et j'ai réussi à récupérer quelque chose, malgré le cryptage de haut niveau qui bloque l'ensemble des infos.*

— C'est vrai ? Qu'est-ce que c'est ?

— *Deux emplacements qui reviennent assez souvent parmi les déplacements les plus récents qui ont été effectués. J'en ai relevé deux autres, mais qui sont moins pertinents, compte tenu des évènements. Ce sont les coordonnées du manoir incendié près de...*

— Rien d'étonnant, *Dies Irae* a dû y faire des repérages.

— *Et les secondes font référence aux locaux du magazine* Le Cercle Magique. *J'ai transmis l'info à Mansoif, vu que c'est lui qui est chargé de l'enquête en cours là-bas. Ça prouve que d'autres personnes que ta sœur s'intéressaient à cet endroit.*

— Tu as bien fait, mais là, ce sont les données que tu as écartées. Desquelles voulais-tu parler ?

— *Les coordonnées qui reviennent le plus souvent, au point de les placer en tête de liste, situent un endroit en ville assez improbable. Je t'envoie ça par SMS.*

— Tu sais, je n'ai jamais été très doué avec les longitudes et autres platitudes du même genre.

— *Ce sont les longitudes et latitudes, espèce d'inculte. Ça y est, tu as reçu le message ?*

— Ouais, à l'instant. Effectivement, ça ne me dit pas grand-chose, à part que c'est tout près d'ici. Sur l'île de la Cité. Pas loin de la cathédrale Notre-Dame. Tu crois que *Dies Irae* pourrait y préparer un coup ? Je devrais en toucher deux mots à Dominique.

— *Va savoir... C'est toi le flic. Alors, commence par fliquer.*

— Oh que c'est drôle. Et pour la seconde adresse ?
— *Envoyée aussi par SMS.*
Le lieutenant pianota à nouveau sur l'écran de son téléphone pour lire la suite du message qu'il avait reçu, avec la sensation d'avoir le cœur au bord des lèvres.
— Place de la République... Ce ne serait pas au début du boulevard du Temple ?
Rien qu'au changement soudain d'intonation de son interlocuteur, Bertrand comprit que quelque chose n'allait pas.
— *C'est bien ça, oui. Qu'est-ce qui se passe, Sylvain ?*
— Bordel ! C'est là que se trouve *La Voie Initiatique* !

51

Boulevard du Temple

Pour la célébration de Samhain, l'Halloween celtique, le personnel de *La Voie Initiatique* avait vu les choses en grand et tous étaient à pied d'œuvre afin de rendre cette journée formidable pour les clients. Dès l'ouverture, ils étaient déjà quelques-uns à attendre. Leur patience fut récompensée avec du cidre chaud aux épices et un sachet de petits sablés faits maison. Beaucoup s'étaient amusés des gâteaux en petites citrouilles. Un bel effort avait été fait pour la décoration, avec des croix celtiques en pierre reconstituée, des guirlandes de feuilles d'automne, des luminaires en terre cuite façon citrouilles grimaçantes, autres cucurbitacées et plein de chandelles oranges et noires.

Pour l'occasion, le Cercle du Dragon Céleste avait tenu à participer en offrant différentes animations tout au long de la journée. Coralie achevait un étal spécial mettant en avant des offres promotionnelles pour des articles divinatoires. Ce dernier présentait des cartes de Tarot, sets de runes, pendules ou boules de cristal, mais aussi des livres d'initiation à la Magie et à la sorcellerie naturelle, offrant une réduction, y compris sur les nouveautés. La jeune femme travaillait dur.

Thessa s'était portée volontaire pour proposer des séances de divination par le Tarot aux clients qui pourraient en faire la demande, tandis que Philippe signait son nouvel ouvrage tout en expliquant les véritables origines de la célébration du moment. Cela lui rappelait la toute première fois où il était venu en ces lieux, justement pour la dédicace de son livre sur la magie draconique. Le jour où il avait fait connaissance avec ceux qui étaient devenus ses plus proches amis. Dire qu'à présent, ils emménageaient en colocation, tous les cinq.

Sylvain arriva alors en trombe, attirant immanquablement l'attention, en particulier de quelques filles qui l'admirèrent en coin. Ce dernier cherchait à discuter avec Robert Tarany qui se fit remplacer par sa femme à la caisse, curieux de savoir ce que l'on pouvait bien lui vouloir. Ils s'éclipsèrent derrière l'épais rideau dissimulant l'accès à l'arrière-boutique.

— Que se passe-t-il, Sylvain ? Tu n'as pas l'air d'être là pour envoûter la gent féminine, parce que c'est déjà fait.

Cependant, l'inquiétude manifeste du policier coupa court à toute envie de plaisanter.

— Je suis là à titre professionnel. Je viens d'avoir la confirmation que votre boutique pourrait être dans le collimateur de *Dies Irae*. Ces coordonnées GPS ont été retrouvées sur un portable que nous pensons appartenir à ces fanatiques. Et tout porte à croire que ces allées et venues pourraient être des repérages. Vous n'avez rien remarqué de bizarre, ces derniers temps ?

— Non, comme quoi ?

— Un, ou plusieurs véhicules qui auraient fait des apparitions dans les environs. Des clients inhabituels… du genre qui ne font qu'observer les lieux. Est-ce que vous stockez les vidéos des caméras qu'il y a dans votre boutique ?

— Oui, sur un disque dur annexe, mais ça va te prendre un temps énorme d'examiner tout ça.

Devant l'ampleur de la tâche, Sylvain devait bien reconnaître que Robert avait raison ; cela prendrait beaucoup trop de temps pour être vraiment efficace en le faisant seul.

— On pourrait se limiter à la caméra couvrant l'entrée.

— Et qu'espères-tu y trouver ?

— J'avoue pour l'instant que je n'en sais rien… Si quelqu'un de *Dies Irae* est venu à plusieurs reprises, la caméra l'aura peut-être enregistré. On pourrait obtenir un élément d'identification.

— Le jeu peut en valoir la chandelle, en effet. Installe-toi à cet ordinateur. Tu pourras bosser tranquillement.

Les premières vidéos ne révélèrent rien d'intéressant, même

passées en accéléré. Midi et demi venait de sonner quand Liliane Tarany vint aux nouvelles auprès du policier, lui suggérant en passant de prendre une pause, le temps de déjeuner en compagnie de ses amis qui venaient de mettre leurs activités entre parenthèses, pour se reposer un peu. Il y eut quelques déçus parmi les clients, mais rien de plus. Il s'agissait après tout d'activités gratuites et tout le monde avait le droit de se reposer un peu. Malgré la tension provoquée par ses recherches, le policier accepta l'offre. Il fut enchanté de se trouver parmi ses amis, même si tous déploraient que Sylvia ne puisse se joindre à eux. Ils avaient fini par se faire à l'idée qu'elle doive se cacher, le temps que toute la lumière soit faite sur la mort étrange de Marylise Cox. Un meurtre dont Sylvia avait été d'emblée suspectée.

Sylvain venait de manger un des sandwiches préparés par les parents de Coralie.

— Mansoif pense avoir trouvé l'arme du crime, expliqua-t-il. D'après lui, les blessures létales auraient été provoquées par une lame aussi affûtée qu'un scalpel. Or, des lames rectangulaires en métal décoré ont été découvertes près du corps. Certaines sont couvertes du sang de la victime. Le plus curieux, c'est que le labo n'a trouvé qu'une seule empreinte. C'est étrange, non ? Quand on tient un objet en main, on y laisse plusieurs traces de doigts. C'est de la simple logique.

— Mais c'est bon pour vous, non ? fit remarquer Thessa. S'il y a une correspondance dans vos fichiers, ça voudrait dire que vous tenez votre tueur. Parce que je refuse de croire que Sylvia puisse être impliquée dans cette sordide affaire.

— Tu vois, c'est là tout le problème. Jusqu'à présent, on n'a aucune correspondance.

— Ça veut dire que le tueur n'est pas référencé ? dit Coralie.

— Ou du moins, que cette personne ne s'est encore jamais fait coffrer, si c'est à ça que tu penses. Entre ça et ces gamins qui ont été massacrés, en plus de ceux du côté de Rambouillet... On n'en sort plus. Et comme la piste de la vidéosurveillance semble ne rien donner, autant rester là pour surveiller un peu ce qui se passe.

— Au fait, où est Frédéric ? Tu crois qu'il va venir nous rejoindre ? demanda la jeune femme avec espoir.

Sylvain eut un petit sourire amusé, comme ses autres amis qui avaient remarqué que le rouge était monté aux joues de leur amie rouquine. Elle s'étonna de leur réaction.

— Ben quoi ? Pourquoi me fixez-vous tous comme ça ?

Le lieutenant préféra battre en retraite.

— Pour rien. Il faut croire qu'on ne verra pas Fred de sitôt. Il m'a laissé en plan depuis ce matin pour suivre une piste. Maintenant, il est injoignable. Je lui ai laissé des messages pour qu'il me rappelle dès qu'il le pourra. Pour l'instant, j'attends encore.

— Tu passes donc la journée avec nous ? demanda Thessa.

— Sauf contrordre, je préfère rester ici. Si nous recevons une visite surprise, je pourrais intervenir et appeler des renforts.

— Super, fit l'adolescente, on pourrait aller fêter Halloween au *Dernier Bar Avant la Fin du Monde*. Autant y aller ensemble et proposer à Sylvia de se déguiser pour nous rejoindre.

— C'est une idée, en effet, ajouta Coralie. Mais là, l'heure tourne. Dans l'immédiat, le devoir me rappelle à la boutique.

Tandis que les deux filles passaient par le rideau de velours, Sylvain se tourna vers Philippe qui était sur le point de se lever aussi. Il lui posa la main sur l'épaule pour interrompre son geste.

— Attends un peu, je vais avoir besoin de ton aide.

— Raconte-moi.

Ce n'était pas la première fois que le magicien québécois se retrouvait mêlé à une enquête criminelle. Sylvain le savait fiable quant à la confidentialité des informations dont il pourrait prendre connaissance. Sans compter que son savoir de la Magie avait déjà été très utile lors de l'affaire Rowanon. Peut-être qu'il pourrait apporter son aide. Il exposa donc à son ami les éléments récents en leur possession sur le cas des enfants qui avaient été tués par les fanatiques de *Dies Irae*. Il lui raconta tout de ces découvertes macabres, jusqu'aux chiffres de sang sur le front des victimes et leur dissémination étrange dans tout Paris.

Ils en arrivèrent à la découverte du Carré Magique de Saturne.

Philippe se servant du *Traité Méthodique de Magie Pratique* de Papus pour confirmer ses dires. Cependant, un autre détail du livre l'intéressait : un signe graphique distinct qui pouvait correspondre aux cases du Carré Magique. La superposition des deux éléments correspondait, ce qui prouvait que la personne à l'origine de ce plan morbide devait avoir de très bonnes connaissances en Haute Magie Cérémonielle. Pour lui, il ne faisait aucun doute qu'une puissance mystérieuse était à l'œuvre.

— Tu vois, Sylvain, si on relie chacun des chiffres de 1 à 9, on obtient ce genre de figure assez structurée.

Philippe esquissa le schéma du Carré Magique de Saturne sur une feuille extraite d'une imprimante.

— Je vois où tu veux en venir, dit Sylvain. Quatre points de chaque côté, formant deux carrés qui se joignent en un point central, pile au milieu du Carré. Au n°5. Oh non… Xavier…

Même si ce ne fut pas plus qu'un chuchotement émis du bout des lèvres, le magicien canadien savait que son ami pensait à l'enfant qu'il avait retrouvé non loin des ruines du manoir. Celui qui avait été tué malgré les efforts déployés pour le protéger. Il savait aussi que seul le temps parviendrait à cicatriser une telle plaie à vif dans le cœur de Sylvain. Une raison pour laquelle il préféra le ramener d'emblée à son explication.

— Tu vois, le n°5 est au centre de tout. Pour le Carré de Saturne, comme pour le sigil qui s'y rattache. D'ailleurs, à quel endroit ça correspond en ville ?

— La tour Saint-Jacques. Dans le square situé rue de Rivoli.

Philippe s'installa devant l'ordinateur qu'il sortit de son état de veille. Après avoir examiné quelques sites en ligne, il se renversa contre le dossier de son siège, les avant-bras sur les accoudoirs, les yeux levés vers le plafond, en pleine réflexion.

— C'est une antenne émettrice.

— Attends un instant ! Une quoi ?

— La tour Saint-Jacques est un clocher gothique et l'unique vestige de l'église Saint-Jacques-de-la-Boucherie. Tout un poème, un nom pareil. Comme le veut la tradition de tout édifice religieux, l'église renfermait une relique de Saint-Jacques, mais ce n'est pas pour ça qu'elle nous intéresse aujourd'hui, puisque l'édifice principal a été détruit durant la Révolution. Le clocher-tour se dresse, désormais seul dans ce qui a été le premier square de Paris.

— C'est étrange comme choix, parce que ce n'est pas la plus haute tour de Paris. On pense tout de suite à la tour Eiffel et à la tour Montparnasse. Ce n'est pas ce genre de clocher qui puisse rivaliser avec ces hauteurs-là.

— Sans doute, mais c'est la seule qui se situe précisément au milieu du sigil tracé à partir du Carré Magique qui englobe la ville. Un édifice chargé d'autant d'histoire pourrait devenir une espèce de phare spirituel en fonction de l'influence énergétique choisie.

— Saturne. Je ne sais pas pourquoi, mais je ne le sens pas trop... Et d'après toi, si tout ce stratagème avait été pensé dans le but de réaliser un rite magique, à quoi pourrait-on s'attendre ?

— Va savoir... Mais je sais que le Carré Magique a été tracé pour qu'une force spécifique se concentre sur l'étendue de sa surface qui couvre presque toute la ville de Paris. Et si la tour Saint-Jacques doit vraiment servir d'antenne conductrice, on peut alors craindre que quelqu'un cherche à pratiquer une invocation hors normes. Inutile de me demander pourquoi, je vais te le dire. Parce que la tour va servir à attirer et concentrer toutes les énergies spirituelles accumulées par le Carré Magique de Saturne.

— Et nous sommes Halloween.

— Oui. Cette nuit, le voile séparant les mondes spirituels sera plus fin que jamais. Si on voulait faire entrer ici une puissante entité, quelle qu'elle soit, c'est vers minuit que tout pourrait se jouer. Et la tour Saint-Jacques en sera la porte d'accès. Au moins, on sait où et quand cette cérémonie d'appel devrait avoir lieu.

— Nous ne sommes qu'en fin d'après-midi. Avec un peu de chance, on pourrait stopper ce qui se prépare. Même si nous ne savons pas encore quoi.

Sylvain se figea et tendit l'oreille parce qu'un calme étrange régnait soudain sur les lieux. Aucun bruit ne parvenait de derrière le rideau séparant l'arrière-boutique du magasin.

Les deux hommes s'interrogèrent d'un simple regard.

Il se passait quelque chose d'anormal à côté.

Sylvain se releva sans un bruit, et sortit son arme, en intimant l'ordre à Philippe de ne pas dire un mot et de rester derrière lui.

Le fracas d'une vitre brisée et les cris de Coralie déchirèrent le silence.

52

Au niveau du plan astral dans lequel Sylvia et Thorn se trouvaient, la *Gardienne d'Obscurité* ne décolérait pas, après qu'elle ait découvert qui était réellement à l'origine de la diminution de ses pouvoirs. Non, de leur vol par les entités draconiques du Feu.

Le jeune homme lâcha un petit rire narquois.

— Tu avoueras que ce sont de beaux hypocrites, non ? Ils te reprochent surtout d'avoir réussi à forger une arme magique d'une puissance équivalente à celle de l'Épée Mystique qui est, d'après eux, le trésor le plus précieux qu'ils puissent avoir. Là, tu te pointes, encore peu aguerrie en Magie, et voilà que tu leur prouves sans ambiguïté que tu peux faire aussi bien, voire même mieux. Normal que leur orgueil en ait pris un coup, selon moi.

Le jeune homme eut beau avoir l'air de le prendre à la légère, son interlocutrice était encore submergée par l'ampleur de cette manipulation sournoise, et de la trahison des dragons.

— Et ça leur donnait le droit de me mentir ? De me faire ça ?

— Bien sûr que non, mais tu avoueras qu'ils ne manquent pas d'un certain culot en agissant ainsi. Allez viens, rejoins-moi.

Il accompagna sa demande d'un geste encourageant.

Malgré la colère qui sourdait dans son cœur comme une tempête ardente, Sylvia était curieuse de savoir ce que son énigmatique compagnon avait à lui proposer. Encore une fois, il s'était montré franc, n'hésitant pas à l'aider à y voir plus clair en elle. Tandis que les dragons l'avaient trahie avant de l'abandonner face à l'inconnu, surtout au danger qui s'était manifesté par *Dies Irae*. Or, afin de venir à bout de leurs plans, il fallait qu'elle recouvre la globalité de ses capacités magiques. Il était évident que seul Thorn pourrait l'y aider.

La jeune femme se réinstalla en face de Thorn qui lui tendit la Baguette du Feu. Sylvia eut de la réticence à la toucher, au souvenir de ce qui s'était passé la dernière fois. Thorn perçut sans peine la vague de doute qui venait de l'atteindre.

— Dis-moi. Que faut-il faire, à présent ? s'enquit-elle.

— Maintenant, nous savons pourquoi tes pouvoirs ont diminué du jour au lendemain sans que tu ne comprennes pourquoi, ni aucun membre de ton clan, d'ailleurs. Les dragons sont à l'origine de tout. Il semble que cette baguette leur ait servi à canaliser tes forces avant d'en absorber une grande partie. Donc, si la baguette a servi à verrouiller tes pouvoirs, alors...

— Il n'y a que par elle que je pourrais les récupérer ?

— C'est ce qui semble le plus logique.

— Mais comment ? Je ne sais pas ce qu'il faut faire.

— Alors là, le plus simple consisterait à manifester clairement ta volonté de reprendre ce qui t'a été pris. Regarde un peu où nous sommes. Ça devrait suffire, non ?

— L'astral. Là où se manifeste la volonté d'un magicien...

La jeune femme saisit alors la Baguette du Feu dans ses mains et la contempla un instant. Le temps de clarifier ses pensées afin d'exprimer sa demande par les mots appropriés. Elle puisa au cœur de ce qui restait de ses forces magiques pour invoquer la force du Feu, au point que sa silhouette rayonna d'une aura rouge et que le symbole du cercle aux huit rayons concentriques apparut de la même nuance carmin sur son front.

Voyant que Sylvia allait se servir de la force élémentaire ignée, Thorn s'éloigna un peu, se contentant d'apporter ses propres pouvoirs en renfort. Une force posée et sûre qui réconforta Sylvia dans l'élaboration de son incantation qu'elle commença à chuchoter de façon presque inaudible, pour laisser ensuite sa voix gagner petit à petit en vigueur et en assurance :

« Par le Pouvoir de Trois Fois Trois,
Tel est mon vouloir.
Que soit brisé le sceau pesant sur moi,
Et que me soient restitués tous mes pouvoirs ».

Plus cette formulation gagnait en force et plus il fut possible de percevoir que cette dernière avait une intonation des plus étranges. Comme si deux personnes s'exprimaient en harmonie, mais sur deux tons opposés ; l'une étant un chuchotement suave, tandis que l'autre exprimait une volonté forte et appuyée.

Au même moment, la Baguette du Feu commença à émettre un léger rougeoiement qui devint tout aussi vite un embrasement tournoyant autour des deux silhouettes.

Thorn savait que la jeune femme était sur la bonne voie et cela le réjouit intérieurement.

Oui, continue comme ça, Sylvia. Tu vas finir par y arriver !

Malgré la chaleur et les forces démesurées qui s'accumulaient autour d'elle, mais aussi en elle, Sylvia serrait les poings comme jamais sur la Baguette du Feu. Elle était brûlante, mais pas autant que la volonté de la jeune femme à défaire ce qu'on lui avait infligé. Voilà pourquoi elle ne céderait jamais et irait jusqu'au bout.

Quelque chose semblait sur le point de plier et de rompre. Elle pouvait le sentir au plus profond d'elle-même. Ne serait-ce pas le scellé retenant ses pouvoirs qui était sur le point de céder, ou bien sa force d'âme ? Elle n'aurait su le dire. Une force incroyable était en train de se concentrer au-dessus de la Baguette du Feu, au point de devenir visible aux yeux de la jeune femme. Une sphère d'un rouge scintillant comme un extraordinaire rubis. Sylvia l'observa, mais sans relâcher la pression qu'elle exerçait sur sa volonté. Contre toute attente, la sphère explosa sans bruit, dans une déflagration relâchant une force ahurissante qui envoya au loin Thorn et Sylvia, leur faisant rompre tout contact avec la Baguette, son incantation et le plan astral. Elle roula à terre alors que la violence du choc lui fit perdre connaissance.

Il faisait déjà nuit quand Sylvia revint à elle. Il lui fallut quelques instants pour comprendre qu'elle était étendue à même le sol, mais à l'autre bout de la pièce dans laquelle elle avait trouvé refuge. Courbaturée et fourbue, elle se redressa tant bien que mal, cherchant à reconstituer le fil des évènements avant de se rappeler.

Thorn et elle, dans le plan astral.

Non seulement ils avaient assisté au piège qui avait été ourdi par les dragons dans le seul but de la délester de ses pouvoirs ainsi que de ses connaissances magiques, et comment elle avait tenté de les récupérer, grâce au soutien de son énigmatique compagnon.

Quoi que je fasse, il aura vraiment été toujours là pour moi. Pas comme Sha'oren qui m'a laissée tomber après m'avoir menti à plusieurs reprises. Ce qui laisse envisager que les êtres draconiques nous ont menti aussi sur d'autres choses. Il serait intéressant de savoir lesquelles...

Un bruit insolite attira soudain l'attention de Sylvia.

Quelqu'un applaudissait avec une lenteur ironique.

Il y avait quelqu'un avec elle.

Une personne qui avait réussi à trouver sa cachette.

Impossible ! Personne d'autre ne connaît cet endroit !

— Décidément, tu es très surprenante, ma chère. À la rigueur, j'aurais pu m'attendre à ce que tu finisses, un jour ou l'autre, à lever le mystère recouvrant la privation de tes forces magiques. Malgré ça, tu m'as sidéré en brisant le sort qui t'a été jeté. C'est admirable à tout point de vue.

Cette voix... Non... Impossible !

— Thorn ? Que fais-tu ici ? Comment es-tu entré ?

Encore trop sous le choc pour tenir compte des propos qu'il venait de tenir, Sylvia aperçut celui qui était encore, il y avait quelques instants, une entité astrale qui lui collait aux basques. Maintenant, il en était tout autrement, et le jeune homme se fit un plaisir de montrer à quel point en passant à proximité de l'ordinateur dont la luminosité de l'écran révéla la présence.

— N'oublie pas que nous sommes très proches, toi et moi. Mais, être à l'état d'entité spirituelle a ses limites. Il n'y avait qu'un seul moyen d'obtenir ce que je voulais plus que tout au monde. Et pour ça, il me fallait en passer par toi.

— Comment ça ? Je n'ai rien fait qui puisse aller dans ce sens.

Encore épuisée par la manifestation du contre-sort auquel elle s'était livrée, la *Gardienne d'Obscurité* vit, incrédule, la silhouette de Thorn, désormais ancrée dans la matérialité, s'accroupir non loin d'elle et tendre la main en direction de son visage, pour le lui relever du bout des doigts. La sensation lui provoqua un spasme de surprise.

— Voici pourtant la manifestation flagrante de ce que je voulais. Avoir un corps, et enfin une réalité tangible dans le monde réel. Grâce à la connexion qui nous lie, j'ai pu détourner une partie des pouvoirs que tu as réussi à libérer de la Baguette du Feu. Normal que je te remercie pour ça, pas vrai ? Si tu n'avais pas réussi, mes objectifs n'auraient pu être atteints. Pour ça, il fallait t'aider coûte que coûte à briser le sceau apposé par les dragons. On dirait que tu as réussi à te venger de ces lâcheurs, en fin de compte.

Sylvia repoussa la main qui lui tenait le visage.

— Ne me touche pas ! Rien de ce que tu as dit n'était vrai ?

— Je ne t'ai pas menti, certes, mais je ne t'ai pas tout révélé non plus. Tout le monde a le droit d'avoir ses petits secrets.

— Alors là, ça devient vraiment n'importe quoi !

Sans se formaliser, il se redressa pour s'accouder à un mur.

— Ce qui est n'importe quoi, c'est que tu ne sembles pas te lasser de te tromper sur tout et tout le monde.

Sylvia eut un mauvais pressentiment.

— Qu'est-ce que tu veux dire ?

— C'est pourtant simple. Tu ne t'es pas méfiée de ton collègue à la rédaction du *Cercle Magique*, et je suis prêt à mettre ma main à couper qu'il n'est pas étranger à ton renvoi. Tu n'as pas pu percer à jour la trahison des dragons qui t'ont volé une grande partie de tes pouvoirs. Ça commence à faire beaucoup, tu ne trouves pas ? Même Benedict Carpzov t'avait parlé de ses doutes concernant *Dies Irae*. Ne t'a-t-il pas dit qu'il avait l'impression que quelqu'un parmi eux pouvait nourrir d'autres ambitions bien plus obscures que de vouloir éradiquer les adorateurs de Satan déguisés en bonimenteurs à la sauce *New-Age*. Tu n'as pas cru en cette duplicité et voilà qu'il a fallu la mort de neuf mômes pour que tu commences enfin à ouvrir les yeux.

— Et qu'est-ce qui me prouve que tu n'es pas non plus un

autre exemple de duplicité, hein ? Depuis le début, tu dis me venir en aide, mais ce n'était que pour atteindre ton but, en drainant une partie des forces magiques qui m'avaient été volées. Au final, tu ne vaux pas mieux que les autres !

— Libre à toi de croire ça, si ça te chante. Il n'en reste pas moins que tu joues le jeu de tes adversaires en ce moment même. En te cachant ici, c'est comme s'ils avaient déjà réussi à te mettre à l'écart de ce qui va se passer cette nuit.

— Mais tu m'agaces, à la fin ! De quoi tu parles ?

— Pour commencer, il semblerait que *Dies Irae* n'en a pas terminé avec ton frère et tes amis. Où sont-ils, d'ailleurs ? Sais-tu s'ils sont en sécurité ? Dans un endroit à l'abri du danger ? Tu les crois peut-être hors d'atteinte. Dommage que ce ne soit pas le cas.

53

 Ce que Sylvia redoutait le plus depuis les premières exactions violentes de *Dies Irae* venait peut-être de se produire. La crainte de savoir *La Voie Initiatique* prise pour cible et leurs occupants en danger avait suffi pour se précipiter au secours de ses amis.
 Éperdue, elle coupa la route d'un taxi. Sous les yeux éberlués du conducteur, elle avait bondi à l'intérieur et donné l'adresse d'une voix qui ne souffrait aucune remise en question, surtout avec la précision qu'il était question de vie ou de mort. Impressionné par la détermination de sa passagère, le bonhomme avait compris qu'il fallait passer la vitesse supérieure sans tergiverser.
 Ce taxi fut sans doute le plus veinard, puisqu'il ne fut verbalisé à aucun moment. Pourtant, cette seule course aurait dû lui coûter l'intégralité des points de son permis, compte tenu des feux rouges grillés à la volée et des dépassements de vitesse dans les couloirs de bus. Une fois arrivée, la jeune femme balança un nombre de billets supérieur au prix de la course sur le siège, avant de s'extraire du véhicule qui déguerpit sans demander son reste.
 Par ailleurs, Sylvia s'en fichait éperdument. La scène qui se déroulait devant elle venait de la tétaniser. Bouche bée et les yeux hagards, elle contemplait l'ampleur des flammes qui surgissaient des parois auparavant vitrées de la boutique ésotérique.
 Une vision cauchemardesque qui la renvoya à ce à quoi elle-même et son ami canadien n'avaient échappé que d'extrême justesse à Versailles. Reconnaître les mêmes flammes que celles qui auraient pu la tuer eut pour effet de provoquer un choc émotionnel chez la jeune femme, lui rappelant que d'autres vies que la sienne étaient en péril.
 N'écoutant que sa détermination, elle s'apprêtait à s'élancer dans la fournaise, quitte à faire usage en public de ses capacités

magiques retrouvées pour sauver ses amis. Sauf qu'elle fut bloquée net dans son élan. Deux bras musclés la ceinturèrent après l'avoir interceptée. Elle se débattit pour se libérer quand une voix grave parvint enfin à sa conscience, et elle reconnut l'homme qui la tenait à bras-le-corps.

— Ne fonce pas là-dedans ! Il n'y a plus personne, tout le monde a déjà été évacué.

— Que fais-tu ici, Fred ? Où sont les autres ?

— Je veux bien répondre à tes questions, mais à condition que tu me dises comment tu es arrivée jusque là.

Le policier pouvait percevoir les hésitations qui pulsaient dans le corps de son amie contre lui, mais il ne pouvait pas prendre le risque de la lâcher pour la voir se précipiter face à un danger qui lui aurait coûté la vie. Seul un relâchement de sa captive parvint à le convaincre qu'il pouvait desserrer son étreinte.

Elle tourna vers lui un regard empreint d'une détresse si intense qu'il sut d'emblée qu'il ne pourrait pas lui mentir.

— Pour faire court, j'ai eu une longue discussion avec un ancien paramilitaire qui avait des infos sur *Dies Irae*. Le type le plus parano que je n'aie jamais vu ! Il m'a imposé une liste de conditions longue comme le bras avant d'accepter de me rencontrer. Ça en a valu la peine, mais ça attendra. Ensuite, j'ai eu des messages de notre expert informatique qui était en train d'analyser un portable appartenant à un de ces fanatiques. Bertrand a réussi à en tirer des coordonnées GPS correspondant aux lieux où *Dies Irae* semble s'être rendu plusieurs fois. Or, *La Voie Initiatique* était le dernier en date. Une explosion de feu a retenti au moment même où j'arrivais.

— Tu as donc appelé les secours ?

— Bien sûr. D'autant plus que le clan était presque au complet à l'intérieur, soupira le policier.

— Quoi ?!

— Tu m'as bien entendu. Thessa et Philippe avaient prévu de venir prêter main forte à Coralie, aujourd'hui. Quant à Sylvain, je l'ai laissé ce matin au 36. J'ai essayé de le joindre, mais il n'a pas répondu. Alors, je lui ai laissé un message pour qu'il nous rejoigne ici sans tarder. En attendant, viens avec moi.

Frédéric saisit son amie par le bras pour l'obliger à le suivre. Elle était dans un tel état de choc qu'elle ne manifesta aucune résistance face à la volonté du capitaine qui la conduisit jusqu'au cordon de sécurité qui avait été installé tout autour d'un périmètre assez vaste. Au moment de le franchir, un policier en uniforme se précipita à leur rencontre quand Frédéric sortit sa carte tricolore.

— Tout doux. Je suis de la maison.

— Vous, oui, mais pas elle. Je suis désolé, mais elle va devoir rester de l'autre côté.

— Elle m'accompagne. J'en prends officiellement la responsabilité.

Le policier chargé de surveiller le périmètre finit par capituler.

— D'accord, mais qu'elle ne vagabonde pas sans vous. Il ne faudrait pas risquer de contaminer les lieux avant que la scientifique n'ait fait son travail.

— Ça va de soi. Du reste, nous allons seulement voir les rescapés. Ce sont aussi des proches, et ils doivent avoir des informations importantes à nous transmettre. Excusez-nous.

Sans même attendre une réponse en retour, Frédéric reprit sa progression, avec Sylvia dans son sillage.

— Maintenant, tu sais comment je suis arrivé. Comme tu l'as vu, *Dies Irae* a fini par frapper ici. La manifestation plus que probable de leur *Feu Divin* en est la preuve. Nos amis ont eu beaucoup de chance d'avoir pu s'en tirer avant l'embrasement. Ils sont juste à côté, et une équipe du Samu a commencé à s'occuper d'eux avant de les conduire à l'hôpital.

La jeune femme fit mine de se précipiter à leur rencontre quand Frédéric la rattrapa par l'épaule.

— Attends ! Il faut que tu saches quelque chose.

Il obligea son amie à croiser son regard. L'expression minérale de ses yeux d'émeraude en disait long sur son inquiétude.

— Ils n'ont pas eu autant de chance que toi, à Versailles. On dirait que la Magie ne leur a été d'aucun secours pour se protéger.

Ils ont été durement atteints. Coralie a déjà été emmenée à l'hôpital. Elle a été blessée par des éclats de verre, mais sa vie n'est pas menacée. Il ne reste plus que Philippe et Thessa. Leur évacuation ne devrait plus tarder, d'ailleurs.

— Mais lâche-moi ! C'est de nos amis dont il est question ! Lâche-moi, Fred !

Les yeux brillants de larmes, elle se libéra d'un geste sec pour se précipiter vers les êtres les plus chers à son cœur. Elle avisa les quelques véhicules d'urgence, quand deux brancardiers passèrent juste à côté d'elle. Elle les retint d'un geste, après avoir vu Thessa, étendue inconsciente.

— Que lui est-il arrivé ?

— Vous la connaissez ? demanda l'un des deux hommes.

— Oui. Dites-moi ce qu'elle a.

— Quelqu'un l'a fait sortir de dessous les décombres d'une bibliothèque qui lui était tombée dessus. Il se pourrait qu'elle souffre d'un traumatisme crânien, mais nous ne pourrons pas en dire plus tant qu'elle n'aura pas subi des examens plus poussés à l'hôpital. Allez, laissez-nous lui sauver la vie.

La jeune femme passa une main tremblante pour relever une mèche de cheveux dorés qui barrait le front de l'adolescente, quand elle vit une coulée de sang coagulé courir le long de son visage diaphane. Elle posa une main sur la sienne et allait laisser les secouristes repartir quand elle ressentit une infime pression sur sa peau. Thessa venait de resserrer les doigts dès qu'elle sentit le contact avec son amie. Des larmes amères coulèrent sur ses joues.

— Je vous en prie, faites tout ce que vous pourrez pour elle.

Après avoir acquiescé, les deux hommes repartirent, emportant leur patiente dans une ambulance. Frédéric attira l'attention de Sylvia sur un homme installé à l'arrière d'un second véhicule médicalisé : Philippe.

Tous les deux se dirigèrent vers lui, mais dès que cette dernière fut en mesure de mieux voir en détail son visage, elle réprima une exclamation de stupeur en plaquant ses mains devant ses lèvres. Elle n'avait encore jamais vu quelqu'un arborant autant d'ecchymoses, à en croire les marques de coups qu'arborait le magicien. Près de lui, des ambulanciers avaient déjà commencé à effectuer des soins d'urgence, et Sylvia eut un sursaut d'effroi en constatant que la manche droite du pull avait carrément été découpée au niveau du coude, montrant l'avant-bras qui arborait une plaie béante laissant entrevoir l'éclat d'un os brisé.

Elle se tourna vers Frédéric, horrifiée.

— Que lui est-il arrivé ? Qui lui a fait ça ?

— On le sait... Les contusions qu'il a reçues laisse à penser qu'il a été passé à tabac par ceux qui ont mené l'assaut à *La Voie Initiatique*. Pour avoir une telle fracture ouverte, il a dû se prendre un coup d'une grande violence. Bon... Tu sais comme moi que Philippe est plus un cérébral qu'un bagarreur, mais je suis prêt à parier qu'il a tenté de protéger nos amis de son mieux.

Frédéric posa ses mains en douceur sur les épaules de Sylvia qui se tenait le dos tourné. Même s'il perçut les tremblements convulsifs qui venaient de la saisir, il ne vit pas pour autant les larmes ruisselant sur ses joues, son regard éperdu rivé au sol. Elle s'essuya néanmoins le visage avec le revers de sa manche. Il ne fallait pas que son ami la voie ainsi.

Frédéric et Sylvia vinrent rejoindre leur ami blessé.

— Philippe... chuchota-t-elle.

En entendant cette voix, le magicien québécois se tourna vers les nouveaux arrivants, et ne dissimula pas son soulagement de les voir indemnes. Le capitaine posa une main sur l'épaule gauche de son ami, mais même ce contact amical le fit grimacer. Frédéric ôta sa main aussitôt. Philippe eut un petit sourire navré.

— Il faut croire que la clavicule n'a pas eu plus de chance que le bras.

— Pardon. Maintenant, je n'ose plus te demander si ça va.

— Oh, ça aurait pu être pire. On est vivants, c'est déjà ça.

— Tu peux nous dire ce qui s'est passé ?

En constatant que Frédéric venait de sortir un carnet et un stylo, ce qui constituait un réflexe professionnel, Philippe eut un petit rire en dépit de la plaie à sa lèvre inférieure.

— Comme quoi, le flic que tu es n'est jamais loin, pas vrai ?
— Tout juste. Allez, raconte-nous ce qui s'est passé.
— Okay. On s'occupait tranquillement de nos animations quand Sylvain a déboulé en fin de matinée.

Frédéric tiqua à cette remarque.

— Tiens, j'ignorais qu'il était là. Mais bon, j'imagine que je l'aurais su si j'avais rallumé mon téléphone. Sylvain devait avoir une bonne raison de vous rejoindre.
— Il est ensuite resté avec nous, et on a pu déjeuner ensemble. Coralie et Thessa étaient retournées s'occuper des clients, mais Sylvain voulait me parler. On est restés dans l'arrière-boutique. Il m'a demandé mon avis par rapport aux récents éléments impliquant *Dies Irae*. Il m'a montré sur un plan la dispersion des enfants tués, par rapport aux chiffres qu'ils avaient.
— Et c'est là que vous avez trouvé une référence occulte.

Cette intervention de Sylvia étonna les deux hommes, surtout Philippe.

— Oui… Comment le sais-tu ?
— Il faut croire que j'en étais arrivée à la même conclusion. Vous avez découvert la symbolique du Carré Magique de Saturne.

Ce n'était même pas une question, et le Québécois confirma.

— Ouais. Donc, nous avons commencé à discuter des utilisations magiques qui pourraient être tentées, sans non plus être parvenus à découvrir laquelle précisément. Il nous a semblé que le but le plus probable serait une invocation d'une grande ampleur. Le Carré Magique de Saturne recouvre presque tout Paris, avec en son centre un point d'accumulation énergétique qui pourrait servir de porte d'entrée à une entité dans notre monde. C'est à ce moment-là que *Dies Irae* nous est tombé dessus. Si on avait eu un tout petit peu plus de temps pour peaufiner nos recherches, on aurait peut-être réussi à en savoir plus.
— C'est déjà pas si mal, fit remarquer Sylvia. Vous avez fait mieux que moi, en tout cas. Ça aurait été intéressant de combiner les résultats de nos recherches respectives.

Frédéric, quant à lui, finissait de prendre des notes à la volée, mais il aurait préféré que son ami se recentre sur les faits, à partir du moment où l'attaque avait débuté, et il le lui fit savoir.

— Oui, excuse-moi. Alors… Nous en étions là quand ils ont débarqué en force.

— Tu te souviens de combien ils étaient ? Parce que ça m'étonnerait qu'ils n'aient envoyé qu'une seule personne, comme à Versailles ou à Puteaux.

— Ils étaient trois.

— T'en es sûr ?

Philippe acquiesça en se remémorant les évènements.

Le fracas d'une vitre brisée et les cris de Coralie déchirèrent le silence.

Trois silhouettes vêtues de noir, cagoulées, et surtout lourdement armées, venaient de faire irruption dans la boutique. L'une d'elles s'était emparée d'un fusil mitrailleur et commençait à évacuer les clients en panique, à grand renfort d'imprécations et de tirs au plafond, pour hâter les plus indécis. L'individu ne se rendit pas compte qu'il avait aussi fait sortir les parents de Coralie. Ces derniers, malgré leur inquiétude pour Coralie et ses amis, saisirent la chance qui venait de leur être donnée de prévenir les secours.

La jeune femme, près de la porte d'entrée au moment de l'assaut, avait été lacérée par des tessons de verre, provoquant des coupures impressionnantes. Elle se tenait prostrée, à genoux. La présence d'éclats translucides mordant sa chair l'empêchait de faire le moindre mouvement sans risquer d'aggraver ses blessures.

Le canon froid d'un revolver venait d'être pointé contre sa tempe par l'un des assaillants, mais un second fit un signe négatif de la tête, signifiant peut-être qu'il jugeait que leur cible ne constituait plus un danger.

Les deux hommes savaient exactement quoi faire. L'un d'eux avait repéré Thessa et tentait de la capturer, mais c'était sans compter sur la vélocité et l'intelligence de l'adolescente qui réussit à lui échapper tout en restant hors de portée. Du moins, jusqu'à ce que, excédé, l'individu fit basculer une lourde bibliothèque sur elle. Le contenu des rayons dégringola sur la jeune fille qui chuta au sol, assommée. Normalement, le meuble aurait dû l'écraser dans sa chute, mais la proximité du comptoir de l'herboristerie offrit un blocage salvateur.

Quant au troisième, il s'était rué vers l'arrière-boutique où il tomba sur Philippe et Sylvain. Ils n'avaient aucune idée de ce qui était en train de se passer, mais ils se figèrent en voyant l'individu pointer son arme automatique en menaçant Philippe.

— Lieutenant Laffargue, vous allez m'accompagner sans faire d'histoire et je vous promets d'abréger la vie de vos compagnons sans les faire souffrir. Vous devez savoir de quoi nous sommes capables, n'est-ce pas ?

— C'est vous qui ne savez pas de quoi je suis capable.

— Je sais très bien que vous avez d'excellents scores au stand de tir. D'où le fait de tenir en joue votre ami. Sachez que je n'hésiterai pas à le descendre au moindre geste suspect de votre part. Maintenant, suivez-moi.

La rage au ventre, Sylvain savait que son opposant disait vrai, même s'il n'avait pas la moindre confiance en ses propos. Ce fut en pensant à ses amis que sa rancune se mêla à l'angoisse de savoir ce qu'il était advenu de Thessa, Coralie et ses parents. Qu'est-ce qui lui prouvait qu'ils étaient toujours en vie ?

Au plus grand désarroi de Philippe, le policier leva les mains en l'air, bien en évidence. Il signifiait ainsi sa reddition.

L'homme encagoulé devant lui lâcha un ricanement.

— En voilà un qui sait être raisonnable. Maintenant, tu vas venir avec nous, et je tiendrai ma promesse avant que le Feu Divin ne réduise cet endroit en cendres. Rassure-toi, quand ça arrivera, tes amis seront déjà morts. Comme cela aurait déjà dû arriver à Versailles. Sauf que là, aucune magie pernicieuse ne pourra plus les sauver. Allez, on se bouge !

Il incita Sylvain et Philippe à avancer. Celui qui continuait à menacer le Canadien venait de désigner le passage menant à la boutique où régnait à présent un silence lugubre. Sylvain ne voulait pas faire le moindre geste qui aurait incité son adversaire à tuer son otage. Le lieutenant réfléchissait à plein régime, réalisant qu'il s'était laissé surprendre et qu'il ne pourrait pas appeler la cavalerie à la rescousse. Il devait trouver très vite une idée de secours. Celle-ci se présenta d'elle-même, au moment de franchir le rideau de velours menant à la boutique.

Tendant les mains un peu plus haut, il s'empara de la tringle à rideaux qu'il délogea en douceur des deux crochets de maintien fixés aux parois du mur. Par chance, l'homme de Dies Irae ne l'avait pas vu faire. Croyant peut-être la partie gagnée, il avait tourné le dos au policier pour interpeller l'un de ses acolytes.

— C'est bon, Malthiel, on va pouvoir y aller. Dès qu'on sera partis, tu arroses tout le monde.

— Sûrement pas !

Sylvain venait d'abattre la tringle, débarrassée du rideau, tel un bâton de combat improvisé sur son adversaire. Plus léger et souple que le modèle utilisé à l'entraînement, le bois de cet outil ne portait pas des coups puissants. Sans compter que son opposant devait exceller dans le maniement des armes, puisqu'il encaissa le choc sans broncher. Par contre, il ne put dissimuler sa surprise de n'avoir pas anticipé l'attaque du policier.

Ce dernier comprit qu'il n'aurait jamais le dessus et qu'il lui faudrait en arriver à utiliser son arme de service, mais il hésitait. Par crainte de voir les fanatiques s'attaquer à ses amis ou, pire encore, que ces derniers ne prennent une balle perdue.

Il fut interrompu dans ses réflexions par un coup violent porté derrière la tête qui l'assomma aussitôt. Le jeune homme s'était écroulé avant de sombrer dans l'inconscience. L'individu qui l'avait frappé s'avança vers lui en s'adressant à son complice.

— Ce chaton sait mordre en fin de compte. Je me demande encore pourquoi on a besoin de ce type. Tu le sais, toi, Jehudiel ?

— Pas le moins du monde. Attache-le bien, je n'ai pas envie qu'il nous fausse compagnie avant de l'avoir conduit à destination. Mikael veut qu'on lui amène celui-là au plus vite.

— 10-4. Pour l'instant, on a encore du taf ici.

Philippe était désormais le seul à pouvoir intervenir. Il aurait *voulu surtout aider ses deux amies à s'enfuir, tout en empêchant leurs adversaires de poursuivre leur funeste mission, mais il ne savait pas encore comment. Il était néanmoins déterminé à montrer à ses agresseurs qu'il n'était pas du genre à abandonner sans se battre.*

Même si Frédéric était soulagé que tout le monde soit sorti sain et sauf de ce cauchemar, il n'en revenait pas que son ami canadien ait tenté d'intervenir à lui tout seul face à ces types armés et entraînés. Il avait noté chaque détail du récit de Philippe, mais certains parmi eux le laissaient perplexe.

— Malthiel, Jehudiel, et Mikael… C'est bien ce que tu as entendu, Philippe ?

— En tout cas, c'est comme ça qu'ils se sont interpellés.

— C'est bizarre, parce que ce n'est pas la première fois que j'entends des noms pareils…

— Moi non plus, nota Sylvia. Vous vous souvenez, quand les dragons nous ont montré ce qu'il s'était passé à Versailles ? Le mec qui s'en était pris à nous disait s'appeler Gabriel.

— Tabarnac ! Mais oui, t'as raison ! réalisa Philippe.

— Ça ne vous fait pas penser à autre chose ? tenta Frédéric d'un ton encourageant.

Sylvia était perplexe et Philippe semblait ne pas avoir trouvé non plus. Normal dans son cas, compte tenu des analgésiques puissants qui lui avaient été administrés.

Le capitaine éclaira leur lanterne.

— Ce ne sont pas leurs versions les plus courantes, mais ces noms de codes désignent des Archanges. Le mec que j'ai rencontré aujourd'hui m'a parlé d'un groupe de sept ex-militaires qui s'étaient donné ce genre de surnom. Des Archanges. Au départ, il semblerait qu'ils aient œuvré pour le compte de l'Opus Dei, avant que ces derniers ne finissent par les lâcher parce qu'ils devenaient de plus en plus *borderline* et incontrôlables. Maintenant, on peut confirmer que c'est chose faite. J'ai fait une demande pour que soit révélée leur véritable identité. D'ici là, j'espère qu'on va pouvoir les arrêter. Une équipe du GIGN va être rassemblée pour les cueillir dans ce qui semble être leur quartier général. L'ironie du sort, c'est que sa localisation se situe sur l'île de la Cité, entre Notre-Dame et le 36 quai des Orfèvres. Dire qu'ils étaient juste à côté de nous ! Putain, on a vraiment été trop cons !

— Maintenant, vous allez pouvoir les arrêter, rectifia Philippe. Laissons faire les pros. Du reste, on ne leur serait pas d'un grand secours. On est déjà quelques-uns à avoir été mis sur la touche en une seule soirée.

Sur ces mots, l'ambulancier avait fini de s'occuper du bras du Canadien et s'apprêtait à accompagner son patient à l'hôpital, où il recevrait les soins appropriés. Le policier insista pour suivre les ambulances avec sa voiture, en compagnie de Sylvia.

Une fois sur place, Philippe fut emmené par une infirmière et les deux amis n'eurent d'autre choix que de patienter dans le hall d'accueil. Des pas précipités résonnèrent et une personne se jeta avec force dans les bras du policier qui manqua de peu d'en lâcher son gobelet de café. Il reconnut en cette tornade rousse la jeune femme qu'il aimait. Il voulut serrer Coralie contre lui, mais elle lui fit signe que ce ne serait pas une bonne idée en désignant la quantité de pansements dont elle était couverte.

— La vache ! s'alarma Sylvia. Tu comptais te déguiser en momie pour Halloween ?

— En d'autres circonstances, ça aurait pu être marrant. Quant à mes blessures, elles ne sont pas aussi graves qu'elles en ont l'air. Aucune n'a nécessité de point de suture, mais c'était limite. Par chance, mes vêtements m'ont protégée. Mais vous, vous allez bien ? Que deviennent les autres ?

Sylvia et Frédéric auraient voulu que leur amie prenne place sur l'un des sièges de la salle d'attente, mais la jeune femme refusa parce qu'elle en avait marre d'être assise. Son humeur ronchonne s'effrita tandis que le policier relatait les évènements tels que Philippe les avait racontés. Coralie fut gagnée par un abattement sans précédent.

— Thessa a été examinée et j'ai pu glaner quelques nouvelles auprès du corps hospitalier, expliqua-t-elle. Je ne pouvais pas rester sans savoir... D'après son IRM, elle ne souffre d'aucun traumatisme crânien ni d'hémorragie interne. C'est rassurant. Par contre, ils ne savent pas quand elle se réveillera, et encore moins si elle aura des séquelles. En attendant, on espère et on attend.

— Philippe a été conduit dans cet hosto, fit remarquer Sylvia.

En écoutant les explications données par Coralie, elle s'était presque attendue à voir son ami les rejoindre, certes en claudiquant, mais bel et bien vivant. Cela aurait été pour le moins une coïncidence des plus extraordinaires que le clan du Dragon Céleste se retrouve en intégralité dans l'enceinte de cet établissement. En réfléchissant bien, elle réalisa que quelqu'un manquait à l'appel.

— Coralie, où est Sylvain ? Qu'est-il arrivé à mon frère ?

Elle blêmit, ce qui rendait son teint raccord avec ses bandages.

— Oh non... Mais alors, personne ne vous l'a dit ?

— Nous dire quoi, bon sang ?! rugit Frédéric.

— C'est *Dies Irae*... Ils l'ont enlevé.

54

Promenade Maurice Carême

La soirée était déjà bien avancée quand le capitaine Laforrest se dirigea en voiture vers ce qui était supposé la base opérationnelle de *Dies Irae*. Il était furieux que son ami ait été enlevé, tout comme il ne comprenait pas très bien ni pourquoi, ni quelle utilité le jeune policier pouvait avoir aux yeux de ses ravisseurs. Pour couper court à toute tentative de pistage, le téléphone de Sylvain avait été détruit et abandonné au moment du rapt. L'emplacement du QG de *Dies Irae* venait donc en tête de liste des endroits où il pourrait être retenu en captivité. Personne n'avait osé, ne serait-ce qu'envisagé, que Sylvain puisse avoir été tué. En tout cas, Frédéric en était persuadé.

— C'est dingue, dit Coralie depuis la banquette arrière, mais on se croirait revenus au moment où Rowanon tenait Sylvia en otage. Sauf qu'on aura eu moins de route à faire, cette fois.

— Et que c'est après mon frère que nous courrons, à présent.

Frédéric n'appréciait pas non plus l'ironie de la situation.

— Quoi qu'il en soit, on ne peut pas mêler les collègues à cette disparition. Cela pourrait mettre en danger notre ami, et puis il faut que nous sachions ce que ces contrefaçons d'Archanges paramilitaires veulent de lui. Dans l'immédiat, ce que je ne comprends pas, c'est le lieu que *Dies Irae* a choisi pour caser une planque. Ça ne rime à rien, selon moi.

— Au contraire, c'est plutôt bien pensé, fit remarquer Sylvia.

Le capitaine jeta un coup d'œil interloqué à son amie. Face à un tel regard, celle-ci s'empressa de préciser le fond de sa pensée.

— Personne ne serait allé chercher ce genre d'installation en plein cœur de Paris, et encore moins dans un lieu aussi touristique.

— Justement, ils auraient fini par se faire repérer.

— Pas nécessairement. Il y a tant d'allées et venues de gens différents. Rien de tel qu'une foule d'anonymes pour passer inaperçu. Comme le chantait Jean-Jacques Goldman, *« On ne peut être rien que parmi des milliers »*. Ce n'est pas faux.

— En tout cas, il n'en reste pas moins que je connais les lieux à fond. Tout ce qu'il y a là-bas, ce sont deux quais souvent empruntés par les promeneurs et tout y est muré. Au 24, on peut même voir l'encadrement de deux fenêtres et d'une porte complètement scellées avec des briques. Comprenez-vous pourquoi ce choix m'étonne ?

Les deux filles acquiescèrent. Elles durent admettre que Frédéric avait raison quant à l'incongruité de la façade scellée. Non loin d'eux, la silhouette imposante de la cathédrale Notre-Dame illuminait la ville tel un îlot en cette nuit païenne comme pour mettre quiconque au défi d'enfreindre les lois divines.

Pour les trois amis, il était impossible que quiconque puisse être passé par là.

— À première vue, c'est peu probable que *Dies Irae* se soit terré ici, fit remarquer Frédéric. Il n'y a aucun accès.

Ce dernier fixa le mur de pierres, les bras croisés

Coralie était tout aussi sceptique que son compagnon.

— À se demander si on ne se serait pas planté quelque part. Pourtant, ça devrait être ici.

Sylvia était tout aussi déroutée, mais elle restait intimement persuadée que son frère ne devait pas être loin. Elle pouvait sentir sa présence au plus profond d'elle-même. Comme si l'appel du même sang courant dans leurs veines les liait, tous les deux.

Intriguée, la jeune femme posa sa paume contre la surface granitique et la retira avec une exclamation de surprise.

— La vache ! C'est quoi, ça ?

La sensation qu'elle venait d'éprouver ressemblait au choc provoqué par une décharge d'électricité statique.

Contre une surface rocheuse ? Ça ne rime à rien.

— De quoi tu parles, Sylvia ?

Coralie était intriguée par la réaction de son amie qui se tenait toujours la main en faisant un signe de tête éloquent en direction du mur.

— Il vient de se passer quelque chose de pas banal. Tout porte à croire que ce n'est pas un mur d'origine minérale, mais plus un concentré de force magique pour faire croire que c'en est un.

— T'es sérieuse ? s'étonna Frédéric.

Il se rapprocha à son tour du mur. Visiblement, il cherchait à le toucher aussi et Sylvia tenta de retenir son geste, mais elle n'empêcha pas le policier de se faire catapulter à quelques pas en arrière. Il s'en était fallu de peu pour qu'il ne fasse un plongeon magistral dans la Seine. Heureusement, il y eut plus de peur que de mal et les filles l'aidèrent à se relever, alors qu'il grommelait de contrariété.

— Mais qu'est-ce qu'un champ de force magique vient faire ici ? s'étonna Coralie.

Le capitaine Laforrest réalisa qu'une question très pertinente venait d'être soulevée, parce que cette nouvelle donnée ne cadrait en rien avec ce qu'ils savaient des fanatiques.

— Tu as raison. Depuis le début, *Dies Irae* a été clair quant à sa volonté de lutter contre toutes les hérésies liées aux sciences occultes, aux thérapies alternatives, et ceux qui exercent l'art de la Magie. Jusqu'à l'incendie du manoir non loin de Rambouillet, on peut dire qu'ils sont restés fidèles à leur ligne de conduite. Sauf qu'après ça...

— Tu trouves aussi que ça a commencé à partir en vrille à partir du moment où neuf enfants ont été assassinés dans ce qui ressemble à un sacrifice rituel. Et maintenant ça, dit Sylvia face à la bizarrerie qui s'élevait devant eux.

— Pourquoi changer leur fusil d'épaule ? s'enquit Coralie.

Elle se tourna vers la jeune femme qui faisait encore face au mur. Le regard perdu dans le vide, elle semblait en pleine réflexion, méditant sur des mots qu'elle avait entendus le soir même : « *Même Benedict Carpzov t'avait parlé de ses doutes concernant Dies Irae. Ne t'a-t-il pas dit qu'il avait l'impression que quelqu'un parmi eux pouvait nourrir d'autres ambitions bien plus obscures que de vouloir éradiquer les adorateurs de Satan déguisés en bonimenteurs à la sauce New-Age. Tu n'as pas cru en cette duplicité et voilà qu'il a fallu la mort de neuf mômes pour que tu commences enfin à ouvrir les yeux ».*

Sylvia était atterrée de constater que Thorn avait eu raison. Une fois de plus. Elle n'avait pas voulu le croire, et elle en voyait à présent l'une des conséquences ; son orgueil venait de laisser les coudées franches à leurs adversaires qui en avaient tiré profit.

Frédéric ne tarda pas à l'arracher à ses pensées, où se croisaient aussi bien la culpabilité qu'une colère sourde.

— C'est bien gentil tout ça, mais ça ne nous dit toujours pas comment on va s'y prendre pour entrer là-dedans.

— Quelqu'un n'aurait pas vu la sonnette ?

Cette question, émanant de Coralie, était si décalée par rapport à la situation qu'elle parvint à faire esquisser un petit sourire en coin chez son amie. Frédéric lui adressa un regard lourd de sens, parce que le moment ne se prêtait guère à ce genre d'humour, même si cela l'avait amusé aussi.

Quant à la résolution du problème qui se présentait à eux, Sylvia se risqua à la seule solution qui venait de se présenter à elle.

— Puisque la Magie semble être à l'origine de cette barrière, on pourrait peut-être tenter un sort pour la faire tomber, non ?

Coralie jeta un coup d'œil inquiet à un groupe d'adolescents, dont certains étaient déguisés, qui déambulaient sur le quai d'en face, ainsi qu'à d'autres passants qui croisaient leur chemin.

— En tout cas, il est impossible d'invoquer l'Épée Mystique ici. On ne sera jamais à l'abri des badauds un peu trop curieux. Maintenant, je comprends mieux pourquoi *Dies Irae* n'était pas tombé à côté de la plaque en choisissant de s'établir ici.

— Ça nous empêche d'utiliser nos pouvoirs en public, confirma Frédéric.

— Et ouais. Pour ce qui est de ce mur, il va falloir trouver autre chose, et vite. Mais il nous faudrait plus de discrétion.

Sylvia eut alors une intuition.

— Alors, on pourrait tenter une autre approche.

Tandis que ses deux amis rivaient sur elle un regard exprimant aussi bien la curiosité qu'une bonne dose d'incrédulité, la jeune femme exposa son idée.

— Dans l'arsenal de la magie draconique, on pourrait tenter les runes. Ce sont des mots de pouvoir qui ne nécessitent aucun cérémonial compliqué. Un concentré de magie que nous pourrions utiliser pour franchir cet obstacle.

— Ton idée est intéressante, dit Coralie, mais il y a juste un petit problème : je ne maîtrise même pas la moitié de ces glyphes.

— Et moi encore moins, souffla Frédéric. Alors, s'amuser à en combiner plusieurs… Très peu pour moi.

— Ce sera donc à moi de tenter le coup, comprit Sylvia. Si jamais j'arrivais à entrer, vous pourriez toujours essayer de trouver un autre accès. Comme ça, on pourrait se retrouver à l'intérieur.

— Ça me va, opina Frédéric, même si ça ne me plaît pas de te voir t'aventurer seule là-dedans.

Sylvia lui adressa un bref clin d'œil complice.

— Seule, mais pas sans défense.

En disant cela, la *Gardienne d'Obscurité* faisait autant référence à ses capacités d'épéiste qu'à ses pouvoirs retrouvés. L'heure était venue d'en faire usage afin de sauver son frère.

Une fois sa décision prise, Sylvia enfila à la main gauche son bijou rituel représentant la force obscure du Cercle du Dragon Céleste, entouré des cinq autres Éléments. Elle se tourna vers le mur, en réfléchissant au pouvoir auquel il lui faudrait faire appel pour franchir cette paroi d'énergie. Il lui faudrait lier au moins deux runes pour combiner leurs pouvoirs, mais qu'il ne servirait à rien de les tracer sur la paroi murale. Elle décida donc de les marquer sur elle-même. Concentrant ses forces, elle dessina deux symboles fusionnés en un seul, du bout de l'index sur sa poitrine. Les runes exprimant la dissolution et celle de la force brute. Sur son front, le symbole de son pouvoir s'illumina en violet, de même que la pierre d'obsidienne noire, alors que le glyphe magique improvisé scintillait au moment où Sylvia étendit à nouveau la main en direction du mur.

Devant les yeux surpris de ses deux amis, l'aspect visuel de la paroi perdit en netteté, jusqu'à ce qu'une déchirure se profila.

Sylvia avança, la main toujours en avant, et l'entaille continua à s'agrandir, allant jusqu'à constituer un passage qui s'élargissait petit à petit devant elle, dans un crépitement d'énergie. Cependant, elle ne pouvait progresser qu'avec prudence, car une telle manœuvre n'était pas sans conséquence sur son pouvoir qu'elle voulait ménager. Au cas où. Nul ne pouvait dire ce qui l'attendrait une fois de l'autre côté. Tout ceci ne pouvait être qu'un piège ou, pire, une diversion pour l'empêcher de retrouver son frère.

En forçant encore un peu plus contre l'obstacle qui s'érigeait face à elle, la jeune femme fut soudain catapultée à l'intérieur. Malheureusement, les sourires soulagés de ses amis disparurent très vite après que Sylvia ait réussi à passer. Le mur s'était refermé derrière elle, toujours aussi imprenable puisque les deux jeunes gens ne connaissaient pas l'association des symboles que la *Gardienne d'Obscurité* venait d'improviser.

Celle-ci fut précipitée à l'intérieur et tomba à genoux sur un sol pavé de larges pierres. Derrière elle, le mur avait retrouvé son aspect initial. Elle pensa aussitôt à ses deux amis qui ne pourraient pas la rejoindre. Néanmoins, elle tenait à leur faire savoir qu'elle allait bien. Sauf que son téléphone portable se trouvait sans réseau. Impossible de contacter qui que ce soit. Sylvia se retint de pester à haute voix.

Là, on peut vraiment dire qu'on capterait mieux au fond d'une caverne. À moins qu'il n'y ait un brouilleur. Voilà pourquoi mon téléphone est HS.

Brève contrariété, car Sylvia réalisa qu'elle pouvait toujours tenter la télépathie pour joindre Coralie et Frédéric en les incitant à trouver un autre accès pendant qu'elle examinait les lieux pour savoir où Sylvain pourrait être retenu.

Elle se tapit dans un coin sombre à partir duquel elle pouvait observer les plus proches environs sans se faire remarquer. Il s'agissait d'une grande salle sentant le renfermé en plus de receler un fort taux d'humidité dans l'air. Sans doute à cause de la proximité du fleuve. Pourtant, un autre relent métallique âcre fut plus prononcé, au fur et à mesure de sa progression. Avec un tel taux d'humidité dans l'air, il ne faudrait que peu de temps pour que cette puanteur ne devienne insoutenable.

L'éclairage était à peine suffisant pour apercevoir une ouverture taillée à même les pierres de la paroi. D'autres pièces pouvaient dissimuler les hommes de *Dies Irae* en embuscade, prêts à lui tomber dessus.

Sylvia n'inspirait qu'un tout petit peu d'air à la fois, en silence, par craindre d'être repérée. Elle se redressa pour longer les murs vers le passage. Une fois parvenue à cet accès, elle lança un bref regard avant de se tenir plus droite et de franchir le seuil de cette autre pièce, sans plus se soucier de se faire surprendre. Ce n'était plus la peine.

Devant elle, à la faible lueur des éclairages sporadiques en haut des murs, plusieurs silhouettes jonchaient un sol lisse et d'une couleur sombre indéterminée..

Sylvia s'accroupit vers le corps le plus proche et lui apposa le bout des doigts sur le cou pour avoir la confirmation de ce dont elle se doutait déjà.

Il était mort. Ils étaient tous morts, baignant dans une mare constituée de leur sang. D'où l'étrange et répugnante odeur qui s'était accrue.

Sylvia effleura la cornaline et l'agate mousse de son bijou rituel afin d'établir la connexion mentale avec Coralie et Frédéric. Puisqu'elle ne pouvait pas utiliser son téléphone portable, elle allait faire au mieux avec la télépathie.

— *Alors, comment ça se passe là-dedans ?* demanda Frédéric. *On ne s'est pas trompés d'adresse, au moins ?*

— *Je peux te garantir que non. C'est bien la planque utilisée par* Dies Irae. *Du moins... c'était leur planque.*

— *Pourquoi ? Si ils se sont déjà taillés, ça va être galère de remettre la main dessus.*

— *Non, ils sont là, mais très morts. Quelqu'un les a trouvés avant nous.* Sans être non plus une experte en scène de crime, et si j'en crois la quantité de sang sur le sol et les murs, ils ont été tués à l'arme blanche. Un peu comme avec Marylise Cox, *réalisa la jeune femme à brûle-pourpoint.*

La voix de Coralie se joignit à la discussion mentale.

— *Tu penses que Thorn pourrait y être pour quelque chose ?*

— *Non. Sans pouvoir vous expliquer pourquoi, je sens qu'il s'est désolidarisé de moi, celui-là. Je ne perçois plus du tout sa présence. Lui aussi a fini par me lâcher. Ce ne sera pas le premier, après tout.*

Le capitaine coupa court aux réflexions dans lesquelles Sylvia risquait de s'enliser. Pragmatique dans l'âme, Frédéric avait besoin de pouvoir compter sur les éléments dont il pouvait disposer sur les lieux d'un assassinat, même si la scène que Sylvia lui décrivait ressemblait plus à l'évocation d'un carnage.

— *Il y a combien de corps à tes côtés ?*

— *En quoi ça t'intéresse, Fred ?*

— *Ne discute pas, et contente-toi de me répondre. C'est très important qu'on sache si tout le groupe a été décimé. Surtout, tu ne touches à rien ! Il ne manquerait plus que l'on t'accuse aussi d'y être pour quelque chose. J'aurais dû te filer des gants.*

— *Ça va,* ronchonna mentalement Sylvia. *Je vais te le dire. À vue de nez, je dirais qu'il sont moins qu'une dizaine.*

En prenant un luxe de précautions pour ne pas laisser de traces compromettantes, la jeune femme fit un tour rapide des environs pour répertorier le nombre de corps inertes au sol.

— *On dirait bien qu'ils sont six.*

— *C'est tout ?* s'étonna Frédéric. *T'es sûre que c'est bien ça ?*

Sylvia eut un soupir de lassitude. Concentrée au maintien de la communication télépathique avec ses amis, elle ne perçut pas le faible bruit qui venait de se faire entendre non loin d'elle. Une espèce de raclement métallique.

— *Merci pour la confiance... Je sais quand même compter jusqu'à dix, voire plus si besoin est.*

— *Ce groupe s'inspirait des Archanges, jusqu'à leurs noms*

de codes. S'ils ont tous été tués, ils devraient être sept en tout. Mais s'ils ne sont que six…

— *C'est parce qu'il en manque un*, acheva Sylvia.

— *Tout juste. Soit le septième a pu échapper au massacre…*

— Soit c'est lui qui a tué ses petits camarades, conclut-elle sans réaliser qu'elle avait parlé à haute voix.

Elle se figea soudain au contact de la lame contre son cou.

— Exact, ma chère. Je suis très impressionné que tu aies réussi à trouver cette cache secrète qui ne figure même pas sur le cadastre. Du moins, pas sur les cartes les plus récentes. Il faut fouiller plus loin dans le temps. Allez, debout !

La brusque intervention de cet homme avait tellement surpris Sylvia que cela avait interrompu net la conversation mentale avec Frédéric et Coralie. À présent que sa voix ne leur parvenait plus, ils devaient sûrement s'inquiéter.

Le plus troublant résidait pourtant dans l'impression de familiarité qui venait de saisir Sylvia, et une certitude se fit jour à l'instant même ; elle connaissait la personne qui la retenait ainsi. Elle l'avait même déjà côtoyé à de nombreuses reprises depuis ces dernières semaines.

Thorn… Cette espèce d'enflure avait bien dissimulé son jeu ! Il était dans le coup depuis le début.

Une main ferme fut appliquée sur l'épaule de la jeune femme et lui fit faire un demi-tour d'un geste sec, tandis que l'autre main tenant l'épée s'éloignait d'elle. La jeune femme faisait face à celui qui l'avait capturée.

— Surprise ! s'exclama alors l'inconnu.

C'était le mot qui convenait le mieux. Le choc était même total quand Sylvia put enfin apercevoir le visage de l'homme qui se tenait devant elle. Jamais elle ne se serait attendue à le voir en cet endroit, et encore moins vêtu de la sorte. Qu'elle le veuille ou pas, le nom de cet homme trouva le chemin de ses lèvres.

— Aurélien Buchard ?

— Oui, ma chère Sylvia Laffargue. Ou devrais-je dire la *Gardienne d'Obscurité* du Cercle du Dragon Céleste.

55

Celui qui lui faisait face n'avait presque rien à voir avec les souvenirs que Sylvia gardait de lui. Si son point de vue différait autant, cela s'expliquait par les conséquences du retour de ses pouvoirs. Sylvia pouvait enfin voir Aurélien tel qu'il était en réalité, débarrassée du voile qui lui atténuait ses perceptions psychiques depuis l'été dernier.

Il lui jeta un dernier regard avant de se tourner et de se rendre dans la pièce voisine. Malgré l'état de stupeur qui était le sien, elle lui emboîta néanmoins le pas. Lui seul savait où Sylvain était détenu. Elle ne recouvra la parole que pour exprimer ce qui lui vint spontanément à l'esprit.

— Ce n'est pas vrai… Pourtant je le vois bien, et je le ressens maintenant. Tu es noir.

Une affirmation à laquelle le jeune homme ne s'attendait pas, et qui le stupéfia au plus haut point.

— Plaît-il ? Je suis quoi ?

Elle fut mortifiée face à son erreur de formulation.

— Euh… Non. En tout cas, pas de peau, bredouilla-t-elle. Quand je dis que tu es noir, je voulais parler de ton pouvoir. Car tu es un mage noir, qui plus est. Merde, alors. Je ne l'ai pas vu. Pourquoi je ne l'ai pas vu ?

Étonné, il s'était arrêté et pivota vers elle.

— Parce qu'en temps normal, tu l'aurais su ?

— Oui. Percevoir l'aura magique de quelqu'un est un petit don que j'ai réussi à développer au fil du temps.

— Il faut croire que ton talent a quelques ratés.

Sylvia soupira à l'idée qu'il puisse avoir raison.

— Ne m'en parle pas… Par contre, je peux maintenant te voir tel que tu es. Alors, tu vas commencer par me dire où est mon frère, et ce que tu comptes faire de lui.

Aurélien eut un petit sourire narquois.

— Rien que ça. Si tu veux le savoir, celui que tu cherches est juste ici.

Il désigna une silhouette tapie dans les ombres environnantes. Un jeune homme inconscient avait été attaché à une chaise.

Le soulagement de Sylvia était presque palpable alors qu'elle étendait ses perceptions psychiques afin de s'assurer que Sylvain allait bien.

— Mon frère...

— N'aie crainte, il n'a rien. Il faut que tu comprennes que ça ne me servirait à rien de le tuer. Du moins, dans l'immédiat, car ton cher frère va bel et bien mourir cette nuit.

— Non !

— Et pourtant rien ni personne ne pourra plus empêcher la suite des évènements, tels qu'ils ont été planifiés.

La jeune femme remarqua alors ce que son interlocuteur tenait à la main. Une épée étrange, constituée de deux lames noires entrelacées, telle une hélice au potentiel létal implacable. Il en émanait quelque chose de maléfique.

Sylvia comprit alors.

— C'est toi qui as tué ceux de *Dies Irae*. Pourquoi ?

— Tout simplement parce qu'ils ont perdu leur utilité à la mission que je poursuis. Pour eux, je resterai à jamais Mikael, le leader charismatique qu'ils avaient juré de suivre jusqu'à leur mort. Au moins, il faut admettre qu'ils ont tenu parole.

— Espèce de salaud ! Tu les as trahis, oui !

— Faux ! Je me suis servi d'eux, rectifia-t-il. Ces fanatiques issus de l'*Opus Dei* étaient si influençables qu'il n'a pas fallu grand-chose pour les convaincre que je serais le candidat idéal pour devenir leur chef. Tu avoueras que l'ironie de la situation ne manque pas d'excentricité. Férus de fanatisme religieux, ils n'ont pas été fichus de déceler le loup infiltré dans leur sainte bergerie. Ça a été si facile de les duper ! Dans la hiérarchie des Archanges, Michael est celui qui peut agir sans la permission de Dieu, selon

son libre arbitre. C'est ni plus ni moins ce que j'ai fait…
— Pour aboutir à tes seuls objectifs, en réalité.
— Absolument. J'espérais que te faire accuser du meurtre de Marylise Cox m'aurait permis de ne pas t'avoir dans les pattes. Il faut croire que j'ai surestimé les membres de la PJ parisienne.
— À quoi tout ça pouvait bien rimer ? Avec *Dies Irae*, vous vous en étiez pris à ceux qui n'étaient à vos yeux que des hérétiques, et c'était déjà assez épouvantable. Pourquoi les enfants ?
— Tu as dû remarquer que nos cibles ne visaient que des gens qui s'étaient tournés vers le versant lumineux de la Magie et de la spiritualité en général. Or, pour le rituel prévu pour cette nuit, je n'avais nul motif pour m'en prendre à mes semblables qui, eux, œuvrent dans les arts noirs. L'ombre ne peut appeler l'obscurité. Ça, tu le sais mieux que quiconque. Alors, dis-moi. Qui peut m'aider à aboutir à mes fins ?

Sylvia sentit qu'une pierre venait de tomber au plus profond d'elle-même tandis qu'elle comprenait le fin mot de l'enlèvement de son frère jumeau.

— Non… C'est de lumière dont vous avez besoin. Un sacrifice. Vous comptez tuer le *Porteur de Lumière* pour invoquer une créature des ténèbres.
— C'est ça. Son sang sera le dernier déclencheur du sort qui sera lancé cette nuit.
— À moins que je ne vous oblige à revoir vos plans. Parce qu'il est hors de question de vous laisser faire. Jamais !!

Tel un brasier ardent, la colère embrasa Sylvia jusqu'aux tréfonds de son âme. Elle avait une occasion d'empêcher une catastrophe sans précédent de se produire. Bien qu'ignorant encore les détails du rituel qui serait accompli, elle savait déjà qu'il aurait des répercussions épouvantables. Ne serait-ce qu'à cause du Carré de Saturne étendu sur la ville.

Pour espérer vaincre quelqu'un comme lui et sauver son frère, il n'y avait qu'un seul moyen : l'Épée Mystique de la Draconia. Sauf qu'elle ne l'avait encore jamais invoquée seule dans ce monde. Dans cette strate de la réalité.

Mais elle en avait besoin maintenant !

Avant qu'Aurélien ne réalise ce qui se passait, Sylvia concentra le maelström des sentiments qui faisaient rage dans son cœur. Elle focalisa cette puissance qui se manifesta alors dans sa paume ouverte. Les traits tendus par la concentration, elle serra de plus en plus fort les doigts autour de l'étincelle magique qui palpitait, comme si elle avait été parcourue de fins éclairs d'une énergie brute et sauvage qui ne demandait plus qu'à être libérée.

En resserrant son poing, elle abattit son autre main à plat contre l'autre alors que la lumière brilla intensément. Les pierres ornant le bijou sur sa main se mirent à luire jusqu'à ce qu'une impressionnante épée argentée se matérialise, avec deux dragons de part et d'autre de la garde, avec chacun une aile relevée vers le haut. Si celui de gauche avait été façonné dans du métal noir, celui de droite était en revanche presque aussi clair que du platine.

Elle était subjuguée par l'éclat de son arme magique. Car c'était la première fois qu'elle parvenait à faire apparaître cette épée en l'absence des autres membres du clan. À travers le métal, elle percevait l'influence de chacun d'eux : l'ardeur incandescente de Coralie, la force tranquille de Frédéric, les émotions limpides de Thessa, les connaissances aériennes de Philippe, ainsi que l'amour de son frère. Cela lui rappela leur présence à ses côtés, apposant un baume réconfortant sur son cœur meurtri.

— Impressionnant... Vraiment très impressionnant.

À ces mots, Aurélien esquissa quelques moulinets avec le bras, non pas pour détendre ses muscles, mais pour invoquer un sort de magie noire.

— Voilà l'occasion ou jamais de m'emparer aussi de l'Épée Mystique. Merci beaucoup du cadeau, jeune fille.

— C'est ça, compte là-dessus.

— N'oublie pas qui t'a formée. Il n'y a aucun moyen pour que tu puisses gagner. Mais ça va être amusant de te voir quand même essayer.

Comme si je ne le savais pas déjà.

Sylvia n'ignorait pas à quel point son adversaire pouvait être dangereux, et qu'elle ne l'avait encore jamais vu déployer son véritable potentiel. Pourtant, elle ne voulait pour rien au monde lui laisser le champ libre. À présent, il était temps de faire appel à ses talents retrouvés pour espérer faire la différence dans ce qui s'annonçait déjà comme un duel à mort.

Le premier choc des deux lames ensorcelées provoqua un éclat d'étincelles.

Pour Sylvia, le premier impératif consistait à tenir le combat le plus loin possible de son frère pour qu'il ne soit pas blessé. Comme Aurélien revenait à la charge, la forçant à s'éloigner d'un bond, elle comprit qu'il avait la même intention qu'elle vis-à-vis de son prisonnier, même si ce n'était pas pour les mêmes raisons.

Son adversaire s'avérait être un maître en son art. Dans l'art de tuer. Chacun de ses mouvements n'était que grâce, maîtrise, et précision. Pas de gloriole pour épater la galerie, mais la volonté d'arriver à ses fins. Comment Sylvia pouvait-elle espérer vaincre quelqu'un comme lui ?

Dans l'immédiat, seule la rigueur de son entraînement pouvait la sauver. Surtout depuis qu'ils avaient commencé à travailler avec des armes à l'acier tranchant. Un dur labeur qui portait ses fruits puisque la jeune femme faisait plus que tenter de se défendre. Au contraire, elle profitait de la moindre occasion d'attaquer. Sylvia n'avait peut-être pas la moindre chance, mais son courage forçait le respect.

Aurélien se surprit à éprouver le même pincement au cœur qu'un enseignant fier de l'évolution de son apprenti.

— Voyez-vous ça. L'élève cherche à dépasser le maître ?

— Il y a d'autres choses que je sais faire, et le moment est venu d'en faire une petite démonstration.

Après s'être assurée qu'ils se trouvaient dans une salle où Sylvain ne risquait pas d'être blessé, la jeune femme porta un coup violent à Aurélien qui, à son plus grand étonnement, eut à reculer pour éviter une lame qui n'aurait pas manqué de l'éventrer. Profitant de l'ouverture qui venait de se produire, elle lança une incantation qui se manifesta devant elle en l'apparition d'un glyphe lumineux d'un rouge flamboyant. D'un ample mouvement du bras tenant son épée, elle projeta l'énergie magique droit devant elle. Celle-ci passa tout près de l'épaule d'Aurélien qui fut surpris de voir la jeune femme faire appel à la Magie.

Interdit, il se mit en garde, prêt à parer la seconde attaque qui se profilait déjà. Le glyphe était sur le point d'atteindre sa cible, mais Aurélien s'était dévié sur la gauche. Le sort avait aussi fini sa trajectoire contre le mur derrière lui. Il en fut de même pour les deux autres projections de pouvoir.

D'abord inquiet face à la puissance de ces symboles, Aurélien fut quelque peu consterné du manque d'exactitude de son adversaire. La cinquième tentative ne fut pas plus concluante que les précédentes. L'espace d'un instant, l'épéiste fut rassuré de ne pas avoir proposé de lui apprendre le lancer de couteau, par crainte d'abréger son espérance de vie.

— En plein dans le mille, railla-t-il. Si c'était un sort d'attaque, je m'attendais à mieux.

— Ah non, ce n'était pas une magie offensive.

— Mais alors, qu'est-ce que...

— C'est un sort de contention.

Sur ces mots, elle abaissa son arme pour apposer sa main libre sur un des glyphes draconiques qui brillaient toujours où elles avaient fini leur trajectoire. Par ce simple geste, elle activa leur pouvoir. Une lumière écarlate forma une paroi allant du sol au plafond, qui ricocha d'un symbole à un autre. Un observateur extérieur aurait pu voir que cette magie formait un pentagramme d'énergie magique concentrée. Un symbole puissant qui venait de piéger Aurélien en son centre. Le jeune homme pesta de n'avoir rien vu venir, et de s'être laissé surprendre. Parce qu'il n'avait comprit que trop tard la véritable finalité de ces coups qui semblaient avoir été portés dans le vide.

— Dès le début, ce n'était pas moi qui étais visé. En me faisant courir partout, alors que je croyais esquiver tes coups, tu disposais ton piège astucieux. Joli. Vraiment très joli.

Sur ces mots, il poussa un soupir et voulut toucher la façade de lumière, mais il dut retirer sa main. Une réaction qui fit sourire Sylvia au souvenir de ce qui lui était arrivé aussi, en posant la paume sur la paroi magique devant l'édifice.

— Le plus marrant dans tout ça, fit-elle remarquer, c'est que c'est toi qui m'as donné l'idée. Comme quoi, elle n'était pas si mauvaise que ça. Tu vas rester là tranquillement. Il y a dehors un ami policier qui va se faire une joie de te coffrer.

Sylvia tourna alors les talons et pressa le pas pour retrouver son frère. Ce dernier commençait à revenir à lui. L'esprit embrouillé, il ne comprenait pas ni où il se trouvait ni comment sa sœur pouvait être là.

Sylvia se figea, sous l'effet d'un coup sourd qui résonna dans tout son être. Suivi par un second, puis encore un autre. Elle accéléra le mouvement pour détacher Sylvain et l'aider à se relever. Ses jambes chancelèrent quelque peu, mais il pouvait marcher. Sa sœur lui passa un bras derrière le dos pour le soutenir, autant que pour l'aider à sortir d'ici le plus vite possible.

— Mais que se passe-t-il, Sylvia ? Qu'est-ce que tu fiches ici, et pourquoi as-tu l'Épée Mystique ici ? D'ailleurs... Comment t'as réussi à l'invoquer toute seule ?

— Pas le temps ! La première urgence est de filer d'ici pour rejoindre Frédéric et Coralie qui sont dehors. J'ai tendu une barrière magique pour retenir Aurélien, mais je sens qu'il va réussir à s'en défaire. Il faut se grouiller !

Sans laisser le temps au jeune homme de répliquer quoi que ce soit, elle perçut sa surprise au moment de mentionner le nom de l'épéiste. Elle accéléra encore le pas, tandis qu'elle sentait quelque chose se déchirer au plus profond d'elle-même.

Alors, elle sut.

Bordel ! Le piège n'aura pas tenu très longtemps !

Un bruit de pas précipités confirma qu'Aurélien avait fini par se libérer.

Sentant que leur ennemi se rapprochait de plus en plus, elle poussa son frère sur le côté avant de se retourner, prête à parer avec son épée. Le choc fut tel qu'elle fut repoussée jusqu'au mur contre lequel elle fut plaquée. Les deux lames étaient toujours en contact. Aurélien pesait de tout son poids pour faire lâcher prise à la jeune femme qui eut toutes les peines à soutenir une telle force. Sauf que ce n'était pas ce qui l'inquiétait le plus à proprement parler, car une chose inimaginable était en train de se produire.

La lame de l'Épée Mystique était en train de se fissurer !

Éperdue, la jeune femme puisa dans toute sa magie pour essayer de retarder l'inévitable, mais en vain. L'arme ténébreuse parvint à briser l'item magique qui vola en éclats. Sylvia ressentit toute la violence du choc dans son corps, mais aussi dans son âme. Depuis le premier jour, quand l'éclipse solaire de juin 2010 avait marqué sa renaissance, jusqu'à présent, l'Épée Mystique de la Draconia avait été intimement reliée à celle qui lui donnait vie. Maintenant qu'elle avait été réduite à néant, Sylvia percevait un vide abyssal en elle. Épuisée, elle s'effondra contre le mur et glissa jusqu'au sol.

Incapable d'esquisser le moindre geste, elle ne put rien faire pour empêcher Aurélien de remettre la main sur son otage et de disparaître avec lui.

Seule une larme roula sur sa joue.

Elle avait échoué.

56

Rue de Rivoli

Frédéric venait de se garer à proximité du square de la tour Saint-Jacques, dont la silhouette gothique illuminée s'élevait vers le ciel, tel un phare surnaturel improbable. Il jeta un coup d'œil à la jeune femme inconsciente pelotonnée sur la banquette arrière. Pour la énième fois au bas mot, le capitaine Laforrest s'interrogeait sur le bien-fondé des décisions qu'il avait prises après que Coralie, et lui soient parvenus à entrer aussi dans la planque de *Dies Irae*.

Là, ils avaient retrouvé Sylvia à terre, tenant encore un éclat de métal dans la main. C'était tout ce qu'il restait de l'Épée Mystique. Au moment où celle-ci fut détruite, tous deux l'avaient ressenti, et il en allait de même pour les autres membres du clan.

Malheureusement, nulle trace de Sylvain. Son ravisseur et lui avaient dû emprunter un autre accès bien caché. Il ne restait désormais plus aucune piste pour espérer le retrouver. Sans compter que le temps était désormais compté pour leur ami.

Devant la tournure que les évènements venaient de prendre, le policier n'avait plus eu d'autres choix que d'informer son supérieur hiérarchique, Dominique Berger. Dire que celui-ci était furieux que son subordonné se soit lancé ainsi à l'aveuglette sans l'en tenir informé aurait été un très doux euphémisme. Même si le commissaire faisait confiance à son équipe, Frédéric ne serait pas pour autant dispensé de fournir un rapport circonstancié sur le cheminement qui avait fini par le conduire jusqu'à la base, bien dissimulée, du ravisseur de Sylvain. Frédéric lâcha un profond soupir de lassitude à cette seule perspective. La bureaucratie était bien une des facettes qu'il détestait le plus dans son métier. Bien sûr, il faudrait omettre dans ce rapport la moindre notion sur les pouvoirs occultes à l'œuvre. Cela ne serait pas bien perçu, ni de son chef, et encore moins du Procureur de la République.

Par chance, Frédéric était parvenu à convaincre le commissaire de lui laisser les coudées franches, sans faire intervenir le reste de l'équipe, et le capitaine lui en fut reconnaissant. Ses chances de sauver son coéquipier seraient plus grandes avec l'aide de Sylvia. Certes, il ne s'expliquait pas pourquoi, mais c'était néanmoins une certitude. Or, son intuition ne lui avait encore jamais fait défaut.

Pourvu que ça dure, songea-t-il en contemplant la tour.

Il se tourna alors vers Sylvia. L'esprit encore embrumé, elle tentait de remettre ses idées dans un ordre à peu près cohérent, mais c'était sans compter sur quelques blancs résiduels persistants.

— Où sommes-nous ?

— Pas loin de la tour Saint-Jacques.

Elle jeta un regard autour d'elle, réalisant qu'elle était dans la voiture de Frédéric, quand quelque chose attira son attention.

— Attends... Ne me dis pas que tu as laissé Coralie toute seule sur les quais de la Seine ?

— Non, quand même pas. Je l'ai ramenée à l'hôpital. Non pas que l'état de ses blessures se soit aggravé, s'empressa-t-il d'ajouter en voyant Sylvia blêmir. Je préfère que l'un d'entre nous reste avec Philippe et Thessa. Pour les protéger. Au cas où...

— Au cas où quoi ? craignit-elle de demander.

— Au cas où nous échouerions à empêcher ce qui va se produire. D'autant plus que nous ne savons pas réellement ce dont il s'agit, là-haut. Après tout, nous savons juste que *Dies Irae* n'était qu'un leurre. Un groupe de fanatiques qui ont été bernés par plus malsain qu'eux. Au final, leur pseudo leader s'est servi d'eux pour accomplir un rituel de grande ampleur, en plein Paris. Du moins, si on en croit la mise en scène macabre du Carré Magique de Saturne et des neuf gamins exécutés. Tu sais ce qui m'a retenu de faire appel à une unité du GIGN pour prendre les lieux d'assaut ?

Dans le rétroviseur, il vit la jeune femme opiner.

Oui, elle savait.

— Mon frère...

— Exact. Ce type qui a pris Sylvain n'est pas sans me rappeler Rowanon quand il t'a enlevée. Il aurait préféré te tuer et se suicider plutôt que d'être capturé.

— Sans doute, mais ça ne nous dit toujours pas ce que nous pourrons faire. Je... J'ai perdu l'Épée Mystique. D'habitude, je pouvais la percevoir à travers moi. Mais il n'y a plus rien depuis qu'elle a volé en éclats. En plus, Aurélien est très fort. Je n'aurai jamais le dessus sur lui.

— Eh ! Minute, papillon. Tu as parlé d'Aurélien Buchard ? Le type qui te donnait des leçons d'escrime ? Tu veux dire que c'est lui qui était à la tête de toute cette organisation ? Nom d'un chien... Pas étonnant qu'il ne figurait pas sur la liste que m'a donnée mon indic. Il n'y avait que six noms dessus. Or, les archanges étant toujours sept, je m'interrogeais quant à l'identité du dernier larron. Dire que c'était lui... Pourquoi tu ne me l'as pas dit plus tôt ?

— Oh... réalisa-t-il, contrit. C'est vrai que tu étais dans les vapes quand on t'a retrouvée. Excuse-moi.

Frédéric délia tant bien que mal la confusion de ses pensées, quand il comprit à quel point son amie était accablée par la culpabilité. Elle s'en voulait de ne pas avoir pu vaincre Aurélien, mais surtout de ne pas avoir protégé son frère. Or, pour affronter ce qui risquait de se produire cette nuit, la *Gardienne d'Obscurité* aurait besoin de toute sa confiance en elle. Que son cœur soit libéré du moindre tourment qui risquerait de saper sa volonté.

— Sylvia, tu n'y es pour rien. Est-ce que tu as laissé sciemment ce type s'en sortir ? Tu ne serais quand même pas allée jusqu'à lui tenir la porte ?

— Non ! Jamais !

— Je sais aussi que tu n'es pas en train de te réjouir à l'idée que Sylvain puisse servir de victime sacrificielle lors d'un rituel de magie noire.

Le policier eut un petit sourire gêné en voyant l'expression horrifiée de son amie. Il n'aimait pas la mettre ainsi face à des idées aussi abjectes, mais il devait la faire passer par là pour aider son cœur à s'apaiser.

— Le seul qui soit à blâmer, c'est ce mage noir qui a trompé son monde en anéantissant toutes ces vies. Car c'est *lui* qui a tous ces morts sur la conscience. Pas toi ! Ton pouvoir puise peut-être sa source dans l'obscurité, mais pas du plus profond des Ténèbres. Ce n'est peut-être pas très clair, mais j'espère que tu comprends ce que je cherche à te dire.

Le policier ne fut rassuré qu'après avoir entendu la jeune femme pousser un profond soupir de soulagement, et lui dire « Merci » dans un murmure apaisé.

— Maintenant, tu crois qu'on va pouvoir y aller ? demanda-t-il. Je ne sais toujours pas ce qui nous attend, mais je suis sûr au moins d'une chose. Depuis le départ, *Dies Irae* était constitué de sept personnes. Puisque tu m'as dit qu'il y avait six corps dans la planque, il ne reste donc plus qu'Aurélien. Tout seul. Et nous, nous sommes deux. C'est encourageant, non ?

— N'oublie pas qu'il détient un otage.

— T'as eu peur que j'oublie ? Mais je ferai tout ce qui est en mon pouvoir pour le libérer.

Elle eut un léger sourire devant la véhémence du capitaine. Sa présence auprès d'elle, en cet instant, avait quelque chose de rassurant. Depuis qu'ils avaient fait connaissance, il était devenu un élément de stabilité au sein du groupe. Quelqu'un de fiable et de confiance sur qui on pouvait compter.

Le regard du policier refléta l'éclat de sa résolution alors qu'il fixait le monument gothique à travers la vitre de la portière.

— Ce n'est pas en restant ici qu'on résoudra quoi que ce soit. Alors, allons-y.

Les deux amis sortirent donc du véhicule et se dirigèrent vers la tour. Ils parvinrent à s'introduire dans le square, désormais fermé à cette heure de la nuit, et Frédéric dut faire appel à quelques astuces pour faire céder le verrou de la porte d'accès menant à l'escalier. Un ennemi redoutable les attendait déjà, avec ses trois cents marches en pierres inégales.

Frédéric contempla la hauteur à gravir avec abattement.

— C'est là qu'on regrette qu'il n'y ait pas d'ascenseur.

— S'il n'y a que ça pour te faire plaisir.

Sans crier gare, elle passa derrière le dos de son ami et le tenant contre elle. Du bout de l'index, elle lui traça un glyphe magique sur la poitrine. Il ressentit un léger chatouillement qui gagna en puissance, comme si une bourrasque vigoureuse venait de se concentrer en lui.

— T'es prêt ?

— Prêt à quoi ? s'alarma-t-il.

— Au décollage !

Sylvia se ramassa quelque peu sur ses jambes et s'arracha du sol, sous les yeux éberlués de Frédéric qui fut stupéfié par la manœuvre, aussi soudaine qu'inattendue. Ils ne s'étaient pas envolés à proprement parler, mais la jeune femme avait fait un bond spectaculaire de plusieurs étages pour mieux prendre appui contre les parois de la tour, poursuivant ainsi leur folle ascension. Elle enchaîna plusieurs sauts entre les murs, toujours plus haut, la moindre perturbation de rythme pouvant les faire retomber plus vite qu'ils n'étaient montés. Une fois parvenue au dernier palier de l'escalier, elle se réceptionna tant bien que mal, et relâcha son ami dont les jambes flanchèrent. Il se retrouva à genoux, encore secoué, tout près de son amie qui reprenait son souffle. La voix du policier lui revint tout à coup.

— Non, mais ça te prend souvent ?!

— Chut ! souffla-t-elle en lui plaquant une main sur la bouche. C'était le moyen le plus rapide d'arriver en haut sans effort. Je l'avais déjà fait dans un édifice abandonné, et c'est assez marrant. Par contre, comme je te portais, il était impossible de monter d'une traite. J'ai donc improvisé. Et puis de quoi te plains-tu ? L'important, c'est d'être là.

Elle lui flanqua alors une tape amicale sur l'épaule.

Encore un peu blême et tremblant, il se rendit à l'évidence. Elle avait eu raison d'agir de la sorte, et sa réaction n'avait pour origine que la surprise de voir son amie faire appel aussi ouvertement à la puissance des runes draconiques. Il était encore épaté de cette nouvelle manifestation. Ce qui lui fit penser qu'à l'avenir, il lui faudrait travailler plus pour les utiliser à son tour.

Un écho magique fut assez puissant pour faire vibrer jusqu'aux fondations de la tour. Ce qui surprit Sylvia et Frédéric.

— Ne me dis pas que tu n'as pas perçu ce truc-là ?

Sylvia se rembrunit.

— Je l'ai senti aussi, Fred. Vite, allons voir.

Ils s'apprêtaient à franchir la porte menant au toit quand une force douce, mais vigoureuse, les entoura tous les deux. Perplexe, Sylvia se tourna vers son acolyte qui lui adressa un clin d'œil lui signifiant être à l'origine de ce phénomène. Après tout, il tenait à se montrer à la hauteur, lui aussi.

Le capitaine devait s'attendre à ce qu'ils se retrouvent à découvert en sortant. Il avait donc choisi de déployer sur eux un bouclier protecteur. Il pourrait être très utile pour écarter toute attaque magique éventuelle. Ils ouvrirent la porte et s'extirpèrent à l'extérieur. Le sommet de la tour étant exigu, ils se retrouvèrent aussitôt face à la situation.

Le sol était surélevé au centre, de façon à former un octogone sur lequel Sylvain était étroitement ligoté, inconscient. Autour de lui, des cierges noirs et grenat brillaient, à l'abri du vent, dans des photophores en verre.

Deux personnes se tenaient de part et d'autre, vêtues de longues toges noires avec une capuche rabattue sur le visage, dissimulant leurs traits. L'une d'elles se rendit compte de la présence d'importuns sur les lieux et se tourna vers eux. Ce faisant, l'individu porta les mains au niveau de la tête pour rabattre le vêtement à l'arrière.

— Eh bien, eh bien... Regardez-moi ça. On dirait que nous avons des invités surprise.

— Tiens donc, marqua le deuxième homme d'un ton tout aussi badin. Je pensais que tu leur aurais transmis une fin de non-recevoir un peu plus définitive. Te ramollirais-tu avec le temps ?

Les deux jeunes gens furent stupéfaits d'entendre cette voix qu'ils connaissaient très bien. S'ils savaient que venir jusqu'ici les mettrait à nouveau en présence d'Aurélien Buchard, ils ne s'étaient pas le moins du monde attendus à ce que Pavlov Dassama lui rende la réplique. Pourtant, c'était bien lui qui se tourna à son tour, révélant son visage en rabaissant sa capuche.

Frédéric dégaina son Sig Sauer de service et l'arma avant de le braquer vers le mage noir.

— Quelle surprise... Qui aurait imaginé que vous auriez fait équipe avec celui qui a gangrené *Dies Irae* de l'intérieur.

— Il est vrai que je préfère travailler en solo, d'ordinaire. Sauf qu'il s'agit ici d'un partenariat de nature assez extraordinaire, vous l'avouerez. Attendez seulement que le rituel soit accompli dans son intégralité pour en savourer toute la magnificence.

— Parce que vous croyez qu'on va vous laisser gentiment invoquer le Bibendum Chamallow dans Paris ? s'exclama Sylvia.

— Quand même pas, même si ça m'aurait amusé. Ma chère, reprit-il avec ce ton condescendant qui l'exaspérait tant. Vous n'y connaissez pas grand-chose en Archanges, n'est-ce pas ? Aussi, je serais très étonné que toi et tes amis n'ayez jamais entendu parler de leurs consorts démoniaques : les Archi-Démons.

— Les quoi ?

Nonobstant cette question synchronisée, Pavlov étendit la main devant lui, traçant un symbole dans l'air du bout du doigt. Une fois achevé, il brisa la protection magique de Frédéric aussi facilement que s'il s'était agi d'une coquille d'œuf. Un second glyphe suffit ensuite à le faire chuter. Il perdit son arme et fut expédié contre la rambarde derrière lui, où il se retrouva bloqué par un puissant sort d'immobilisation. Sylvia aurait bien voulu lui venir en aide et briser l'emprise que le sorcier exerçait sur son ami, mais Aurélien venait de lui faire subir un sort similaire, sans pour autant avoir eu droit au même catapultage par terre.

Les deux hommes s'entretinrent à voix basse, avant que Pavlov n'opine pour reprendre la tâche qu'il était en train d'accomplir avant cette soudaine interruption. Quant à l'épéiste, il se rapprocha de la jeune femme avec un petit sourire narquois.

— Il semblerait que nous ayons quelques petits instants de libres avant le déclenchement du rituel. Pavlov n'a pas son pareil pour les cérémonies magiques aussi complexes que celle-ci. Moi, je suis plus un homme d'action.

— Parce que tu ne sers pas à tenir la chandelle ? ironisa Sylvia. Ah non… Elles tiennent très bien toutes seules.

— Encore une drôle de surprise. Le sort d'immobilisation n'a pas marché sur ta langue. Dommage, c'est ce que j'espérais de voir paralysé en premier chez toi. Preuve qu'on n'a pas toujours ce qu'on veut.

— Par contre on finit toujours par en payer les conséquences. Toi, et Pavlov… Qu'est-ce que vous comptez obtenir en livrant ce monde à un être démoniaque ? Des places de parking gratos à vie ?

— En vérité, il s'agit de l'Archi-Démon Python. D'après mes découvertes, ce seigneur noir s'immisce en chacun des humains pour anéantir irrémédiablement l'étincelle divine en eux. Étant ainsi privé de la Lumière pour maintenir l'équilibre, les Ténèbres ont alors le champ libre, conduisant ainsi l'humanité aux pires excès qui soient. Meurtres, viols, suicides, agressions, mutilations diverses, et autres *réjouissances* du même genre. Ceux qui pensaient que le monde actuel est déjà assez cruel se rendront compte que ça peut toujours être pire. Bien pire que ça.

— Au point que Sodome et Gomorrhe ne seront plus qu'une broutille en comparaison de ce qui se prépare.

— Tout à fait. Python, le Serpent qui règne sur la Vallée de l'Oubli, polluera l'aura des gens et les influencera selon son bon vouloir. C'est un grand manipulateur qui leur fera oublier jusqu'à leur propre nature en les coupant du plan spirituel.

— Sans lien avec le Divin et le monde spirituel, seul le plan matériel existera à leurs yeux et ils s'y enliseront corps et âme.

— Bonne analyse de la situation, apprécia le mage noir, je vois que tu as tout compris. Les gens se complairont de leur propre chef dans tout ce qu'il y a de plus médiocre et de plus disharmonieux dans la vie. Après tout, le phénomène de vacuité, autant spirituel qu'intellectuel, est un mouvement qui a été amorcé depuis déjà un moment. La société occidentale actuelle prône le *tout, tout de suite* ainsi que le sensationnalisme à tout va. Par fainéantise, les gens laissent alors les considérations encombrantes de côté. Ça prend trop de place, après tout. Ils finissent par se noyer avec allégresse dans la médiocrité la plus compacte, et se perdent dans le chaos de l'ignorance. L'homme n'aspire plus à rien, si ce n'est son propre profit personnel. Le mieux dans tout ça, c'est que les gens ne se rendront pas compte de ce qui leur arrive, au départ. Ils ne le réaliseront pas avant qu'il ne soit trop tard et qu'il n'y aura plus rien à faire pour l'empêcher.

Même si les propos d'Aurélien révulsaient la jeune femme, force était de constater qu'il avait raison. Elle se souvenait d'un roman qu'elle avait adoré, dans lequel le personnage principal fustigeait ses contemporains, leur reprochant d'avoir développé le *syndrome de Panurge*, en rapport avec les célèbres moutons se contentant de suivre le troupeau. Selon lui, le peuple ne serait nourri que d'un foin insipide, et il en redemandait avec ferveur. Comment l'avait-il formulé ? Que bien des gens seraient même prêts à se battre bec et ongles pour qu'on ne leur ôte jamais leurs fers. Qu'ils redoutent à ce point la liberté, d'avoir à penser par eux-mêmes, souvent par crainte d'avoir beaucoup trop à assumer. Et surtout parce que cela n'a rien de… facile.

Parce qu'avec une certaine dose de *« je m'en foutisme »*, l'un des principaux moteurs poussant les gens à agir n'étaient plus seulement la peur et l'intérêt personnel, mais aussi la facilité. Oui à tout, tant que ça reste dans le domaine de la facilité.

Au plus profond de son cœur, Sylvia commençait à entrevoir pourquoi ce plan risquait de réussir : ayant commencé d'eux-mêmes à se couper du monde spirituel, les gens étaient déjà prêts à basculer. L'arrivée dans ce monde de l'Archi-Démon ne serait que la petite impulsion qui changerait tout.

— C'est vrai qu'en général, la population est déjà bien trop occupée avec d'autres considérations dans sa course perpétuelle au bien-être matériel, pour se lancer dans la moindre quête spirituelle. Durant mes études universitaires, j'avais lu que les anthropologues eux-mêmes qualifiaient notre société moderne d'*anomalie*.

Aurélien fixait Sylvia avec une certaine curiosité. De toute évidence, il ne s'attendait pas à ce qu'elle abonde dans son sens, au lieu de vouloir prendre la défense des gens, dans ce dont ils étaient capables de meilleurs. À cause de la médiocratie qui prenait de plus en plus d'ampleur, à cette époque.

— Pourquoi cela ?

Sylvia savait pertinemment que le jeune homme connaissait très bien la réponse, mais qu'il tenait à la lui faire dire.

— Parce que la société s'est développée dans un sens matériel sans se baser sur des principes spirituels fondamentaux.

— C'est ça. Je vois que tu connais ta leçon. Par conséquent, la régression intellectuelle que ce matérialisme a engendrée est à présent devenue impossible à combler par les religions officielles. Comme tu peux le voir, la société n'a fait que poser les bases en premier. Cette nuit, nous ne nous contenterons que de parachever leur œuvre. Le Mal aime particulièrement la paresse, l'insécurité et l'ignorance. Ce que l'humanité lui sert sur un plateau ! N'est-ce pas magnifique ? L'humanité est déjà en passe de *s'oublier*. L'oubli de soi passant par différentes petites choses telles que les drogues, les calmants, les anxiolytiques et autres somnifères, mais aussi l'analphabétisme, l'ignorance, le sommeil de la raison, l'extinction de l'esprit critique, ainsi que l'abrutissement collectif et l'uniformisation des masses populaires. En s'invitant dans ce monde, l'Archi-Démon Python ne fera qu'attiser tout ce qui existe déjà dans l'âme. À croire que les gens lui tiendraient presque la porte grande ouverte.

Aurélien s'interrompit, tendant l'oreille pour savoir où son acolyte en était dans ses incantations. Depuis quelques instants maintenant, le mage noir évoluait tout en psalmodiant des mots en latin tandis qu'une étrange force était en train de se concentrer dans l'air ambiant.

— En parlant de porte, fit remarquer Aurélien. Il y en a une qui ne va plus tarder à s'ouvrir.

Un léger tremblement se fit sentir dans tout l'édifice, ce qui mit Sylvia en panique à l'idée que la tour ne s'effondre sous leurs pieds. Si elle ne se préoccupait pas trop de sa propre sécurité, elle s'inquiéta en revanche beaucoup plus pour le sort de ceux qu'elle aimait, à savoir son frère et son ami policier. Par contre, les deux mages noirs affichaient un calme olympien qui tranchait avec l'angoisse qui avait saisi la jeune femme. En la voyant, ce dernier sembla comprendre l'objet de sa préoccupation.

— Il n'y a rien à craindre. Ce n'est là que la première étape, à savoir la concentration de l'énergie développée à travers le Carré Magique de Saturne en un seul point. Dans cette tour.

Poussé par la curiosité, il se dirigea vers la balustrade à côté de lui et se pencha pour admirer la vue plongeante donnant sur le square. Au pied de la tour, une onde circulaire rougeoyante se répandit très vite et très loin. De là où il se trouvait, Aurélien ne pouvait voir jusqu'où cette onde s'étendait, mais il était d'ores et déjà certain que le phénomène aurait des conséquences hors du commun lors de l'invocation démoniaque à venir.

Une double spirale composée d'une multitude de symboles se déploya alors en partant du pied de la tour Saint-Jacques. Une fois complètement révélée, celle-ci prit alors la forme d'un cercle magique d'une grande complexité. Il en fut pour le moins admiratif, mais aussi, un peu jaloux puisqu'il n'avait encore jamais réussi à étendre un cercle aussi puissant. Dans un nouveau grondement, le cercle se resserra pour atteindre à peu près une quinzaine de mètres de diamètre. Il remonta alors haut dans le ciel jusqu'à arrêter sa course folle au-dessus de la tête des personnes présentes au sommet de l'édifice.

Frédéric et Sylvia, toujours immobilisés, ne purent que lever la tête avec difficulté pour parvenir à apercevoir un tel phénomène. Au milieu de toutes les formulations occultes complexes, un pentagramme inversé occupait la majeure partie centrale, mais ce n'était pas le plus intrigant ni le moins répugnant.

À l'intérieur de chacune des cinq pointes de l'étoile maléfique, des boursouflures noirâtres se mirent à ondoyer, à ramper telles des limaces et à s'étendre vers le bas.

Ces espèces de vers immondes et visqueux se déployèrent vers les cinq personnes au sommet de la tour, quand des crocs acérés commencèrent à pointer à leur extrémité. Chacun poussa un soupir de soulagement en voyant que ces horreurs ne pourraient pas aller plus loin et encore moins les atteindre.

Aurélien savait que ces créatures ne s'en prendraient pas aux mages noirs, mais il n'en était pas moins inquiet de les savoir si près de lui. Trop près.

Des spasmes agitèrent soudain ces bestioles qui se prolongèrent subitement, révélant une monstruosité encore plus abjecte sous la forme de vers couleur chair pâle, avec tout un fourmillement de dents effilées, entourant une gueule infernale. Ces créatures ne semblaient être qu'horreur et bestialité incarnées.

Toujours lancé dans ses incantations, Pavlov désignait le corps inconscient gisant au milieu du toit. Sylvain.

Les tentacules avides se dirigèrent alors lentement vers lui.

Sylvia tenta de lutter contre le sort qui l'entravait. En vain.

— Non !! Pas lui ! Laissez mon frère tranquille !

— Pour que ce sort s'accomplisse, expliqua Pavlov, il lui faut d'abord prendre racine dans ce monde. Il faut donc le nourrir d'un sacrifice de chair et de sang.

— Comme tu le sais, compléta Aurélien, on n'attire pas les mouches avec du vinaigre.

— J'aurais pourtant aimé qu'on me demande mon avis.

La manifestation de cette voix masculine surprit tout le monde, y compris les grouillots infernaux qui n'avaient stoppé leur progression qu'à quelques centimètres à peine de leur proie.

— Tu étais éveillé pendant tout ce temps ? Mais ça ne changera en rien ce qui t'attend. Grâce à ton sang, tout commencera vraiment et le sort ne pourra plus être inversé.

Le mage noir se pencha alors sur le jeune homme, avec une dague de cérémonie à la main alors que Sylvain se tournait sur le dos, le dardant d'un regard féroce, comme pour le mettre au défi d'essayer de le mutiler. Ce qui amusa quelque peu Pavlov qui esquissa un rictus sardonique.

— Pas la peine de faire des manières. Tu n'es pas en état de tenter quoi que ce soit. Laisse-toi emporter. Il n'y a plus rien pour toi ici, hormis la mort.

— C'est ce que tu crois !

Sylvain replia ses jambes entravées contre son corps et propulsa son opposant avec les pieds, d'un coup aussi soudain que violent. Aurélien n'eut pas le temps d'intervenir que le mage noir avait été catapulté en l'air avant d'être rattrapé par les entités grouillantes qui ne manquèrent pas l'occasion de se saisir de cette proie. Le corps du mage noir fut happé dans un amalgame atroce de crocs, de chairs et de ténèbres, ponctués par des hurlements à glacer le sang.

Aurélien n'aurait pas su dire s'il avait été soulagé ou atterré de voir que cette partie du plan ne s'était pas passée comme prévu, quand une étincelle rouge scintilla à l'endroit où Pavlov avait disparu. En réponse à ce signal, le cercle magique brilla avec la même intensité avant de se mettre à pivoter de plus en plus vite sur lui-même dans le sens inverse des aiguilles d'une montre, au point de ne plus former qu'un disque tournoyant à une vitesse folle. Quand un nouveau soubresaut se fit sentir à travers la tour, et que le cercle ne finisse par exploser.

Une impressionnante colonne de lumière monta jusqu'au ciel, à travers les lourds nuages gris. Ces derniers prirent de plus en plus d'ampleur, en plus de s'obscurcir davantage. Des éclairs flamboyants se mirent à zébrer ce qui ressemblait à un ciel apocalyptique. Malgré l'effroi suscité par l'ampleur des énergies maléfiques qui se déployaient, Aurélien ne pouvait pas s'empêcher d'être subjugué.

Le sang répandu avait suffi à enclencher la phase finale de la cérémonie.

Plus rien ne pouvait empêcher la suite des évènements.

57

Frédéric était toujours cloué au sol à cause du sort d'immobilisation lancé par le mage noir. Il aurait bien tenté quelque chose, mais même le simple fait de lancer un bouclier de protection sur l'ensemble de la tour n'aurait eu que peu d'impact, tout en sapant pour de bon le peu de forces qu'il lui restait.

Étant tout aussi pétrifiée que son ami, il en avait été de même pour Sylvia qui assistait, atterrée, à l'avènement d'un être démoniaque qui pourrait initier la fin du monde.

Une douleur aiguë lui vrilla la main gauche. L'écoulement d'un liquide chaud sur ses doigts lui fit réaliser qu'elle s'était entaillée la paume avec l'éclat qui lui restait de l'Épée Mystique. Le métal de l'arme magique avait déjà été imprégné du sang de la jeune femme, aussi pouvait-elle espérer pouvoir faire appel au peu de magie qui y subsistait. D'autant plus qu'elle portait le bijou rituel représentatif de son pouvoir au sein du Cercle du Dragon Céleste. Si seulement elle parvenait à se libérer ! Elle pourrait alors intervenir.

Mais pour faire quoi ? songea-t-elle en panique. *Thorn ne peut plus me conseiller et Sha'oren m'a déjà abandonnée depuis si longtemps. Que faut-il faire dans ce genre de cas ?*

— *Facile : demande de l'aide.*

La voix qui venait de se manifester dans son esprit ne lui était pas familière, mais pas non plus inconnue. Une douce chaleur se répandit alors dans tout son corps, ce qui la rasséréna. Même si son inquiétude était toujours présente, la peur refluait.

Sylvia interrogea mentalement cette voix apaisante.

— *Qui es-tu ?*

— *Quelqu'un qui t'est déjà venu en aide par le passé, quand ton âme était en péril. Demande-le-moi et nous unirons nos forces pour vaincre ceux qui veulent détruire ce monde. Toi qui as lu le grimoire de ton clan, tu sais qu'il existe une formulation allant dans ce sens. Les mages noirs ont invoqué une entité malfaisante ? Invoque une puissance contraire afin de changer la donne.*

Sylvia comprenait et se souvint avoir eu connaissance d'une invocation qui permettrait à chacun des membres du clan de s'en remettre à son dragon tutélaire. Mais comment faire à nouveau confiance en des entités qui l'avaient manipulée et trahie avant de l'abandonner ?

Une douce onde de chaleur parcourut son cœur et Sylvia sut en qui avoir une confiance aveugle. Dans son esprit, un nom venait de surgir du passé. Un nom qu'elle connaissait depuis son enfance. Elle savait à présent à qui s'en remettre corps et âme.

— *Oui*, confirma la voix, *mais c'est un sort d'une puissance sans commune mesure avec ce que tu as déjà accompli. Je préfère te mettre en garde tout de suite : si jamais tu en perdais le contrôle, la puissance libérée pourrait faire des dégâts effroyables. Le choix n'appartient qu'à toi.*

— Au final, on en revient toujours à ça. Mais je préfère tenter d'intervenir plutôt que de renoncer, alors qu'il y a quelque chose à tenter. Ça serait trop facile. Et puis, si jamais je devais perdre le contrôle ? Je préfère encore me sacrifier plutôt que de voir ce monde privé de la Lumière, et les gens de leur libre arbitre.

Ragaillardie par cette résolution, Sylvia ferma les yeux, sentant monter en elle une onde magique qui brisa le sort la maintenant prisonnière.

Elle porta son regard sur la main gauche tenant l'éclat de l'Épée. La coupure qui lui déchirait la paume saignait encore.

Maintenant qu'elle se rappelait les grandes lignes de la cérémonie d'invocation qu'elle devait tenter. Elle n'aurait droit qu'à un seul essai, alors que le temps viendrait à manquer pour les étapes préliminaires. L'urgence de la situation l'empêchait. Il faudrait se contenter d'un rituel abrégé à sa plus simple expression.

Sylvia risqua un regard vers Aurélien qui fixait encore la colonne lumineuse rougeoyante, sans prêter la moindre attention à ce qu'il se passait autour de lui. Celle-ci rejoignait des nuages aussi noirs que des volutes de cendres, zébrés d'éclairs violents.

Une aubaine inespérée pour la jeune femme qui s'accroupit pour dessiner une étoile à cinq branches enchâssée dans un cercle avec son sang. Elle se redressa pour se positionner sur cette figure, avant de joindre les mains l'une contre l'autre, avec l'éclat métallique entre elles. Le peu de magie résiduelle pourrait peut-être l'aider une toute dernière fois.

Sylvia prit une ample inspiration et entama l'invocation rituelle à laquelle il avait fallu un peu d'improvisation, ce qui constituait un tour de force, compte tenu des circonstances.

« Au nom des quatre Éléments, piliers de la Vie,
Et des sept sphères célestes de la Destinée.
Au nom de tous les préceptes sacrés de Foi et de Vérité.
Plus sombre que la nuit,
Plus clair que le crépuscule,
Ancré dans le Ciel, et
Guidant l'Humanité depuis la Nuit des Temps.
Ô Thuban, Esprit éternel du Dragon Céleste.
Daigne descendre des cieux,
Et venir à moi en ces lieux.
Que nos essences et nos pouvoirs se combinent,
Afin de soumettre jusqu'aux âmes divines !
Thuban, je t'appartiens !! »

Laissant tomber l'éclat de métal, dont la magie avait été absorbée par l'incantation, Sylvia se concentrait de toutes ses forces pour tenter de canaliser l'incroyable déferlante de pouvoir qui s'accumulait en elle, au niveau du chakra du cœur. Or, elle ne pourrait jamais contenir une telle puissance. Son corps ne résisterait pas longtemps et elle le savait. Il ne lui restait plus qu'une seule solution, même si elle ne savait pas si elle serait en mesure de le faire.

Serait-elle capable de s'arracher son propre noyau magique ?

Aurélien perçut à son tour l'incroyable pouvoir qui était en train de se concentrer autour de Sylvia et il était éberlué de voir qu'elle pratique une telle invocation. En dépit de son plan minutieux, il ne s'était pas attendu à un tel retournement de situation. Il était surpris, certes, mais pas inquiet pour autant. L'arrivée de l'Archi-Démon était inéluctable, et Sylvia ne pourrait rien y faire. Du moins, si jamais elle survivait.

— Es-tu sûre de savoir ce que tu fais ? Un corps humain n'a pas été conçu pour contenir une telle puissance. Tu risques de te détruire. Mais ça, tu le sais déjà, pas vrai ?

La *Gardienne d'Obscurité* était trop concentrée pour avoir accordé la moindre attention à ce qu'Aurélien venait de dire. Haletant sous l'effort, elle parvint enfin à extraire son noyau magique dans un cri libérateur.

La jeune femme n'avait de cesse de surprendre Aurélien.

— Non... Ce n'est pas possible.

Comme Sylvia s'y attendait, la force magique de Thuban continuait à s'accumuler entre ses mains élevées au-dessus de sa tête, dans une sphère de lumière blanche dont la taille augmentait à vue d'œil. Sous l'influence de ce pouvoir de nature positive, qui gravitait à contresens par rapport à elle, la colonne rougeoyante commença à perde de son éclat et à ralentir. Émises en même temps, ces deux forces antinomiques finiraient par se neutraliser, et même s'annuler pour de bon.

Déjà, Frédéric et Sylvain percevaient que l'air était devenu moins malsain et moins lourd, leur permettant de reprendre une respiration à peu près normale.

Vas-y, sœurette ! Tiens bon ! Tu vas finir par y arriver !

Pour les deux hommes, l'espoir était revenu grâce à la jeune femme. Ce qui ne faisait pas l'affaire d'Aurélien qui fulminait.

— Je n'arrive pas à y croire ! Qui aurait pu imaginer qu'elle ne parvienne à contenir tant de forces sans se faire détruire. Elle a vraiment une volonté hors du commun.

Tout son projet était sur le point d'être réduit à néant par ce petit bout de femme qui était sur le point de contrôler un sort d'une incroyable complexité. Il ne pouvait pas la laisser faire. Il devait réagir. Maintenant ! Avant qu'elle ne parvienne à refermer la porte par laquelle Python aurait dû faire son entrée dans ce monde.

Aurélien avisa l'épée des ténèbres dont il disposait encore. Ce qu'il lui restait à faire lui vint alors avec clarté. D'un geste sec du poignet, il envoya son glaive en l'air, en le faisant pivoter sur lui-même, avant de le rattraper par la poignée. Il avisa alors la jeune femme qu'il ne pouvait voir que de dos.

Alarmé, Sylvain comprit aussitôt ce que le mage noir s'apprêtait à accomplir, et eut un sursaut d'effroi parce qu'il ne pourrait pas l'empêcher.

Son impuissance allait coûter la vie à sa sœur jumelle.

Non !! Ne fais pas ça !

Pourtant, le mage noir avait déjà ajusté son coup et lança son épée de toutes ses forces tel un javelot meurtrier…

…. qui atteignit Sylvia dans le dos.

Empalée de part en part, la jeune femme s'était figée, les yeux écarquillés et les mains toujours au-dessus de la tête. Son regard se voila, alors que la sphère blanche, qui avait maintenant pris une taille considérable, s'accrut encore davantage.

Avant que la jeune femme ne rende son dernier souffle.

Soudain, privé du soutien de sa créatrice, le concentré énergétique de Magie et de lumière, devenu hors de contrôle, retomba sur la silhouette de Sylvia.

La colonne maléfique avait repris de l'ampleur, semblant absorber la Magie qui s'exerçait, désormais libre de toute entrave.

Aurélien exulta, car, loin d'avoir réussi à empêcher l'appel d'un Archi-Démon dans cette dimension, le sort manqué de Sylvia allait lui donner plus de force. Cette fois, il pourrait même étendre son influence monstrueuse plus loin qu'il ne l'aurait espéré.

Au sommet de la tour Saint-Jacques, deux puissances occultes, pourtant opposées, œuvraient ensemble à l'avènement de l'entité démoniaque qui allait asservir l'humanité. Quel contraste avec ce qui pouvait se passer en ville au même moment. La population continuait à vivre son train-train quotidien, sans même avoir conscience qu'un évènement majeur était en train d'avoir lieu en cet instant tragique.

Les quelques passants qui déambulaient dans les environs avaient certes vu les deux lueurs en concurrence, mais ils ne s'imaginaient pas que cela puisse être autre chose que des feux d'artifice pour la soirée d'Halloween. Ce spectacle étant tout de même peu commun, ils étaient plus en plus nombreux à se rassembler autour du square, certains immortalisant même l'instant avec leurs smartphones, sans comprendre de quoi il s'agissait.

Avaient-ils seulement conscience qu'une femme venait de tenter le tout pour le tout afin de les sauver d'eux-mêmes ?

En aucun cas.

58

Alors que les deux puissances magiques continuaient de s'accroître, Aurélien laissa échapper le fou rire quasi hystérique qui venait de le gagner.

— Quelle incapable ! Non seulement elle a réussi à détruire l'Épée Mystique que les dragons lui avaient confiée, mais elle va conduire le monde à sa perte en apportant plus de puissance à l'Archi-Démon Python. Là, on vient d'atteindre l'apothéose ! Mais… Qu'est-ce que…

Le mage noir vit un éclat lumineux embraser le cœur de la sphère tourbillonnante de pouvoir. Cette dernière s'amenuisa de plus en plus. Quand elle se brisa, ce fut pour révéler la silhouette humaine qui se tenait debout en son centre. Au creux de la main gauche, elle tenait ce qu'il restait de la puissance magique qui avait été déployée. Ce qui permit aux témoins de cette scène incroyable de réaliser que la femme qui s'avançait n'était autre que Sylvia dont le bijou rituel se détacha de sa main gauche.

Si les deux policiers étaient soulagés de la revoir saine et sauve, Aurélien était stupéfait. D'autant plus que l'épée obscure qui l'avait transpercée avait carrément disparu. C'était comme si la *Gardienne d'Obscurité* n'avait jamais été transpercée à mort.

— Non ! C'est possible ! Tu devrais être morte ! Personne n'aurait survécu à une blessure pareille, ni contrôler une telle force ! Ça ne peut pas être toi. Qui es-tu ?

La jeune femme s'avança encore, et tous purent voir que son corps était entouré d'une aura argentée, mais surtout que l'éclat de ses yeux avait changé. Si les iris de Sylvia étaient d'un violet piqueté d'or, ils étaient du bleu sombre d'une nuit sans lune, avec l'éclat des étoiles. Un regard profond, aussi froid qu'insondable.

L'être devant eux en avait l'apparence, mais ce n'était plus

Sylvia Laffargue. C'était *quelque chose* d'autre. Même sa voix avait changé en s'adressant à Aurélien, combinant à la fois murmure et intonation volontaire :

— Toi qui cherches à conduire ce monde au chaos, c'est sur toi que s'abattra la destruction.

— Non ! Ça ne peut pas être vrai !

— Et pourtant si…

D'un simple claquement de doigts, l'apparition projeta un Aurélien hurlant d'effroi contre la rambarde derrière lui, libérant les deux hommes captifs. S'ils n'étaient plus sous l'emprise du sort d'immobilisation, seule la stupeur pouvait expliquer le fait qu'ils soient restés figés sur place.

Le mage noir oscillait entre la rage et une peur viscérale.

— Pour la dernière fois… Qui es-tu ?!

— Plus sombre que la nuit, plus clair que le crépuscule. Ancré dans le Ciel, et guidant l'humanité depuis la Nuit des Temps, je suis l'esprit qui fut jadis l'étoile Polaire. Je suis ce que vous appelez Thuban, l'esprit éternel du Dragon Céleste.

Cette révélation fut suivie d'un silence stupéfait.

— Incroyable… Ma sœur a invoqué l'esprit draconique le plus puissant qui soit. J'avais lu dans un bouquin que Thuban fait partie des étoiles principales de la constellation du Dragon.

— Le Dragon Céleste lui-même, comprit alors Frédéric.

Sylvain opina avec gravité.

— Mais ce que je ne comprends pas, c'est pourquoi une entité spirituelle aussi élevée a répondu à la requête d'une humaine. Ça n'a pas de sens pour moi.

— Ma force est ma volonté tout autant que ma volonté est ma force, sembla répondre Thuban. Je ne suis constituée que de force et de volonté. Je suis là de ma propre volonté. En mêlant sa magie à sa volonté, Sylvia est parvenue à libérer une force brute à l'état le plus pur qui soit.

— Attends ! s'exclama Frédéric. S'il est vrai que tu es l'esprit du Dragon Céleste sous forme humaine, qu'est devenue son âme ? Où est Sylvia ?

L'entité tourna son regard vers l'homme châtain aux yeux verts, ferma les yeux et fit un signe négatif de la tête. Comprenant ce geste, Frédéric s'effondra à genoux, tandis que Sylvain réalisait la portée de cette révélation. Son regard se fit plus dur, sous le coup de la colère qui venait de s'emparer de lui.

Thuban les considéra avec une certaine mansuétude.

— Je ne suis venue sur Terre qu'en réponse aux dernières volontés de cette Sylvia. Elle a choisi de se sacrifier afin de vous sauver. En particulier la vie de cet homme. Un vœu empreint de pureté émis par un cœur résolu. Je ne suis ici que pour exaucer ce souhait.

Sylvain hoqueta autant de stupeur que d'amertume en se voyant désigné par cette entité.

Frédéric était encore sous le choc d'une telle révélation. Il ne pouvait pas croire que cela puisse être la réalité. Une réalité où Sylvia serait désormais absente, corps et âme.

— Sylvia aurait donc choisi de donner sa vie… pour nous ?

— Ce n'est pas vrai ! Elle n'est quand même pas allée jusque là ? Était-ce vraiment ce que ma sœur voulait ? Qui nous dit qu'elle n'a pas été dupée ?

— En premier lieu, fut le Verbe, reprit Thuban imperturbable. Soit, l'expression d'une prière. Une demande pure. Du néant surgit une demande qui retourne alors au néant. C'est plutôt équitable.

Sylvain laissa échapper la rage qui le consumait en frappant le sol de son poing.

— Mais alors, où est ma sœur ? Rends-la-moi !!

— Seule une volonté si puissante a pu me conduire jusqu'ici. Respectez-la, vous aussi. Respectez l'ultime souhait de celle qui a fait appel à moi. Son âme va à présent franchir une nouvelle étape de son évolution spirituelle. Sans vous.

Sylvain se redressa pour s'avancer vers l'entité qui avait pris possession de la seule proche famille qui lui restait.

— Non ! Je refuse ! Si jamais ma sœur doit disparaître à jamais, ça reviendrait à renier tout ce qu'elle a pu entreprendre. Alors, je révoque tout. Rendez-la-moi ! Sa place est auprès de moi et de nos amis !

Malgré le champ de force entourant Thuban qui l'empêchait de s'approcher, il parvint à attraper l'entité par les épaules, l'obligeant à le regarder dans les yeux. Le siège de l'âme où tous deux purent dialoguer à armes égales.

— Reviens, Sylvia ! Je ferai tout ce qui est en mon pouvoir pour te sauver. Je refuse de te laisser partir ! Tu m'entends ?

— Ton cœur aussi est porteur d'une volonté pure. Je peux le voir, mais ça ne suffira pas.

Le jeune homme fut soudain projeté en arrière tandis que la silhouette de Thuban se para d'une aura encore plus puissante, alors qu'elle s'élevait vers le ciel. Non loin de là, la colonne rouge démoniaque jaillissait encore de la tour Saint-Jacques, même si des vagues de lumière blanches affaiblirent la puissance malfaisante.

Sylvain tenta d'intervenir, mais une main ferme l'en empêcha. Il lança un coup d'œil furieux à Frédéric, quand il perçut l'étendue du chagrin de son ami et se figea, incrédule.

— Laisse-la partir, Sylvain... C'était son choix, après tout. Si elle l'a fait, c'était pour nous sauver. Nous devons la laisser aller jusqu'au bout de ses actes, même si ça nous répugne et que nous devons souffrir de la perdre. N'oublie pas qu'une puissante entité spirituelle occupe son corps à cet instant. Or, il ne pourra pas contenir cette force plus longtemps. Thuban finira par la détruire. Ce n'est pas ce que tu veux... n'est-ce pas ?

Comprenant qu'il disait vrai, le jeune homme se laissa à nouveau choir à genoux, non loin de Frédéric qui avait toujours la main sur son épaule. Bien que les deux hommes puissent être accablés, ils regardèrent la silhouette de Sylvia qui continuait à monter vers les cieux. Ce qu'ils virent surtout, c'est le visage de cette jeune femme qu'ils avaient appris à connaître et à aimer.

— Sylvia, tu es décidément une épouvantable entêtée, hoqueta Sylvain avec des larmes aux yeux. En fin de compte, tu n'en auras jamais fait autrement qu'à ta tête. Jusqu'à la fin.

De là où il gisait de l'autre côté de la terrasse, Aurélien voyait lui aussi la silhouette luminescente monter vers le ciel. Ce qui ne l'empêcha pas d'entendre les mots qui lui étaient adressés :

— Toi qui cherchais à conduire ce monde au chaos, c'est toi qui connaîtras la destruction.

Au même instant, une onde magique émana de Thuban qui se répandit dans le ciel, annihilant la colonne rougeoyante aussi facilement que l'on mouche la flamme d'une chandelle. Quand cette onde parvint jusqu'à la tour, elle envoya de nouveau le mage noir contre les pierres de la rambarde, sonné pour le compte.

Sylvain profita de l'occasion pour le faire rouler sur le ventre, puis lui croiser les bras dans le dos pour le menotter tout en tenant de lui faire comprendre ses droits.

— Tu as le droit de rester inconscient. Tout ce que tu pourras dire ne sera que peu de choses. On verra la suite au réveil. Je viens de perdre ma sœur, mais pas pour laisser passer la chance qu'elle nous a donnée, au prix de sa vie, de mettre un terme à ta folie meurtrière.

Malgré sa colère mêlée de peine, il ne pouvait pas renoncer à remettre cet individu à ses collègues de la Police judiciaire. Du reste, il avait une petite surprise pour eux qui devrait donner un sérieux coup de pouce à l'enquête en cours sur *Dies Irae*.

Quand l'onde avait fini par les atteindre à leur tour, Frédéric et Sylvain constatèrent que leurs forces étaient revenues et sentirent qu'il en était de même pour les autres membres du clan, où qu'ils puissent être. Une fois encore, le lien télépathique les unissant les uns aux autres avait fait son œuvre. Comme l'onde magique de Sylvia s'était éteinte, ils avaient dû comprendre qu'elle avait disparu de ce monde, même s'ils en ignoraient les détails.

Les blessures de Coralie n'avaient pas guéri, mais elle n'en souffrait plus. La jeune femme, qui était restée au chevet de Thessa, vit l'adolescente bouger un peu et recouvrer une respiration plus ample. D'ici peu, elle ouvrirait les yeux et reprendrait conscience. La porte de la chambre s'ouvrit alors, et Coralie se tourna en s'attendant à faire face à une infirmière qui lui intimerait l'ordre de retourner dans sa propre chambre. Au lieu de cela, ce fut Philippe qui s'avança vers elle, surpris de voir que son avant-bras ne lui faisait plus mal, même si la fracture ne s'était pas pour autant résorbée. En revanche, la disparition des contusions qui couvraient son corps démontrait qu'une force de guérison venait de se manifester aussi en lui.

Chacun eut une pensée émue pour leur amie qu'ils savaient être à l'origine de ce qui était un cadeau de sa force de vie.

Un don au prix beaucoup trop élevé.

Dans le ciel, au-dessus de la tour Saint-Jacques, la silhouette de lumière se désagrégea soudain et répandit une myriade d'étincelles blanches et argentées à travers toute la ville. Elles se mirent à pleuvoir doucement sur tout Paris, mêlées par endroits aux chatoyantes feuilles d'automne, sous le regard émerveillé des Parisiens qui filmaient l'évènement, tandis que d'autres, plus joueurs, tentèrent d'en attraper dans le creux de leurs mains. La liesse se répandit dans les rues. C'était comme des étoiles d'un feu d'artifice, mais qui ne brûlaient pas.

Au contraire, le contact avec ces lueurs était d'une douceur porteuse d'espoir et de réconfort.

Sauf pour cinq âmes, liées dans la douleur de celle qu'ils venaient de perdre.

59

Jeudi 1er novembre 2012

Sylvain se réveilla, complètement désorienté. Perdu. Incapable de s'y retrouver dans sa propre réalité. Pour un peu, il aurait tout donné pour qu'on soit encore au matin du 31 octobre. Que lui soit donnée la chance de revivre cette même journée et, pourquoi pas, empêcher tout ce qui s'était passé. Sauf que son élan d'espoir s'était effondré en voyant qu'il n'en serait rien, en réalité.

Ce qui s'était passé la veille appartenait bel et bien à un passé qui ne pourrait plus être modifié. Quoi qu'il en soit, la seule certitude que le jeune homme pouvait avoir se résumait au fait que sa sœur jumelle avait disparu à jamais.

Sylvain s'était déjà levé au milieu de la nuit avec espoir en allant jusqu'à la chambre de la jeune femme. En vain. La chaîne de verrouillage de la porte d'entrée montrait que personne n'était entré après lui. Suite à quoi, il avait eu du mal à se rendormir.

Étendu dans son lit, il roula sur le dos, l'avant-bras masquant les lueurs de l'aube à ses yeux fatigués et lourds de chagrin. Il se remémorait le rêve étrange qui avait abrégé son sommeil.

Non... Pas un rêve, mais une sortie astrale spontanée.

Il se redressa tout à coup et resta assis, cette seule révélation ayant suffi à le réveiller pour de bon. Il se frotta les yeux avec la paume de ses mains pour tenter de s'en rappeler les détails.

Le Porteur de Lumière *s'était retrouvé au cœur de l'Antre de l'Initiation, face aux six portes massives. Les cinq premières étaient restées dans une apparence floutée, contrairement à la dernière d'aspect cristallin. Signe qu'il était invité à entrer.*

Il se souvint de sa précédente visite, en compagnie du clan.

Quel choc pour lui d'imaginer que sa sœur jumelle n'emprunterait jamais plus ces accès.

De l'autre côté de la porte s'étendait la même salle magnifique enluminée de cristaux et de tentures blanches et noires. Par contre, il n'y vit pas ce qu'il espérait secrètement trouver ici : le miroir d'obsidienne noire qui aurait pu répondre à bien des questions. Dommage, mais il ne s'était pas étonné. Après tout, les dragons avaient dit qu'ils pourraient très bien ne plus jamais voir ce miroir magique pour le restant de leur vie.

Un autre élément avait été disposé en plein centre de la pièce. Une extraordinaire statue représentant un dragon assis. Il était constitué en cristal artistiquement sculpté, mêlant aussi bien un aspect mat tirant sur le blanc que translucide révélant des reflets d'argent. Ce qui ne fut pas sans rappeler l'aura qui entourait Sylvia quand Thuban avait pris possession d'elle.

Sylvain se mit à le haïr.

Les pattes avant de l'entité tenaient un plateau ovale drapé d'un velours évoquant un ciel nocturne étoilé. Les restes de l'Épée Mystique, désormais brisée, y avaient été disposés de façon presque déférente. Il prit alors conscience qu'il tenait un objet dans sa main : le fragment qu'il avait trouvé au sommet de la tour Saint-Jacques après la disparition de l'entité. À bien observer ces éléments épars, il constata l'aspect gris terni du métal, hormis pour celui qu'il tenait et qui laissait apparaître des traces d'un rouge sombre qui ne pouvaient laisser place au doute quant à leur origine. Le sang de Sylvia.

Si l'Épée Mystique ressemblait à un puzzle presque terminé, il y restait un espace vide, révélant l'emplacement de la pièce manquante. Sylvain s'approcha pour l'y déposer. Au moment où l'élément fut à sa place, il y eut une brève lueur argentée. L'espace d'un instant, il s'était surpris à espérer que ce simple geste suffirait à reconstituer l'Épée et surtout que cela lui aurait permis de retrouver sa sœur. Malheureusement, aucun de ces souhaits ne fut exaucé. Même si la lame était encore en morceaux, le métal avait retrouvé son éclat original.

Qu'est-ce qui a pu faire ça ? Le fait d'avoir réuni tous les fragments ? Ou bien serait-ce à cause du sang de Sylvia ?

Le Porteur de Lumière *frémit à cette idée. Si ces quelques gouttes avaient suffi à rendre son lustre initial à la lame, il n'osait pas imaginer ce qu'il faudrait pour la reforger complètement. Parce que cette arme magique était née de la fusion de tous les pouvoirs des membres du clan, à travers le corps de la Gardienne d'Obscurité.*

Le jeune homme soupira. Maintenant que la détentrice légitime de cette Épée n'était plus, il n'y avait aucune raison de croire que l'arme soit un jour restaurée. Pour cela, il aurait peut-être fallu qu'elle renaisse comme quand la jeune femme l'avait invoquée, mais sans certitude. Les esprits draconiques le sauraient peut-être.

Il était un peu perdu dans le fil tortueux de ses pensées quand un bruit de pas se fit entendre derrière lui. Se retournant alors, il se figea de stupeur quand il vit que le visage en face du sien lui ressemblait beaucoup, mais avec des traits plus doux et féminins. Un visage diaphane qu'il pensait ne plus revoir un jour.

Sylvia.

Sauf que quelque chose n'allait pas. Elle ne se comportait pas avec la même spontanéité qui lui était coutumière. Ses yeux étaient différents aussi et il devint alors clair qu'il s'agissait de quelqu'un d'autre qui avait emprunté les traits de la jeune femme. L'esprit du Gardien du Dragon Céleste

Sylvain tenta de ravaler sa déception, mais aussi la colère de voir les traits de Sylvia alors que celle-ci n'était plus.

— Thuban... Est-ce que tu pourrais éviter de te présenter à moi sous les traits de ma sœur ? C'est très perturbant, et à la limite malsain. Cela ne cesse de me rappeler que je fais face à son fantôme. Ce qui m'obligerait à accepter le fait que celle qui était ma seule famille est morte, désormais.

— Je comprends tes sentiments, mais il était plus simple de te rejoindre sous cette apparence. D'autant plus que nos deux essences magiques sont encore combinées.

— D'ailleurs, pourquoi es-tu encore ici ? Toi qui dis avoir exaucé la dernière volonté de celle dont tu ne fais que copier l'apparence. Qu'est-ce que tu pourrais bien vouloir de plus ? M'emporter moi aussi ? Me prendre ma sœur ne t'a pas suffi ?

— Non. Il me reste quelque chose à faire. Même si pour cela, j'ai besoin de ta participation... qu'elle soit volontaire, ou non.

Sur ces mots énigmatiques, Thuban s'avança vers lui. Comme il était dans l'incapacité de prononcer le moindre mot ni même de bouger, il se demanda si l'entité draconique n'était pas à l'origine de cet état soudain.

L'entité lui posa une main sur l'épaule et l'autre sur son torse, au niveau de la poitrine abritant son noyau magique. Thuban rapprocha son visage de celui du jeune homme qui fut troublé par la proximité de cette entité arborant les traits de Sylvia. Ce faisant, la main glissa de l'épaule à l'arrière de son cou pour le maintenir avec fermeté.

— Ne t'inquiète pas, ce sera rapide.

Sylvain n'eut même pas le temps de se demander de quoi il était question qu'une douleur aiguë lui transperça la poitrine. Il avait l'impression que l'on cherchait à atteindre quelque chose à l'intérieur de son être.

Ce n'est pas vrai ! *comprit-il alors.* Thuban est en train de m'arracher mes pouvoirs !

Il sentit en effet ses forces s'amoindrir tandis que l'entité posait la tête sur son épaule tout en serrant le jeune homme dans une douce étreinte. La sensation de vide qu'il ressentait s'atténua un peu au contact de l'être qui lui rappelait tant sa sœur jumelle.

La voix de Thuban se fit plus douce.

— *Je sais à quel point vous aimez Sylvia, toi et tes amis, mais je ne peux pas la faire revenir. Par contre, grâce à la force de ses pouvoirs qui sommeillaient en toi, un nouveau choix va lui être offert. Là encore, ce sera à elle seule de décider en son âme et conscience du chemin qu'elle voudra suivre. Peut-être reviendra-t-elle vers vous.*

Sylvain était trop faible pour comprendre pleinement de quoi

Thuban voulait parler, mais il savait que quelque chose d'important venait de lui être pris.

Les mains toujours plaquées devant son visage, il venait surtout de comprendre ce dont il avait été dépossédé ainsi que les conditions qui en avaient découlé. Ces informations étaient telles qu'il ne pouvait pas les garder pour lui. Les autres membres du clan devaient être mis dans la confidence, eux aussi. Ils avaient le droit de savoir.

Le jeune homme rejeta sa couette d'un seul coup, et entreprit de se préparer à retrouver ses amis ; Philippe, Coralie, Thessa, et surtout Frédéric. Tel qu'ils les connaissaient, ils se réuniraient tous au chevet de l'adolescente. Philippe et Coralie se trouvant aussi dans le même hôpital que la benjamine du clan.

Même si elle s'était réveillée, la jeune fille n'avait pas reçu la permission de rentrer chez elle. Du moins, tant que les derniers examens médicaux qu'elle devait subir ne montreraient qu'elle n'avait aucun souci de santé.

Comme Sylvain s'y attendait, ses amis étaient là. Si tous purent se réjouir de voir Thessa à nouveau pleinement consciente, les questions quant à ce qui était arrivé à Sylvia ne mirent pas longtemps à être posées.

Sylvain était terrifié à la seule idée d'avoir à évoquer ce que Thuban lui avait révélé, mais il savait surtout que si le silence pouvait éteindre les petits malentendus, il en attisait de plus grands. Or, il aimait trop ses amis pour les laisser plus longtemps dans l'ignorance. Il s'assit donc au bord du lit autour duquel les autres vinrent se réunir et il leur raconta absolument tout. Son enlèvement par *Dies Irae* qui voulait le sacrifier, ce qui s'était passé au sommet de la tour Saint-Jacques, la disparition de Sylvia, ainsi que son expérience astrale involontaire. Une fois son récit terminé, personne n'osa le briser. Sans doute par peur. Peur que tout ce que le jeune homme leur a dit ne soit vrai.

Coralie était hagarde, les yeux rivés au sol.

— Je n'arrive pas à y croire… Comment peut-on faire un tel

choix ? Et puis, c'est quoi cette histoire des pouvoirs de Sylvia qui sommeillaient en toi ?

Sylvain réfléchit un instant avant de se laisser aller à la seule conclusion à laquelle il était parvenu à ce sujet.

— Figure-toi que je me suis posé cette question, moi aussi. En fait, il s'agissait du bâton magique que ma sœur avait créé pour moi l'été dernier, quand elle avait été frappée par la foudre.

— Mais pourquoi Thuban se serait intéressé à ça ? demanda Philippe. Ça ne faisait pas partie du *deal*, pas vrai ?

Coralie finit par comprendre le fin mot de cette intervention.

— Parce qu'il avait été créé à partir des pouvoirs de Sylvia et des sentiments l'unissant à son frère. Les liens du sang. Du moins, c'est ce qui me semble le plus logique.

— Donc, voulut résumer Frédéric, on sait que Thuban est revenu vers toi et qu'il s'est emparé des pouvoirs résiduels de la *Gardienne d'Obscurité* qui se trouvaient dans ce sceptre blanc qu'elle avait créé. On commence déjà à y voir plus clair. Mais alors, pourquoi avoir parlé d'un nouveau choix pour ta sœur ?

— Thuban semble avoir été touché par la sincérité de ma volonté. Malheureusement, les forces de ce sceptre ne suffisaient pas pour me rendre ma sœur. En revanche, cela aurait permis de la libérer du choix qu'elle avait fait de se sacrifier. À partir de là, un nouveau choix s'offrirait à elle. D'un côté, elle pourrait souhaiter poursuivre son évolution spirituelle, comme cela aurait dû se passer en temps normal.

— Bref, rien ne changerait… récapitula Philippe. Et ensuite ?

— D'un autre côté, elle pourrait revenir dans ce monde. Mais sans garantie concernant l'époque et le lieu.

Ce qui doucha pour de bon l'espoir qui avait gagné ses amis.

— Oh non, souffla, Frédéric. Donc, quoiqu'elle décide…

Philippe acheva la pensée de son ami, tout aussi accablé, le visage au creux de ses mains.

— Il se pourrait qu'elle ne nous revienne jamais.

— En se sacrifiant, nous l'avons perdue, confirma Sylvain. Si elle choisissait de revenir, quelles seraient les probabilités qu'elle soit à nouveau ici, à notre époque, avec nous ?

— Encore plus faibles que celles de gagner deux fois de suite le gros lot à l'Euro Million, ponctua Coralie d'un air abattu.

— Déjà qu'une accusation de meurtre plane encore au-dessus de sa tête... Sa disparition soudaine et inexplicable ne va pas arranger les soupçons de Mansoif à son sujet, soupira Frédéric qui vit ses amis blêmir à cette seule évocation. Gérard a un fichu caractère, mais il n'en reste pas moins tenace. Le connaissant comme je le connais, il ne lâchera rien tant qu'il n'aura pas réussi à inculper Sylvia. Du moins, si jamais il la retrouve.

— Alors là, je lui souhaite bien du plaisir, commenta Thessa d'un air las. Ce n'est pourtant pas ce qui me dérange le plus. Je ne voudrais pas que la police traîne la réputation de mon amie dans la boue à cause de cette histoire. Allez, vous savez bien qu'elle n'aurait jamais tué cette Marylise Cox. J'en suis persuadée.

— Nous aussi, ajouta Sylvain en regardant l'adolescente droit dans les yeux. De plus, la PJ ne tentera rien contre ma sœur, une fois que je leur aurai remis la preuve dont je dispose.

Ce qui eut le mérite de piquer la curiosité de Frédéric.

— De quoi parles-tu ?

En réponse, son équipier glissa une main dans la poche intérieure de sa veste en cuir pour en extraire un petit objet qui ressemblait à une simple clé USB.

— De ça. C'est mon baladeur MP3. Quand j'ai été enlevé, les mecs avaient pris la précaution de pulvériser mon téléphone portable pour éviter que l'on ne me retrouve grâce au GPS. Par contre, ils n'ont pas pensé à la fonction dictaphone de cette petite chose à laquelle ils n'ont prêté aucune attention. Juste avant de perdre connaissance, je suis parvenu à enclencher l'enregistrement vocal. Une chance que la mémoire n'ait pas été blindée de musiques.

— Mais alors, comprit Frédéric, ça veut dire que tout ce qui a été dit à côté de toi a été enregistré ?

— C'est exactement ça. Il doit y avoir là-dedans tout ce dont on a besoin pour innocenter ma sœur une bonne fois pour toutes. Aurélien m'a d'ailleurs avoué avoir commandité le meurtre de la nouvelle rédactrice en chef du *Cercle Magique* dans le seul but de faire mettre ma sœur en garde à vue, du moins assez longtemps pour qu'elle ne contrecarre pas leurs plans, avec Pavlov. Seulement, ils n'avaient pas prévu que la découverte des neuf enfants assassinés monopoliserait le plus gros des forces de l'ordre qui, par conséquent, avaient fait passer ce meurtre au second plan.

— En parlant de ce type, fit remarquer Philippe, il devrait pouvoir raconter ce qu'il a entendu à ce sujet, non ?

Le magicien québécois s'étonna de l'expression embarrassée des deux policiers. Ils étaient les seuls témoins de ce qui était arrivé au mage noir la nuit dernière.

— Il n'est plus en état de témoigner concernant quoi que ce soit. Il allait me tuer pour que mon sang alimente le sort qu'il avait lancé. Mais il ne s'attendait pas à ce que je sois conscient à cet instant. Je me suis défendu comme j'ai pu, et c'est lui qui a été dévoré par la magie maléfique qui avait été alors déployée. Et quand je dis *dévoré*...

— ... C'est au sens littéral, compléta Frédéric. Il n'a pas survécu. Son corps a été retrouvé au petit matin au pied de la tour. Il a été conduit à l'institut médico-légal, mais quelque chose me dit que les légistes vont galérer pour trouver une explication rationnelle à ce qui lui est arrivé. D'après ce que le commissaire Berger m'a expliqué tout à l'heure au téléphone, ce qui reste de Pavlov ressemble à une momie décrépite depuis des centaines d'années. Complètement vide du moindre fluide corporel. Bref, ce qui en reste est carrément à sec.

Philippe frémit à cette évocation quand il réalisa autre chose.

— Rien qu'avec ça, et le fait d'expliquer ce qui s'est passé au sommet de la tour Saint-Jacques, on va entendre à peu près tout et n'importe quoi lors des semaines à venir dans les médias. Les théoriciens du complot vont s'en donner à cœur joie ! Mais tout ça ne nous dit pas ce qu'on va faire à présent.

Les autres se tournèrent vers le Canadien qui venait d'exprimer tout haut ce qu'ils n'osaient pas penser au plus profond d'eux-mêmes. Qu'allaient-ils tous devenir, maintenant que la

Gardienne d'Obscurité n'était plus ?

— L'Épée Mystique a été détruite, énuméra Thessa d'une petite voix qui trahissait son émotion, et la seule personne qui pouvait lui redonner vie a disparu. Sylvain a été enlevé en manquant de peu d'être sacrifié à une entité démoniaque qui était sur le point d'entrer dans notre monde. Sans parler de l'attaque que nous avons subie.

Philippe opina tandis que l'adolescente portait une main tremblante au pansement à son front. Il la sentit incapable de poursuivre cet effroyable décompte.

— Moi, Thessa et Coralie avons été blessés. Je ne sais pas pour vous, mais c'est bien la première fois que notre clan subit de telles pertes. Cette fois, nous avons tous été touchés par les Ténèbres, au point de ne pas en ressortir indemnes. C'est impossible de faire comme si de rien n'était et reprendre le cours de nos vies. Je sais que vous pensez à la même chose que moi, mais je vais pourtant le dire clairement. Que fait-on, à présent ? Doit-on continuer à espérer un hypothétique retour de Sylvia parmi nous ? Ou bien doit-on commencer à chercher quelqu'un qui puisse reprendre le flambeau au sein de notre clan ?

Sylvain ne put dissimuler ni sa stupeur ni sa contrariété.

— Parce qu'avec ce qu'il vient de se passer, vous voudriez me faire croire que vous avez encore confiance en la magie draconique ? Au point de vouloir trouver une remplaçante à ma sœur ? L'avez-vous donc déjà abandonnée ? Je n'y crois pas d'entendre des conneries pareilles !

Coralie posa une main sur le bras de son ami.

— Mais non… Nous n'avons pas renoncé à elle. Reconnais quand même que, si Sylvia n'avait pas tout risqué pour invoquer cette magie draconique, je n'ose imaginer ce qu'il serait advenu de notre monde, sous la coupe d'un Archi-Démon en roue libre. Il faut croire que nous seuls pouvions intervenir, et c'est pourquoi *Dies Irae* a fini par nous tomber dessus, même s'ils étaient en réalité manipulés par un mage noir. D'ailleurs, je vous ferai remarquer que même la Grande Loge Blanche n'a pas levé le petit doigt pour intervenir, alors qu'ils se vantent à l'envi de leur supériorité par rapport à notre petit clan. Où étaient donc Christian Léto et toute sa clique d'opérette la nuit dernière ?

— Nulle part, répondit Frédéric. Nous étions… Non, Sylvia s'est retrouvée seule face à un danger qui nous menaçait tous. Personne, je dis bien *personne*, n'est venu à son aide. Sauf Thuban. Même là, elle a dû en payer le prix fort. Dire que nous étions là, juste à côté, dans l'incapacité à l'aider et de la protéger. Je m'en veux d'avoir été aussi impuissant !

Le policier serra le poing si fort que ses jointures pâlirent d'un coup, et Thessa s'inquiéta du mal qu'il s'infligeait à lui-même. elle l'obligea doucement à rouvrir les mains pour y mettre les siennes.

— Arrête, murmura-t-elle avec inquiétude.

Le contact frais et doux de la jeune fille parvint à calmer Frédéric qui lui adressa un sourire triste, mais reconnaissant.

— Dans l'immédiat, ajouta Coralie, l'heure est à la guérison, pour la plupart d'entre nous. Thessa, tes parents ne vont plus tarder à arriver du Canada. Profites-en pour te faire chouchouter en famille, le temps de récupérer. Je vais retrouver les miens afin de voir pour la reconstruction de la boutique.

— Oh, excuse-moi fit remarquer Sylvain d'un air honteux. Avec ce qui est arrivé à ma sœur, j'ai complètement oublié que *La Voie Initiatique* a été détruite par *Dies Irae*. Ça craint, non ?

— La bonne nouvelle, c'est que papa et maman ont pu quitter les lieux avant que ça ne chauffe vraiment. Enfin, je veux dire, avant que les locaux ne finissent en cendres. Les pompiers m'ont appris que même notre logement à l'étage n'a pas été épargné. Non seulement on n'a plus de boulot, mais nous voilà SDF. C'est la loose totale.

Une idée vint à l'esprit de Frédéric.

— Heureusement qu'on a loué un grand appartement. Le temps que tout s'arrange, on va pouvoir t'héberger avec ta famille.

— Et moi, ajouta Philippe, je pourrai toujours venir donner un coup de main durant les travaux.

Les autres approuvèrent, manifestant l'envie de participer eux aussi à la résurrection de ces lieux qui avaient vu leur communauté se réunir, avant que les flammes de l'adversité ne finissent par tout détruire. L'heure semblait venue, à l'instar du phénix, de penser à l'avenir et renaître de ses cendres.

Frédéric enlaça Coralie qui se laissa aller dans ses bras.

Elle regarda ses amis avec une émotion vive à l'idée de ne pas affronter cela toute seule, mais avec des gens qui comptaient tant pour elle… même si l'absence de Sylvia, le pivot central de leur équipe, pèserait encore longtemps dans leurs cœurs meurtris. Qui sait, peut-être connaîtraient-ils à nouveau la sérénité et la paix.

Malgré l'élan d'espoir qui venait de poindre, le regard de Sylvain se para d'une lueur froide et déterminée.

Oui, si l'heure est à la tristesse de celle que nous avons perdue, l'avenir pourrait bien nous donner la force de reprendre tout ce qui nous a été arraché. Je dis bien tout, *et j'en fais le serment !*

ÉPILOGUE

Coye-la-Forêt

La nuit venait de tomber sur l'un des manoirs le plus cossus de l'Oise, jetant aux alentours un profond voile d'ombre où nulle luminescence céleste ne se manifesta. Aucune lueur lunaire, ni même le moindre éclat stellaire.
Rien que l'opacité des Ténèbres.
Debout, contemplant la vue depuis l'un des balcons d'une des résidences somptueuses environnantes, un homme d'à peu près une cinquantaine d'années appréciait néanmoins ce qui s'offrait à son regard d'un gris acier. Sa chevelure poivre et sel et sa stature donnaient une prestance particulière à cet homme habitué à être obéi sans discussion.
La porte-fenêtre s'ouvrit derrière lui et un autre individu se profila sur le seuil du balcon, hésitant à venir troubler la quiétude de celui qui se tenait là.
— Pardonnez-moi, Maître, mais vous m'aviez demandé de vous avertir quand nous serions prêts. Les vingt-et-un Juges se sont réunis, et nous n'attendons plus que vous.
L'homme sur le balcon se tourna à demi vers celui qui occupait le poste de Secrétaire depuis que lui-même avait repris les rênes de l'organisation qu'il dirigeait après la disparition de Pierre Péladeau, son prédécesseur, depuis le début de l'été 2010.
— J'arrive sans plus tarder.
— Ces réunions se faisaient rares et j'ai hâte d'en savoir plus sur l'avancement de nos projets en cours.
— Moi aussi. Après tout, étendre l'emprise des Ténèbres n'est-elle pas la raison d'être de la loge *Eternam Tenebrae* ?
— Absolument.

Les deux hommes, vêtus chacun d'une tunique noire enserrée à la taille d'une large ceinture tout aussi sombre, continuèrent à deviser de choses et d'autres concernant l'organisation au pied levé, dans le manoir qui servait à leurs rencontres secrètes.

Après avoir atteint une double porte boisée richement décorée, le Secrétaire dénommé Enzo Morel ouvrit le passage à son Maître avant de s'effacer avec déférence. La vaste pièce dans laquelle ils firent leur entrée comptait déjà plus d'une vingtaine de personnes, vêtues aussi de noir. Des mages qui avaient juré une obéissance et une fidélité aveugles à la Loge Noire de France. Ils étaient assis autour d'une grande table rectangulaire où seules deux places, à l'extrémité, n'étaient pas encore occupées. Le Secrétaire se dressa alors face à cette assemblée, et prit la parole d'une voie forte et claire.

— Mes frères, merci d'avoir répondu à l'appel de Samuel Prætorius, Grand Maître de notre ordre.

Ce dernier s'installa alors dans le fauteuil qui lui était dévolu, tandis que son Secrétaire présentait différents documents à l'attention des mages noirs présents.

— Le premier ordre du jour concerne la mission qui était en cours à Paris. Si l'opération *Dies Irae* n'a pas pu aboutir aux résultats escomptés, ce n'est pas pour autant un échec.

— Comment ça, *pas un échec ?* demanda Samuel non sans une certaine animosité. L'invocation de l'Archi-Démon a tourné court, point barre. Cet Aurélien Buchard était peut-être un de nos meilleurs éléments, il n'en a pas moins foiré son coup, même s'il a réussi à semer une belle pagaille dans la ville. Il faut néanmoins admettre que son idée de manipuler des fanatiques religieux a été astucieuse.

— C'est dommage que l'invocation n'ait pas abouti, reprit le Secrétaire. Il ne fait aucun doute que cela aurait été une victoire sans précédent des Ténèbres. Il n'en reste pas moins que tout n'est pas à jeter dans ce qui a été fait. Même si la police a fini par investir la planque près des quais de la Seine, rien n'a pu être récupéré après que nous ayons fait sauter l'ensemble des explosifs qui y avaient été disséminés. Le feu a fait place nette, là-bas.

— Ce qui s'est avéré utile, finalement. Donc, tu dis que les policiers n'ont rien pu trouver de préjudiciable à notre encontre ?

— Exactement. Oh, il y a un de leurs experts en cybercriminalité qui a failli y rester pour rapporter un des disques durs du système informatique. Par chance, nous avons réussi à le récupérer avant la moindre intrusion.

Sur ces mots, Enzo désigna un dispositif à peu près aussi grand qu'une boîte à chaussures.

Samuel ne dissimula pas son soulagement. Tant d'informations dangereuses auraient pu ainsi finir entre les mains de la police, et plus particulièrement des officiers Laforrest et Laffargue, du Cercle du Dragon Céleste. Car ce disque dur aurait pu fournir des révélations épineuses quant aux projets que la Loge Noire nourrissait en secret. Au moins, les flics se retrouvaient les mains vides, et c'était très bien comme cela.

Le Grand Maître avait néanmoins d'autres questions à poser.

— Avons-nous pu récupérer toutes les données concernant le *feu grégeois* ?

— Oui. Dans leur intégralité. Données techniques, schémas, quantités variables en fonction du but à atteindre, sans parler des photos et coupures de presse sur les dégâts que ces petites choses ont déjà occasionnées depuis le début des essais sur le terrain.

— C'est du beau travail. Je comprends mieux pourquoi tu parlais d'un échec en demi-teinte. Qu'en est-il du projet suivant ?

Le Secrétaire déroula alors plusieurs croquis et autres plans techniques sur la table. Les mages noirs se relevèrent un peu pour mieux voir. Sur le papier, différentes vues d'une étrange capsule en verre, de forme ovoïdale aux extrémités affinées, attirèrent leur attention, de même qu'un amoncellement de symboles et de glyphes occultes. Malgré la fascination que ce document exerçait sur l'assemblée, il n'en restait pas moins qu'il s'agissait d'une magie très puissante dont personne ne percevait encore la finalité.

Enzo Morel évoqua l'avancement de la construction de cet étrange artefact, ainsi que les mesures d'installation à prendre si le Grand Maître voulait que tout ceci soit prêt dans les temps. Les travaux dans une des pièces du sous-sol avançaient de façon satisfaisante.

Tous s'interrompirent, percevant qu'une puissante aura venait de s'inviter en ces lieux, pourtant protégés de toute intrusion magique par des sceaux disséminés dans les coins de la salle. Ce qui ne semblait pas suffisant à réprimer la force qui prenait de plus en plus d'ampleur, alors que les mages noirs et le Secrétaire commençaient à suffoquer, leurs énergies étant aspirées par l'entité qui y puisait ce dont il avait besoin pour se matérialiser.

Impossible ! se dit Samuel Prætorius. *Personne ne peut détenir assez de pouvoir afin de s'inviter en ces lieux ! Qui oserait une telle folie ?*

Ce dernier s'affaiblissait lui aussi, même si ce n'était pas autant que ses coreligionnaires qui gisaient à présent, inanimés, au sol ou encore affalés sur la table autour de laquelle ils avaient été réunis.

Au milieu de la pièce, qui n'était à présent plus éclairée que par les quelques chandelles noires allumées, une ombre de plus en plus compacte se fit connaître aux yeux de Samuel Prætorius qui était le seul à pouvoir assister à cette intrusion inattendue.

Il ignorait qui lui rendait visite et voulait savoir quelle pourrait être l'identité de ce visiteur inopiné. Il s'approcha de l'ombre qui se matérialisait à ses côtés tandis que cette dernière prenait de plus en plus de consistance. Ce qui acheva d'épuiser les autres mages noirs présents. Le Grand Maître avait parfaitement conscience que ses forces continuaient à le quitter, mais il put détailler l'intrus.

Il s'agissait d'un jeune homme aux traits fins, mesurant environ un mètre soixante-quinze. Sa peau pâle contrastait avec l'obscurité de sa longue chevelure noire lissée, retenue en une longue queue de cheval sur la nuque. Prætorius fut surtout intrigué par l'éclat entièrement d'un violet améthyste de son regard étrange, comme dépourvu de pupille. L'homme était vêtu de noir, même si quelques notes violettes atténuaient l'obscurité qui l'environnait et dans laquelle il semblait se fondre à loisir. Il tenait à la main un étrange cristal noir, en lévitation au-dessus de sa paume ouverte.

— Bonsoir, mon cher. Laissez-moi d'abord me présenter. Je m'appelle Thorn. Décidément, je n'aurais pas imaginé que ce serait aussi simple de vous rendre une petite visite, mais ça en valait la peine, puisque vous allez m'accorder toute votre attention.

— Qui es-tu et comment as-tu fait pour venir jusqu'ici, malgré les sorts de protection qui ont été déployés ?

Le jeune homme posa son regard sur son cristal noir.

— Pour faire simple, j'ai fait appel aux pouvoirs de cette petite chose qui m'a été offerte pour aboutir à mes fins.

De plus en plus intrigué, Samuel dut reconnaître que ce Thorn ne manquait pas d'un certain culot pour s'aventurer ainsi au siège de la Loge Noire française. Sans compter que cette arrivée en plus de l'affaiblissement général des mages présents donnait une certaine crédibilité à ses propos. Sans compter qu'il émanait de lui quelque chose d'intrigant. Voire de dangereux. Très dangereux.

Une menace à ne pas prendre à la légère. Or, quelqu'un d'aussi avisé que Samuel Prætorius ne pouvait se permettre de la sous-estimer.

— Que veux-tu veux à notre confrérie ?

À ces mots, Thorn s'approcha de quelques pas nonchalants.

— Je sais ce qui a été tenté pour faire rappliquer un Archi-Démon dans cette dimension. Dommage que ça n'ait pas abouti, pas vrai ? Mais il y a plus important pour le moment. Je sais de source sûre que le Cercle du Dragon Céleste vient de subir de lourdes pertes. Trop pour que ce clan puisse espérer s'en remettre véritablement. L'Épée Mystique a été pulvérisée et, chose encore plus intéressante, leur *Gardienne d'Obscurité* aurait disparu sans laisser de trace. Jamais encore ils n'avaient été aussi faibles. L'heure est venue de leur porter le coup de grâce. Puisqu'ils ne veulent pas rejoindre vos rangs, il ne leur reste plus qu'à disparaître. À jamais.

— Comment as-tu pu avoir des informations aussi précises ? Et pourquoi les partager avec nous ? Qu'aurais-tu à y gagner ?

Thorn esquissa un sourire déterminé.

— C'est bien. Vous vous posez enfin les bonnes questions. Voilà pourquoi je vais vous dire ce que je veux, comme un accès à toutes les informations dont je pourrais avoir besoin. Sachez que je suis le seul à pouvoir accomplir ce dont vous rêvez depuis plus de deux ans. Néanmoins, il est inutile de chercher à en savoir plus me concernant. Déjà, parce que je suis quelqu'un de très secret. Du reste, ça n'a aucune importance par rapport à ce que je vais accomplir.

— Peut-on savoir au moins de quoi il est question ?

Thorn croisa les bras, toujours avec sa pierre au creux de la main, comme s'il tenait aussi bien le pouvoir d'asservir la confrérie maléfique. Ce qu'il avait démontré avec son arrivée fracassante, à la vue des mages noirs encore inconscients.

Le sourire de Thorn fit froid dans le dos.

— J'ai fait le serment d'anéantir une bonne fois pour toutes le Cercle du Dragon Céleste.

« Regarde toujours dans la direction du soleil levant et tu ne verras jamais l'ombre derrière toi. »
Proverbe japonais

GÉNÉRIQUE DE FIN

« *My Freedom* »
{de Two Steps from Hell,
Écrit, composé par Thomas Bergersen,
et interprété par Merethe Soltvedt}

➔ *Je vous suggère de démarrer la musique à 1 min 30 pour avoir la meilleure ambiance par rapport au roman.*

I will stay, by you, through the night.
Decide your fate,
Believe in your vision, don't let life wait.

My freedom

I will hold your hand, with all my love.
Have faith in me,
Embrace your new freedom.
You have the key

Decide
Believe
My vision
My freedom

À la croisée des mondes
et des destins, l'impossible
devient alors plausible.

NOUVEAU ROMAN

À PROPOS DE L'AUTRICE

Lise-Marie Lecompte est née en 1976. Dès le plus jeune âge, elle fait preuve d'un fort attrait pour la création, la mythologie et les histoires fantastiques sous différentes formes. De même, elle développe un fort attrait pour les livres et la magie des mots.

Après un baccalauréat littéraire, elle s'intéresse à l'ésotérisme, la divination, la spiritualité ainsi qu'aux vertus naturelles des plantes et des minéraux. Ses quatre premiers livres publiés sont des essais traitant de ces sujets.

Lise-Marie vit à présent en région parisienne et se consacre à l'écriture romanesque en autoédition. Ayant une prédilection pour l'imaginaire en général, elle se laisse guider par les histoires qui lui viennent, sans genre de préférence.

Sa bibliographie compte déjà la Trilogie Draconia, ainsi que d'autres romans, une novella, et un recueil de nouvelles.

Suivez Lise-Marie Lecompte sur les réseaux sociaux :
Twitter → *@LecompteLise*
Instagram → *lise.marie_lecompte*

Ainsi que sur le site suivant :
http://lise-marie-lecompte.iggybook.com/fr/

Découvrez le début de ses romans sur Wattpad :
https://www.wattpad.com/user/LiseMarieLecompte

Le Code de la propriété intellectuelle interdit les copies ou reproductions destinées à une utilisation collective. Toute représentation ou reproduction intégrale ou partielle faite par quelque procédé que ce soit, sans le consentement de l'auteure ou de ses ayants droits, est illicite et constitue une contrefaçon, aux termes des Articles L.335-2 et suivants du Code de la propriété intellectuelle.

La législation sur les Droits d'auteur s'applique aux livres numériques de la même manière qu'aux livres papier. En particulier, le Code de la propriété intellectuelle n'autorise, aux termes de l'Article L.122-5 que « les copies ou reproductions strictement réservées à l'usage privé du copiste et non destinées à l'utilisation collective ».

Le non-respect de cette interdiction constituerait une contrefaçon sanctionnée par les Articles L.332-5 et suivants dudit Code.

ISBN 978-2-3224-7829-3

© Lise-Marie Lecompte 2024
Tous droits réservés